Giorgio Faletti

Ich töte

Roman

Aus dem Italienischen von
Christiane Rhein, Suse Vetterlein
und Sigrun Zühlke

GOLDMANN

Die Originalausgabe erschien 2002 unter dem Titel
»Io uccido«
bei Baldini & Castoldi, Mailand.

Umwelthinweis:
Alle bedruckten Materialien dieses Taschenbuches
sind chlorfrei und umweltschonend.

Einmalige Sonderausgabe April 2006

Umschlaggestaltung: Design Team München
Umschlagfoto: buchcover.com/doublepointpictures
Druck und Bindung: GGP Media GmbH, Pößneck
Printed in Germany
ISBN-10: 3-442-46233-9
ISBN-13: 978-3-442-46233-9

www.goldmann-verlag.de

Für David und Margherita

Auf der Straße geht
der Tod, bekränzt
mit welken Orangenblüten.

Er spielt und spielt
ein Lied
auf seiner weißen Gitarre
und spielt und spielt und spielt.

Federico Garcia Lorca

Erster Karneval

Der Mann ist einer und keiner. Seit Jahren trägt er sein Gesicht an den Kopf geklebt, und sein Schatten haftet an seinen Füßen, und noch immer ist es ihm nicht gelungen herauszufinden, was schwerer wiegt: das Gesicht oder der Schatten. Manchmal überkommt ihn das ununterdrückbare Verlangen, beides herunterzureißen und an einen Nagel zu hängen und einfach da sitzen zu bleiben, auf dem Boden, wie eine Marionette, durch eine barmherzige Hand von ihren Fäden geschnitten.

Manchmal löscht die Müdigkeit alles aus und verhindert die Einsicht, dass die einzig logische Konsequenz darin besteht, die Zügel fahren zu lassen und sich ohne Gegenwehr dem Weg des Wahnsinns zu überlassen. Um ihn herum ist alles eine ewige Abfolge von Gesichtern und Schatten und Stimmen, von Leuten, die keine Fragen mehr stellen und ohne Gegenwehr ein Leben hinnehmen, das keine Antworten bietet auf die Beschwerlichkeiten und die Schmerzen der Reise, und denen es genügt, hie und da eine dämliche Postkarte zu schicken.

Überall ist Musik, sind Körper, die sich bewegen, Münder, die lachen, Worte, die gewechselt werden. Und er steht mitten unter ihnen, ist einer mehr für die Neugierde desjenigen, der eines Tages auch diese Fotografie verblassen sehen wird.

Der Mann lehnt an einer Säule und denkt, dass sie alle nutzlos sind.

Ihm gegenüber, auf der anderen Seite des Raumes, sitzen nebeneinander an einem Tisch in der Nähe der großen Glastür, die zum Garten hinausführt, zwei Personen, ein Mann und eine Frau.

In dem schummrigen Licht erscheint sie zierlich und sanft wie die Melancholie. Sie hat schwarzes Haar, und ihre Augen sind grün, so leuchtend und groß, dass sie sogar von hier zu erkennen sind. Er hat nur Augen für ihre Schönheit und spricht ihr ins Ohr, um sich über den Lärm der Musik hinweg verständlich zu machen. Sie halten einander an den Händen, und sie wirft lachend den Kopf zurück oder verbirgt ihr Gesicht an seiner Schulter.

Gerade erst hat sie sich umgewandt, irgendwie berührt vielleicht vom starrenden Blick eines Mannes, der sie an eine Säule gelehnt beobachtet, Quelle eines fernen Unbehagens. Ihre Augen haben sich getroffen, doch die ihren sind ebenso unbeeindruckt über sein Gesicht hinweggeglitten wie über den Rest der Welt, der sie umgibt. Sie hat das Wunder dieser Augen erneut dem Mann geschenkt, mit dem sie dort sitzt, und er hat ihre Blicke mit derselben Intensität erwidert, unempfänglich für jede Botschaft außer ihrer Gegenwart.

Sie sind jung, schön, glücklich.

Der Mann an der Säule denkt, dass sie bald sterben werden.

1

Jean-Loup Verdier drückte auf die Fernbedienung, und erst, als das Rolltor schon halb geöffnet war, ließ er den Motor an, um die giftigen Abgase in der engen Garage nicht einzuatmen. Das Licht der Scheinwerfer löste sich allmählich von der emporsteigenden Metallwand und durchbrach den schwarzen Schirm der Dunkelheit vor ihm. Er stellte den Knüppel der Automatikschaltung auf *Drive,* tippte, sobald das Tor vollständig offen war, leicht aufs Gas und lenkte den SLK langsam nach draußen. Er hob die Fernbedienung hoch über den Kopf und drückte die Taste für den Schließmechanismus. Während er auf das *Klong* wartete, mit dem das Tor einrastet, betrachtete er das Panorama, das sich vor dem Hof seines Hauses auftat.

Monte Carlo lag über dem Meer wie ein Bett aus Zement. Die Stadt vor seinen Augen hatte fast keine Umrisse, sie war eingehüllt in einen leichten, feuchten Dunst, der die Lichter des Abends zurückwarf. Etwas unterhalb, schon auf französischem Staatsgebiet, leuchteten die Spielfelder des Country Clubs, wo wahrscheinlich irgendein Star des internationalen Tenniszirkus trainierte, direkt neben dem aufgereckten Finger des Parc Saint-Roman, einem der höchsten Wolkenkratzer der Stadt. Weiter unten in Richtung Cap d'Ail, unter dem Altstadtfelsen, konnte man das Viertel Fontvieille ausmachen, Meter für Meter, Stück für Stück dem Meer entrungen.

In einer einzigen Bewegung zündete er sich eine Zigarette an und schaltete Radio Monte Carlo ein. Während er den Wagen auf die Zufahrt zur Straße lenkte, öffnete er mit der Fernbedienung das Tor. Er bog nach links ab und genoss die milde Luft des ausgehenden Mais, während er langsam zur Stadt hinunterrollte.

Aus dem Radio kam *Pride,* ein Stück von U2, unterlegt mit diesem unverwechselbaren Gitarrenrhythmus. Er lächelte. Stefania Vassallo, die Musikredakteurin, die um diese Zeit das Programm von Radio Monte Carlo leitete, war ein leidenschaftlicher Fan von »The Edge«, dem Gitarristen der irischen Band. Sie ließ keine Gelegenheit aus, eines ihrer Stücke ins Programm zu schmuggeln. Im Sender war sie monatelang wegen ihres träumerischen Gesichtsausdrucks, den sie wie ein Make-up zur Schau trug, aufgezogen worden, nachdem sie endlich ein Interview mit ihren Idolen ergattert hatte. Während die Straße sich in Serpentinen von Beausoleil zur Stadt hinunterwand, begleitete er, abwechselnd mit dem linken Fuß klopfend und mit der rechten Hand die Auftakte aufs Lenkrad schlagend, den Rhythmus und unterstützte Bono, der mit rostiger, melancholischer Stimme Geschichten davon erzählte, wie ein Mann *in the name of love* gekommen war.

Es lag schon etwas vom nahenden Sommer in der Luft, jenes ganz besondere Aroma, das nur in den Städten am Mittelmeer zu finden ist. Ein Duft nach Salz und Brackwasser, nach Pinien, Rosmarin und anderen unbestimmten Dingen. Versprechen und Wetten zugleich. Nicht gehalten die Ersteren, verloren die Letzteren.

Das Meer, die Pinien, der Rosmarin und die Blüten des Sommers würden noch lange Zeit nach ihm da sein und nach all jenen, die sich hier und an anderen Orten wie diesem abmühten. Dennoch fuhr er mit offenem Verdeck bei angenehmen Temperaturen, den Wind in den Haaren, auch er mit schönen Versprechen im Herzen und den schönen Wetten des Lebens.

Es gab Schlimmeres.

Trotz der Uhrzeit war er allein auf der Straße. Er nahm die Zigarettenkippe zwischen Daumen und Mittelfinger, schnipste sie nach oben und sah im Rückspiegel der kleinen, leuchtenden Spur nach, die auf dem Asphalt in winzig kleine Fünkchen zerstob. Der Rauch vom letzten Zug verlor sich im Wind. Er kam am Fuß der Abfahrt an und konnte sich für einen Moment nicht entscheiden, welche Straße zum Hafenviertel er nehmen sollte. Während er um den Kreisverkehr fuhr, entschied er sich für die Route durch die Stadt und bog in den Boulevard d'Italie ein.

Die Touristen begannen, das Fürstentum zu erobern. Das soeben beendete Formel-1-Spektakel, der Grand Prix von Monte Carlo, war der Startschuss für den monegassischen Sommer gewesen. Von jetzt an würden die Tage, die Abende und die Nächte ein einziges Kommen und Gehen von Akteuren und Zuschauern sein. Auf der einen Seite die Limousinen mit Chauffeur und den zufriedenen und gelangweilten Mienen der Personen im Inneren. Auf der anderen Seite schwitzende, staunende Menschen in Kleinwagen. Gegensätzlich wie jene, die mit leuchtenden Augen vor den Schaufenstern standen. Sicher fragte sich der eine, ob er wohl die Zeit finde, noch einmal vorbeizukommen und sich diese oder jene Jacke zu kaufen, während ein anderer darüber nachdachte, wie er das Geld dafür aufbringen könne. Sie waren wie Schwarz und Weiß, zwei entgegengesetzte Kategorien, zwischen denen sich eine beeindruckende Menge an Grautönen ausbreitete. Viele, deren einziges Lebensziel darin bestand, anderen Sand in die Augen zu streuen, andere, die versuchten, ihn irgendwie wieder loszuwerden.

Jean-Loup dachte, dass die Prioritäten im Leben alles in allem doch ziemlich schlicht und vorhersagbar waren, und nur an wenigen Orten der Welt konnte man sie so einfach erkennen wie hier. An erster Stelle stand die Jagd nach dem Geld. Einige haben es, und alle anderen wollen es. Einfach. Ein Allgemeinplatz wird zum Allgemeinplatz durch das Quäntchen Wahrheit, das er enthält. Vielleicht macht Geld nicht glücklich, aber während man auf das Glück wartet, ist Geld kein schlechter Zeitvertreib.

So dachten alle. Das Mobiltelefon in seiner Hemdtasche begann zu klingeln. Er zog es heraus und antwortete, ohne auch nur einen Blick auf den Namen im Display zu werfen. Er wusste auch so, um wen es sich handelte. Die Stimme von Laurent Bedon, dem Regisseur und Autor von *Voices*, der Sendung, die Jean-Loup jede Nacht bei Radio Monte Carlo moderierte, drang mit dem Fahrtwind vermischt an sein Ohr.

»Meinst du, du wirst uns heute Abend mit deiner Gegenwart beehren, oder werden wir die Sendung ohne unseren Star bestreiten müssen?«

»Salut, Laurent. Ich komme gleich, bin schon auf dem Weg.«

»Prima. Du weißt doch, dass Roberts Herzschrittmacher durchdreht, wenn einer seiner DJs nicht mindestens eine halbe Stunde vor der Sendung im Studio ist. Dem qualmen schon die Eier.«

»Die auch? Reichen ihm seine Zigaretten nicht mehr?«

»Anscheinend nicht.«

In der Zwischenzeit war der Boulevard d'Italie in den Boulevard des Moulins übergegangen. Die hell erleuchteten Schaufenster zu beiden Seiten der Straße machten eine Fülle von Versprechungen, wie die lockenden Augen von Edelhuren. Bei denen allerdings ein bisschen Geld genügte, um die Versprechen einzulösen …

Sie wurden durch ein leises Pfeifen unterbrochen, weil das Handy zu dicht ans Autoradio geraten war. Jean-Loup hielt es ans andere Ohr, und das Pfeifen verschwand. Als sei dies ein willkommenes Zeichen gewesen, änderte Laurent seinen Ton.

»Scherz beiseite, leg einen Zahn zu. Ich hab hier ein paar …«

»Warte kurz, Polizei«, unterbrach ihn Jean-Loup.

Er ließ den Arm fallen und setzte seine unauffälligste Unschuldsmiene auf. Mittlerweile hatte er die Ampel an der Kreuzung zur Avenue de la Madone erreicht und wartete auf der linken Spur auf Grün. Ein Streifenpolizist stand an der Ecke und stellte sicher, dass sich alle Autofahrer penibel an die Anweisungen seines leuchtenden Kollegen hielten. Jean-Loup hoffte, dass er das Handy rechtzeitig hatte verschwinden lassen. In Monte Carlo gingen sie ziemlich rigoros mit Handybenutzern am Steuer um. Und er hatte jetzt keine Lust, seine Zeit damit zu verschwenden, mit einem der verbohrten Polizisten des Fürstentums zu diskutieren.

Als die Ampel auf Grün umsprang, bog Jean-Loup unter den misstrauischen Blicken des Beamten links ab. Er sah noch, wie er den Kopf drehte und dem SLK nachblickte, der jetzt hinter dem kurzen Gefälle vor dem Hotel Metropol verschwand. Kaum war er sicher, außer Sichtweite zu sein, hob Jean-Loup das Telefon erneut ans Ohr.

»Entwischt. Entschuldige, Laurent. Was wolltest du sagen?«

»Ich habe gesagt, dass mir ein paar ganz plausible Ideen gekommen sind, die ich gern noch mit dir besprechen würde, bevor du auf Sendung gehst. Also beeil dich.«

»Plausibel? Wie die 32 oder die 27?«

»Ach, leck mich doch, du Kleingeist«, gab Laurent zurück, ironisch, aber doch ein bisschen beleidigt.

»Wie hat doch mal jemand gesagt? Ich brauche keine Ratschläge, sondern klare Anweisungen.«

»Hör auf, Gemeinheiten von dir zu geben, und sieh lieber zu, dass du herkommst.«

»Verstanden. Ich bin schon am Eingang zum Tunnel«, log Jean-Loup.

Das Gespräch wurde von der Gegenseite beendet. Jean-Loup lächelte. Laurent nannte seine neuen Ideen jedes Mal so, plausibel. Um dem Kaiser zuzugestehen, was des Kaisers ist, musste Jean-Loup allerdings zugeben, dass sie es fast immer waren. Dummerweise bezeichnete Laurent mit demselben Wort auch die Nummern im Roulette, von denen er *spürte,* dass sie kommen würden, was aber so gut wie nie zutraf.

An der Kreuzung bog er links in die Avenue des Spelugues hinab. Aus dem Augenwinkel sah er zu seiner Rechten die Lichter des Platzes, auf dem das Hôtel de Paris und das Café de Paris einander gegenüberstanden wie Wachtposten an den Flanken des

Casinos, dessen Lichter sich mit den ihren mischten. Die Absperrungen und Tribünen für den Grand Prix waren hier in Rekordzeit wieder abgebaut worden. Nichts durfte die heidnische Heiligkeit dieses Platzes, der ganz und gar dem Kult des Spiels, des Geldes und des schönen Scheins geweiht war, lange trüben.

Er ließ den Platz und das Casino rechts liegen und fuhr gemächlich die Straße hinunter, die wenige Tage zuvor die Ferraris, die Williams' und die McLarens mit wahnwitziger Geschwindigkeit hinabgerast waren. Nach der Portier-Kehre streifte eine leichte Brise vom Meer sein Gesicht, und er sah die gelben Lichter des Tunnels. Als er hineinfuhr, spürte er die Luft kühler werden, und er tauchte ab ins künstliche Licht, das die Farben so vermischte, dass sie alle gleich aussahen. Am anderen Ende des Tunnels empfing ihn der Blick auf den erleuchteten Hafen, in dem zu diesem Zeitpunkt wahrscheinlich einige hundert Millionen Euro in Form von Yachten auf den Wellen schaukelten. Hoch oben, auf der linken Seite, schien der Felsen mit dem diffus erleuchteten Palast gutmütig darüber zu wachen, dass der Schlaf des Fürsten und seiner Familie nicht gestört wurde.

Auch wenn man daran gewöhnt war, ließ einen der Anblick nicht unberührt. Jean-Loup konnte gut verstehen, dass ein Schauspiel wie dieses einem Bürger aus Osaka oder Austin oder Johannesburg den Atem raubte und ihm beim Schießen von Fotos über Fotos einen Tennisarm bescherte.

Jetzt war er praktisch am Ziel. Er kam am Hafen entlang, wo der Abbau der Tribünen wesentlich gemächlicher vonstatten ging, passierte die Piscine, bog direkt hinter der Rascasse links ab und fuhr die Rampe zur Tiefgarage hinunter, die drei Stockwerke tiefer, genau unter dem weiten Platz vor dem Gebäude des Senders lag.

Er stellte den Wagen auf dem ersten freien Parkplatz ab und nahm die Treppe, um ins Freie hinaufzusteigen. Die Musik aus dem Stars 'n' Bars drang wie ein Echo durch die Türen des Lokals bis zu ihm herüber. Es war ein Szenetreffpunkt für die Nachtschwärmer von Monaco, ein Videopub, in dem man sich auf ein Bier oder ein Tex-Mex-Gericht traf, um gemeinsam auf das Fortschreiten der Nacht zu warten, bevor man sich wieder in die Diskotheken und die Lokale an der Küste zerstreute.

Das riesige Gebäude, in dem Radio Monte Carlo seinen Sitz hatte, beherbergte in den Säulengängen zum Quai Antoine Premier hin eine bunte Vielfalt von Unternehmen: Restaurants, Büros von Schiffswerften, Kunstgalerien sowie die Studios von Tele Monte Carlo.

Jean-Loup trat in den Eingang und klingelte am Bildtelefon. Er stellte sich so dicht vor die Kamera, dass nur ein winziger Ausschnitt seines rechten Auges erfasst wurde.

Die Stimme der Sekretärin, Raquel, kam so drohend wie nur möglich aus dem Apparat.

»Wer ist da?«

»Guten Abend, Auge-um-Auge mein Name. Könnten Sie mir bitte aufmachen? Ich trage Kontaktlinsen und der Netzhautscan funktioniert nicht.«

Er trat einen Schritt zurück, damit sie ihn erkennen konnte. Aus der Sprechanlage drang erst ein leises Lachen, dann eine einladende Stimme.

»Treten Sie ein, Herr Auge-um-Auge ...«

»Danke. Ich bin eigentlich gekommen, um Ihnen eine Enzyklopädie zu verkaufen, aber jetzt würde ich mich schon mit ein paar Augentropfen zufrieden geben ...«

Mit einem trockenen Schnalzen sprang die Verriegelung auf. Als er im vierten Stockwerk eintraf und die Tür des Aufzugs automatisch beiseite glitt, sah er ins pausbäckige Gesicht von Pierrot, der mit einem Stapel CDs in der Hand auf dem Treppenabsatz stand.

Pierrot war eine Art Maskottchen des Senders, zweiundzwanzig Jahre alt, doch mit dem Verstand eines Kindes. Er war etwas kleiner als der Durchschnitt, hatte ein rundes Gesicht, und immer standen ein paar seiner Haare auf eine Weise ab, die bei Jean-Loup den seltsamen Eindruck erweckte, als lächle der Junge durch eine Ananas hindurch.

Pierrot war das unbestechlichste Lebewesen, das auf dieser Erde herumlief. Er verfügte über die Gabe manch schlichter Charaktere, sofort Sympathie bei denjenigen zu wecken und für diejenigen zu empfinden, die es seiner Meinung nach wert waren. Und sein Instinkt trog ihn nur selten.

Er bewunderte die Musik, und sein Verstand, der sich normalerweise schon in den einfachsten Überlegungen verhedderte, wurde plötzlich geistreich und klar, sobald er darüber sprach. In seinem musikalischen Computergedächtnis hatte er das ganze unendliche Archiv des Senders und noch andere Musik weit darüber hinaus gespeichert. Es genügte, ihm den Titel oder den Refrain eines Liedes anzudeuten, sofort schnellte er wie eine Rakete davon, um wenig später die Schallplatte oder CD mit dem fraglichen Stück herbeizubringen. Wegen der Ähnlichkeit seiner Begabung mit derjenigen der Filmfigur, hatten sie ihn im Sender »Rain Boy« getauft.

»Salut, Jean-Loup.«

»Pierrot, was machst du denn um diese Uhrzeit noch hier?«

»Meine Mama arbeitet heute Abend länger. Die Herrschaften geben ein Essen. Sie kommt mich abholen, *wenn es ein bisschen später danach ist.«*

Jean-Loup musste über den Schnitzer des Jungen lächeln. Pierrots Ausdrucksweise gehorchte seiner ganz persönlichen Grammatik, einer besonderen Sprache, bei der sich die Treuherzigkeit der Fehler und die absolute Ahnungslosigkeit, mit der sie ausgesprochen wurden, häufig kongenial zu den umwerfendsten Bemerkungen verbanden. Seine Mutter, die ihn abholen würde, wenn es *ein bisschen später danach* wäre, verdiente sich ihren Lebensunterhalt als Zugehfrau bei einer italienischen Familie, die in Monte Carlo lebte.

Er hatte die beiden vor ein paar Jahren am Eingang zum Sender kennen gelernt. Jean-Loup hatte das seltsame Pärchen zunächst kaum wahrgenommen, bis die Frau schließlich auf ihn zutrat und ihn mit der ängstlichen Miene derjenigen ansprach, die immerfort um Entschuldigung für ihre eigene Existenz zu bitten scheinen. Es wurde ihm klar, dass sie auf ihn gewartet hatten.

»Entschuldigen Sie, sind Sie Jean-Loup Verdier?«

»Ja, Madame. Was kann ich für Sie tun?«

»Also, entschuldigen Sie die Störung, aber könnten Sie meinem Sohn bitte ein Autogramm geben? Pierrot hört immer Radio, und Sie sind sein Lieblingsmoderator.«

Jean-Loup musterte ihr abgetragenes Kleid und ihr vorzeitig ergrautes Haar. Die Frau schien jünger zu sein, als sie aussah. Er lächelte.

»Aber sicher, Madame. Das scheint mir doch das Mindeste zu sein, was ich für einen so treuen Hörer tun kann.«

Während er mit einer Hand die Postkarte und den Kugelschreiber nahm, den ihm die Frau hinhielt, war Pierrot näher getreten.

»Du bist genauso.«

»Genauso wie was?«, hatte Jean-Loup verblüfft gefragt.

»Genauso wie im Radio.«

Jean-Loup wandte sich verwundert zu der Frau. Sie hatte den Blick und die Stimme gesenkt.

»Wissen Sie, mein Sohn, wie soll ich sagen ...«

Sie stockte, als käme sie nicht auf das Wort, das ihr in Wahrheit schon so lange geläufig war. Jean-Loup sah Pierrot aufmerksam an und erkannte in seinem Gesicht das Andersartige. Er hatte Mitleid mit ihm und der Frau.

Genauso wie im Radio ...

Irgendwie hatte Jean-Loup verstanden, dass ihm Pierrot auf seine Weise sagen wollte, er sei genau so, wie er ihn sich *vorgestellt* hatte, wenn seine Stimme im Radio zu hören war. In diesem Augenblick lächelte Pierrot, das kleine Stückchen Straße erhellte sich, und die unmittelbare, instinktive Sympathie, die nur dieser sonderbare Junge zu wecken vermochte, war besiegelt.

»In Ordnung, mein Junge. Jetzt, wo ich weiß, dass du mich hörst, kann ich sagen, dass dies ein schöner Tag ist. Deshalb ist das Mindeste, was ich für dich tun kann, dieses armselige Autogramm. Hältst du das mal kurz, bitte?«

Er drückte dem Jungen einen Stapel Papiere und Postkarten, die er unter dem Arm getragen hatte, in die Hand, um seine eigene zum Schreiben frei zu haben. Während er das Autogramm gab, überflog Pierrot das oberste Blatt und hob mit zufriedener Miene den Kopf.

»Three Dog Night«, sagte er mit seiner sanften, ruhigen Stimme.

»Wie bitte?«

»Three Dog Night. Die Antwort auf die erste Frage ist Three Dog Night. Und auf die zweite ist es Alan Allsworth und Ollie Alsall«, wiederholte Pierrot in seiner ganz persönlichen Aussprache des Englischen.

Jean-Loup erinnerte sich, dass auf dem ersten Blatt ein musikalischer Fragebogen für ein Preisausschreiben in der Nachmittagssendung abgedruckt war, den er einige Stunden zuvor zusammengestellt hatte.

Die erste Frage lautete: »Von welcher Gruppe aus den 70er Jahren stammt das Lied *Celebrate?*« Und die zweite: »Wie hießen die Gitarristen von Tempest?«

Pierrot hatte die beiden Fragen gelesen und richtig beantwortet. Jean-Loup sah die Mutter verwundert an. Die hob die Schultern, als müsse man sich sogar dafür entschuldigen.

»Pierrot hat eine Leidenschaft für Musik. Wenn es nach ihm ginge, würde ich kein Brot kaufen, sondern Platten. Er ist ... Na ja, er ist, wie er ist, aber wenn es um Musik geht, merkt er sich schon dies oder jenes, was er liest oder im Radio hört.«

Jean-Loup zeigte auf das Blatt mit den Fragen, das der Junge immer noch in der Hand hielt.

»Willst du versuchen, auch die anderen Fragen zu beantworten, Pierrot?«

Pierrot spuckte, ohne zu zögern, fünfzehn vollkommen korrekte Antworten aus, eine nach der anderen und praktisch in derselben Zeit, die er brauchte, um die Fragen zu lesen. Und es waren keine leichten Fragen. Jean-Loup war beeindruckt.

»Madame, das ist weit mehr, als sich dies oder jenes zu merken. Der Junge ist ein wandelndes Lexikon.«

Er nahm ihm die Blätter aus der Hand, erwiderte sein Lächeln mit einem Lächeln und zeigte auf das Gebäude, aus dem Radio Monte Carlo sendete.

»Pierrot, hättest du Lust, einen Rundgang durchs Radio zu machen und zu sehen, von wo wir die Musik übertragen?«

Er führte ihn durch die Studios, zeigte ihm den Platz, wo die Stimmen und die Musik herkamen, die er zu Hause hörte, und spendierte ihm eine Coca-Cola. Pierrot war fasziniert von allem und besah es sich mit denselben glänzenden Augen, mit denen seine Mutter die Freude im Gesicht ihres Sohnes registrierte. Doch als er dann ins Archiv im Tiefparterre kam und die Flut von CDs und Schallplatten sah, begann Pierrots Antlitz zu leuchten wie eine gute Seele beim Eintritt ins Paradies.

Als dann alle im Sender von seiner Geschichte erfahren hatten – Pierrots Vater hatte, kaum dass die Behinderung seines Sohnes erkannt worden war, Mutter und Kind nur mit dem, was sie auf dem Leibe trugen, sitzen gelassen –, vor allem aber, nachdem sie Kostproben seines ungeheuren musikalischen Wissens genossen hatten, fand sich spontan ein Weg, ihn in die Belegschaft von Radio Monte Carlo aufzunehmen. Seine Mutter wollte es kaum glauben. Pierrot konnte irgendwo bleiben, während sie arbeitete, und verdiente obendrein noch eine Kleinigkeit dazu.

Doch vor allem war er *glücklich*.

Versprechen und Wetten, dachte Jean-Loup. Manchmal wurde eines gehalten, manchmal wurde eine gewonnen. Vielleicht gab es Besseres auf der Welt, aber das war wenigstens etwas.

Pierrot trat in den Aufzug, die CDs mit einer Hand an sich gepresst, um den Knopf zu drücken.

»Ich bringe die hinunter in *das Zimmer*, dann komme ich zu dir und *sehe deine Sendung.*«

Das Zimmer war seine persönliche Bezeichnung für das Archiv, und *eine Sendung sehen* war in diesem speziellen Fall keine seiner üblichen Wortschöpfungen. Es bedeutete, dass er heute hinter der großen Fensterfront bleiben und Jean-Loup, seinem besten Freund, seinem größten Idol, mit großen Augen zuhören und zuschauen durfte. Normalerweise war Pierrot um die Zeit, zu der Jean-Loups Sendung ausgestrahlt wurde, längst zu Hause und verfolgte sie am Radio.

»Prima, ich halte dir einen Platz in der ersten Reihe frei.«

Die Tür schob sich vor Pierrots Lächeln, das die sterilen Leuchten des Aufzugs weit überstrahlte.

Jean-Loup überquerte den Treppenabsatz und gab den alphanumerischen Code ein, der die Tür öffnete. Direkt gegenüber vom Eingang befand sich der lange Schreibtisch, an dem Raquel in ihrer Doppelrolle als Rezeptionistin und Sekretärin arbeitete. Die junge Frau, eine schlanke Brünette mit einem schmalen, aber hübschen Gesicht, die normalerweise nichts aus der Ruhe bringen konnte, deutete empört mit dem ausgestreckten Zeigefinger auf ihn.

»Du lebst gefährlich, mein Lieber. Eines Tages lasse ich dich draußen verschmoren, wirst sehen!«

Jean-Loup trat auf sie zu und schob den Zeigefinger beiseite wie den Lauf einer geladenen Pistole.

»Hat dir nie jemand gesagt, wie gefährlich es ist, so mit dem Finger zu zeigen? Was, wenn der zufällig geladen wäre und plötzlich losginge? Und überhaupt, wie kommt es, dass du um diese Uhrzeit noch hier bist? Ich hab auch schon Pierrot getroffen. Ist hier irgendwo eine Party, von der ich nichts weiß?«

»Keine Party, nur Überstunden. Alles deine Schuld, du machst die Hörer verrückt und wir müssen Sonderschichten schieben.«

Sie wies mit dem Kopf nach hinten.

»Geh zum Boss, er hat Neuigkeiten.«

»Gute? Schlechte? So lala? Hat er sich schließlich doch noch durchgerungen, um meine Hand anzuhalten?«

»Ich weiß nur, dass er dich sprechen möchte. Er ist im Büro des Präsidenten«, wich Raquel ihm lächelnd aus.

Jean-Loup ging an ihr vorbei. Seine Schritte wurden von dem blauen, mit stilisierten, cremefarbenen Krönchen übersäten Teppich gedämpft. Nach wenigen Schritten blieb er vor der letzten Tür auf der rechten Seite stehen. Er klopfte an und trat ein, ohne ein »Herein« abzuwarten. Der Boss saß am Schreibtisch und, wie sollte es anders sein, telefonierte. Zu diesem Zeitpunkt hatte sich die Luft in seinem Zimmer bereits in einen mystischen Nebel verwandelt, in dem sich die Seele der Zigarette, die er in der

Hand hielt, mit den Seelen all der anderen vereinigte, die er bereits geraucht hatte.

Der Intendant von Radio Monte Carlo war der einzige Mensch, von dem Jean-Loup wusste, dass er diese barbarisch stinkenden russischen Zigaretten rauchte, die mit dem langen Pappmundstück, das vor dem Rauchen in einer Art Voodoo-Ritual eingeknifft werden musste.

Robert bedeutete ihm, sich zu setzen.

Er ging zu einem der schwarzen Ledersessel vor dem Schreibtisch hinüber und machte es sich bequem. Während Robert das Gespräch beendete und das Motorola zuklappte, versuchte Jean-Loup, den Rauch vor sich wegzuwedeln.

»Wollen wir aus diesem Zimmer ein Reservat für die Liebhaber von Nebel machen? Von London oder vom Tod? Oder vielmehr von London und vom Tod? Weiß der Präsident, dass du in seiner Abwesenheit das Büro verpestest? Falls nicht, habe ich genug Material, um dich bis ans Ende deiner Tage damit zu erpressen.«

Radio Monte Carlo, der italienischsprachige Sender des Fürstentums, war von einer Gesellschaft geschluckt worden, die einen Pool von Privatsendern besaß und ihren Sitz in Italien hatte, in Mailand. Die Leitung hier in Monaco lag jedoch vollständig bei Bikjalo, und der Präsident ließ sich nur zu besonders wichtigen Anlässen blicken.

»Du bist ein Gauner, Jean-Loup, ein dreckiger, kleiner Gauner ohne Stehvermögen.«

»Ich weiß nicht, wie du diese widerlichen Dinger rauchen kannst. Du stehst kurz davor, die Grenze vom Rauch zum Nervengas zu überschreiten. Aber vielleicht hast du das auch schon vor Jahren getan, und wir reden hier, ohne es zu merken, nur noch mit deinem Geist.«

Jean-Loups Humor konnte Robert genauso wenig beeindrucken oder gar erschüttern wie der Rauch seiner Zigaretten.

»Meinem Schweigen kannst du entnehmen, wie meilenweit ich über diesen fast schon weibischen Kommentaren stehe. Schließlich sitze ich hier nicht herum und warte darauf, dass dein kostbares Hinterteil einen meiner Sessel berührt, um mir abgedroschene Bemerkungen über meine Zigaretten anzuhören. Und merke wohl, dass ich ›kostbar‹ sage, denn es ist allgemein bekannt, dass du vor allem mit *diesem* denkst ...«

Dieser kleine Schlagabtausch war Teil eines kleinen Rituals, das sie nun schon seit einigen Jahren pflegten, obwohl sie, wie Jean-Loup dachte, weit davon entfernt waren, Freunde zu sein. Der spöttische Humor verdeckte die Tatsache, dass es sehr schwierig war, wirklich zu Robert Bikjalo durchzudringen. Er mochte ein intelligenter Mensch sein, ganz sicher jedoch war er gerissen. Ein intelligenter Mensch gibt der Welt manchmal mehr zurück als er bekommt, ein gerissener versucht, so viel wie möglich an sich zu reißen und nur das Allernötigste zurückzugeben. Jean-Loup kannte die Regeln, nach denen sich die Welt im Allgemeinen und seine Umgebung im Besonderen drehte, nur allzu gut. Er war der DJ, der *Voices* moderierte, eine sehr erfolgreiche Sendung von Radio Monte Carlo. Leute wie Bikjalo hörten dir in dem Maße zu, wie Leute dir von zu Hause aus zuhörten.

»Bevor ich dich gnadenlos auf die Straße werfen lasse, wollte ich dir nur sagen, was ich von dir und deiner Sendung halte ...«

Er lehnte sich zurück und drückte endlich die Zigarette in einem Aschenbecher voller Kippen aus. Wie beim Poker ließ er sein Schweigen auf sie herabsinken. Dann fuhr er fort wie einer, der ein ganz großes Blatt in der Hand hat und »Sehen!« sagt.

»Heute habe ich einen Anruf wegen *Voices* bekommen, wegen deiner Sendung. Von einer Person, die dem Fürstenhaus sehr nahe steht. Frag mich nicht, von wem. Ich kann dir nur die Sünde nennen, nicht den Sünder ...«

Die Stimme des Intendanten änderte sich schlagartig. Ein breites Lächeln erstrahlte auf seinem Gesicht, während er seinen Royal Flash ausspielte.

»Der Fürst persönlich hat seinen Beifall zum Erfolg deiner Sendung ausgesprochen!«

Jean-Loup erhob sich mit einem ähnlichen Lächeln aus dem Sessel, deutete ein »Give-me-five« an und setzte sich wieder. Bikjalo flog auf den Flügeln des Enthusiasmus weiter.

»Monte Carlo hatte immer dieses Image, ein reiches Land zu sein, ein Steuerparadies, in das man von überall auf der Welt kommt, um ein bisschen Geld zu sparen. In letzter Zeit, nach dem ganzen Mist, der in Amerika passiert ist, und der Wirtschaftskrise, die mehr oder weniger überall herrscht, sind wir zwar ein wenig angeschlagen ...«

Dieses »wir« sprach er wie ein freundliches Zugeständnis an die Welt aus, wirkte aber nicht unbedingt wie jemand, der sich allzu viele Gedanken über die Probleme anderer Leute macht. Er nahm eine neue Zigarette aus dem Päckchen, kniffte den Filter zurecht, steckte sie sich in den Mund und zündete sie mit dem Feuerzeug auf dem Schreibtisch an.

»Vor ein paar Jahren waren um diese Jahreszeit an die zweitausend Leute auf dem Platz am Casino. Jetzt weht da manchmal ein Hauch von *The Day after*, der einem glatt Angst einjagen könnte. Durch die soziale Richtung, die du *Voices* gegeben hast, ist ein neuer Aspekt hinzugekommen. Heute halten die Leute Monte Carlo viel stärker für einen Ort, an dem man seine Probleme lösen kann, wo man anrufen und um Hilfe bitten kann. Auch für den Sender, das will ich gar nicht abstreiten, hat sich das ganz gut ausgezahlt. Da sind eine ganze Menge neuer Sponsoren am Horizont, und daran misst sich nun mal der Erfolg eines Programms.«

Jean-Loup hob unwillkürlich eine Augenbraue und lächelte. Robert war ein Manager, und Erfolg zu haben war für ihn gleichbedeutend mit dem erleichterten Seufzer und dem Gefühl der Genugtuung bei Erstellung der Bilanz. Die heroischen Zeiten von Radio Monte Carlo, die von Jocelyn und Awanagana und Herbert Pagani waren vorbei, nur damit wir uns verstehen. Jetzt bestimmte die Wirtschaftlichkeit.

»Ich muss sagen, dass wir ziemlich gut waren. Du ganz besonders. Abgesehen vom erfolgreichen Konzept der Sendung und seiner Weiterentwicklung im Lauf der Jahre ist ihr Erfolg ganz entschieden deiner Fähigkeit geschuldet, die Sendung gleichzeitig auf Französisch und Italienisch zu moderieren. Ich habe dabei nur meine Arbeit gemacht ...«

Bikjalo unterstrich mit vager Geste eine Bescheidenheit, die ihm ganz und gar nicht zukam. Er bezog sich auf eine seiner absolut zielsicheren Intuitionen zum erfolgreichen Management. Die durchschlagende Wirkung des Programms und das zweisprachige Talent seines Moderators hatten ihn zu einem Manöver bewogen, das einem gewieften Diplomaten alle Ehre gemacht hätte. Von den Umfragen und den Geschäftsergebnissen gestützt, war er eine Art Joint Venture mit Europe 2 eingegangen, einem französischen Sender aus Paris mit einer ganz ähnlichen Ausrichtung wie Radio Monte Carlo.

Das Resultat war, dass *Voices* nun einen Großteil des italienischen und des französischen Sendegebietes abdeckte.

Robert Bikjalo legte die Füße auf den Schreibtisch und ließ den Rauch der Zigarette nach oben steigen. Jean-Loup fand diese Haltung angemessen und ziemlich aussagekräftig. Der Präsident hätte das wahrscheinlich etwas anders gesehen.

Der Intendant fuhr triumphierend fort.

»Ende Juni, Anfang Juli sind die Music Awards. Mir ist zu Ohren gekommen, dass du als Moderator im Gespräch bist. Und dann ist da noch das Festival du Cinéma et de la Télévision. Du bist auf dem Weg nach ganz oben, Jean-Loup. Viele Leute in deiner Lage haben sich mit dem Sprung ins Fernsehen schwer getan. Aber du hast so eine gewinnende Art, und ich fürchte, dass durch deine Schuld die Beziehungen zwischen Fernsehen und Radio ziemlich aufgemischt werden, wenn du dein Blatt gut ausspielst.«

Jean-Loup lachte und sah auf die Uhr. Er erhob sich.

»Ich glaube, dass Laurents Magen allmählich auch ziemlich aufgemischt wird. Wir haben noch nicht miteinander gesprochen und müssen den Ablauf der Sendung heute Abend noch klar machen.«

»Sag diesem Regisseur und Autor, dass ihn das Gleiche erwartet wie dich.«

Jean-Loup wandte sich zur Tür. Als er gerade hinausgehen wollte, hielt Robert ihn zurück.

»Jean-Loup?«

Er drehte sich um. Bikjalo wippte in seinem Sessel und sah aus wie Sylvester, dem es endlich doch gelungen war, den Kanarienvogel zu verspeisen.

»Was gibt's?«

»Wir sind uns doch einig, wenn wir diese ganzen Fernsehgeschichten unter Dach und Fach bringen, dass ich dann dein Manager bin …«

Bikjalo sah aus wie der tapfere Ritter La Palisse.

»Ich habe ziemlich gelitten, um auch nur einen Bruchteil von deinem Rauch zu ertragen. Damit du einen Anteil von meinem Geld bekommst, wirst du mindestens genauso leiden müssen.«

Als er die Tür hinter sich schloss, sah Robert Bikjalo träumerisch zur Decke hinauf. Jean-Loup hatte den Eindruck, dass er bereits das Geld zählte, welches er noch nicht verdient hatte.

2

Jean-Loup beobachtete durch die große Scheibe der Aufnahmekabine die Stadt und das Spiel ihrer Lichter, die sich im unbewegten Wasser des Hafenbeckens spiegelten. Darüber, in der Dunkelheit verborgen, lag schützend der Mont Agel, auf dessen Gipfel eine Reihe von roten Lampen die Position des Sendemastes anzeigte, der es ihnen ermöglichte, ganz Italien zu erreichen und abzudecken.

Laurents Stimme drang hinter seinem Rücken aus der Sprechanlage.

»Pause beendet, wir gehen wieder auf Sendung.«

Ohne sich um eine Antwort zu bemühen, riss sich der DJ vom Fenster los und kehrte an seinen Platz zurück. Er nahm die Kopfhörer und setzte sich vor das Mikrofon. Laurent hielt hinter der Scheibe die offene Hand hoch, um anzuzeigen, dass nur noch fünf Sekunden bis zum Ende des Werbeblocks blieben.

Laurent fuhr den kurzen Jingle von *Voices* ab, um die Rückkehr ins Programm zu untermalen. Zumindest bis jetzt war es eine ziemlich lockere Sendung gewesen, streckenweise sogar höchst unterhaltsam, ohne den schmerzlichen Beigeschmack, den sie manchmal zu ertragen hatten.

»Und hier ist wieder Jean-Loup Verdier mit *Voices* von Radio Monte Carlo. Hoffen wir, dass in dieser schönen Nacht im Mai niemand unsere Hilfe braucht, sondern nur unsere Musik. Ah, man gibt mir ein Zeichen, dass wir einen neuen Anrufer haben.«

Tatsächlich leuchtete das rote Lämpchen oben an der Wand, und Laurent wies mit dem rechten Zeigefinger auf ihn, um zu bestätigen, dass ein Anruf in der Leitung war. Jean-Loup stützte seine Ellbogen auf die Tischplatte und wandte sich dem Mikrofon zu, das er vor sich hatte.

»Hallo.«

Es knackte ein paarmal, dann war alles ruhig. Jean-Loup hob den Kopf und blickte Laurent mit gehobener Augenbraue fragend an. Der Regisseur bedeutete ihm achselzuckend, dass das Problem nicht bei ihm lag.

»Ja, hallo?«

Schließlich kam die Antwort durch den Äther, und der Sender schickte sie wieder in den Äther hinaus, und sie drang an jedes Ohr. Sie nahm ihren Platz ein in den Lautsprechern der Regie und in ihrem Geist und in ihrem Leben. Von diesem Moment an und für lange Zeit würde das Dunkel immer etwas dunkler sein, und man würde eine Menge Lärm brauchen, um dieses Schweigen zu überdecken.

»Hallo, Jean-Loup.«

Etwas Unnatürliches lag in dieser Stimme. Sie wirkte hohl und seltsam flach, ohne Ausdruck, ohne Farbe. Die Worte klangen in einem gedämpften Echo aus, wie von einem Flugzeug, das in der Ferne startete.

Jean-Loup sah wieder fragend zu Laurent hinüber, der immer noch den Zeigefinger hochhielt und kleine Kreise in die Luft malte, um zu zeigen, dass die Verzerrung vom Anrufer herrührte.

»Hallo, wer ist da?«

Ein kurzes Zögern am anderen Ende der Leitung. Dann kam die Antwort, fast wie ein Seufzer mit ihrem unnatürlichen Nachhall.

»Das tut nichts zur Sache. Ich bin einer und keiner.«

»Deine Stimme klingt verzerrt, man kann dich schlecht verstehen. Von wo rufst du an?«

Pause. Das leise Rauschen eines Flugzeugs auf dem Weg wer weiß wohin. Der Anrufer nahm Jean-Loups Bemerkung nicht auf.

»Auch das tut nichts zur Sache. Jetzt zählt einzig, dass der Zeitpunkt gekommen ist, an dem wir miteinander sprechen, auch wenn das bedeutet, dass hinterher weder du noch ich dieselben sein werden wie zuvor.«

»In welchem Sinn?«

»Ich werde bald ein Gejagter sein, und du wirst auf der Seite der bellenden Hunde stehen, welche die Jagd in der Dunkelheit anführen. Es ist ein Jammer, denn jetzt, genau in diesem Augenblick, sind wir, du und ich, gleich, sind wir eins.«

»Worin sind wir gleich?«

»Für die Welt sind wir beide nur eine Stimme ohne Gesicht, der man mit geschlossenen Augen lauscht und von der man sich sein eigenes Bild macht. Da draußen wimmelt es von Leuten, die alles dafür tun, um ein Gesicht zu bekommen, das sie mit Stolz vor sich hertragen können, um sich von allen anderen abzuheben, ohne Rücksicht auf Verluste. Es ist jetzt an der Zeit, hinauszugehen und zu sehen, was dahinter steckt …«

»Ich verstehe nicht wirklich, was du damit sagen willst.«

Wieder eine Pause, lang genug, um den Anschein zu erwecken, das Gespräch sei beendet. Dann kam die Stimme zurück, und manch einer hatte das Gefühl, die Spur eines Lächelns herauszuhören.

»Du wirst verstehen, mit der Zeit.«

»Ich kann dir nicht ganz folgen.«

Wieder gab es eine kleine Pause, als überdenke der Mann am anderen Ende der Leitung seine Worte noch einmal.

»Mach dir keine Sorgen deswegen. Manchmal fällt es sogar mir schwer.«

»Also, warum hast du dann angerufen, warum bist du hier und sprichst mit mir?«

»Weil ich allein bin.«

Jean-Loup senkte den Kopf und presste ihn zwischen seine Hände.

»Du sprichst wie jemand, der in einem Gefängnis eingeschlossen ist.«

»Wir sind alle in einem Gefängnis eingeschlossen. Nur dass ich mir meines selbst erbaut habe, aber es ist deshalb nicht einfacher herauszukommen.«

»Das tut mir Leid für dich. Es kommt mir fast so vor, als könntest du die Menschen nicht leiden.«

»Kannst du sie leiden?«

»Nicht immer. Manchmal versuche ich, sie zu verstehen, und wenn mir das nicht gelingt, versuche ich zumindest, sie nicht zu verurteilen.«

»Auch hierin sind wir gleich. Das Einzige, was uns unterscheidet, ist, wenn du aufgehört hast, mit ihnen zu sprechen, kannst du dich müde fühlen. Du kannst nach Hause gehen und deinen Geist ausschalten und all seine Krankheiten. Ich nicht. Ich kann nachts nicht schlafen, weil mein Leiden nie nachlässt.«

»Und was tust du dann, nachts, um dein Leiden zu lindern?«, drängte Jean-Loup seinen Gesprächspartner ein wenig. Die Antwort ließ auf sich warten und kam schließlich ans Licht wie ein Objekt, das langsam aus verschiedenen Lagen Papier gewickelt wird.

»Ich töte ...«

»Was soll das bed ...«

Jean-Loup wurde unterbrochen, weil Musik aus den Lautsprechern tönte. Ein leichtes, etwas melancholisches Stück mit einer eingängigen Melodie, die sich jedoch nach den letzten beiden Worten wie eine Drohung auszubreiten schien. Es lief etwa zehn Sekunden und brach dann ebenso unvermittelt ab, wie es begonnen hatte.

In der zähen Stille danach war das *Klick*, mit dem die Verbindung unterbrochen wurde, deutlich zu hören. Jean-Loup riss den Kopf hoch und sah die anderen an. Trotz des frischen Rauschens der Klimaanlage und der Eiseskälte, die sich in ihren Gedanken breit machte, war es, als hätten sich alle gleichzeitig umgedreht und in den blendenden Schein des brennenden Sodom und Gomorrha geschaut.

Irgendwie schafften sie es, die Sendung über die Bühne zu bringen, bis endlich die Schlussmelodie gespielt werden konnte. Es gab keine weiteren Anrufe aus dem Publikum. Oder genau genommen wurde die Zentrale nach dem seltsamen Anruf mit Telefonaten überschüttet, aber keines davon wurde gesendet.

Jean-Loup setzte die Kopfhörer ab und legte sie neben das Mikrofon auf den Tisch. Er stellte fest, dass diesen Abend sein Haar trotz der Klimaanlage verschwitzt war wie nach einem leichten Lauftraining.

Weder du noch ich werden dieselben sein wie zuvor.

Die ganze Zeit hatte er nur Musik gespielt, hatte sich lange über die merkwürdige Ähnlichkeit zwischen Tom Waits und Paolo Conte ausgebreitet, die beide als Interpreten in kein Schema zu pressen und doch als Autoren ungeheuer einflussreich waren. Er hatte zwei ihrer Liedtexte übersetzt und deren Bedeutung unterstrichen. Zum Glück hatten sie für ganz hoffnungslose Abende, wie es dieser zweifellos war, immer verschiedene Auswege parat. Sie hatten einige Telefonnummern in Reserve, auf die sie zurückgreifen konnten, wenn die Sendung nicht richtig in Schwung kam. Sie telefonierten mit Künstlern und Freunden, baten sie anzurufen und überbrückten dank ihrer Hilfe eine Viertelstunde mit der Poesie und dem Humor von Francis Cabrel.

Die Tür ging auf, und Laurents Kopf lugte zwischen den Pfosten hindurch.

»Alles in Ordnung, Jean-Loup?«

Jean-Loup sah durch ihn hindurch.

»Ja, alles in Ordnung.«

Er stand auf, und sie verließen zusammen das Studio. Ihre Blicke kreuzten sich mit den verblüfften und irgendwie ausweichenden Blicken von Barbara und Jacques, dem Tontechniker. Die junge Frau trug eine blaue Bluse, und Jean-Loup sah große Schweißflecken unter ihren Achseln.

»Es gab Unmengen von Anrufen. Zwei haben gefragt, ob das

eine neue Krimiserie ist und wann die nächste Folge ausgestrahlt wird. Dann haben sich mindestens ein Dutzend Leute darüber aufgeregt, dass wir so faule Tricks nötig haben, um unsere Einschaltquoten in die Höhe zu treiben. Ein Anruf kam vom Boss, und der war ziemlich sauer. Er sitzt schon im Präsidentenzimmer und wartet auf dich. Er ist auch darauf reingefallen und hat gefragt, ob wir total verrückt geworden seien. Scheint so, als habe ihn sofort einer der Sponsoren angerufen, und ich glaube nicht, dass der ihm gratulieren wollte.«

Jean-Loup stellte sich vor, dass das Zimmer, falls überhaupt möglich, noch dicker vom Zigarettenrauch eingenebelt sein und das Gespräch weit weniger enthusiastisch verlaufen würde als vor der Sendung.

»Wieso hat die Zentrale diesen Anruf nicht herausgefiltert?«

»Mich soll der Schlag treffen, wenn ich verstehe, was da abgelaufen ist. Raquel sagt, der Anruf sei nicht über sie hereingekommen. Er ist auf irgendeinem unergründlichen Weg direkt in die Studioleitung geraten. Es muss doch irgendein Kontakt da gewesen sein, in welcher Form auch immer. Wenn du mich fragst, dann hat unsere neue elektronische Telefonzentrale die Jagd aufs Bewusstsein begonnen. Wirst sehen, früher oder später kämpfen wir alle gegen Maschinen, wie in *Terminator*.«

Sie traten aus dem Studio, einer neben dem anderen, und gingen, ohne sich ins Gesicht schauen zu können, in Richtung Bikjalos Büro. Zwischen ihnen standen die beiden Wörter.

Ich töte …

Sie liefen am Computerraum vorbei, sprachlos. Der bedrückende Ton jener Stimme schien immer noch in der Luft zu hängen.

»Und diese Musik am Schluss? Kam mir irgendwie bekannt vor …«

»Mir auch. Wenn ich mich nicht irre, ist es Filmmusik. Es könnte *Ein Mann und eine Frau* von Claude Lelouch sein. Irgendwas so um 1966.«

»Und was soll das bedeuten?«

»Das fragst du mich?«

Jean-Loup schien fassungslos. Sie hatten es hier mit etwas vollkommen Neuem zu tun, das in ihrer bisherigen Erfahrung mit dem Radiogeschäft ohne Beispiel war. Ganz besonders in emotionaler Hinsicht.

»Und du, was meinst du?«

»Alles Blödsinn.«

Jean-Loup untermalte seine Worte mit einer abfälligen Geste, schien aber mehr sich selbst überzeugen zu müssen als die anderen.

»Meinst du?«

»Aber ja. Mal abgesehen von der Zentrale, glaube ich, war das wirklich nichts weiter als ein ziemlich schlechter Scherz irgendeines Idioten.«

Sie blieben vor der Tür zu Bikjalos Büro stehen, und Jean-Loup griff zur Klinke. Endlich sahen sie einander ins Gesicht. Laurent bestätigte den Gedanken.

»Das wird so eine merkwürdige Geschichte sein, die man später im Sporting erzählt und dann über sie lacht.«

Laurent sah aus, als sei er nicht ganz von dem überzeugt, was er da sagte. Jean-Loup drückte die Tür auf, und während sie ins Büro des Intendanten traten, fragte er sich, ob der Anruf eher zu den Versprechen oder zu den Wetten gehörte.

3

Jochen Welder setzte die elektrische Ankerwinde in Gang und hielt den Knopf gedrückt, um die Ankerkette der *Forever* bis auf den Grund hinunterzulassen. Als er sicher war, dass der Anker Halt gefunden hatte, schaltete er den Motor aus. Das Boot, ein fantastischer Zweimaster von zweiundzwanzig Metern Länge, entworfen von seinem Freund Mike Farr und maßgefertigt durch die Werft Beneteau, begann, sich langsam zu drehen. Der leichten auflandigen Brise folgend, legte sie sich mit dem Bug in Richtung des offenen Meeres. Arijane, die das Ankermanöver überwacht hatte, drehte sich um und kam zu ihm hernüber. Leichtfüßig überquerte sie das Deck, lediglich ab und zu an die Reling greifend, um das sanfte Rollen des Schiffes in der Dünung auszugleichen. Jochen blieb mit zusammengekniffenen Augen stehen und bewunderte zum hundertsten Mal ihre schlanke, athletische, fast androgyne Silhouette. Mit einem warmen Gefühl in der Magengegend sog er das Bild ihres festen Körpers und die Faszination ihrer fließenden Bewegungen in sich auf. Er spürte ein beinahe schmerzhaftes Verlangen in sich aufsteigen und dachte mit tiefer Dankbarkeit, dass das Schicksal ihm eine Frau beschert hatte, die er selbst nicht hätte perfekter gestalten können, so nah kam sie seiner persönlichen Vorstellung von vollkommener Schönheit.

Noch hatte er nicht den Mut gehabt, ihr zu sagen, dass er sie liebte.

Sie stellte sich neben ihn ans Steuerrad, legte einen Arm um seine Schultern und drückte ihren Mund zu einem weichen Kuss auf seine Wange. Jochen fühlte die Wärme ihres Atems und den natürlichen Geruch ihres Körpers und dachte einmal mehr, dass es keinen besseren Duft gab als den einer wohlriechenden Haut. Sie roch nach Meer und nach anderen Dingen, die es Stück für Stück und ohne Eile zu entdecken galt. Arijanes Lächeln strahlte im Gegenlicht des Sonnenuntergangs, und Jochen stellte sich, ohne es wirklich sehen zu können, das Leuchten ihrer Augen vor.

»Ich glaube, ich gehe runter und nehme eine Dusche. Wenn du magst, kannst du danach duschen, und wenn du dir dann auch noch diesen grässlichen Bart abrasieren würdest, wäre ich vielleicht bereit, auf fast alles einzugehen, was du mir zum Nachtisch vorschlägst …«

Jochen erwiderte ihr Lächeln mit einem komplizenhaften Zwinkern und fuhr sich mit der Hand über seinen Zweitagebart.

»Seltsam, ich dachte, dass euch Frauen der Typ mit dem sorgsam ungepflegten Bart gefällt …«

Seine Stimme klang nun wie aus einem Trailer für einen Abenteuerfilm der 50er: »Dem, der seinen Arm um eure Schultern legt und mit dem anderen das Boot gen Horizont lenkt.«

Arijane ging auf das Spiel ein. Sie löste sich aus seiner Umarmung und tänzelte wie eine Stummfilmdiva in Richtung Kabine.

»Ich kann mir ohne Probleme eine Reise zum Horizont mit dir vorstellen, mein Held, aber ich glaube, es wäre kein allzu großer Stilbruch, wenn meine Wangen dabei nicht rot gescheuert wären.«

Sie verschwand hinter dem Schandeckel wie eine Schauspielerin in den Kulissen nach einem effektvollen Auftritt.

»Arijane Parker, deine Gegner halten dich für eine Schachspielerin, doch niemand außer mir weiß, dass du in Wirklichkeit ...«

Ihr Kopf erschien noch einmal neugierig in der Türöffnung.

»Was bist?«

»Einer der schönsten Clowns, die ich je gesehen habe.«

»Sicher! Deshalb bin ich so gut im Schach, weil ich es einfach nicht ernst nehme.«

Und sie verschwand wieder. Jochen sah, wie das Licht von drinnen auf die Brücke fiel, und hörte wenig später das Rauschen der Dusche.

Er konnte nicht aufhören zu lächeln.

Er hatte Arijane einige Monate zuvor beim Großen Preis von Brasilien kennen gelernt, anlässlich eines Empfangs, der von einem der Sponsoren seines Teams, einem internationalen Sportbekleidungsproduzenten, gegeben wurde. Normalerweise versuchte er, solchen gesellschaftlichen Verpflichtungen aus dem Weg zu gehen, besonders kurz vor einem Rennen, doch diesmal handelte es sich um eine Benefizveranstaltung zu Gunsten von Unicef, und er hatte sich nicht verweigern wollen.

Trotzdem wanderte er etwas unbehaglich durch die überfüllten Salons, in seinem eleganten, perfekt sitzenden Smoking, dem man nicht im Entferntesten ansah, dass er ihn nur für diesen Abend geliehen hatte. In der Hand hielt er ein Glas Champagner und schaffte es nicht, es auszutrinken, und in seinem Gesicht hielt sich die Langeweile, und er schaffte es nicht, sie zu verleugnen.

»Amüsieren Sie sich immer so gut oder geben Sie sich heute ganz besonders viel Mühe?«

Beim Klang der Stimme hatte er sich umgedreht und Arijanes Lächeln und ihren grünen Augen gegenübergestanden. Sie trug einen Herrenanzug mit offener Bluse und ohne die klassische

Fliege, dazu weiße Tennisschuhe an den Füßen. In dieser Aufmachung und mit den kurz geschnittenen schwarzen Haaren sah sie aus wie eine elegante Version von Peter Pan. Er hatte ihr Foto schon mehrmals in Zeitschriften gesehen und sie sofort erkannt, Arijane Parker, das seltsame Mädchen aus Boston, das aus dem Nichts kam und alle namhaften Champions der Schachwelt in arge Bedrängnis gebracht hatte. Sie hatte ihn auf Deutsch angesprochen, und Jochen hatte in derselben Sprache geantwortet.

»Man hat mir als Alternative den Tod durch Erschießen angeboten, aber da ich noch Verpflichtungen fürs Wochenende habe, musste ich mich wohl oder übel für das hier entscheiden ...«

Er hatte mit dem Kopf in Richtung des überfüllten Salons gezeigt. Das Lächeln der jungen Frau war breiter geworden, und ihr amüsierter Gesichtsausdruck hatte Jochen das Gefühl gegeben, eine Prüfung bestanden zu haben. Sie hatte ihm die Hand hingestreckt.

»Arijane Parker.«

»Jochen Welder.«

Er hatte die dargebotene Hand ergriffen und sofort gespürt, dass diese Geste etwas ganz Besonderes bedeutete, dass mit dem Blick, den sie einander zuwarfen, schon mehr gesagt war, als mit bloßen Worten ausgedrückt werden konnte. Sie waren hinaus ins Freie gegangen, auf die große Terrasse, die auf Pfeilern über dem ruhigen Atem der brasilianischen Nacht thronte.

»Wie kommt es, dass du so gut Deutsch sprichst?«

»Die zweite Frau meines Vaters, die zufälligerweise meine Mutter ist, stammt aus Berlin. Zum Glück ist sie lange genug mit ihm verheiratet geblieben, um mir die Sprache beizubringen.«

»Und wie kommt es, dass die Besitzerin eines so schönen Kopfes sich entscheidet, ihn Stunden um Stunden über ein Schachbrett zu hängen?«

Arijane hatte spöttisch eine Augenbraue gehoben und ihm mit einer Gegenfrage den Ball zurückgespielt.

»Und wie kommt es, dass der Besitzer eines so interessanten Kopfes sich entscheidet, ihn unter so einem Topf zu verstecken, wie ihr Fahrer das tut?«

Just in diesem Moment hatte Leon Uriz, der Repräsentant von Unicef, der den Abend ausrichtete, seine Anwesenheit im großen Saal verlangt. Jochen hatte sich nur widerwillig von Arijane verabschiedet und war ihm gefolgt, fest entschlossen, so bald wie möglich das Fragezeichen hinter ihrer letzten Frage verschwinden zu lassen. Bevor er über die Schwelle der großen Glastür trat, hatte er sich noch einmal umgewandt, um zu ihr zurückzuschauen. Sie stand an der Balustrade und sah ihm nach, eine Hand in der Tasche. Mit einem verständnisvollen Lächeln hatte sie ihr Champagnerglas zu ihm erhoben.

Am nächsten Tag, einem Donnerstag, war er nach dem freien Training zum Schachturnier gegangen, um ihr zuzusehen. Sein Erscheinen erregte ein gewisses Aufsehen im Publikum und unter den Journalisten. Es war klar, dass die Anwesenheit von Jochen Welder, dem zweifachen Formel-Eins-Weltmeister, bei einer Partie von Arijane Parker kein Zufall war und sicher nichts mit einem bisher verheimlichten Interesse für Schach zu tun haben konnte. Sie hatte am Spieltisch gesessen, durch eine Schranke von den Richtern und dem Zuschauerraum getrennt. Sie hatte den Kopf in Richtung des Raunens gedreht. Als sie ihn sah, blieb ihr Gesicht vollkommen unverändert, als habe sie ihn nicht wiedererkannt. Sie hatte ihren Blick zurück auf das Schachbrett gelenkt, das sie vom Gegner trennte. Jochen hatte ihre Konzentration bewundert, ihren gesenkten Kopf, mit dem sie das Spielfeld beobachtete, die seltsame Fremdheit der zierlichen Frauengestalt in einer Umgebung, in der normalerweise Männer den Ton angaben. Doch von da an hatte Arijane aus unerfindlichen Gründen einige Spielzüge in den Sand gesetzt. Er verstand überhaupt nichts von Schach, aber er schloss es aus den Kommentaren der Enthusiasten im Publikum, die den Saal füllten. Plötzlich war sie aufgestanden und hatte als Zeichen der Kapitulation den König aufs Spielbrett gelegt. Mit gesenktem Kopf, ohne irgendjemanden anzusehen, war sie zur Holztür gegangen, die sich am Fuße des Saales öffnete. Jochen hatte noch versucht, sie zu erreichen, doch sie war spurlos verschwunden.

Das Zeitfahren und die Vorbereitungen für das Rennen hatten

es ihm nicht erlaubt, weiter nach ihr zu suchen. Am Morgen des Großen Preises war sie überraschend in den Boxen aufgetaucht, direkt nach dem Fahrerbriefing. Er kontrollierte gerade die letzten Einstellungen am Wagen, die er den Mechanikern nach dem Warm-up durchgegeben hatte, als ihre Stimme ihn genauso überraschte wie bei ihrem ersten Zusammentreffen.

»Tja, ich muss leider sagen, dass dir der Overall nicht ganz so gut steht wie der Smoking, aber zumindest scheinst du etwas besser gelaunt zu sein.«

Er hatte sich umgedreht, und da stand sie vor ihm, mit ihren großen, grünen, leuchtenden Augen, die Haare halb unter einer Schirmmütze mit dem Logo eines Sponsoren verborgen. Sie trug wie fast alle hier ein leichtes T-Shirt, unter dem sich ihre nackten Brüste erahnen ließen, und ein Paar bunte Bermudashorts. An ihrem Hals hing ein Passierausweis der Foca und eine Sonnenbrille am Plastikband. Die Überraschung lähmte ihn, bis Alberto Regosa, sein Chefingenieur, ihm scherzhaft zurief: »He, Jochen, wenn du nicht bald den Mund zumachst, weiß ich nicht, wie ich dir nachher den Helm überziehen soll.«

Er hatte Arijane eine Hand auf die Schulter gelegt und gleichzeitig ihr und auf den Scherz seines Freundes geantwortet.

»Komm, wir hauen hier ab. Ich könnte dich auch jemandem vorstellen, aber es bringt nichts, vertraulich zu werden, wo er sich doch morgen einen neuen Job wird suchen müssen und nicht mehr unter uns weilen wird.«

Er hatte sie aus der Box geleitet und hinter seinem Rücken mit erhobenem Mittelfinger die Frotzelei des Ingenieurs erwidert. Ungeniert musterte er die schönen Beine, die aus den Bermudas ragten.

»Um ehrlich zu sein, muss ich sagen, dass der Smoking dir nicht schlecht stand, aber mir ist es lieber so. Mädchenbeine in Hosen wirken zu Recht immer etwas verdächtig.«

Sie hatten gelacht, und Jochen hatte ihr kurz das Durcheinander und die hektischen Aktivitäten in der Welt der Autorennen geschildert, die Arijane vollkommen fremd war. Er hatte ihr erklärt, wer wer und was was war, immer wieder seine Stimme erhebend, um nicht vom Dröhnen der Motoren übertönt zu werden. Als der Start näher rückte, hatte er ihr angeboten, das Rennen von den Boxen aus zu verfolgen.

»Ich fürchte, dass ich mir jetzt diesen Topf überstülpen muss, von dem du gesprochen hast. Wir sehen uns später.«

Er hatte sich von ihr verabschiedet und sie der Fürsorge Greta Ringers, der PR-Managerin des Teams, anvertraut. Sich selbst hatte er auf den Fahrersitz hinters Lenkrad gefädelt und sie noch einmal angesehen, während die Mechaniker ihm die Sicherheitsgurte umlegten. Durch das Visier des Helms hatten ihre Augen erneut miteinander gesprochen, in einer Sprache, die den emotionalen Kick des Rennens übertrumpfte. Er war fast sofort ausgeschieden, nach etwa zehn Runden, obwohl er eigentlich einen guten Start gehabt hatte. Dann jedoch, als er an vierter Stelle lag, hatte die Hinterradaufhängung, der Schwachpunkt seines Wagens, plötzlich nachgegeben und ihn mit einem Dreher aus einer schnellen Linkskurve herausgeschleudert. Er war hart gegen den Seitenschutz geprallt, wieder in die Mitte der Fahrbahn zurückgeschleudert worden und schließlich mit seinem halb zerstörten Klover F109 zum Stehen gekommen. Über Funk hatte er das Team darüber informiert, dass mit ihm alles in Ordnung sei, und war zu Fuß zurückgegangen. An den Boxen hatte er sofort nach Arijane Ausschau gehalten, sie aber nicht gesehen. Erst nachdem er mit dem Teammanager und den Technikern die Ursachen des Unfalls analysiert hatte, konnte er sie suchen gehen. Schließlich hatte er sie im Motor Home gefunden, wo sie neben Greta saß, die sich bei seiner Ankunft diskret zurückzog. Arijane war aufgestanden und hatte ihm die Arme um den Hals gelegt.

»Ich kann akzeptieren, dass deine Anwesenheit mich das Halbfinale eines sehr wichtigen Turniers kostet, aber ich glaube, es wird mir schwer fallen, jedes Mal ein paar Jahre meines Lebens zu verlieren, wenn du das deine riskierst. Aber jetzt kannst du mich küssen, wenn du magst …«

Von jenem Tag an hatten sie nicht mehr voneinander gelassen.

Jochen zündete sich eine Zigarette an und blieb allein im Halbdunkel sitzen, um zu rauchen und die Lichter der Küste zu betrachten. Sie hatten ein Stück außerhalb von Cap Martin vor Roquebrune geankert, etwas rechts von dem großen, azurblauen »V«, dem Erkennungsmerkmal des Vista Palace, dem großen Hotel oben auf dem Berggipfel. Auf der linken Seite glänzte Monte Carlo herüber, schön und falsch wie dritte Zähne, in Licht getaucht, das es nicht verdient hatte, und in Geld, das ihm nicht gehörte. Seit dem Grand Prix waren drei Tage vergangen, und die Stadt war nach dem Andrang der Menge am Rennwochenende ziemlich schnell wieder zu ihrer gekünstelten Normalität zurückgekehrt. Wo kurz zuvor noch die Geschwindigkeit der Rennwagen dominiert hatte, floss der Verkehr wieder träge und wohl geordnet unter der warmen Maisonne, dieser Vorahnung des Sommers, der nicht mehr war wie früher, weder für ihn noch für irgendjemand sonst.

Jochen Welder mit seinen vierunddreißig Jahren fühlte sich alt und hatte Angst.

Er kannte sie gut, die Angst, sie war die ständige Gefährtin eines jeden Formel-1-Piloten. Sie begleitete ihn an jedem Samstag vor dem Rennen, unabhängig davon, welche Frau gerade sein Leben oder sein Bett teilte. Mittlerweile konnte er ihren Geruch sogar in seinen schweißgetränkten Anzügen riechen, die in den Boxen zum Trocknen aufgehängt waren. Lange Zeit hatte er seine Angst ebenso gehegt wie bekämpft, hatte sie jedes Mal vergessen, sobald er den Helm aufsetzte oder ins Auto kletterte, die Sicherheitsgurte anlegte und darauf wartete, dass Adrenalin seine Adern durchströmte. Diesmal war es anders, diesmal hatte er Angst vor der Angst. Vor jener Angst, welche die Vernunft über den Instinkt stellt, welche dich einen Augenblick früher als nötig den Fuß vom Gas nehmen und einen Moment zu früh das Bremspedal suchen lässt. Die dich plötzlich verstummen macht und nur noch durch die Uhr spricht, wenn sie dir vor Augen führt, wie schnell eine Sekunde für einen normalen Menschen vergeht und wie langsam für einen Fahrer.

Das Handy, das in seiner Hülle neben ihm lag, begann zu klingeln. Er hatte geglaubt, es ausgeschaltet zu haben, und betrachtete es in der Absicht, dies jetzt nachzuholen. Dann zog er es mit einem Seufzer heraus und nahm das Gespräch an.

»Wo zum Teufel bist du abgeblieben?«

Die Stimme von Roland Shatz, seinem Manager, sprang aus dem Apparat wie die eines Quizmoderators aus dem Fernsehen, nur dass der üblicherweise nicht wütend auf die Kandidaten war.

»Unterwegs …«, wich er aus.

»Unterwegs, von wegen! Hast du auch nur die geringste Ahnung, was hier los ist?«

Er wusste es nicht, aber er konnte es sich nur allzu gut vorstellen. Ein Fahrer, der ein so gut wie gewonnenes Rennen durch einen Fehler in der letzten Kurve verlor, war immer ein gefundenes Fressen für die Sportzeitungen der ganzen Welt. Roland ließ ihm keine Zeit für eine Erwiderung und fuhr fort.

»Das Team hat alles versucht, um dich vor der Presse zu schützen, aber Ferguson tobt wie eine wild gewordene Hyäne. Das ganze Rennen lang hast du nicht ein einziges Mal überholt, du bist bloß an erster Stelle gefahren, weil alle anderen ausgeschieden oder stehen geblieben sind, und dann wirfst du den Sieg auf diese Weise weg! ›Jochen Welder verliert in Monte Carlo das Rennen und sein Gesicht‹, das war noch die freundlichste Schlagzeile.«

Er versuchte, halbherzig zu protestieren.

»Aber ich habe euch doch gesagt, dass irgendwas mit der Abstimmung …«

Der Manager ließ ihn nicht einmal ausreden.

»So ein Quatsch! Die Telemetrieprotokolle liegen vor und singen besser als Pavarotti. Der Wagen war perfekt, und bis es Malot den Motor auseinander gehauen hat, wurdest du doch nach Strich und Faden von ihm abgezockt, obwohl er am Start hinter dir war.«

François Malot war der zweite Fahrer des Teams, ein junger, hochtalentierter Pilot, den Ferguson, der Manager des Klover-Formel-1-Racing-Teams, schon seit langer Zeit aufbaute und förderte. Noch fehlte ihm die notwendige Erfahrung, doch er war ein exzellenter Testpilot und verfügte über Biss und Wagemut für zwei. Nicht umsonst hatten die Verantwortlichen im Rennzirkus ein Auge auf ihn geworfen, seit er in der Formel 3 fuhr, bis dann Ferguson alle ausgestochen und ihn für zwei Jahre unter Vertrag genommen hatte. Auch Shatz hatte sich ziemlich abgestrampelt, um sein Manager zu werden. So waren nun mal die Regeln in der Formel 1, jenem kleinen Universum, in dem die Sonne mit unerbittlicher Geschwindigkeit auf- und wieder unterging.

Unvermittelt änderte Roland am Telefon seinen Ton, und in seiner Stimme schwang jene Freundschaft mit, die er für Jochen weit über die bloße Arbeitsbeziehung hinaus empfand. Es war fast, als verkörpere er den guten und den bösen Bullen in einer Person.

»Jochen, es gibt wirklich Schwierigkeiten. Nächste Woche sind private Testläufe in Silverstone angesetzt, mit Williams und Jordan. Wenn ich richtig verstanden habe, bist du nicht eingeladen. Sie möchten lieber, dass Malot und Barendson die neue Aufhängung testen. Du weißt, was das bedeutet, oder?«

Sicher wusste er das. Er war zu lange im Rennzirkus, um das nicht zu wissen. Wenn ein Fahrer nicht mehr auf den aktuellsten technischen Stand des Teams gebracht wurde, dann wollten die Verantwortlichen mehr als wahrscheinlich verhindern, dass er wertvolle Informationen mit in eine andere Mannschaft trug. Was bedeutete, keine Vertragsverlängerung.

»Was soll ich dazu sagen, Roland?«

»Nichts, ich erwarte nicht, dass du irgendetwas dazu sagst. Ich wünschte mir nur, dass du, wenn du fährst, dein Hirn und deinen Fuß so einsetzt, wie du das bisher immer getan hast.«

Er machte eine kaum wahrnehmbare Pause.

»Du bist mit der da zusammen, nicht wahr?«

Jochen musste wider Willen lächeln.

Roland konnte Arijane nicht leiden, in ihren Gesprächen hatte sie nicht einmal einen Namen, sondern war einfach nur »die da«. Andererseits konnte kein Manager eine Frau leiden, die er für die Verweichlichung eines seiner Piloten verantwortlich machte. Er hatte Dutzende von Frauen vor ihr gehabt, und Shatz hatte sie als genau das eingeschätzt, was sie waren, unvermeidliche Anhängsel eines Mannes, der wie er im Rampenlicht stand, kleine schöne Monde, die das strahlende Licht der Sonne des Champions reflektierten. Seltsamerweise hatte er alle Antennen ausgefahren, als Arijane in sein Blickfeld geriet, und war in die Defensive gegangen. Vielleicht war jetzt der richtige Moment, um ihm zu erklären, dass Arijane nicht die Krankheit, sondern eher ein Symptom war. Jochen sprach mit ihm wie mit einem Kind, das er überzeugen musste, sich auch hinter den Ohren zu waschen.

»Roland, ist dir noch nie in den Sinn gekommen, dass der Film vielleicht zu Ende sein könnte? Ich bin vierunddreißig Jahre alt, viele Piloten in meinem Alter sind längst zurückgetreten. Und die, die noch im Rennen sind, sind nur noch ein schwacher Abklatsch von dem, was sie einmal waren.«

Absichtlich erwähnte er nicht diejenigen, die gestorben waren. Namen, Gesichter, das Lachen von Männern, die von einem Augenblick zum anderen nichts mehr waren als eingeklemmte Körper in einer verbeulten Karosserie, ein bunter Helm, der auf die Seite hing, ein Krankenwagen, der niemals schnell genug war, ein Helikopter, der immer zu spät kam, ein Arzt, der nichts mehr ausrichten konnte.

In Rolands Worten schwang eine Spur Empörung mit.

»Aber Jochen, was redest du denn da! Wir wissen beide, wie die Formel 1 ist, aber ich habe einen ganzen Schwung Angebote aus Amerika fürs Kart. Du hast noch viel Zeit vor dir, um dich zu amüsieren und nebenbei ohne jedes Risiko eine schöne Stange Geld mitzunehmen.«

Jochen hatte nicht den Mut, das Feuer von Rolands Begeisterung zu löschen. Das Geld würde ganz sicher nicht den Ausschlag geben, um seinen Gemütszustand zu verändern. Geld hatte er mehr als genug. Er hatte es in all den Jahren verdient, in denen er seine Haut riskiert hatte, und es war nicht, wie das vieler seiner Kollegen, in den Turbinen eines Privatflugzeugs oder in einem Helikopter oder in überall auf der Welt verstreuten Häusern verschwunden. Doch ihm war nicht danach, Shatz zu sagen, dass sein Problem anderswo lag, dass er leider keinen Spaß mehr an der Sache hatte. Aus irgendeinem Grund war seine Glückssträhne gerissen, und er konnte noch zufrieden sein, dass er nicht gerade obenauf balanciert war.

»In Ordnung, wir können ja später nochmal darüber reden.«

Shatz verstand, dass dies nicht der rechte Augenblick war, um weiterzubohren.

»Okay, versuch für Spanien in Form zu bleiben. Die Weltmeisterschaft ist noch nicht gelaufen, und es reichen ein paar schöne Rennen, um alles in Frage zu stellen. In der Zwischenzeit amüsier dich gut, mein Lieber!«

Roland beendete das Gespräch, und Jochen blickte eine Weile auf das Gerät hinunter, als könne er darin das nachdenkliche Gesicht seines Managers sehen.

»Prima. Du kannst es kaum erwarten, dass ich gehe, und schon klebst du am Telefon. Muss ich Angst haben, dass es eine andere Frau in deinem Leben gibt?«

Arijane kam an Deck und ging zu ihm hinüber, während sie sich die Haare mit einem Handtuch trocknete.

»Nein, es war Roland.«

»Ah!«

Alles lag in dieser einen Silbe.

»Er kann mich nicht leiden, nicht wahr?«

Jochen zog sie an sich und schlang seine Arme um ihre schlanke Taille. Dann legte er seine Wange an ihren Bauch und sprach weiter, ohne sie anzublicken.

»Das ist es nicht. Roland hat so seine Befürchtungen, wie alle, aber er ist ein Freund und will nur das Beste.«

»Hast du es ihm gesagt?«

»Nein, ich wollte es ihm nicht am Telefon mitteilen. Ich glaube, ich werde es ihm und Ferguson in Barcelona sagen, nächste Woche. Auf jeden Fall werde ich meinen Rücktritt erst Ende der Saison offiziell bekannt geben. Ich habe keine Lust, noch mehr von den Journalisten verfolgt zu werden.«

Ihre Geschichte war ein Leckerbissen für die Weltpresse gewesen. Ihre Fotos hatten wochenlang die Titelseiten der Illustrierten geziert, und die Klatschreporter hatten sich überschlagen, um immer noch mehr über sie zu schreiben oder zu erfinden. Jochen hob sein Gesicht zu ihr empor und suchte ihre Augen. Seine Stimme war nur noch ein bewegtes Flüstern.

»Ich liebe dich, Arijane. Ich habe dich schon geliebt, bevor ich dich kennen gelernt habe, nur wusste ich nichts davon.«

Sie antwortete nicht. Sie betrachtete ihn nur in dem Lichtschein, der aus dem Unterdeck fiel. Jochen wurde plötzlich unsicher, doch nun war es heraus, und er wollte auch nicht mehr zurück.

Zweiter Karneval

Der Kopf des Mannes taucht kurz vor dem Bug der *Forever* an der Wasseroberfläche auf. Durch das Glas der Taucherbrille kann er die Ankerkette ausmachen und schwimmt mit langsamen Zügen zu ihr hinüber. Er hält sich mit der rechten Hand daran fest und lässt das Boot, dessen Glasfaserrumpf das Licht des Vollmonds reflektiert, nicht aus den Augen. Sein Atem in der Maske geht ruhig und gleichmäßig.

Die Fünf-Liter-Sauerstoffflasche, die er auf dem Rücken trägt, ist nicht für lange Tauchgänge gedacht, aber sie ist leicht, handlich und verschafft ihm genau die Unabhängigkeit, die er benötigt. Er trägt einen schwarzen, unauffälligen Neoprenanzug ohne Beschriftung oder bunte Einsätze, der dick genug ist, um ihn gegen die Kälte zu schützen, solange er im Wasser bleibt. Er kann keine elektrische Lampe benutzen, doch das helle Licht des Vollmonds lässt ihn diesen Mangel nicht spüren. Sorgsam jedes Plätschern vermeidend, gleitet er von neuem unter Wasser und folgt der Linie des Schiffsrumpfes. Der lang gezogene Kiel reicht weit hinunter in die dunkle Tiefe. Am Heck der Yacht taucht er wieder auf und hängt sich an die Leiter, die dort heruntergeklappt blieb.

Sehr gut.

Das erspart ihm ein umständliches Manöver, um an Bord zu klettern. Er löst die Seilrolle, die er um die Taille gewickelt hatte, klinkt einen Karabiner in eine Sprosse und hängt als Erstes den hermetisch verschlossenen Behälter daran, den er bei sich hat. Er würde sich auch der Sauerstoffflasche, der Flossen und des Bleigürtels entledigen und sie dort, einen Meter unter der Wasseroberfläche an der Leiter befestigt, zurücklassen. Er kann es sich nicht erlauben, in seiner Beweglichkeit eingeschränkt zu sein, auch wenn die Überraschung, mit der zwei Menschen aus dem Schlaf gerissen werden würden, ihm zuspielen und seine Aufgabe erheblich erleichtern würde.

Als er sich gerade die Schwimmflossen auszieht, hört er an Deck Schritte. Sofort löst er sich von der Leiter und schwimmt ein wenig nach rechts in den Schutz der Bordwand. Von seinem Platz im Schatten sieht er die junge Frau aus der Kabine kommen und stehen bleiben, als bewundere sie das Lichtspiel des Mondes auf dem ruhigen, glatten Meer. Für einen Moment ist der weiße Bademantel, den sie trägt, ein Reflex mehr auf der Wasseroberfläche, doch dann lässt sie ihn in einer fließenden Bewegung zu Boden gleiten und steht nackt im Mondlicht.

Von seinem Schlupfwinkel aus sieht der Mann sie im Profil und bewundert ihren festen Körper, die perfekt geformte Silhouette ihrer kleinen, festen Brust, und folgt mit seinen Blicken der Linie ihrer Pobacken, die in langen, feingliedrigen Beinen ausläuft.

Mit silbrigen Bewegungen nähert sich die junge Frau der Leiter und streckt einen Fuß ins Wasser, um die Temperatur zu prüfen.

Der Mann lächelt, doch es ist das scharfzahnige Lächeln eines Haifisches.

Er kann sein Glück kaum fassen.

Er hofft glühend, dass das Mädchen nicht vor dem kalten Wasser zurückschrecken, sondern der Faszination eines Bades im Mondlicht erliegen würde. Als wolle sie seinen Gedanken aufgreifen, wendet sie sich um, steigt die Leiter hinunter und lässt sich langsam in die Wellen gleiten. Sie erschauert ein wenig in der prickelnden Kühle des Wassers, die ihr Gänsehaut bereitet und auf ansehnliche Weise ihre Brustwarzen aufrichtet.

Sie schwimmt weg vom Schiff ins offene Meer hinaus, weg von der Stelle, an der er, in seinen dunklen Anzug gehüllt, im Hinterhalt liegt. Die stille Bewegung, mit welcher der Mann sich wieder unter die Wasseroberfläche gleiten lässt, hat etwas von der dunklen Geschmeidigkeit eines Raubtiers, das sein Jagdspiel mit der ahnungslosen Beute beginnt, ein grausames Spiel, bei dem es immer um Leben und Tod geht.

Mit Hilfe der Hände entleert er über das Atmungsventil seine

Lunge, um besser tauchen zu können. Dann geht er in die Horizontale und beginnt, in Richtung des Mädchens zu schwimmen. Wenig später ist er unter ihr. Er hebt den Kopf und sieht sie über sich, ein dunkler Fleck im Gegenlicht auf der Wasseroberfläche, sieht sie Arme und Beine bewegen, um sich über Wasser zu halten. Langsam steigt er auf, spärlich atmend, um sich nicht durch Luftbläschen zu verraten. Kaum ist das Mädchen in Reichweite, umklammert er ihre Knöchel und zieht sie mit einem gewaltigen Ruck nach unten.

Arijane wird von dem kräftigen Griff, der sie in die Tiefe zieht, vollkommen überrascht. Die Bewegung, mit der sie hinabgleitet, kommt so plötzlich, dass sie nicht einmal mehr Zeit hat, ihre Lunge mit Luft zu füllen. Schlagartig befindet sie sich einen Meter unter Wasser und spürt gleichzeitig, wie der Griff um ihre Knöchel lockerer wird. Instinktiv versucht sie, mit Schwung wieder an die Oberfläche zu strampeln, doch bleiern legen sich zwei Hände auf ihre Schultern und drücken sie unnachgiebig noch weiter in die Tiefe, weg von der Wasseroberfläche, die höhnisch über ihrem Kopf leuchtet wie ein falsches Versprechen von Licht und Luft. Sie fühlt zwei gierige Arme ihre Brust umklammern und sich wie ein Gürtel um ihren Busen schließen. Sie spürt die glitschige Berührung vom Neopren eines Taucheranzugs, der sich an ihren nackten Rücken legt, und einen unbekannten Körper, der sich an sie schmiegt, während ihr Becken von den Beinen des Angreifers umschlungen und jede Bewegung im Keim erstickt wird.

Panik umschließt den Verstand mit einer Mauer aus Eis.

Sie windet sich in seinem Griff, versucht wie wild, sich daraus zu befreien, doch ihre Lunge, der schon der Sauerstoff fehlt, verbrennt in einem einzigen Augenblick die letzten spärlichen Reserven. Das Bedürfnis nach Luft nimmt stetig zu. Arijane fühlt ihre Kräfte schwinden, hat dem tödlichen Griff des Körpers, der sie zäh umklammert hält, kaum noch etwas entgegenzusetzen. Unerbittlich zieht er sie weiter nach unten, in die mondlose Nacht der Tiefe.

Sie weiß, dass sie sterben wird, dass jemand sie ermordet, ohne dass sie den Grund erfahren wird. Aus ihren Augen quellen salzige Tränen der Trauer und mischen sich mit den Millionen namenlosen Tropfen des gleichgültigen Meeres um sie herum. Sie spürt, wie die Dunkelheit dieser Umarmung sich ausdehnt, schwarzer Tinte in einem Wasserbecken gleich, und in sie eindringt, ein Teil von ihr wird. Eine kalte, grausame Hand durchwühlt alle Winkel ihres Körpers, außen und innen, als wolle sie jede noch so winzige lebendige Regung ersticken, bis sie schließlich ihr junges weibliches Herz erreicht und es für immer anhält.

Der Mann merkt, wie der Körper plötzlich erschlafft, als ihn das Leben verlässt. Er wartet noch einen Moment und dreht dann die Leiche des Mädchens mit dem Gesicht zu sich, legt ihr den Arm unter die Achseln und fängt an, die Schwimmflossen zu bewegen, um wieder nach oben zu gelangen. Während er allmählich zur leuchtenden Oberfläche aufsteigt, verwandelt sich der dunkle Fleck hinter dem Glas der Taucherbrille in das Gesicht der jungen Frau und nimmt langsam Form an. Zarte Linien treten hervor, die feine Nase, der halb offene Mund, aus dem noch einige letzte, spöttische Luftbläschen entweichen. Es kommen die leuchtenden grünen Augen zum Vorschein, leblos, fixiert vom gnadenlosen Blitz des Todes, und sie nähern sich dem Licht, das sie nicht mehr erblicken können und das ihnen nicht mehr gehört.

Der Mann sieht das Gesicht der Frau, die er ermordet hat, allmählich erscheinen, so wie ein Fotograf die Entwicklung einer Fotografie beobachtet, die ihm besonders am Herzen liegt. Als er sich der Schönheit des Gesichts ganz sicher ist, lächelt von neuem der Hai.

Der Kopf des Mannes taucht schließlich aus dem Wasser. Den Leichnam im Schlepptau, schwimmt er auf die Leiter zu. Er greift nach der Leine, die er zuvor am Metallrohr befestigt hatte, und wickelt sie um den Hals der Frau, um sie zu sichern, während er sich der Sauerstoffflasche und des Atemgeräts entledigt. Der Körper gleitet unter Wasser und verursacht einen leichten Wirbel. Die Haare des Mädchens bewegen sich wenige Zentimeter unter der Wasseroberfläche im Rhythmus der leise an den Rumpf schlagenden Wellen, treiben im Mondlicht wie die Tentakel einer Qualle.

Er zieht sich die Schwimmflossen aus, die Tauchermaske und den Bleigürtel und legt sie vorsichtig, ohne das geringste Geräusch zu produzieren, aufs Deck. Als er fertig ist, greift er mit der linken Hand nach einer Leitersprosse, löst die Leine, die den Leichnam hält, und umfasst ihn mit seinem rechten Arm. Ohne sichtbare Anstrengung steigt er mit dem Körper seines Opfers im Arm die wenigen Holzstufen empor. Sanft legt er ihn auf die Brücke, quer zur Längsachse der Yacht. Er betrachtet ihn gründlich, dann bückt er sich, um den Bademantel aufzuheben, den das Mädchen vor seinem nächtlichen Bad getragen hatte.

Wie in nachträglichem Bedauern bedeckt er mit ihm die Frau auf dem Teakholz der Brücke, als wolle er den kalten Körper vor der Kühle einer Nacht schützen, die für sie kein Ende mehr nehmen würde.

»Arijane?«

Die Stimme dringt plötzlich vom Unterdeck herauf. Instinktiv dreht der Mann den Kopf in diese Richtung. Vielleicht ist der Gefährte der Frau aufgewacht, weil er das Gefühl hatte, allein in der Kabine zu sein. Vielleicht hat er ein Bein ausgestreckt, um die Berührung ihrer Haut zu suchen, und hat sie nicht gefunden in jenem weißen Licht, das der Mond im Schlafzimmer verbreitet.

Da er keine Antwort bekommt, wird er gleich hinausgehen, um nach ihr zu suchen.

In seinem dunklen Taucheranzug, der ihn zu einem dunkleren Schatten unter den Schatten des Mondes macht, erhebt er sich und versteckt sich im Schutz der Verbindung von Mast und Besanbaum.

Von seinem Beobachtungsposten sieht er zunächst den Kopf und dann den Körper des Mannes, der hinaufkommt, um seine Frau zu suchen. Er ist vollkommen nackt. Sein Kopf dreht sich suchend umher und hält inne, kaum dass er ganz an Deck ist und sie erblickt. Sie liegt ausgestreckt am Heck, hinter der Ruderpinne, bei der Leiter. Ihr Gesicht ist zur anderen Seite gewandt, und sie scheint zu schlafen, nur nachlässig mit ihrem weißen Bademantel zugedeckt. Er geht einen Schritt auf sie zu. Er fühlt die Nässe unter den Füßen, senkt den Blick und bemerkt die feuchten Spuren auf dem Holzboden. Vielleicht denkt er, dass sie baden war, und Zärtlichkeit überkommt ihn beim Anblick dieses Körpers, der sich im Mondlicht dem Schlaf überlassen hat. Vielleicht sieht er vor seinem geistigen Auge ihre fließenden Bewegungen im stillen Wasser, stellt sich vor, dass ihr nasser Körper wie Stanniolpapier schimmert, als sie aus dem Meer steigt und sich gründlich abtrocknet. Leise tritt er an sie heran, vielleicht möchte er sie mit einem Kuss wecken, sie in die Kabine ziehen und mit ihr schlafen. Er hockt sich neben ihr nieder und legt eine Hand auf ihre Schulter, die aus dem Bademantel herausschaut. Der Mann im Taucheranzug kann seine Worte deutlich hören.

»Liebes …«

Die Frau regt sich nicht, sie scheint nichts gehört zu haben. Ihre Haut ist eiskalt.

»Liebes, du kannst nicht hier im Kalten bleiben …«

Immer noch keine Reaktion. Jochen spürt, wie eine seltsame Furcht ein kleines Loch in seinen Magen bohrt. Vorsichtig nimmt er ihren Kopf in seine Hände, dreht Arijanes Gesicht zu sich herum und blickt in ihre leblosen Augen. Die Bewegung lässt einen kleinen Schwung Wasser aus ihrem halb geöffneten Mund schwappen. Ihm ist sofort klar, dass sie tot ist, und ein stiller Schrei wühlt sein Inneres auf. Er springt auf die Füße und im selben Augenblick, da er steht, fühlt er, wie sich ein feuchter Arm um seinen Hals legt. Ein heftiger Ruck zwingt ihn, den Rücken nach hinten durchzudrücken.

Jochen ist etwas größer als der Durchschnitt, und sein Körper ist der eines Sportlers, perfekt trainiert durch ausdauerndes Krafttraining und stundenlanges Jogging, damit er den enormen physischen Belastungen der Rennen gewachsen ist. Dennoch ist der Angreifer größer als er und ebenso stark. Zu seinen Gunsten arbeiten das Überraschungsmoment und die Erschütterung des anderen über den Tod des Mädchens. Der Rennfahrer hebt instinktiv die Hände und packt den in Neopren gehüllten Arm, der ihm die Kehle zusammendrückt und die Luft abschnürt. Mit aller Kraft versucht er, den erstickenden Griff zu lockern. Im Augenwinkel sieht er etwas aufblitzen. Den Bruchteil einer Sekunde später zischt das Messer, das der Angreifer in der erhobenen Hand umklammert hält, blitzschnell in einem Bogen durch die Luft hinab.

Der Körper des Opfers erschauert und verkrampft sich im Todeskampf, als die Klinge zwischen die Rippen dringt und ihm das Herz zerteilt. Der unnatürliche Geschmack des eigenen Blutes erfüllt seinen Mund, und er stirbt mit dem kalten Lächeln des Mondes im Blick. Der Mann drückt das Messer weiter in den Körper, bis er nur noch ein lebloses Gewicht in seinen Armen ist. Erst dann lässt er den Griff los und stützt den Körper mit seinem eigenen ab. Gewandt lässt er auch ihn auf die Brücke gleiten. Einen Moment verharrt er, um die beiden leblosen Gestalten zu seinen Füßen anzuschauen, und wartet darauf, dass sein Atem sich beruhigt. Dann ergreift er den Körper des Mannes bei den Armen und beginnt, ihn unter Deck zu schleifen.

Ihm bleibt wenig Zeit, und er hat vor Sonnenaufgang noch einiges zu erledigen.

Das Einzige, was er in diesem Moment vermisst, ist Musik.

4

Roger trat an Deck der *Baglietto* und sog die frische Morgenluft ein. Es war halb acht, und der Tag versprach großartig zu werden. Die Besitzer der Yacht, auf der er sich befand, waren nach der Woche vom Grand Prix weggefahren und hatten das Schiff bis zur Kreuzfahrt im Sommer, die erfahrungsgemäß einige Monate dauern würde, in seiner Obhut zurückgelassen. Er konnte jetzt mindestens einen, vielleicht sogar anderthalb Monate in aller Ruhe im Hafen von Monte Carlo bleiben, ohne dass ihm der Reeder auf den Wecker fiel. Oder seine Frau, eine aufgetakelte Nervensäge, die dermaßen mit Schmuck behängt war, dass man bei gutem Wetter eine dunkle Sonnenbrille brauchte, um sie anzusehen.

Donatella, die italienische Bedienung des Restaurant du Port, deckte die Tische auf der Terrasse ein. In Kürze würden die Büroangestellten und Geschäftsleute in den Hafen kommen, um zu frühstücken. Roger blieb schweigend stehen und sah ihr zu, bis sie ihn schließlich bemerkte. Sie lächelte ihn an, richtete sich auf und schob fast unmerklich die Brust vor.

»So lässt es sich leben, was?«

Roger nahm das Geplänkel auf, das sie schon einige Zeit verband. Er begann, gramvoll dreinzuschauen.

»Sicher, aber es könnte noch viel besser sein …«

Donatella überwand die paar Meter, die zwischen den Tischen und dem Heck des Schiffes lagen, und blieb unterhalb von ihm stehen. Die halb geöffnete Bluse erlaubte einen tiefen Einblick in die verführerische Furche zwischen ihren Brüsten, und Roger senkte seinen Blick hinein wie eine Angelschnur ins Meer. Das Mädchen bemerkte es, schien aber nicht im Mindesten empört zu sein.

»Vielleicht, wenn du, statt deine Augen so anzustrengen, dich ausnahmsweise mal um die richtigen Worte bemühen würdest … Eh, was macht denn der Verrückte da drüben?«

Roger drehte den Kopf in die Richtung, in die das Mädchen schaute, und sah eine zweimastige Beneteau direkt auf die Reihen der vertäuten Schiffe zuhalten, volle Fahrt voraus. Niemand stand auf der Brücke

»Verfluchte Idioten!«

Er ließ Donatella stehen und rannte ans Heck der *Baglietto*. Er fing an, wie wild mit den Armen zu rudern und zu brüllen.

»Hallo, ihr mit dem Zweimaster, passt mal auf, wo ihr …«

Von dem Schiff kam kein Lebenszeichen. Es hielt weiterhin direkt auf die Mole zu, ohne seine Geschwindigkeit zu drosseln. Schließlich war es nur noch wenige Meter entfernt, und eine Kollision erschien unvermeidlich.

»Hallo, ihr …«

Roger stieß einen letzten, verzweifelten Schrei aus, dann klammerte er sich an die Reling und erwartete den Aufprall. Mit einem trockenen Krachen rammte der Bug der *Forever* die linke

Seite der *Baglietto,* zwängte sich zwischen sie und das Schiff, das daneben lag, und neigte sich leicht auf die Seite. Zum Glück hatte der Motor nicht genug Kraft, um großen Schaden anzurichten. Die Fender trugen dazu bei, den Aufprall abzufedern, dennoch blieb im Lack der Yacht ein grauer Streifen zurück. Roger war stinkwütend. Er brüllte zu dem Schiff, das ihn gerammt hatte, hinüber: »Ja, seid ihr denn nicht ganz dicht, ihr bescheuerten Idioten?«

Keine Antwort vom Zweimaster. Von der Brücke der *Baglietto* sprang Roger direkt an Deck der *Forever,* während am Kai eine kleine Menge Schaulustiger zusammenlief. Als er das Achterdeck erreichte, sah er etwas, das ihn verblüffte. Die Ruderpinne war blockiert. Jemand hatte einen Bootshaken darin verkeilt und mit einem Seil festgebunden. Ein roter Streifen zog sich von der Brücke hinunter zu der Treppe, die in die Kajüte führte. Etwas Seltsames und Unheimliches lag in dieser Szenerie, und Roger merkte, wie sich ein eiskaltes Gefühl in seinem Magen ausbreitete. Er ging langsam die Treppe hinunter und folgte dem Streifen, der in eine dunklere Pfütze zu Füßen eines Tisches mündete. Roger überlief es kalt, als ihm klar wurde, dass es Blut war. Mit leicht zitternden Beinen trat er näher. Irgendjemand hatte mit derselben Flüssigkeit zwei Wörter auf die Tischplatte geschrieben.

Ich töte …

Die Drohung in dieser Inschrift und den drei Auslassungspunkten war furchteinflößend. Roger war achtundzwanzig und kein Held, dennoch trieb ihn etwas, das stärker war als er, zur Tür hinüber, die wahrscheinlich zum Schlafzimmer führte. Er hielt einen Moment inne, den Mund trocken vor Anspannung, dann drückte er sie entschieden auf.

Eine Wolke süßlichen Gestanks umfing ihn, nahm ihm den Atem und rief eine leichte Übelkeit hervor. Er hatte nicht einmal mehr die Kraft zu schreien. Was er sah, würde ihn all die Jahre, die er noch zu leben hatte, verfolgen, würde jede Nacht in seinen Träumen erscheinen und sie in Albträume verwandeln.

Der Polizist, der gerade an Bord kommen wollte, und die Leute am Kai sahen nur, wie er hektisch auf die Brücke stürmte, sich über Bord lehnte und sich ins Meer übergab, sein Körper von heftigen, hysterischen Krämpfen geschüttelt.

5

Frank Ottobre wachte auf und spürte seinen Körper, ausgestreckt zwischen den Laken eines Bettes, das nicht seines war, in einem Haus, das nicht seines war, in einer Stadt, die nicht seine war.

Unmittelbar danach drang die Erinnerung in sein Bewusstsein wie die Sonnenstrahlen durch die Jalousien, und der Schmerz kehrte genauso stark zurück, wie er ihn am Abend zuvor verlassen hatte. Wenn es draußen noch eine Welt gab und in jener Welt ein Vergessen möglich war, dann versperrte ihm sein Geist den Zutritt zu beidem. Das schnurlose Telefon auf dem Nachttisch begann zu klingeln.

Er drehte sich herum und streckte die Hand nach dem blinkenden Display des Apparats aus.

»Hallo?«

»Hi, Frank.«

Er schloss die Augen, und sofort rief die Stimme aus dem Hörer in seinem Geist ein Gesicht wach. Die platte Nase, das sandfarbene Haar, die Augen, der Geruch des Rasierwassers, der lässige Gang, manchmal eine dunkle Sonnenbrille und ein grauer Anzug, schon fast wie eine Uniform.

»Hi, Cooper.«

»Ich weiß, dass es für dich noch ganz schön früh ist, aber ich war mir sicher, dass du schon wach bist.«

»Ach … Was gibt's?«

»Hier praktisch von allem etwas, zumindest im Moment. Totaler Wahnsinn. Wir schieben Vierundzwanzig-Stunden-Schichten. Wenn wir doppelt so viele wären, wie wir es sind, bräuchten wir nochmal doppelt so viele Männer, um hinterherzukommen. Alle bemühen sich, so zu tun, als sei nichts passiert, aber sie haben Angst. Und wir können es ihnen nicht verdenken, wo wir doch selber Angst haben.«

Eine kurze Pause entstand.

»Und du, wie geht es dir?«

Tja, wie geht es mir?

Er stellte sich diese Frage, als käme ihm gerade jetzt zu Bewusstsein, dass er am Leben war.

»Gut, würde ich sagen. Ich bin hier in Monte Carlo und amüsiere mich mit dem Jetset. Die einzige Gefahr besteht darin, dass ich mich zwischen all den Milliardären selber reich fühlen könnte. Ich werde hier abhauen, sobald ich den Drang verspüre, eine Vierzig-Meter-Yacht zu kaufen, und mir nicht mehr verrückt dabei vorkomme.«

Er stand mit dem Telefon am Ohr auf und ging vollkommen nackt zum Bad hinüber. Im Halbdunkel setzte er sich auf die Klobrille und begann zu urinieren.

»Wenn du es schaffst, eine zu kaufen, sag mir, wie du das angestellt hast, damit ich es auch mal versuche.«

Cooper hatte sich von Franks beißender Ironie nicht ins Bockshorn jagen lassen, doch er ging bewusst auf das Spiel ein. Frank stellte ihn sich vor, wie er in seinem Büro hinter seinem Schreibtisch saß, am Telefon, mit einem gequälten Lächeln und einer mitleidigen Miene auf dem Gesicht. Cooper war derselbe wie immer. Er hingegen war ein Mann, der den Boden unter den Füßen verlor, und das wussten sie beide.

Sie schwiegen wieder einen Augenblick, dann glaubte Frank das Zischen zu hören, mit dem Cooper die Luft aus ihrem Spiel ließ. Seine Stimme klang jetzt härter, aber auch besorgter.

»Frank, meinst du nicht …«

Er wusste schon, was jetzt kommen würde, und unterbrach ihn sofort.

»Nein, Cooper. Noch nicht. Ich bin einfach noch nicht so weit, um zurückzukehren. Es ist zu früh.«

»Frank, Frank, *Frank*! Es ist fast ein Jahr her. Was glaubst du denn, wie viel Zeit du noch brauchst, bis …«

In Franks Kopf verloren sich die Worte des Freundes in dem

unendlichen Raum zwischen hier und Amerika und der Leere des Weltraums. Er hörte nur noch die Stimme seiner Gedanken.

Tja, wie lange noch, Cooper? Ein Jahr, hundert Jahre, eine Million Jahre? Wie lange braucht ein Mensch, um zu vergessen, dass er zwei Leben zerstört hat?

»Außerdem hat Homer klar und deutlich erklärt, dass du in den Dienst zurückkommen kannst, wann immer du willst, wenn dir das vielleicht weiterhilft. *Du* könntest *uns* weiterhelfen, das auf jeden Fall. Nur der Himmel weiß, wie sehr wir Leute wie dich gerade jetzt brauchen. Meinst du nicht, wenn du hier wärst und wieder Teil von etwas wärst, dass dir das nach all dem ganzen …«

Mit scharfer Stimme schnitt Frank jeglichen weiteren Versuch der Annäherung ab.

»Cooper, nach all dem Ganzen bleibt nur eine einzige Sache …«

Coopers Schweigen war das eines Menschen, dem eine Frage auf der Seele brennt, die zu stellen er jedoch nicht einmal im Flüsterton wagen würde. Dann war seine Stimme zu hören, und die Entfernung zwischen hier und Amerika war nichts im Vergleich zu dem Abstand, der zwischen ihnen beiden lag.

»Was denn nur, Frank, um Himmels willen?«

»Der Himmel spielt hier keine Rolle. Das geht nur mich etwas an. Mich und mich. Und du weißt, dass in diesem Kampf keine Gefangenen gemacht werden.«

Er hielt den Hörer vom Ohr weg und sah im Halbdunkel seinem Finger zu, der das Gespräch beendete.

Er hob den Blick und betrachtete seinen nackten Körper im großen Badezimmerspiegel. Die nackten Füße auf dem kalten Marmorboden, muskulöse Beine, von dort plötzlich hinauf zu den teilnahmslosen Augen und dann wieder hinunter zum Rumpf und den rosafarbenen Narben, die ihn überzogen. Wie von einem eigenen Willen getrieben, hob sich seine rechte Hand und strich leise darüber hinweg. Er wehrte sich nicht gegen das tägliche Aufflackern des Todes, den er in sich trug.

Das Erste, was er gesehen hatte, als er aufwachte, war Harriets Gesicht gewesen. Dann war auch Coopers Gesicht allmählich aus den Nebeln aufgetaucht. Als es ihm gelang, sich im Zimmer umzusehen, hatte er auch Homer Woods erkannt, der unerschütterlich in einem kleinen Sessel an der Wand gegenüber dem Bett saß, die Haare straff zurückgekämmt, mit blauen Augen, die ihn ausdruckslos durch die goldgefassten Brillengläser musterten.

Er hatte seiner Frau den Kopf zugedreht und wie im Traum war ihm bewusst geworden, dass er sich in einem Krankenzimmer befand. Grünliches Licht, das durch die Vorhänge fiel, ein Blumenstrauß auf dem Tisch, Schläuche, die aus seinem Arm ragten, das eintönige Piepen eines Überwachungsmonitors. Alles drehte sich. Er hatte versucht, etwas zu sagen, aber seine Stimme schaffte es nicht aus ihm hinaus.

Harriet war näher getreten und hatte ihr Gesicht an seines geschmiegt. Sie hatte ihm eine Hand auf die Stirn gelegt. Er hatte ihre Hand wahrgenommen, ihre Worte jedoch nicht, denn er war noch immer halb in jenem Ort versunken, aus dem er gerade kam.

Als er schließlich vollständig in sich zurückgekehrt war und wieder sprechen und denken konnte, war Homer Woods plötzlich da gewesen und hatte neben Harriet gestanden.

Cooper war verschwunden.

Das Licht im Zimmer hatte sich verändert, aber es war noch oder wieder Tageslicht. Frank fragte sich, wie viel Zeit wohl vergangen war, seit er das letzte Mal erwacht war, und ob Homer die ganze Zeit gewartet hatte. Sein Anzug war noch derselbe und sein Gesichtsausdruck auch. Frank erinnerte sich, dass er ihn noch nie in einem anderen Anzug und mit einem anderen Gesichtsausdruck gesehen hatte. Vielleicht hatte er zu Hause einen Kleiderschrank voller gleichartiger Anzüge und Gesichtsausdrücke. »Mister Husky« nannten sie ihn im Büro, wegen seiner blauen, glasharten Schlittenhundaugen.

Harriet hatte immer noch ihre Hand in seinen Haaren, und eine Träne lief über ihr Gesicht. Ihr Blick wirkte, als sei die Träne schon seit Anbeginn der Zeiten dort, als sei sie ein Teil von ihr.

»Hallo, Liebling, herzlich willkommen zurück.«

Sie hatte sich von ihrem Stuhl an der Seite seines Bettes erhoben, um ihre Lippen in einem leichten, salzigen Kuss auf die seinen zu drücken. Frank hatte den Duft ihres Atems eingesaugt wie ein Seemann den Duft der Küste, den Duft nach zu Hause.

Homer hatte sich diskret einen Schritt zurückgezogen.

»Was ist passiert? Wo bin ich?«, hatte Frank mit krächzender Stimme gefragt, die nicht ihm zu gehören schien. Seine Kehle schmerzte seltsam, und er konnte sich an nichts erinnern. Das letzte Bild, das er vor Augen hatte, war das einer Tür, die er mit dem Fuß aufgestoßen hatte, und das Gefühl seiner ausgestreckten Arme, die eine Pistole hielten, während er in ein Zimmer trat. Dann der Blitz und der Knall und das Gefühl, als ob eine riesige Hand ihn in die Luft schleuderte, in eine Dunkelheit ohne Schmerz.

»Du bist im Krankenhaus. Du hast eine Woche lang im Koma gelegen und uns einen schönen Schrecken eingejagt.«

Die Träne schien mittlerweile fest mit dem Gesicht seiner Frau verwachsen zu sein, als habe sie sich wie eine Falte in ihr Gesicht gegraben. Sie strahlte genauso stark wie ihr Schmerz.

Sie war beiseite gerückt, hatte Homer einen Blick zugeworfen und ihm stillschweigend den Rest der Erklärungen überlassen. Dieser war ans Bett gekommen und hatte ihn durch seine Brillengläser angeschaut.

»Die Larkins hatten das Gerücht in Umlauf gebracht, dass in diesem Lagerhaus ein groß angelegter Austausch von Ware und Geld zwischen ihnen und ihren Kontaktleuten stattfinden würde. Viel Ware und viel Geld. Sie haben Harvey Lupe nach allen Regeln der Kunst heiß darauf gemacht, damit er und seine Leute versuchen, dazwischenzugehen und sich alles zu holen, das Zeug und das Geld. Das ganze Gebäude war mit Sprengstoff voll gestopft. In einem einzigen Feuer wären sie ihre gesamte Konkurrenz losgeworden. Doch statt Lupe seid ihr beiden gekommen, du und Cooper. Er war noch draußen auf der Südseite, als du durch die Büros in die Halle kamst. Die Detonation wurde im Falle von Cooper teilweise durch die Regale im Inneren abgefan-

gen, und er ist mit ein bisschen Mörtel im Gesicht und ein paar blauen Flecken davongekommen. Du hast dagegen die volle Wucht der Explosion abbekommen und kannst noch von Glück sagen, dass die Larkins zwar exzellente Geldfälscher, aber miserable Sprengmeister sind. Grenzt an ein Wunder, dass du noch am Leben bist. Ich kann dir nicht mal zum Vorwurf machen, dass du nicht auf die anderen gewartet hast. Wenn ihr zusammen da reingegangen wärt, hätte es ein Blutbad gegeben.«

Jetzt wusste er alles, konnte sich jedoch an überhaupt nichts erinnern. Das Einzige, was er dachte, war, dass er und Cooper sich seit zwei Jahren abmühten, die Larkins dranzukriegen, stattdessen hatten diese, ohne es zu wollen, sie drangekriegt.

Ihn, um ganz genau zu sein.

»Was ist mit mir?«, hatte Frank gefragt, der von seinem Körper nur ziemlich verworrene Signale empfing. Er spürte ein vages Gefühl der Beklemmung und sah, dass sein Bein, als gehöre es zu jemand anderem, in einem Gips ruhig gestellt war.

Die Antwort kam von einem Arzt, der gerade rechtzeitig ins Zimmer getreten war, um die Frage zu hören. Sein Haar hatte sich vorzeitig mit weißen Fäden durchzogen, aber Gesicht und Auftreten waren die eines kleinen Jungen. Er hatte gelächelt und den Kopf betont förmlich zur Seite gelegt.

»Seien Sie gegrüßt, verehrter Herr. Ich bin Doktor Foster, einer der Verantwortlichen für Ihre Anwesenheit hier in dieser Welt. Ich hoffe, Sie können mich trotzdem noch leiden. Wenn Sie möchten, sage ich Ihnen, was mit Ihnen los ist. Einige gebrochene Rippen, eine Läsion der Lunge, ein doppelt gebrochenes Bein, überall Löcher in verschiedenen Größen, ernsthafte Thoraxverletzungen, ein Schädeltrauma. Und auf dem ganzen Körper so viele blaue Flecken, dass Sie ohne Probleme als Farbiger durchgehen könnten. Dazu kommt, oder besser kam, ein Metallsplitter, der nur einen Millimeter vor Ihrem Herzen Halt gemacht hatte und uns einige Mühe bereitet hat, weil wir ihn an uns nehmen wollten, bevor er Sie an sich nehmen konnte.«

Während er sprach, hatte er sich die Tafel gegriffen, die am Fußende des Bettes hing. Er war ans Kopfende gekommen und hatte einen Knopf gedrückt, wobei der Duft seines frisch gewaschenen Hemdes zu ihm herübergeweht war.

»Und jetzt, die Anwesenden mögen uns entschuldigen, ist es an der Zeit, all das zu überprüfen, was wir angestellt haben, um das Desaster in den Griff zu bekommen.«

Harriet und Homer Woods waren zur Tür gegangen und hatten sie genau in dem Moment geöffnet, als eine schwarze Krankenschwester ein Wägelchen voller Medikamente und Verbandsmaterial hineinschieben wollte. Vor dem Weiß ihrer Uniform erschien ihre Haut noch dunkler. Harriet hatte, bevor sie hinausging, noch einen besorgten Blick auf den Monitor geworfen, der das Herz ihres Mannes überwachte, als könne nur ihre Anwesenheit das Funktionieren beider garantieren. Dann hatte sie den Kopf abgewandt und die Tür hinter sich geschlossen.

Während der Arzt und die Krankenschwester sich an den Verbänden und Drainagen seines Körpers zu schaffen machten, hatte Frank nach einem Spiegel verlangt. Die Krankenschwester hatte den Wunsch nicht kommentiert, sondern lächelnd den Spiegel von der Wand neben der Tür abgenommen und ihm vorgehalten.

Vor sich sah er das seltsam teilnahmslose, bleiche Gesicht und die leidenden Augen von Frank Ottobre, Spezialagent des FBI, immer noch am Leben.

Spiegel über Spiegel, Augen über Augen.

Die Gegenwart schob sich wieder vor die Erinnerungen, und Frank fand im Badezimmerspiegel seine Zeit und seine Augen wieder, während er sich ernsthaft fragte, ob es er Mühe wert gewesen war, dass all diese Ärzte so einen Aufstand gemacht hatten, nur um ihm dieses Leben wiederzugeben.

Er ging ins Schlafzimmer zurück und machte Licht. Zwischen den ganzen Schaltern neben dem Bett suchte er den für die Jalousien. Er drückte ihn, der Rollladen hob sich mit einem Summen langsam an und mischte das Tageslicht ins elektrische Licht.

Frank ging zur Terrassentür, schob die Vorhänge beiseite, zog am Griff der leichtgängigen Scheibe und öffnete sie lautlos.

Er trat auf die Terrasse hinaus.

Zu seinen Füßen lag Monte Carlo, ganz in Gold und Gleichgültigkeit gehüllt. Direkt gegenüber, im Licht der aufgehenden Sonne, dehnte sich das blaue Meer bis ans Ende der Welt und reflektierte den Himmel, ohne ihn zu sehen. Er dachte an das Gespräch mit Cooper zurück. Auf der anderen Seite dieses Meeres lag sein Land im Krieg. Einem Krieg, der ihn betraf und alle, die waren wie er. Einem Krieg, der die ganze Welt betraf, die im Licht leben wollte, ohne Schatten und ohne Angst. Und er hätte dort sein müssen, um jene Welt und jene Menschen zu verteidigen.

Früher hatte er das getan, früher war er zusammen mit Cooper, Homer Woods und all den anderen an die vorderste Front geeilt. Er hatte beinahe sein Leben für sein Land gegeben, und die Narben auf seinem Körper konnten das bezeugen.

Und Harriet ...

Eine frische Brise streifte seine Haut und ließ ihn frösteln. Er merkte, dass er immer noch nackt war. Als er zurück ins Haus ging, fragte er sich, was wohl die Welt mit Frank Ottobre, Spezialagent des FBI, anfangen sollte, wenn nicht mal er selbst wusste, was er mit sich anfangen sollte.

6

Als er aus dem Wagen stieg, sah Kommissar Nicolas Hulot von der Sûreté Publique des Fürstentums Monaco das Segelboot, das zwischen den beiden anderen eingeklemmt leicht auf der Seite lag.

Er ging zum Kai hinüber. Inspektor Morelli eilte ihm über die Gangway der *Baglietto,* die der Zweimaster gerammt hatte, entgegen. Als sie sich davor trafen, stellte der Kommissar überrascht fest, dass Morelli fix und fertig war. Morelli war einer ihrer besten Polizisten. Er hatte Trainingskurse beim Mossad, dem israelischen Geheimdienst, absolviert, und eigentlich gab es nichts, was er nicht schon gesehen hatte. Dennoch war er ziemlich blass um die Nase und hatte Schwierigkeiten, seinem Blick standzuhalten, als sie miteinander sprachen. Fast als gäbe er sich die Schuld für das, was passiert war.

»Also, Morelli?«

»Kommissar, das ist ein Schlachthaus. So etwas habe ich in meinem Leben noch nicht gesehen…«

»Claude, ganz ruhig, jetzt nochmal langsam. Was meinst du mit ›Schlachthaus‹? Mir wurde gesagt, es hat einen Mord gegeben.«

»Zwei, Kommissar. Da drin sind die Leichen eines Mannes und einer Frau, oder zumindest das, was davon noch übrig ist.«

Kommissar Hulot wandte sich um und ließ seinen Blick über die neugierige Menge schweifen, die sich hinter den Absperrungen rund um den Tatort drängte. Monaco war kein Ort, an dem dergleichen passierte. Die Polizei war eine der effektivsten der Welt, und die Kriminalitätsrate war so niedrig, wie sie es nur hier oder in den Träumen eines Innenministers sein konnte. Auf sechzig Einwohner kam ein Polizist. Überall waren Kameras installiert. Alles war unter Kontrolle. Die Leute hier bereicherten oder ruinierten sich, aber sie ermordeten sich nicht. Es gab keine Raubüberfälle, es gab keine Morde, es gab keine Verbrecher.

In Monte Carlo passierte qua definitionem nie etwas.

»Hat irgendjemand etwas gesehen?«

Morelli wies auf einen ungefähr dreißigjährigen Mann, der vor der Bar zwischen einem Polizisten und einem Assistenten der Rechtsmedizin saß. Das Lokal, das um diese Zeit normalerweise vor Menschen und Marken-T-Shirts überquoll, wirkte wie ausgestorben. Fast alle, die als Zeugen in Betracht kamen, wurden festgehalten, doch allen anderen Gästen war der Zutritt verwehrt worden. Der Besitzer stand auf der Schwelle neben einer Kellnerin mit üppigem Busen, und rang nervös die Hände.

»Der Kapitän der *Baglietto*, in die sich der Zweimaster gebohrt hat. Sein Name ist Roger Irgendwas. Er ist an Bord gegangen, um sich wegen der Kollision zu beschweren. An Deck hat er niemanden angetroffen, also ist er runter und hat sie da gefunden. Er steht noch unter Schock, und sie versuchen gerade, irgendetwas aus ihm herauszubringen. Delorme, der Neue bei uns, ist nach ihm aufs Boot gegangen. Jetzt sitzt er im Wagen und ist nicht viel besser beisammen.«

Der Kommissar sah erneut zur anderen Seite hinüber, zu den Neugierigen, die zwischen den Absperrungen und dem Boulevard Albert Premier eingezwängt waren, wo eine Gruppe von Arbeitern gerade die letzten Überreste der Boxen und der Tribünen abbaute, die für das Rennen errichtet worden waren. Er wünschte sich das Durcheinander vom Grand Prix zurück, die Menschenmassen und die kleinen Unannehmlichkeiten, die so ein Ereignis manchmal mit sich bringt.

»Na, dann wollen wir uns das mal anschauen.«

Sie gingen den schwankenden Steg der *Baglietto* hinauf und gelangten von der Yacht über einen weiteren Steg, der die Decks der beiden Schiffe verband, schnell auf die *Forever*. Als er hinunterging, fiel Hulots Blick zuerst auf das mit dem Bootshaken blockierte Ruder, dann sah er die Spur aus geronnenem Blut, die über den Teakholzboden führte und sich im Dunkel unter Deck verlor. Obwohl die Sonne schon viel Kraft hatte, spürte er, wie seine Fingerspitzen plötzlich kalt wurden.

Was zum Teufel war auf diesem Boot geschehen?

Morelli zeigte auf die Stufen, die nach unten führten.

»Wenn es Ihnen nichts ausmacht, warte ich hier, Kommissar. Einmal ist mehr als genug für einen Morgen.«

Als er die Stufen aus rutschfestem Holz hinunterstieg, stieß er fast mit Doktor Lassalle zusammen, dem Gerichtsmediziner, der gerade heraufkam. Er hatte im Fürstentum kaum je etwas zu tun, und seine Berufserfahrung war extrem begrenzt. Hulot hielt nichts von ihm, weder persönlich noch beruflich. Er hatte die Stelle nur auf Grund der Kontakte und Beziehungen seiner Frau bekommen und genoss sein Leben und sein Gehalt, ohne jemals einen Finger für das krumm zu machen, wofür er eigentlich bezahlt wurde. Irgendwie hatte Hulot ihn immer für überflüssig gehalten. Seine Anwesenheit hier bedeutete, dass im Moment niemand sonst verfügbar war.

»Guten Tag, Doktor Lassalle.«

»Guten Tag, Herr Kommissar.«

Den Arzt schien seine Ankunft zu erleichtern. Es war offensichtlich, dass er mit der Situation überfordert war.

»Wo sind die Leichen?«

»Da drüben, ich zeige es Ihnen.«

Jetzt, als sich seine Augen an das Halbdunkel gewöhnt hatten, sah er wieder die Blutspur, die über den Fußboden verlief und hinter einer geöffneten Tür verschwand. Zu seiner Rechten befand sich ein Esstisch, auf den jemand, mit dem Blut, etwas geschrieben hatte.

Ich töte …

Hulot fühlte, wie seine Hände zu Eis erstarrten. Er zwang sich, tief durch die Nase einzuatmen, um ruhiger zu werden. Der süßliche Geruch nach Blut und Tod, der die Angst und die Fliegen anzieht, machte sich bemerkbar.

Er folgte der Blutspur und trat in die Kabine, die sich zu seiner Linken öffnete. Als er auf der Schwelle stand und ins Innere sah, fuhr die Kälte aus seinen Händen in den ganzen Körper und verwandelte ihn in einen einzigen Eisblock.

Auf dem Bett lagen nebeneinander die Leichen eines Mannes und einer Frau. Die Frau hatte keine sichtbaren Wunden, während sich auf der Brust des Mannes, in Höhe des Herzens, ein großer rötlicher Fleck zeigte, von dem Blut ausgetreten und sich auf dem Laken ausgebreitet hatte. Das Blut war überall. An den Wänden, auf den Kissen, auf dem Boden. Kaum zu glauben, dass all das viele Blut nur aus diesen beiden armen leblosen Körpern stammen sollte.

Der Kommissar zwang sich, die Köpfe der beiden Leichen anzusehen. Sie hatten keine Gesichter mehr. Der Mörder hatte die Kopfhaut komplett mit den Haaren abgezogen, wie man es beim Häuten eines Tieres tut.

Versteinert blickte er in die weit aufgerissenen Augen, die zur Decke hinaufstarrten, ohne sie noch wahrnehmen zu können, sah die mit geronnenem Blut bedeckten Gesichtsmuskeln, sah die Zähne, die zu einem makabren Lächeln vorstanden, das nie mehr erlöschen würde, weil die Lippen fehlten.

Hulot hatte das Gefühl, als müsse sein Leben für immer anhalten, als müsse er für alle Zeiten hier in der Tür zu der Kabine stehen bleiben, um dieses grauenvolle Bild anzustarren. Einen Moment lang betete er zum Himmel, dass die Person, die zu einem solchen Massaker fähig gewesen war, zumindest die Barmherzigkeit gehabt hatte, ihre beiden Opfer zu töten, bevor sie ihnen diese Tortur angetan hatte.

Er riss sich los und ging zur Küche zurück, wo ihn Lassalle bereits erwartete. Auch Morelli hatte sich überwunden und war heruntergekommen. Er stand Lassalle gegenüber und sah den Kommissar forschend an.

Der wandte sich zuerst an den Arzt.

»Und, was können Sie mir dazu sagen, Doktor?«

Lassalle straffte die Schultern.

»Der Tod ist schon vor einigen Stunden eingetreten. Die Leichenstarre hat gerade erst begonnen. Der Mann ist wahrscheinlich mit einer Stichwaffe ermordet worden, ein sauberer Stich direkt ins Herz. Die Frau weist, abgesehen von ...« Der Arzt machte eine Pause und musste schlucken. »Abgesehen von den Verstümmelungen sind keine weiteren Verletzungen zu erkennen, zumindest auf der Vorderseite. Ich habe die Leichen noch nicht bewegt, weil wir noch auf die Spurensicherung warten. Sicher wird die Autopsie weitere Klarheit bringen.«

»Weiß man schon, wer die beiden waren?«

Diesmal antwortete Morelli.

»Aus den Papieren geht hervor, dass das Schiff auf eine Gesellschaft in Monte Carlo zugelassen ist. Wir haben das Wrack noch nicht genauer untersucht.«

»Die Spurensicherung wird uns die Hölle heiß machen. So viele Leute, wie auf diesem Schiff ein und aus gegangen sind ... Dadurch ist der Tatort verunreinigt, und wer weiß, wie viele Hinweise wir schon verloren haben.«

Hulot sah auf den Boden und die Blutspur. Hier und da waren Fußabdrücke, die er vorher nicht bemerkt hatte. Als er seinen Blick zum Tisch hinüberwandern ließ, ertappte er sich bei der absurden Hoffnung, dass die verrückte Inschrift nicht mehr da sei.

Vom Oberdeck drangen zwei erregte Stimmen herunter. Er stieg die paar Stufen hinauf und fand sich plötzlich in einer anderen Welt wieder, in der Sonne, im Licht und im Leben, an der frischen, salzigen Luft, ohne den Geruch des Todes, den man unten atmete.

Auf der Brücke versuchte ein Polizist, einen etwa fünfundvierzigjährigen Mann aufzuhalten, der mit einem starken deutschen Akzent auf Französisch herumschrie und versuchte, an dem Polizisten vorbeizukommen.

»Lassen Sie mich durch, habe ich gesagt!«

»Sie können hier nicht durch, es ist verboten. Niemand darf hier durch.«

Der Mann versuchte, sich dem Griff des Beamten, der ihn an den Armen festhielt, mit Gewalt zu entwinden. Sein Gesicht war rot angelaufen, sein Betragen beinahe hysterisch.

»Ich sage Ihnen doch, ich MUSS hier durch. Ich muss wissen, was passiert …«

Der Beamte sah den Kommissar, und Erleichterung breitete sich auf seinem Gesicht aus.

»Kommissar, entschuldigen Sie, aber wir konnten ihn nicht aufhalten.«

Hulot machte eine Bewegung, um zu zeigen, dass das schon in Ordnung gehe, und der Polizist ließ den Mann los. Er brachte mit fahrigen Bewegungen seinen Anzug in Ordnung und wandte sich mit der Miene eines Mannes, der es geschafft hat, endlich mit jemandem von Gleich zu Gleich zu sprechen, an den Kommissar. Er baute sich vor ihm auf und nahm die Sonnenbrille ab, damit er ihm direkt in die Augen sehen konnte.

»Guten Tag, Herr Kommissar. Darf ich erfahren, was hier auf diesem Boot vorgeht?«

»Und darf ich erfahren, mit wem ich spreche?«

»Mein Name ist Roland Shatz, und ich garantiere Ihnen, dass dieser Name Gewicht hat. Ich bin ein Freund des Besitzers dieser Yacht. Ich verlange eine Erklärung.«

»Sehr geehrter Herr Roland Shatz, mein Name ist Hulot und er mag weniger Gewicht haben als der Ihre, aber ich bin Polizeikommissar. Das bedeutet, bis zum Beweis des Gegenteils bin auf diesem Schiff ich derjenige, der die Fragen stellt und nach Antworten verlangt.«

Hulot konnte zusehen, wie in Shatz die Wut hochstieg. Der Mann trat einen Schritt näher und senkte seine Stimme ganz leicht.

»Herr Kommissar …«, flüsterte er wenige Zentimeter vor seinem Gesicht. In seinen Worten schwang grenzenlose Verachtung mit. »Dieses Schiff gehört Jochen Welder, dem zweifachen Formel-1-Weltmeister, dessen Manager und persönlicher Freund ich bin. Und ich bin auch persönlich mit Seiner Hoheit Prinz Albert befreundet, deshalb werden Sie mir jetzt haarklein berichten, was hier auf dieser Yacht vor sich geht und was mit ihren Besitzern passiert ist!«

Hulot ließ diese Worte einen Augenblick zwischen ihnen stehen. Dann schoss seine Hand blitzartig vor, packte Shatz am Knoten seiner Krawatte und drehte ihn so weit herum, bis er keine Luft mehr bekam. Er sah, wie sein Gesicht blau anlief.

»Soso, du willst also wissen … In Ordnung, das kannst du haben, komm und sieh dir an, was auf diesem Schiff vor sich geht, du Scheißkerl!«

Er war außer sich. Ohne den Griff zu lockern, zwang er den Manager, ihm unter Deck zu folgen.

»Komm, persönlicher Freund von Prinz Albert, komm und sieh mit deinen eigenen Augen, was auf dieser Yacht vor sich geht.«

Vor der Tür zur Kabine blieb er stehen und lockerte seinen Griff. Mit der Hand zeigte er auf die beiden Körper, die auf dem Bett lagen.

»Da, sieh es dir an!«

Roland Shatz holte tief Luft, doch im selben Moment blieb sie ihm wieder weg. Als ihm klar wurde, was die Szenerie vor seinen Augen bedeutete, erbleichte er tödlich. Das Weiße in seinen Augen blitzte kurz auf, dann ging er ohnmächtig zu Boden.

7

Als er zum Hafen hinunterging, sah Frank eine Ansammlung von Menschen die Polizeiwagen und die uniformierten Männer beobachten, die sich zwischen den Booten am Kai drängelten. In seinem Rücken hörte er eine Sirene allmählich lauter werden. Diese Konzentration von Kräften bedeutete, dass hier mehr passiert war, als man von außen sehen konnte, eine einfache Kollision zweier Schiffe nämlich.

Außerdem waren da noch die Journalisten. Frank hatte zu viel Erfahrung, um sie nicht auf den ersten Blick zu erkennen. Sie wuselten herum und suchten nach Informationen mit einem Eifer, den nur eine wirklich große Geschichte auslösen konnte. Die Sirene, die eben noch wie eine Vorankündigung aus der Ferne herübergeklungen war, trat nun in die Gegenwart ein.

Zwei Polizeiautos schossen aus der Rascasse, fuhren die Mole entlang und kamen vor den Absperrungen zum Halten. Ein Beamter eilte herbei, um die Gitter beiseite zu schieben und sie durchzulassen. Die Wagen hielten hinter dem Krankenwagen, der parallel zur Mole mit offenen Hecktüren geparkt war.

Frank fand, dass sie aussahen wie der aufgesperrte Rachen eines Ungeheuers, das nur darauf wartet, seine Beute zu verschlingen.

Aus den Autos stiegen Männer, einige in Uniform, ein paar in Zivil. Sie lenkten ihre Schritte zum Heck einer großen Yacht, die etwas weiter hinten vertäut war. Vor dem Aufgang sah Frank Kommissar Hulot stehen. Die Neuankömmlinge hielten dort an und wechselten ein paar Worte mit ihm, um dann zusammen den Steg hinaufzulaufen und an Deck des schräg eingeklemmten Schiffes zu gelangen.

Frank ging langsam um die dicht gedrängte Menge herum und begab sich in den Schutz der Mauer rechts neben der Bar. Von diesem Standort aus konnte er in aller Ruhe die ganze Szene überblicken.

Aus dem Bauch des Zweimasters stiegen Männer herauf, die offensichtlich einige Mühe hatten, zwei Plastiksäcke mit großen

Reißverschlüssen an der Oberseite auf das schräg liegende Deck zu schaffen. Frank erkannte die Leichensäcke sofort.

Mit seltsamer Gleichgültigkeit beobachtete er, wie die beiden Körper zum Krankenwagen transportiert wurden. Früher einmal war der Schauplatz eines Verbrechens sein natürliches Habitat gewesen. Jetzt sah er diesem Schauspiel zu, als habe er nie etwas damit zu tun gehabt, als sei er unempfänglich für die Herausforderung, die jeder Polizist angesichts eines Verbrechens empfindet, und unempfänglich für den Schauder, den alle Menschen in Gegenwart des Todes fühlen.

Während die Türen des Krankenwagens sich hinter seiner Ladung schlossen, kamen Kommissar Hulot und seine Begleiter im Gänsemarsch die Gangway der *Baglietto* herunter.

Hulot wandte sich direkt dem kleinen Häuflein Journalisten zu, das von zwei Beamten in Schach gehalten wurde. Da waren Pressevertreter, Reporter von Radiostationen und Fernsehsendern. Der Kommissar fuhr zwischen sie wie der Wind ins Schilf. Von seinem Beobachtungsposten stellte sich Frank das Bombardement der Fragen vor, sah die Mikrofone, die unter Verrenkungen in die Nähe vom Mund des Kommissars gereckt wurden, um ihm Informationen zu entlocken, und sei es auch nur ein Fetzchen, an das man Wörter über Wörter anflechten könnte, um die Aufmerksamkeit auf sich zu lenken. Wenn Journalisten nicht mit der Wahrheit dienen konnten, dann gaben sie sich auch damit zufrieden, Neugier zu entfachen.

Während Hulot sich mit der Presse auseinander setzte, wandte er den Kopf in seine Richtung. Frank merkte, dass er ihn gesehen hatte. Der Kommissar ließ die Gruppe von Journalisten stehen, und an seiner Miene war die pausenlose Wiederholung von »No comment« abzulesen.

Er wurde verfolgt von einem verzweifelten Schwall von Fragen, auf die er nicht antworten wollte oder konnte. Vor der Absperrung blieb er stehen und winkte ihn heran. Widerwillig löste Frank sich von der Mauer, bahnte sich einen Weg durch die Menge und blieb auf der anderen Seite der Absperrgitter vor Hulot stehen.

Die beiden schauten sich an. Wahrscheinlich war der Kommissar gerade erst aufgestanden, aber er sah so müde aus, als habe er in den letzten achtundvierzig Stunden überhaupt keinen Schlaf bekommen.

»Salut, Frank. Komm rein.«

Er gab dem Beamten neben sich ein Zeichen, er möge das Gitter beiseite stellen, um ihn durchzulassen. Sie setzten sich auf die Terrasse der Bar unter einen Sonnenschirm. Hulot ließ seine Blicke ziellos umherschweifen, als fiele es ihm schwer zu begreifen, was rundherum geschah. Frank nahm die Ray-Ban ab und wartete, dass er ihn ansah.

»Was ist los?«

»Zwei Tote, Frank. Ermordete Tote«, sagte er, noch immer ohne ihn anzusehen.

Er machte eine Pause. Dann drehte er sich endlich um und suchte seinen Blick.

»Und nicht irgendwer. Jochen Welder, der Formel-1-Fahrer. Seine Freundin, Arijane Parker, eine ziemlich bekannte Profischachspielerin.«

Frank sagte nichts. Irgendwie wusste er, dass das noch nicht alles war.

»Sie haben keine Gesichter mehr. Der Mörder hat sie gehäutet wie Tiere. Ein schrecklicher Anblick. In meinem ganzen Leben habe ich noch nicht so viel Blut gesehen.«

In der Zwischenzeit hatte die traurige Abfahrt des Krankenwagens und des Mannschaftswagens der Polizei signalisiert, dass es nichts mehr zu sehen gab. Die Neugierigen begannen, sich nach und nach zu verlaufen, besiegt von der Wärme und zu anderen Beschäftigungen gerufen. Die Journalisten hatten alles aufgeschnappt, was zu bekommen war, und machten sich ebenfalls auf den Weg.

Hulot sagte immer noch nichts. Er sah Frank fest in die Augen, und sein Schweigen sprach Bände.

»Möchtest du mal einen Blick darauf werfen?«

Frank wollte Nein sagen. Alles in ihm sagte Nein. Er würde nie mehr Blutspuren oder umgestürzte Möbelstücke sehen oder den

Puls am Hals eines am Boden liegenden Menschen fühlen, um zu erkennen, ob er tot war. Er war kein Polizist mehr, er war nicht einmal mehr ein Mann. Er war gar nichts.

»Nein, Nicolas. Mir ist nicht danach.«

»Ich frage dich nicht deinetwegen. Ich frage dich meinetwegen.«

Frank Ottobre musterte Nicolas Hulot, als sähe er ihn zum ersten Mal in seinem Leben, und doch kannte er ihn schon seit Jahren. Sie hatten zusammen an einem Fall gearbeitet, der das FBI mit der Sûreté Publique zusammengeführt hatte, um eine Geschichte von internationaler Geldwäsche, Drogenhandel und Terrorismus aufzuklären. Die monegassische Polizei stand wegen ihres Selbstverständnisses und ihrer Effizienz in ständigem Kontakt mit der ganzen Welt, also auch mit dem FBI. Frank war herübergeschickt worden, um die Untersuchungen vor Ort zu betreuen, da er fließend Französisch und Italienisch sprach. Mit Hulot hatte er sich gut verstanden, und sie waren sofort Freunde geworden. Später waren sie in Kontakt geblieben, und als er und Harriet eine Reise nach Europa gemacht hatten, waren sie bei ihm und seiner Frau zu Gast gewesen. Hulot hatte seinerseits eine Reise in die Staaten geplant, als die Sache mit Harriet passierte ...

Frank dachte, dass er immer noch nicht in der Lage war, die Dinge beim Namen zu nennen, als könne er, indem er das Wort »Nacht« vermied, das Hereinbrechen der Dunkelheit verhindern. Was geschehen war, hieß in seinem Kopf immer noch *die Sache mit Harriet*.

Als er davon erfahren hatte, rief Hulot ihn monatelang fast täglich an. Er hatte ihn schließlich überredet, seine Isolation zu verlassen und hierher zu ihm zu kommen. Mit der Diskretion eines wahren Freundes hatte er ihm das Apartment besorgt, in dem er in Monte Carlo wohnte und das André Ferrand gehörte, einem Manager, der für mehrere Monate in Japan weilte.

Hulot sah ihn nun an wie ein Mann im Wasser den Rettungsring. Frank konnte sich den Gedanken nicht verkneifen, wer von ihnen wohl der Mann und wer der Rettungsring war. Sie waren nur zwei einzelne Menschen, die der grausamen Fantasie des Todes gegenüberstanden.

Frank setzte die Sonnenbrille wieder auf und erhob sich mit einem Ruck, bevor er sich umdrehen und die Flucht ergreifen konnte.

»Gehen wir.«

Wie ein willenloser Automat folgte er dem Freund bis auf die *Forever* und fühlte, dass sein Herz immer stärker schlug. Der Kommissar zeigte ihm die Stufen, die ins Innere des Zweimasters führten, und ließ ihn als Ersten hinuntergehen. Er wusste, dass sein Freund das blockierte Ruder bemerkt, jedoch kein Wort darüber verloren hatte. Als sie unter Deck waren, blickte Frank sich um, die Augen hinter den dunklen Brillengläsern verborgen.

»Hm ... eine Luxusyacht, scheint mir. Alles computerisiert. Ein Schiff mit Autopilot.«

»Tja, an Geld fehlte es dem Besitzer ganz sicher nicht. Wenn man überlegt, dass er das alles verdient hat, indem er jahrelang seine Haut in einem Rennwagen riskiert hat, nur um dann so zu enden ...«

Frank sah sich die Situation an, wie sie vom Mörder hinterlassen worden war, und bemerkte auch die vertrauten Vorkehrungen der Spurensicherung, die hier nach subtileren, weniger offensichtlichen Hinweisen gesucht hatte. Sicherung der Fingerabdrücke, Vermessung und exakte Untersuchung des Tatortes. Obwohl alle Luken geöffnet waren, lag der Geruch des Todes noch in der Luft.

»Die beiden wurden dort drüben im Schlafzimmer gefunden, wo sie Seite an Seite nebeneinander lagen. Die Fußabdrücke, die du hier überall siehst, stammen von Gummischuhen. Möglicherweise die Füße eines Taucheranzuges. Die Spuren von den Händen haben keine Fingerabdrücke hergegeben. Der Mörder hat Handschuhe getragen und sie nie ausgezogen.«

Frank ging durch den Korridor, gelangte an die Tür zur Kapitänskajüte und verharrte auf der Schwelle. Äußerlich war er betont ruhig, doch in seinem Inneren brach die Hölle los. Oft schon hatte er Schauplätze wie diesen gesehen, Blut, das bis an die Decke gespritzt war, regelrechte Metzeleien. Doch das waren Menschen gewesen, die gegen andere Menschen gekämpft hatten, grausam zwar, aber wegen menschlicher Interessen. Macht, Geld, Frauen oder irgendetwas anderem. Es waren Kriminelle, die gegen andere Kriminelle kämpften. Auf jeden Fall Menschen gegen Menschen.

Hier jedoch lag etwas anderes in der Luft, jemandes Kampf gegen seine eigenen Dämonen, solche, die den Geist zerfressen, wie der Rost das Eisen zerfrisst. Niemand begriff das besser als Frank.

Er fühlte, wie es ihm die Luft abschnürte, und ging in seinen eigenen Spuren zurück. Hulot wartete, bis er wieder bei ihm war, und fuhr dann mit seinem Bericht fort.

»Die Leute vom Hafen, wo sie lagen, in Fontvieille, haben uns informiert, dass Jochen Welder und die Parker gestern Morgen hinausgefahren sind. Sie sind jedoch nicht mehr zurückgekehrt, deshalb gehen wir davon aus, dass sie irgendwo vor der Küste geankert haben. Vermutlich hier in der Nähe, denn sie hatten nicht viel Treibstoff dabei. Der Tathergang ist noch nicht ganz geklärt, aber wir haben eine Hypothese, die ganz plausibel erscheint. Auf der Brücke haben wir einen Bademantel gefunden. Vielleicht war das Mädchen an Deck gekommen, um frische Luft zu schnappen. Vielleicht war sie schwimmen gegangen. Der Mörder muss vom Land herübergeschwommen sein. Auf jeden Fall hat er sie überrascht, sie unter Wasser gezogen und sie ertränkt. Ihr Körper wies keine sichtbaren Verletzungen auf. Dann hat er den Mann geschnappt, draußen an Deck, und ihn niedergestochen. Er hat beide ins Schlafzimmer geschleift und dann in aller Ruhe diese … dieses gotteslästerliche Werk vollendet. Dann hat er das Schiff bis zum Hafen gebracht, das Ruder so blockiert, dass es auf die Mole zulenkt, und ist auf demselben Weg verschwunden, auf dem er gekommen war.«

Frank schwieg. Trotz des Halbdunkels hatte er die Sonnenbrille nicht abgenommen. Mit gesenktem Kopf schien er die Blutspur zu betrachten, die wie ein Eisenbahngleis zwischen ihnen entlangführte.

»Was hältst du davon?«

»Man muss schon verdammt kaltblütig sein, um so etwas zu tun, falls alles so abgelaufen ist, wie du gesagt hast.«

Er wollte nur noch weg von hier, wollte nach Hause gehen, wollte nie gesehen haben, was er gesehen hatte, wollte nicht sagen, was er sagte. Er wollte auf die Mole zurück, wollte in aller Ruhe in der Sonne seinen Spaziergang nach Nirgendwo fortsetzen. Er wollte atmen, ohne sich dessen bewusst zu sein. Dennoch sprach er weiter.

»Wenn er vom Land herübergekommen ist, müssen wir davon ausgehen, dass er nicht in einem Anfall von Wahnsinn gehandelt hat, sondern dass alles sorgfältig geplant und vorbereitet war. Er wusste, wo die beiden sich befanden, und mit großer Wahrscheinlichkeit waren sie es, die er treffen wollte.«

Der andere nickte, als decke sich das, was er hörte, in etwa mit seinen Überlegungen.

»Das ist noch nicht alles, Frank. Er hat noch einen Kommentar zu seiner Tat hinterlassen.«

Hulot trat beiseite und gab den Blick auf den Holztisch in seinem Rücken frei. Mit ihm kam die wahnsinnige Inschrift zum Vorschein, diese Botschaft des Teufels.

Ich töte …

Frank nahm die Sonnenbrille ab, als ob das Licht unter Deck nicht ausreiche, um den Sinn dieser Worte zu begreifen.

»Wenn es so gelaufen ist, dann bedeutet diese Inschrift etwas, Nicolas. Das ist nicht nur ein Kommentar zu dem, was er getan hat. Es bedeutet, dass er es wieder tun wird.«

Dritter Karneval

Der Mann schließt die schwere, hermetisch dichte Tür hinter sich zu.

Lautlos schwingt der Türflügel heran, fügt sich perfekt in den stählernen Türsturz ein und verschmilzt fast unsichtbar mit der Wand. Das Verriegelungsrad, wie in einem U-Boot, gleitet leicht durch seine Hände. Der Mann ist stark, aber es ist deutlich zu sehen, dass der Mechanismus regelmäßig geölt und perfekt gepflegt wird. Der Mann ist in dem, was er tut, sehr sorgfältig und gewissenhaft. An dem Ort, an dem er sich befindet, herrschen makellose Sauberkeit und Ordnung.

Er ist allein, eingeschlossen in seinen geheimen Schlupfwinkel, der die Menschen ausschließt, das Tageslicht und den einfachen Fluss der Gedanken.

In seinem Geist drängen und kontrollieren sich wechselseitig die verstohlene Eile eines Tieres, das in seine Höhle flieht, und die hellwache Konzentration des Raubtiers, das seine Beute wittert, das Blut und das Rot des Sonnenuntergangs, Stimmen, die schreien, und Stimmen, die flüstern, Krieg und Frieden.

Der Raum ist rechteckig und ziemlich geräumig. An der linken Wand ziehen sich lange Regale entlang, voll gepackt mit elektronischen Apparaturen. Hier steht ein komplettes Tonstudio, bestehend aus zwei achtspurigen Alexis-Bandmaschinen, die an einen Macintosh-Rechner angeschlossen sind. Ergänzt wird die Anlage durch verschiedene Geräte zur Manipulation von Geräuschen, die sich auf der rechten Seite der Wand türmen. Da sind Kompressoren, Focus-Rite- und Pro-Tools-Filter, einige Roland- und Korg-Racks für musikalische Effekte. Da ist ein Scanner, mit dem man alle möglichen Funkfrequenzen abhören kann, inklusive des Polizeifunks.

Dem Mann gefällt es, den Stimmen in der Luft zu lauschen. Sie fliegen von einer Seite des Raums zur anderen, sie gehören Menschen ohne Gesicht und ohne Körper, sie sind die Fantasie und die Freiheit der Imagination, sie sind seine Stimme auf dem Band und seine Stimme im Kopf.

Der Mann hebt den hermetisch verschlossenen Behälter vom Boden auf, wo er ihn abgestellt hatte, um die Tür mit dem Rad zu verriegeln. Zur Linken, an der Metallwand, steht ein Holztisch auf zwei Böcken. Dort legt der Mann den Behälter hin. Er setzt sich auf den Bürostuhl mit den Rollen, der es ihm erlaubt, mit einer einzigen Bewegung an die gegenüberliegende Wand zu kommen, von wo aus die Tonanlage bedient wird. Er schaltet eine Lampe am Tisch ein, und ihr Licht vereint sich mit dem der Neonleuchten an der Decke.

Der Mann spürt, wie sich das beschleunigte Pochen der Aufregung Schritt für Schritt seinem Herzen nähert, während er einen nach dem anderen die Schnappverschlüsse des Behälters aufschnellen lässt.

Die Nacht ist nicht vergebens vergangen. Der Mann lächelt. Draußen, an einem Tag wie tausend anderen Tagen, sind Männer, die nach ihm suchen.

Stoffhunde mit Glasaugen, unbeweglich in der erleuchteten Vitrine ihres Lebens. Weitere Stimmen in der Luft, die sinnlos einander nachjagen, ebenso sinnlos ist das Ziel ihrer Jagd.

Hier, im gnädigen Halbschatten, wird das Haus erst wieder zum Heim, findet der Gerechte zu seinem wahren Sein zurück, der Schritt zu seinem Echo. Der Spiegel, der nicht zerborsten ist, reflektiert den vergeblich geworfenen Stein auf der Erde. Sein Lächeln wird breiter, und seine Augen beginnen zu strahlen wie Sterne, welche die Erfüllung einer alten Prophezeiung ankündigen. In der absoluten Stille nimmt nur sein Geist die feierliche Musik wahr, die in der Luft liegt, als er langsam den Deckel des Behälters anhebt.

Der Duft von Blut und Meer breitet sich in dem begrenzten Raum seines Schlupfwinkels aus. Der Mann fühlt, wie die Furcht nach seinem Magen greift. Der triumphale Schlag seines Herzens wird plötzlich zum läutenden Totenglöckchen.

Er springt auf, taucht mit den Händen in den Behälter und zieht mit der sorgfältigen Geste eines Sammlers heraus, was vom Gesicht Jochen Welders übrig geblieben ist, tropfend von Blut und Meerwasser. Der Verschluss des Behälters hatte nicht dicht gehalten, und Salzwasser war eingedrungen. Händeringend untersucht er das Ausmaß der Schäden, die das Salz hinterlassen hat. Wo sie mit dem Meersalz in Kontakt gekommen war, ist die Haut versengt und weiß gesprenkelt. Die leblosen Haare sind strohig und zerzaust.

Der Mann lässt seine Trophäe zurück in die Schachtel fallen, als würde er sich erst jetzt ekeln. Er sinkt auf den Stuhl und legt den Kopf in seine blutverschmierten, salzverkrusteten Hände. Achtlos fährt er sich damit durch die Haare, während ihm der Kopf unter der Last der Niederlage auf die Brust sinkt.

Alles vergebens. Der Mann spürt die Wut von weit her kommen, als durchlaufe sie raschelnd das hohe Gras, nähere sich im keuchenden Atem, im Donner, der über den Dächern unter ängstlichem Geflüster zerbirst.

Sein Zorn explodiert. Plötzlich steht er auf, ergreift den Behälter, hebt ihn hoch über den Kopf und schleudert ihn gegen die Metallwand. Diese erklingt wie eine Stimmgabel auf dem Ton des Todes, den der Mann in seinem Inneren vernimmt. Die Schachtel springt hoch und trudelt in die Mitte des Zimmers. Sie dreht sich einmal um sich selbst und bleibt auf der Seite liegen, der Deckel halb verbeult durch die Gewalt des Aufpralls auf die Wand. Die armseligen Überreste von Jochen Welder und Arijane Parker fallen aus der Schachtel und verteilen sich auf dem Boden. Der Mann sieht angeekelt darauf hinab, wie auf einen versehentlich ausgekippten Mülleimer.

Der Augenblick der Wut vergeht rasch. Der Atem findet allmählich zu seinem gewohnten Rhythmus zurück. Das Herz beruhigt sich. Die Hände sinken an den Hüften hinab, streichen über den Stoff der Hosenbeine. Die Augen werden wieder die eines Priesters, der in der Stille die Stimmen der Vorsehung vernimmt, die nur ihm allein zugänglich sind.

Es wird eine andere Nacht geben. Und dann noch viele weitere Nächte. Und tausend Gesichter von Männern, deren Lächeln auszulöschen sein wird wie die Kerze in einem dummen ausgehöhlten Kürbis.

Er nimmt wieder auf dem Stuhl Platz und stößt sich zur gegenüberliegenden Seite mit den elektronischen Apparaten ab. Er kramt im Regal, das sich am Boden die Wand entlangzieht, prallvoll mit Schallplatten und CDs. Er greift eine heraus und wirft sie in die Anlage. Er drückt den Abspielknopf, Streicherklänge dringen aus den Boxen und füllen den Raum.

Es ist eine melancholische Musik, die nach kaltem Herbstwind klingt, der über den Boden fährt und die trockenen Blätter in einen morbiden, wirbelnden Tanz zwingt.

Der Mann lehnt sich entspannt zurück. Er lächelt wieder. Der Rückschlag ist bereits vergessen, besänftigt durch die Süße jener Musik.

Es wird eine andere Nacht geben. Und viele andere Nächte nach ihr.

Schmeichelnd wie die Melodie, die sich wirbelnd im Raum verbreitet, kommt mit der Musik die Stimme.

Bist du da, Vibo?

8

Merde!«

Nicolas Hulot warf die Zeitung, die er in den Händen hielt, zu den anderen, die sich bereits auf seinem Schreibtisch stapelten. Alle, Franzosen wie Italiener, brachten die Nachricht vom Doppelmord auf der ersten Seite. Trotz des Versuchs, bestimmte Informationen zurückzuhalten, war etwas durchgesickert. Allein schon die näheren Umstände der Tat waren ein Leckerbissen, der die Gier der Reporter entfesselte wie eine Rinderseite einen Schwarm Piranhas. Hinzu kam, dass beide Opfer bekannte Persönlichkeiten waren und die Schlagzeilen zu wahren Wundern an Kreativität aufblühen ließen. Ein Formel-1-Weltmeister und seine Freundin, wie's der Zufall will, eine Schachspielerin von Weltruhm.

Das war eine Goldmine, die jeder Journalist mit bloßen Händen ausgebeutet hätte.

Ein ganz Gerissener hatte es geschafft, die Ereignisse Stück für Stück zu rekonstruieren, vermutlich dank fürstlich bezahlter Informationen vom Kapitän, der die Leichen entdeckt hatte. Besonders die Inschrift auf dem Tisch ließ die Fantasie der Chronisten wuchern.

Ein jeder hatte seine ganz persönliche Interpretation angeboten und der Fantasie der Leser geschickt Raum gelassen.

Ich töte ...

Der Kommissar schloss die Augen, aber die Szene, die er vor Augen hatte, verschwand nicht. Er konnte die in Blut auf Holz geschriebenen Zeichen nicht aus seinem Kopf verbannen. Solche Dinge geschahen nicht im richtigen Leben. Das waren Erfindungen von Schriftstellern, die ihre Bücher verkaufen wollten. Das waren Drehbücher, an denen irgendein erfolgreicher Filmautor in seinem Haus am Strand von Malibu schrieb, während er einen Drink schlürfte. Das waren Fälle, die von Rechts wegen amerikanischen Detektiven mit den Gesichtern von Bruce Willis oder John Travolta, mit gestählten Körpern und flinker Pistole zustanden, nicht aber einem einfachen Kommissar, der seiner Rente wesentlich näher war als dem Ruhm.

Er erhob sich vom Schreibtisch und ging zum Fenster. Sein Schritt war schwer wie der eines Mannes, der erschöpft von einer langen Reise heimkehrt. Alle hatten sie ihn angerufen, und im zeitlichen Aufeinanderfolgen der Telefonate hatte sich die Hierarchie widergespiegelt.

Allen hatte er dieselben Antworten gegeben, weil alle dieselben Fragen gestellt hatten. Er sah auf die Uhr. Bald würde die Besprechung beginnen, in der die Untersuchungen koordiniert werden sollten.

Neben Luc Roncaille, dem Direktor der Sûreté, würde auch Generalstaatsanwalt Alain Durand kommen. Er hatte beschlossen, persönlich als Untersuchungsrichter die Leitung des Falles zu übernehmen, und allem Anschein nach würde auch ein Staatssekretär aus dem Innenministerium anwesend sein. Fehlte bloß noch der Prinz als oberster Dienstherr der Polizeikräfte, doch es war noch nicht gesagt, dass …

Jedem gegenüber würde er auf das ausweichen, was ihm im Moment zur Verfügung stand: wenig Informationen und viel Diplomatie.

Er hörte es klopfen und wandte sich um.

»Herein.«

Die Tür ging auf, und herein kam Frank mit einer Miene, als wäre er überall lieber als hier.

Hulot war überrascht, ihn zu sehen, konnte aber nicht anders, als sich instinktiv erleichtert zu fühlen. Er wusste es als Dankesgeste zu schätzen, als kleinen Akt der Solidarität in diesem Meer von Schwierigkeiten, in dem er hilflos herumpaddelte. Da war er, Frank Ottobre. Der Frank von früher wäre genau der richtige Typ Polizist für einen Fall wie diesen, auch wenn er wusste, dass sein Freund kein Polizist mehr sein wollte, nie wieder.

»Salut, Frank.«

»Salut, Nicolas, wie geht's?«

Hulot hatte den Eindruck, dass der andere mit seiner Frage nur vermeiden wollte, dass ihm selbst diese Frage gestellt wurde.

»Wie es geht? Du kannst dir vorstellen, wie es geht! Ein Meteorit ist auf mich herabgestürzt, und ich hätte allerhöchstens einen Kieselstein aushalten können. Ich stecke in einem unglaublichen Schlamassel. Ich hab sie alle am Hals. Wie Hunde, die meinen Hintern mit dem eines Fuchses verwechselt haben.«

Frank erwiderte nichts und ließ sich in den Sessel vor dem Schreibtisch fallen.

»Wir erwarten den Autopsiebericht und die Ergebnisse der Spurensicherung, auch wenn sich anscheinend nicht viel oder gar nichts von Bedeutung ergeben hat. Die Experten haben das Boot Zentimeter für Zentimeter unter die Lupe genommen, und nichts ist dabei herausgekommen. Wir haben ein graphologisches Gutachten über die Inschrift auf dem Tisch eingeholt, aber auch hier warten wir noch auf Resultate. Wir sitzen alle da und beten, dass es nicht so ist, wie es scheint …«

Auf dem Gesicht des Amerikaners deutete sich ein leises Interesse an seinen Worten an. Er kannte Franks Geschichte und wusste, dass es kein schönes Päckchen war, das er mit sich herumtrug. Nach dem Verlust seiner Frau und den Umständen, die dazu geführt hatten, schien Frank sich systematisch der Selbstzerstörung zu überlassen, als fühle er sich verantwortlich für alle Übel der Welt.

Er hatte schon Menschen in Alkohol oder härteren Sachen untergehen, andere sich sogar das Leben nehmen sehen in dem verzweifelten Versuch, Schuldgefühle auszuradieren. Doch Frank blieb bei klarem Bewusstsein und unversehrt, als wolle er dem Vergessen entgegenwirken, als sei er wild entschlossen, Tag für Tag ohne jede Erleichterung seine Strafe abzubüßen. Das Urteil war gesprochen, und er war Richter und Verurteilter zugleich.

Hulot setzte sich und stützte die Ellbogen auf den Tisch. Frank saß regungslos mit übereinander geschlagenen Beinen in seinem Sessel und schwieg. Nicolas fuhr fort, als bereite es ihm fast unerträgliche Mühe.

»Und wir haben nichts in der Hand. Rein gar nichts. Wahrscheinlich hat unser Mann die ganze Zeit einen Taucheranzug getragen, inklusive Schuhe, Handschuhe und Kapuze. Das bedeutet, keine Fingerabdrücke, keine organischen Spuren, also keine Hautfetzen und keine Haare. Er hat Fuß- und Handabdrücke zurückgelassen, die auf einen so durchschnittlichen Körperbau verweisen, dass er auf Millionen Menschen zutreffen könnte.«

Hulot machte eine Pause. Franks Augen schienen zwei Kohlenstücke zu sein, dunkel wie der Stollen, aus dem sie gegraben worden waren.

»Wir haben angefangen, die Opfer unter die Lupe zu nehmen. Du kannst dir vorstellen, wen zwei Menschen wie diese im Lauf ihres Lebens alles so getroffen haben, ständig unterwegs von hier nach dort …«

Plötzlich, von einer spontanen und unwiderstehlichen Idee gepackt, fuhr der Kommissar hoch.

»Wieso hilfst du mir nicht, Frank? Ich kann deinen Chef anrufen lassen. Ich kann ihn bitten, die entsprechenden Fäden zu ziehen, damit wir dich als Mitarbeiter für die Ermittlungen bekommen, in die du schließlich schon bestens eingeweiht bist. Im Grunde haben wir das ja auch früher so gemacht. Außerdem ist eines der Opfer amerikanische Staatsbürgerin. Du bist genau der Richtige für einen Fall wie diesen. Du sprichst perfekt Italienisch und Französisch, bist vertraut mit der Arbeitsweise und der Mentalität der europäischen Polizei. Du kennst die Leute hier. Du bist genau der richtige Mann am richtigen Ort.«

Seine Stimme streifte Franks Gesicht wie der Wind, den ein Gewitter vor sich hertreibt, doch die Wolken in seinen Augen schienen von einem anderen Unwetter zu stammen.

»Nein, Nicolas. Du und ich, wir teilen nicht dieselben Erinnerungen. Ich bin nicht mehr, was ich einmal war. Und werde es nie wieder sein.«

Der Kommissar erhob sich aus seinem Sessel, ging um den Schreibtisch herum und hockte sich dicht vor Frank nieder. Er beugte sich ein wenig vor, als ob er seinen Worten dadurch mehr Gewicht verleihen könne.

»Ist dir eigentlich noch nie in den Sinn gekommen, dass das, was Harriet passiert ist, möglicherweise nicht deine Schuld war? Oder zumindest nicht allein deine Schuld?«

Frank wandte den Kopf ab und sah aus dem Fenster. Sein Kiefer verspannte sich, als wollte er mit den Zähnen eine Antwort zurückhalten, die er sich schon allzu oft gegeben hatte. Sein Schweigen regte Hulot allmählich auf, und er wurde lauter.

»Himmel, Frank! Du weißt, was los ist. Ich habe es in deinen Augen gesehen. Da draußen läuft ein Mörder herum, der zwei Menschen getötet hat und noch weiter morden kann. Ich habe keine Ahnung, was wirklich in deinem Kopf vor sich geht, aber meinst du nicht, dass diesen Irren stoppen zu helfen eine gute Möglichkeit wäre, um sich besser zu fühlen? Meinst du nicht, anderen zu helfen, könnte eine Möglichkeit sein, auch dir selbst zu helfen? Dir zu helfen, *nach Hause* zurückzukehren?«

Frank ließ seinen Blick wieder zu seinem Freund hinüberwandern. Seine Augen waren die eines Mannes, der sich an jedem Ort der Welt fremd fühlen würde.

»Nein.«

Diese eine Silbe errichtete, in all der Ruhe, mit der sie ausgesprochen wurde, eine Mauer zwischen ihnen. Für einen Moment waren sie beide blockiert, als würde ein Film angehalten, dessen Ausgang sie nicht kannten.

Es klopfte an der Tür, und Claude Morelli trat ein, ohne eine Antwort abzuwarten.

»Kommissar ...«

»Was gibt's, Morelli?«

»Hier ist jemand von Radio Monte Carlo ...«

»Sag ihm, dass ich jetzt nicht mit Journalisten spreche. Es wird eine Pressekonferenz geben, später. Der Direktor entscheidet, wann.«

»Nein, Kommissar. Das ist kein Journalist. Es ist ein DJ, der ein Abendprogramm moderiert. Er ist zusammen mit dem Intendanten des Senders gekommen. Sie haben die Zeitungen gelesen und behaupten, eventuell Informationen über die Sache am Hafen zu haben.«

Hulot wusste nicht, was er davon halten sollte. Alles, was irgendwie nützlich sein konnte, wäre wahrhaft Manna vom Himmel. Er hatte jedoch Angst vor den Heerscharen von Verschwörungstheoretikern, die überzeugt davon waren, alles über die Morde zu wissen, oder sich gar selbst für den Mörder hielten. Aber er durfte keinen Hinweis missachten.

Keinen.

Er kehrte an seinen Platz hinter dem Schreibtisch zurück.

»Lass sie hereinkommen.«

Morelli ging hinaus, und wie auf ein willkommenes Zeichen hin erhob sich Frank aus dem Sessel und wandte sich zur Tür. Er war noch nicht ganz dort angekommen, als sie wieder aufging und Morelli in Begleitung von zwei Männern hereinkam, einem jungen Typen von etwa dreißig mit langen, schwarzen Haaren und einem älteren, ungefähr Mitte vierzig. Frank warf ihnen einen flüchtigen Blick zu, machte Platz und nutzte die Gelegenheit, um durch die offene Tür hinauszuschlüpfen. Hulots Stimme hielt ihn auf der Schwelle zurück.

»Frank, bist du wirklich sicher, dass du nicht bleiben möchtest?«

Wortlos verließ Frank Ottobre den Raum und schloss die Tür hinter sich.

9

Als er aus dem Präsidium kam, bog Frank links in die Rue Suffren Raymond ein und fand sich nach wenigen Metern auf dem Boulevard Albert Premier wieder, der großen Allee, die sich den Hafen entlangzieht. Ein Kran bewegte sich träge vor dem Hintergrund des azurblauen Himmels. Die Arbeiter waren immer noch damit beschäftigt, die Boxen abzubauen und die Teile auf LKWs zu verladen.

Alles musste seine Ordnung haben.

Er überquerte die Straße und blieb auf der Hafenpromenade stehen, um die vertäuten Schiffe zu betrachten. An der Mole war keine Spur mehr davon zu sehen, was hier geschehen war. Die *Forever* hatte man fortgeschleppt, sie befand sich mit Sicherheit an irgendeinem Ort, wo die Polizei weitere Untersuchungen vornehmen konnte. Die *Baglietto* und das andere Schiff, zwischen denen sie sich eingekeilt hatte, schaukelten noch, als sei nichts geschehen, auf dem Wasser und drückten jedes Mal, wenn die Wellen sie aneinander trieben, sanft ihre Fender zusammen. Die Absperrungen waren längst abgebaut. Es gab nichts mehr zu sehen.

Die Bar am Hafen war zu ihrem normalen Betrieb zurückgekehrt. Wahrscheinlich hatten die Ereignisse des gestrigen Tages die übliche Kundschaft noch vermehrt um all die Neugierigen, die da sein wollten, wo geschehen war, was geschehen war. Vielleicht kam auch der junge Kapitän, der die Leichen entdeckt hatte, genoss seinen Ruhm und erzählte, was er gesehen hatte. Oder er saß stumm vor einem Glas Bier und versuchte zu vergessen.

Frank setzte sich auf die Steinbank.

Ein Junge sauste auf Rollerblades vorbei, gefolgt von einem

kleineren Mädchen, das noch mit seinen Rollschuhen zu kämpfen hatte und ihm mit kläglicher Stimme hinterherrief, er möge warten. Ein Mann mit einem schwarzen Labrador an der Leine wartete geduldig, bis der Hund sein Geschäft gemacht hatte, dann zog er ein Plastiktütchen und eine Schaufel aus der Tasche und sammelte die natürlichen Hinterlassenschaften ein, um sie pflichtbewusst in den nächsten Mülleimer zu werfen.

Ganz normale Leute. Menschen, die lebten wie viele andere, wie alle anderen, vielleicht mit etwas mehr Geld, vielleicht mit etwas mehr Glückseligkeit oder mit der Illusion, sich diese etwas leichter verschaffen zu können. Vielleicht sah das alles auch nur so aus. Und wenn er noch so schön vergoldet sein mag, ein Käfig bleibt immer ein Käfig, und jeder war seines Glückes Schmied. Jeder baute oder zerstörte sein Leben nach den Regeln, die er sich selbst auferlegt hatte. Oder die zu befolgen er sich weigerte.

Es gab kein Entrinnen, für niemanden.

Ein Schiff lief aus, und an Deck stand eine blonde Frau in einem blauen Kostüm, die zu jemandem am Ufer herüberwinkte. Von weitem erinnerte sie an Harriet.

Frank spürte eine plötzliche Nervosität, die ihm die Hitze ins Gesicht trieb. Ein Meer schob sich vor das Meer, ein Bild über ein Bild, die Erinnerung über die Aussicht.

Nachdem er aus dem Krankenhaus gekommen war, hatten er und Harriet ein einsames Cottage an der Küste Georgias gemietet. Ein Holzhaus mit einem Dach aus roten, kanadischen Ziegeln, nur wenige hundert Meter vom Meer entfernt in den Dünen. Auf der Vorderseite lag eine Veranda mit großen, beweglichen Schiebetüren, die man im Sommer auflassen und so in eine Art Terrasse verwandeln konnte.

Nachts hörten sie den Wind durch die spärliche Vegetation rascheln und das Rauschen der Meereswellen, die auf den Strand schlugen. Sie lagen im Bett, und er spürte, wie seine Frau sich eng an ihn schmiegte, bevor sie einschlief, als verspüre sie das verzweifelte Bedürfnis, sich seiner Gegenwart zu versichern, als könne sie nicht glauben, dass er wirklich bei ihr war und am Leben.

Den Tag verbrachten sie am Strand, sonnten sich und gingen baden. Dieser Abschnitt der Küste war praktisch menschenleer. Diejenigen, die das Meer suchten und die Vergnügungen der überfüllten Strände, fuhren woanders hin, an die modischen Badeorte, um den Bodybuildern beim Training zuzusehen, oder den Frauen, die ihre verbesserten Brüste und Hintern durch die Gegend schaukelten, als seien sie beim Casting für Baywatch.

Hier konnte sich Frank auf dem Handtuch ausstrecken und seinen abgemagerten Körper ohne Scham der Sonne aussetzen, die rötlichen Narben überall an seinem Körper, das schmerzende Mal seiner Herzoperation, in welcher der Splitter entfernt worden war, der ihn um ein Haar das Leben gekostet hätte.

Manchmal fuhr Harriet, die neben ihm lag, mit den Fingern über das empfindliche Narbengewebe, und ihre Augen füllten sich mit Tränen. Sie sprachen nicht über das, was geschehen war. Manchmal fielen beide in ein Schweigen und dachten jeder auf seine Art über dasselbe nach, erinnerten sich an die Leiden der vergangenen Monate und den Preis, den sie bezahlt hatten.

Dann hatten sie nicht den Mut, sich in die Augen zu sehen. Ein jeder schaute auf sein Stückchen Meer hinaus, bis einer von ihnen, immer noch schweigend, die Kraft fand, den anderen in den Arm zu nehmen.

Ab und zu fuhren sie nach Honesty, einem Fischerdorf, dem nächstgelegenen bewohnten Ort. Man schien dort eher in Schottland denn in Amerika zu sein. Die Gegend war friedlich, ohne jeden touristischen Rummel, mit Häusern ähnlich dem ihren, aus Stein und Holz, erbaut an einer Straße längs des Strandes, wo ein Betonstreifen auf den Klippen die Wucht der Wellen während der winterlichen Unwetter auffangen sollte.

Sie aßen in einem Restaurant mit großen Fensterscheiben, das in der Nähe vom Landungssteg auf Pfählen errichtet worden war, mit einem Holzboden, der unter den Schritten der Kellner widerhallte. Sie tranken so kalten Weißwein, dass er die Gläser beschlagen ließ, und sie aßen frisch gefangenen Hummer, bekle-

ckerten sich die Finger und bespritzten sich mit dem Sud, wenn sie versuchten, die Scheren zu öffnen. Oft lachten sie wie kleine Kinder, und Harriet schien an nichts zu denken und Frank ebenso.

Bis der Anruf kam, hatten sie noch über nichts gesprochen.

Sie waren zu Hause, und Frank war dabei, die Zutaten für den Salat zu putzen. Aus dem Ofen drang der Duft von Fisch und gebackenen Kartoffeln. Draußen wehte der Wind den Sand von den Dünenkämmen, und das Meer war mit weißem Schaum besprenkelt. Die einsamen Segel zweier Windsurfer teilten in schnellem Tempo die Wellen, auf der Höhe eines großen Geländewagens, der am Strand parkte. Harriet war auf der Veranda und hatte das Telefon wegen des Windes nicht gehört. Er hatte sich aus der Küchentür gelehnt, eine große rote Paprika in den Händen.

»Harriet, Telefon. Geh du bitte ran, ich habe die Hände voll.«

Seine Frau war aufgestanden und zu dem altertümlichen Apparat an der Wand hinübergegangen, der unermüdlich klingelte. Sie hatte abgenommen, und er war stehen geblieben, um sie zu beobachten.

»Hallo?«

Kaum hatte sie gehört, wer am anderen Ende der Leitung war, hatte sich ihr Gesichtsausdruck plötzlich verändert, wie es geschieht, wenn man eine schlechte Nachricht bekommt. Ihr Lächeln verschwand, und sie schwieg für einen Moment. Dann hatte sie den Hörer neben den Apparat gelegt und Frank mit einer Intensität angesehen, die ihm für lange Zeit unruhige Nächte bescheren würde.

»Es ist für dich. Homer.«

Dann hatte sie sich umgedreht und war ohne ein weiteres Wort auf die Veranda zurückgekehrt. Er war an den Apparat gegangen und hatte den Hörer genommen, der noch warm war von der Hand seiner Frau.

»Ja?«

»Frank, ich bin es, Homer Woods. Wie geht es dir?«

»Gut.«

»Wirklich gut?«

»Ja.«

Wenn Homer den Telegrammstil seiner Antworten bemerkt hatte, dann ließ er sich nichts anmerken. Er sprach weiter, als sei ihr letztes Gespräch erst zehn Minuten her.

»Wir haben sie geschnappt.«

»Wen?«

»Die Larkins, meine ich. Wir haben sie endlich auf frischer Tat ertappt. Ohne Bomben diesmal. Es hat eine Schießerei gegeben, bei der Jeff Larkin dran glauben musste. Wir haben einen ganzen Haufen Zeug gefunden und einen noch viel größeren Haufen Dollars. Und Papiere. Da haben sich einige neue Hinweise ergeben, sehr vielversprechend. Mit etwas Glück haben wir genug Material zusammen, um einer ganzen Menge Leute den Arsch auf Grundeis gehen zu lassen.«

»Gut.«

Er hatte das Wort von vorhin im Tonfall von vorhin ausgesprochen, aber sein Boss hatte es einmal mehr überhört.

Er stellte sich Homer Woods in seinem dunkel getäfelten Büro vor, am Schreibtisch sitzend mit dem Telefon in der Hand, die blauen Augen hinter der Goldbrille ebenso unveränderlich wie der graue Anzug mit Weste und blauem Oxfordhemd.

»Frank, dass wir an die Larkins herangekommen sind, haben wir nur deiner und Coopers Arbeit zu verdanken. Das wissen alle hier, und ich dachte, ich sollte dir das sagen. Weißt du schon, wann du zurückkehrst?«

»Ehrlich gesagt, weiß ich das noch nicht. Bald, denke ich.«

»Geht in Ordnung, ich möchte dich nicht drängen. Aber denk an das, was ich dir gesagt habe.«

»In Ordnung, Homer. Vielen Dank.«

Er hatte aufgelegt und war hinausgegangen, um Harriet zu suchen. Sie saß auf der Veranda und sah den zwei jungen Männern zu, die dabei waren, ihre Surfbretter wieder auf den Dachgepäckträger des Geländewagens zu laden.

Schweigend hatte er sich neben ihr auf der kleinen Holzbank niedergelassen. Eine Weile hatten sie nebeneinander gesessen und auf den Strand hinausgesehen, bis der Geländewagen sich entfernt hatte, als verhindere dieses fremde Element, und sei es noch so weit weg, die Kommunikation zwischen ihnen.

Es war Harriet, die das Schweigen gebrochen hatte.

»Er hat dich gefragt, wann du zurückkommst, nicht wahr?«

»Ja.«

Zwischen ihnen hatte es nie irgendwelche Lügen gegeben, und Frank hatte nicht vor, gerade jetzt damit zu beginnen.

»Und du, willst du?«

Frank hatte sich ihr zugewandt, doch Harriet war seinem Blick mit Bedacht ausgewichen. Also hatte auch er wieder aufs Meer hinausgesehen und auf die Wellen, wie sie mit weißen Schaumkronen vor dem Wind herliefen.

»Harriet, ich bin Polizist. Ich habe mir dieses Leben nicht aus irgendeinem Zwang heraus ausgesucht, sondern weil ich es wollte. Ich wollte immer schon machen, was ich jetzt mache, und ich weiß nicht, ob ich mich an etwas anderes gewöhnen könnte. Ich weiß nicht einmal, ob ich überhaupt zu etwas anderem fähig wäre. Es gibt ein italienisches Sprichwort, das meine Großmutter immer zitiert hat: Wer quadratisch geboren wird, stirbt nicht als Kreis …«

Er war aufgestanden und hatte seiner Frau eine Hand auf die Schulter gelegt, die leicht erstarrte unter seiner Berührung.

»Ich weiß nicht, ob ich rund oder quadratisch geboren worden bin, Harriet, aber ich weiß, dass ich es nicht ändern möchte.«

Er war ins Haus zurückgegangen, und als er wieder hinauskam, um nach ihr zu sehen, war sie verschwunden. Vom Sand vor dem Haus führten ihre Fußabdrücke in die Dünen. Er hatte sie von weitem an der Wasserkante entlanggehen sehen, eine kleine Figur mit windzerzaustem Haar. Er war ihr mit seinen Blicken gefolgt, bis sie hinter den Dünen verschwunden war. Vielleicht wollte sie alleine sein, und im Grunde war das in Ordnung, hatte er gedacht. Er war wieder hineingegangen und hatte sich an den Tisch gesetzt, doch der Appetit war ihm vergangen.

Auf einmal war er sich nicht mehr so sicher gewesen mit dem, was er zuvor gesagt hatte. Vielleicht gab es doch ein anderes Le-

ben, das für sie beide akzeptabel war. Vielleicht stimmte es, wer quadratisch geboren wurde, würde nicht als Kreis sterben, aber man konnte doch die Ecken abschleifen, sie etwas weicher machen, so dass niemand sich daran verletzte.

Vor allem nicht die Menschen, die man liebte.

Er hatte sich eine Nacht zugestanden, um darüber nachzudenken. Am nächsten Morgen hatte er mit ihr darüber sprechen wollen. Zusammen, da war er sicher gewesen, würden sie eine Lösung finden.

Es hatte für sie beide keinen nächsten Morgen mehr gegeben.

Er hatte bis zum späten Nachmittag auf Harriet gewartet. Während die Sonne allmählich unterging und die Schatten der Dünen wie dunkle Finger über den Strand griffen, hatte er zwei Figuren erblickt, die am Wasser entlangwanderten und sich langsam näherten. Er hatte die Augen zusammengekniffen, um sie vor dem blendenden Schein der untergehenden Sonne zu schützen. Die Personen waren noch zu weit entfernt, um erkennbar zu sein. Durchs offene Fenster konnte er ihre Fußspur sehen, die sich von den Dünen, dieser Grenze seines Horizonts, hinter ihnen herzog. Ihre Kleidung flatterte im Wind, und ihre Gestalten zitterten wie im Filter eines Dampfes, der in der Ferne vom Asphalt aufsteigt. Als sie dicht genug herangekommen waren, um sie deutlich sehen zu können, erkannte Frank in dem einen den Sheriff von Honesty.

Er spürte Unruhe in sich aufsteigen wie eine düstere Vorahnung. Bis er schließlich jenem Mann gegenüberstand, der eher wie ein Buchhalter als wie ein Polizist aussah, und seine Befürchtungen eiskalte Realität wurden. Den Hut in der Hand und seinem Blick möglichst ausweichend, hatte der Sheriff ihn darüber informiert, was geschehen war.

Vor ein paar Stunden hatten Fischer, die mit ihrem Boot etwa zweihundert Meter vom Ufer entfernt übers Wasser fuhren, eine Frau gesehen, deren Beschreibung auf Harriet passte. Sie stand auf einer Klippe, die wie ein geologischer Unfall aus der langen Reihe gleichförmiger Dünen herausragte. Sie war allein und schaute aufs Meer hinaus. Als sie mehr oder weniger auf ihrer

Höhe waren, hatte die Frau sich ins Meer gestürzt. Sie sahen sie nicht mehr auftauchen und änderten sofort den Kurs, um ihr zu Hilfe zu eilen. Einer von ihnen war an der Stelle ins Wasser gesprungen, wo sie die Frau zuletzt gesehen hatten, doch trotz aller Bemühungen hatten sie niemanden finden können. Sie hatten umgehend die Polizei informiert, eine Suchaktion wurde gestartet, bis jetzt jedoch vergebens.

Erst zwei Tage später hatte das Meer Harriets Körper wieder freigegeben, nachdem er von der Strömung in eine Bucht ein paar Meilen südlich vom Haus getragen worden war.

Bei der Identifikation hatte Frank sich wie ein Mörder an der Leiche seines Opfers gefühlt. Er hatte das Gesicht seiner Frau, die ausgestreckt auf dem Tisch der Leichenhalle lag, betrachtet und mit einem Nicken gleichzeitig ihre Identität und sein Urteil bestätigt. Dank der Zeugenaussage der Fischer gab es praktisch keine Untersuchung, doch das hatte Frank nicht von den Schuldgefühlen befreien können, die er in sich trug.

Er war dermaßen mit sich selbst beschäftigt gewesen, dass er die tiefe Depression, in die Harriet gefallen war, nicht bemerkt hatte. Niemand hatte sie bemerkt, doch das war keine Entschuldigung. Er hätte wissen müssen, was in seiner Frau vor sich ging. Er hätte es verstehen müssen. *Alle Anzeichen waren vorhanden, doch in seinem abgrundtiefen Selbstmitleid hatte er es geschafft, sie einfach zu übersehen. Und ihre Diskussion nach dem Anruf von Homer hatte ihr den Rest gegeben.*

Am Ende war er weder quadratisch noch rund, sondern schlichtweg blind gewesen.

Er hatte diesen Ort zusammen mit dem Körper seiner Frau, eingeschlossen in einen Sarg, verlassen, ohne auch nur zum Haus zurückzukehren, um seine Koffer zu packen.

In der ganzen Zeit, die seither vergangen war, hatte er nicht eine Träne vergießen können.

»Mama, guck mal, der Mann weint.«

Die Kinderstimme riss ihn aus jener Art Trance, in die er gefallen war. Das kleine, blonde Mädchen in dem blauen Kleid, das neben ihm stand, wurde mit einem Schubser von seiner Mutter zum Schweigen gebracht, die ihn ansah und peinlich berührt lächelte. Sie ging rasch vorbei und zerrte ihre Tochter hinter sich her.

Frank hatte nicht bemerkt, dass er weinte. Er wusste nicht einmal seit wann.

Die Tränen kamen von weit her. Sie waren nicht die Rettung, sie waren nicht das Vergessen, sondern einfach eine Erleichterung. Sie bedeuteten eine kleine Atempause, um Luft zu schöpfen und für einen Moment die wahre Wärme der Sonne zu spüren, die wahre Farbe des Meeres zu sehen, das Herz in seiner Brust pochen zu hören, endlich ohne den Schlag der Totentrommel.

Er büßte für seine Torheit.

Die ganze Welt büßte für ihre Torheit.

Er hatte das stundenlang vor sich hin gesagt nach Harriets Tod, auf einer Parkbank im Garten der St. James Clinic, wo man ihn, dem Wahnsinn nahe, aufgenommen hatte. Wirklich begriffen hatte er das erst Monate später während der Katastrophe des World Trade Center, als er im Fernsehen diese beiden Monumentalbauten in sich zusammenfallen sah, wie nur Illusionen in sich zusammenfallen können. Menschen stürzten sich im Namen Gottes mit Flugzeugen in Wolkenkratzer, während jemand anderer sicher und trocken in seinem Büro saß und schon wusste, wie aus ihrem Wahnsinn an der Börse Kapital zu schlagen sei. Andere lebten davon, Minen zu bauen und zu verkaufen, und zu Weihnachten brachten sie ihren Kindern Geschenke mit, die mit dem Leben und der Unversehrtheit anderer Kinder bezahlt waren. Das Gewissen war ein Anhängsel, dessen Bedeutung mit dem Ölpreis schwankte. Bei alledem war es nicht verwunderlich, dass ab und zu mal jemand auftauchte und aus eigenem Antrieb sein Schicksal in Blut schrieb.

Ich töte ...

Die Schuldgefühle wegen Harriets Tod würden sein ständiger, grausamer Begleiter sein und ihn niemals mehr verlassen. Das allein wäre Strafe genug für den Rest seiner Tage. Nie würde er das vergessen. Er würde es nicht vergessen, auch wenn sein Leben eine Ewigkeit dauerte. Und er würde sich nicht verzeihen, auch wenn sein Leben zwei Ewigkeiten dauerte.

Er konnte dem Wahnsinn der Welt kein Ende bereiten. Er konnte höchstens seinem eigenen Wahnsinn Einhalt gebieten und hoffen, dass diejenigen, denen es noch möglich war, seinem Beispiel folgen würden. Und er konnte für immer diese Schrift auslöschen und alle Schriften wie diese. Er blieb auf den Steinen sitzen und weinte, ohne auf die neugierigen Blicke der Passanten zu achten, bis er fand, dass er keine Tränen mehr hatte.

Dann stand er auf und ging langsam zum Polizeipräsidium zurück.

10

»Ich töte …«

Die Stimme schwebte einen Augenblick lang im Auto und schien sich vom gedämpften Brummen des Motors zu nähren, um dann wie ein Echo im Innenraum auszuhallen.

Kommissar Hulot drückte einen Knopf am Autoradio, und das Band stoppte an der Stelle, wo Jean-Loup Verdiers Stimme zu hören war, der mühsam die Sendung weiterzumoderieren versuchte. Nach dem Gespräch mit dem Moderator und Robert Bikjalo, dem Intendanten von Radio Monte Carlo, hatte eine kleine grausame Hoffnung hinter dem Berg hervorgelugt, den die Ermittler so verzweifelt zu erklimmen suchten.

Möglicherweise war dieser Anruf während der Übertragung von *Voices* einfach nur das Werk eines Verrückten, ein unerhörter Zufall, ein astrologisches Jahrtausendereignis.

Doch jene zwei Worte »Ich töte …« am Ende des Gesprächs als Drohung hingeworfen, waren exakt dieselben wie die auf dem Holztisch der Yacht, geschrieben mit dem Blut unschuldiger Opfer.

Hulot hielt an einer roten Ampel. Vor ihnen schob eine Frau einen Kinderwagen über die Straße. Auf der rechten Seite stützte sich ein Fahrradfahrer mit gelbem Rad und blauem Kunstfaserdress am Ampelmast ab, um die Füße nicht von den Pedalen nehmen zu müssen.

Um ihn herum war alles Farbe und Wärme. Mit Macht kündigte sich der Sommer an, mit all seinen Versprechungen, auf den Terrassen vor den Bars, in den Straßen voller Menschen, auf der belebten Promenade, wo Männer, Frauen und Kinder nichts anderes wollten, als sie zu beleben.

Alles war ganz normal.

Nur in diesem Auto an der roten Ampel, die wie eine blutbefleckte Laterne erglühte, lauerte etwas, das die Kraft besaß, all dieses Licht zu verdunkeln und die Farben der Welt in mattes Schwarz und Weiß zu verwandeln.

»Gibt es irgendwelche Neuigkeiten von der Spurensicherung?«, fragte Frank.

Die Ampel sprang auf Grün. Hulot legte den Gang ein und fuhr an. Der Fahrradfahrer entfernte sich rasch. Auf seinen Pedalen war ihm eine höhere Geschwindigkeit möglich als der Autokolonne, die sich langsam an der Küste entlangschob.

»Der Bericht des Pathologen ist eingetroffen. Sie haben die Autopsie in Rekordzeit abgeschlossen. Irgendein hohes Tier muss die Telefonleitungen zum Glühen gebracht haben, sonst hätten wir die Ergebnisse nie so schnell bekommen. Alles hat sich bestätigt. Das Mädchen ist erstickt, doch in ihrer Lunge befand sich kein Meerwasser, so dass sie gestorben sein muss, ohne noch einmal auftauchen zu können. Normalerweise füllt sich bei einem Ertrinkenden die Lunge mit Wasser, wenn er ein paarmal hochkommt und wieder untergeht, bevor er endgültig versinkt. Also muss der Mörder sie im Wasser überrascht, sie hinuntergezogen und erstickt haben. Sie haben den Leichnam auf den Kopf gestellt. Kein Hinweis, keine Spuren am Körper. Sie haben ihn auf jede erdenkliche Weise untersucht, mit allen Mitteln, die sie im Labor zur Verfügung haben.«

»Und er?«

»Das ist eine andere Geschichte. Er ist mit einer ziemlich scharfen Hieb- oder Stichwaffe getötet worden, der Stoß wurde von oben nach unten ausgeführt. Die Klinge ist zwischen der fünften und sechsten Rippe eingedrungen und hat das Herz direkt getroffen. Der Mörder muss ihn draußen angegriffen haben, auf der Brücke, wo auch die Blutflecken waren. Wenn man den Überraschungseffekt beiseite lässt, bleibt die Tatsache, dass Jochen Welder ziemlich kräftig war. Nicht besonders groß, aber auf jeden Fall eher größer als die meisten Fahrer. Und durchtrainiert. Jogging und Kraftraum und so etwas. Demnach muss der Angreifer noch besser in Form gewesen sein als er, geschickt und stark.«

»Sind die Leichen missbraucht worden? Sexuell, meine ich?«

Hulot schüttelte den Kopf.

»Nein. Oder besser gesagt, er ganz sicher nicht. Sie hatte kurz zuvor Geschlechtsverkehr. In der Vagina befanden sich Reste von Sperma, aber das stammt mit größter Wahrscheinlichkeit von Jochen Welder. Ich bin mir fast hundertprozentig sicher, dass die DNA-Analyse das bestätigen wird.«

»Okay, das würde ein sexuelles Motiv ausschließen, zumindest ein übliches.«

Frank sagte das im Ton eines Menschen, der gerade entdeckt hat, dass man eine Serviette aus seinem brennenden Haus retten kann.

»Was Fingerabdrücke oder andere organische Spuren angeht, kannst du dir vorstellen, dass sie auf dem Boot in Hülle und Fülle zu finden waren. Wir schicken diese Geschichten ebenfalls zur DNA-Analyse, würde mich aber nicht überraschen, wenn sich rein gar nichts daraus ergäbe.«

Sie verließen Beaulieu und die Luxushotels mit Meerblick und ihren Parkplätzen voll glänzender Nobelkarossen, die, schwer von Leder und Wurzelholz, träge im Schatten alter Bäume parkten. Überall leuchteten die tausendfarbigen Blumenbeete im Licht dieses wunderbaren Tages. Frank ließ sich von den roten Blüten eines Hibiskus im Garten einer Villa ablenken.

Schon wieder rot. Schon wieder Blut.

Seine Aufmerksamkeit kehrte ins Auto zurück. Er beugte sich vor, um eines der Gebläsefensterchen so zu verstellen, dass ihm die kalte Luft direkt ins Gesicht blies.

»Also haben wir nichts.«

»Nichts und wieder nichts.«

»Und die anthropometrische Vermessung der Abdrücke?«

»Auch da nichts wirklich Relevantes. Wahrscheinlich ein Mann, um die eins achtzig groß, plus/minus fünf Zentimeter, mit einem Gewicht um die fünfundsiebzig Kilo. Ein Profil, das auf tausende von Menschen zutrifft.«

»Aber ein Sportler.«

»Ja, ein Athlet … Ein motorisch ziemlich geschickter Athlet.«

Frank schwirrten noch eine ganze Reihe von Fragen im Kopf herum, aber er wollte seinen Freund nicht drängen, der nachzudenken und seine persönlichen Schlüsse zu ziehen schien, während er ihm die verfügbaren Fakten darlegte. Schweigend wartete er ab.

»Was er mit den Leichen angestellt hat, war ein ordentliches Stück Arbeit. Er ist ziemlich präzise zu Werke gegangen. Sicher war es nicht das erste Mal, dass er etwas in der Art gemacht hat. Vielleicht ist es jemand, der mit Medizin zu tun hat …«

Frank zerstörte nur ungern die Hoffnungen seines Freundes.

»Könnte sich schon lohnen, in diese Richtung zu suchen, man kann ja nie wissen. Aber eigentlich wäre das zu schön. Banal, würde ich sagen. Leider unterscheidet sich die menschliche Anatomie nicht besonders von der eines Tieres. Es reicht schon, wenn unser Mann an ein paar Kaninchen geübt hat, um sein Können dann auf ein menschliches Wesen zu übertragen.«

»Kaninchen, was? Menschliche Wesen wie Kaninchen …«

»Er ist gerissen, Nicolas. Er ist total durchgeknallt, aber er ist schlau und eiskalt. Man muss schon Freon in den Adern haben, um das zu tun, was er getan hat. Das Schiff zwischen die beiden anderen zu jagen und in aller Ruhe so zu verschwinden, wie er gekommen ist. Und noch dazu in der festen Absicht, uns herauszufordern, uns an der Nase herumzuführen.«

»Die Musik, meinst du?«

»Ja. Er hat das Telefonat mit einem Stück aus der Filmmusik von *Ein Mann und eine Frau* beendet.«

Hulot erinnerte sich, den Film von Lelouch vor Jahren gesehen zu haben, ganz am Anfang seiner Beziehung zu Céline, seiner Frau. Er erinnerte sich noch ganz genau an die schöne Liebesgeschichte, die sie als gutes Vorzeichen für ihre Zukunft gedeutet hatten.

Frank fuhr fort und erinnerte ihn an etwas, das ihm im Moment entfallen war.

»Die männliche Hauptfigur in dem Film ist ein Rallyefahrer.«

»Jetzt, wo du es sagst, das stimmt! Und Jochen Welder war Rennfahrer. Aber dann ...«

»Ganz genau. Nicht nur, dass er seine Absicht zu töten im Radio bekannt gegeben hat, er hat auch einen Hinweis darauf hinterlassen, *wen* er ermorden wollte. Und meiner Meinung nach ist es noch nicht zu Ende. Er hat getötet, und er will es wieder tun. Und wir müssen ihn daran hindern. Wie, habe ich keine Ahnung, aber wir müssen es um jeden Preis tun.«

Das Auto hielt an einer weiteren roten Ampel, an dem kurzen Abhang am Ende des Boulevard Carnot. Vor ihnen lag Nizza, die Stadt am Meer, ausgeblichen und menschlich, weit entfernt von der satinierten Sauberkeit Monte Carlos und seiner Bevölkerung aus Luxuspensionären.

Während er das Auto zur Place Masséna lenkte, wandte Hulot den Kopf, um Frank auf dem Beifahrersitz anzusehen. Der starrte vor sich hin mit dem versunkenen Ausdruck von Odysseus, der auf den Gesang der Sirenen wartet.

11

Nicolas Hulot hielt mit seinem Peugeot 206 direkt vor dem Tor der Polizeikaserne von Auvare in der Rue de Roquebillère.

Ein Beamter in Uniform, der kerzengerade vor dem Pförtnerhäuschen stand, machte sichtlich genervt Anstalten, sie von diesem für Polizeiangehörige reservierten Eingang zu vertreiben. Der Kommissar hielt seinen Ausweis aus dem Autofenster.

»Kommissar Hulot, Sûreté Publique, Monaco. Ich habe einen Termin bei Kommissar Froben.«

»Entschuldigen Sie, Herr Kommissar. Ich hatte Sie nicht erkannt. Stets zu Diensten.«

»Könnten Sie bitte Bescheid geben, dass wir hier sind?«

»Wird sofort erledigt. Kommen Sie in der Zwischenzeit ruhig herein.«

»Vielen Dank.«

Hulot fuhr einige Meter vor und parkte das Auto am Straßenrand im Schatten. Frank stieg aus und sah sich um. Die Kaserne von Auvare bestand aus einem Komplex zweistöckiger Gebäude mit grauen Mauern, roten Dächern und Tür- und Fensterrahmen aus dunklem Holz. Die rechteckigen, schachbrettartig angeordneten Gebäude hatten keinerlei Verbindung miteinander. Bei denjenigen, die zur Straße zeigten, führte an der Stirnseite eine Außentreppe ins obere Stockwerk.

Der Kommissar fragte sich, wie das alles wohl in den Augen seines amerikanischen Freundes wirken mochte. Nizza war eine andere Stadt in einer anderen Welt. Vielleicht sogar ein anderer Planet, dessen Sprache er zwar verstand, dessen Mentalität jedoch nur Teil seiner Kultur, nicht seines Lebens war.

Kleine Häuser, kleine Cafés, kleine Menschen.

Kein amerikanischer Traum, kein Wolkenkratzer, der in sich zusammenstürzte, nur kleine Träume, wenn überhaupt, teilweise in der Seeluft verblichen wie die Mauern mancher Häuser. Kleine Träume, die jedoch, wenn sie zerbrachen, denselben ungeheuren Schmerz verursachten wie die großen.

An der Mauer direkt vor ihnen, am Eingang zur Zentrale, hatte jemand ein Plakat gegen die Globalisierung aufgehängt. Menschen, die dafür kämpften, die Welt überall gleich zu machen, gegen Menschen, die darum kämpften, ihre Identität nicht zu verlieren. Europa, Amerika, China, Asien ... Das waren nur bunte Flecken auf Weltkarten, Ziffern in den Tabellen der Wechselstuben, Namen in den Wörterbüchern der Bibliotheken. Jetzt gab es das Internet, die Medien, die Nachrichten in Echtzeit. Merkmale einer Welt, die immer größer wurde oder immer kleiner, je nachdem, aus welchem Blickwinkel man sie betrachtete.

Das Einzige, das wirklich die Entfernungen schwinden ließ,

war das allgegenwärtige Böse, das überall dieselbe Sprache sprach und seine Botschaften immer mit derselben Tinte schrieb.

Frank schloss die Autotür und wandte sich ihm zu.

Hulot sah einen Mann von achtunddreißig Jahren mit den Augen eines Greises, dem das Leben die Weisheit verweigert hatte. Er sah ein dunkles Gesicht, Latino, über dem ein Schatten lag, der dunkler war als seine Augen und sein Haar und der Schatten des Bartes auf seinen Wangen. Ein Mann mit einem athletischen Körper, stark, ein Mann, der schon andere Menschen getötet hatte, geschützt durch seinen Dienstausweis und die Rechtfertigung, auf der richtigen Seite zu stehen. Vielleicht gab es kein Heilmittel für das Böse, kein Gegengift. Doch es waren Menschen wie Frank, Totengräber, die vom Bösen selbst berührt und immun dagegen geworden waren.

Der Krieg hörte nie auf.

Während Hulot das Auto abschloss, sah er Kommissar Froben von der Mordkommission, der an den Ermittlungen beteiligt war, aus der Holztür des Gebäudes gegenüber treten und zu ihnen herüberkommen.

Er schenkte Hulot ein breites Grinsen, das seine großen, regelmäßigen Zähne freilegte und sein markant geschnittenes Gesicht erhellte. Er hatte einen massigen Körper, der die Jacke seines Anzugs von der Stange gut ausfüllte, und die gebrochene Nase eines Mannes, der früher einmal geboxt hat. Die kleinen Narben rund um die Augenbrauen bestätigten Franks Vermutung.

Froben gab Hulot die Hand. Sein Lächeln verstärkte sich, und seine grauen Augen wurden zu schmalen Schlitzen in einem Meer aus kleinen Fältchen und Narben.

»Salut, Nicolas. Wie geht es dir?«

»Sag du mir, wie es mir geht. In diesem ganzen Scheiß, und das ist erst der Anfang, kann ich die Hilfe aller meiner Freunde gebrauchen.«

Froben wandte seinen Blick Frank zu. Hulot stellte sie vor.

»Das ist Frank Ottobre, Spezialagent des FBI. Sehr spezial. Er ist auf eigenen Befehl an den Ermittlungen beteiligt.«

Froben sagte nichts, aber in seinen Augen drückte sich der Respekt vor Franks Qualifikation aus. Er streckte ihm eine große Hand mit starken Fingern entgegen und schenkte ihm dasselbe offene Lächeln.

»Claude Froben, einfacher Kommissar der Mordkommission.«

Als er Frobens kräftigen Händedruck erwiderte, hatte Frank den Eindruck, dass der Mann ihm die Finger brechen könnte, wenn er wollte. Er gefiel ihm auf Anhieb, mit seiner Ausstrahlung von Stärke und Empfindsamkeit zugleich. Es hätte ihn nicht verwundert, ihn nach Feierabend bei seinen Kindern wiederzufinden, bei der Montage von Modellschiffchen, deren zerbrechlichste Teilchen es mit besonderer Vorsicht an den Platz zu bringen galt.

Hulot kam direkt zur Sache.

»Neuigkeiten auf dem Band?«

»Ich habe Clavert damit beauftragt, unseren besten Techniker. Ein Verrückter, würde ich sagen. Er war noch dabei, das Ganze mit seinem technischen Spielzeug zu analysieren, als ich gegangen bin. Kommt mit, ich zeige euch den Weg.«

Froben ging voraus, und sie traten durch die Tür, aus der er gerade gekommen war. Er führte sie einen kurzen Flur entlang, den ein Fenster in ihrem Rücken in diffuses Licht tauchte. Hulot und Frank folgten ihm, bis ihnen Frobens Salz-und-Pfeffer-Schopf, der in einem kurzen, gedrungenen Nacken auslief, wieder sein Gesicht zuwandte. Er blieb vor einer Treppe nach links unten stehen und vollführte mit seiner großen Hand eine einladende Geste.

»Bitte sehr.«

Sie stiegen zwei Treppenabsätze hinunter und gelangten in einen weitläufigen Raum voller elektronischer Apparaturen. Die helle, kalte Beleuchtung der Neonröhren ergänzte das spärliche Licht, das durch die Fensterluken auf Straßenniveau ins Souterrain fiel.

An einem langen Tisch an der Wand saß ein magerer junger Mann mit kurz geschorenen Haaren, die eine beginnende Glatze kaschieren sollten. Er trug einen offenen weißen Kittel über seinen Jeans und über einem karierten Hemd, das nicht in die Hose gesteckt war. Auf der Nase hatte er eine geschwungene Brille mit gelben Gläsern.

Die drei blieben hinter dem Drehstuhl stehen, auf dem er saß und versunken an einigen Verstärkern herumhantierte. Er drehte sich zu ihnen um. Hulot fragte sich, wie er es wohl anstellte, mit dieser Brille in die Sonne zu gehen, ohne zu erblinden.

»Also, Clavert, was hältst du von dem Band?«

Der Techniker zuckte die Achseln.

»Nicht viel, Kommissar Froben ... Es gibt keine guten Nachrichten. Ich habe die Aufnahme mit allen Geräten analysiert, die mir zur Verfügung stehen. Nichts. Die Stimme ist künstlich und kann in keiner Weise identifiziert werden.«

»Und das heißt?«

Clavert ging noch einen Schritt zurück, als ihm klar wurde, dass nicht alle Anwesenden über seine technischen Vorkenntnisse verfügten.

»Jede menschliche Stimme hat eine bestimmte Frequenz, die zur Ausstattung einer Person gehört und ebenso identifizierbar ist wie die Retina oder ein Fingerabdruck. Eine gewisse Anzahl an Höhen, Tiefen und Mitteltönen, die sich nicht verändern, auch wenn man zum Beispiel versucht, mit hoher Stimme zu sprechen. Diese Frequenzen kann man mit speziellen Apparaturen analysieren und in einem Diagramm darstellen. Solche Geräte sind hinreichend verbreitet, um zum Beispiel zur Standardausrüstung eines ganz normalen Tonstudios zu gehören. Man benutzt sie, um Frequenzen voneinander zu trennen und zum Beispiel zu vermeiden, dass die eine oder andere in einem Stück zu dominant ist.«

Clavert rollte vor einen Macintosh-Rechner und legte die Hand auf die Maus. Er klickte ein paarmal, dann erschien ein weißer Bildschirm mit verschiedenen horizontalen, parallel zueinander verlaufenden Linien. Zwischen diesen Linien bewegten sich zwei weitere, eine grüne und eine violette, die breiter und vollkommen ausgefranst waren.

Der Techniker wies mit dem Mauszeiger auf die grüne Linie.

»Das hier ist die Stimme von Jean-Loup Verdier, dem DJ von Radio Monte Carlo. Ich habe sie analysiert, und das ist das phonetische Diagramm, das dabei herausgekommen ist.«

Er klickte noch einmal, und auf dem Bildschirm erschien eine Grafik mit einer gelben Linie, die sich vor einem dunklen Hintergrund zwischen zwei parallelen blauen Linien bewegte. Clavert deutete mit dem Finger auf den Schirm.

»Die blauen Linien sind die Frequenzen. Die gelbe Linie ist die, welcher die analysierte Stimme entspricht. Nimmt man nun die Stimme von Verdier an verschiedenen Stellen der Aufnahme und legt die Linien übereinander, decken sie sich vollständig.«

Clavert kehrte zum vorherigen Bild zurück und klickte auf die violette Linie.

»Das ist die andere Stimme.«

Erneut erschien die Grafik, diesmal jedoch bewegte sich die gelbe Linie ruckartiger und mit wesentlich geringeren Frequenzschwankungen.

»In diesem Fall hat die Person am Telefon ihre Stimme durch einen Apparat mit verschiedenen Filtern geschickt, der auf Grund einer Serie von Verzerrungen und Kompressionen die Frequenzen der stimmlichen Äußerung vollkommen verfälscht. Man muss die Stärke der einzelnen Filter nur geringfügig verändern und erhält jedes Mal eine komplett andere Grafik.«

Hulot unterbrach ihn mit einer Frage.

»Kann man über die Analyse der Aufnahme herausbekommen, welches Modell verwendet wurde? Vielleicht kann man herausbekommen, wo und an wen es verkauft wurde?«

Der Techniker bezweifelte das.

»Glaube ich nicht. Diese Geräte kann man leicht über den Handel bekommen. Es gibt verschiedene Hersteller und verschiedene Ausstattungen, je nach Preis und Marke, aber um ein Ergebnis wie dieses zu erzielen, sind sie alle gleichermaßen geeignet. Dazu kommt, dass die Elektronik sich ständig weiterentwickelt, weshalb es einen riesigen Markt für gebrauchte Geräte gibt. Das Zeug endet normalerweise in den Händen irgendwelcher Fanatiker mit Heimstudio, fast immer ohne Rechnung natürlich. Ehrlich gesagt, halte ich das nicht für einen gangbaren Weg.«

Froben, der die Sache nicht ganz so schwarz sehen wollte wie Clavert, lenkte ein.

»Auf jeden Fall werden wir mal sehen, was man da machen kann. Wir haben so wenig in der Hand, dass wir nichts unberücksichtigt lassen dürfen.«

Hulot wandte sich um und beobachtete Frank. Der blickte im Raum umher, offensichtlich in ganz andere Gedanken versunken, als hätte er das alles ohnehin schon gewusst. Dennoch war der Kommissar sicher, dass ihm nichts von dem, was sie sagten, entging und dass er sich jede Einzelheit merkte.

Er wandte sich erneut an Clavert.

»Und was können Sie uns darüber sagen, dass das Telefonat direkt ins Studio gelangt ist, ohne vorher die Zentrale zu passieren?«

»Tja, dazu kann ich keine genaue Hypothese formulieren. Im Prinzip gibt es zwei Möglichkeiten. Die meisten Telefonanlagen sind mit Durchwahlnummern ausgestattet. Es reicht, sie zu kennen, um an der Telefonistin vorbeizukommen. Radio Monte Carlo ist sicher nicht die NASA, was die Sicherheit betrifft, also kann man sich vorstellen, dass sich jemand die Durchwahlen verschafft hat. Die zweite Möglichkeit ist ein bisschen komplizierter, aber immer noch keine Sciencefiction. Mir scheint am wahrscheinlichsten zu sein …«

»Was?«

Clavert lehnte sich auf seinem Stuhl zurück.

»Ich habe mich erkundigt. Die Telefonanlage von Radio Monte Carlo wird von einem Computerprogramm gesteuert und hat eine Funktion, die es erlaubt, die Nummern der Anrufer anzuzeigen. Der Zweck liegt auf der Hand …«

Er sah kurz in die Runde, um sicherzugehen, dass es wirklich allen Anwesenden klar war.

»Also, als der Anruf hereinkam, erschien keine Nummer auf dem Display, daher muss der Anrufer das Telefon mit einem elektronischen Gerät verbunden haben, das diese Funktion der Anlage neutralisiert hat.«

»Ist so ein Gerät schwer zu bekommen?«

»Das kann eigentlich jeder einrichten, der ein bisschen Ahnung von Elektronik und Nachrichtentechnik hat. Man muss kein Genie dafür sein. Und wenn man in Richtung Internet geht, so könnte das jeder einigermaßen anständige Hacker bewerkstelligen.«

Hulot fühlte sich wie ein Gefangener beim Hofgang. Wo auch immer er hinblickte, sah er auf Mauern.

»Kann man feststellen, ob der Anruf von einem Festnetzanschluss oder einem Mobiltelefon stammte?«

»Nein. Trotzdem würde ich das Handy ausschließen. Wenn er das Internet genutzt hat, ist das Handy zu langsam und die Verbindung zu instabil. Wer das alles gemacht hat, war zu schlau, um das außer Acht zu lassen.«

»Gibt es noch weitere Möglichkeiten, das Band zu analysieren?«

»Mit den Apparaten, die ich hier zur Verfügung habe, nicht. Ich möchte eine Kopie des DAT an das Labor in Lyon schicken. Vielleicht können die noch etwas herausfinden.«

Hulot legte Clavert eine Hand auf die Schulter.

»Sehr gut. Absolute Priorität. Sollte es Schwierigkeiten mit Lyon geben, garantieren wir Ihnen jede Unterstützung, damit die Ergebnisse so schnell wie möglich vorliegen.«

Clavert hielt das Gespräch wohl für beendet. Er zog einen Kaugummi aus der Kitteltasche, wickelte ihn aus und steckte ihn sich in den Mund.

Einen Moment herrschte Schweigen. Jeder der vier dachte auf seine Weise über das Gesagte nach.

»Na kommt, ich lade euch zum Kaffee ein«, hub Froben als Erster an.

Wieder ging er ihnen voraus, die Treppe hinauf, wandte sich auf dem Treppenabsatz nach links, und nach wenigen Schritten standen sie vor einem Kaffeeautomaten in einer Nische. Froben zog eine Magnetkarte hervor.

»Kaffee für alle?«

Die anderen beiden nickten. Der Kommissar führte die Karte

ein, drückte auf einen Knopf, die Maschine setzte sich brummend in Gang und füllte einen kleinen Plastikbecher.

»Was denkst du darüber, Frank?«, fragte Hulot den Amerikaner, der immer noch kein Wort gesagt hatte.

Frank raffte sich auf, seine Gedanken mitzuteilen.

»Wir haben nicht viele Möglichkeiten. Wo auch immer wir hinschauen, es scheint absolut ins Leere zu führen. Wie ich schon gesagt hatte, Nicolas, unser Mann ist sehr, sehr clever. Das passt alles viel zu perfekt zusammen, als dass wir davon ausgehen könnten, das Schicksal habe es einfach nur gut mit ihm gemeint. Bis jetzt besteht unsere einzige Verbindung zu diesem Bastard in diesem Anruf. Wenn wir Glück genug haben und er narzisstisch genug ist, wird er wieder anrufen. Wenn wir *sehr* viel Glück haben, wird er wieder dieselbe Person anrufen. Und wenn wir *noch* mehr Glück haben, wird er irgendwann einen Fehler machen. Das ist unsere einzige Hoffnung, ihn zu entdecken und zu stoppen, bevor er wieder mordet.«

Er trank seinen Kaffee aus und warf den Plastikbecher in den Abfallbehälter.

»Ich denke, es ist an der Zeit, noch ein, zwei ernste Wörtchen mit Jean-Loup Verdier und den Leuten von Radio Monte Carlo zu reden. Ich gebe es nur ungern zu, aber für den Augenblick sind wir von denen abhängig.«

Sie gingen in Richtung Ausgang.

»Ich kann mir gut vorstellen, dass es da unten im Fürstentum ... wie soll ich sagen ... ein bisschen brodelt«, bemerkte Froben zu Hulot.

»Tja, ›ein bisschen brodelt‹ ist gut, das ist, als würde man Mike Tyson ›einen nervösen Typen‹ nennen. Wir stehen kurz vorm Kollaps. Monte Carlo ist eine Postkartenidylle, das weißt du. Bei uns ist Image alles. Wir haben tonnenweise Geld ausgegeben, um vor allem zwei Dinge zu garantieren: Eleganz und Sicherheit. Und dann kommt dieser Typ aus seinem Loch und führt uns ganz elegant an der Nase herum. Wenn diese Geschichte nicht ganz bald endet, dann wirst du laut und deutlich das Sägen an einigen Stühlen hören ...«

Hulot machte eine Pause. Und seufzte.

»Meinen eingeschlossen.«

Am Ausgang angekommen, verabschiedeten sie sich. Froben blieb stehen und sah sie davongehen. Auf seinem Boxergesicht spiegelte sich Mitgefühl, aber auch die Erleichterung, nicht an ihrer Stelle zu sein.

Hulot und Frank gingen zum Parkplatz hinüber, wo sie das Auto stehen gelassen hatten. Als sie eingestiegen waren und er den Motor anließ, wandte sich der Kommissar Frank zu und sah ihn in dem spärlichen Licht an. Es war fast schon Zeit fürs Abendessen und ihm fiel auf, dass er hungrig war.

»Café de Turin?«

Das Café de Turin an der Place Garibaldi war eine ganz einfache Trattoria mit langen Tischen und Bänken. Dort bekam man eine wunderbare *coquillage,* noch wunderbarer mit einer Flasche eiskaltem Muscadet. Er hatte Frank und seine Frau einmal hierher eingeladen, als sie nach Europa gekommen waren, und die beiden waren vollkommen aus dem Häuschen gewesen, als sie die lange Theke voller Meeresfrüchte sahen und die Angestellten mit den Arbeitshandschuhen, die unentwegt Muscheln aufbrachen. Mit leuchtenden Augen hatten sie die Kellner verfolgt, wie sie mit den großen Schüsseln voller Austern und Venusmuscheln und großen roten Gambas, die mit Mayonnaise gereicht wurden, umhereilten. Sie waren noch einige Male hergekommen, und das kleine Restaurant war so etwas wie ihr gastronomisches Allerheiligstes geworden. Hulot hatte erst gezögert, den Ort zu erwähnen, weil er befürchtete, die Erinnerung könne Frank verstören. Aber der Amerikaner schien sich verändert zu haben, oder zumindest sah es aus, als *bemühe* er sich darum, sich zu verändern. Wenn er den Kopf aus dem Sand ziehen wollte, dann bot sich hier eine gute Gelegenheit. Frank nickte leicht und bestätigte gleichermaßen Hulots Vorschlag und seine guten Absichten. Was auch immer in seinem Kopf vorging, auf seinem Gesicht war es nicht zu erkennen.

»Okay, fahren wir zum Café de Turin.«

Hulot entspannte sich unmerklich.

»Weißt du, ich habe es ein bisschen satt, herumzurennen und wie die Leute in einem Fernsehfilm zu reden. Ich komme mir schon vor wie eine Karikatur von Inspektor Columbo. Ich brauche dringend eine halbe Stunde Normalität. Ich muss kurz abschalten, sonst drehe ich noch durch.«

Der Abend war bereits herabgesunken und die Lichter der Stadt leuchteten. Frank sah, immer noch schweigend, draußen vor dem Autofenster Menschen, die ausgingen und sich zerstreuten und in den Häusern, den Bars, den Restaurants, bei der Arbeit miteinander tratschten. Tausende von Menschen mit anonymen Gesichtern.

Alle beide wussten, dass Hulots Worte gelogen waren. Mitten unter diesem sommerlichen Völkchen gab es einen Mörder, und bevor das nicht ein Ende hatte, würden sie beide an nichts anderes mehr denken können.

12

Hinter der großen Glasscheibe der Regiekabine signalisierte Laurent Bedon, der Regisseur, den Countdown und ließ einen nach dem anderen seine Finger in der hochgehaltenen Hand verschwinden. Dann wies er mit ausgestrecktem Zeigefinger auf Jean-Loup Verdier.

In seinem Rücken ging das rote Licht an, als Zeichen, dass sie auf Sendung waren.

Der Moderator rückte seinen Stuhl etwas näher ans Mikrofon, das an einem kurzen, beweglichen Arm aus dem Pult vor ihm ragte.

»Hallo und herzlich willkommen an alle, die uns jetzt zuhörer, und alle, die uns im Lauf des Abends noch zuhören werden. Es wird Musik geben, und es wird Leute geben, die uns Anteil nehmen lassen an ihrem Leben, das vielleicht nicht immer im selben Rhythmus verläuft wie die Musik, die wir hören werden …«

Er hielt inne, und die Tonfrau blendete einige Takte von *Born to be wild* von Steppenwolf ein.

Einige Sekunden später legte sich die warme und verführerische Stimme Jean-Loups von neuem über die Musik.

»Wir sind hier, wir sind bereit, wenn wir irgendwie behilflich sein können. Für alle, die ihr Herz verloren und kein entsprechendes Herz gefunden haben, für alle, die sich geirrt und zu viel Salz in die Suppe gestreut haben, für alle, die einfach keine Ruhe kriegen, bis sie nicht herausbekommen haben, in welcher verdammten Dose sie den Zucker versteckt haben, für alle, die in der kleinen Flut ihrer Tränen zu ertrinken drohen. Wir sind hier mit euch, und trotz allem sind wir so lebendig wie ihr. Wir erwarten eure Stimme. Erwartet ihr unsere Antwort. Ich bin Jean-Loup Verdier, und das ist Radio Monte Carlo. Hier ist *Voices.*«

Noch einmal *Born to be wild.* Noch einmal dieser verzerrte Gitarrenlauf, der durchs Geröll hinabfährt und Staub aufwirbelt und Steine beiseite schleudert.

»Verdammt, ist der gut!«

Frank Ottobre, der neben Laurent in der Regiekabine saß, konnte sich den Kommentar einfach nicht verkneifen. Der Regisseur wandte sich zu ihm und sah ihn lächelnd an.

»Nicht wahr?«

»Es wundert mich nicht, dass er so viel Erfolg hat. Seine Stimme und seine Art treffen einen direkt ins Innerste.«

Barbara, die Tontechnikerin, die rechts von ihm am Regiepult saß, gab ihm ein Zeichen und wies nach hinten. Frank ließ seinen Drehstuhl herumrollen und sah hinter der Scheibe der schalldichten Tür Hulot stehen, der ihm etwas zu signalisieren versuchte.

Er stand auf und ging zu ihm hinaus.

Der Kommissar sah müde aus, sein Gesicht war das eines Mannes, der seit geraumer Zeit wenig und schlecht schläft. Frank bemerkte die dunklen Ringe unter seinen Augen, die unordentlichen grauen Haare und einen Trauerrand am Hemdkragen. Ein Mann, der in den letzten Tagen Dinge gesehen und gehört hatte, auf die er liebend gern verzichtet hätte. Er war fünfundfünfzig Jahre alt, wirkte aber zehn Jahre älter.

»Wie läuft's, Frank?«

»Nichts. Die Sendung hat einen wahnsinnigen Erfolg. Er ist

ein Phänomen. Wirklich geboren für das, was er macht. Ich weiß nicht, was sie ihm dafür zahlen, aber er ist sicher nicht überbezahlt. Was uns angeht, weniger als nichts. Absolute Stille.«

»Hast du Lust auf eine Cola?«

»Ich bin vielleicht Amerikaner, aber meine Großeltern väterlicherseits waren Sizilianer, Nicolas. Schon aus Tradition liegt mir Kaffee viel näher als Coca-Cola.«

»In Ordnung, dann eben Kaffee.«

Sie gingen zu dem Automaten am Ende des Flurs. Hulot klopfte seine Taschen nach Kleingeld ab. Frank zog lächelnd eine Karte hervor.

»Die Tatsache, dass ich beim FBI bin, hat den Intendanten tief beeindruckt. Wir sind Gäste des Senders, wenn schon nicht fürs Essen, so doch zumindest für die Getränke.«

Er führte die Karte in den Automaten ein und drückte einen Knopf. Als die Maschine fertig war, beugte er sich vor, nahm den Becher mit der schwarzen Flüssigkeit heraus und reichte ihn Hulot. Der Kommissar trank einen kleinen Schluck Kaffee. Er fand, dass er widerlich schmeckte. Oder war es sein Mund, der widerlich schmeckte?

»Ach, das habe ich fast vergessen. Der Bericht über das graphologische Gutachten ist gekommen ...«

»Und?«

»Warum fragst du, wenn du die Antwort schon weißt?«

Frank schüttelte den Kopf.

»Ich kenne die Antwort nicht im Detail, aber ich kann mir ungefähr denken, was du sagen wirst.«

»Ach ja, ich hätte beinahe vergessen, dass du beim FBI bist. Du hast blitzartige Eingebungen und verfügst über VIP-Automatenkarten. Die Nachricht war nicht von Hand geschrieben.«

»Nicht?«

»Nein. Dieser Hurensohn hat eine Schablone benutzt. Er hat die Buchstaben auf ein Stück Karton geklebt und dann ausgeschnitten. Er hat es mitgebracht, auf den Tisch gelegt und ist dann mit dem Blut darüber gegangen. Woher wusstest du das?«

Frank schüttelte noch einmal den Kopf.

»Ich sag dir doch, ich habe es nicht gewusst. Aber es wäre mir komisch vorgekommen, wenn ein Mensch, der so wahnsinnig darauf geachtet hat, keine Spuren zu hinterlassen, einen so schweren Fehler begangen hätte.«

Hulot warf das Handtuch und schmiss mit angeekelter Miene seinen halb ausgetrunkenen Kaffee in den Abfallbehälter. Seufzend sah er auf die Uhr.

»Lass mich mal nach Hause gehen und nachsehen, ob meine Frau noch so aussieht wie früher. Wir haben zwei Wagen mit je zwei Beamten auf dem Parkplatz. Einer mehr, man kann ja nie wissen. Die anderen Jungs sind auf ihren Posten. Wenn alle Stricke reißen, ich bin zu Hause.«

»Okay, wenn sich irgendetwas tut, rufe ich dich an.«

»Ich brauche dir wohl nicht zu sagen, wie froh ich bin, Frank, dass du heute Abend hier bist. Und ganz allgemein, dass du überhaupt dabei bist. Mach's gut, Frank.«

»Mach's gut, Nicolas. Grüß mir deine Frau.«

»Wird gemacht.«

Frank sah, wie sein Freund davonging, die Schultern unter der Jacke leicht gebeugt.

Seit drei Tagen, nachdem sie dem Intendanten die Erlaubnis dazu abgerungen hatten, überwachten sie Radio Monte Carlo in der Erwartung, dass irgendetwas passierte. Als sie bei Robert Bikjalo im Büro gesessen und ihm ihre Absichten erklärt hatten, hatte er sie aus halb zusammengekniffenen Augen angesehen, als müsse er sich gegen den bestialisch stinkenden Rauch schützen, der von der Zigarette zwischen seinen Fingern aufstieg. Er hatte über Hulots Worte nachgedacht und ein Flöckchen Asche von seinem Ralph-Lauren-Poloshirt geschnippt. Dann hatte er seine Augenschlitze, die ihn aussehen ließen wie ein Frettchen, wieder auf sie gerichtet.

»Also, Sie denken, der Mann könnte nochmal anrufen?«

»Wir sind nicht sicher. Das ist nur eine optimistische Vermutung. Aber sollte er es tun, dann wäre es sehr wichtig für uns, dass Sie mit uns zusammenarbeiten.«

Hulot und Frank hatten ihm gegenüber in zwei Ledersesseln

Platz genommen. Frank war aufgefallen, dass die Höhe der Sessel so eingerichtet war, dass derjenige hinter dem Schreibtisch auf seine Gesprächspartner herabsah.

Bikjalo hatte sich zu Jean-Loup Verdier umgewandt, der links neben dem Schreibtisch auf einem zu den Sesseln passenden, bequemen Sofa saß.

Der Moderator war sich mit den Händen durch die dunklen, eher langen Haare gefahren. Er hatte Frank mit seinen grünen, durchdringenden Augen fixiert. Dann hatte er die Hände nervös aneinander gerieben.

»Ich weiß nicht, ob ich das kann, was ihr da von mir verlangt. Das heißt, ich habe keine Ahnung, wie ich mich verhalten soll. Eine Sendung zu moderieren, mit normalen Menschen am Telefon zu reden, ist eine Sache, aber es ist etwas ganz anderes, mit einem … einem …«

Frank hatte bemerkt, wie schwer es Jean-Loup fiel, das Wort »Mörder« auszusprechen, und war ihm zu Hilfe gekommen.

»Ich weiß, dass es nicht leicht ist. Nicht einmal für uns ist es leicht nachzuvollziehen, was im Kopf dieses Mannes vorgeht. Aber wir werden hier sein, wir werden jede denkbare Hilfestellung leisten, und wir werden auf alle Eventualitäten vorbereitet sein. Wir haben auch einen Experten dazugebeten.«

Er hatte sich Nicolas zugewandt, der bis dahin noch nichts gesagt hatte.

»Sie werden von einem Psychopathologen, Herrn Doktor Cluny, unterstützt, einem Berater der Polizei, der auch als Vermittler tätig ist und zum Beispiel bei Geiselnahmen den Kontakt zu den Geiselnehmern hält.«

»In Ordnung. Wenn ihr mir sagt, was ich machen muss, bin ich dabei.«

Jean-Loup hatte zu Bikjalo hinübergesehen, als wolle er ihm das letzte Wort lassen.

Der Intendant hatte auf den ordnungsgemäß eingeknifften Filter seiner russischen Zigarette gestarrt. Er hatte angefangen, um den heißen Brei herumzureden.

»Hm, sicher, das ist ja schon eine große Verantwortung …«

Frank hatte gleich gewusst, worauf er hinauswollte. Er war aus seinem Sessel aufgestanden und hatte den Spieß umgedreht. Jetzt war er es, der von oben auf Bikjalo herabsah.

»Hören Sie, ich weiß nicht, ob Ihnen ganz klar ist, in was für einer Lage wir stecken. Vielleicht sollte ich Ihnen mal etwas zeigen, damit Sie es begreifen.«

Er hatte sich vorgebeugt und einige großformatige Fotos aus Hulots Tasche gezogen, die neben dem Sessel stand, und sie auf den Schreibtisch geworfen.

Hulot hatte in sich hineingelächelt.

Frank hatte sich wieder hingesetzt.

»Dieser Mann läuft immer noch da draußen herum und unserer Meinung nach könnte er so etwas jederzeit wieder tun. Sie sind unsere einzige Möglichkeit, an ihn heranzukommen und ihn zu stoppen. Das hier ist keine Strategie, um die Quoten in die Höhe zu treiben. Wir sind hinter einem Mann her, und vom Erfolg unserer Jagd hängen Menschenleben ab.«

Frank hatte seine Aufmerksamkeit für einen Moment von den erstarrten Augen Bikjalos abgewandt, so wie eine Schlange die Beute, mit der sie spielt, kurz aus ihrem hypnotischen Blick entlässt. Er hatte das Zigarettenpäckchen vom Schreibtisch genommen und mit vorgetäuschtem Interesse untersucht.

»Ganz abgesehen davon, dass dieser Fall, wenn er dank Ihrer Mithilfe aufgeklärt wird, dem Sender und Jean-Loup zu einer Popularität verhelfen würde, die ihr in tausend Jahren nicht erreichen könntet.«

Bikjalo hatte sich entspannt. Er hatte die Fotos mit spitzen Fingern zu Frank zurückgeschubst, als seien sie glühend heiß, und sich erleichtert in seinem Sessel zurückgelehnt. Das Gespräch verlief wieder in Bahnen, die ihm vertraut waren.

»Einverstanden. Wenn es darum geht, das Gesetz zu unterstützen, wenn es darum geht, sich nützlich zu machen, dann wird Radio Monte Carlo sicher nicht zurückstehen. Im Übrigen geht es ja bei *Voices* gerade darum, den Menschen die Hilfe anzubieten, die sie nötig haben. Es gibt da nur eine Sache, auf der ich im Gegenzug bestehen würde ...«

Er hatte eine Pause gemacht. Franks Schweigen hatte er als Aufforderung gedeutet, weiterzusprechen.

»Ein Exklusivinterview mit Ihnen, geführt von Jean-Loup, sobald die Sache beendet ist. Vor allen anderen. Hier im Sender.«

Frank hatte Hulot angesehen, der mit einem kaum wahrnehmbaren Nicken zugestimmt hatte.

»Abgemacht.«

Er war noch einmal aufgestanden.

»Unsere Techniker werden mit ihren Geräten kommen und die Telefone anzapfen. Es werden noch ein paar weitere Maßnahmen nötig sein, die sie Ihnen dann selbst erklären können. Wir fangen gleich heute Abend an.«

»In Ordnung. Ich werde unsere Leute anweisen, Ihnen größtmögliche Unterstützung zukommen zu lassen.«

Das Gespräch war zu Ende gewesen. Alle waren jetzt aufgestanden. Frank hatte den leicht verlegenen Blick von Jean-Loup Verdier gesehen und ihm bestärkend den Arm gedrückt.

»Vielen Dank, Jean-Loup. Es ist großartig, dass du mitmachst. Ich bin sicher, dass du das wunderbar hinkriegen wirst. Hast du Angst?«

Der Moderator hatte offenherzig seine aquamarinblau Augen zu ihm erhoben.

»Ja, ich sterbe vor Angst.«

13

Frank sah auf die Uhr. Jean-Loup kündigte gerade den letzten Werbeblock vor Ende der Sendung an. Laurent gab Barbara ein Zeichen. Die Tontechnikerin ließ die Regler laufen, um von der Stimme des DJs auf das vorproduzierte Band überzuleiten.

Sie hatten fünf Minuten Pause.

Frank stand auf und bog leicht den Rücken durch, um sich zu strecken.

»Müde?«, fragte Laurent, während er sich eine Zigarette anzündete. Der Rauch stieg empor und wurde sofort von der Lüftung aufgesogen.

»Nicht besonders. In gewisser Weise bin ich es gewohnt zu warten.«

»Sie Glücklicher! Ich sterbe hier förmlich vor Anspannung«, warf Barbara ein und fuhr sich, während sie aufstand, mit der Hand durch die roten Haare. Inspektor Morelli, der auf einem gepolsterten Stuhl an der Wand saß, hob den Blick von seiner Sportzeitung. Auf einmal schien er wesentlich mehr am Körper der jungen Frau im leichten Sommerkleid interessiert zu sein als an der Fußballweltmeisterschaft.

Laurent drehte sich in seinem Sessel, bis er Frank gegenübersaß.

»Es geht mich vielleicht nichts an, aber es gibt da etwas, das ich Sie gern fragen würde.«

»Fragen Sie nur, dann sage ich Ihnen schon, ob es Sie was angeht oder nicht.«

»Wie hält man so einen Job aus, wie Sie ihn machen?«

Frank schaute ihn einen Augenblick an und durch ihn hindurch. Für Laurent sah es aus, als denke er nach. Er konnte nicht wissen, dass Frank Ottobre in diesem Moment eine Frau vor sich erblickte, in einer Leichenhalle ausgestreckt auf einem Marmortisch, eine Frau, die seine Frau gewesen war, in guten wie in schlechten Zeiten. Eine Frau, die keine Stimme jemals mehr hätte aufwecken können.

»Wie hält man so einen Job aus, wie ich ihn mache?«

Frank wiederholte die Frage, als müsse er sie noch ein weiteres Mal hören, bevor er antworten konnte.

»Nach einer Weile hält man es nur noch aus, indem man vergisst.«

Laurent drehte sich zum Regiepult zurück, etwas betreten. Wahrscheinlich war es doch eine blöde Frage gewesen. Er konnte diesen Amerikaner einfach nicht sympathisch finden, mit seinem athletischen Körper und den kalten, wie von Raureif bedeckten Augen. Er bewegte sich und sprach, als gehöre er nicht zu der Welt um ihn herum. Eine Haltung, die fast jede Form von

Kontaktaufnahme ausschloss. Das war ein Mann, der niemals etwas gab, weil er niemals etwas verlangte. Und dennoch war er hier und wartete, und nicht einmal er schien zu wissen, *worauf* sie nun warteten.

»Das ist der vorletzte Spot«, kündigte Barbara an und setzte sich zurück ans Mischpult. Ihre Stimme löste die Spannung. Morelli wandte sich wieder seiner Sportberichterstattung zu, blickte aber gelegentlich weiter über den Rand seiner Zeitung auf die roten Haare der jungen Frau, die über die Stuhllehne herabfielen.

Laurent gab Jacques, dem Tontechniker an der Konsole, ein Zeichen. Überblendung. Eine episch ausladende Melodie von Vangelis ging über den Sender. In Jean-Loups Kabine leuchtete ein rotes Licht auf. Seine Stimme kam zurück, um den Raum wieder auszufüllen.

»Es ist elf Uhr fünfundvierzig auf Radio Monte Carlo. Die Nacht hat gerade erst angefangen. Wir sind hier für euch mit der Musik und den Texten, die ihr hören wollt. Niemand verurteilt euch, aber alle hören euch zu. Hier ist *Voices*, ruft uns an.«

Wieder füllte sich der Regieraum mit Musik, langsam und rhythmisch wie die Wellen des Meeres. Hinter der Scheibe seiner Kabine bewegte sich Jean-Loup ruhig und sicher auf dem Terrain, das ihm bestens vertraut war. Im Regieraum begann die LED-Anzeige der Telefonleitung zu blinken. Frank fröstelte seltsamerweise.

Laurent gab Jean-Loup ein Zeichen. Der DJ erwiderte es mit einem Kopfnicken.

»Da ist schon der nächste Anrufer. Hallo?«

Ein Augenblick der Stille, dann ein unnatürlicher Laut. Schlagartig hörte sich die Hintergrundmusik an wie ein Trauermarsch. Die Stimme, die aus den Boxen drang, hatten sie alle schon einmal gehört, aufgenommen auf einem Band und eingebrannt in ihr Gedächtnis.

»Hallo, Jean-Loup.«

Frank schnellte aus seinem Sessel hoch, als habe sein Körper einen elektrischen Schlag bekommen. Er schnippte mit den Fingern zu Morelli hinüber. Im Nu verließ den Inspektor seine Gelassenheit. Er sprang auf und nahm das Mikrofon seines Walkie-Talkies vom Gürtel.

»Leute, es geht los. Wir haben Kontakt. Haltet euch bereit.«

»Hallo, wer spricht da?«, fragte Jean-Loup.

In der verstellten Stimme am Telefon schwang ein leises Lächeln mit.

»Du weißt genau, wer ich bin, Jean-Loup. Ich bin einer und keiner.«

»Du bist derjenige, der schon einmal hier angerufen hat?«

Morelli verließ eilig den Raum. Wenig später kam er mit Doktor Cluny zurück, dem Psychopathologen der Polizei, der wie alle anderen im Korridor gewartet hatte. Der Mann nahm sich einen Stuhl und setzte sich neben Frank. Laurent schaltete das interne Mikrofon ein, das es ihm erlaubte, direkten Kontakt zu Jean-Loups Kopfhörern aufzunehmen, ohne auf Sendung zu gehen.

»Bringen Sie ihn zum Reden, so lange wie möglich«, verlangte Cluny, während er seine Krawatte lockerte und den Hemdkragen aufknöpfte.

»Ja, mein Freund. Ich habe schon einmal angerufen, und ich werde wieder anrufen. Die Hunde, sind sie bei dir?«

Die elektronische Stimme trug den Widerschein vom Höllenfeuer und marmorne Kälte in sich. Die Luft im Raum schien immer dünner zu werden, als söge die Klimaanlage die frische Luft heraus, anstatt sie hineinzublasen.

»Welche Hunde?«

Pause. Dann wieder die Stimme.

»Die Jagd auf mich machen. Sind sie bei dir?«

Jean-Loup hob den Kopf und sah sie ratlos an. Cluny näherte sich der internen Sprechanlage.

»Bejahen Sie. Sagen Sie ihm alles, was er hören möchte, aber bringen Sie ihn zum Reden ...«

Jean-Loup nahm das Gespräch wieder auf. Seine Stimme klang bleiern.

»Warum fragst du mich danach? Du wusstest, dass sie hier sein würden.«

»Um die geht es mir nicht. Sie sind nichts. Du bist es, um den es mir geht.«

»Warum ich? Warum rufst du mich an?«

Wieder Pause.

»Ich habe es dir gesagt. Weil du bist wie ich, eine Stimme ohne Gesicht. Aber du hast Glück, von uns beiden bist du derjenige, der am Morgen aufstehen und raus an die Sonne gehen kann.«

»Und du kannst das nicht?«

»Nein.«

In dieser einen Silbe lag die absolute Verneinung, eine Ablehnung, die jede Erwiderung ausschloss, die totale Zurückweisung.

»Warum?«, fragte Jean-Loup.

Die Stimme veränderte sich. Sie wurde unsicher, weich, wie vom Wind herübergeweht.

»Weil jemand es so entschieden hat. Und ich kann kaum etwas dagegen tun ...«

Schweigen.

Cluny drehte sich zu Frank um und flüsterte ihm überrascht zu: »Er weint ...«

Nach einer langen Pause hob der Mann wieder zu sprechen an.

»Ich kann kaum etwas tun. Es gibt nur eine einzige Möglichkeit, das Böse zu bekämpfen, und das ist, es mit seinen eigenen Waffen zu schlagen.«

»Aber warum Böses tun, wenn doch die Welt um dich herum voller Menschen ist, die dir helfen könnten?«

Eine neuerliche Pause. Ein Schweigen, als überlege er, dann von neuem die Stimme, diesmal eine wütende Verurteilung.

»Ich habe um Hilfe gebeten, aber das Einzige, was ich bekommen habe, ist das, was mich umgebracht hat. Sag das den Hunden. Sag es allen. Es wird kein Erbarmen geben, weil es kein Erbarmen gibt, es wird keinen Frieden geben, weil es keinen Frieden gibt. Nur einen Knochen für deine Hunde ...«

»Was willst du damit sagen?«

Eine längere Pause. Der Mann am Telefon hatte die Kontrolle über seine Gefühle zurückgewonnen. Die Stimme kam wie der Wind aus dem Nichts geweht.

»Du liebst die Musik, nicht wahr, Jean-Loup?«

»Sicher. Und du?«

»Musik verrät einen nicht, Musik ist das Ziel der Reise. Musik ist die Reise selbst.«

Unvermittelt, genau wie beim ersten Mal, quoll langsam und verführerisch die Stimme einer elektrischen Gitarre aus dem Telefon. Ein paar Töne nur, losgelöst, strahlend, das Spiel eines Musikers im Dialog mit seinem Instrument.

Frank erkannte die Melodie von *Samba Pa Ti*, gezähmt durch die Finger und die Fantasie desjenigen, der dort spielte. Nur die Gitarre, in einer fast schmerzhaft verlängerten Einführung, die von irgendeinem Publikum mit frenetischem Beifall begrüßt wurde.

Ebenso plötzlich, wie sie gekommen war, verschwand die Musik wieder.

»Das war der Knochen, den deine Hunde von dir verlangt haben. Jetzt muss ich gehen, Jean-Loup. Heute Nacht habe ich zu tun.«

Der Moderator stellte seine Frage mit zittriger Stimme.

»Was hast du zu tun, heute Nacht?«

»Du weißt, was ich nachts tue, mein Freund. Du weißt es sehr gut.«

»Nein, ich weiß es nicht. Ich bitte dich, sag es mir.«

Schweigen.

»Es ist nicht meine Hand, die es geschrieben hat, aber alle wissen, was ich nachts tue ...«

Noch eine Pause, die wie ein Trommelwirbel auf sie eindrang.

»Ich töte ...«

Die Stimme verschwand aus der Leitung, doch sie blieb in ihren Ohren sitzen wie ein Rabe auf den Drähten der Telefonleitung. Die letzten Worte hatten aufgeleuchtet wie ein Blitzlicht. Für einen Augenblick wurden sie alle zu Gesichtern und Körpern auf einem Diapositiv, so flach, als habe jeder von ihnen die Tiefe verloren, die es der Luft ermöglicht, in ihre Lungen zu gelangen.

Frank fasste sich als Erster.

»Morelli, ruf die Jungs an, und hör, ob sie irgendetwas erreichen konnten. Laurent, können wir sicher sein, dass alles aufgenommen wurde?«

Der Regisseur hatte die Hände vors Gesicht geschlagen und sich aufs Pult gestützt. Barbara antwortete an seiner Stelle.

»Sicher. Kann ich jetzt in Ohnmacht fallen?«

Frank sah sie an. Ihr Gesicht war eine weiße Fläche unter einem dicken Schopf roter Haare. Ihre Hände zitterten leicht.

»Nein, Barbara, ich brauche Sie noch. Lassen Sie sofort eine Kopie des Telefonats auf Kassette kopieren, ich muss es in fünf Minuten haben.«

»Schon erledigt. Ein zweiter Rekorder ist mitgelaufen, den ich nur eine Sekunde nach Beginn des Gesprächs eingeschaltet habe. Ich brauche nur das Band zurückzuspulen.«

Morelli warf der jungen Frau einen bewundernden Blick zu und achtete darauf, dass sie es bemerkte.

»Wunderbar. Sehr gut. Morelli?«

Morelli riss seine Augen von Barbara los und errötete, als habe man ihn auf frischer Tat ertappt.

»Einer von den Jungs kommt hoch. Nach allem, was ich verstanden habe, glaube ich aber nicht, dass es gute Nachrichten sind.«

In diesem Moment trat ein junger Mann ins Studio. Seine dunkle Gesichtsfarbe ließ auf eine afrikanische Herkunft schließen. Frank sprang auf.

»Und?«

Der Techniker zuckte mit den Achseln. Mit einem Bedauern in seinem dunklen Gesicht antwortete er.

»Nichts. Wir haben es nicht geschafft, den Anruf zurückzuverfolgen. Dieser Bastard muss irgendeinen ziemlich effektiven Apparat benutzt haben ...«

»Handy oder Festnetz?«

»Wissen wir nicht. Wir haben sogar eine Satellitenkontrolleinheit im Einsatz, aber wir konnten nicht feststellen, dass ein Anruf reinkam, weder von einem Festnetzanschluss noch von einem Handy.«

Frank wandte sich zu dem Psychopathologen um, der immer noch nachdenklich in seinem Sessel saß und mit den Zähnen auf den Innenseiten seiner Wangen herumkaute.

»Doktor Cluny?«

»Ich weiß nicht, ich muss das Band noch einmal hören. Das Einzige, was ich jetzt schon sagen kann, ist, dass ich in meinem ganzen Leben noch nie mit einem Subjekt wie diesem Kontakt hatte!«

Frank zog das Handy aus seiner Jackentasche und drückte Hulots Nummer. Der Kommissar antwortete schon nach kurzem Klingeln. Er hatte ganz sicher nicht geschlafen.

»Nicolas, es ist so weit. Unser Freund hat sich gemeldet.«

»Ich weiß, ich habe die Sendung gehört. Ich bin gerade dabei, mich anzuziehen. Bin gleich da.«

»Gut.«

»Seid ihr noch im Sender?«

»Ja, wir sind immer noch hier. Wir warten auf dich.«

Frank klappte das Telefon wieder zu.

»Morelli, allgemeine Besprechung, sobald der Kommissar eintrifft. Laurent, ich könnte auch eure Unterstützung gebrauchen. Wenn ich mich nicht irre, habe ich in der Nähe des Direktionszimmers einen Konferenzraum gesehen. Können wir da hinein?«

»Sicher.«

»Gut. Barbara, gibt es im Konferenzraum eine Möglichkeit, das Band zu hören?«

»Ja, es gibt eine DAT-Anlage und auch sonst alles, was wir wollen.«

»Perfekt. Wir müssen uns beeilen, uns bleibt nur wenig Zeit.«

In der ganzen Verwirrung hatten sie Jean-Loup vollkommen vergessen. Seine Stimme erreichte sie durch die Sprechanlage.

»War es das jetzt?«

Hinter der Scheibe sahen sie ihn an der Rückenlehne seines Sessels kleben wie ein Schmetterling auf Samt. Frank drückte den Knopf, der es ihm ermöglichte, mit ihm zu sprechen.

»Nein, Jean-Loup. Das war leider erst der Anfang. Auf jeden Fall warst du sehr gut.«

In der darauf folgenden Stille sahen sie, wie Jean-Loup langsam die Arme auf den Tisch legte und seinen Kopf zwischen den Unterarmen verbarg.

14

Hulot traf schon kurz darauf zusammen mit Bikjalo im Sender ein. Der Intendant wirkte ziemlich erschüttert. Er hielt etwas Abstand zum Kommissar, als verschaffe ihm diese Distanz auch Abstand zu der ganzen unerfreulichen Geschichte. Vielleicht wurde ihm ihre Tragweite erst jetzt wirklich bewusst. Überall waren bewaffnete Männer unterwegs, eine neue, bisher unbekannte Spannung lag in der Luft. Da war eine Stimme, und mit dieser Stimme hatte der Tod Einzug gehalten.

Frank erwartete sie vor der Tür zum Konferenzraum, an die helle Holzwand gelehnt. An seiner Seite stand Morelli. Beide schienen Kinder desselben Schweigens zu sein. Sie gingen alle zusammen hinein, wo die anderen bereits an einem langen Tisch saßen und auf sie warteten. Das leise Gemurmel brach ab. Die Rollos wurden heraufgezogen, die Fenster geöffnet. Von draußen drangen gedämpft die Geräusche des nächtlichen Verkehrs von Monte Carlo herein.

Hulot nahm rechts von Frank Platz, überließ ihm stillschweigend den Stuhl am Kopfende und damit auch die Aufgabe, die Sitzung zu leiten. Er trug noch dasselbe Hemd wie vorhin, als er gegangen war, und sah auch nicht viel ausgeruhter aus.

»Wir sind jetzt vollzählig. Abgesehen vom Kommissar und Intendant Bikjalo, die beide die Sendung von zu Hause aus verfolgt haben, waren wir heute Abend alle hier. Alle haben wir gehört, was vorgefallen ist. Was wir in der Hand haben, ist jedoch nicht viel. Leider ist es nicht gelungen, den Anruf zurückzuverfolgen ...«

Frank machte eine Pause. Der dunkelhäutige junge Mann und sein Kollege, die niedergeschlagen am Tisch saßen, rutschten peinlich berührt auf ihren Stühlen herum.

»Das ist niemandes Schuld. Unser Anrufer ist ganz sicher kein Anfänger und weiß, wie man es vermeidet, lokalisiert zu werden. Die Technik, die wir normalerweise benutzen, ist heute gegen uns verwendet worden. Daher also keine Ergebnisse in dieser Hinsicht. Möglicherweise enthält die Aufnahme des Telefongesprächs aber noch Hinweise, deshalb schlage ich vor, dass wir sie noch einmal anhören, bevor wir erste Hypothesen formulieren.«

Doktor Cluny nickte zustimmend mit dem Kopf und schien damit die Meinung aller auszudrücken.

Frank wandte sich an Barbara, die hinten im Saal stand und an einem Möbel lehnte, auf dem eine Hi-Fi-Anlage aufgebaut war.

»Barbara, können wir das Band noch mal hören?«

Die junge Frau drückte eine Taste, und der Raum füllte sich mit Gespenstern. Noch einmal hörten sie Jean-Loups Stimme aus der Welt der Lebenden und jene des Mannes aus dem Schattenreich. Die letzten Worte hallten durch das allgemeine Schweigen.

»Ich töte ...«

Bikjalo war es, dem der Kommentar herausrutschte.

»Der Mann ist doch verrückt!«

Doktor Cluny fühlte sich von dieser Bemerkung persönlich angesprochen. Seine kurzsichtigen Augen blieben hinter einem Brillengestell aus Gold und Schildpatt versteckt. Die schmale Hakennase wirkte wie der Schnabel einer weisen Eule. Der Psychopathologe wandte sich an Bikjalo, doch seine Worte waren für alle gedacht.

»Streng genommen handelt es sich in der Tat um eine Art Wahnsinn. Bedenken Sie jedoch, dass dieses Individuum bereits zwei Menschen eiskalt ermordet hat, und zwar in einer Weise, die nicht nur auf eine explosive innerliche Wut hindeutet, sondern auch auf eine Verstandesklarheit, wie man sie nur sehr selten bei der Ausführung von Verbrechen findet. Er ruft an, und man kann den Anruf nicht zurückverfolgen. Er mordet und hinterlässt nur vollkommen unbedeutende Spuren. Er ist ein Mann, den man nicht unterschätzen darf. Das ergibt sich schon aus der Tatsache, dass er uns nicht unterschätzt. Er fordert uns heraus, aber er unterschätzt uns nicht.«

Er nahm die Brille ab, und an der Nasenwurzel kamen zwei rote Flecken zum Vorschein. Wahrscheinlich trug Cluny niemals Kontaktlinsen. Er setzte die Brille rasch wieder auf, als fühle er sich ohne sie unwohl.

»Er wusste nur zu gut, dass wir alle hier sein würden, er weiß, dass die Jagd eröffnet ist, nicht umsonst bringt er die Anspielung mit den Hunden. Er ist ein intelligenter Mensch, wahrscheinlich Ober- oder Mittelschicht. Und er weiß, dass wir im Dunkeln tappen, weil uns ein Element fehlt, das der Schlüssel zur Lösung jedweden Verbrechens ist ...«

Er machte eine Pause. Frank dachte, dass Cluny es meisterhaft verstand, die Aufmerksamkeit auf das zu lenken, was er sagen wollte. Wahrscheinlich sah Bikjalo das genauso, denn er hatte begonnen, ihn mit fast beruflichem Interesse zu mustern. Der Psychopathologe fuhr fort.

»Das Tatmotiv ist uns vollkommen unbekannt. Wir wissen nicht, was diesen Mann dazu treibt, zu morden und danach das zu tun, was er getan hat. Es ist ein Ritual, das für ihn einen klaren Sinn ergibt, auch wenn wir ihn nicht kennen. Sein Wahnsinn allein kann uns nicht auf die richtige Spur bringen, weil er nicht offen zu Tage tritt. Dieser Mann lebt mitten unter uns, wie ein ganz normaler Mensch, tut Dinge, die normale Menschen tun. Er nimmt einen Aperitif, kauft die Zeitung, geht ins Restaurant, hört Musik. Vor allem hört er Musik. Das ist der Grund, weshalb er hier anruft. In einer Sendung, in der Musik gespielt wird, die er gerne hört, und die Menschen in Schwierigkeiten Hilfe anbietet, fragt er nach Hilfe, die er nicht will.«

»Wieso ›Hilfe, die er nicht will‹?«, fragte Frank.

»Sein Nein auf das Hilfsangebot war endgültig. Er hat bereits entschieden, dass ihm niemand mehr helfen kann, was auch immer sein Problem sein mag. Das Trauma, das er mit sich herumschleppt, muss ihn auf grausame Weise geprägt haben, bis schließlich die verborgene Wut explodiert ist, die Subjekte wie er lange vor ihrem ersten Ausbruch in sich tragen. Er hasst die Welt und ist wahrscheinlich der Überzeugung, dass sie ihm etwas schuldig geblieben ist. Er muss schreckliche Enttäuschungen und

Erniedrigungen erlitten haben, zumindest aus seiner Sicht. Die Musik war vermutlich eine der wenigen Inseln der Glückseligkeit in seinem Leben. In der Tat liegt der einzige Hinweis, der uns etwas über ihn verrät, in der Musik. In diesem Stück verbirgt sich eine Botschaft. Er hat uns einen weiteren Hinweis gegeben, der zu demjenigen aus dem ersten Gespräch passt. Es ist eine Herausforderung, zugleich jedoch auch eine unbewusste Bitte. In Wirklichkeit bittet er uns, ihn zu stoppen, wenn wir können, da er sich aus eigener Kraft nicht mehr stoppen kann.«

Im Raum hingen Schatten, Muff und Spinnweben. Ein Ort, der nie vom Sonnenlicht erhellt wurde. Das Reich der Mäuse.

»Barbara, können wir den Abschnitt der Aufnahme noch einmal hören, wo die Musik kommt?«

»Sicher.«

Die junge Frau drückte eine Taste. Sofort füllte sich der Raum mit den Tönen der Gitarre, die gleichsam verstört eine Interpretation von *Samba Pa Ti* anschlug, die wesentlich unbestimmter, tastender war als gewöhnlich. Der Beifall des Publikums setzte bereits mit den ersten Tönen ein, wie bei einem Livemitschnitt, wenn ein Sänger einen seiner größten Hits anstimmt und die Zuhörer ihn sofort wiedererkennen.

Als die Musik endete, ließ Frank seinen Blick über die Anwesenden schweifen.

»Ich möchte daran erinnern, dass das Musikstück im ersten Telefonat ein Indiz darauf enthielt, wer seine Opfer sein würden. Die Musik zu einem Film, der die Geschichte eines Rennfahrers und seiner Freundin erzählt. *Ein Mann und eine Frau.* Wie Jochen Welder und Arijane Parker. Hat irgendjemand irgendeine Vorstellung davon, was *dieses* Stück bedeuten könnte?«

Am anderen Ende des Tisches räusperte sich Jacques, der Techniker, als fiele es ihm schwer, in dieser Runde das Wort zu ergreifen.

»Also, ich würde sagen, den Titel kennen wir alle ...«

»Nichts als bekannt voraussetzen«, unterbrach ihn Hulot höflich. »Tu so, als verstünde niemand in diesem Raum irgendetwas von Musik, auch wenn es dir blödsinnig vorkommt. Manchmal ergeben sich Hinweise aus einer Richtung, aus der man sie am wenigsten erwartet.«

Jacques errötete leicht. Er hob die rechte Hand, als wolle er um Verzeihung bitten.

»Ich wollte sagen, dass das Stück sehr bekannt ist. Es handelt sich um *Samba Pa Ti* von Carlos Santana. Es muss auf jeden Fall eine Liveaufnahme sein, denn man hört das Publikum. Und es muss ein ziemlich großes Publikum sein, wie in einem Stadion, sonst wäre eine solche Reaktion nicht möglich, auch wenn manche Livemitschnitte im Studio noch nachträglich mit gesondert aufgenommenem Applaus aufgemotzt werden.«

Laurent zündete sich eine Zigarette an. Der Rauch kräuselte sich in der Luft, tanzte zum offenen Fenster hinüber und verschwand in der Nacht. Es blieb der leichte Schwefelduft des Streichholzes.

»Ist das alles?«

Jacques wurde erneut rot, schwieg aber, da er nicht wusste, was er antworten sollte. Hulot kam ihm zu Hilfe. Er sah ihn lächelnd an.

»Gut. Danke, junger Mann, das ist schon einmal ein sehr guter Hinweis. Hat noch jemand etwas hinzuzufügen? Hat dieses Lied vielleicht eine besondere Bedeutung? Ist es vielleicht im Laufe der Zeit mit einem besonderen Ereignis verknüpft worden, mit einer besonderen Person, gibt es irgendeine Art von Geschichte, die damit verbunden ist?«

Viele der Anwesenden sahen einander an, als wollten sie sich gegenseitig helfen, sich zu erinnern.

Frank wies noch auf etwas anderes hin.

»Erkennt jemand von euch *dieses* Konzert? Wenn es sich, wie es ja scheint, um eine Liveaufnahme handelt, hat irgendjemand eine Idee, wo das aufgenommen sein könnte? Oder auf welcher Platte sie zu finden sein könnte? Jean-Loup?«

Der DJ saß schweigend neben Laurent, zerstreut, als gingen ihn die Gespräche im Raum nichts an. Er wirkte noch immer mitgenommen von dem Gespräch, das er mit der unbekannten Stimme am Telefon geführt hatte. Er hob den Kopf und schüttelte ihn.

»Ist das möglicherweise ein illegaler Mitschnitt?«, fragte Morelli.

Barbara schüttelte den Kopf.

»Würde ich nicht sagen. Die Tonqualität scheint mir im Gegenteil besonders gut zu sein. Sowohl in technischer als auch in künstlerischer Hinsicht. Das ist eine alte Aufnahme, noch analog und nicht digital. Außerdem aus Vinyl, eine alte 33er. Das hört man am Knistern im Hintergrund. Aber die Qualität ist optimal. Das ist sicher keine Aufnahme irgendeines Dilettanten, schon gar nicht von jemandem mit einer unprofessionellen technischen Ausstattung, wenn man bedenkt, welche Technik damals zur Verfügung stand. Deshalb muss es auf jeden Fall eine LP sein, die im Handel war, es sei denn, es wäre eine ›Mutter‹, die niemals in Produktion gegangen ist.«

»Eine ›Mutter‹?«, fragte Frank und sah die junge Frau an.

Er konnte nicht anders, als Morellis Bewunderung zu teilen. Barbara verfügte über einen wirklich scharfen Verstand und über einen Körper, der ihm in nichts nachstand. Wenn der Inspektor bei ihr landen wollte, sollte er sich gut wappnen.

»Eine ›Mutter‹ ist eine Vorstufe der eigentlichen Pressung, wie man sie früher angefertigt hat, bevor die CDs aufkamen«, erklärte Bikjalo an ihrer Stelle. »In der Regel handelte es sich um einige wenige Kopien auf wenig haltbarem Material, das man nur benutzte, um die Qualität der Aufnahme zu kontrollieren. Manche ›Mütter‹ sind bei den Sammlern zu heiß begehrten Kultobjekten geworden. Sei's drum, die besondere Eigenschaft der ›Mutter‹ war, dass sich die Tonqualität mit jedem Abspielen verschlechterte. Ich würde nicht sagen, dass es sich in unserem Fall um so etwas handelt.«

Wieder schien das allgemeine Schweigen zu bestätigen, dass alles gesagt war, was zu sagen war.

Hulot stand auf, und damit war die Besprechung beendet.

»Meine Herren, ich brauche Sie ja nicht an die Bedeutung zu erinnern, die in unserem Fall auch dem allerkleinsten Hinweis zukommt. Wir haben es mit einem frei herumlaufenden Mörder zu tun, der in gewisser Weise sein Spiel mit uns treibt, indem er uns einen Hinweis darauf liefert, was sein einziges Ziel zu sein scheint: wieder zu morden. Was auch immer Ihnen in den Kopf kommt, egal wann, tagsüber oder nachts, zögern Sie nicht, mich oder Frank Ottobre oder Inspektor Morelli anzurufen. Bevor Sie gehen, lassen Sie sich bitte noch diese Telefonnummern geben.«

Alle standen nun auf. Einer nach dem anderen verließ den Raum. Als Erste gingen die beiden Techniker der Polizei, vielleicht um ein direktes Aufeinandertreffen mit Hulot zu vermeiden. Die anderen warteten noch, bis sie von Morelli einen Zettel mit den Telefonnummern bekommen hatten. Der Inspektor hielt sich besonders lange damit auf, auch Barbara einen auszuhändigen, und ihr schien das nicht unangenehm zu sein. In einem anderen Zusammenhang hätte Frank das unprofessionell gefunden. In ihrer Lage jedoch nahm er es als Zeichen für den Triumph des Lebens über die Finsternis dieser Nacht.

Er ließ den Dingen ihren Lauf.

Er ging zu Cluny hinüber, der leise mit Hulot sprach.

Die beiden traten ein wenig auseinander, um ihn in ihr Gespräch einzubeziehen.

»Ich wollte noch einmal betonen, dass irgendwo in diesem Anruf ein Hinweis verborgen sein muss, der uns dabei helfen kann, unnütze Umwege oder Zeitverluste zu vermeiden ...«

»Und der wäre?«, fragte Hulot.

»Er hat uns bewiesen, dass er keine Witze macht und dass er es war, der die beiden armen Wichte auf dem Schiff ermordet hat.«

Frank nickte zustimmend.

»Ich habe es nicht eigenhändig geschrieben ...«

Cluny sah ihn wohlwollend an.

»Richtig. Nur der wahre Mörder konnte wissen, dass die Inschrift mit Hilfe einer Schablone angefertigt worden und nicht handgeschrieben war. Ich habe nicht vor allen anderen darüber gesprochen, weil mir das eines der wenigen Dinge zu sein schien, die noch nicht in der Öffentlichkeit bekannt sind.«

»Genau. Danke, Doktor Cluny. Sehr gute Arbeit.«

»Keine Ursache. Ich habe noch einige Analysen zu machen.

Sprache, Stimmführung, Syntax und solche Dinge. Ich werde so lange forschen, bis sich irgendetwas daraus ergibt. Lassen Sie mir eine Kopie des Bandes zukommen.«

»Bekommen Sie. Gute Nacht.«

Der Psychopathologe ging hinaus.

»Und jetzt?«, fragte Bikjalo.

»Ihr habt alles getan, was ihr tun konntet«, antwortete Frank. »Jetzt sind wir dran.«

Jean-Loup schien irgendwie genervt. Sicher war das eine Erfahrung, auf die er hätte verzichten können. Vielleicht war das Geschehene doch nicht so aufregend, wie er es sich vorgestellt hatte.

Der Tod ist nie aufregend, der Tod ist Blut und Fliegen, dachte Frank.

»Hast du gut gemacht, Jean-Loup. Ich hätte es nicht besser gekonnt. Gewohnheit zählt da nichts. Wenn man es mit einem Mörder zu tun hat, ist es immer das erste Mal. Jetzt geh ruhig nach Hause und versuch, für eine Weile nicht mehr daran zu denken ...«

Ich töte ...

Alle wussten, dass sie in dieser Nacht keinen Schlaf finden würden. Nicht, solange sich da draußen jemand herumtrieb, auf der Suche nach einem Vorwand für seine Wut und nach Nahrung für seinen Wahn. Nicht, solange die Einflüsterungen, die er in seinem Kopf hörte, zu Schreien wurden, um sich mit den Schreien seines neuesten Opfers zu vermischen.

Jean-Loup ließ wie nach einer Niederlage die Schultern hängen.

»Danke. Ich glaube, ich werde nach Hause gehen.«

Er verabschiedete sich und verließ sie mit einem ziemlich schweren Bündel, das auch für Stärkere als ihn kaum zu schultern gewesen wäre. Im Grunde war er nur ein Mann, kaum dem Jugendalter entwachsen, der übers Radio Musik und Worte in die Welt sandte.

Hulot wandte sich zur Tür.

»Gut, dann gehen wir jetzt auch. Im Moment können wir hier nichts ausrichten.«

»Ich begleite Sie. Ich verschwinde hier. Ich gehe nach Hause, auch wenn ich fürchte, dass es schwierig sein wird, in dieser Nacht zu schlafen …«, sagte Bikjalo und ließ Frank vorgehen.

Als sie an der Eingangstür ankamen, hörten sie, wie draußen der Code des Schließmechanismus getippt wurde. Die Tür ging auf, und Laurent erschien. Er war ziemlich aufgeregt.

»Ein Glück. Ich habe gehofft, Sie noch hier zu finden. Mir ist etwas eingefallen. Ich weiß, wer uns weiterhelfen kann!«

»Wobei?«, fragte Hulot.

»Die Musik, meine ich. Ich weiß, wer uns helfen kann, herauszufinden, was es ist.«

»Wer denn?«

»Pierrot!«

Bikjalos Gesicht begann zu leuchten.

»Ja sicher, ›Rain Boy‹!«

Hulot und Frank sahen sich an.

»›Rain Boy‹?«

»Ja, ein Junge, der hier im Archiv aushilft«, erklärte der Intendant. »Er ist zweiundzwanzig Jahre alt und hat den Verstand eines Kindes. Er ist ein Schützling von Jean-Loup und sein größter Fan. Er würde für ihn durchs Feuer gehen, wenn er es von ihm verlangte. Wir nennen ihn ›Rain Boy‹, weil er Ähnlichkeit hat mit Dustin Hoffman in *Rain Man*. Er hat ziemlich deutliche Einschränkungen, aber wenn es um Musik geht, ist er wie ein Computer. Die einzige Gabe, über die er verfügt, aber die ist phänomenal.«

Frank sah auf die Uhr.

»Wo wohnt denn dieser Pierrot?«

»Ich weiß es nicht genau. Er heißt Corbette und wohnt mit seiner Mutter etwas außerhalb von Menton, glaube ich. Der Vater war ein Hurensohn, der einfach abgehauen ist und sie fallen gelassen hat, als er erfuhr, dass sein Sohn geistig behindert ist.«

»Hat denn niemand die Adresse oder die Telefonnummer?«

Laurent eilte zum Computer auf Raquels Schreibtisch.

»Die Sekretärin hat sie. Entweder die Festnetznummer oder die vom Handy der Mutter.«

Kommissar Hulot sah auf die Uhr.

»Es tut mir ja sehr Leid für Madame Corbette und ihren Sohn, aber ich fürchte, dass sie heute Nacht außer der Reihe geweckt werden …«

15

Pierrots Mutter war eine graue Frau in einem grauen Kleid.

Sie saß auf einem Stuhl im Konferenzraum und beobachtete verstört jene Männer, die sich um ihren Sohn scharten. Sie hatten sie mitten in der Nacht aufgeweckt und ihr einen ziemlichen Schrecken eingejagt, als sie sich durch die Sprechanlage als Polizisten zu erkennen gaben. Sie hatten sie Pierrot wecken und sich Hals über Kopf etwas anziehen lassen, dann wurden sie beide in einen Wagen verfrachtet, der mit einer Geschwindigkeit davongerast war, dass sie es mit der Angst zu tun bekam.

Sie hatten den Komplex von Sozialwohnungen hinter sich gelassen. Die Frau war wegen der Nachbarn besorgt gewesen. Umso besser, dass sie um diese Uhrzeit wahrscheinlich niemand im Polizeiwagen hatte wegfahren sehen wie zwei Verbrecher. Ihr Leben war schon bitter genug, mit dem Tratsch und dem Geflüster hinter ihrem Rücken, als dass sie noch mehr davon hätte brauchen können.

Der Kommissar, der ältere Mann mit dem gutmütigen Gesicht, hatte ihr versichert, dass es keinen Grund zur Beunruhigung gebe und dass sie ihren Sohn in einer sehr wichtigen Angelegenheit brauchten. Jetzt waren sie hier, und sie fragte sich, bei was denn wohl einer wie Pierrot helfen könne, ihr Sohn, den sie liebte, als sei er ein Genie, und den die Leute nur mit Mühe nur als dumm ansahen.

Ängstlich schaute sie zu Robert Bikjalo, dem Intendanten von Radio Monte Carlo, hinüber, der ihrem Sohn erlaubte, hier zu bleiben, an einem sicheren Platz, und sich mit dem zu beschäftigen, was er am allermeisten liebte, mit Musik. Was hatte die Polizei damit zu tun? Sie betete, dass Pierrot in seiner Arglosigkeit nicht irgendetwas angestellt hatte. Sie hätte es nicht ertragen, wenn man ihr den Sohn weggenommen hätte. Die Vorstellung, ohne ihn allein zu bleiben, während er irgendwo hinmüsste ohne sie, erfüllte sie mit Entsetzen. Sie spürte die Angst mit kalten Fingern nach ihrem Magen tasten und ihr die Kehle zuschnüren. Wenn nur …

Bikjalo lächelte ihr aufmunternd zu als Bestätigung, dass alles in Ordnung sei.

Sie schaute wieder diesen jüngeren Typen an, den mit dem harten Gesicht und den langen Bartstoppeln, der mit einem leicht fremdartigen Akzent Französisch sprach und auf dem Boden kniete, um mit Pierrot, der auf einem Stuhl saß, auf gleicher Höhe zu sein. Ihr Sohn blickte ihn neugierig an und hörte, was er ihm sagte.

»Entschuldige, wenn wir dich um diese Zeit geweckt haben, Pierrot, aber wir brauchen in einer sehr wichtigen Angelegenheit deine Hilfe. Etwas, das nur du machen kannst …«

Die Frau entspannte sich. Dieser Mann hatte zwar ein furchteinflößendes Gesicht, aber seine Stimme klang ruhig und freundlich. Pierrot lauschte ihm ganz gelassen und schien keine Angst zu haben. Im Gegenteil, dieses außerplanmäßige nächtliche Abenteuer, diese Fahrt in einem Polizeiwagen und sich ganz plötzlich im Zentrum des allgemeinen Interesses wiederzufinden, schien ihn ziemlich stolz zu machen.

Sie verspürte eine akute Welle von Zärtlichkeit und Fürsorge gegenüber diesem ihrem seltsamen Kind, das in seiner ganz eigenen, verschlossenen Welt aus Musik und Gedanken lebte. Wo sogar die *schmutzigen Wörter*, wie er sie nannte, die süße Bedeutung von Kinderspielen hatten.

Der jüngere Mann fuhr fort, mit seiner ruhigen Stimme zu ihm zu sprechen.

»Wir werden dir jetzt ein Lied vorspielen, eine Musik. Höre sie dir an. Höre sie dir ganz aufmerksam an. Achte darauf, ob du sie erkennst und ob du uns sagen kannst, was es ist und auf welcher Platte diese Musik ist. Wirst du das versuchen?«

Pierrot schwieg, dann nickte er fast unmerklich.

Der Mann stand auf und drückte einen Knopf an dem Rekorder, der hinter ihm stand. Die Töne einer Gitarre füllten plötzlich den Raum. Die Frau beobachtete das in Konzentration angespannte Gesicht ihres Sohnes, der versunken den Tönen lauschte, die um ihn herum aus den Boxen drangen. Wenige Sekunden nur, dann endete die Musik. Der Mann kniete erneut neben Pierrot nieder.

»Möchtest du sie noch einmal hören?«

Immer noch schweigend, schüttelte der Junge den Kopf.

»Erkennst du sie?«

Pierrot wandte die Augen Bikjalo zu, als sei er für ihn die einzige Bezugsperson.

»Sie ist da«, sagte er leise.

Der Intendant kam näher.

»Du willst sagen, dass wir sie haben?«

Pierrot nickte mit dem Kopf, als wolle er seinen Worten mehr Gewicht verleihen.

»Sie ist da, in dem Zimmer ...«

»Welches Zimmer?«, fragte Hulot und kam näher.

»Das Archiv. Unten im Souterrain. Da, wo Pierrot arbeitet. Dort sind tausende von Platten und CDs, und er kennt sie alle, jede einzelne.«

»Wenn du weißt, wo im Zimmer sie ist, würdest du sie für uns holen?«, fragte Frank höflich. Dieser Junge war gerade dabei, ihnen einen unbezahlbaren Dienst zu erweisen, und er wollte ihn auf keinen Fall verschrecken.

Pierrot sah erneut zum Intendanten hinüber, als wolle er um Erlaubnis fragen.

»Geh nur, Pierrot, bring sie uns, bitte.«

Pierrot stand auf und durchquerte in seinem seltsam holpernden Gang den Raum. Er verschwand durch die Tür, gefolgt von den ängstlichen und verwunderten Blicken seiner Mutter.

Kommissar Hulot trat an die Frau heran.

»Madame, ich möchte mich noch einmal für die rüde Art entschuldigen, mit der wir Sie geweckt und hierher gebracht haben. Ich hoffe, Sie haben sich nicht allzu sehr erschreckt. Sie können sich nicht vorstellen, wie wichtig ihr Sohn heute Nacht für uns sein könnte. Wir sind Ihnen wirklich zu größtem Dank verpflichtet, weil Sie uns erlaubt haben, seine Hilfe in Anspruch zu nehmen.«

Die Frau war sichtlich stolz auf ihren Sohn. Verschämt hielt sie sich den Kragen ihres billigen Kleides zu, das sie in der Eile übers Nachthemd gezogen hatte.

Wenig später kehrte Pierrot zurück, ebenso schweigsam, wie er gegangen war. Unter dem Arm hielt er die leicht angestoßene Hülle einer 33er-Platte. Er brachte sie und legte sie vor ihnen auf den Tisch. Mit andächtiger Sorgfalt zog er die Vinylscheibe heraus, um nicht mit den Fingern auf die Rillen zu geraten.

»Die ist es. Hier ist sie«, sagte Pierrot.

»Würdest du sie uns bitte vorspielen?«, bat der Jüngere im selben zuvorkommenden Ton wie vorhin.

Der Junge ging zur Anlage und begann, sie fachkundig zu bedienen. Er drückte einige Knöpfe, hob den Deckel vom Plattenteller und legte die Platte über den Stift. Er drückte den Startknopf. Der Teller begann, sich zu drehen. Pierrot nahm vorsichtig den Tonarm zwischen die Fingerspitzen und setzte die Nadel auf die Platte.

Aus den Boxen ertönten dieselben Klänge, die ein Unbekannter ihnen kurz zuvor als höhnische Aufforderung, seine Schritte in der Nacht aufzuhalten, hatte zukommen lassen.

Einen Moment lang herrschte allgemeine Freude. Jeder fand auf seine Weise eine Möglichkeit, diesen kleinen Triumph von Pierrot zu würdigen, der sich mit einem Lächeln auf seinem unschuldigen Gesicht im Kreis umsah.

Die Mutter blickte ihn mit einer Hingabe an, die nur zum Teil diesem Erfolg geschuldet sein konnte. Ein Moment, ein einziger Moment, in dem die Welt sich ihres Sohnes erinnert hatte und ihm das bisschen Genugtuung zuteil werden ließ, das sie ihm bisher stets verweigert hatte.

Sie begann zu weinen. Der Kommissar legte ihr freundlich eine Hand auf die Schulter.

»Vielen Dank, Madame. Ihr Sohn ist großartig gewesen. Jetzt

ist alles in Ordnung. Ich lasse Sie sofort von einem unserer Wagen nach Hause bringen. Müssen Sie morgen arbeiten?«

Die Frau hob das tränenüberströmte Gesicht und lächelte verlegen über diesen Augenblick der Schwäche.

»Ich arbeite als Haushaltshilfe bei einer italienischen Familie, die hier in Monte Carlo lebt.«

Der Kommissar erwiderte ihr Lächeln.

»Geben Sie den Namen dieser Familie dem Herrn dort drüben in der braunen Jacke, Inspektor Morelli. Wir werden versuchen, Ihnen ein paar freie Tage zu verschaffen, als Entschädigung für die Unannehmlichkeiten, die wir Ihnen heute Nacht bereitet haben. So können Sie ein paar Tage mit Ihrem Sohn verbringen, wenn Sie möchten ...«

Der Kommissar ging zu Pierrot hinüber.

»Und was dich betrifft, junger Mann, wie würde es dir gefallen, mal einen Tag lang in einem Polizeiauto mitzufahren, über Funk mit der Zentrale zu sprechen und sozusagen ein Polizist ehrenhalber zu sein?«

Gut möglich, dass Pierrot nicht wusste, was ein Polizist ehrenhalber war, aber die Vorstellung, in einem Polizeiwagen mitzufahren, ließ seine Augen aufleuchten.

»Kriege ich auch Handschellen? Und kann ich die Sirene anmachen?«

»Sicher, so viel du willst. Und natürlich wirst du auch ein eigenes Paar blitzblanker Handschellen bekommen. Du musst uns nur versprechen, dass du um Erlaubnis fragst, bevor du jemanden verhaftest.«

Hulot gab einem Beamten ein Zeichen, dass er Pierrot und seine Mutter nach Hause begleiten möge. Während sie hinausgingen, hörten sie, wie der Junge mit seiner Mutter sprach.

»Jetzt bin ich ein *ehrenwerter Polizist,* und ich werde die Tochter von Madame Narbonne verhaften, die sich immer über mich lustig macht, ich stecke sie ins Gefängnis und ...«

Sie erfuhren nie, welches Ende er der armen Tochter von Madame Narbonne zugedacht hatte, denn die drei kamen ans Ende des Flures, und Pierrots Stimme verlor sich.

Frank stützte die Arme auf den Tisch und betrachtete gedankenverloren die Plattenhülle, die der Junge aus dem Archiv gebracht hatte.

»Carlos Santana. ›Lotus‹. Liveaufnahme, Japan 1975 …«

Morelli nahm das Cover in die Hand und untersuchte es gründlich von beiden Seiten.

»Wieso hat uns dieser Mann ein Lied vorgespielt, das von einer Platte stammt, die vor fast dreißig Jahren in Japan aufgenommen wurde? Was will er uns damit sagen?«

Hulot sah aus dem Fenster dem Auto nach, in dem Pierrot und seine Mutter davonfuhren. Er drehte sich um und hob den rechten Arm, um zu sehen, wie spät es war. Halb fünf.

»Ich weiß es nicht, aber wir müssen es so schnell wie möglich herausfinden.«

Er hielt kurz inne und sprach dann aus, was alle dachten.

»Wenn es nicht schon zu spät ist …«

16

Allen Yoshida unterschrieb den Scheck und reichte ihn dem Verantwortlichen für das Catering.

Anlässlich der Feier in seinem Haus hatte er eigens aus Paris Personal seines Lieblingsrestaurants Le Pré Catelan am Bois de Boulogne kommen lassen. Es hatte ihn ein Vermögen gekostet, aber das war es wert gewesen. Er hatte immer noch den exquisiten Geschmack der Froschschenkelsuppe mit Pistazien im Mund, die Teil des außerordentlichen Menüs an diesem Abend gewesen war.

»Danke, Pierre. Es war alles fantastisch, wie gewöhnlich. Wie Sie sehen werden, habe ich dem Betrag auf dem Scheck noch ein Trinkgeld hinzugefügt.«

»Ich danke Ihnen, Monsieur Yoshida. Sie sind großzügig, wie immer. Machen Sie sich nicht die Mühe, mich hinauszubegleiten, ich kenne den Weg. Gute Nacht.«

»Gute Nacht, mein Freund.«

Pierre deutete eine Verbeugung an, die Yoshida erwiderte. Der Mann entfernte sich lautlos und verschwand durch die dunkle Holztür. Yoshida wartete, bis er das Geräusch des abfahrenden Autos hörte. Er nahm eine Fernbedienung vom Tisch und richtete sie auf ein Paneel an der Wand zu seiner Rechten. Die Vertäfelung schob sich lautlos zur Seite und gab den Blick auf eine Reihe von Bildschirmen frei, welche mit Kameras verbunden waren, die einen geschlossenen Kreis rund ums Haus bildeten. Er sah Pierres Wagen durch das Eingangstor hinausfahren und die Männer vom Sicherheitsdienst die Türflügel hinter ihm schließen.

Er war allein.

Er durchquerte den großen Salon, der überall Spuren der Party aufwies. Die Leute vom Catering hatten alles weggeräumt, was in ihren Aufgabenbereich fiel, und sich dann diskret zurückgezogen, wie gewöhnlich. Am nächsten Tag würde das Personal kommen und die Arbeit zu Ende führen. Allen Yoshida hatte nicht gern Leute im Haus. Wer für ihn arbeitete, kam morgens und ging abends wieder. Falls erforderlich, bat er jemanden von ihnen zu bleiben, oder er griff auf externes Personal zurück. Er bevorzugte es, alleiniger Herr über seine Nächte zu sein, ohne befürchten zu müssen, dass indiskrete Augen und Ohren Kenntnis von gewissen Dingen bekamen, die er allein für sich behalten wollte.

Er trat durch die gewaltigen Glastüren in den nächtlichen Garten hinaus. Draußen sorgte ein raffiniertes Spiel farbiger Leuchten für Licht- und Schatteneffekte zwischen den hoch gewachsenen Bäumen, den Büschen und blühenden Beeten, diesem Verdienst eines Gartenarchitekten, den er aus Finnland hatte kommen lassen. Er löste die Fliege seines eleganten Armani-Smokings und knöpfte das weiße Hemd auf. Mit den Zehenspitzen befreite er sich von den schwarzen Lackschuhen, ohne sie aufzubinden. Er bückte sich, zog auch die seidenen Socken aus und ließ sie hinter sich liegen. Er liebte das Gefühl nackter Füße auf dem feuchten Gras. Er ging das kurze Stück zum hell erleuchteten Pool hinüber, der tagsüber bis zum Meer zu reichen schien und jetzt aussah wie ein gigantischer Aquamarin, gefasst ins Dunkel der Nacht.

Er ließ sich auf einer Chaiselongue aus Teakholz am Rand des Beckens nieder und streckte die Beine aus. Er sah sich um. Auf dem Meer waren in dieser Nacht bei abnehmendem Mond nur wenige Lichter zu sehen. Direkt vor ihm, hinter dem Felsvorsprung, konnte man den Lichtschein von Monte Carlo ausmachen, woher die meisten Gäste des heutigen Abends gekommen waren.

Zu seiner Linken befand sich das Haus.

Er drehte sich danach um. Er liebte dieses Haus und empfand es nach wie vor als Privileg, in seinen Besitz gekommen zu sein. Er bewunderte die Linienführung im Retrostil, die Eleganz seiner Konstruktion vereint mit der funktionalen Strenge, das Werk eines Architekten für die »Göttliche« seiner Zeit, für Greta Garbo. Als er es nach jahrelangem Leerstand erworben hatte, ließ er es von einem ebenso genialen Architekten der Gegenwart umbauen, von Frank Gehry, der für das Projekt des Guggenheim-Museums in Bilbao verantwortlich war. Er hatte ihm freie Hand gelassen und lediglich darum gebeten, den Geist der Stätte nicht anzutasten. Das Ergebnis war Aufsehen erregend, absolute Klasse im Einklang mit fortschrittlichster Technologie. Eine Residenz, die jeden Betrachter zum Staunen brachte, genauso wie es ihm ergangen war, als er es das erste Mal betreten hatte. Ohne mit der Wimper zu zucken, hatte er die Rechnungssumme mit ihrer schier unendlichen Anzahl von Nullen beglichen.

Er lehnte sich in seinem Liegestuhl zurück und bewegte leicht den Kopf hin und her, um die Nackenwirbel zu lockern. Aus seiner Jackentasche zog er ein kleines goldenes Fläschchen hervor. Er schraubte den Deckel ab und streute sich eine Prise weißen Pulvers auf den Handrücken. Er hob die Hand an die Nase und sog das Kokain direkt ein, um sich dann mit zwei Fingern die Nasenflügel zu reiben und so die letzten Reste des Pulvers zu verteilen.

Alles um ihn herum zeugte von Erfolg und Macht. Dennoch machte Allen Yoshida sich keine Illusionen. Er erinnerte sich noch sehr gut an seinen Vater, der sich den Buckel krumm geschuftet hatte, indem er aus den Kühlwaggons Kisten mit frischem Fisch direkt von der Küste abgeladen hatte, um sie dann in seinen Pick-up zu stapeln und an die japanischen Restaurants der Stadt zu liefern. Vor seinen Augen sah er den Vater von der Arbeit kommen, angekündigt vom Fischgeruch, den er, so oft er sich auch die Hände wusch, niemals ganz loswurde. Er erinnerte sich an ihr heruntergekommenes Haus in dem ebenso heruntergekommenen Viertel New Yorks und an die Gespräche seiner Eltern, die sich, seit er denken konnte, darum drehten, dass dringend das Dach und die Wasserleitungen in Ordnung gebracht werden müssten. Er hatte noch das Gurgeln der alten Leitungen im Ohr, jedes Mal, wenn man einen Wasserhahn öffnete und der erste Schwall rostroten Wassers herauskam. Man musste immer ein paar Minuten warten, bis es klar wurde und man sich waschen konnte.

Er war als Sohn eines Japaners und einer Amerikanerin aufgewachsen, zwischen zwei Kulturen, *gaijin* in den Augen der engstirnigen japanischen Community und Schlitzauge für die weißen Amerikaner. Für alle anderen, die Schwarzen, Puerto-Ricaner, Italiener, war er bloß ein Mischlingsjunge mehr in den Straßen der Stadt.

Er spürte die gleißende Welle des Kokains, das in seinem Körper zu zirkulieren begann. Mit einer Hand strich er sich durch das dichte und seidig glänzende Haar.

Er machte sich schon lange keine Illusionen mehr. Hatte sich nie welche gemacht. Alle diese Leute, die heute Abend da gewesen waren, hätten keinen Fuß über seine Schwelle gesetzt, wäre er nicht das geworden, was er heute war. Stünde er nicht für die Milliarden Dollar, für die er stand. Wahrscheinlich interessierte es keinen von ihnen, ob er ein Genie war oder nicht. Was sie interessierte, war, dass ihm sein Genie zu einem persönlichen Erfolg verholfen hatte, der ihn zu Recht als einen der zehn reichsten Männer der Welt gelten ließ.

Der Rest zählte nicht und ging niemanden etwas an. Hatte man es einmal so weit nach oben geschafft, dann spielte keine Rolle mehr, *wie* es gelungen war. Für alle war er der brillante Erfinder der »Sacrifiles«, des Betriebssystems, das Microsoft seine

Herrschaft über den Weltmarkt der Informationstechnologie streitig machte. Er war achtzehn Jahre alt gewesen, als er es auf den Markt gebracht und Zen Electronics gegründet hatte, mit Unterstützung einer Bank, die von dem Projekt überzeugt war, nachdem er einer Gruppe verblüffter Investoren die operative Schlichtheit seines Systems vorgeführt hatte.

Eigentlich hätte Billy La Ruelle dabei sein und seinen Erfolg mit ihm teilen müssen. Billy La Ruelle, sein bester Freund und wie er Schüler an der Informatikschule, der eines Tages mit der genialen Idee eines revolutionären Betriebssystems für DOS nach Hause gekommen war. Unter absoluter Geheimhaltung hatten sie monatelang Tag und Nacht mit ihren zwei vernetzten Rechnern daran gearbeitet. Leider war Billy vom Dach gefallen, an jenem Tag, als sie hinaufgestiegen waren, um die Fernsehantenne für das entscheidende Spiel der Play-off-Runde zwischen den Chicago Bulls und den Lakers einzustellen. Er war auf dem steilen Stück ausgeglitten wie ein Schlittschuhläufer auf dem Eis und hatte unversehens an der Dachrinne gehangen. Er selbst war wie versteinert stehen geblieben, ohne irgendetwas zu tun, während Billy ihn um Hilfe anflehte. Sein Körper pendelte im Leeren, und man hörte deutlich das dunkle Knarren des Blechs, das Stück für Stück unter seinem Gewicht nachgab. Er sah die Fingerknöchel, weiß vor Anstrengung, sich an den scharfen Rand der Dachrinne und ans Leben klammern.

Billy war mit einem Schrei abgestürzt, hatte ihn aus weit aufgerissenen Augen verzweifelt angestarrt. Mit einem dumpfen Schlag war er auf dem Asphalt vor dem Schuppen aufgeprallt und reglos liegen geblieben. Das Stück Dachrinne, das sich gelöst hatte, war gleichsam zum Hohn genau in dem Basketballkorb stecken geblieben, der weiter unten an der Wand gehangen und Billy und ihn in den Arbeitspausen zu ihren Kämpfchen herausgefordert hatte. Während Billys Mutter schreiend nach draußen stürzte, war er ins Zimmer seines Freundes heruntergegangen, hatte alles, was sich auf dem Rechner befand, auf Disketten gezogen und dann die Festplatte gelöscht, so dass keine Spur zurückblieb.

Er hatte die Disketten in die Vordertasche seiner Jeans gesteckt und war dann in den Hof hinausgelaufen, wo Billys lebloser Körper lag.

Die Mutter saß auf dem Boden, hatte den Kopf ihres Sohnes in den Schoß gelegt und sprach zu ihm, während sie ihm zärtlich über die Haare strich. Allen Yoshida hatte ein paar Krokodilstränen verdrückt, war ebenfalls niedergekniet und hatte die harten Kanten der Disketten gespürt, die seine Hosentaschen ausbeulten. Ein Nachbar hatte die Ambulanz gerufen. Der Krankenwagen war so schnell wie möglich gekommen, angekündigt durch die Sirene, deren Ton den Klagerufen von Billys Mutter auf seltsame Weise ähnelte, und hatte mit quietschenden Reifen und Bremsen angehalten. Es waren Männer ausgestiegen und hatten ohne Eile den Körper seines Freundes, mit einem weißen Laken bedeckt, weggetragen.

Eine alte Geschichte. Eine Geschichte, die man allmählich vergessen konnte. Jetzt lebten seine Eltern in Florida, und sein Vater hatte es schließlich doch noch geschafft, den Fischgestank an seinen Händen loszuwerden. Und falls nicht, so waren die Dollars seines Sohnes Grund genug für die Leute, ihn Wohlgeruch zu nennen. Er hatte die Therapie bezahlt, mit deren Hilfe Billys Mutter vom Alkohol losgekommen war, und er hatte ihr und ihrem Mann ein Haus in einem wohlhabenden Viertel gekauft, in dem sie nun dank seiner monatlichen Zuwendungen sorgenfrei vor sich hin lebten. Als sie sich einmal begegnet waren, hatte ihm die Mutter seines Freundes die Hand geküsst. So viel er sich auch gewaschen hatte, dieser Kuss war lange Zeit in seine Haut eingebrannt.

Er erhob sich aus seinem Liegestuhl und ging zum Haus zurück. Er legte die Jacke ab und hängte sie sich mit einer Hand über die Schulter. Die Feuchtigkeit der Nacht drang durch den leichten Stoff seines Hemdes und klebte es an seine Haut.

Er pflückte eine weiße Gardenie von einem blühenden Strauch und hielt sie sich unter die Nase. Trotz seiner kokainbetäubten Schleimhäute konnte er ihren feinen Duft wahrnehmen.

Jetzt kehrte er in den Salon zurück und zog eine Fernbedienung aus der Jackentasche. Er drückte einen Knopf, und die einbruchsicheren Glastüren glitten in ihren perfekt geölten Schienen aufeinander zu und schlossen sich lautlos. Auf dieselbe Weise löschte er das Licht, bis auf die Dauerbeleuchtung einiger Lampen, die in die Wände eingelassen waren.

Jetzt war er allein, endlich. Der richtige Augenblick war gekommen, um sich selbst und dem eigenen Vergnügen ein wenig Zeit zu widmen. Seinem geheimen Vergnügen.

Die Models, die Banker, die Rockstars, die Schauspieler, die seine Partys bevölkerten, waren nicht mehr als Farbspritzer auf einer weißen Wand, Gesichter und Worte, die man ebenso ungeniert wieder vergessen konnte, wie sie versuchten, sich bemerkbar zu machen. Allen Yoshida war ein schöner Mann. Von seiner amerikanischen Mutter hatte er die Proportionen und den gradlinigen Körperbau der Yankees, von seinem Vater die drahtige und wohlgeformte Muskulatur der Asiaten geerbt. Sein Gesicht verband die beiden Rassen in raffinierter Harmonie, mit jener faszinierenden Arroganz, die dem Zufall oft eigen ist. Sein Geld und sein Aussehen zogen die Menschen an. Seine Einsamkeit machte sie neugierig.

Besonders die Frauen, die ihm ihre Brüste, ihre Blicke, ihre Körper darboten, voller Versprechungen, die in jenem obsessiven Tauschhandel des Lebens so einfach einzulösen waren. Gesichter, so offen und so durchschaubar, dass man, schon bevor man angefangen hatte, das Wort »Ende« herauslas.

Für Allen Yoshida war Sex das Vergnügen der Dummen.

Vom Salon aus durchquerte er einen kurzen Flur, der zur Küche und zum Esszimmer führte. Vor einer Wurzelholzwand blieb er stehen. Er drückte einen Knopf auf der rechten Seite, und die Wand verschwand in der Mauer.

Eine Treppe, die nach unten führte.

Mit leichter Ungeduld ging er hinab. Er hatte eine neue Kassette, die er sich ansehen wollte, ein unveröffentlichtes Video, das ihm am Tag zuvor übergeben worden war. Noch hatte er keine Zeit gefunden, es anzuschauen, wie er es mochte, bequem in seinem kleinen Vorführraum vor dem Plasmabildschirm sitzend, jeden Augenblick der Aufnahme genießend, ein Glas eiskalten Champagner in der Hand.

Als er Billy La Ruelle vom Dach hatte stürzen lassen, war Allen Yoshida nicht nur einer der reichsten Männer der Welt geworden. Er hatte noch etwas anderes entdeckt, das sein Leben verändert hatte. Die weit aufgerissenen Augen und das panische Gesicht seines Freundes zu sehen, während er über dem Abgrund hing, die Verzweiflung in seiner Stimme zu hören, als er ihn um Hilfe anflehte, *hatte ihm gefallen.*

Erst später, als er nach Hause kam und sich auszog, um zu duschen, hatte er das Sperma in seiner Unterwäsche entdeckt. In jenem tragischen Moment, da sein Freund gestorben war, hatte er einen Orgasmus bekommen.

Seit damals, seit dem Moment dieser Entdeckung, war er ohne zu zögern dem Weg seiner Lust gefolgt, ebenso skrupellos, wie er dem Weg zum Reichtum gefolgt war.

Er lächelte. Sein Lächeln legte sich wie eine leuchtende Spinnwebe über sein undurchschaubares Gesicht. Es stimmte, dass man für Geld alles kaufen konnte. Verbündete, Schweigen, Verbrechen, Leben und Tod. Für Geld waren Menschen bereit zu morden, Leiden zuzufügen und zu empfangen. Er erfuhr es jedes Mal wieder, wenn eine neue Kassette zu seiner Sammlung hinzukam und er den horrenden Preis dafür bezahlte.

Es waren Aufnahmen von realer Folter und realem Mord an Männern, Frauen, manchmal Kindern, die von der Straße weg an geheime Orte verschleppt worden waren und unter dem teilnahmslosen Auge einer Videokamera allen erdenklichen Arten von Grausamkeit unterzogen wurden, ehe man sie ermordete.

In seiner Sammlung befanden sich wahre Kostbarkeiten. Eine Heranwachsende, die langsam in Stacheldraht eingewickelt wird, bevor man sie bei lebendigem Leib verbrennt. Ein Schwarzer, der regelrecht gehäutet wird, bis er nur noch ein roter Blutfleck ist. Ihre Schmerzensschreie waren Musik in seinen Ohren, während er den eiskalten Wein schlürfte und auf die Erfüllung seines Begehrens wartete.

Und es war alles *echt.*

Am Ende der Treppe befand sich ein weitläufiger, hell erleuchteter Raum. Auf der linken Seite standen zwei Hermelin-Billardtische, die er sich extra in Italien hatte anfertigen lassen, einen klassisch, einen amerikanisch. An der Wand hingen die Queues und anderes Zubehör für das Spiel. Um ein Möbelstück herum, in dem sich eine der zahlreichen, überall im Haus verteilten Bars versteckte, standen ein paar Sessel und ein Sofa.

Er ging darum herum und blieb vor der gegenüberliegenden, wurzelholzgetäfelten Wand stehen. Zu seiner Rechten stand unter dem Licht einer Halogenlampe, die von der Decke herabhing, auf einem etwa anderthalb Meter hohen Podest eine antike Marmorgruppe, die Venus im Spiel mit Eros einfing. Mit keinem Blick würdigte er das erlesene Werk, die feine Spannung im dargestellten Geschehen, die der Künstler in seiner Arbeit zu vermitteln vermochte. Er legte die Hände an den Sockel der Statue und schob. Der hölzerne Deckel vom Podest drehte sich um sich selbst und gab einen Hohlraum frei. Auf seinem Boden befand sich das Tastenfeld für einen Schließmechanismus.

Yoshida tippte den alphanumerischen Code, der nur ihm bekannt war, ein. Das Wurzelholz schwang weich zur Seite und verschwand in der Wand.

Hinter der Öffnung lag sein Reich. Hier wartete die Lust auf ihn, geheim, wie die Lust sein muss, um vollkommen zu werden.

Gerade als er über die Schwelle trat, spürte er im Rücken einen gewaltigen Schlag, ein scharfer Schmerz durchzuckte ihn, und unmittelbar danach fiel er in barmherziges Dunkel.

Vierter Karneval

Als Allen Yoshida wieder zu sich zurückkehrt, ist sein Blick vernebelt, und sein Kopf schmerzt.

Er versucht, einen Arm zu bewegen, aber es gelingt ihm nicht.

Er kneift die Augen zusammen, um klar sehen zu können. Schließlich öffnet er sie wieder und bemerkt, dass er sich in einem Sessel mitten im Zimmer befindet. Seine Arme und Beine sind mit Draht gefesselt. Sein Mund ist mit einem Stück Klebeband bedeckt.

Vor ihm sitzt auf einem Stuhl ein Mann und fixiert ihn schweigend. Von seinem Äußeren ist absolut nichts zu sehen.

Er trägt etwas, das ein normaler Arbeitskittel aus dunklem Stoff zu sein scheint, jedoch mindestens vier oder fünf Größen zu groß. Das Gesicht ist hinter einer schwarzen Skimütze verborgen, und der offene Teil auf Höhe der Augen wird durch eine große dunkle Sonnenbrille mit Spiegelgläsern geschützt. Auf dem Kopf trägt er einen schwarzen Hut mit heruntergeklappter Krempe. Die Hände stecken in schwarzen Handschuhen.

Yoshidas panischer Blick wandert über die Erscheinung. Die Hosen unter dem weiten Kittel, schwarz wie der ganze Rest, gleichen in mancher Hinsicht dem Hemd. Sie sind überdimensional groß für die mutmaßliche Statur des Mannes. Sie fallen lang auf die Turnschuhe herab und legen sich in Falten, wie bei Kindern, die sich im Hip-Hop-Stil kleiden.

Yoshida bemerkt etwas Seltsames. In Höhe der Knie und der Ellbogen befinden sich Beulen, die den Stoff der Kleider vorstehen lassen, als ob die Person vor ihm Verlängerungsteile an Armen und Beinen trüge.

Eine für Yoshida unendliche Weile schweigen sie beide, der Mann, der sich nicht dazu entschließt, etwas zu sagen, und er, der es nicht kann.

Wie ist es ihm gelungen, hineinzukommen? Auch wenn er im Haus allein war, so ist doch die Villa von einem unüberwindbaren Ring aus Wachpersonal umgeben, von bewaffneten Männern, Hunden und Überwachungskameras. Wie hat er es geschafft, diese Absperrung zu durchbrechen?

Und vor allem, was will er von ihm? Geld? Wenn Geld das Problem ist, kann er ihm so viel geben, wie er will. Was auch immer er haben will, er kann es ihm geben. Es gibt nichts auf der Welt, was nicht mit Geld zu kaufen wäre. Nichts. Wenn er nur sprechen könnte ...

Der Mann sieht ihn weiterhin schweigend von seinem Platz auf dem Stuhl an.

Yoshida stößt ein unbestimmtes Wimmern aus, gedämpft durch das Klebeband, das ihm die Lippen zusammenpresst. Endlich dringt die Stimme des Mannes aus dem dunklen Schatten seines Körpers.

»Salve, Monsieur Yoshida.«

Die Stimme ist warm und wohltönend, doch seltsamerweise erscheint sie dem in den Sessel gefesselten Mann härter und schneidender als der Draht, der seine Arme und Beine einschnürt.

Er reißt die Augen auf und stößt erneut ein undeutliches Winseln aus.

»Mühen Sie sich nicht damit ab, mir etwas mitzuteilen, ich kann Sie sowieso nicht verstehen. Außerdem, was auch immer Sie mir zu sagen haben, es ist für mich von keinerlei Interesse.«

Der Mann erhebt sich vom Stuhl. Seine Bewegungen erscheinen unnatürlich durch die viel zu großen Kleider und die seltsamen Prothesen an Knien und Ellbogen.

Er stellt sich in seinen Rücken. Yoshida versucht, den Kopf zu drehen, um ihn im Auge zu behalten. Wieder hört er die Stimme, diesmal von einer Stelle irgendwo hinter ihm.

»Sie haben sich hier ein schönes Plätzchen geschaffen, ein diskretes Plätzchen, wo Sie Ihre kleinen privaten Vorlieben ausleben können. Es gibt Vergnügungen im Leben, die man kaum mit jemand anderem teilen kann. Ich verstehe das, Monsieur Yoshida. Ich glaube, dass niemand das besser verstehen kann als ich ...«

Noch während des Redens war der Mann wieder vor ihn getreten. Mit einer Geste weist er auf den Raum um sie herum. Das rechteckige Zimmer, in dem sie sich befinden, hat keine Fenster. Es ist mit einem Belüftungssystem versehen, dessen Gebläse dicht unterhalb der Decke in die Wände eingelassen sind. Hinten an der Wand steht ein mit Seide bezogenes Bett unter einem Bild, das als einziges Element die fast klösterliche Schlichtheit des Zimmers unterläuft. Die beiden längeren Wände sind fast vollständig mit Spiegeln bedeckt, um durch optische Vergrößerung des Raumes klaustrophobischen Ängsten entgegenzuwirken.

Dem Bett gegenüber befindet sich eine ganze Reihe von Plasmabildschirmen, die nach einem Multivisionsschema angeordnet und mit einer Gruppe von Videorekordern und DVD-Playern verbunden sind. Läuft ein Film auf diesen Monitoren, ist man rundherum von den Bildern umgeben und praktisch mitten im Geschehen.

Darüber hinaus gibt es Videokameras, die den gesamten Raum erfassen, ohne dass auch nur ein Winkel ausgeschlossen bleibt. Auch diese Aufnahmegeräte sind an ein System von Rekordern und Projektoren angeschlossen.

»Ist dies der Ort, an dem Sie sich entspannen, Monsieur Yoshida? Ist es hier, wo Sie die Welt vergessen können, wenn Sie möchten, dass die Welt Sie vergisst?«

Die warme Stimme des Mannes verbreitet zunehmend eisige Kälte. Yoshida spürt sie seine Beine und seine Arme emporkriechen, die allmählich taub werden, weil das Blut abgeschnürt ist. Er fühlt, wie der Draht immer tiefer in sein Fleisch eindringt, so wie diese Stimme immer tiefer in seinen Kopf eindringt.

Mit seinen unnatürlichen Bewegungen beugt sich der Mann über eine Tasche, die auf dem Boden am Stuhl lehnt, auf dem er zu Anfang gesessen hatte. Er zieht eine Platte heraus, eine alte LP in einer Hülle mit einem Schutzumschlag aus Nylon.

»Mögen Sie Musik, Monsieur Yoshida? Diese hier ist göttlich. Etwas für einen wahren Kenner, der Sie ja, wenn auch auf anderem Gebiet, sind …«

Er geht zur Hi-Fi-Anlage an der Wand links von ihnen und

sieht sie sich genau an. Er dreht sich zu ihm um, und das Licht im Zimmer blitzt kurz in seinen verspiegelten Brillengläsern auf.

»Kompliment, Sie haben nichts ausgelassen. Ich hatte mir schon eine Alternative überlegt, für den Fall, dass Sie keinen Plattenspieler haben, aber ich sehe, dass Sie sehr gut ausgestattet sind.«

Er schaltet die Anlage ein und legt die Platte auf den Teller, nachdem er sie vorsichtig aus der Hülle gezogen hat. Er setzt den Tonkopf auf das Vinyl.

Die Stimme einer Trompete dringt aus den Boxen und erfüllt den Raum. Eine schwermütige Musik und so zart, dass sie Erinnerungen beschwört, eine Melancholie, die den Atem verschlägt, tiefes Leid, das nach Vergessen verlangt. Die Musik hat keine Erinnerung, lässt die Erinnerung wünschen zu verlöschen.

Der Mann verharrt einen Augenblick unbeweglich und lauscht, den Kopf leicht zur Seite gelegt.

Yoshida stellt sich vor, wie er die Augen hinter den dunklen Brillengläsern geschlossen hält. Es ist nur ein Moment, dann fasst sich der Mann wieder.

»Schön, nicht wahr? Robert Fulton, einer der Großen. Vielleicht sogar der Größte von allen. Und wie alle Großen ein Unverstandener ...«

Neugierig nähert er sich dem Schaltpult der Videoanlage.

»Ich hoffe, ich verstehe etwas davon. Ich hoffe nicht, dass Sie eine Anlage haben, die für meine bescheidenen Kenntnisse zu kompliziert ist, Monsieur Yoshida. Nein, das erscheint mir hier alles ziemlich übersichtlich.«

Er drückt einige Knöpfe, und die Monitore schalten sich ein und zeigen den typischen Schnee vor Start eines Programms. Er hantiert noch ein Weilchen herum, bis schließlich die Videokameras ihren Dienst aufnehmen. Auf den Bildschirmen erscheint Yoshidas Körper, unbeweglich im Sessel in der Mitte des Raumes, vor einem leeren Stuhl.

Der Mann scheint mit sich zufrieden zu sein.

»Bestens. Diese Anlage ist außergewöhnlich. Allerdings habe ich offen gestanden auch nicht erwartet, dass Sie sich mit weniger zufrieden geben würden.«

Der Mann kehrt wieder zu seinem Gefangenen zurück, dreht den Stuhl herum und setzt sich verkehrt herum darauf. Er stützt die deformierten Arme auf die Lehne. Die Ellbogenprothesen beulen den Stoff des Hemdes aus.

»Sie fragen sich bestimmt, was ich von Ihnen will, nicht wahr?«

Yoshida stößt erneut ein langes Winseln aus.

»Ich weiß, ich weiß. Wenn Sie denken, dass ich Ihr Geld will, seien Sie ganz beruhigt. Geld interessiert mich nicht, weder Ihres noch das von irgendjemand anderem. Ich bin hier, um Ihnen einen Tauschhandel vorzuschlagen.«

Yoshida stößt schnaubend Luft durch die Nasenlöcher aus. Umso besser. Wer auch immer dieser Mann sein mag, was auch immer sein Preis sein mag, vielleicht gibt es einen Weg, sich mit ihm zu einigen. Wenn er kein Geld will, dann ist es sicher irgendetwas anderes, was man mit Geld kaufen kann. Es gibt nichts, was man nicht für Geld kaufen könnte, wiederholt er sich. Nichts.

Er lässt sich entspannt in den Sessel zurücksinken. Der eiserne Griff des Drahtes scheint etwas nachzulassen, jetzt wo er einen Hoffnungsschimmer sieht, eine Möglichkeit zu verhandeln.

»Ich habe mal einen Blick in Ihre Kassetten geworfen, während Sie geschlafen haben, Monsieur Yoshida. Mir scheint, dass Sie und ich vieles gemeinsam haben. Wir beide interessieren uns in gewisser Weise für den Tod von Personen, die wir nicht kennen. Sie wegen Ihrer intimen Vorlieben, ich, weil ich es tun muss ...«

Der Mann senkt den Kopf, als betrachte er das glänzende Holz der Lehne. Yoshida hat den Eindruck, er denke über etwas Persönliches nach, das ihn für einen Moment an einen Ort weit weg von hier führt. In seiner Stimme schwingt die Unausweichlichkeit mit, die Essenz des Todes selbst.

»Hier enden die Gemeinsamkeiten zwischen uns. Sie tun es mit Hilfe anderer, ich bin gezwungen, es selbst zu tun. Sie sehen zu, wie jemand tötet, Monsieur Yoshida ...«

Der Mann kommt mit seinem Kopf ohne Gesicht ganz nah heran.

»Ich töte …«

Plötzlich weiß Yoshida, dass es kein Entrinnen gibt. Ihm kommen die Titelseiten all der Zeitungen in den Kopf, die über den Mord an Jochen Welder und Arijane Parker, der Frau, die mit ihm zusammen war, berichtet haben. Seit einigen Tagen sind die Nachrichten im Fernsehen voll mit den grausigen Einzelheiten dieser beiden Verbrechen, einschließlich der in Blut geschriebenen Inschrift, die der Mörder auf dem Tisch eines Bootes hinterlassen hat. Dieselben Worte, die der Mann gesprochen hat, der jetzt ihm gegenübersitzt. Hoffnungslosigkeit befällt ihn. Niemand würde ihm zu Hilfe kommen, weil niemand von der Existenz dieses Raumes weiß. Selbst wenn die Männer des Wachdienstes nach ihm suchten, würden sie, fänden sie ihn nicht im Haus, ihre Suche draußen fortsetzen.

Er fängt wieder an, zu winseln und sich panisch im Sessel hin und her zu winden.

»Sie haben etwas, das mich interessiert, Monsieur Yoshida, etwas, das mich brennend interessiert. Und deshalb fühle ich mich verpflichtet, Ihnen einen Tauschhandel vorzuschlagen.«

Er steht auf und öffnet die Glastür des Schranks, in dem die VHS-Kassetten aufbewahrt werden. Er nimmt ein unbespieltes Band heraus, zieht es aus seiner Hülle und legt es in den Videorekorder.

Er drückt die Aufnahmetaste.

»Eine Sache zu meinem Vergnügen gegen eine Sache zu Ihrem Vergnügen.«

Mit einer fließenden Bewegung greift er in eine Tasche seines Kittels und hält im nächsten Moment ein finster glänzendes Messer in der Faust. Er geht auf Yoshida zu, der sich wild herumwälzt, ohne auf den Draht zu achten, der immer tiefer in sein Fleisch einschneidet. Mit derselben fließenden Bewegung stößt er ihm das Messer in den Oberschenkel. Das hysterische Winseln seines Gefangenen geht über in einen Schmerzensschrei, abgewürgt durch das Klebeband über seinem Mund.

»Tja, so fühlt es sich an, Monsieur Yoshida.«

Das ewige »Monsieur Yoshida« dieser gedämpften Stimme

hängt im Raum wie eine Totenlitanei. Das blutbesudelte Messer saust erneut herab, jetzt in den anderen Oberschenkel.

Die Bewegung wird so schnell ausgeführt, dass Yoshida diesmal weniger Schmerz als Kälte auf seinem Bein empfindet. Und unmittelbar darauf die warme Feuchtigkeit des Blutes, das langsam an seiner Wade herabrinnt.

»Seltsam, nicht wahr? Vielleicht ändern sich die Dinge, betrachtet man sie aus einer anderen Perspektive. Aber Sie werden sehen, dass Sie am Ende genauso zufrieden sind. Auch dieses Mal werden Sie Ihr Vergnügen daran haben.«

Der Mann fährt mit kalter Zielsicherheit fort, auf sein an den Sessel gefesseltes Opfer einzustechen, während jede seiner Bewegungen von den Kameras aufgenommen und auf den Bildschirmen übertragen wird. Yoshida sieht, wie er getroffen wird, viele, viele Male. Er sieht die Blutflecken überall auf seinem Hemd erblühen, sieht den Mann, der im Raum und auf den Bildschirmen die Klinge seines Messers hebt und senkt, wieder und wieder. Er sieht seine Augen, die in ihrem Schmerz und in ihrem Entsetzen den teilnahmslosen Raum auf den Monitoren erfüllen.

Die Musik im Hintergrund hat sich in der Zwischenzeit verändert. Die Trompete zerreißt die Luft mit der schrillen Emphase prägnanter Tonfolgen, die in ihrer Wirkung an ethnische Rhythmen, an Stammesrituale und Menschenopfer erinnern.

Der Mann und sein Messer fahren fort in ihrem leichtfüßigen Tanz um Yoshidas Körper, öffnen überall neue Wunden, aus denen das Blut hervorquillt und auf den Kleidern und dem Marmorfußboden seine Spuren hinterlässt.

Die Musik und der Mann halten gleichzeitig inne, wie in einem gut einstudierten Ballett.

Yoshida ist noch am Leben und bei Bewusstsein. Er fühlt das Blut und das Leben aus den Wunden rinnen, die überall in seinem Körper, diesem einzigen Schmerzenszeichen, klaffen. Ein Schweißtropfen rinnt ihm von der Stirn und brennt in seinem linken Auge. Der Mann säubert ihm sein glänzendes Gesicht mit dem blutbefleckten Ärmel seines Hemdes. Ein einzelner roter Tupfer bleibt, zur Form eines Kommazeichens gewischt, auf seiner Stirn zurück.

Blut und Schweiß. Blut und Schweiß, wie viele andere Male. Und über allem der ungerührte Blick der Kameras.

Der Mann keucht unter seiner wollenen Skimütze. Er hält den Videorekorder an und lässt das Band zurückspulen. Als die Kassette wieder an den Anfang zurückgekehrt ist, drückt der Mann die Playtaste.

Auf den Bildschirmen vor Yoshidas halb geschlossenen Augen und seinem langsam ausblutenden Körper beginnt alles von vorne. Da ist noch einmal der erste Messerstich, der wie ein glühendes Eisen in seinen Oberschenkel eingedrungen war. Und dann der zweite, mit seinem frischen Atem. Und dann die anderen ...

Die Stimme des Mannes wird jetzt zu der des Schicksals, weich und gleichgültig.

»Das ist es, was ich Ihnen anbiete. Mein Vergnügen gegen Ihr Vergnügen. Bleiben Sie ganz ruhig, Monsieur Yoshida. *Entspannen Sie sich, und sehen Sie sich beim Sterben zu ...«*

Yoshida hört die Stimme wie durch Watte an sein Ohr dringen. Seine Augen sind fest auf den Bildschirm gerichtet. Während das Blut seinen Körper langsam verlässt, während die Kälte Stück für Stück jede Zelle ergreift, kann er nicht umhin, dieselbe krankhafte Befriedigung zu empfinden.

Als das Licht seine Augen verlässt, weiß man nicht, ob sie den Himmel oder die Hölle erblicken.

17

Margherita Vizzini fuhr die Auffahrt zum Parkhaus Boulingrins auf der Place du Casino hinauf. Zu dieser frühen Morgenstunde waren nur wenige Leute unterwegs. Die Einwohner Monte Carlos, die das Nachtleben genossen, die Reichen oder die Verzweifelten, schliefen noch. Und es war noch ein bisschen zu früh für die Tagestouristen. Wer jetzt unterwegs war, befand sich wie sie auf dem Weg zur Arbeit. Sie ließ das Sonnenlicht, die Menschen, die im Café de Paris beim Frühstück saßen, die bunten, abgezirkelten Blumenbeete hinter sich und tauchte in den warmen und feuchten Halbschatten des Parkhauses ein. Sie hielt mit ihrem Fiat Stilo an der Schranke und steckte ihre Abonnementkarte in den Automaten. Die Schranke hob sich, und sie fuhr in Schrittgeschwindigkeit hinein.

Margherita kam jeden Morgen aus dem italienischen Ventimiglia herüber, wo sie wohnte. Sie arbeitete in der Wertpapierabteilung der ABC, Banque Internationale de Monaco, an der Place du Casino, direkt gegenüber von der Chanel-Boutique.

Es war ein echter Glücksfall gewesen, dass sie diesen Job in Monte Carlo gefunden hatte. Und vor allem, dass sie ihn ohne Beziehungen oder persönliche Empfehlungen bekommen hatte. Nach ihrem Studium der Wirtschaftswissenschaften, das sie mit Bestnoten abgeschlossen hatte, waren ihr, wie vielen herausragenden Studenten, ein paar Stellen angeboten worden. Unter anderem hatte sie die Einladung der ABC-Bank überrascht.

Sie war zum Vorstellungsgespräch gefahren, ohne sich große Hoffnungen zu machen, und war zu ihrer Verwunderung ausgewählt und eingestellt worden. Die Stelle bot einige Vorteile. Erstens lag das Eingangsgehalt deutlich über dem, was sie in Italien hätte aushandeln können. Und dann war da noch die Tatsache, dass es von den Steuern her etwas ganz anderes war, in Monte Carlo zu arbeiten ...

Margherita lächelte. Sie war eine zierliche junge Frau mit kurz geschnittenem, kastanienbraunem Haar über einem sympathischen Gesicht, das sich sehen lassen konnte. Ein paar versprengte Sommersprossen auf der ebenmäßigen Nase verliehen ihr den etwas spitzbübischen Ausdruck einer Elfe.

Ein Wagen fuhr rückwärts aus seinem Parkplatz heraus, und sie musste anhalten. Sie nutzte diesen Augenblick, um ihr Aussehen im Rückspiegel zu überprüfen. Was sie sah, stellte sie voll und ganz zufrieden.

Heute würde Michel Lecomte in die Bank kommen, und da sollte man schon etwas hermachen.

Michel ...

Der Gedanke an die zärtlichen Augen dieses Mannes löste ein warmes Gefühl in ihrem Magen aus. Das, was die Engländer

»Schmetterlinge im Bauch« nannten. Seit einiger Zeit hatte sich zwischen ihnen ein äußerst delikater Flirt entwickelt. Sehr ergreifend, weil sehr zart. Jetzt war der geeignete Zeitpunkt gekommen, etwas aufs Gaspedal zu treten.

Der Weg war frei. Sie fuhr auf die Rampe und begann die lange Abfahrt in die Tiefen des Parkhauses, das viele Stockwerke unter den Platz gebaut worden war. Sie hatte ihren persönlichen Stellplatz im vorletzten Geschoss, in einem für die Angestellten und Beamten der Bank reservierten Bereich.

Sie fuhr vorsichtig, aber zügig. Während sie Ebene für Ebene hinter sich ließ, hörte sie ab und zu die Reifen auf dem blanken Boden quietschen, wenn sie einschlug, um in die nächste Rampe hinabzulenken. Schließlich kam sie auf ihrem Stockwerk an. Ihr Parkplatz lag am Ende, direkt hinter der Trennwand.

Sie wich leicht nach links aus, um die Mauer zu umfahren, und sah überrascht, dass ihr Platz von einer großen Limousine, einem glänzend schwarzen Bentley mit dunklen Scheiben, besetzt war.

Seltsam. Diese Art von Auto sah man eher selten in der Tiefgarage. Das war ein Modell, das nach einem Fahrer in dunkler Uniform verlangte, der an der aufgerissenen Hintertür Spalier stand und den Passagieren beim Aus- und Einsteigen half. Oder in dem man lässig vor dem Hôtel de Paris vorfuhr und es dann dem Hotelangestellten überließ, ihn ordentlich einzuparken.

Vielleicht gehörte er einem Kunden der Bank. Ein Wagen wie dieser verbot jeden Gedanken an eine Beschwerde, deshalb entschied sie, einfach den freien Platz daneben zu nehmen.

Vielleicht war sie durch ihre Überlegungen abgelenkt, jedenfalls verschätzte sie sich etwas und stieß ganz leicht am Heck der Limousine an, links hinten. Sie hörte, wie ihr Scheinwerfer klirrend zerbrach, während die schwere Limousine den Stoß mit einem leichten, vibrierenden Schaukeln ausglich.

Margherita setzte vorsichtig zurück, als könne die Konzentration das kleine Desaster, das sie soeben angerichtet hatte, irgendwie ungeschehen machen. Als ein hinreichender Abstand gewonnen war, musterte sie ängstlich den hinteren Teil des Bentley. In der Karosserie war eine kleine Beule, nichts Besonderes, aber doch gut sichtbar, und dazu ein grauer Streifen, der von ihrer Stoßstange stammte.

Ärgerlich schlug sie mit der Hand aufs Lenkrad.

Jetzt würde sie ewig mit dem ganzen bürokratischen Zeug beschäftigt sein, das mit so einem Unfall verbunden war, ganz zu schweigen von der Peinlichkeit, gegenüber einem Kunden der Bank einzugestehen, dass sie seinen Wagen beschädigt hatte.

Sie stieg aus und ging ratlos zu der Limousine hinüber. Auf Höhe der hinteren Fenster blieb sie stehen. Es schien ihr, als sitze jemand darin, ein undeutlicher Schemen hinter den abgedunkelten Scheiben.

Sie näherte sich mit dem Kopf dem Glas und schirmte die Augen mit ihren Händen ab, um sie vor den Lichtreflexen zu schützen. Ja, es sah wirklich so aus, als sitze jemand auf der Rückbank.

Irgendwie kam ihr das seltsam vor. Wenn es stimmte, dann wäre die Person, die darin saß, doch nach dem Zwischenfall ausgestiegen.

Sie kniff die Augen zusammen. In diesem Moment sackte die Figur im Inneren weg, rutschte langsam auf die Seite und lehnte sich von innen ans Fenster.

Margherita erblickte mit Entsetzen ein blutiges menschliches Antlitz, leblose Augen, die sie schamlos anzustarren schienen, die entblößten Zähne eines bleckenden Totenschädels.

Sie sprang entsetzt zurück, und fast ohne es zu merken, begann sie zu schreien.

18

Frank Ottobre und Kommissar Hulot hatten kein Auge zugetan.

Sie hatten die ganze Nacht vor einer stummen Plattenhülle verbracht und wieder und wieder ein Band angehört, das ihnen nicht viel mehr verraten hatte. Sie hatten alle möglichen Hypothesen aufgestellt und wieder verworfen, hatten jeden befragt, der auch nur im Entferntesten etwas von Musik verstand. Selbst

Rochelle, Inspektor, Hi-Fi-Fanatiker und stolzer Besitzer einer erstklassigen Plattensammlung, hatte sich verheddert in Carlos Santanas flinken Fingern, die den Hals einer Gitarre malträtierten.

Sie hatten das Internet bis in den letzten Winkel durchstöbert und jede Seite im Web nach irgendwelchen Hinweisen abgesucht, die ihnen dabei helfen könnten, die Botschaft des Mörders zu entziffern.

Nichts.

Sie standen vor einer verschlossenen Tür und konnten den Schlüssel nicht finden. Es war eine Nacht, in der viel Kaffee getrunken und, egal wie viel Zucker sie nahmen, der bittere Nachgeschmack immer stärker geworden war. Die Zeit verging, und mit der Zeit zerfielen die Hoffnungen zu Staub.

Draußen vor dem Fenster begann der Himmel über den Dächern sich bereits wieder blau zu färben. Hulot stand vom Schreibtisch auf und trat an die Scheibe, um hinauszusehen. Der Verkehr in den Straßen nahm allmählich zu. Für die Leute brach ein neuer Arbeitstag nach durchschlafener Nacht an. Für sie ein neuer Tag des Wartens nach einer Nacht voller Albträume.

Frank saß in einem Sessel, ein Bein über die Armlehne gelegt, und schien konzentriert die Decke zu betrachten. Seit einigen Minuten hatte er den Mund nicht mehr aufgemacht. Hulot massierte sich die Nasenwurzel mit den Fingern, dann wandte er sich mit einem Seufzer der Müdigkeit und der Machtlosigkeit um.

»Claude, tu mir einen Gefallen.«

»Was denn, Kommissar?«

»Ich weiß, du bist kein Kellner. Aber du bist der Jüngste hier und musst in irgendeiner Weise dafür zahlen. Meinst du, du könntest mal nachsehen, ob es möglich ist, irgendwo einen Kaffee zu bekommen, der etwas besser ist als das ekelhafte Gebräu aus dem Automaten?«

Morelli lächelte.

»Diese Frage habe ich kaum erwarten können. Auch ich habe Lust auf einen Kaffee, das trifft sich ja gut.«

Während der Inspektor das Büro verließ, fuhr sich Hulot

durch die grau melierten Haare, die schon etwas dünn wurden und nach der durchwachten Nacht die Kopfhaut rosa durch den Scheitel schimmern ließen.

Als der Anruf kam, wussten sie, dass sie versagt hatten.

Hulot nahm den Hörer ans Ohr, und das Stück Plastik schien ihm mindestens hundert Kilo zu wiegen.

»Hulot«, sagte er kurz.

Er hörte zu, was man ihm vom anderen Ende der Leitung sagte, und erbleichte.

»Wo?«

Wieder Pause.

»In Ordnung, wir sind sofort da.«

Nicolas legte auf und verbarg das Gesicht in seinen Händen.

Frank war während des Gesprächs bereits aufgestanden. Seine Müdigkeit schien wie weggeblasen. Sein Körper war plötzlich angespannt wie der eines Vorstehhundes. Er sah Hulot mit zusammengepressten Kiefern an. Die geröteten Augen hatten sich zu Schlitzen verengt.

»Wir haben eine Leiche, Frank, in der Tiefgarage am Casino. Ohne Gesicht, wie die beiden anderen.«

Hulot stand von seinem Schreibtisch auf und wandte sich zur Tür, gefolgt von Frank. Fast wären sie mit Morelli zusammengestoßen, der mit einer Kanne und drei Tässchen hereinkam.

»Kommissar, hier ist der Kaff…«

»Morelli, stell den Kaffee hin und besorg einen Wagen. Sie haben wieder einen gefunden. Wir müssen fliegen.«

Als sie aus dem Büro gingen, wandte sich Morelli an einen Polizisten, der durch den Flur lief.

»Dupasquier, wir brauchen sofort ein Auto unten. Im Eiltempo.«

Sie nahmen einen Aufzug, der vom Dach des Himalaja zu kommen schien.

Als sie hinaustraten, fanden sie im Hof einen Wagen mit laufendem Motor vor, die Türen weit geöffnet. Sie hatten sie noch nicht ganz geschlossen, da fuhr der Wagen schon ab.

»Zum Casino. Schalt die Sirene ein, Lacroix, und nimm keine

Rücksicht auf die Reifen«, wies Hulot den Fahrer an, einen aufgeweckten jungen Mann, der sich nicht lange bitten ließ und mit quietschenden Rädern in die Kurven ging.

Sie fuhren den Berg von Sainte-Dévote hinauf und erreichten unter dem durchdringenden Geheul der Sirene und der Aufmerksamkeit der Passanten den Platz. Am Eingang zum Parkhaus sorgte eine kleine Schar von Neugierigen für eine exakte Kopie des Bildes, das sich ihnen neulich am Hafen gezeigt hatte. Vor dem Casino leuchteten die Blumenbeete und die Palmen der öffentlichen Gärten. Zu ihrer Linken, auf dem großen runden Beet vor dem Hôtel de Paris, war ein fleißiger Gärtner damit beschäftigt, das Datum des heutigen Tages mit Blumen nachzupflanzen. Angesichts des neuen Opfers kam Frank nicht umhin zu denken, dass es heute jemand in Blut dargestellt habe.

Das Polizeiauto bahnte sich, unterstützt von einigen Beamten, seinen Weg durch die Menge, gefolgt von hunderten von Augen, die ihm ängstlich nachsahen und versuchten zu erkennen, wer darin saß. Sie bogen in die Zufahrt zum Parkhaus ein und fuhren mit quietschenden Reifen hinunter, bis sie schließlich das Deck erreichten, wo sie bereits zwei andere Wagen mit eingeschalteten Scheinwerfern erwarteten. Die rotierenden Blaulichter warfen grelle Reflexe auf Wände und Decken.

Frank und der Kommissar sprangen aus dem Wagen, als glühten ihre Sitze. Hulot sprach einen Polizisten an und wies auf die Fahrzeuge.

»Sag ihnen, dass sie diese Lampen ausmachen sollen, sonst sind wir binnen fünf Minuten alle reif fürs Irrenhaus.«

Sie gingen auf den dicken, dunklen Bentley zu, der mit der Schnauze zur Wand parkte. Am Fenster der Hintertür lehnte am blutverschmierten Glas die Leiche eines Mannes.

Als er ihn erblickte, ballte Hulot die Fäuste, bis seine Knöchel weiß hervortraten.

»Scheiße! Scheiße! Scheiße! Scheiße! Scheiße! Scheiße! ...«, wiederholte er immer wieder, als könne dieser Wutausbruch irgendetwas an der Szenerie vor ihren Augen ändern.

»Er ist es, verdammt nochmal!«

Frank fühlte, wie die Müdigkeit der durchwachten Nacht in tiefe Mutlosigkeit umschlug. Während sie stumm wie in einem Aquarium im Büro gehockt hatten bei dem verzweifelten Versuch, die Botschaft eines Verrückten zu entschlüsseln, hatte dieser Irre erneut zugeschlagen.

Hulot drehte sich zu den Polizisten hinter ihm um.

»Wer hat ihn gefunden?«

Ein Beamter in Uniform trat näher.

»Ich war es, Kommissar. Oder besser gesagt, ich war der erste Polizist am Tatort. Ich kam her, um ein Auto abzuschleppen, und da hab ich das Mädchen schreien hören …«

»Welches Mädchen?«

»Die, die den Leichnam als Erstes gefunden hat. Sie sitzt im Wagen. Steht unter Schock und heult wie ein Schlosshund. Sie arbeitet bei der ABC-Bank, hier oben drüber. Beim Einparken hat sie den Bentley angefahren und ist ausgestiegen, um sich den Schaden anzusehen, und da hat sie ihn gesehen …«

»Niemand hat in der Zwischenzeit was angefasst?«, fragte Frank.

»Nein, ich habe niemanden herangelassen. Wir haben auf euch gewartet.«

»Gut.«

Frank ging zu dem Auto, mit dem sie gekommen waren, um ein paar Latexhandschuhe herauszuholen, und er streifte sie über, während er zu der Limousine zurückkehrte. Er probierte, ob die Fahrertür aufging. Das Schloss knackte. Der Wagen war offen.

Er kroch hinein und betrachtete die Leiche. Der Mann trug ein weißes Hemd, das jedoch so blutgetränkt war, dass man die ursprüngliche Farbe fast nicht mehr erkennen konnte. Die Hose war schwarz und gehörte wahrscheinlich zu einem Abendanzug. Überall in den Kleidungsstücken waren große Löcher zu sehen, die offensichtlich von zahlreichen Messerstichen herrührten. Neben dem Kadaver, auf der ledernen Rückenlehne, die Inschrift, in Blut geschrieben.

Ich töte …

Er beugte sich zwischen den gepolsterten Ledersitzen hindurch, packte den Körper bei den Schultern und versuchte, ihn aufzurichten und nach hinten zu lehnen, damit er nicht wieder umkippte. In diesem Moment hörte er, wie etwas mit einem dumpfen Aufprall auf den Boden des Autos fiel. Rückwärts stieg er aus dem Wagen wieder aus, um die andere Tür am Platz der Leiche zu öffnen. Er kauerte sich hin, mit angewinkelten Knien und die Unterarme auf die Oberschenkel gestützt. Hulot, der hinter ihm stand, beugte sich vor, um besser sehen zu können. Die Hände hielt er hinter dem Rücken, denn er hatte keine Handschuhe an und wollte nicht das Risiko eingehen, etwas zu berühren.

Aus seiner Position sah Frank, was er auf den Teppichboden des Wagens hatte fallen hören. Es handelte sich um eine Videokassette, die fast unter den Vordersitz gerutscht war. Wahrscheinlich hatte sie im Schoß der Leiche gelegen und war durch die Bewegung heruntergefallen. Er nahm einen Kugelschreiber aus der Tasche und schob ihn in eines der beiden Löcher zum Aufspulen des Bandes. Er hob es hoch, betrachtete es einen Moment, nahm dann einen durchsichtigen Plastikbeutel aus der Tasche, ließ es hineinfallen und verschloss den Beutel.

Während er das tat, fiel ihm auf, dass der Tote nackte Füße hatte. Er sah tiefe Einschnitte an den Handgelenken der Leiche. Frank streckte eine Hand aus und testete die Beweglichkeit der Finger. Er hob die Hosenbeine an, um zu sehen, ob die gleichen Male sich auch an den Fußknöcheln finden ließen.

»Der Arme ist mit irgendetwas ziemlich Festem gefesselt worden, ich denke mit Draht. Nach der Blutgerinnung und der Beweglichkeit der Gliedmaßen zu schließen, ist er noch nicht lange tot. Und er ist nicht hier gestorben.«

»Nach der Farbe der Hände zu urteilen, würde ich sagen, dass er an den Wunden verblutet ist.«

»Genau. Deshalb müsste nicht nur auf seinen Kleidern, sondern auch auf den Sitzen und auf dem Boden des Wagens viel mehr Blut sein, wenn er hier gestorben wäre. Und dann scheint mir das auch nicht der geeignete Ort zu sein, um mit ihm anzustellen, was der Mörder getan haben muss. Nein, dieser arme Kerl ist anderswo ermordet und dann später in den Wagen gesetzt worden.«

»Aber wieso die ganze Mühe?«

Hulot trat zurück, damit Frank aufstehen konnte.

»Ich meine, warum dieses Risiko eingehen, eine Leiche von einem Ort zum anderen zu schleppen, nachts, im Auto, in der Angst, entdeckt zu werden? Was glaubst du, warum?«

Frank sah sich nachdenklich um.

»Ich weiß es nicht. Aber das ist eines der Dinge, die wir herausfinden müssen.«

Einen Moment schwiegen sie und betrachteten den Leichnam, der mit aufgerissenen Augen im Wagen lehnte, im beengten Raum seines Luxussarges.

»Nach dem, was von den Kleidern noch übrig ist, und nach dem Wagen zu schließen, muss er ziemlich gut bei Kasse gewesen sein.«

»Lass uns doch mal nachsehen, auf wen dieses Schiff zugelassen ist.«

Sie gingen um den Bentley herum und öffneten die Beifahrertür. Frank drückte einen Knopf am Handschuhfach aus Wurzelholz. Die Schublade glitt lautlos heraus. Er entnahm ihr ein ledernes Etui, das eine Brieftasche zu sein schien. Darin fand er den Fahrzeugschein des Wagens.

»Da haben wir es. Der Wagen ist auf eine Firma zugelassen, Zen Electronics.«

»Ach du lieber Himmel. Allen Yoshida ...«

Die Stimme des Kommissars war kaum mehr als ein trauriges Seufzen.

»Der Inhaber von Sacrifiles.«

»Scheiße, Nicolas. Das ist die Bedeutung der Spur.«

»Was willst du damit sagen?«

»Das Stück von Santana, das wir wieder und wieder gehört haben. Es ist eine Liveaufnahme von einem Konzert in Japan. Und Yoshida ist halb Amerikaner, halb Japaner. Erinnerst du dich an die Lieder von Santana? Es gibt eines, das *Soul Sacrifice* heißt, verstehst du? *Sacrifice!* Ein Wortspiel! Sacrifiles und Sacrifice. Und wenn ich mich nicht irre, ist auf ›Lotus‹ noch ein anderes Stück, das *Kyoto* heißt. Ich würde mich nicht wundern, wenn Yoshida auch mit dieser Stadt irgendetwas zu tun hätte.«

Hulot zeigte auf den Leichnam im Auto.

»Du meinst, er ist es wirklich? Das soll Allen Yoshida sein?«

»Ich würde das ganze Gold von Fort Knox darauf verwetten. Und da fällt mir noch etwas ein ...«

Hulot sah den Amerikaner verblüfft an. In Franks Kopf nahm eine verrückte Idee Gestalt an.

»Nicolas, wenn Yoshida anderswo ermordet und dann hierher transportiert worden ist, damit er auf der Place du Casino von Monte Carlo entdeckt wird, dann hat das einen ganz besonderen Grund.«

»Welchen?«

»Dieser Hurensohn will, dass wir uns um ihn kümmern!«

Hulot dachte, wenn Frank Recht hatte, musste der Wahnsinn jenes Mannes grenzenlos sein, grenzenloser noch als seine Kaltblütigkeit. Eine bittere Vorahnung dessen, was sie in den kommenden Tagen erwarten würde, stieg in ihm auf. Er dachte an den Mörder, mit dem sie es zu tun hatten, und an die Toten, die sie jetzt schon auf dem Hals hatten.

Das Geräusch von Autoreifen kündigte das Eintreffen des Rettungswagens und des Gerichtsmediziners an. Fast gleichzeitig kam der Kleinlaster der Spurensicherung die Rampe herunter.

Hulot ging weg, um sie in Empfang zu nehmen. Frank blieb allein an der geöffneten Autotür stehen. Während er nachdachte, fiel sein Blick auf das Autoradio. Etwas ragte aus dem Kassettenfach hervor. Frank stützte sich auf den Sitz und reckte sich danach. Er zog es heraus.

Es war eine Audiokassette, wie man sie normalerweise im Handel bekam, vollkommen zurückgespult. Frank musterte sie einen Moment, dann schob er sie in die Anlage. Der Apparat schaltete sich ein. Dann hörten alle, die um den Wagen herumstanden, klar in die unbewegliche Luft des Parkhauses aufsteigend, die höhnischen Töne von *Samba Pa Ti.*

19

Als sie in die Zentrale zurückkehrten, war der Platz vor dem Gebäude von Journalisten umlagert.

»Zum Teufel mit diesen Aasgeiern.«

»Das war doch abzusehen, Nicolas. Im Parkhaus haben wir sie abgeschüttelt, aber man kann ihnen nicht für immer entkommen. Denk einfach daran, dass unter all den Problemen, die wir am Hals haben, dieses noch das geringste ist.«

Hulot wandte sich an den Fahrer, denselben, der sie hergebracht hatte.

»Park das Auto hinten. Ich habe jetzt wirklich keine Lust, mit denen zu reden.«

Der Wagen fuhr weiter und hielt an der Zufahrt. Als die Reportermeute den Kommissar im Inneren erblickte, begannen sie, fast simultan in seine Richtung zu strömen, als seien sie bei der Generalprobe zu einem Theaterstück.

Die Schranke war noch nicht ganz oben, da war der Wagen bereits von Menschen und Fragen umringt. Hulot musste wohl oder übel das Fenster auf seiner Seite herunterkurbeln. Das Geschrei der Reporter wurde lauter. Ein Typ mit roten Haaren und pickeligem Gesicht kroch fast mit seinem Kopf in den Wagen.

»Herr Kommissar, wissen Sie schon, wer der Tote im Parkhaus ist?«

Von hinten drängelte sich ein Journalist von »Nice Matin«, den Hulot gut kannte, brutal nach vorne, indem er seinen Kollegen einfach zur Seite schubste.

»Glaubt ihr, dass der Mörder derselbe sein könnte wie der von Jochen Welder und Arijane Parker? Haben wir es hier mit einem Serienkiller zu tun?«

»Was sagen Sie zu dem Anruf bei Radio Monte Carlo letzte Nacht?«, schrie ein anderer und stützte sich auf den Schultern seiner Vordermänner ab.

Hulot hob die Hände, um dem Schwall der Fragen, der über ihn hereinbrach, Einhalt zu gebieten.

»Liebe Leute, ich bitte euch. Ihr seid alle Profis genug, um zu wissen, dass ich euch im Moment noch gar nichts sagen kann. Es wird später eine Pressemeldung des Polizeipräsidenten geben. Das ist alles für jetzt. Entschuldigt. Fahr los, Lacroix.«

Langsam rollten sie los, um niemanden anzufahren. Der Wagen passierte das Tor, und die Schranke schloss sich hinter ihnen.

Alle stiegen aus. Hulot strich sich mit den Händen über das Gesicht. Unter seinen Augen lagen tiefe Ringe, die der durchwachten Nacht und dem neuen Horrorbild geschuldet waren, das sie soeben gesehen hatten.

Aus seiner Tasche zog er die VHS-Kassette, die sie im Wagen des Opfers gefunden hatten, und gab sie Morelli. Die Leute von der Spurensicherung hatten sie ihm gleich überlassen, nachdem sie festgestellt hatten, dass sich keine Fingerabdrücke darauf befanden.

»Claude, lass bitte eine Sicherungskopie davon machen, und sorg dafür, dass wir sie bekommen. Und organisiere mir einen Videorekorder und einen Monitor. Dann ruf in Nizza an und sprich mit Clavert. Sag ihm, dass er sich sofort melden und uns Bericht erstatten soll, sobald sie das Band heute Nacht analysiert haben. Nicht, dass ich mir viel davon verspreche, aber man kann ja nie wissen. Wir sind in meinem Büro.«

Sie gingen die paar Stufen der Außentreppe hinauf und blieben vor der Glastür stehen. Frank drückte und ging als Erster hinein. Seit sie sich am Vorabend im Funkhaus getroffen hatten, waren er und Hulot praktisch keinen Moment mehr allein gewesen. Sie blieben vor dem Aufzug stehen. Der Kommissar drückte einen Knopf, und die Türen öffneten sich mit einem leisen Rauschen.

»Woran denkst du?«

Frank zuckte mit den Achseln.

»Das Problem ist nicht, was ich denke, das Problem ist, dass ich nicht mehr weiß, was ich denken soll. Dieser Mann ist eine Geschichte für sich. In allen Fällen, mit denen ich bisher zu tun hatte, gab es immer irgendetwas, das dem Zufall überlassen wurde, es gab zumindest einen Hauch von Indizien dafür, dass der Killer in erster Linie in seinen Zustand *hineingetrieben* wurde.

Dieser hier geht stattdessen mit bewundernswürdiger Geistesgegenwart vor.«

»In der Tat. Und wir sind schon bei Nummer drei angekommen.«

»Da ist vor allem eines, was ich mich frage, Nicolas.«

»Was denn?«

»Abgesehen davon, dass wir nicht wissen, aus welchem Motiv heraus er seinen Opfern die Kopfhaut abzieht, handelte es sich doch beim ersten Fall, bei Jochen Welder und Arijane Parker, um einen Mann und eine Frau. Heute haben wir nur eine Leiche, die eines Mannes. Wo liegt die Verbindung zwischen den beiden Fällen? Oder besser, wenn wir für einen Moment mal die Frau außen vor lassen, worin besteht die Verbindung zwischen Jochen Welder, zweifachem Formel-1-Weltmeister, und Allen Yoshida, einem *global player* der Informationstechnologie?«

Hulot lehnte sich an die Metallwand des Aufzugs.

»Die hervorstechendsten Berührungspunkte scheinen mir zu sein, dass sie beide ziemlich berühmt und ungefähr fünfunddreißig Jahre alt waren. Und wenn wir das noch hinzunehmen wollen, beide eher gut aussahen.«

»Das klingt vernünftig. Aber wie passt dann Arijane Parker dazu? Warum eine Frau?«

Der Aufzug hielt auf ihrem Stockwerk. Die Türen öffneten sich. Hulot streckte eine Hand aus, um die Lichtschranke zu blockieren.

»Womöglich war der Mörder nur an Jochen Welder interessiert, und sie stand ihm zufällig im Weg. Also musste er sie ebenfalls töten.«

»Auch das klingt vernünftig. Aber warum sie dann derselben Behandlung unterziehen wie Jochen Welder?«

Sie gingen den Flur entlang und blieben vor der Tür zu Hulots Büro stehen. Wer ihnen entgegenkam, warf ihnen teilnahmsvolle Blicke zu.

»Ich weiß es nicht, Frank. Ich weiß nicht, was ich sagen soll. Wir haben drei Tote und keine einzige Spur, die diese Bezeichnung verdient. Die einzige, die wir hatten, konnten wir nicht rechtzeitig entschlüsseln, mit dem Ergebnis, dass wir jetzt einen Toten mehr auf dem Gewissen haben. Und es war ja alles in allem ziemlich einfach.«

»Ich habe mal irgendwo gelesen, dass alle Rätsel einfach aussehen, wenn man die Lösung weiß.«

Sie traten ins Büro. Die Sonne malte Quadrate aus Licht auf den Fußboden. Draußen war es beinahe Sommer. Im Zimmer jedoch schien es noch immer Winter zu sein.

Hulot ging zum Schreibtisch hinüber, nahm das Telefon und wählte die Nummer von Froben, dem Kommissar aus Nizza. Frank setzte sich wieder in den Sessel und nahm dieselbe Haltung ein wie wenige Stunden zuvor.

»Salut, Claude. Ich bin's, Nicolas, hallo. Hör zu, ich habe ein Problem. Oder besser, ich habe ein Problem mehr, um genau zu sein. Wir haben noch eine Leiche gefunden, in einem Auto. Derselbe Ablauf wie bei den beiden anderen. Der Kopf ist komplett abgehäutet. Aus den Papieren geht hervor, dass der Wagen auf Zen Electronics zugelassen ist, die Firma von Allen Yoshida, weißt du, der ...«

Der Kommissar brach ab, als sei er von seinem Gesprächspartner unterbrochen worden.

»Waaas? Warte, ich bin mit Frank hier. Ich stelle den Lautsprecher an, damit er zuhören kann. Wiederhole bitte, was du gesagt hast.«

Er drückte einen Knopf am Telefon, und Frobens Stimme klang leicht verzerrt durch den Lautsprecher des Apparates.

»Ich habe gesagt, ich bin gerade im Haus von Yoshida, in Beaulieu. Etwas für Milliardäre, falls ihr wisst, was ich meine. Multimilliardäre. Wachdienst mit Personal und Kameras überall. Wir haben heute Morgen, so gegen sieben, einen Anruf bekommen. Das Dienstpersonal wohnt nicht hier, sie erscheinen alle gegen halb sieben. Heute haben sie gleich nach ihrer Ankunft damit begonnen, das Haus in Ordnung zu bringen, weil der Hausherr gestern Abend eine Party gegeben hat. Als sie ins Untergeschoss gingen, haben sie eine offene Tür gefunden zu einem Zimmer, von dessen Existenz sie bisher nichts wussten ...«

»Was soll das heißen, ›von dessen Existenz sie bisher nichts wussten‹?«

»Nicolas, das heißt genau das, was ich gesagt habe. Ein Zimmer, von dem sie bisher nichts wussten, ein Geheimzimmer, das sich nur über eine Tastatur öffnen lässt, die sich im Fuß einer Statue versteckt.«

»Entschuldige. Sprich weiter.«

»Sie sind hineingegangen und haben einen blutüberströmten Sessel gefunden. Auch auf dem Fußboden und an den Wänden war überall Blut. Ein See von Blut, so wörtlich der Wachmann, der uns angerufen hat, und ich muss sagen, er hat nicht übertrieben. Wir sind schon ein Weilchen hier, aber die Spurensicherung ist noch dran. Ich habe schon angefangen, ein paar Leute zu befragen, aber bisher habe ich noch nichts herausgefunden.«

»Er hat ihn dort ermordet, Claude. Er ist gekommen, hat Yoshida ermordet, seinen Scheißjob verrichtet, hat ihn ins Auto verfrachtet und dann Auto und Leiche im Parkhaus am Casino entsorgt.«

»Der Chef des Sicherheitsdienstes, ein ehemaliger Polizist namens Valmeere, hat mir gesagt, dass er heute Nacht gegen vier Yoshidas Auto hat herausfahren sehen.«

»Und er hat nicht erkannt, wer am Steuer saß?«

»Nein, er sagt, dass der Wagen verdunkelte Scheiben hat und man nicht hineinschauen kann. Außerdem war es ja Nacht, und durch die Lichtreflexe wird es noch schwieriger.«

»Und es ist ihm nicht seltsam vorgekommen, dass Yoshida um diese Zeit allein aus dem Haus geht?«

»Dieselbe Frage habe ich ihm auch gestellt. Valmeere hat mir geantwortet, dass Yoshida ein seltsamer Typ *war*. Er hat das eben manchmal gemacht. Er hatte ihm schon öfter gesagt, dass es nicht sicher sei, so allein rauszugehen, aber es gab anscheinend keine Möglichkeit, ihm das verständlich zu machen. Und willst du wissen, *wie* seltsam Mister Yoshida war?«

»Schieß los.«

»In dem Zimmer haben wir eine ganze Kollektion von *Snuff*-Videos gefunden, die dir eine Gänsehaut einjagen. Da sind Sachen drauf, die man sich nicht mal vorstellen kann. Einer meiner Jungs hat, als sie die Filme durchsahen, Brechkrämpfe bekommen. Soll ich dir was sagen?«

Froben fuhr fort, ohne eine Antwort abzuwarten.

»Wenn Yoshida diese Art von Filmen gefallen hat, dann wurde ihm schlicht und einfach genau das Ende zuteil, das er verdient hat.«

Man hörte den Ekel sehr deutlich aus Frobens Worten heraus. Das war wohl das Schicksal eines jeden Polizisten. Immer, wenn man dachte, es könne nicht schlimmer kommen, geschah etwas, das diese Überzeugung umstürzte.

»In Ordnung, Claude. Lass mir die Ergebnisse eurer Untersuchungen so schnell wie möglich zukommen, Fotos, Fingerabdrücke, falls es welche gibt, und den ganzen Rest. Und versuch, dafür zu sorgen, dass wir später, falls nötig, den Tatort noch selbst begehen können. Hab erst mal vielen Dank.«

»Keine Ursache. Nicolas …?«

»Ja?«

»Letztes Mal habe ich es nur gedacht. Jetzt sag ich es dir ganz offen. Glaubst du mir, dass ich nicht in deiner Haut stecken möchte?«

»Das glaub ich dir, mein Freund. Und ob ich dir das glaube …«

Hulot legte den Hörer wieder auf, als sei er extrem zerbrechlich.

Frank hatte sich in seinem Sessel zurückgelehnt und starrte mit leerem Blick auf einen Streifen blauen Himmel draußen vor dem Fenster. Seine Stimme schien tausend Kilometer Entfernung und tausend Jahre Zeit hinter sich zu haben.

»Weißt du, Nicolas, manchmal, wenn ich über die Dinge nachdenke, die so in der Welt passieren, das mit dem World Trade Center, die Kriege überall auf der Welt und das alles, dann muss ich an die Dinosaurier denken.«

Der Kommissar sah ihn schweigend an. Er konnte sich nicht vorstellen, worauf er hinauswollte.

»Ziemlich lange schon müht man sich damit ab herauszufinden, warum sie aussterben mussten. Man fragt sich, warum diese Tiere, die unsere Welt beherrscht haben, mit einem Schlag verschwunden sind. Vielleicht ist unter all den Erklärungen die einfachste auch die zutreffendste. Vielleicht sind sie ausgestorben, weil sie allesamt wahnsinnig geworden sind. Genau wie wir. Schau dir doch an, was wir sind, nichts anderes als kleine Dinosaurier. Und unser Wahnsinn wird früher oder später der Grund für unser Ende sein.«

20

Morelli drückte die Kassette in den Rekorder, und fast unmittelbar danach erschienen die bunten Streifen des Bandanfangs auf dem Monitor. Hulot ließ die Rollos herunter, um die Lichtreflexe der Fenster vom Bildschirm zu verbannen. Frank saß in seinem gewohnten Sessel und hatte ihn in Richtung des Apparates gedreht, der an der Wand gegenüber vom Schreibtisch aufgestellt war.

Neben ihm saß Luc Roncaille, der Präsident der Sûreté Publique des Fürstentums Monaco, der zufällig in Hulots Büro gekommen war, als Morelli und ein Beamter gerade den Fernseher und den Videorekorder auf einem Rolltischchen aufgebaut hatten.

Er war ein hoch gewachsener Mann, sonnengebräunt, mit grau melierten Schläfen, eine aktualisierte Ausgabe von Stewart Granger. Frank hatte ihm instinktiv misstraut. Der Mann sah eher wie ein Politiker aus als wie ein waschechter Polizist. Ein schönes, vorzeigbares Gesicht und eine Karriere, die sich mehr auf Public Relations gründete als auf praktische Erfahrung. Ein wunderbares Aushängeschild für öffentliche Auftritte. Als sie von Hulot einander vorgestellt wurden, hatten er und Frank sich einen Augenblick gemustert und versucht, sich wechselseitig einzuschätzen. Ein Blick in die Augen von Roncaille hatte den Amerikaner zum Schluss kommen lassen, dass dieser Mann kein Dummkopf war. Ein Opportunist vielleicht, aber ganz sicher kein dummer. Frank hatte das untrügliche Gefühl, wenn dieser Mann jemanden ins Meer werfen müsste, um selbst nicht dort zu enden, würde er es ohne Bedenken tun. In jedem Fall würde er nicht allein im Meer untergehen. Er war sofort herbeigeeilt, als die Nachricht vom Leichenfund eingetroffen war. Bis jetzt hatte er noch keine Schwierigkeiten gemacht, aber der Grund für sein Kommen war sicher, dass er sich die notwendigen Informationen verschaffen wollte, um gegenüber seinen Vorgesetzten gut dazustehen. Das Fürstentum Monaco war vielleicht nur ein kleines Fleckchen Erde, doch es war kein Operettenstaat. Es galt, eiserne Regeln zu respektieren und eine staatliche Ordnung allererster Güte, die manch andere Nation vor Neid erblassen ließ.

Dass seine Polizei zu den besten der Welt zählte, bestätigte dies nur.

Endlich erschienen Bilder auf dem Schirm. Als Erstes sahen sie den an einen Sessel gefesselten Mann, den Mund mit Klebeband verschlossen, die Augen, weit aufgerissen vor Angst, etwas zu seiner Linken anstarrend. Alle erkannten sofort Allen Yoshida in diesem aufgewühlten Gesicht. Sein Bild war bereits mehrfach auf den Titelseiten von Zeitungen aus aller Welt erschienen. Dann trat ein Mann in Schwarz ins Blickfeld. Hulot stockte der Atem. Frank, als er den Mann und seine Kleidung sah, dachte für einen Augenblick, die Kassette oder die Kopie sei beschädigt, weil die Ellbogen und Knie des Mannes so absurd groß zu sein schienen. Dann wurde ihm klar, dass es Teil der Verkleidung war, und mit einem Schlag wusste er, wen sie tatsächlich vor sich hatten.

»Was für ein Hurensohn!«, zischte er zwischen den Zähnen hervor.

Alle Anwesenden drehten sich unwillkürlich um und sahen ihn an. Frank machte eine Handbewegung, als wolle er sich dafür entschuldigen, die Sitzung gestört zu haben. Dann richteten alle ihre Aufmerksamkeit wieder auf die Bilder. Die Augen vor Entsetzen aufgerissen, sahen sie die schwarze Figur immer wieder mit einem Messer auf den in seinen Sessel gefesselten Mann einstechen, mit fast wissenschaftlicher Akribie, damit keine der Wunden für sich allein bereits tödlich war. Sie sahen seine durch die Kleidung ins Unnatürliche verzerrten Bewegungen, mit denen er Wunden öffnete, die sich nie mehr schließen würden, sie sahen die Blutflecken in Zeitlupe auf den weißen Stoff von Yoshidas Hemd übergreifen, wie Blumen, die ihm seine Lebenskraft entziehen mussten, um aufblühen zu können.

Sie sahen den Tod persönlich um einen Mann herumtanzen und seinen Schmerz und sein Entsetzen auskosten, um ihn am Ende mit sich in die Ewigkeit zu nehmen.

Nach einer gewissen Zeit, es schienen Jahrhunderte zu sein, hielt die schwarze Figur inne. Yoshidas Gesicht war schweißgebadet. Der Mann streckte den Arm aus und tupfte es mit dem Ärmel seines Kittels ab. Auf der Stirn des Gefangenen blieb ein rötlicher Streifen zurück, ein Komma des Lebens in diesem Ritual des Todes.

Überall war Blut. Auf dem Marmor des Bodens, auf den Kleidungsstücken, an den Wänden. Der Mann in Schwarz näherte sich der Anlage, die auf der rechten Seite entlang der Wand installiert war. Plötzlich hielt er inne und legte ein wenig den Kopf zur Seite, als sei ihm plötzlich etwas in den Sinn gekommen. Dann drehte er sich zu der Kamera in seinem Rücken um, machte eine Verbeugung und wies mit einer sanften Geste des rechten Arms auf den sterbenden Mann im Sessel.

Er wandte sich erneut um, drückte eine Taste, und auf dem Bildschirm fiel der Schnee des Winters und der Hölle.

Das Schweigen im Raum sprach zu jedem von ihnen mit einer anderen Stimme.

Frank sah sich plötzlich zurückversetzt in eine andere Zeit, in ein Haus am Meer, und all die Bilder, die wie ein endloses Video niemals aufgehört hatten, vor seinen Augen zu kreisen, traten hervor. Die Erinnerung wurde wieder Schmerz, der Schmerz wurde Hass, und Frank teilte ihn gerecht zwischen sich und dem Mörder auf.

Hulot machte sich daran, die Verdunkelungsrollos hochzuziehen, und das Sonnenlicht erfüllte den Raum wie ein Segen.

»Jesus Christus, was für ein Teufelswerk geschieht hier?«

Die Stimme kam wie ein Stoßgebet aus Roncailles Mund.

Frank erhob sich aus dem Sessel. Hulot sah das Licht in seinem Blick. Für einen Augenblick überkam ihn der Gedanke, dass die Figur in Schwarz, hätte sie sich die verspiegelte Sonnenbrille abgenommen, dasselbe Licht in ihren Augen gehabt hätte.

Wasser zu Wasser, Feuer zu Feuer, Wahnsinn zu Wahnsinn. Und Tod zu Tod.

Hulot schauderte, als hätte die Klimaanlage Wind vom Nordpol hereingeblasen. Und Franks Stimme schien auch von dort zu kommen.

»Meine Herren, auf dieser Kassette sehen wir Beelzebub persönlich. Dieser Mann ist vielleicht vollkommen durchgeknallt, aber seine Intelligenz und seine Gerissenheit sind schier übermenschlich.«

Er wies mit der Hand auf den immer noch eingeschalteten Videorekorder, der immer noch das Schneebild zeigte.

»Ihr habt gesehen, wie er sich angezogen hat. Ihr habt seine Ellbogen und Knie gesehen. Ich weiß nicht, ob er von Anfang an diese Kassette aufnehmen wollte, als er zu Yoshida nach Hause ging. Möglicherweise nicht, denn er konnte nichts von dem Geheimzimmer und der besonderen Perversion des Hausherrn wissen. Vielleicht war es improvisiert. Vielleicht hat er ihn dabei überrascht, als er gerade sein *sancta sanctorum* öffnete. Es hat ihn amüsiert, sich vorzustellen, dass wir ihm dabei zusehen, wie er diesen armen Kerl tötet. Nein, vielleicht ist die richtige Bezeichnung, dass wir ihn dabei *bewundern*. So viel zu seiner Verrücktheit. Morelli, könntest du das Band zurückspulen?«

Der Inspektor zeigte mit der Fernbedienung auf den Rekorder, und die Kassette begann, nach einem Schnappen und dann einem leichten Schleifen, sich zurückzuspulen. Wenige Sekunden später hielt Frank ihn mit einer Handbewegung auf.

»Das reicht, danke. Kannst du das Bild irgendwo anhalten, wo man unseren Mann gut sieht?«

Morelli drückte einen Knopf, und das Bild auf dem Schirm blieb bei der Figur in Schwarz mit dem erhobenen Messer stehen. Der Stopp hatte einen Tropfen Blut in der Luft eingefroren, der gerade von der Schneide des Messers fiel. Der Polizeichef blinzelte entsetzt. Diese Art von Schauspiel war ganz sicher nicht Teil seiner täglichen Arbeit.

»Hier.«

Frank ging nah an den Bildschirm heran und zeigte auf den erhobenen Arm des Mörders in Höhe des Ellbogens.

»Der Mann wusste, dass überall im Haus Kameras sein würden. Auf jeden Fall ist ihm bekannt, dass überall im Fürstentum Überwachungskameras installiert sind. Er wusste, wenn er den Wagen ins Parkhaus des Boulingrins bringt, geht er das Risiko ein, erfasst und aufgenommen zu werden. Und vor allem wusste er, dass man mit Hilfe einer Videoaufnahme anthropometrische Vermessungen durchführen kann, die einen Parameter der Identifikation bilden. Es gibt Werte, die typisch sind für ein Individuum. Die Größe der Ohren, der Abstand zwischen Handgelenk und Ellbogen, die Entfernung zwischen Knöcheln und Knien. Man kann diese Daten mit Apparaten erheben, die zur wissenschaftlichen Ausstattung der Polizei in aller Welt zählen. Deshalb hat er diese Art Prothesen an Armen und Beinen angelegt. So ist für uns nichts zu erkennen. Kein Gesicht, kein Körper. Nur die Statur, doch die könnte Millionen von Menschen gehören. Das ist es, warum ich ihn, abgesehen von seinem Wahn, für klar und gerissen halte.«

»Aber musste dieser Irre ausgerechnet zu uns kommen?«

Roncaille hörte vielleicht schon ein unheilvolles Knirschen in seinem Chefsessel. Er sah Frank an, um den Anschein von Kaltblütigkeit wiederherzustellen.

»Was habt ihr nun vor?«

Frank sah Hulot an. Der Kommissar verstand, dass er ihm die Antwort an Roncaille überlassen wollte.

»Wir ermitteln in verschiedene Richtungen. Zwar haben wir nur wenige Spuren, aber das eine oder andere haben wir schon. Wir erwarten aus Lyon die Ergebnisse einer gründlichen Analyse der Bänder mit den Telefonaten. Cluny, der Psychologe, bereitet einen Bericht über den Fall vor, ebenfalls auf Basis dieser Aufzeichnungen. Wir haben die Resultate der Untersuchungen auf dem Schiff, in Yoshidas Wagen und in seinem Haus. Nicht dass wir uns von dieser Seite Großartiges erwarten würden, aber wir dürfen nichts außer Acht lassen. Die Autopsieprotokolle haben nicht viel mehr ergeben, als auf den ersten Blick sichtbar war. Die einzig echte Verbindung, die wir zu dem Mörder haben, sind seine Anrufe bei Radio Monte Carlo, bevor er zuschlägt. Wir überwachen den Sender rund um die Uhr. Leider ist dieser Mann, wie wir gesehen haben, sehr gerissen, und die Perfektion seiner Vorbereitung wird nur noch von seiner Brutalität übertroffen. Im Moment können wir nur darauf hoffen, dass er einen Fehler begeht. Wir haben eine Abteilung unter Morellis Leitung, die alle Telefonate aufnimmt und auf verdächtige Hinweise überprüft …«

Morelli fühlte sich angesprochen.

»Es sind wahnsinnig viele Gespräche eingegangen, und ich denke, dass es nach jedem neuen Mord mehr werden. Manchmal sind es nur Leute mit Wahnvorstellungen, von Außerirdischen oder Racheengeln und so was in der Art, aber bei dem Rest sorgen wir dafür, dass uns nichts durch die Lappen geht. All das zu kontrollieren, darauf brauche ich wohl nicht hinzuweisen, erfordert allerdings einiges an Zeit und Personal, das wir nicht immer zur Verfügung haben.«

»Hmm. Was das angeht, sehe ich, was sich machen lässt. Ich kann jederzeit Leute von der französischen Polizei zur Unterstützung anfordern. Ich brauche Ihnen ja nicht zu sagen, dass das Fürstentum liebend gern auf diese ganze Geschichte verzichten würde. Sicherheit war immer ein Hauptbestandteil unseres Selbstverständnisses, eine Insel der Glückseligkeit inmitten der Probleme in der Welt rundherum. Jetzt, wo dieser Verrückte uns bereits eine beeindruckende Anzahl an Leichen vor die Tür gelegt hat, müssen wir versuchen, aus der Sache herauszukommen, indem wir diesem Bild einen Beweis unserer Effizienz hinzufügen. Kurz gesagt, wir müssen ihn schnappen. Und das so bald wie möglich. Bevor er noch mehr Menschen umbringt.«

Roncaille erhob sich und strich die Falten aus seiner Leinenhose.

»Gut. Ich lasse euch arbeiten. Ich gestehe, dass ich die Informationen, die ihr mir gerade geliefert habt, relativ bald dem Generalstaatsanwalt übergeben muss. Und das ist eine Aufgabe, auf die ich gern verzichten würde. Hulot, halten Sie uns zu jeder Tages- und Nachtzeit auf dem Laufenden. Hals und Beinbruch, meine Herren.«

Er wandte sich zur Tür, öffnete sie und verließ das Büro, sie sorgfältig wieder hinter sich schließend. Der Inhalt seiner Ansprache, vor allem jedoch der Ton seiner Stimme, ließ keinen Zweifel daran, was er mit »Wir müssen ihn schnappen« gemeint hatte. Die Übersetzung lautete »Ihr müsst ihn schnappen«, und die Drohung mit den unangenehmen Nebenwirkungen im Falle eines Misserfolgs war nicht sonderlich verhüllt.

21

Frank, Hulot und Morelli blieben im Zimmer zurück und kosteten den bitteren Geschmack der Niederlage aus. Sie hatten eine Spur gehabt und hatten sie nicht verstanden. Sie hatten die Möglichkeit gehabt, einen Mörder aufzuhalten, und jetzt hatten sie nur eine weitere Leiche mit abgezogenem Kopf, die ausgestreckt auf dem Tisch einer Leichenhalle lag. Roncaille war vorerst nur als Kundschafter gekommen, hatte in Erwartung des eigentlichen Gefechts eine Aufklärungsrunde gedreht. Er wollte ihnen ankündigen, dass ab jetzt Kräfte entfesselt würden, die viele Köpfe rollen lassen könnten. Und sollte sein eigener darunter sein, so würde er nicht allein rollen. Punktum.

Es klopfte an der Tür.

»Herein.«

Im Türrahmen erschien das markante Gesicht von Claude Froben.

»Kommissar Froben zum Rapport.«

»Ah, hallo, Claude, komm doch rein.«

Froben trat ein und bemerkte sofort die niedergeschlagene Stimmung, die in der Luft lag.

»Salut, ihr alle. Ich bin Roncaille begegnet, hier draußen. Schlechte Zeiten, was?«

»Schlechter geht's nicht.«

»Hier nimm, Nicolas, ich habe dir ein Geschenk mitgebracht. In Rekordzeit entwickelt, ganz allein für dich. Was den Rest angeht, tut mir Leid, aber da müsst ihr euch noch ein bisschen gedulden.«

Er legte einen braunen Umschlag, den er in der Hand gehalten hatte, auf den Schreibtisch. Frank stand aus seinem Sessel auf und ging hinüber, um ihn zu öffnen. Es waren Schwarz-Weiß-Fotos darin. Er blätterte sie durch und erblickte eine statische Version dessen, was er schon auf dem Video gesehen hatte, ein leeres Zimmer als metaphysisches Abbild eines Verbrechens. Den Raum, in dem eine Figur in Schwarz einen Mann mit noch schwärzerer Seele hingeschlachtet hatte. Und jetzt befanden sich weder der eine noch der andere darin.

Er überflog rasch die Fotos und reichte sie dann Hulot. Der Kommissar legte sie auf den Schreibtisch zurück, ohne auch nur einen Blick darauf zu werfen.

»Irgendwas gefunden?«, fragte er Froben ohne allzu große Hoffnungen.

»Du kannst dir vorstellen, mit welcher Sorgfalt meine Jungs dieses Zimmer und das ganze Haus durchkämmt haben. Es gibt einen ganzen Haufen Fingerabdrücke, aber du weißt ja, einen Haufen Abdrücke zu haben, bedeutet manchmal, in Wirklichkeit keinen einzigen zu haben. Wenn du mir die des Toten beschaffst, können wir zumindest einen Abgleich zur endgültigen Identifikation machen. Wir haben Haare in dem Sessel gefunden, doch auch die stammen mit hoher Wahrscheinlichkeit von Yoshida …«

»Die Haare *sind* von Yoshida. Und der Tote ist hundertprozentig er«, unterbrach ihn Hulot.

»Wie kannst du da so sicher sein?«

»Bevor wir weitermachen, solltest du wohl etwas sehen.«

»Was denn?«

Hulot lehnte sich zurück und drehte sich zu Morelli um.

»Setz dich, und mach dich auf etwas gefasst. Morelli, fahr bitte das Band ab.«

Der Inspektor hielt die Fernbedienung Richtung Bildschirm,

und er füllte sich noch einmal mit jenem makabren Tanz des Mannes, der mordet, um jenen, der sterben muss. Sein Messer schien wie eine Nadel, die den Tod auf Yoshidas Kleider nähte, ein rotes Kostüm aus Blut für einen höllischen Karneval. Frobens Augen weiteten sich vor Entsetzen. Als der Film mit der schrägen und zufriedenen Verbeugung des Mannes in Schwarz endete, brauchte er eine Weile, bis er wieder sprechen konnte.

»Heiliger Herr Jesus, das ist nicht mehr von dieser Welt ... Da möchte man sich am liebsten bekreuzigen. Was geht nur im Kopf dieses Mannes vor?«

»Alle Talente, welche der Wahnsinn der Niedertracht zur Verfügung stellen kann: Kaltblütigkeit, Intelligenz und Verschlagenheit. Und nicht die geringste Spur von Mitleid.«

In Franks Worten lag sein Urteil, und es war auch das des Mörders, dem er sich gegenübersah. Jener würde immer weiter morden, wenn er ihn nicht mit dem Rücken an die Wand nagelte. Und um das zu erreichen, würde er den Geist menschlicher Rationalität aufgeben und selbst in ein schwarzes Kostüm schlüpfen müssen.

»Froben, was kannst du uns über die Kassetten erzählen, die ihr bei Yoshida gefunden habt?«

Frank wechselte plötzlich das Thema, ohne seinen Tonfall zu ändern.

Der Kommissar schien im ersten Augenblick froh zu sein, dass das Gespräch eine andere Wendung nahm. In den Augen dieses Amerikaners lag ein Licht, das ihn jedes Mal einschüchterte. Und seine Stimme schien von Zeit zu Zeit magische Formeln zu murmeln, mit denen er Geister beschwor. Froben zog eine Grimasse und zeigte auf den Bildschirm.

»Solche Sachen, wie das da, die einem das Blut in den Adern gefrieren lassen. Wir haben angefangen nachzuforschen und müssen jetzt sehen, wohin uns das führt. Da sind Sachen drin, die mich ehrlich auf den Gedanken gebracht haben, dass der verstorbene Monsieur Yoshida lebendig nicht viel mehr wert war als jener, der ihn ermordet hat. Sachen, die einem wirklich jeden Glauben an die Menschheit nehmen. Wenn es nach mir geht, muss ich gestehen, dass dieser sadistische Bastard genau das Ende genommen hat, das er verdient.«

Hulot saß hinter seinem Schreibtisch und ließ nun auch verlauten, was ihm durch den Kopf ging.

»Da gibt es etwas, das ich mich frage. Was meint ihr, wieso der Mörder sich genötigt fühlte, uns diese Kassette aufzunehmen?«

Frank ging zum Fenster hinüber. Er stützte sich auf die marmorne Fensterbank. Durch die Scheiben blickte er auf eine Straße, die er im Moment nicht wahrnahm.

»Er hat sie nicht für uns aufgenommen.«

»Was soll das heißen ›Er hat sie nicht für uns aufgenommen‹?«

»Es gibt da eine Stelle, gegen Ende der Aufnahme, wo er zögert, bevor er den Apparat ausschaltet. *In diesem Moment* hat er an uns gedacht. Also hat er sich umgedreht und sich verbeugt. Nein, die Kassette hat er nicht für uns gemacht ...«

»Und für wen dann?«

Froben drehte sich um, sah jedoch nur den Rücken und den Hinterkopf des Amerikaners.

»Er hat sie für Yoshida aufgenommen.«

»Für Yoshida?«

Frank ging langsam in die Mitte des Zimmers zurück.

»Sicher. Ihr habt doch gesehen, wie systematisch er ihn verletzt hat, damit keine der Wunden tödlich sei. Yoshida ist verblutet, ganz langsam. Wie ihr seht, hat das Böse manchmal seine eigene, bizarre Form von Homöopathie. Der ihn ermordet hat, ließ ihn seinen eigenen Tod auf dieser Kassette noch einmal ansehen.«

Fünfter Karneval

Der Mann ist zurückgekommen.

Er hat die hermetisch dichte Tür zu seinem Schlupfwinkel mit den Metallwänden sorgfältig hinter sich verschlossen. Lautlos und allein, wie immer. Jetzt ist er genauso aus der Welt ausgeschlossen, wie die Welt draußen ausgeschlossen ist.

Er lächelt, während er vorsichtig einen Rucksack aus schwarzem Stoff auf den Holztisch an der Wand legt. Dieses Mal ist er sicher, keine Fehler begangen zu haben. Er setzt sich und schaltet mit der traumwandlerischen Sicherheit eines Rituals das Licht ein. Er lässt die Druckknöpfe des Rucksackes aufschnappen und öffnet ihn mit denselben zeremoniellen Bewegungen. Er zieht eine schwarze Schachtel aus gewachstem Karton heraus. Er legt sie vor sich auf die Tischplatte und betrachtet sie eine Weile wie ein Geschenk, das genussvoll auszupacken man absichtlich hinauszögert.

Diese Nacht war nicht vergebens. Die Zeit hat sich bereitwillig seinen Anforderungen unterworfen. Ein anderer nutzloser Mann hat seinen Bedürfnissen gehorcht und ihm geliefert, was er brauchte. Die Musik ist jetzt frei, und noch hallt in seinem Kopf der Triumphmarsch des Sieges wider.

Er öffnet die Schachtel und greift vorsichtig hinein. Das Licht der Schreibtischlampe fällt auf Allen Yoshidas Gesicht, als es behutsam aus seiner Kartonumhüllung gezogen wird. Ein paar Tropfen Blut fallen herunter und vermischen sich mit anderen Tropfen auf dem Boden der Schachtel. Das Lächeln des Mannes wird breiter. Dieses Mal ist er sehr vorsichtig zu Werke gegangen. Er hat zum Schutz seiner Trophäe den Kopf einer leichten Plastikpuppe benutzt, wie sie Friseure zur Befestigung von Haarteilen gebrauchen. Er mustert aufmerksam die Totenmaske, und sein Lächeln bekommt eine neue Daseinsberechtigung. Er denkt, dass sich überhaupt nichts geändert hat. Vom hohlen, dummen Schädel einer menschlichen Puppe auf das starre Plastik eines anderen Puppenkopfes.

Zärtlich fährt er mit den Händen über die gespannte Haut, liebkost die Haare, denen der Tod ihren Glanz genommen hat, stellt fest, ob nicht doch irgendwelche Schäden auf der Gesichts- oder der Kopfhaut zu sehen sind. Kein Schnitt, kein Kratzer. Die Augenhöhlen sind sauber. Die Lippen, die schwierigste Stelle, sind voll und fleischig. Nur einige Blutspritzer beeinträchtigen die Schönheit dieses Gesichtes.

Hervorragende Arbeit. Er lehnt sich einen Moment entspannt zurück und verschränkt die Hände im Nacken. Er drückt den Rücken durch, um die Nackenmuskeln zu lockern.

Der Mann ist müde. Die Nacht war erfolgreich, aber sehr anstrengend. Die Anspannung fällt Stück für Stück von ihm ab und beginnt, ihren Preis zu fordern.

Der Mann gähnt, aber noch ist es nicht an der Zeit, sich auszuruhen. Vorher muss er seine Arbeit noch zu Ende bringen. Er steht auf und öffnet einen Schrank. Er nimmt eine Packung Kleenex und einen Flakon mit Desinfektionsmittel heraus und setzt sich wieder an den Tisch. Vorsichtig beginnt er, die Maske von Blutflecken zu säubern.

Die Musik in seinem Kopf nimmt jetzt den ruhigen Ton gewisser New-Age-Melodien an und wogt im zarten Wechselspiel mit den Klängen eines Chores. Da ist noch ein folkloristisches Element, vielleicht eine Panflöte, die seinen Geist mit denselben zarten Bewegungen liebkost, mit denen er liebkost, was einmal das Gesicht eines Mannes war.

Jetzt ist er fertig. Auf dem Tisch, neben der Maske, liegen ein paar rötlich befleckte Taschentücher. Mit zusammengekniffenen Augen bewundert der Mann sein Meisterwerk.

Seit er hereingekommen ist, hat er praktisch kein Geräusch verursacht, doch die Stimme kommt trotzdem, erwartungsvoll.

Bist du da, Vibo?

Der Mann hebt den Kopf und schaut zur Tür neben dem Schreibtisch, an dem er sitzt.

»Ja, ich bin da, Paso.«

Wieso hast du so lange gebraucht? Ich hab mich einsam gefühlt hier im Dunkeln.

Plötzliche Nervosität ergreift den Mann, seiner Stimme jedoch ist das nicht anzumerken. Er wendet das Gesicht zu jener Öffnung im Halbschatten links.

»Ich war nicht zum Vergnügen draußen, Paso. Das, weshalb ich weggegangen bin, habe ich für dich getan …«

Ein leichter Vorwurf ist herauszuhören, der unversehens eine nachgiebige Antwort hervorruft.

Ich weiß, Vibo, ich weiß. Es tut mir Leid. Entschuldige. Es ist ja nur, dass die Zeit einfach nicht vergeht, wenn du weg bist.

Der Mann fühlt eine seltsame Zärtlichkeit in sich aufsteigen. Sein leichter Ärger legt sich sofort. Wie der Löwe, der sich an die Kinderspiele seiner Welpenzeit erinnert. Wie der Wolf, der die Schwächeren seines Rudels beschützt und verteidigt.

»Ist schon in Ordnung, Paso. Jetzt werde ich hier bei dir schlafen. Und außerdem habe ich dir etwas mitgebracht.«

Die Stimme ist überrascht, ungeduldig.

Was denn, Vibo?

Das Lächeln kehrt auf das Gesicht des Mannes zurück. Er legt das Gesicht wieder in die Schachtel und schließt den Deckel. Er löscht die Lampe vor sich. Dieses Mal würde alles perfekt sein. Immer noch lächelnd, nimmt er die Schachtel und geht zu der Tür hinüber, hinter der die Dunkelheit und die Stimme warten.

Mit dem Ellbogen betätigt er einen Lichtschalter an der Wand.

»Etwas, das dir gefallen wird, du wirst sehen …«

Der Mann tritt ins Zimmer. Es ist ein kahler Raum mit grau gestrichenen, bleifarbenen Wänden. Auf der rechten Seite ein sehr spartanisches Eisenbett, daneben ein ebenso schlichter hölzerner Nachttisch. Darauf eine kleine Lampe mit Schirm, sonst nichts. Die Decke ist glatt gezogen, faltenlos. Das Kissen und der Streifen des Lakens, der über das obere Ende der Decke geschlagen ist, sind makellos rein.

Neben dem Bett, etwa einen Meter entfernt, steht ein etwa zwei Meter langer, gläserner Schrein auf zwei Holzböcken, ähnlich denen, die den Schreibtisch im Nebenzimmer stützen. Von einem Loch im Boden des Schreins führt ein hermetisch abgedichteter Gummischlauch zu einer kleinen Maschine, die zwischen den Beinen des Bocks zur Tür hin steht. Ein Elektrokabel verbindet die Maschine mit einer Steckdose.

In dem Schrein liegt ein mumifizierter Körper. Es ist der Leichnam eines Mannes, ungefähr einen Meter achtzig groß, komplett nackt. Die vertrockneten Formen lassen eine Statur erahnen, die derjenigen des Mannes ähnelt, auch wenn die zusammengeschrumpfte Haut sich jetzt zurückgezogen hat und die Rippen vorstehen und die Gelenke an Knien und Ellenbogen herausragen lässt, wie bei einigen Tierarten.

Der Mann kommt näher und legt eine Hand auf das Glas. Die Wärme seiner Haut malt einen leichten Nebel auf die makellos saubere Glasfläche.

Sein Lächeln ist noch stärker geworden. Er hebt die Schachtel hoch und hält sie in Höhe des vertrockneten Gesichtes über den Leichnam.

Na los, Vibo, sag schon, was es ist.

Der Mann schaut voller Zuneigung auf den Körper hinab. Lässt seinen Blick über das entfleischte Antlitz wandern, von dem jemand mit chirurgischer Präzision die Gesichts- und die Kopfhaut abgezogen hat. Der Mann erwidert mit einem geheimnisvollen Lächeln das Lächeln des Leichnams, sucht mit seinen Augen die verloschenen Augen, schaut gespannt in die unbewegliche Miene, als könne er irgendeine Veränderung der vertrockneten, aschgrauen Muskeln ausmachen.

»Wirst sehen, wirst sehen. Möchtest du ein bisschen Musik?«

Ja. Nein. Nein, später, lass mich erst sehen, was du da drinhast. Lass mich sehen, was du mir mitgebracht hast.

Der Mann tritt einen Schritt zurück, als spiele er mit einem Kind, das man bremsen muss, um es vor seiner eigenen Ungeduld zu schützen.

»Nein, dieser Augenblick ist wichtig, Paso. Wir brauchen ein bisschen Musik. Warte auf mich, ich bin gleich zurück.«

Nein, komm, Vibo, später, lass mich jetzt …

»Ich brauche nur eine Sekunde, warte.«

Der Mann stellt die Schachtel auf einen hölzernen Klappstuhl, der neben dem durchsichtigen Behältnis steht.

Er verschwindet zur Tür hinaus. Der Leichnam bleibt allein, unbeweglich in seiner kleinen Ewigkeit, und schaut weiter an die Decke. Kurz darauf erklingen aus dem Nebenzimmer die schmerzlichen Anfangstöne von Jimi Hendrix' *Instrumental Solo* in Woodstock. Die amerikanische Hymne hat, interpretiert von der verzerrten Gitarre, ihren triumphierenden Aspekt verloren. Hier gibt es keine Helden mit ihren Fahnen. Hier ist nur das Bedauern desjenigen, der in irgendeinen sinnlosen Krieg zog, und das Weinen derjenigen, die ihn wegen desselben dummen Krieges nie mehr haben heimkehren sehen.

Das Licht im Nebenzimmer geht aus, und der Mann erscheint wieder in der dunklen Türöffnung.

»Gefällt dir das, Paso?«

Sicher, du weißt, dass mir das immer gefallen hat. Aber komm jetzt, lass mich sehen, was du mir mitgebracht hast …

Der Mann geht zum Stuhl mit der Schachtel hinüber. Das Lächeln auf seinem Gesicht ist nie verblasst. Er hebt mit einer träumerischen Bewegung den Deckel ab und legt ihn neben dem Stuhl auf den Boden. Dann nimmt er die Schachtel und legt sie auf den Schrein, auf Brusthöhe des Körpers darin.

»Du wirst sehen, es wird dir gefallen. Ich bin sicher, dass es dir wunderbar stehen wird.«

Er zieht mit einer prätentiösen Geste das Gesicht von Allen Yoshida hervor, das wie eine Plastikmaske auf den Puppenkopf gestülpt war. Die Haare fallen, als seien sie noch lebendig, als habe sie ein Wind bewegt, der hier unten niemals angekommen wäre.

»Hier, Paso. Schau.«

Oh, Vibo, das ist wirklich wunderschön. Ist das für mich?

»Sicher ist das für dich. Ich werde es dir sofort anlegen.«

Die Maske in der linken Hand, drückt er mit der rechten einen Knopf am Ende des Sarges. Das leichte Zischen ist zu hören, mit dem die Luft in den Glasbehälter eindringt. Jetzt kann der Mann den Deckel abheben, der kreisförmig an Scharnieren zur rechten Seite schwingt.

Die Maske in beiden Händen haltend, legt er sie vorsichtig auf das Gesicht des Kadavers, zieht sie sorgfältig zurecht, bis die Augenhöhlen exakt auf den glasigen Augen des Toten liegen, die Nase auf der Nase, der Mund auf dem Mund. Mit unendlicher Vorsicht schiebt er eine Hand unter den Nacken des Leichnams und hebt ihn an, um die Maske auch im hinteren Teil anzupassen und die Ränder so aneinander zu ziehen, dass die Maske keine Falten wirft.

Die Stimme ist ungeduldig und ängstlich zugleich.

Wie steht sie mir, Vibo? Zeigst du sie mir?

Der Mann tritt einen Schritt zurück und betrachtet unsicher das Ergebnis seiner Bemühungen.

»Warte. Warte noch einen Augenblick. Es fehlt noch etwas ...«

Der Mann geht zum Nachttisch hinüber, zieht eine Schublade heraus und entnimmt ihr einen Kamm und einen Taschenspiegel. Mit der Angst eines Malers, der zu seinem Bild zurückkehrt, das nur noch ein letzter Pinselstrich von einem Meisterwerk trennt, begibt er sich wieder ans Kopfende des Toten.

Mit dem Kamm lockert er die Haare der Maske auf, die schon stumpf und glanzlos sind, fast als wolle er ihnen das Leben einhauchen, das sie nicht mehr besitzen. In diesem Moment ist der Mann sowohl Vater als auch Mutter. Und seine Hingabe ohne Zeit und ohne Grenzen. In seinen Bewegungen liegt unendliche Zärtlichkeit und Zuneigung, als habe er in sich genug Leben und Wärme für sie beide, als würde das Blut in seinen Adern und die Luft in seiner Lunge gerecht zwischen ihm und dem erinnerungslosen Körper in dem gläsernen Sarg aufgeteilt.

Mit triumphierender Miene hält er den Spiegel vor das Gesicht des Toten.

»Fertig!«

Ein Augenblick verblüfften Schweigens. Die malträtierte Gitarre von Jimi Hendrix besingt das Schlachtfeld, über dem das *nicht vorschriftsmäßige Schweigen* liegt. In dieser Musik schwingen die Wunden aller Kriege mit und die Suche nach einem Sinn all dieser Toten, gestorben für Werte ohne Wert.

Eine Träne der Rührung rollt über das Gesicht des Mannes und fällt auf den Leichnam mit der Maske. Es scheint eine Freudenträne des Toten zu sein.

Vibo, jetzt bin auch ich schön. Ich habe ein Gesicht wie alle anderen.

»Ja, Paso, du bist wirklich sehr schön, viel schöner als alle anderen.«

Ich weiß nicht, wie ich dir danken soll, Vibo. Ich weiß nicht, was ich ohne dich machen würde. Früher …

In der Stimme liegt Rührung. Es liegt Dankbarkeit und Trauer darin. Dieselben Gefühle und dieselbe Hingabe, die in den Augen des Mannes liegen.

Erst hast du mich von meinem Leiden erlöst, und dann hast du mir noch … hast du mir das geschenkt, ein neues Gesicht, ein wunderschönes Gesicht. Wie kann ich diese Schuld jemals abtragen?

»Davon darfst du nicht einmal sprechen, verstanden? Du darfst das niemals sagen. Ich habe es für dich getan, für uns, weil die anderen uns etwas schuldig sind und uns alles zurückgeben müssen, was sie uns geraubt haben. Ich werde alles tun, um ihnen an deiner Stelle heimzuzahlen, was sie dir angetan haben, das verspreche ich dir …«

Fast als wolle sie die Drohung in diesem Versprechen unterstreichen, verwandelt sich die Musik plötzlich in die mitreißende Energie von *Purple Haze,* misshandelt die Hand von Jimi Hendrix die Metallsaiten in seinem lautstarken Lauf zu Freiheit und Vernichtung.

Der Mann verschließt den Deckel wieder, der sich geräuschlos in die Gummifassung schmiegt. Er geht zum Kompressor auf der Erde hinüber und drückt den Knopf. Schnorchelnd setzt sich die Maschine in Gang und beginnt, die Luft aus dem Inneren des Sarges herauszupumpen. Durch den Vakuumeffekt saugt sich die Maske noch enger am Gesicht des Toten fest und bildet auf der einen Seite eine leichte Falte, die den Leichnam zufrieden lächeln lässt.

Der Mann wendet sich zum Bett und zieht seinen schwarzen Pullover aus. Er wirft ihn auf einen Hocker am Fußende des Bettes. Er zieht sich weiter aus, bis er vollkommen nackt ist. Er schlüpft mit seinem athletischen Körper zwischen die Laken, legt den Kopf aufs Kissen und bleibt auf dem Rücken liegen, um zur Decke emporzustarren, in derselben Haltung wie der Leichnam in seinem durchsichtigen Sarg.

Das Licht geht aus. Vom Nebenzimmer dringt nur der gedämpfte Schein der roten und grünen LED-Anzeigen der Elektrogeräte herüber, flüchtig wie Katzenaugen auf einem Friedhof.

Die Musik ist zu Ende.

In der Grabesstille gleitet der Mann in den Schlaf hinüber, traumlos wie jener der Toten.

22

Frank und Hulot kamen auf dem zentralen Platz in Eze Village an und ließen die Boutique von Fragonard, der Parfumfabrik, links liegen. Beklommen erinnerte sich Frank, dass Harriet bei ihrer letzten Europareise diese Essenzen praktisch aufgekauft hatte. Er sah wieder ihren schlanken und weiblichen Körper unter dem schmeichelnden Stoff des leichten Sommerkleides, wie sie die Innenseite ihres Unterarms ausstreckte, um einen Spritzer des Parfums auszuprobieren. Er sah, wie sie das Parfum an der Stelle leicht verrieb und darauf wartete, dass die Flüssigkeit verdunstete, bevor sie fast überrascht den Duft des Parfums, vermischt mit dem ihrer Haut, in sich aufnahm.

Einen dieser Düfte hatte sie getragen, an dem Tag als …

»Bist du noch hier, oder muss ich dich von irgendwo anders abholen?«

Nicolas' Stimme löschte die Bilder vor Franks Augen mit einem Schlag aus. Er merkte, dass er vollkommen weggetreten gewesen war.

»Nein, ich bin hier. Nur ein bisschen müde, aber ich bin da.«

In Wirklichkeit war Nicolas derjenige, der unendlich müde

war. Er hatte tiefe Ringe um die roten Augen und verspürte nach einer schlaflosen Nacht die dringende Lust auf eine heiße Dusche und ein frisch bezogenes Bett, in dieser Reihenfolge. Frank war am Nachmittag in den Parc Saint-Roman zurückgekehrt und hatte ein paar Stunden geschlafen, doch er war im Büro geblieben, um noch den ganzen Verwaltungskram zu erledigen, den so ein Fall mit sich brachte. Als er ihn zurückließ, hatte Frank gedacht, dass man an dem Tag, von dem an Polizisten nicht mehr gezwungen würden, die Hälfte ihrer Zeit damit zuzubringen, irgendwelchen Papierkram von einer Seite auf die andere zu stapeln, gleichzeitig den Regenwald am Amazonas und die Menschheit vor dem Verbrechen retten würde.

Jetzt fuhren sie zum Essen in das Haus hinauf, das Nicolas zusammen mit seiner Frau Céline bewohnte. Sie ließen den Parkplatz hinter sich zurück, die Restaurants und die Souvenirläden und bogen nach links in die Straße ab, die zum höchsten Punkt des Dorfes führte. Etwas unterhalb der Kirche, die das Ortsbild bestimmte, befand sich das Haus von Nicolas Hulot, eine kleine, hell verputzte Villa mit dunklem Dach. Sie war so dicht am Abhang zur Talebene errichtet worden, dass Frank sich schon oft gefragt hatte, mit welchem Kniff der Architekt, von dem es entworfen worden war, wohl zu verhindern gewusst hatte, dass es der Schwerkraft folgte, sich losriss und Hals über Kopf in die Tiefe stürzte.

Sie parkten den Peugeot auf dem reservierten Parkplatz, und Frank folgte Nicolas, der die Tür aufschloss. Sie traten ein. Frank blieb im Flur stehen und sah sich um. Nicolas schloss hinter ihnen die Tür.

»Céline, wir sind da.«

Der dunkelhaarige Kopf von Madame Hulot erschien in der Küchentür am Ende des Flurs.

»Salut, Liebling. Hi, Frank, ich sehe, du bist immer noch der schöne Mann, den ich in Erinnerung habe. Wie geht es dir?«

»Fix und fertig. Das Einzige, was mich wieder auf die Beine bringen kann, ist deine gute Küche. Nach dem Duft zu urteilen, stehen meine Heilungschancen aber sehr gut.«

Ein Lächeln erhellte Madame Hulots sonnengebräuntes Gesicht. Sie kam aus der Küche und trocknete sich die Hände an einem Geschirrtuch ab.

»Es ist so gut wie fertig. Nic, biete Frank etwas zu trinken an, während ihr wartet. Ich bin ein bisschen spät dran. Leider habe ich heute eine ganze Menge Zeit damit verloren, Stéphanes Zimmer aufzuräumen. Ich habe ihm schon tausendmal gesagt, er soll versuchen, etwas ordentlicher zu sein, aber da ist nichts zu machen. Jedes Mal, wenn er das Haus verlässt, herrscht in seinem Zimmer das reinste Chaos.«

Mit wehenden Röcken kehrte sie in die Küche zurück. Frank und Nicolas sahen sich an. Ein Schatten von Trauer lag in den Augen des Kommissars und würde wohl niemals ganz daraus verschwinden.

Stéphane, der zwanzigjährige Sohn von Céline und Nicolas Hulot, war einige Jahre zuvor an den Folgen eines Autounfalls gestorben, nachdem er lange Zeit im Koma gelegen hatte. Seitdem weigerte sich Célines Verstand, den Tod des Sohnes zu akzeptieren. Sie war die Frau geblieben, die sie immer gewesen war, freundlich, intelligent und scharfsinnig, ohne irgendetwas von ihrer Persönlichkeit zu verlieren. Sie verhielt sich ganz einfach so, als sei Stéphane immer noch im Haus, statt nur noch ein Foto und ein Name auf dem Grabstein zu sein. Die Ärzte, von denen sie untersucht worden war, hatten Hulot nach einigen Sitzungen achselzuckend geraten, den harmlosen Wahn seiner Frau zu unterstützen, mit dem sie sich wohl vor schwereren psychischen Schäden schütze.

Frank kannte Céline Hulots Problem und hatte sich daran gewöhnt, seit er das erste Mal in Europa gewesen war. Dasselbe hatte Harriet getan, als sie Urlaub an der Côte d'Azur gemacht hatten.

Nach Harriets Tod war die Freundschaft zwischen ihm und Nicolas nur noch tiefer geworden. Ein jeder von ihnen kannte den Schmerz des anderen, und nur dank dieser Bindung hatte Frank seine Einladung, ins Fürstentum Monaco zu kommen, überhaupt angenommen.

Hulot zog sich die Jacke aus und hängte sie an eine Thonet-Garderobe aus gebogenem Buchenholz. Das ganze Haus war mit wertvollen modernen Möbeln eingerichtet, Frucht einer Sammelleidenschaft, die einen auf angenehme Art und Weise in jene Zeit zurückversetzte, in der das Haus gebaut worden war.

Er ging Frank ins Wohnzimmer voraus, das über zwei Glastüren auf eine weitläufige Terrasse sah, von der aus man die gesamte Küste überblicken konnte.

Draußen war bereits der Tisch liebevoll fürs Abendessen gedeckt, mit einem Strauß gelber und blauer Blumen auf einem makellosen Tischtuch. Alles umgab eine einladende Atmosphäre, mit einfachen, aber sorgfältig ausgewählten Dingen, für ein ruhiges Leben ohne Ambitionen. Es gab das unlösbare Band zwischen Nicolas und seiner Frau, der Schmerz über das, was nicht mehr war, die Trauer um das, was hätte sein können, aber niemals sein würde.

Frank konnte es deutlich spüren. Es war ein Seelenzustand, den er nur zu gut kannte, dieses unausweichliche Verlustgefühl an den Orten, die das Leben mit der harten Hand des Schmerzes berührt. Doch seltsamerweise fand Frank, statt zurückzuschrecken, einen gewissen Frieden in den lebendigen Augen von Céline Hulot, die den Mut besessen hatte, den Tod ihres Sohnes zu überleben, indem sie sich in den ruhigen Hafen ihrer unschuldigen Wahnvorstellungen zurückgezogen hatte.

Frank beneidete sie und war sicher, dass ihr Ehemann dasselbe empfand. Für sie waren die Tage keine Nummern, die täglich aus dem Kalender gestrichen wurden, für sie war die Zeit kein unendliches Warten auf jemanden, der niemals mehr kommen würde. Céline lächelte das glückliche Lächeln eines Menschen in einem leeren Haus, der weiß, dass die Menschen, die er liebt, in wenigen Stunden zurückkommen werden.

»Was möchtest du trinken, Frank?«, fragte Hulot.

»Der Duft, der in der Luft liegt, erzählt Geschichten von französischer Küche. Was hältst du von einem französischen Aperitif? Ich würde sogar einen Pastis wagen.«

»Schon geschehen.«

Nicolas ging zu einem Schrank hinüber und begann, mit Gläsern und Flaschen zu hantieren. Frank ging auf die Terrasse hinaus und blieb dort stehen, um die Aussicht zu betrachten. Von hier aus konnte man einen langen Küstenstreifen sehen, die Buchten und Windungen und Vorsprünge, die wie Finger ins Meer hineinragten und auf den Horizont wiesen. Das Abendrot versprach einen weiteren schönen Tag, der ihnen wohl verwehrt war.

Vielleicht hatte die Geschichte ihn endgültig gezeichnet, denn Frank kam der Titel eines Albums von Neil Young in den Sinn, *Rust never sleeps*.

Rost schläft nicht.

Vor seinen Augen lagen all die Farben des Paradieses. Blaues Wasser, grüne Berge umschlossen vom Meer, ein rotgoldener Himmel in einem Sonnenuntergang, so schön, dass er einem das Herz brechen könnte.

Doch hier auf der Erde wandelten sie, die Menschen dieser Erde, den Menschen an hundert anderen Orten gleich, im Krieg um alles Mögliche und nur in einer Sache vereint: dem verzweifelten Versuch, all dies hier zu zerstören.

Wir sind der Rost, der niemals schläft.

Er hörte Nicolas von hinten herankommen, bis er neben ihm stand, zwei Gläser mit einer trüben, milchigen Flüssigkeit in der Hand. Das Eis klingelte gegen das Glas, als Nicolas ihm den Aperitif reichte.

»Nimm und fühl dich für einen oder zwei Schlucke als Franzose, dann kannst du wieder zu dem Amerikaner werden, als den ich dich im Moment brauche.«

Frank führte das Glas an die Lippen, und der scharfe Geruch des Anis stieg ihm in die Nase und füllte seinen Mund mit seinem Geschmack. Sie tranken in aller Ruhe, schweigend, einer neben dem anderen, allein in ihrer fest umrissenen Gestalt standen sie etwas gegenüber, das kein Ende zu nehmen schien. Ein Tag war seit der Entdeckung von Yoshidas Leiche vergangen, und es war nichts passiert. Ein Tag war mit der Jagd auf ein Indiz, eine Spur unnütz vertan worden. Hektische Aktivität wie ein atemloser

Lauf eine Straße entlang, die sich am Horizont dem Blick entzieht. Waffenruhe. Das war es, was sie brauchten. Nur einen kurzen Moment der Ruhe. Doch selbst in diesem Moment, da sie nur sie zwei waren und niemand anderer, gab es etwas, das sie nicht austreiben konnten.

»Was tun wir jetzt, Frank?«

Der Amerikaner ließ sich Zeit und nahm noch einen Schluck.

»Ich weiß es nicht, Nicolas. Ich weiß es wirklich nicht. Wir haben fast nichts in der Hand. Irgendwelche Nachrichten aus Lyon?«

»Die Analyse des ersten Bandes ist abgeschlossen, aber es kamen im Prinzip dieselben Resultate heraus, die uns Clavert schon in Nizza präsentiert hat. Daher befürchte ich dasselbe für das zweite Band. Cluny, der Psychologe, hat gesagt, dass er mir morgen einen Bericht zukommen lässt. Ich habe eine Kopie des Videos weggeschickt, das wir in dem Wagen gefunden haben, um zu sehen, ob nicht doch irgendein Hinweis bei der Vermessung herausspringt, aber wenn es so ist, wie du gesagt hast, werden wir da auch nicht viel gewinnen …«

»Neuigkeiten von Froben?«

»Keine. In Yoshidas Haus haben sie nichts gefunden. Alle Abdrücke in dem Raum, in dem er ermordet wurde, stammen von ihm. Die Fußabdrücke auf dem Boden weisen auf dieselbe Schuhgröße hin wie die auf dem Boot von Jochen Welder, daraus können wir den mageren Trost ziehen, dass der Mörder Schuhgröße dreiundvierzig hat. Die Haare auf dem Sessel sind die des Toten, das Blut ist aus seiner Blutgruppe, Rhesusfaktor Null negativ.«

»Haben deine Leute an dem Bentley irgendetwas entdeckt?«

»Überall dasselbe. Abdrücke von Yoshida im Überfluss und am Lenkrad andere, die wir noch mit denen der Leibwächter, die den Wagen manchmal gefahren haben, vergleichen. Ich habe ein graphologisches Gutachten der Inschrift auf dem Sitz angefordert, aber ich weiß nicht, ob dir aufgefallen ist, dass sie der ersten sehr ähnlich ist. Gleich, würde ich sogar sagen.«

»In der Tat.«

»Das Einzige, was wir haben, ist die Hoffnung, dass er weiterhin bei Jean-Loup Verdier anruft und dass dieser Irre schließlich doch einen Fehler macht, der es uns erlaubt, ihn zu schnappen.«

»Glaubst du, wir sollten diesen Jungen unter Personenschutz stellen?«

»Um Zwischenfällen vorzubeugen hab ich das schon getan. Er hat mich angerufen und mir erzählt, dass sein Haus ständig von Journalisten umlagert ist. Ich habe ihn angefleht, nicht mit ihnen zu sprechen, und habe die Gelegenheit genutzt, um einen Wagen mit zwei Beamten zur Überwachung dort zu postieren. Offiziell haben sie den Auftrag, ihn ins Funkhaus und wieder nach Hause zu begleiten, damit er nicht in ihre Fänge gerät. In Wirklichkeit fühle ich mich sicherer so, auch wenn ich ihm nichts davon gesagt habe, um ihm nicht unnötig Angst einzujagen. Ansonsten bleibt uns wohl nichts anderes übrig, als den Sender ständig zu überwachen, wie wir es ja bereits tun.«

»Gut. Und die Opfer?«

»Da sind wir noch dran, zusammen mit der deutschen Polizei und dem FBI. Wir durchforsten ihre Vergangenheit, aber bis jetzt ist noch nichts dabei herausgekommen. Drei berühmte Personen, zwei Amerikaner und ein Europäer, Menschen mit einem intensiven Lebenswandel, aber sie haben nichts gemeinsam, abgesehen von dem, was wir schon gesagt hatten. Es gibt absolut nichts, das sie verbindet, außer dass sie alle drei in bestialischer Weise vom selben Mörder getötet wurden.«

Frank trank seinen Pastis aus und stellte das Glas auf dem schmiedeeisernen Geländer der Terrasse ab. Er schien beunruhigt.

»Was hast du denn, Frank?«

»Nicolas, kennst du das nicht, dass man etwas im Kopf hat, aber nicht weiß, was? Wenn man sich an etwas erinnern will, was weiß ich, den Namen einer Schauspielerin, den man kennt, der einem aber in diesem Augenblick nicht einfällt, wie sehr man sich auch bemüht?«

»Sicher, das ist mir schon oft passiert. Und in meinem Alter wird das mit der Zeit zur Gewohnheit.«

»Da ist irgendetwas, das ich gesehen, oder irgendetwas, das ich gehört habe. Irgendetwas, an das ich mich erinnern *müsste*, was mir aber einfach nicht einfällt. Und ich drehe noch durch, weil ich das Gefühl habe, es handelt sich um ein wichtiges Detail …«

»Ich hoffe, es fällt dir so schnell wie möglich wieder ein, was auch immer es sein mag.«

Frank drehte sich um und kehrte der wunderbaren Aussicht den Rücken zu, als lenke sie ihn von seinen Gedanken ab. Er lehnte sich mit dem Rücken an das Geländer und verschränkte die Arme über der Brust. Auf seinem Gesicht lag die ganze Müdigkeit einer schlaflosen Nacht und das Fieber der nervösen Energie, die ihn aufrecht hielt.

»Lass uns nochmal schauen, Nicolas. Wir haben einen Mörder, der Musik liebt. Einen Kenner, der vor jedem Mord den DJ einer erfolgreichen Sendung bei Radio Monte Carlo anruft und sein Verbrechen ankündigt. Er hinterlässt einen musikalischen Hinweis, der nicht als solcher erkannt wird, und ermordet unmittelbar danach zwei Menschen, einen Mann und eine Frau. Er hinterlässt sie in einem grauenerregenden Zustand, und die Art und Weise, wie er sie uns finden lässt, spricht von Hohn und Spott. Wie eine Unterschrift unter dem Verbrechen die Inschrift ›Ich töte …‹, in Blut geschrieben. Er hinterlässt keine verwertbaren Spuren. Er ist eiskalt, durchtrieben, gut vorbereitet und erbarmungslos. Cluny spricht von einer überdurchschnittlichen Intelligenz. Ich würde sogar darauf tippen, dass er *sehr viel* intelligenter ist als der Durchschnitt. Und seiner selbst so sicher, dass er uns bei seinem zweiten Telefonat einen weiteren Hinweis liefert, der wieder mit Musik zu tun hat und den wir wieder nicht entschlüsseln können. Und mordet von neuem. Noch viel erbarmungsloser als beim vorigen Mal, unter Umständen, die das Ganze wie eine Urteilsvollstreckung aussehen lassen, eines Urteils jedoch, dessen höhnischer Beigeschmack noch viel deutlicher hervorsticht als beim letzten Mal. Die Audiokassette im Wagen, das Video mit der Aufnahme des Mordes, die Verbeugung, dieselbe Inschrift wie beim vorigen Mal. Keiner der Leichname weist irgendwelche Anzeichen für sexuellen Missbrauch auf, also ist er kein Nekrophiler. Doch allen drei Opfern zieht er vollständig die Kopfhaut ab. Warum? Warum unterzieht er sie dieser Prozedur?«

»Ich weiß es nicht, Frank. Ich hoffe, dass sich in Clunys Bericht irgendein Hinweis darauf findet. Ich habe mir schon den Kopf zerbrochen, aber es gelingt mir nicht einmal, eine einigermaßen plausible Hypothese aufzustellen.«

»Das müssen wir unter allen Umständen herausfinden, Nicolas. Wenn wir das Motiv kennen, aus dem heraus er handelt, dann, da bin ich ganz sicher, wissen wir auch, wer er ist und wo wir ihn finden!«

Célines Stimme unterbrach ihre finsteren Gespräche, finsterer noch als die Dunkelheit, die mittlerweile hereingebrochen war.

»Jetzt wird nicht mehr an die Arbeit gedacht.«

Die Frau stellte mitten auf den Tisch eine große Schüssel, voll mit einem dampfenden Gericht.

»Bitte schön, *bouillabaisse.* Zwar nur ein Eintopf, dafür aber mehr als reichlich. Frank, wenn du nicht mindestens zweimal nimmst, fasse ich das als persönliche Beleidigung auf. Nicolas, würdest du dich bitte um den Wein kümmern?«

Frank bemerkte, dass er Hunger hatte. Angesichts der Fischsuppe von Madame Hulot schienen die Brötchen, die sie, fast ohne irgendetwas davon zu schmecken, im Büro gegessen hatten, nur noch eine ferne Erinnerung. Er setzte sich an den Tisch, entfaltete die Serviette und legte sie sich auf den Schoß.

»Es heißt ja, die wahre Kultur eines Volkes zeige sich in seinem Essen. Wenn das stimmt, dann würde ich sagen, dass deine *bouillabaisse* unsterbliche Gedichte deklamiert.«

Céline lächelte, das Lächeln erhellte ihr schönes, dunkles, mediterranes Gesicht. Die feinen Fältchen um die Augen verstärkten seine Anziehungskraft eher, als sie zu mindern.

»Du bist ein übler Schmeichler, Frank Ottobre. Trotzdem ist es schön, das zu hören.«

Hulot musterte Frank über den bunten Blumenstrauß in der Mitte des Tisches hinweg. Er wusste, was in ihm vorging, und dennoch gelang es ihm, aus Zuneigung zu Céline und zu ihm so ungekünstelt höflich und freundlich zu sein, wie es nur wenigen

Menschen auf der Welt gegeben war. Er wusste nicht, was Frank suchte, doch er wünschte ihm, was auch immer es war, es bald zu finden und damit auch ein wenig Frieden.

»Du bist ein Goldjunge, Frank«, sagte Céline und hob ihr Glas, um ihm zuzuprosten. »Und deine Frau kann sich glücklich schätzen. Es tut mir so Leid, dass sie dieses Mal nicht mitgekommen ist. Aber wir werden das beim nächsten Mal wiederholen. Du wirst mit ihr einen Bummel durch die Geschäfte machen, damit sie ein großes Loch in dein Konto reißen kann.«

Frank verzog keine Miene und behielt sein Lächeln auf den Lippen. Nur ein Schatten lief blitzschnell über sein Gesicht, doch er löste sich in der Wärme dieser Tischrunde sofort wieder auf. Er hob das Glas und beantwortete Célines Trinkspruch.

»Sicher. Mir scheint klar, dass du es nicht ernst meinst. Du bist die Frau eines Polizisten und weißt, dass spätestens nach dem dritten Paar Schuhe der Tatbestand der arglistigen Täuschung erfüllt ist.«

Céline lächelte erneut, und der Moment ging vorüber. Eins nach dem anderen waren die Lichter der Küste angegangen und zogen in der Nacht die Grenze zwischen Land und Meer. Sie blieben hier, um ein wunderbares Gericht zu verspeisen und guten Wein zu trinken, auf einer Terrasse, die sich in die Dunkelheit schmiegte, und nur ein bernsteinfarbenes Licht markierte den Übergang zwischen ihnen und der Finsternis.

Sie waren zwei Männer, zwei Wachtposten einer kriegerischen Welt, wo die Menschen sich umbrachten und starben, und sie wurden für diese Stunde von einer Frau, die den Frieden gefunden hatte, in eine freundliche Welt gezogen, in der es den Tod nicht gab.

23

Frank blieb auf dem kleinen Marktplatz von Eze stehen, neben dem Schild, das die Ankunft eines Taxis verhieß. Auf dem für Taxen reservierten Parkplatz war jedoch kein einziger Wagen zu sehen. Er blickte sich um. Obwohl bald Mitternacht war, herrschte noch reges Treiben. Der Sommer stand vor der Tür, und die Touristen begannen, die Küste zu überfluten, auf der Jagd nach all den pittoresken Winkeln, die sie auf ein Filmröllchen gebannt mit nach Hause nehmen konnten.

Er sah eine dunkle Limousine langsam über den Platz rollen und auf ihn zuhalten. Auf seiner Höhe blieb der Wagen stehen. Die Fahrertür ging auf, und ein Mann stieg aus. Er war mindestens eine Handbreit größer als Frank und kräftig gebaut, jedoch geschmeidig in seinen Bewegungen. Sein Gesicht war kantig, und seine hellen Haare militärisch kurz geschoren. Der Mann ging um die Wagenschnauze herum und blieb vor ihm stehen. Ohne irgendeinen sichtbaren Anhaltspunkt beschlich Frank das Gefühl, dass er unter seiner gut geschnittenen Jacke eine Pistole trug. Er wusste nicht, wer der Typ war, aber er wusste sofort, dass er gefährlich war.

Der Mann sah ihn aus braunen, ausdruckslosen Augen an. Frank schätzte, dass er mehr oder weniger in seinem Alter war, vielleicht ein paar Jahre älter.

»Guten Abend, Mister Ottobre«, sprach er ihn auf Englisch an.

Frank ließ sich keine Überraschung anmerken. Für einen Moment drückte sich Anerkennung in den Augen des Mannes aus, doch er fand sofort zur Neutralität zurück.

»Guten Abend. Wie ich sehe, kennen Sie meinen Namen bereits.«

»Ich bin Ryan Mosse und Amerikaner wie Sie.«

Frank meinte, einen texanischen Akzent herauszuhören.

»Angenehm.«

Die Antwort enthielt eine Frage. Mosse wies mit der Hand auf das Auto.

»Wenn Sie so freundlich wären, eine Fahrgelegenheit nach Monte Carlo anzunehmen, im Wagen sitzt jemand, der gern mit Ihnen sprechen würde.«

Ohne eine Antwort abzuwarten, machte er sich daran, die hintere Tür auf seiner Seite zu öffnen. Frank sah auf dem gegenüberliegenden Sitz eine zweite Person im Fond des Autos sitzen. Er bemerkte, dass sie eine dunkle Hose trug, konnte jedoch das Gesicht nicht erkennen.

Frank sah Mosse direkt in die Augen. Auch er konnte gefährlich werden, und es war gut, wenn der andere das wusste.

»Gibt es irgendeinen besonderen Grund, aus dem ich Ihre Einladung annehmen sollte?«

»Der erste wäre, dass Sie auf diese Weise um einen Spaziergang von einigen Kilometern Länge bis zu sich nach Hause herumkämen, angesichts der Tatsache nämlich, dass es eher schwierig sein dürfte, um diese Zeit noch ein Taxi zu ergattern. Der zweite wäre, dass die Person, die gern mit Ihnen sprechen würde, General der US-Army ist. Der dritte wäre, dass Sie Unterstützung bei der Lösung eines Problems bekommen könnten, das Ihnen im Moment sehr am Herzen liegt …«

Ohne sich auch nur die geringste Regung anmerken zu lassen, trat Frank zur Tür und stieg in den Wagen. Der Mann, der im Fond saß, war älter, schien ansonsten jedoch ein genaues Abbild des anderen zu sein. Auf Grund des Alters war er ein bisschen schwerer, doch er strahlte dieselbe Kraft aus. Das vollständig weiße, aber noch dichte Haar hatte denselben militärischen Schnitt. In der schummrigen Beleuchtung des Autos sah Frank sich von einem Paar blauer Augen gemustert, die seltsam jung aus einem sonnengebräunten Gesicht voller Falten hervorlugten. Sie erinnerten ihn an die von Homer Woods, seinem Chef. Er dachte, dass er sich nicht wundern würde, wenn dieser Mann behauptete, sein Bruder zu sein. Er trug ein helles Hemd mit offenem Kragen und aufgekrempelten Ärmeln. Auf dem Vordersitz bemerkte Frank eine Jacke in derselben Farbe wie die der Hose.

Von draußen schloss Mosse die Tür.

»Guten Abend, Mister Ottobre. Darf ich Sie Frank nennen?«

»Fürs Erste denke ich, dass Mister Ottobre besser passt. Monsieur …?« Frank sagte das Wort absichtlich auf Französisch.

Das Gesicht des Mannes öffnete sich zu einem Lächeln.

»Ich sehe, dass die Informationen, die man mir über Sie geliefert hat, der Wahrheit entsprechen. Du kannst losfahren, Ryan.«

Mosse war in der Zwischenzeit hinters Steuer zurückgekehrt.

Der Wagen fuhr sanft an, und der Alte wandte sich erneut an Frank.

»Entschuldigen Sie die etwas rüde Art, mit der wir Sie abgefangen haben. Ich heiße Nathan Parker und bin General der Armee der Vereinigten Staaten.«

Frank ergriff die Hand, die ihm entgegengestreckt wurde. Der Händedruck des Mannes war trotz seines Alters fest und entschieden. Frank konnte sich vorstellen, dass er täglich trainierte, um diesen Körper und diese Kraft zu erhalten. Er wartete schweigend.

»Und ich bin der Vater von Arijane Parker.«

Die Augen des Generals suchten in Franks Blick nach einem Moment der Überraschung und fanden es nicht. Er schien zufrieden. Er lehnte sich zurück und schlug die Beine übereinander.

»Sie können sich sicher denken, was ich hier mache.«

Einen Augenblick wandte er den Blick ab, als beobachte er etwas draußen vor dem Fenster. Was auch immer es war, wahrscheinlich sah nur er es.

»Ich bin gekommen, um den Körper meiner Tochter in einen Sarg zu legen und ihn nach Amerika zu überführen. Den Körper einer Frau, dem irgendjemand die Haut abgezogen hat wie einem Schlachttier.«

Nathan Parker wandte sich wieder ihm zu. Im trüben Licht der Wagen, die ihnen entgegenkamen, konnte Frank das Glitzern in seinen Augen sehen. Er fragte sich, ob es eher Wut oder Schmerz war.

»Ich weiß nicht, ob Sie jemals einen teuren Menschen verloren haben, Mister Ottobre ...«

Auf einmal hasste Frank diesen Mann. Sicher war unter den Informationen, die er über ihn bekommen hatte, auch die Geschichte mit seiner Frau gewesen. Es war ihm klar, dass er sie nicht als gemeinsamen Schmerz mit ihm teilen wollte, sondern schlicht als Ware in einem Handel ansah. Parker fuhr fort, als sei nichts gewesen.

»Ich bin nicht gekommen, um meine Tochter zu beweinen. Ich bin Soldat, Mister Ottobre. Ein Soldat weint nicht. Ein Soldat sucht Rache.«

Die Stimme des Generals war ruhig, doch es schwang eine tödliche Wut mit.

»Kein irrer Hurensohn kann tun, was er getan hat, und hoffen, ungestraft davonzukommen.«

»Es gibt Leute, die aus demselben Grund an dem Fall arbeiten«, antwortete Frank ruhig.

Nathan Parker fuhr zu ihm herum.

»Frank, abgesehen von Ihnen, wüsste doch keiner von denen, wo er ein Zäpfchen einführen müsste, selbst wenn man ihnen eine Zeichnung anfertigen würde. Und außerdem wissen Sie doch sehr gut, wie die Dinge in Europa laufen. Ich will nicht, dass dieser Mann gefangen genommen, unter dem Vorwand einer Geisteskrankheit in ein Institut gesperrt und vielleicht schon nach ein paar Jahren, womöglich unter tausend Entschuldigungen, wieder freigelassen wird.«

Er machte eine kleine Pause und sah wieder aus dem Fenster. Der Wagen war am Fuß der Straße, die von Eze Village hinunterführt, angelangt und bog nach links in die untere Küstenstraße Richtung Monte Carlo ein.

»Ich möchte Ihnen Folgendes vorschlagen: Wir stellen ein Team aus fähigen Leuten zusammen und führen die Ermittlungen auf eigene Faust fort. Ich kann jede Unterstützung bekommen, die ich will. FBI, Interpol, sogar die CIA, wenn es sein muss. Ich kann Männer herkommen lassen, die mindestens so gut, wenn nicht besser ausgebildet sind als jeder Polizist. Flinke Burschen, die keine Fragen stellen, die gehorchen und Schluss. Sie könnten den Befehl über diese Gruppe erhalten ...«

Er nickte mit dem Kopf zu dem Mann am Steuer hinüber.

»Captain Mosse wird mit Ihnen zusammenarbeiten. Ihr werdet so lange ermitteln, bis ihr ihn geschnappt habt. Und wenn ihr ihn geschnappt habt, werdet ihr ihn mir ausliefern.«

Mittlerweile war der Wagen in der Stadt angekommen. Sie hatten den Jardin Exotique links liegen gelassen, nachdem sie in den Boulevard Charles III eingebogen waren. Über die Rue Princesse Caroline gelangten sie an den Hafen.

Der alte Soldat sah durchs Fenster hinüber zu der Stelle, an der man den verwüsteten Körper seiner Tochter entdeckt hatte. Seine Augen verengten sich, als habe er Schwierigkeiten, bis dorthin zu sehen. Frank dachte, dass es nichts mit seinem Sehvermögen zu tun hatte, sondern eine instinktive Geste war, diktiert von der rasenden Wut, die in diesem Mann kochte. Parker fuhr fort, ohne sich umzudrehen. Vielleicht konnte er seine Augen nicht vom Hafen losreißen, wo die erleuchteten Schiffe ruhig auf den Wellen schaukelten und auf einen weiteren Tag am Meer warteten.

»Hier haben sie Arijane gefunden. Sie war schön wie die Sonne und hatte ein Hirn allerersten Ranges. Sie war wirklich ein kluges Mädchen. Eine Rebellin, anders als ihre Schwester, aber ein kluges Mädchen. Wir waren nicht oft einer Meinung, aber wir haben uns respektiert, weil wir uns ähnlich waren. Und sie haben sie mir umgebracht wie ein Tier.«

Die Stimme des Soldaten zitterte leicht. Frank schwieg weiterhin und überließ den Vater von Arijane Parker seinen Gedanken.

Der Wagen streifte den Hafen und hielt auf die Mündung des Tunnels zu. Die gelben Lichter der Unterführung verliehen ihren Gesichtern eine unnatürliche Farbe.

Erst als sie in Larvotto wieder ins Freie und in die Nacht zurückkehrten und der Wagen in die Rue du Portier einbog, brach der Alte schließlich das Schweigen.

»Also, was meinen Sie dazu, Frank? Ich bin ein persönlicher Freund von Johnson Fitzpatrick, dem Direktor des FBI. Und falls nötig, kann ich noch viel höher gehen. Ich garantiere Ihnen, dass Sie es nicht bereuen werden, wenn Sie auf meinen Vorschlag eingehen. Ihre Karriere könnte sich merklich beschleunigen. Wenn es Geld ist, wofür Sie sich interessieren, kein Problem. Ich kann Ihnen so viel bieten, dass Sie sich für den Rest Ihres Lebens keine Sorgen mehr machen müssen. Denken Sie daran, hier geht es nicht nur um Rache, es geht um Gerechtigkeit.«

Frank schwieg, wie er während der ganzen Rede General Parkers geschwiegen hatte. Auch er ergriff jetzt die Gelegenheit, ein wenig aus dem Fenster zu sehen. Das Auto bog gerade in den Boulevard des Moulins ein. Bald würden sie rechts die kurze Steigung hinauffahren, die zum Parc Saint-Roman führte. Unter all den Dingen, die sie von ihm wussten, war sicher auch seine Adresse.

»Sehen Sie, General, es ist nicht immer alles so einfach, wie es scheint. Sie tun so, als hätten alle Menschen einen Preis. Um ehrlich zu sein, ich denke da wie Sie. Alles hat seinen Preis. Sie haben nur einfach meinen nicht begriffen.«

Die kalte Wut in den Augen des Generals leuchtete stärker als die Lichter am Eingang des Hochhauses.

»Sie brauchen mir gegenüber nicht den tadellosen, furchtlosen Helden mit weißer Weste zu spielen, Mister Ottobre …«

Dieses »Mister Ottobre«, mit tonloser Stimme gezischt, hallte bedrohlich im Inneren des Wagens wider.

»Ich weiß sehr gut, wer Sie sind. Wir sind aus demselben Holz geschnitzt, wir zwei.«

Der Wagen kam geräuschlos vor dem gläsernen Eingang des Parc Saint-Roman zum Stehen. Frank öffnete die Tür und stieg aus. Er blieb, auf den Türflügel gestützt, draußen stehen. Er beugte sich herunter, so dass ihn der andere aus dem Inneren heraus sehen konnte.

»Vielleicht, General Parker. Aber nicht vollständig. Da Sie anscheinend alles über mich wissen, wissen Sie sicher auch vom Tod meiner Frau. Ja, ich weiß sehr gut, was es heißt, einen lieben Menschen zu verlieren. Ich weiß, was es bedeutet, mit den Gespenstern zu leben. Vielleicht stimmt es, dass wir aus demselben Holz geschnitzt sind. Es gibt nur einen Unterschied zwischen Ihnen und mir. Als ich meine Frau verlor, habe ich geweint. Wahrscheinlich bin ich kein Soldat.«

Frank schloss vorsichtig die Wagentür und trat einen Schritt zurück. Der Alte senkte einen Moment den Blick und suchte nach einer Antwort. Als er ihn wieder hob, war Frank Ottobre verschwunden.

24

Gleich nach dem Aufwachen, ohne auch nur aufzustehen, wählte Frank die Nummer von Coopers Büro in Washington. Er hoffte, ihn trotz des Zeitunterschieds noch dort anzutreffen. Beim zweiten Klingeln hob er ab.

»Cooper Danton.«

»Hi, Cooper, ich bin's, Frank.«

Wenn Cooper überrascht war, ließ er es sich nicht anmerken.

»Hi, altes Haus. Wie geht's?«

»Scheiße.«

Cooper sagte nichts. Der Ton in Franks Stimme war nicht wie sonst. Entgegen seiner Antwort enthielt sie im Vergleich zum letzten Anruf eine neue Vitalität. Schweigend wartete er ab.

»Sie haben mir hier in Monaco einen Fall mit einem Serienkiller aufgedrückt. Total verrückt.«

»Ja, ich hab in der Zeitung davon gelesen. Auf CNN kam auch mal etwas. Aber Homer hat mir nichts davon gesagt, dass du damit zu tun hast. Eine schlimme Sache, sagst du?«

»Viel schlimmer, Cooper. Wir jagen einem Schatten hinterher. Dieser Irre scheint aus Luft zu bestehen. Keine Spuren. Keine Indizien. Und dazu verarscht er uns noch. Wir stehen wirklich beschissen da. Und wir haben schon drei Tote.«

»Ich seh schon, bestimmte Dinge passieren auch im alten Europa, nicht nur in Amerika.«

»Tja, so wie's aussieht, haben wir da keine Exklusivrechte drauf ... Wie läuft es bei euch?«

»Wir sind immer noch an dem Larkin-Fall dran. Jeff ist tot, und niemand trauert ihm nach. Osmond ist kaltgestellt, redet aber nicht. Wir haben jedoch einige vielversprechende Spuren. Ein Weg scheint nach Südostasien zu führen, neue Handelswege für Drogen. Wir sind dabei, genauer hinzusehen, was da vor sich geht.«

»Cooper, du müsstest mir einen Gefallen tun.«

»Was immer du willst.«

»Ich bräuchte Informationen über einen gewissen General Parker und Captain Mosse, US-Army.«

»Parker, hast du gesagt? Nathan Parker?«

»Ja, genau der.«

»Hmmm, ein dicker Fisch. Und dick ist vielleicht noch untertrieben. Der Kerl ist eine lebende Legende. Vietnamheld, strategischer Kopf hinter dem ersten Golfkrieg und der Intervention im Kosovo. So was in der Art. Er gehört zum Generalstab, ist sehr nah am Weißen Haus. Und ich kann dir garantieren, wenn er etwas zu sagen hat, hören alle zu, der Präsident eingeschlossen. Was hast du mit Nathan Parker zu schaffen?«

»Eines der Opfer war seine Tochter. Und er ist mit dem Messer zwischen den Zähnen hergekommen, weil er der Polizei hier nicht traut. Ich fürchte, er stellt gerade einen Suchtrupp für seinen eigenen kleinen Privatkrieg zusammen.«

»Wie hast du noch gesagt, heißt der andere?«

»Mosse, Captain Ryan Mosse.«

»Den kenne ich nicht. Ich mache mich auf jeden Fall schlau und sehe, was ich herausfinden kann. Wie lasse ich dir das Dossier zukommen?«

»Ich habe einen privaten E-Mail-Zugang hier in Monaco. Ich sende dir gleich eine Mail, dann hast du die Adresse. Schick mir besser nichts ins Polizeipräsidium, denn das ist eine Angelegenheit, die ich lieber aus der offiziellen Untersuchung heraushalten würde. Wir haben schon zu viele Komplikationen. Diese Geschichte geht nur mich was an.«

»In Ordnung, ich mach mich gleich an die Arbeit.«

»Ich danke dir, Cooper.«

»Ich bitte dich. Für dich mach ich doch alles. Frank …«

»Ja?«

»Ich freu mich für dich.«

Frank wusste genau, was sein Freund sagen wollte. Und er mochte ihm die Illusion nicht nehmen.

»Ich weiß, Cooper. Mach's gut.«

»Hals- und Beinbruch, Frank.«

Er beendete das Gespräch und legte das schnurlose Telefon

aufs Bett. Er stand auf und ging nackt wie er war direkt ins Bad. Er vermied es, sein Spiegelbild anzusehen. Er öffnete die Duschkabine und drehte das Wasser auf. Er stieg hinein und hockte sich auf den Boden, spürte, wie das eiskalte Wasser auf seinen Kopf und seine Schultern prasselte. Er schauderte und wartete auf die Erleichterung, wenn der Wasserstrahl allmählich wärmer wurde. Dann stand er auf und seifte sich ein. Während das Wasser den Schaum wegspülte, versuchte er, seinen Geist zu öffnen. Versuchte aufzuhören, er selbst zu sein, versuchte, der andere zu werden, jener ohne Form und ohne Gesicht, der irgendwo auf der Lauer lag.

Eine Idee bahnte sich ihren Weg.

Wenn zutraf, was er vermutete, dann war Arijane Parker eines der unglücklichsten Mädchen der Welt gewesen. Er fühlte Bitterkeit in sich aufsteigen. Ein unnützer Tod, außer im verdrehten Hirn des Mörders.

Er drückte den Arm der Mischbatterie herunter, und der Wasserstrahl versiegte. Einen Augenblick blieb er tropfend stehen und sah zu, wie das Wasser in einem kleinen Strudel im Abfluss verschwand.

Ich töte …

Drei Punkte, drei Tote. Und es war noch nicht zu Ende. Und irgendwo in seinem Kopf war etwas, das er verzweifelt ans Licht zu bringen versuchte, irgendeine Kleinigkeit, die, eingeschlossen in einem dunklen Zimmer, heftig gegen eine verriegelte Tür hämmerte und versuchte, sich bemerkbar zu machen.

Er stieg aus der Duschkabine und nahm das Handtuch vom Haken. Im Geist ging er noch einmal seine Schlussfolgerungen durch. Es gab keine Sicherheit, aber eine durchaus plausible Hypothese. Und sie grenzte die Ermittlungen zu den Opfern ein. Noch wussten sie nicht, warum, wussten nicht, wie und wann, doch sie konnten zumindest vermuten, *wer*.

So war es. So war es auf jeden Fall.

Er verließ das Bad, durchquerte im Halbdunkel das Schlafzimmer, gelangte in einen kleinen Salon, der durch eine Terrassentür Licht bekam, und ging zum Arbeitszimmer seines Gastgebers hinüber, in dem ein Computer stand. Er setzte sich an den Schreibtisch, hob die Schutzhülle ab und schaltete den Rechner an. Er brauchte einen Moment, um sich mit der französischen Tastatur vertraut zu machen, dann wählte er sich ins Internet ein. Zum Glück war Ferrand, sein Vermieter, jemand, der nichts zu verbergen hatte, zumindest nicht auf diesem Computer, und hatte ihm die Passwörter gegeben. Er schickte Cooper eine Nachricht mit seiner E-Mail-Adresse, damit er ihm die benötigten Informationen zukommen lassen konnte. Dann schaltete er den Rechner wieder aus und begann, sich anzuziehen, während er im Kopf seine Überlegungen weiter herumwälzte und sie von allen Seiten betrachtete, um zu sehen, ob sie wasserdicht waren. Gerade als er am Tischchen vorbeikam, begann das Telefon zu klingeln.

Er nahm den Hörer in die Hand und ging dran.

»Hallo?«

»Frank, hier ist Nicolas.«

»Du, ich wollte dich gerade anrufen. Mir ist eine Idee gekommen, nichts Besonderes, aber es könnte ein Ausgangspunkt sein.«

»Was denn?«

»Ich glaube, ich habe verstanden, welches Ziel unser Mann verfolgt.«

»Soll heißen?«

»Es sind die Männer, die ihn interessieren. Jochen Welder und Allen Yoshida. Die beiden waren seine eigentlichen Opfer.«

»Und wie passt Arijane Parker da hinein?«

»Die Ärmste war nur das Versuchskaninchen. Bei ihr hat er es das erste Mal getan. Dieser Wahnsinnige brauchte jemanden, um zu üben, bevor er sich seiner wahren Aufgabe, nämlich dem Kopf von Jochen Welder, widmen konnte.«

Das Schweigen am anderen Ende der Leitung ließ vermuten, dass Hulot darüber nachdachte. Wenig später erklang seine Stimme.

»Wenn es so wäre, wenn wir die Frauen ausschließen, dann verringert sich der Kreis der möglichen Opfer …«

»Ja, Nicolas, Männer um die dreißig, fünfunddreißig Jahre, berühmt und gut aussehend. Das ist nichts Großartiges, aber es scheint mir doch ein schöner Schritt nach vorn zu sein. Es gibt nicht tausende von Menschen, auf welche diese Kriterien zutreffen.«

»Zumindest eine Hypothese, über die es sich lohnt nachzudenken.«

»Auch, weil wir im Moment keine bessere haben. Darf ich erfahren, warum du angerufen hast?«

»Frank, wir kriegen Ärger. Hast du schon Zeitung gelesen?«

»Nein.«

»Es gibt nicht eine Tageszeitung in ganz Europa, die diese Sache nicht auf der ersten Seite hat. Von überall her sind die Truppen im Anmarsch. Roncaille und Durand sind ganz offiziell auf dem Kriegspfad. Sie müssen mächtig Druck bekommen haben, vom Innenminister bis zum Prinzen persönlich.«

»Kann ich mir vorstellen. Allen Yoshida war schließlich nicht irgendwer.«

»Genau. Und deshalb ist die Hölle losgebrochen. Roncaille hat mir gesagt, dass sich der Konsul der Vereinigten Staaten in Marseille eingeschaltet hat, im Namen eurer Regierung. Wenn wir nicht bald etwas vorlegen, wird mein Kopf in ernste Gefahr geraten, fürchte ich. Und wir haben ein Problem ...«

»Welches denn?«

»Jean-Loup Verdier. Ihm sind die Nerven durchgegangen. Vor seinem Haus sammelt sich eine ganze Meute von Reportern, die da praktisch übernachten. Dasselbe spielt sich vor dem Sender ab. Bikjalo freut sich wie ein Schneekönig. Sie haben Einschaltquoten wie die Formel 1. Jean-Loup dagegen hat, glaube ich, kalte Füße bekommen und will die Sendung einstellen.«

»Um Himmels willen, das darf er nicht. Er ist der einzige Kontakt, den wir zum Mörder haben.«

»Ich weiß das, und du weißt das. Aber versuch das mal ihm zu erklären. Ich habe versucht, mich in ihn hineinzuversetzen, und kann es ihm nicht verdenken.«

»Wir können uns nicht erlauben, ihn zu verlieren. Wenn dieser Irre keinen Ansprechpartner mehr hat, kann es sein, dass er sich entscheidet, überhaupt nicht mehr anzurufen. Er wird nicht aufhören zu morden, aber wir werden nicht mal mehr den kleinsten Hinweis bekommen. Und wenn er einen anderen sucht, vielleicht bei einem anderen Sender oder wer weiß wo sonst, dann brauchen wir wieder Zeit, bis wir alles unter Kontrolle haben. Und das bedeutet noch mehr Tote.«

»Wir müssen mit ihm reden, Frank. Und mir wäre es lieber, wenn du es tun würdest.«

»Warum?«

»Meiner Meinung nach hast du mehr Einfluss auf ihn als ich. Es ist zwar komisch, aber das Wort FBI macht irgendwie mehr her als Sûreté Publique.«

»In Ordnung, ich ziehe mich nur schnell an und komme.«

»Ich schicke dir einen Wagen. Wir sehen uns dann bei Jean-Loup.«

»Okay.«

Noch während ihrer letzten Worte hatte sich Frank auf den Weg ins Schlafzimmer begeben. Er suchte ein legeres Hemd und eine ebensolche Hose aus, zog sich Strümpfe und Schuhe an und schlüpfte in eine leicht gefütterte Jacke. Er stopfte alles, was er am Abend zuvor auf den Nachttisch gelegt hatte, wahllos in die Taschen seiner Jacke und überlegte derweil, wie er die Sache mit Jean-Loup Verdier anfangen sollte. Der machte sich in die Hosen und das war nur allzu verständlich. Sie mussten irgendeinen Weg finden, um diesen Jungen zu überzeugen. Er merkte, dass er von Jean-Loup immer als »diesem Jungen« dachte, obwohl er doch, bei Licht betrachtet, nur ein paar Jahre jünger war als er.

Frank fühlte sich um viele Jahre älter. Mit Sicherheit alterte man als Polizist schneller. Manche Leute wurden vielleicht schon alt geboren und merkten es erst, wenn sie mit irgendjemandem in Kontakt kamen, der sich im Einklang mit der Zeit entwickelt hatte. Gab es so etwas, dann war die Wahrscheinlichkeit groß, dass der gewöhnliche Zeitfaden für Jean-Loup auf einen Schlag gerissen war.

Er trat in den Flur hinaus und rief den Aufzug. Während er auf ihn wartete, schloss er die Wohnungstür ab. Hinter ihm öffneten sich lautlos die Aufzugtüren und ließen einen hellen Streifen Licht ins Halbdunkel des Flures fallen.

Er ging hinein und drückte den Knopf fürs Erdgeschoss. Sie würden ihn kriegen, da war er sich sicher. Früher oder später würde er einen Fehler machen, und sie würden ihn schnappen. Die Frage war nur, wie viele Opfer mit grauenhaft verunstaltetem Kopf es bis dahin noch geben würde.

Der Aufzug kam mit einem leichten Nachfedern zum Stehen, und die Türen öffneten sich zu dem eleganten, in Marmor gehaltenen Eingangsbereich des Parc Saint-Roman. Frank ging hinaus und sah auf der linken Seite durch die Glastür schon ein Polizeiauto auf ihn warten.

Wahrscheinlich war es schon in der Gegend gewesen, sonst hätten sie nie so schnell kommen können. Der Portier erblickte ihn und winkte ihm aus dem Pförtnerhäuschen zu. Frank ging zu ihm hinüber.

»Guten Morgen, *Monsieur Octobre*«, sagte er, seinen Namen französisch aussprechend.

»Guten Morgen.«

Der Mann reichte ihm einen weißen Umschlag ohne Absender, ohne Briefmarken, auf dem nur, handgeschrieben mit einem Füllfederhalter, sein Name stand.

»Das ist gestern für Sie abgegeben worden, gestern Abend, nachdem Sie nach Hause gekommen waren.«

»Danke, Pascal.«

»Keine Ursache. Stets zu Diensten, M'sieur.«

Frank nahm den Umschlag und öffnete ihn. Darin war ein Blatt Papier, dreifach gefaltet. Er zog es heraus und las die Botschaft, die in einer nervösen, aber sauberen Schrift geschrieben war.

Nur Kleingeister ändern ihre Meinung nie. Bitte enttäuschen Sie meine Meinung über Ihr wahres Kaliber nicht. Ich brauche Ihre Hilfe, und Sie können die meine gebrauchen. Ich gebe Ihnen meine Adresse hier an der Küste und einige Telefonnummern, unter denen Sie mich erreichen können.

Nathan Parker.

Unten auf der Seite standen eine Adresse und zwei Telefonnummern. Während er in das Polizeiauto stieg, kam Frank nicht umhin zu denken, dass von nun an mindestens zwei blutrünstige Wahnsinnige da draußen unterwegs waren.

25

Der Polizeiwagen verließ Monte Carlo und nahm die Straße, die den Berg hinauf nach Beausoleil führte und zur A 8, der Autobahn zwischen Monaco und Nizza. Frank, der auf dem Rücksitz saß, öffnete das Fenster und ließ frische Luft herein. Noch einmal las er General Parkers Botschaft, dann steckte er den Brief in seine Jackentasche. Er sah wieder aus dem Fenster hinaus. Die Welt zog an seinen Augen vorüber wie eine Folge undeutlicher, bunter Flecken.

Parker war eine unnötige Komplikation. Selbst wenn sein Vorhaben ausschließlich privater Natur war, so repräsentierte dieser Mann doch die Macht, und zwar keine geringe. Seine Absichtserklärung war kein leeres Gerede, so viel war klar. Ganz im Gegenteil. Ihm standen tatsächlich all die Mittel zur Verfügung, von denen er gesprochen hatte.

Und das bedeutete, dass zusätzlich zu den Polizeikräften noch Männer unterwegs waren, die wesentlich weniger Skrupel in ihren Ermittlungsmethoden hatten. Sie mussten verdeckt arbeiten, gewiss, aber sie waren keinerlei gesetzlichen Beschränkungen unterworfen und deshalb vielleicht wesentlich effizienter.

Die Tatsache, dass er sich im begrenzten und schwierigen Umfeld des Fürstentums Monaco bewegte, würde Nathan Parker in seinem Rachefeldzug nicht aufhalten. Er war zu alt und zu entschlossen, um sich Sorgen wegen der Folgen für seine Karriere zu machen. Und wenn die Dinge so lagen, wie Cooper gesagt hatte, war er einflussreich genug, um die Männer zu decken, die ihm zur Seite standen. Mehr noch, wenn er den Mörder tatsächlich fangen sollte, würde die Presse eine Romanze daraus machen, würde seine, des gramgebeugten Vaters Suche nach Gerechtigkeit rühmen und seinen Erfolg, wo alle anderen versagt hatten. Er würde ein Held werden und infolgedessen unberührbar. Die Vereinigten Staaten brauchten dringend Helden im Moment. Die öffentliche Meinung und die Regierung würden ihn mit allen Mitteln schützen. Die Autoritäten des Fürstentums hätten eine Weile daran zu kauen, würden den Brocken jedoch früher oder später schlucken müssen. *Game over.*

Und dann war da noch Jean-Loup. Noch so eine heiße Kartoffel.

Er musste einen Weg finden, seine Entscheidung, die er ihm nicht übel nehmen konnte, zu revidieren. Die Popularität, die man durch eine erfolgreiche Radiosendung erringt, ist eine Sache, eine andere Sache ist es, in die Klatschspalten zu kommen, weil man zum Hauptbezugspunkt eines Mörders erkoren worden war. Das waren Extreme, die jedermanns Nerven zum Reißen bringen konnten. Jean-Loup war durch und durch ein Mann der Medien. Er hatte einen Kopf und wusste ihn zu gebrauchen. Er war, zumindest hatte er bisher nicht diesen Eindruck auf ihn gemacht, keine von diesen geschminkten, hirnlosen Marionetten aus dem Showbusiness, auf die er auch schon getroffen war. Aber er hatte jedes Recht der Welt, verängstigt zu sein.

Scheußliche Sache. Und die Zeit lief ihnen rasch davon, Minute für Minute verstrich auf einer Stoppuhr, die irgendwelche Autoritäten des Fürstentums in der Hand hielten und nicht aus den Augen ließen.

Der Wagen verlangsamte kurz vor einem Haus auf der rechten Straßenseite seine Fahrt. Das Gebäude war halb in den Hang hineingebaut. Von der Straße aus hinter einer Reihe von Zypressen verborgen, sah man nur das Dach hervorlugen, dessen Ausrichtung einen Blick über ganz Monte Carlo vermuten ließ. Die Aussicht musste fantastisch sein. Es gab keinen Zweifel, dass es sich um das Haus des Moderators handelte. Auf der Straße parkten zahlreiche Autos, und auch ein paar Kleinbusse mit den Logos verschiedener Fernsehanstalten waren zu sehen. Ein kleines Rudel von Journalisten und Klatschreportern belagerte das Haus. Etwas dahinter befand sich auch ein Wagen der Polizei.

Als sie ankamen, entstand Unruhe unter den Journalisten. Der Polizist auf dem Beifahrersitz griff zum Funkgerät.

»Ducrosse hier. Wir kommen jetzt.«

Das schmiedeeiserne Gittertor kurz hinter der Kurve begann sich zu öffnen. Während der Wagen abbremste und hindurchfuhr, kamen die Journalisten näher, um zu sehen, wer darin saß. Zwei Polizisten stiegen aus dem parkenden Auto, um sie daran zu hindern, dem Wagen hineinzufolgen.

Sie fuhren eine steile, mit Bremsschwellen gepflasterte Einfahrt hinunter und fanden sich in dem kleinen Vorhof vor dem Rolltor der Garage wieder. Nicolas Hulot war bereits eingetroffen und erwartete sie. Er begrüßte ihn durch das offene Fenster.

»Salut, Frank. Hast du gesehen, was für ein Durcheinander da draußen herrscht?«

»Salut, Nicolas. Hab ich, hab ich. Ist normal, würde ich sagen. Ich hätte mich eher gewundert, wenn es nicht so wäre.«

Frank stieg aus dem Wagen und bewunderte das Gebäude.

»Jean-Loup Verdier muss ganz schön verdienen, um sich eine Villa wie diese leisten zu können.«

Hulot lächelte.

»Es gibt eine Geschichte zu diesem Haus. Hast du denn keine Zeitung gelesen?«

»Nein, dieses Vergnügen überlasse ich gerne dir.«

»Es haben praktisch alle darüber geschrieben. Jean-Loup hat es geerbt.«

»Kompliment an die Verwandtschaft.«

»Er hat es nicht von Verwandten bekommen. Es hört sich an wie ein Märchen, aber er hat es von einer ziemlich wohlhabenden alten Dame geerbt, deren Hund er mal gerettet hat.«

»Einen Hund?

»Ja, auf der Place du Casino, vor einigen Jahren. Der Hund der Dame war weggelaufen und rannte auf die Straße. Jean-Loup hat sich hinterhergeworfen und ihn praktisch direkt unter den Rädern eines Autos hervorgezogen. Hätte nicht viel gefehlt und er wäre selbst überfahren worden. Die Frau hat ihn umarmt und geküsst, unter Tränen der Dankbarkeit, und das war's. Ein paar

Jahre später wurde Jean-Loup zu einem Notar gerufen, und als er wieder herauskam, gehörte ihm dieses Haus.«

»Also, so was. Ich dachte, bestimmte Dinge passieren nur in Walt-Disney-Filmen. Ich könnte schwören, dass das Geschenk einen Wert von zwei Millionen Dollar hat.«

»Bei den Immobilienpreisen hier in der Gegend kannst du ruhig drei draus machen.«

»Schön für ihn. Okay. Gehen wir hinein und tun unsere Pflicht?«

»Hier entlang, komm.«

Sie überquerten den Hof und passierten eine dichte Hecke aus roten Bougainvilleen, welche die rechte Seite des Gebäudes flankierten. Hinter den Büschen befand sich eine Freifläche mit einem Schwimmbecken, das zwar nicht besonders groß war, aber doch hinreichend geräumig, um nicht mit einer besseren Badewanne verwechselt werden zu können.

Jean-Loup und Bikjalo saßen an einem Tisch unter einer mit Zierwein bedeckten Pergola. Auf dem Tisch standen die Überreste eines Frühstücks. Die Anwesenheit des Intendanten war ein deutlicher Hinweis auf Jean-Loups Krise. Solche Zuvorkommenheit bedeutete, dass er Angst um seinen Goldesel hatte.

»Salut, Jean-Loup. Guten Tag, Herr Intendant.«

Bikjalo erhob sich, die Erleichterung stand ihm sichtbar ins Gesicht geschrieben. Die Verstärkung war eingetroffen. Jean-Loup hingegen schien ihre Anwesenheit eher peinlich zu berühren, und er wich ihren Blicken aus.

»Guten Morgen, meine Herren. Ich habe gerade zu Jean-Loup gesagt ...«

Frank unterbrach ihn ziemlich brüsk. Er wollte Jean-Loup nicht überfallen und direkt zum Thema kommen. Die Situation war heikel, und er wollte, dass er sich wohl fühlte, bevor sie zur entscheidenden Frage kamen.

»Ist das etwa Kaffee, was ich da auf dem Tisch sehe?«

»Ähm, ja ...«

»Ist der für Einheimische reserviert, oder gibt es auch für Ausländer ein Tröpfchen?«

Während Hulot und Frank sich an den Tisch setzten, stand Jean-Loup auf, um zwei Tassen vom Teewagen zu nehmen, der hinter ihm stand. Während der DJ den Kaffee aus einer Thermoskanne eingoss, musterte Frank ihn aufmerksam. Seine Gesichtszüge waren gezeichnet von einer Nacht, in der er sich schlaflos unter den Laken herumgewälzt hatte. Er stand unter Druck, und das konnte Frank gut verstehen. Aber er durfte, er konnte ihm nicht nachgeben, und das würde Jean-Loup verstehen müssen.

Hulot führte die Tasse zum Mund.

»Hmmm, gut. Solchen Kaffee bräuchten wir im Präsidium.«

Jean-Loup lächelte freudlos. Sein Blick schweifte umher und wich ihnen aus, besonders Frank. Bikjalo setzte sich wieder, allerdings auf den Stuhl, der am weitesten vom Tisch entfernt stand. Es sah aus, als wolle er auf Distanz gehen und ihnen den Anfang überlassen. Spannung lag in der Luft.

Frank entschied, dass der Moment gekommen war, den Stier bei den Hörnern zu packen.

»Also, wo liegt das Problem, Jean-Loup?«

Endlich fand der DJ die Kraft, ihm in die Augen zu blicken. Zu seiner Überraschung sah Frank keine Angst darin, wie er erwartet hatte. Da war Müdigkeit, da war Besorgnis. Vielleicht die Furcht, einer Rolle nicht gerecht zu werden, die zu groß für ihn war. Aber keine Angst. Jean-Loup wandte den Blick wieder ab und beeilte sich zu sagen, was er wohl schon einige Male zu sich selbst gesagt hatte.

»Das Problem ist ganz einfach. Ich schaffe es nicht.«

Frank schwieg und wartete darauf, dass Jean-Loup von allein fortfuhr. Er wollte ihm nicht das Gefühl geben, verhört zu werden.

»Ich wusste nicht, was da auf mich zukommt. Jedes Mal, wenn ich diese Stimme am Telefon höre, kostet mich das zehn Jahre meines Lebens. Und der Gedanke, dass dieser Mann, nachdem er mit mir gesprochen hat, rausgeht und ... und ...«

Er fuhr fort, als koste es ihn unglaubliche Kraft. Wahrscheinlich gefiel es niemandem, die eigenen Schwächen offen zu legen, und Jean-Loup bildete da keine Ausnahme.

»... dass dieser Mann tut, was er tut, also, das macht mich fertig. Und ich frage mich: Warum ich? Warum muss er ausgerechnet mich anrufen? Seit diese Geschichte angefangen hat, lebe ich nicht mehr. Ich bin in meinem Haus gefangen wie ein Verbrecher, ich kann nicht mehr ans Fenster gehen, ohne die Journalisten zu hören, die meinen Namen schreien, ich kann die Nase nicht mehr zur Tür hinausstecken, ohne von Leuten umzingelt zu werden, die mich mit Fragen bombardieren. Ich schaffe das nicht mehr.«

Bikjalo fühlte sich auf den Plan gerufen.

»Aber Jean-Loup, das ist doch eine einzigartige Gelegenheit, so was hat man nur einmal in seinem Leben. Wir haben eine unglaubliche Popularität im Moment. Du gehörst zu den bekanntesten Leuten in ganz Europa. Es gibt keinen Fernsehsender, der dich nicht will, keine Zeitung, die nicht von dir spricht. Es sind sogar schon Angebote von Filmproduzenten in den Sender geflattert, weil sie die ganze Geschichte verfilm...«

Ein bohrender Blick von Hulot brachte den Redefluss des Intendanten unvermittelt zum Versiegen. Frank dachte, dass dieser Mann ein Arschloch allererster Güte war. Ein gieriges Arschloch. Er hätte ihm am liebsten eine reingehauen.

Jean-Loup stand mit gebieterischer Geste auf.

»Ich möchte geschätzt werden, weil ich mit den Leuten rede, nicht weil ich mit einem Mörder rede. Und im Übrigen kenne ich die Journalisten. Wenn ihnen die Geschichten ausgehen, werden sie anfangen, sich dieselben Fragen zu stellen, wie ich sie mir stelle. Warum er? Und wenn sie keine Antwort finden, werden sie eine erfinden. Und mich fertig machen.«

Frank kannte die Medien gut genug, um diese Besorgnis zu teilen. Und er rechnete es Jean-Loup hoch an, dass er ihnen keine Lügen vorsetzte.

»Jean-Loup, es ist genau, wie du sagst. Ich halte dich für zu intelligent, um mir vorzumachen, dich vom Gegenteil überzeugen zu können. Ich verstehe sehr gut, dass du dich all dem nicht gewachsen fühlst, und abgesehen davon, wer kann das schon? Ich habe mein halbes Leben damit verbracht, Verbrecher zu jagen, und dennoch glaube ich, dass ich an deiner Stelle genau dieselben Befürchtungen hätte und genauso reagieren würde wie du.«

Frank nahm einen möglichen Einwand vorweg.

»Ich weiß, dass das alles auch unsere Schuld ist. Wenn wir uns geschickter angestellt hätten, wäre vielleicht schon alles zu Ende. Aber es ist leider nicht so. Dieser Mann läuft noch frei herum, und solange er frei ist, hat er nur eins im Sinn: weiter zu morden. Und wir müssen ihn aufhalten.«

»Ich weiß nicht, ob ich es noch einmal schaffe, vor einem Mikrofon zu sitzen, so zu tun, als sei nichts, und darauf zu warten, diese Stimme zu hören.«

Frank senkte den Kopf. Als er ihn wieder hob, sah Hulot ein neues Licht in seinem Blick.

»Es gibt im Leben Dinge, nach denen du suchst, und es gibt Dinge, die dich suchen. Du hast keine Wahl, und du wolltest es nicht, aber sie brechen über dich herein, und hinterher bist du nicht mehr derselbe wie vorher. Und dann hast du zwei Möglichkeiten: Du versuchst, davor wegzulaufen, oder du bleibst stehen und stellst dich ihnen. Für welche Lösung auch immer du dich entscheidest, sie wird dich verändern, und du hast nur die Möglichkeit zu wählen, ob zum Guten oder zum Schlechten. Wir haben drei Tote, eiskalt ermordet. Es wird weitere geben, wenn du uns nicht hilfst. Wenn du dich entscheidest, uns zu helfen, kann es sein, dass du daran kaputtgehst, aber hinterher wirst du alle Zeit und alle Kraft der Welt haben, um die Stücke wieder zusammenzufügen. Wenn du wegläufst, wirst du genauso fertig sein, nur macht das schlechte Gewissen dich für den Rest deiner Tage kaputt. Und zwar jeden Tag ein bisschen mehr …«

Jean-Loup ließ sich langsam wieder auf seinen Stuhl sinken. Sogar der Himmel über ihnen und das Meer unter ihnen schienen den Atem anzuhalten.

»In Ordnung. Ich werde tun, was ihr von mir verlangt.«

»Wirst du die Sendung weitermachen?«

»Ja.«

Hulot entspannte sich. Bikjalo schaffte es nicht, einen, wenn auch fast unmerklichen, Ausdruck von Zufriedenheit zu verbergen. Für Frank klang diese eine, leise Silbe wie das erste *tick* einer Uhr, die sich in Gang gesetzt hat.

26

Frank begleitete Hulot zum Wagen. Jean-Loup und Bikjalo waren am Tisch beim Pool sitzen geblieben. Als sie von den beiden weggegangen waren, hatte der Intendant von Radio Monte Carlo, immer noch mitgenommen von der überstandenen Gefahr, seinen Arm um Jean-Loups Schultern gelegt, um ihn seiner Anwesenheit zu versichern und ihm Ratschläge zuzuflüstern, wie der Trainer eines angeschlagenen Boxers, der auf eine Niederlage zusteuert. Er musste ihn dazu bringen, noch ein paar Runden durchzuhalten, um das Preisgeld einzufahren.

Der erste Eindruck, den Frank von diesem Mann gehabt hatte, war im Grunde bestätigt worden. Durch seine Arbeit hatte er mit der Zeit eine fast schon animalische Menschenkenntnis entwickelt. Und er hatte sie nicht verloren. Anscheinend reichte es nicht, einfach zu beschließen, kein Hund mehr zu sein, um aufzuhören, einer zu sein.

Wer quadratisch geboren wird, stirbt nicht als Kreis …

Und das galt für ihn genauso wie für Bikjalo oder irgendjemand anderen.

Hulot öffnete die Tür des Peugeot, blieb aber draußen stehen, um das fantastische Panorama zu ihren Füßen zu bewundern. Es sah so aus, als habe er überhaupt keine Lust, zu ihrem Fall zurückzukehren. Er drehte sich zu Frank um. Der Amerikaner sah in seinen Augen das Bedürfnis nach heiterer, traumloser Ruhe. Ohne Figuren in Schwarz, ohne Stimmen, die einem ins Ohr flüsterten »Ich töte …«, zu einem Erwachen, das von noch schlimmeren Gespenstern bevölkert war als seine Träume.

»Du warst großartig mit diesem Jungen … mit ihm und mit mir.«

»Was soll das heißen ›mit ihm und mit mir‹?«

»Ich weiß, dass ich mich in erheblichem Maß auf dich gestützt habe während der Ermittlungen. Glaub nicht, dass ich mir darüber nicht im Klaren bin. Ich habe dich um Hilfe gebeten und mir noch eingeredet, es sei, um *dir* zu helfen, dabei nützt es vor allem *mir*.«

Für einen winzigen Augenblick schien es, als hätten sie die Rollen getauscht, eine jener kleinen oder großen Überraschungen, die das Leben in seiner spöttischen Art immer wieder bereithielt.

»So ist es nicht, Nicolas. Zumindest nicht *exakt* so. Vielleicht ist dieser Wahnsinnige, den wir jagen, ansteckend und macht uns auch verrückt. Aber wenn das der richtige Weg ist, um ihn zu kriegen, müssen wir ihm bis zum bitteren Ende folgen.«

Hulot setzte sich ins Auto und ließ den Motor an.

»Es besteht nur ein Risiko bei dem, was du gesagt hast …«

»Welches?«

»Wenn man sich einmal darauf eingelassen hat, schafft man es nicht mehr, den Wahnsinn loszuwerden. Du hast da vor gar nicht allzu langer Zeit etwas gesagt, erinnerst du dich, Frank? Wir sind kleine Dinosaurier, nichts als kleine Dinosaurier …«

Er zog die Tür zu, legte den Gang ein und fuhr los. Das automatische Tor öffnete sich auf Veranlassung des Beamten draußen auf der Straße. Frank blieb noch einen Moment stehen und sah dem Auto nach, das die Auffahrt hinauffuhr, sah die Bremslichter aufleuchten, als er auf die Straße einbog, sah sie verschwinden. Während des Gesprächs mit Nicolas hatten sich die Beamten, die ihn hergebracht hatten, etwas abseits gehalten und waren am Auto stehen geblieben, um sich zu unterhalten. Frank ging zu ihnen hinüber und nahm auf dem Rücksitz Platz. Die jungen Männer stiegen ebenfalls ein, der Beamte auf dem Beifahrersitz drehte sich um und sah ihn wortlos fragend an.

»Wir fahren zurück zum Parc Saint-Roman. Ohne Eile«, sagte Frank nach kurzem Zögern. Er brauchte einen Moment für sich allein, um Ideen zu sammeln. Der Gedanke an General Parker und seine Pläne war nicht gelöscht, sondern nur vorübergehend eingelagert worden. Er musste noch ein bisschen mehr über ihn und über Ryan Mosse erfahren, bevor er eine Entscheidung fällen und wissen konnte, wie er sich am besten verhalten sollte. Er hoffte, dass Cooper, auch wenn erst wenig Zeit vergangen war, schon die benötigten Informationen zusammengetragen hatte.

Der Wagen setzte sich in Gang. Auffahrt, Tor, Straße. Nach links. Erneut Unruhe unter den wartenden Journalisten. Frank beobachtete sie genau, wie sie ihre Ruhe nach der Wartezeit abschüttelten wie Hunde, an denen ein anderer Hund vorbeigeht. Unter ihnen war auch der mit den roten Haaren, der vor dem Präsidium seinen Kopf in den Wagen gesteckt hatte. Während Frank an ihnen vorbeifuhr, erwiderte der Reporter, der neben einem Mazda-Cabrio stand, nachdenklich seinen Blick.

Frank sagte sich, dass wohl bald auch die Jagd auf ihn eröffnet werden würde, sobald die Presse Wind davon bekam, was er hier tat. Dass seine Rolle in der ganzen Geschichte bekannt werden würde, stand außer Frage. Bis jetzt hatte er einfach Glück gehabt, weil es schmackhaftere Brocken gegeben hatte, auf die sie sich stürzen konnte, doch früher oder später würde irgendjemand seine Fährte aufnehmen. Bestimmt hatte jeder von ihnen eine Verbindung ins Innere der Polizei, etwas, das dann in den Artikeln eine »sichere Quelle« genannt wurde.

Die Journalisten zogen am Autofenster vorbei. Sie waren die Vorhut einer Welt, die vor allem die Wahrheit erfahren wollte. Und am erfolgreichsten war nicht derjenige, der sie herausbrachte, sondern derjenige, der die seine am glaubwürdigsten verkaufte.

Im gewünscht moderaten Tempo bog der Wagen an der Straße in die Richtung ein, aus der sie gekommen waren, als sie sich zu Jean-Loups Haus begeben hatten. Während sie hinunterfuhren, sah Frank zum ersten Mal die Frau und das Kind.

Sie kamen im Laufschritt aus einem unbefestigten Weg heraus, der sich einige Meter hinter dem Standort der Journalisten auf der linken Seite öffnete. Sie fiel Frank auf, weil sie das Kind an der Hand hielt und verängstigt aussah. Sie blieb an der Einmündung zur Straße stehen und schaute sich um, wie jemand, der sich in unbekanntem Gelände befindet und nicht weiß, wohin er gehen soll. Während der Wagen vorüberfuhr, hatte Frank das untrügliche Gefühl, dass sie auf der Flucht war. Die Frau war etwas über dreißig Jahre alt und trug eine sportliche Hose mit einem Karomuster in unterschiedlichen Blautönen und darüber eine dunkelblaue Bluse aus einem weich fallenden, schimmernden Stoff. Diese Farbe betonte die wunderschönen blonden Haare, die ihr fast bis auf die Schultern herabfielen. Der Stoff und die Haare schienen in Einklang miteinander, aber im Wettstreit um die seltsamen Reflexe der Maisonne zu stehen. Sie war groß und geschmeidig, bewegte sich trotz der Hast harmonisch und fließend.

Das Kind war etwa zehn Jahre alt und schien für sein Alter eher groß zu sein. Es trug eine überweite Jeanshose und ein buntes Baumwoll-T-Shirt. Unsicher sah es die Frau, die seine Hand hielt, aus leuchtenden blauen Augen an.

Er drehte den Kopf und legte die Stirn ans Fenster, um sie noch im Auge zu behalten. Captain Ryan Mosse von der US-Army kam angelaufen und hielt die Frau und das Kind auf, indem er ihnen den Weg versperrte. Er nahm sie beim Arm und zwang sie, mit zurückzugehen auf dem Weg, den sie alle drei herausgekommen waren. Frank wandte sich um und legte dem Fahrer eine Hand auf die Schulter.

»Halten Sie mal.«

»Wie bitte?«

»Bitte halten Sie hier mal kurz.«

Der Fahrer bremste, und der Wagen fuhr langsam rechts heran. Die beiden Beamten sahen sich an. Der auf dem Beifahrersitz zuckte mit den Achseln. Amerikaner …

Frank stieg aus und überquerte die Straße. Er ging in den kleinen Weg hinein, der zu einem etwas weiter zurückliegenden Anwesen führte, von dem man nur das Tor erkennen konnte. Er sah die Rücken der drei. Ein kräftiger Mann, der eine Frau und ein Kind energisch vor sich hertrieb.

»Ist das Teil Ihrer *Ermittlungen,* Captain Mosse?«

Als er seine Stimme hörte, blieb der Mann unvermittelt stehen und zwang die Frau und das Kind, abrupt anzuhalten. Ohne wahrnehmbare Kraftanstrengung fing er den Schwung ihrer Körper auf. Er drehte den Kopf und erblickte Frank, ohne sich seine Überraschung anmerken zu lassen.

»Siehe da, unser Spezialagent vom FBI. Was gibt es denn, du

Pfadfinder, bist du noch auf der Suche nach deiner heutigen guten Tat? Wenn du auf die Place du Casino gehst und ein bisschen Geduld hast, findest du vielleicht eine Alte, der du über die Straße helfen kannst ...«

Frank ging auf das Trio zu. Die Frau sah ihn mit einer Mischung aus Hoffnung und Neugier an, mit demselben blauäugigen Blick, wie ihn der Junge hatte. Die Schönheit dieser Augen berührte ihn, und er war verblüfft, dass die Schönheit dieser Augen ihn berührte.

Das Kind wand sich.

»Du tust mir weh, Ryan.«

»Geh ins Haus, Stuart. Und beweg dich nicht da weg.«

Mosse lockerte seinen Griff. Stuart wandte sich der Frau zu, die ihm zustimmend zunickte.

»Geh nur, Stuart.«

Das Kind machte zwei Schritte rückwärts und sah sie weiter an, dann drehte es sich herum und rannte zu dem grün gestrichenen Tor hinüber.

»Du auch, Helena. Geh hinein, und bleib da.«

Mosse drückte den Arm der Frau mit Gewalt. Frank sah, wie sich die Muskeln unter dem Hemd spannten. Er zwang die Frau, die immer noch Frank anstarrte, sich zu ihm umzudrehen.

»Sieh mich an. Hast du verstanden, was ich gesagt habe, Helena?«

Die Frau unterdrückte einen Schmerzenslaut. Sie nickte langsam. Als er sie losließ, warf Helena Frank einen letzten verzweifelten Blick zu, dann wandte sie sich um und folgte dem Jungen. Das grüne Tor ging auf und schloss sich wieder hinter ihnen.

Wie ein Gefängnistor, dachte Frank unwillkürlich.

Die beiden Männer standen einander gegenüber. So wie Mosse ihn anstarrte, erkannte Frank nur zu gut seine Denkart, die in Wirklichkeit jene von Parker war. Wer nicht für sie war, war gegen sie. Wer ihnen nicht folgte, wer sie nicht mochte, musste die Konsequenzen tragen.

Eine Windböe raschelte durch die Hecken, welche die Straßenränder säumten. Sie legte sich gleich wieder, und die Zweige regten sich nicht mehr, als wollten sie die Spannung zwischen ihnen noch unterstreichen.

»Mit Frauen und Kindern kommst du gut zurecht. Scheint mir aber ein bisschen wenig für einen, der mit viel ehrgeizigeren Zielen hergekommen ist ... oder irre ich mich, Captain Mosse?«

Frank lächelte. Und erhielt im Gegenzug dasselbe Lächeln. Es war ein höhnisches Lächeln.

»Mir scheint, dass du auch ganz gut mit Frauen und Kindern zurecht kommst, nicht wahr, Frank? Oh, entschuldige, ich habe ganz vergessen, dass Frank ja viel zu vertraulich für dich ist ... Wie möchten Sie doch gleich angesprochen werden? Ach ja, *Mister* Ottobre ...«

Er schien über das, was er gerade gesagt hatte, nachzudenken und trat ein wenig zur Seite. In Wirklichkeit suchte er mit dieser Bewegung einen sicheren Stand, als erwarte er einen plötzlichen Angriff.

»Tja, *Mister* Ottobre. Für dich sind Frauen anscheinend eine wunderbare Ausrede, um sich immer fein rauszuhalten. Nichts zu machen bei Mister Ottobre, von dem ist nichts mehr zu erwarten. Wegen Trauer geschlossen. Vielleicht hat deine Frau ...«

Frank bewegte sich so schnell, dass der andere, obwohl er darauf vorbereitet war, den Hieb nicht kommen sah. Der Schlag traf ihn im Gesicht und streckte ihn zu Boden. Mosse fand sich auf der Erde wieder, ein Faden Blut rann aus seinem rechten Mundwinkel. Abgesehen davon schien ihm der Schlag, den Frank ihm versetzt hatte, nicht allzu viel ausgemacht zu haben. Er lächelte wieder, und seine Augen glitzerten triumphierend.

»Tut mir nur Leid, dass dir kaum Zeit bleiben wird zu verstehen, was für einen Fehler du gerade gemacht hast.«

Schlagartig war er wieder auf den Beinen und trat fast im gleichen Moment schon mit seinem hoch erhobenen Bein nach ihm. Frank wich dem Tritt aus und parierte ihn mit dem Unterarm. Dadurch geriet er leicht aus dem Gleichgewicht. Sofort wurde ihm klar, dass er einen Fehler gemacht hatte. Mosse war ein sehr guter Kämpfer. Er hatte nur deshalb nach ihm getreten, um diese Parade zu provozieren. Der Soldat ließ sich zu Boden gleiten und riss

Frank mit dem rechten Bein von den Füßen. Es gelang ihm noch, während er auf den Kies fiel, sich zur Seite zu rollen und so den nächsten Schlag mit der Schulter abzufangen. Früher hätte er sich nicht so einfach überrumpeln lassen, dachte Frank. Früher hätte er nicht ...

Mosse war blitzartig hinter ihm. Er umklammerte seine Beine mit den Füßen und schlang den rechten Arm um seinen Hals. In der linken Hand blitzte plötzlich wie durch Zauberei ein Armeemesser, das auf Franks Kehle gerichtet war. Unbeweglich blieben die zwei liegen, stocksteif wie eine zu Boden gegangene Statue. Als seien sie in Marmor gehauen. Die Augen des Captains leuchteten aufgeregt von der Hitze des Gefechts. Frank verstand, dass es ihm *Spaß* machte, dass zu kämpfen der Sinn seines Lebens war. Für Menschen wie ihn war ein *Feind* Gold wert.

»Und jetzt, Mister Ottobre, was denkst du jetzt? Und dabei heißt es von dir, du seist gut ... Dein Pfadfinderinstinkt hat dir wohl nicht gesagt, dass es besser ist, sich nicht mit Leuten anzulegen, die größer sind als du, oder? Was ist mit deinem Spürsinn los, Mister Ottobre?«

Die Hand, die das Messer hielt, bewegte sich, und Frank spürte, wie die Messerpitze in eines seiner Nasenlöcher drang. Er hatte Angst, dass Mosse ihn verletzen würde, und musste an Jack Nicholson in *Chinatown* denken. Er fragte sich, ob Mosse den Film gesehen hatte. Diese Überlegung war so fehl am Platz, dass er unwillkürlich lächeln musste. Das wiederum schien seinen Gegner noch mehr zu irritieren. Er fühlte, wie die Klinge den Knorpel seines linken Nasenlochs berührte.

»Das reicht, Ryan.«

Der trockene Befehl kam von hinten, und die Bedrohung der Klinge ließ schlagartig nach. Frank erkannte die Stimme von General Parker. Ohne sich umzudrehen, nach einem letzten, kaum wahrnehmbaren Druck des Arms an seinem Hals, lockerte Mosse seinen Griff. Der Druck sollte ihm sagen, dass die Sache zwischen ihnen noch nicht beendet, sondern lediglich aufgeschoben war.

Ein Soldat weint nicht. Ein Soldat vergisst nicht. Ein Soldat rächt sich.

Der Captain stand auf und klopfte sich den Staub von seiner leichten Sommerhose. Frank blieb einen Moment liegen und musterte die beiden, die nun einer neben dem anderen über ihm aufragten und die sich äußerlich so ähnlich sahen, gerade weil sie im Grunde ein und dasselbe waren. Frank musste an seine italienische Großmutter und ihre stets gegenwärtigen Sprichwörter denken.

Gleich und Gleich gesellt sich gern.

Es war kein Zufall, dass der General und der Captain zusammen unterwegs waren, dass sie dasselbe Ziel hatten und wahrscheinlich auch dieselben Methoden, um es zu erreichen. Was gerade passiert war, hatte keine Bedeutung, egal wer Sieger oder Besiegter war. Imponiergehabe, nichts weiter, eine Reihe von Kothaufen, die Mosse um sich herum verteilte, um sein Territorium zu markieren. Frank fing an, sich ernsthaft Sorgen darüber zu machen, was noch kommen würde.

»Sie müssten für Ihren Dobermann ein anderes Kommando benutzen, General. Es heißt immer, ›Platz‹ funktioniere am besten.«

Mosse erstarrte, doch Parker hielt ihn mit einem Wink zurück. Frank richtete sich auf und klopfte sich seinerseits die Kleidung ab. Leicht außer Atem stand er zwei Männern gegenüber. Den kalten blauen Augen Parkers und dem Blick von Captain Mosse, aus dem jegliches Leuchten verschwunden war und der wieder die Vorhölle widerspiegelte, in der sein Geist zu Hause war.

Eine Möwe segelte im Gleitflug über sie hinweg. Sie flog zum Meer, in den blauen Himmel hinein, und stieß ihren typischen spöttischen Schrei auf sie hinab.

Parker wandte sich an Mosse.

»Ryan, würdest du bitte ins Haus gehen und dafür sorgen, dass Helena nicht noch mehr Dummheiten macht? Ich danke dir.«

Mosse warf Frank einen letzten Blick zu. Für einen Moment leuchteten seine Augen.

Ein Soldat vergisst nicht.

Fast sofort erlosch das Licht wieder. Er drehte sich um und ging zum Haus. Frank dachte, dass er seinen Schritt auch dann nicht ändern würde, wenn der Weg mit menschlichen Körpern gepflastert wäre. Wahrscheinlich hätte Ryan Mosse, wäre er auf die blutige Inschrift »Ich töte ...« gestoßen, mit demselben Blut »Ich auch ...« darunter geschrieben.

Dieser Mann war gnadenlos, und er selbst würde gut daran tun, das nicht zu vergessen.

»Sie müssen Captain Mosse entschuldigen, Mister Ottobre.«

In der Stimme des Generals lag keine Spur von Ironie, doch Frank machte sich keine Illusionen. Im richtigen Augenblick, unter anderen Umständen, das wusste er sehr gut, wäre alles ganz anders abgelaufen. Es hätte keinen Befehl von Parker gegeben, und Ryan hätte nicht aufgehört.

»Er, wie soll ich sagen ... Er sorgt sich manchmal zu sehr um das Schicksal unserer Familie. Manchmal übertreibt er ein wenig, das gebe ich zu, aber er ist absolut vertrauenswürdig und uns allen sehr ergeben.«

Frank hegte diesbezüglich keinerlei Zweifel. Wohl aber an den Grenzen, die der General den Exzessen des Captains setzte. Franks Einschätzung nach wurden diese Grenzen immer weiter hinausgeschoben.

»Die Frau, die Sie gerade gesehen haben, ist meine Tochter Helena. Arijanes ältere Schwester. Der Sohn, der bei ihr war, ist Stuart, mein Enkel. Ihr Sohn. Sie ...«

Parkers Stimme wurde weich. Sie bekam einen traurigen Beiklang.

»Gut, um es klar auszudrücken, sie leidet unter einer schweren Form nervlicher Erschöpfung. Sehr schwer. Arijanes Tod hat ihr den Rest gegeben. Wir haben versucht, das vor ihr geheim zu halten, aber es war nicht möglich.«

Der Kopf des Generals sank herab. Frank hatte Mühe, ihm die Rolle des gramgebeugten, alten Vaters abzunehmen. Ihm war nicht entgangen, dass er soeben den Jungen vor allem als seinen Enkel und erst in zweiter Linie als Helenas Sohn bezeichnet hatte. Wahrscheinlich prägte der Sinn für Hierarchie und Disziplin nicht nur sein öffentliches Leben, sondern auch sein privates. Mit leichtem Zynismus kam Frank zu dem Schluss, dass die Anwesenheit von Tochter und Enkel in Monte Carlo eine sehr gute Tarnung für Parkers wahre Absichten darstellte.

»Arijane war anders, sie war stärker. Eine Frau mit eisernem Charakter. Sie war meine Tochter. Helena hat von ihrer Mutter den labilen Charakter geerbt. Sehr labil. Sie tut manchmal Dinge, von denen sie hinterher nichts mehr weiß, so wie heute. Einmal ist sie weggelaufen und hat sich zwei Tage lang herumgetrieben, ehe es uns gelungen ist, sie wiederzufinden. Sie war in einem erbärmlichen Zustand. Und dieses Mal wäre wohl dasselbe passiert. Sie steht unter ständiger Aufsicht, damit sie nicht zu einer Gefahr für sich und andere wird.«

»Es tut mir sehr Leid wegen Ihrer Tochter, General. Wegen Helena und vor allem wegen Arijane, auch wenn das absolut nichts an meinem Urteil über Sie und Ihre Pläne ändert. Vielleicht würde ich mich an Ihrer Stelle genauso verhalten, ich weiß es nicht. Ich bin an diesem Fall beteiligt und werde alles tun, um diesen Mörder zu fassen, darauf können Sie sich verlassen. Aber ich werde genauso alles tun, um Sie daran zu hindern, Ihr Vorhaben in die Tat umzusetzen, was auch immer es sei.«

Parker reagierte nicht wütend wie am Abend zuvor. Vielleicht war Franks Ablehnung, mit ihnen zusammenzuarbeiten, bereits mit dem Vermerk »taktisch irrelevant« zu den Akten gelegt worden.

»Ich nehme das zur Kenntnis. Sie sind ein Mann mit Charakter, aber seien Sie nicht überrascht, wenn ich das auch bin. Daher rate ich Ihnen, seien Sie sehr vorsichtig, wenn sich unsere Wege zufällig kreuzen sollten, *Mister* Ottobre.«

Diesmal lugte die Ironie kurz hinter seinem Namen hervor, und Frank bemerkte es. Er lächelte. *Talis Ryan, talis Parker.*

»Ich werde Ihren Rat berücksichtigen, General, aber ich hoffe, dass es Ihnen nichts ausmacht, wenn ich währenddessen die Ermittlungen auf meine Weise fortführe. Haben Sie dennoch vielen Dank, *Mister* Parker ...«

Ironie gegen Ironie, wie der Schrei der Möwe, der spöttisch

vom blauen Himmel auf sie herabtönt, wie ein Mörder, den Gerechtigkeit und Rache gleichermaßen begehren.

Frank wandte sich um und ging langsam die wenigen Meter zurück, die zwischen ihm und der Hauptstraße lagen. Er fühlte, wie ihn der feste Blick des Generals von hinten durchbohrte. Rechts von ihm sah man hinter der Hecke und der Vegetation der Gärten das Dach von Jean-Loups Haus. Frank fragte sich, ob der Umstand, dass Parker ein Haus nur wenige hundert Meter von dem des DJs entfernt gemietet hatte, ein Zufall war oder eine gezielte Entscheidung.

27

Vom Balkon seines Apartments im Parc Saint-Roman aus sah Frank den Wagen, der ihn nach Hause gebracht hatte, am Fuß der Rue des Giroflées nach rechts abbiegen und in den Boulevard d'Italie hineinfahren. Wahrscheinlich hatten die Jungs unten noch gehalten, um vor der Abfahrt neue Anweisungen aus der Zentrale in Empfang zu nehmen, so dass er alle Zeit gehabt hatte, um hochzugehen, das Apartment zu betreten, die Glastür zu öffnen und auf die Terrasse hinauszugehen. Er versuchte, sich ihre Kommentare vorzustellen, über die Angelegenheit im Allgemeinen und ihn im Besonderen. Schon vor einiger Zeit war ihm aufgefallen, was sie von seiner Rolle in dieser *affaire,* wie sie es nannten, hielten. Hulot und Morelli ausgenommen gab es deutliche Hinweise auf einen verständlichen Chauvinismus ihm gegenüber. Kein Widerstand, sicher nicht, denn im Grunde verfolgten sie ein gemeinsames Ziel, aber ein gewisses Misstrauen ganz bestimmt. Die Freundschaft zu Hulot und seine eigene Qualifikation reichten als Passierschein, um ihm die Mitarbeit aller zu sichern, jedoch nicht automatisch ihre Sympathie.

Nur verschlossene Türen für den Vetter aus Amerika.

Umso schlimmer, dass er nicht wegen einer Show hier war, sondern um einen Mörder zu fassen. Er kehrte ins Haus zurück und ging in die kleine Küche. Er hatte Amélie, seine Haushaltshilfe, die er zusammen mit dem Apartment von André Ferrand übernommen hatte, gebeten, nur das Nötigste einzukaufen. Mit dem, was er jetzt im Kühlschrank hatte, bekam er gerade so ein Sandwich hin. Er öffnete sich ein Heineken und kehrte zur Terrasse zurück. Er setzte sich auf eine der beiden Liegen, die der Eigentümer des Apartments dort stehen hatte. Sein Essen stellte er auf die Glasplatte des Rattantisches. Dann zog er sich das Hemd aus und blieb mit nacktem Oberkörper in der Sonne sitzen. Dieses Mal achtete er nicht auf seine Narben, wo auch immer sie waren. Die Dinge hatten sich geändert. Er hatte jetzt anderes, worüber er nachdenken musste.

Er hob die Augen zum wolkenlosen Himmel. Die Möwen kreisten jetzt dort oben, um die Menschen zu beobachten und um Fische zu fangen. Sie waren die einzigen weißen Punkte in diesem schon fast unverschämten Blau. Ein fantastischer Tag. Seit diese ganze Geschichte angefangen hatte, schien das Wetter beschlossen zu haben, sich nicht um das Elend der Menschen zu kümmern und sich auf eigene Faust Richtung Sommer zu entwickeln. Es sah aus, als habe irgendwo jemand entschieden, den Menschen, und auch nur ihnen, die Handhabung von Licht und Dunkel zu überlassen. Herren und Gebieter ihrer eigenen Sonnenfinsternis.

Er ließ den Blick die Küste entlangschweifen.

Monte Carlo in der Sonne war ein kleiner und eleganter Bienenstock mit zu vielen Königinnen. Viele benahmen sich so, ohne es auch zu sein. Fassaden, alles nur Fassaden. Menschen mit Stützbalken im Rücken, die ihre elegante Zerbrechlichkeit aufrecht hielten, wie manche Kulissenbauten am Set eines Films. Hinter der Tür nur die weite Linie des Horizonts. Und jener Mann im langen, dunklen Kittel, der mit spöttischer Verbeugung eine nach der anderen all diese Türen öffnete und ihnen mit seiner Hand im schwarzen Handschuh die Leere zeigte, die dahinter lag.

Er aß das Sandwich auf und trank direkt aus der Flasche den großen Schluck Bier, den er sich bis zum Schluss aufbewahrt hatte.

Wieder sah er auf die Uhr. Drei Uhr nachmittags. Um diese

Zeit musste er Cooper, falls der nicht wegen irgendwelcher Schereien unterwegs war, in seinem Büro erwischen, in jenem großen Steinbau in der Neunten Straße, wo das FBI seinen Sitz hatte. Er griff zum schnurlosen Telefon und tippte die Nummer.

Er ging nach dem dritten Klingeln dran, etwas brüsk wie immer.

»Cooper Danton.«

»Hi, Coop, ich bin's nochmal, Frank.«

»Hi, altes Haus. Na, liegst du gerade in der Sonne der Côte d'Azur?«

»Ich weiß schon gar nicht mehr, wie sie aussieht, die Sonne der Côte d'Azur. Unser Freund macht uns nachtaktiv, Cooper. Ich bin käseweiß.«

»Ach. Neuigkeiten über deinen Fall?«

»Absolute Dunkelheit. Die paar Lampen, die wir haben, brennen eine nach der anderen durch. Und als ob dieser Bastard nicht schon reichen würde, ist jetzt dieser General Parker mit seinem Handlanger aufgetaucht, um die Dinge noch ein bisschen zu verkomplizieren. Ich weiß, dass ich dich nerve, aber hast du schon etwas über sie herausfinden können?«

»Allerdings, eine Menge, wenn dich dicke Fische nicht schrecken. Ich wollte gerade eine E-Mail mit Attachment an die Adresse schicken, die du mir gegeben hast. Du bist mir ein paar Sekunden zuvorgekommen.«

»Schick sie trotzdem, aber sag mir in der Zwischenzeit schon mal etwas.«

»Okay. Kurz und schmerzlos. General Parker, Nathan James, geboren 1937 in Montpellier, Vermont. Keine besonders reiche, aber eine sehr, sehr wohlhabende Familie. Mit siebzehn Jahren ist er von zu Hause weggegangen und hat seine Papiere gefälscht, um in die Armee eintreten zu können. Bester seines Jahrgangs auf der Akademie. Brillanter Offizier mit Blitzkarriere. Verwickelt in die Geschichte mit Kuba '61. In Vietnam ausgezeichnet. Brillante Operationen in Nicaragua und Panama. Wo auch immer es darum ging, die Muskeln spielen zu lassen, zuzupacken und das Hirn zu benutzen – er war dort. Außergewöhnlich schnell hat er es geschafft, Mitglied im Generalstab der Armee zu werden. Strategischer Kopf hinter *Desert Storm* und dem Krieg im Kosovo. Es haben ein paar Präsidenten gewechselt, aber er ist immer noch auf seinem Posten. Was bedeutet, dass er nicht labert, wenn er etwas sagt. Und auch jetzt, in dieser Geschichte mit Afghanistan, zählt seine Meinung ganz sicher einiges. Er verfügt über Geld, Unterstützung, Macht und Glaubwürdigkeit. Einer, der ins Bett pinkeln und behaupten kann, es sei nur Schweiß. Das ist ein harter Knochen. Ein ganz, ganz harter, Frank.«

Cooper machte eine Pause, um Luft zu holen und ihm Zeit zu geben, die Angaben zu verdauen.

»Und was kannst du mir zu dem anderen erzählen?«

»Wer, Captain Ryan Mosse?«

Frank durchlebte plötzlich noch einmal das Gefühl, wie sich Mosses Klinge in sein Nasenloch schob. Er rieb sich die Nasenflügel, um das Kitzeln loszuwerden, das die Vorstellung hervorgerufen hatte.

»Genau. Hast du etwas über ihn rausfinden können?«

»Hier kommt's. Captain Mosse, Ryan Wilbur, geboren 2. März 1963 in Austin, Texas. Über ihn gibt es viel weniger. Und gleichzeitig viel mehr.«

»Was bedeutet das?«

»Von einem bestimmten Punkt an ist Mosse so etwas wie Parkers Schatten geworden. Wo der eine ist, ist der andere nicht weit. Mosse würde sein Leben für den General geben.«

»Gibt es dafür einen besonderen Grund, oder ist es nur Parkers Ausstrahlung?«

»Die Treue von Mosse hat mit den Gründen zu tun, aus denen Parker in Vietnam ausgezeichnet wurde. Unter anderem hat er die Linien der Charlies mit einem verwundeten Soldaten auf dem Rücken durchquert und ihm so das Leben gerettet.«

»Und jetzt wirst du mir einen Namen sagen.«

»Tja, dieser Soldat war Sergeant Willy Mosse, Ryans Vater.«

»Perfekt.«

»Seitdem sind sie Freunde. Oder besser, der Vater von Mosse ist zu einer Art Untertan von Nathan Parker geworden. Der sich wiederum um den Sohn des Sergeants gekümmert hat, ihm geholfen hat, auf die Militärakademie zu kommen, ihn empfohlen hat, ihn in gewissen Fällen gedeckt hat.«

»Das heißt?«

»Um es kurz zu machen, Frank, dieser Mosse ist eine Art Psychopath, mit einer ausgeprägten Neigung zu unbegründeter Aggression und dazu, sich selbst in Schwierigkeiten zu bringen. Auf der Akademie hat er einen Mitstudenten halb totgeprügelt, danach hat er in Arizona auf einer Feier zu Ehren des Heeres einen Soldaten wegen einer Weibergeschichte erstochen. Im Golfkrieg ist ein Sergeant vor Gericht gekommen, weil er ihn mit einer M-16 bedroht hat, als er versuchte, ihn davon abzuhalten, in einem seiner Wutanfälle über eine Gruppe unbewaffneter Gefangener herzufallen.«

»Ein nettes Früchtchen ...«

»Ein ganzer Korb netter Früchtchen, meinst du wohl. Und alle faul. Und jedes Mal ist alles unter den Teppich gekehrt worden. Und rate mal, wer dafür gesorgt hat?«

»General Nathan Parker, nehme ich an.«

»Erraten. Das ist es, weswegen ich dir sage, du musst aufpassen, Frank. Die beiden zusammen sind wie der Teufel und sein Spieß. Mosse ist der bewaffnete Arm von Parker. Und ich glaube, er würde sich nicht allzu viele Gedanken machen, ihn zu gebrauchen.«

»Nein, das glaube ich auch nicht, Cooper. Ich danke dir für alles und warte auf die Mail. Mach's gut.«

»Die ist schon in deinem Briefkasten. Mach's gut, mein Freund, und pass auf dich auf.«

Frank beendete das Gespräch und blieb mit leicht geneigtem Kopf mitten im Zimmer stehen. Die Informationen von Cooper hatten seiner Einschätzung nur die Namen, Daten und Fakten hinzugefügt. Unangenehme Leute, wenn man ihnen am helllichten Tag gegenüberstand. Schrecklich, wenn sie im Dunkeln hinter einem her waren.

Die Haussprechanlage am Eingang klingelte. Er stand auf, machte das Radio aus und ging hinüber, um zu antworten.

»Ja?«

Die Stimme des Portiers klang etwas verlegen. Er sprach Englisch mit ihm.

»Mister Ottobre, da kommt jemand zu Ihnen hinauf. Ich konnte Ihnen nicht vorher Bescheid geben, aber ... Sie müssen verstehen, ich ...«

»Macht nichts, Pascal. Ist alles in Ordnung, seien Sie beruhigt.«

Er fragte sich, was für eine Person da wohl heraufkam, wenn sie in der Lage war, einen Portier derart durcheinander zu bringen. Genau in diesem Moment klopfte es bereits. Warum der Besucher wohl nicht geklingelt hatte?

Er trat beiseite und öffnete die Tür.

Vor ihm stand ein Mann mittleren Alters, etwa so groß wie er, unleugbar Amerikaner. Er besaß eine ferne Ähnlichkeit mit Robert Redford, allerdings mit etwas dunkleren Haaren. Die Sonnenbräune seiner Haut war perfekt dosiert und seine Eleganz unaufdringlich. Er trug einen blauen Anzug, dazu ein Hemd mit offenem Kragen, keine Krawatte. Die Uhr war eine Rolex, jedoch mit Lederarmband und kein Vergleich zu jenen massiven Goldkloben, die man so häufig in Monaco bewundern durfte. Der Mann lächelte ihn freundlich an. Von Mensch zu Mensch. Keine Public Relations um jeden Preis.

Er war Frank auf Anhieb sympathisch.

»Frank Ottobre?«

»Ja.«

Der Mann streckte die rechte Hand aus.

»Freut mich, Sie kennen zu lernen, Mister Ottobre. Mein Name ist Dwight Durham, ich bin der Konsul der Vereinigten Staaten in Marseille.«

Frank blieb einen Augenblick überrascht stehen, dann schüttelte er die ihm dargebotene Hand. Tatsache, das war wirklich ein unerwarteter Besuch. Wahrscheinlich konnte man an seinem Gesicht ablesen, was er dachte, denn die Miene des Diplomaten heiterte sich auf. Sein Mund verzog sich und ließ ein Grübchen auf der Wange erscheinen.

»Wenn Sie sich überfallen fühlen, kann ich wieder gehen. Wenn Sie jedoch glauben, über meine Funktion hinwegkommen und mich hineinbitten zu können, dann würde ich mich freuen, mit Ihnen sprechen zu dürfen.«

Frank riss sich zusammen. Ja, dieser Mann war ihm ganz entschieden sympathisch. Er wies auf seinen nackten Oberkörper. Seltsamerweise war es ihm nicht peinlich, einem Fremden seine Narben zu zeigen. Durham jedenfalls ließ sich nicht anmerken, dass er sie gesehen hatte.

»Entschuldigen Sie, ich war ein wenig überrascht, aber jetzt bin ich darüber hinweg. Wie Sie sehen, empfange ich aus patriotischen Gründen Diplomaten meines Landes immer im Rambo-Look. Kommen Sie doch herein, Mister Durham.«

Der Konsul trat einen Schritt nach vorn. Er wandte sich zu einer Person um, die hinter ihm im Flur stand, ein großer, kräftiger Mann mit einer Waffe unter dem Jackett und einer unsichtbaren Abkürzung auf der Stirn. Vielleicht FBI, CIA oder DEA oder irgend so etwas, ganz sicher jedoch war er nicht von der Heilsarmee.

»Wärest du so freundlich, hier auf mich zu warten, Malcolm?«

»Kein Problem, Sir.«

»Danke.«

Durham schloss die Tür. Er ging ein Stück hinein, blieb dann im Zimmer stehen und sah sich um.

»Nicht übel. Ein großartiger Ausblick.«

»Ja. Sicher wissen Sie, dass ich in diesem Apartment nur zu Gast bin, und ebenso sicher wissen Sie wohl, aus welchen Gründen.«

Franks Erklärung sollte vor allem dazu dienen, Zeit zu sparen. Mit Sicherheit hatte Durham, bevor er herkam, alle Informationen über seinen Fall bekommen. Frank sah die Hand einer Sekretärin vor sich, die eine Akte mit seinem Namen auf dem Deckblatt und seinem Lebenslauf im Inneren auf einen Schreibtisch legte.

Frank Ottobre, der quadratische Mann, der kreisförmige Mann.

Diese Akte musste durch so viele Hände gegangen sein, dass Frank sich keine Gedanken mehr darüber machte. Er wollte Durham nur wissen lassen, dass es keine Veranlassung zu falscher Scham oder unnützen rhetorischen Verrenkungen gab.

Der Konsul verstand und schien das zu schätzen. Es war zu erwarten, dass Frank in dieser Phase seines Lebens nicht sofort Sympathien weckte. Durham war taktvoll genug, ihm nichts vorzuspielen, und er wusste, dass Achtung und Respekt akzeptable Alternativen waren.

»Nehmen Sie Platz, Mister Durham.«

»Dwight, nennen Sie mich ruhig Dwight.«

»In Ordnung, Dwight. Dann sagen Sie Frank zu mir. Möchten Sie etwas trinken? Aber machen Sie sich keine allzu großen Hoffnungen. Die Speisekammer ist im Moment nicht besonders üppig ausgestattet«, sagte er, während er auf die Terrasse ging, um sein Hemd zu holen.

»Reicht es für ein Perrier?«

Keinen Alkohol. Gut. Während er an ihm vorbei zur Küche ging, setzte Durham sich aufs Sofa. Frank bemerkte, dass die Socken exakt dieselbe Farbe hatten wie die Hosenbeine. Ein Ton-in-Ton-Mann. Akkurat, aber nicht fanatisch.

»Ich glaube schon. *Wildwestservice*?«

Durham lächelte.

»Aber sicher. *Wildwestservice* wäre bestens.«

Er kehrte mit einer Flasche Perrier und einem Glas zurück und hielt es ihm ohne Umstände hin. Während Durham sich das Mineralwasser eingoss, setzte Frank sich auf das andere Sofa, das im rechten Winkel zu dem seines Gastes stand.

»Sie fragen sich, was ich hier mache, nicht wahr, Frank?«

»Nein, ich frage Sie. Ich denke, Sie werden es mir gleich sagen.«

Durham betrachtete die Bläschen in seinem Wasserglas, als sei es Champagner.

»Wir haben ein Problem, Frank.«

»Haben wir das?«

»Ja, haben wir. Sie und ich. Ich bin Kopf, Sie sind Zahl. Oder umgekehrt. Aber im Moment sind wir zwei Seiten einer Medaille. Und wir stecken in derselben Tasche.«

Er nahm einen Schluck Wasser. Dann setzte er das Glas auf dem geschwungenen Glastischchen vor sich ab.

»Vorweg möchte ich noch sagen, dass mein Besuch hier nur so viel offiziellen Charakter hat, wie Sie ihm beimessen möchten. Für mich ist er absolut inoffiziell, einfach nur ein Gespräch zwischen zwei zivilisierten Menschen. Ich bin nicht zu Rambo gekommen, aber an Elliot Ness hatte ich schon gedacht. Ich bin froh, dass ich mich geirrt habe.«

Er griff wieder zu seinem Glas, als fühle er sich sicherer, wenn er es in der Hand hielt.

»Soll ich Ihnen kurz die Situation schildern, Frank?«

»Das wäre nicht schlecht. Einen allgemeinen Überblick könnte ich im Moment ganz gut brauchen.«

»Okay, ich kann Ihnen sagen, dass der Mord an Allen Yoshida Dinge ins Rollen gebracht hat, die der Tod von Arijane Parker bereits angestoßen hatte. Sie wissen von der Anwesenheit General Parkers im Fürstentum, oder?«

Frank nickte. Dwight fuhr fort, erleichtert und zugleich besorgt darüber, dass er bereits auf dem Laufenden war.

»Es ist ein Glücksfall, dass die Umstände Sie bereits dorthin gestellt haben, wo Sie sind. Das hat mir die Peinlichkeit erspart, auf der Anwesenheit eines der Unseren bei den Ermittlungen zu bestehen. Die Vereinigten Staaten haben im Moment ein Imageproblem. Als ein Land, das innerhalb der zivilisierten Welt die Führungsposition für sich beansprucht, als einzige echte Supermacht der Welt, haben wir mit dem 11. September einen empfindlichen Schlag hinnehmen müssen. Getroffen genau dort, wo wir am stärksten waren, wo wir uns am unverletzlichsten gefühlt haben, nämlich zu Hause ...«

Er sah zum Fenster hinaus, spiegelte sich unscharf in den Scheiben der Glastür.

»Und in dieser Situation kommt auch noch dieser Kuddelmuddel hier ... Zwei ermordete Amerikaner, auf diese Weise ermordet, ausgerechnet hier im Fürstentum Monaco, einem der sichersten Staaten der Welt. Lächerlich, nicht wahr? Sieht das nicht aus, als ob sich die Geschichte wiederholt? Mit der einzigen Komplikation, dass wir jetzt noch einen vor Kummer halb wahnsinnigen Vater haben, der entschlossen ist, auf eigene Faust zu handeln, ein US-Army-General, der für seine persönlichen Ziele dieselben terroristischen Mittel einsetzen möchte, die wir in anderen Teilen der Welt bekämpfen. Sie werden verstehen, dass diese Widersprüche unserem Image auf dem internationalen Parkett einen weiteren, schweren Schlag versetzen könnten ...«

Frank sah Durham unbeweglich an.

»Folglich?«

»Folglich müssen Sie ihn fassen, diesen Mörder, Frank. *Sie* müssen ihn fassen. Vor Parker, vor der hiesigen Polizei, wenn möglich. Trotz der hiesigen Polizei, notfalls. Washington möchte, dass dieser Fall ein Paradestück für Amerika wird. Ob Sie wollen oder nicht, ich möchte keine Namen nennen, aber Sie müssen weit über Elliot Ness hinausgehen, das Hemd wieder ausziehen und Rambo spielen.«

Frank dachte, dass Durham und er unter anderen Umständen gute Freunde hätten werden können. Die kurze gemeinsame Zeit hatte seine Sympathien für diesen Mann ganz erheblich wachsen lassen.

»Sie wissen, dass ich es tun werde, Dwight. Ich werde es tun, aber aus keinem der Gründe, die Sie mir gerade genannt haben. Wir sind wie Kopf und Zahl, vielleicht ist es so, aber es ist reiner Zufall, dass wir auf derselben Münze in derselben Tasche sind. Ich werde diesen Mörder fassen, und ihr könnt diesem Umstand die Bedeutung zuweisen, die ihr möchtet. Ich verlange nur eins.«

»Nämlich?«

»Dass ihr es so einrichtet, dass eure Gründe nicht zwangsläufig die meinen werden.«

Dwight Durham, Konsul der Vereinigten Staaten, erwiderte nichts. Vielleicht hatte er nicht verstanden, vielleicht hatte er nur zu gut verstanden und konnte damit leben. Er erhob sich und schob mit den Händen seine Hosenbeine herunter. Das Gespräch war beendet.

»In Ordnung, Frank. Ich glaube, es ist alles gesagt.«

Frank stand ebenfalls auf. Die beiden schüttelten sich die Hände im Gegenlicht dieses frühsommerlichen Nachmittags. Draußen näherte sich die Sonne langsam dem Horizont. Das Blau des Himmels vertiefte sich allmählich.

In wenigen Stunden würde die Nacht hereinbrechen, die Nacht mit ihren Stimmen und den Mördern im Schatten. Und ein jeder würde versuchen, sich im Dunkeln zu seinem Versteck zu tasten.

»Machen Sie sich keine Umstände, mich hinauszubegleiten, ich kenne den Weg. Auf Wiedersehen, Frank, und Hals- und Beinbruch.«

»Dieser Pfad ist steinig, Dwight, es wird schwer sein, nicht ins Stolpern zu kommen.«

Durham wandte sich zum Ausgang und öffnete die Tür. Malcolm war kurz im Flur zu sehen, als er sie hinter sich zumachte.

Frank war wieder allein.

Er entschied, dass ein zweites Bier durchaus gerechtfertigt war. Er ging in die Küche, um es zu holen, und ließ sich dann auf dem Sofa nieder, auf dem sein Gast gesessen hatte.

Wir sind zwei Seiten derselben Medaille ... Kopf oder Zahl, Dwight?

Er entspannte sich und versuchte, Durham und ihre Begegnung zu vergessen, die Diplomatie, die Kriege und die Fesseln der Justiz. Er trank einen Schluck Bier.

Er wollte versuchen, etwas zu tun, das er schon eine ganze Weile nicht mehr getan hatte. Er nannte es »Öffnung«. Wenn die Ermittlungen an einen toten Punkt kamen, setzte er sich hin und versuchte, den Kopf frei zu bekommen, die Gedanken fließen und sich miteinander verbinden zu lassen, wie ein mentales Puzzle, das sich ohne sein Zutun zusammensetzt. Ohne einen Willen, gelenkt nur durch die geheimen Gesetze des Unterbewusstseins. Eine Art unbeteiligtes Denken in Bildern, das schon öfters zu ganz hervorragenden Ergebnissen geführt hatte. Er schloss die Augen.

Arijane Parker und Jochen Welder.

Das Schiff, eingeklemmt am Kai, die Masten leicht nach links geneigt.

Die beiden auf dem Bett, die Köpfe verstümmelt, die Zähne zu einem zornlosen Grinsen entblößt.

Die Stimme im Radio.

Die blutrote Inschrift.

Ich töte ...

Jean-Loup Verdier. Seine halb zusammengekniffenen Augen.

Harriets Gesicht.

Nein, nicht jetzt, nicht heute!

Wieder die Stimme im Radio.

Die Musik. Die Plattenhülle von Santana.

Allen Yoshida.

Sein Kopf am Autofenster.

Der helle Autositz, wieder die rote Inschrift.

Die Hand, das Messer, das Blut.

Die Bilder des Films.

Der Mann in Schwarz und Allen Yoshida.

Die Fotos vom Zimmer, ohne sie.

Der Film. Die Fotos. Der Film. Die Fotos. Der Fil...

Mit einem Ruck und fast gegen seinen Willen sprang Frank Ottobre auf und stand vor dem Sofa. Es war ein winziges Detail, das sein Geist wahrgenommen und wie eine Sicherungskopie abgelegt hatte. Er musste unverzüglich in die Zentrale zurück, um nachzusehen, ob seine Erinnerung den Tatsachen entsprach. Vielleicht bildete er sich das alles nur ein, aber ihm blieb nichts anderes übrig, als sich an den allerkleinsten Strohhalm zu klammern. Er hätte jetzt gern tausend Finger gehabt, um sie alle zusammen hinter seinem Rücken zu kreuzen.

28

Als Frank am Eingang des Präsidiums in der Rue Notari anlangte, war es schon später Nachmittag. Er war zu Fuß vom Parc Saint-Roman hergekommen, hatte sich, fast ohne sie wahrzunehmen, durch die Passanten geschlängelt, die im Sonnenuntergang die Straßen bevölkerten. Er war erregt. Fast immer, wenn er einen Kriminellen jagte, empfand er diese ängstliche Unruhe, diese manische Aktivität, als treibe eine innere Stimme ihn zu ständiger Eile. Jetzt, da die Ermittlungen an einem toten Punkt angelangt waren und alle ihre Hypothesen sich in Luft aufgelöst hatten, war diese kleine Erleuchtung gekommen. Etwas glitzerte unter der Wasseroberfläche, und Frank konnte es kaum abwarten, sich hineinzustürzen, um herauszufinden, ob es tatsächlich ein Licht war oder nur eine trügerische Spiegelung.

Der wachhabende Beamte am Eingang ließ ihn problemlos passieren, als er ihn sah. Frank fragte sich, ob sie, wenn sie über ihn redeten, seinen Namen benutzten oder einfach nur von dem »Amerikaner« sprachen.

Er stieg die Treppen zum Büro von Nicolas Hulot zu Fuß hinauf, lief den Flur entlang und erreichte die Tür. Er klopfte ein paarmal an und drückte dann den Griff herunter. Das Büro war verlassen.

Einen Augenblick blieb er verdutzt auf dem Flur stehen. Dann entschloss er sich hineinzugehen. Er konnte seine Ungeduld kaum noch im Zaum halten und musste einfach wissen, ob das, was er dachte, der Wahrheit entsprach. Nicolas würde nichts dagegen haben, wenn er es in seiner Abwesenheit herausfand.

Auf dem hölzernen Schreibtisch lag das Dossier mit den ganzen Berichten und Papieren zu ihrem Fall. Er schlug es auf und suchte nach dem Umschlag mit den Fotos aus Allen Yoshidas Haus, den Froben ihnen nach der Untersuchung des Tatortes gebracht hatte. Er studierte sie aufmerksam. Er setzte sich an den Schreibtisch, griff zum Telefon und wählte die Nummer des Kommissariats in Nizza.

»Froben?«

»Ja, wer ist da?«

»Salut, Claude, ich bin's, Frank.«

»Hi, Amerikaner, wie geht's?«

»Könnte ich bitte eine andere Frage bekommen?«

»Ich habe die Zeitungen gelesen. Ist es wirklich so schlimm?«

»Ja. Und denk nur, wenn es schlecht läuft, dann seufzen wir erleichtert auf, weil es nicht noch schlimmer kommt.«

»Na, herzlichen Glückwunsch. Was kann ich in all dem Schlamassel für dich tun?«

»Ein paar Fragen beantworten.«

»Schieß los.«

»Weißt du, ob in Yoshidas Haus wirklich niemand etwas angefasst hat, was weiß ich, ob wirklich niemand ohne es zu sagen etwas woanders hingelegt hat, bevor ihr gekommen seid, um die Untersuchungen und die Fotos zu machen?«

»Ich glaube nicht. Die Hausangestellte, die das Zimmer entdeckt hat, ist nicht einmal reingegangen. Sie ist fast in Ohnmacht gefallen, als sie das viele Blut gesehen hat. Dann hat sie sofort den Sicherheitsdienst alarmiert. Wie du dich erinnerst, war Valmeere, der Chef vom Wachdienst, früher mal bei der Polizei, und er weiß, wie man vorgeht. Wir haben natürlich auch nichts angefasst. Die Fotos, die ich euch gegeben habe, zeigen das Haus genauso, wie wir es vorgefunden haben.«

»Gut, Claude. Entschuldige, ich wollte nur ganz sicher sein, was das angeht.«

»Hast du eine Spur?«

»Ich weiß nicht. Ich hoffe es. Ich muss ein Detail überprüfen, aber ich will mir keine falschen Hoffnungen machen. Noch etwas ...«

Das Schweigen am anderen Ende der Leitung zeigte, dass Froben wartete.

»Kannst du dich erinnern, ob es in Yoshidas Plattensammlung Langspielplatten aus Vinyl gab?«

»Das kann ich dir mit Sicherheit sagen. Nein. Ich weiß das, weil einer meiner Leute ein ganz Leidenschaftlicher ist und festgestellt hat, dass die Stereoanlage zwar über einen Plattenspieler verfügt, in den Regalen aber nur CDs stehen. Er hat noch eine Bemerkung darüber gemacht …«

»Großartig, Froben. Nichts anderes habe ich von dir erwartet.«

»Okay. Wenn ihr noch irgendetwas braucht, ich bin hier.«

»Ich danke dir, Claude. Du bist ein Schatz.«

Er legte auf und blieb einen Moment nachdenklich sitzen. Jetzt war der Moment gekommen, um zu überprüfen, ob dieser Hurensohn tatsächlich einen kleinen Fehler begangen hatte, den ersten seit Beginn dieser ganzen Sache. Oder ob *er* einen Fehler gemacht und Glühwürmchen für Laternen gehalten hatte.

Er zog die Schreibtischschublade unter der Tischplatte heraus. Darin lag eine Kopie der VHS-Kassette, die sie in Yoshidas Bentley gefunden hatten. Er wusste, dass Nicolas sie dort zusammen mit den Mitschnitten der Radiosendung aufbewahrte. Er nahm sie heraus und schob sie in den Videorekorder. Er schaltete die Apparate an und drückte auf der Fernbedienung die Playtaste.

Auf dem Monitor erschienen die Farbstreifen, und dann kamen die Bilder. Selbst wenn er hundert Jahre leben und sich das Band täglich ansehen würde, könnte er es niemals ohne Schaudern tun. Wieder sah er die schwarze Figur mit dem Messer in der Hand hin und her gehen. Er hatte einen Kloß im Hals und spürte, wie ein eiserner Griff seinen Magen umklammerte. Und Wut, die sich nicht legen würde, bis er ihn gefasst hätte.

Da, jetzt kommt es gleich …

Er war versucht, auf Schnelllauf umzuschalten, hatte jedoch Angst, dass ihm das Detail entging. Endlich kam die Aufnahme an die Stelle, auf die er wartete. Im Geist ließ er einen kleinen Jubelschrei los.

Ja, ja, ja …

Er hielt das Bild an, indem er die Pausentaste drückte. Der Gegenstand war so klein, dass er nur sehr ungern mit jemandem darüber gesprochen hätte, aus Angst, zum hundertsten Mal enttäuscht zu werden. Aber jetzt lag er hier vor seinen Augen, und es war in jeder Hinsicht die Mühe wert herauszufinden, ob sich daraus nicht etwas machen ließ. Sicher, im Moment war es ein so unbedeutendes Detail, dass man nicht weiter darüber nachdenken würde, wäre es nicht das Einzige, was sie in der Hand hatten. Aufmerksam musterte er die Szene auf dem Fernsehschirm. Der Mörder stand still, das Messer über Allen Yoshida hoch erhoben. Sein Opfer starrte ihn mit weit aufgerissenen Augen an, Hände und Füße mit Draht gefesselt, den Mund mit Klebeband verschlossen, das Gesicht vor Schmerz und Entsetzen verzerrt. Frank dachte, dass dieser Mann jedes Mal wieder sterben würde, wenn jemand das Band ansah. Und wenn man bedachte, was für ein Mensch er gewesen war, dass er es jedes Mal verdienen würde.

In diesem Augenblick ging die Tür zum Büro auf, und Morelli kam herein. Er blieb auf der Schwelle stehen, sprachlos, ihn hier vorzufinden.

Frank fiel auf, dass er nicht überrascht aussah, sondern *beschämt*.

Irgendwie fühlte er sich schuldig daran, dass dem Inspektor nicht wohl in seiner Haut war.

»Hallo, Claude, entschuldige, dass ich hier so einfach eingedrungen bin, aber es war niemand da, und ich musste ganz dringend etwas nachsehen …«

»Nein, kein Problem. Wenn du Kommissar Hulot gesucht hast, der ist unten in der Besprechung, im großen Saal. Die Bosse sind auch alle da.«

Frank begann, den Braten zu riechen. Wenn auf der Konferenz Bilanz gezogen und weitere Schritte koordiniert werden sollten, kam es ihm seltsam vor, dass er nicht benachrichtigt worden war. Er hatte sich stets im Hintergrund gehalten, um Nicolas nicht in Verlegenheit zu bringen. Er hatte immer hinter ihm zurückgestanden und hatte nur die Initiative ergriffen, wenn sie ihm überlassen wurde. Vor allem, um den Kommissar nicht in irgendjemandes Augen zu diskreditieren. Nicht vor seinen Vorgesetzten, aber auch nicht vor seinen Untergebenen, was in Wirklichkeit viel wichtiger war.

Wie Nicolas das empfand, stand auf einem ganz anderen Blatt. Er hatte ihn mit seinem Ausbruch am Morgen vor dem Haus von Jean-Loup ziemlich getroffen, doch er verstand ihn nur zu gut, und zwar sowohl menschlich als auch beruflich.

Sie beide waren wirklich zwei Seiten einer Medaille. Wer Kopf und wer Zahl war, spielte überhaupt keine Rolle. Zwischen ihnen gab es keine Probleme.

Er stellte einen Zusammenhang her zwischen Dwight Durhams Besuch eben gerade und der fast schon fluchtartig anberaumten Konferenz. Wahrscheinlich sahen die Autoritäten im Fürstentum die Sache genauso, nur mit umgekehrten Vorzeichen. Seine Anwesenheit hier war nach der Intervention der amerikanischen Diplomatie keine Sache persönlicher Beziehungen mehr, kein *gentlemen's agreement*, sondern eine offizielle Angelegenheit.

Frank zuckte mit den Achseln. Er hatte keine Lust, in das Gewirr diplomatischer Beziehungen hineingezogen zu werden. Das interessierte ihn nicht die Bohne. Alles, was er wollte, war, diesen Mörder zu fangen, ihn hinter Schloss und Riegel zu bringen und den Schlüssel wegzuwerfen. Wem am Ende das Verdienst daran zugesprochen wurde, sollten diejenigen entscheiden, deren Aufgabe das war.

Morelli unterbrach das peinliche Schweigen zwischen ihnen.

»Ich wollte gerade runtergehen. Kommst du mit?«

»Meinst du, das ist angebracht?«

»Ich weiß, dass sie ein paarmal versucht haben, dich anzurufen, aber es war besetzt.«

Das klang glaubhaft. Er hatte eine Weile mit Cooper telefoniert, und als Durham gekommen war, hatte er das Handy ausgeschaltet, das er im Übrigen auch sonst kaum benutzte. Er ließ es fast immer in einer Schublade im Apartment im Parc Saint-Roman liegen.

Frank stand vom Schreibtisch auf, sammelte die Fotos ein, die er gerade angeschaut hatte, und zog die Kassette aus dem Rekorder. Er nahm sie mit.

»Gibt es da unten eine Möglichkeit, die Kassette anzuschauen?«

»Ja, es ist alles da.«

Sie gingen hinaus, durchquerten schweigend die Flure und betraten die Treppe nach unten. Franks Miene war wie versteinert. Sie stiegen zu Fuß bis ins Untergeschoss hinab und gingen dort denselben Weg zurück, den sie oben genommen hatten. An der vorletzten Tür auf der rechten Seite angekommen, klopfte Morelli vorsichtig an.

»Herein«, hörten sie von drinnen rufen.

Der Inspektor öffnete die Tür und trat ein.

In dem mit Glanzlack in zweierlei Grautönen gestrichenen Raum befanden sich eine ganze Menge Leute, die um einen langen, rechteckigen Tisch herum saßen. Nicolas Hulot, Doktor Cluny, der Direktor der Sûreté, Roncaille, und ein paar andere Leute, die Frank noch nie gesehen hatte.

Als er erschien, herrschte für einen Moment allgemeines Schweigen.

Der Bratengeruch, den Frank in der Nase hatte, war nicht länger zu ignorieren. Es war die klassische Situation, in der alle den Atem anhielten, als seien sie auf frischer Tat ertappt worden. Frank dachte, dass es ihr Haus war und sie alles Recht der Welt hatten, Konferenzen einzuberufen, wann immer sie wollten, ob mit ihm oder ohne ihn. Doch die allgemeine Anspannung bestätigte seinen Eindruck. Nicolas ließ seine Blicke im Raum umherschweifen, ohne den Mut zu finden, ihm in die Augen zu sehen, und schaute genauso peinlich berührt drein wie Morelli kurz zuvor. Frank vermutete, dass sein Verhalten auch andere Gründe hatte. In seiner Abwesenheit mussten sie ihm ordentlich den Kopf gewaschen haben, weil sie bisher noch keine Ergebnisse hatten liefern können.

Roncaille rührte sich als Erster. Er stand auf und machte einige Schritte auf ihn zu.

»Ah, Frank, guten Abend, setzen Sie sich doch. Wir haben gerade über die aktuelle Lage gesprochen, während wir auf Sie gewartet haben. Ich glaube, Sie kennen Dr. Alain Durand noch nicht, den Generalstaatsanwalt, der den Fall persönlich übernommen hat …«

Er wies auf einen untersetzten Mann mit dünnem, dunkelblondem Haar und kleinen, hinter einer randlosen Brille vergrabenen Augen, der am Kopf des Tisches saß. Er trug einen eleganten grauen Anzug, der ihm nicht den Anstrich verlieh, den er zu haben glaubte. Er nickte leicht mit dem Kopf.

»Und Inspektor Gottet, von der Abteilung Computerkriminalität ...«

Dieses Mal war es an dem Mann links von Durand, mit dem Kopf zu nicken. Ein junger, dunkelhaariger Mann, leicht gebräunt, der wahrscheinlich in seiner Freizeit in den Fitnesssalon ging, im Sommer an den Strand und im Winter ins Sonnenstudio. Er sah mehr nach Yuppie als nach Polizist aus.

Roncaille wandte sich jetzt an die Personen, die er gerade vorgestellt hatte.

»Dies ist Frank Ottobre, Spezialagent des FBI, der mit der Polizei des Fürstentums an den Ermittlungen im Fall ›Keiner‹ zusammenarbeitet.«

Frank ging zu einem Platz rechts neben Cluny auf der linken Seite des Tisches, fast direkt gegenüber von Nicolas, und setzte sich dort hin. Er suchte seinen Blick, fand ihn jedoch nicht. Nicolas fuhr fort, einen Platz unter der Tischplatte zu mustern, als habe er dort etwas verloren.

Roncaille nahm seinen Platz wieder ein.

»Gut. Jetzt, wo wir vollzählig sind, können wir ja weitermachen. Frank, wir waren gerade dabei, den Bericht von Doktor Cluny anzuhören, der die Bänder mit den Telefonanrufen des Täters analysiert hat.«

Diesmal war es an Frank, schweigend zu nicken. Cluny rückte seinen Stuhl an den Tisch heran und öffnete das kleine Mäppchen, das vor ihm lag. Er räusperte sich, als beginne er eine Vorlesung an der Universität.

»Nach einer Analyse, die weniger oberflächlich war als während der Telefonate möglich, bin ich im Großen und Ganzen zu denselben Schlussfolgerungen gekommen. Es handelt sich um ein äußerst komplexes Subjekt, einen Typus, von dem ich sagen kann, dass ich ihm in dieser Art noch nie begegnet bin. Es gibt einige Details in seinem Modus Operandi, auf Grund derer man ihm mit Fug und Recht das Täterprofil eines gewöhnlichen Serienkillers zuordnen kann. Zum Beispiel seine territoriale Festlegung, die ihn dazu bringt, einzig und allein auf dem Boden des Fürstentums zu agieren. Die Tatsache, dass er eine Stichwaffe verwendet, die ihm einen direkten Kontakt mit seinem Opfer ermöglicht. Wenn wir so wollen, dann kann die Praxis, seine Opfer zu häuten, zugleich als fetischistisches Ritual wie auch als Overkill im engeren Sinne interpretiert werden. Mit der Verstümmmelung der Leichen beweist sich der Mörder seine absolute Überlegenheit über die Person, die er treffen möchte. Auch die Ruheperiode zwischen den einzelnen Morden fügt sich gut in dieses Gesamtbild ein. Bis zu diesem Punkt scheint also alles normal zu sein …«

»Jedoch …?«, fragte Durand mit einer tiefen Stimme, die in Relation zu seinem Äußeren vollkommmen überdimensioniert erschien.

Cluny machte eine Kunstpause. Er nahm die Brille ab und rieb sich die Nasenwurzel, wie es Frank ihn schon öfter hatte tun sehen. Er schien eine außergewöhnliche Begabung dafür zu haben, die Aufmerksamkeit für das, was er sagte, lebendig zu halten. Nachdem er sich die Brille wieder aufgesetzt hatte, nickte er zustimmend zu Durand hinüber.

»Exakt, hier beginnen die ›Jedochs‹ … Das Subjekt verfügt über einen außergewöhnlich umfangreichen Wortschatz und eine Abstraktionsfähigkeit, die das normale Maß weit überschreitet. Er liefert uns Bilder, die, bei all ihrer Bitterkeit, manchmal regelrecht poetisch sind. Auch die Definition seiner selbst als ›einer und keiner‹ fügt sich in diese Überlegungen ein. Abgesehen von seinem scharfen Verstand, muss er ein Mann mit sehr hohem kulturellem Wissen sein. Wahrscheinlich gehobene Schulbildung, humanistisch würde ich sagen, vielleicht sogar auf universitärer Ebene, was dem klassischen Bild des Serienkillers widerspricht, das überwiegend Angehörige mittlerer oder niedriger Schichten repräsentiert, mit geringem kulturellem Niveau und niedriger Schulbildung. Dies sind in der überwiegenden Mehrzahl der Fälle Menschen mit einem ziemlich niedrigen Intelligenzquotienten. Und da gibt es noch etwas, das mich verblüfft …«

Wieder eine Pause. Frank sah den Psychopathologen erneut sein Ritual vollziehen, die Brille, das Reiben an der Nasenwurzel. Durand nutzte die Pause, um seine eigene Brille zu putzen.

Szenenapplaus für Doktor Cluny. Sehr gut, wir sind alle nur wegen dir hier, aber bitte, mach weiter. Und entscheide dich bitte früher oder später dazu, Kontaktlinsen zu benutzen.

»Die Tatsache, dass sich im Verlauf des Gesprächs fast so etwas wie ein Zwang zum Verbrechen, zum Mord manifestiert. Wenn hinter einer solchen Persönlichkeitsstörung, quasi als Nährboden, die allgemeinen Lebensumstände des Täters stehen, wie etwa eine oppressive Familie, dominante Eltern oder Elternteile, Missbrauch oder Erniedrigungen oder Ähnliches, dann ist das mehr oder weniger normal. Aber hier liegt eine Haltung vor, die sich üblicherweise in Fällen von Persönlichkeitsspaltung manifestiert, als seien in diesem Subjekt zwei Personen zur gleichen Zeit präsent. Und hier kommen wir wieder auf das Thema ›einer und keiner‹ zurück, bei dem …«

Frank hielt all diese Überlegungen für Bullshit, und basta.

Eine schöne Stilübung, nichts weiter. In ihrem speziellen Fall war die Entwicklung eines Täterprofils zwar nützlich, jedoch nicht entscheidend. Dies war nicht nur ein Mensch, der handelte, sondern einer, der *nachdachte*, und zwar eine Menge nachdachte, bevor er zur Tat schritt. Und noch dazu in außergewöhnlicher Weise. Um ihn zu fassen, müsste es ihnen gelingen, noch über seine gedanklichen Fähigkeiten *hinauszugehen*.

Er sprach es nicht aus, denn er fürchtete, dass seine schlichte Feststellung als Bewunderung ausgelegt werden könnte.

Durand griff ein, und nach dem zu urteilen, was er sagte, musste Frank zugeben, dass er nicht auf den Kopf gefallen war. Er wusste, wie man eine Konferenz dieser Art leitete.

»Meine Herren, wir sind hier unter uns, und niemand hört uns zu. Dies ist kein Wettlauf, in dem es darum geht, sich zu profilieren. Ich möchte Sie bitten, ohne Zurückhaltung alles auf den Tisch zu legen, was Ihnen einfällt, auch wenn es Ihnen auf den ersten Blick zu banal erscheint. Man kann nie wissen, woher eine Idee kommt. Ich werde beginnen. Was gibt es über die Beziehung des Mörders zur Musik zu sagen?«

Cluny zuckte die Achseln.

»Dies ist ein weiterer widersprüchlicher Aspekt. ›Einer und keiner‹, noch einmal. Auf der einen Seite haben wir eine unübersehbare Leidenschaft, insofern, als er sehr viel darüber zu wissen und Musik sehr zu lieben scheint. Die Musik muss für diesen Mann eine Art primären Zufluchtsort darstellen, eine Art mentales Versteck. Auf der anderen Seite mündet der Gebrauch dieses Mittels, uns einen Hinweis zu liefern, ein Indiz auf sein nächstes Opfer, in ein Spiel, bei dem die Musik zerstört und zu einer Waffe wird, mit der er uns herausfordert. Er fühlt sich uns überlegen, obwohl das, was ihn dazu treibt, all dies zu tun, auf einem Gefühl der Frustration und der Unterlegenheit basiert. Sehen Sie? Wieder ›einer und keiner‹ ...«

Hulot hob die Hand.

»Bitte sehr, Kommissar.«

»Die Tatsache, dass er bei seinen Opfern einen Teil der Anatomie entfernt, welches Ziel könnte, abgesehen von der psychologischen Motivation, diese Handlung Ihrer Meinung nach haben? Besser gesagt, *was macht er mit den Gesichtern dieser armen Menschen? Wozu braucht er sie?*«

Schweigen machte sich im Zimmer breit. Diese Frage hatte jeder von ihnen sich schon mehrfach gestellt. Jetzt war sie laut ausgesprochen, und diese Pause deutete darauf hin, dass bisher niemand auch nur die Andeutung einer Antwort gefunden hatte.

»Tja, darüber kann ich, wie jeder von uns, nur Hypothesen formulieren, und alle wären im Moment gleichermaßen glaubwürdig ...«

»Könnte es jemand sein, der unter einem schrecklichen Äußeren leidet, jemand, der sich deshalb an seinen Opfern rächt?«, fragte Morelli.

»Sicher, möglich ist das. Aber bedenken Sie, dass ein abstoßendes oder sogar monströses Aussehen schon an sich ziemlich auffällig ist. Eine so abstoßende, physische Erscheinung regt die

Fantasie der Menschen an, ganz nach dem Prinzip ›hässlich gleich böse‹. Wenn hier in der Gegend irgendeine Art von Frankenstein unterwegs wäre, hätte uns ganz sicher schon jemand darauf hingewiesen. So einer bleibt nicht unbemerkt.«

»Aber mir scheint das doch ein Aspekt zu sein, den wir nicht von vornherein ausschließen sollten«, griff Durand mit seiner dunklen Stimme ein.

»Sicher, das nicht. Nur trifft das leider auf alle Aspekte zu.«

»Danke, Doktor Cluny.«

Roncaille schloss fürs Erste diesen Teil der Analyse ab und wandte sich an Inspektor Gottet, der bis jetzt schweigend zugehört hatte.

»Bitte sehr, Inspektor.«

Gottet begann mit leuchtenden Augen von seinen Möglichkeiten zu sprechen, ganz erfüllt vom heiligen Feuer der Effizienz.

»Wir haben alle möglichen Gründe untersucht, aus denen es scheitern könnte, die eingehenden Telefonate des ›US‹ abzufangen.«

Gottet sah Frank direkt in die Augen. Frank musste schon wieder lächeln und konnte es nur mit Mühe unterdrücken. Gottet war wirklich ein Fanatiker. Der Begriff »US« war eine Abkürzung für »unknown subject«, die normalerweise bei Ermittlungen in den USA verwendet wurde, hier jedoch vollkommen unüblich war.

»Erst seit kurzem steht uns ein neues System zur Überwachung von Mobiltelefonen zur Verfügung, das DCS 1000, auch bekannt unter dem Namen ›Carnivore‹. Wenn ein Telefonat über diesen Weg hineinkommt, gibt es keine Probleme …«

Frank hatte in Washington bereits davon gehört, als sich das System noch im Experimentierstadium befand. Er war nicht auf dem Laufenden darüber, dass es schon eingesetzt wurde. Das hieß aber nichts, denn es gab im Moment viele Dinge, über die er nicht auf dem Laufenden war. Gottet fuhr in seinen Ausführungen fort.

»Was den Eingang von Anrufen aus dem Festnetz angeht, so können wir uns direkt ins Computersystem des Senders einklinken, welches die Telefonzentrale verwaltet, und können so jeden

Kontakt zum System überwachen, indem wir das Signal identifizieren, egal, ob es von den Telefongesellschaften oder auf die eine oder andere Weise aus dem Web hereinkommt ...«

Er machte eine Kunstpause, ohne jedoch die magnetisierende Wirkung Clunys zu erreichen.

»Wie Sie alle wissen, kann man sich mit den geeigneten Programmen und ein wenig Geschick aus dem Internet unbemerkt ins Telefonnetz einwählen. Zumindest, solange am anderen Ende nicht jemand sitzt, der ebenso gut, wenn nicht sogar besser ist. Daher haben wir die Mitarbeit eines Hackers gewonnen, der die Seiten gewechselt hat. Er verdient sein Geld heute als freier Berater zur Abwehr von Hackerangriffen. Gelegentlich kooperiert er mit der Polizei, und im Gegenzug haben wir ein Auge zugedrückt, was verschiedene seiner früheren Streiche betrifft. Für diese Ermittlungen haben wir die besten Technologien verwendet, die auf dem Markt zu haben sind. Dieses Mal wird er uns nicht entkommen ...«

Gottets Einlassung war deutlich kürzer als die von Cluny, auch weil es wesentlich weniger zu sagen gab. Das Rätsel um den Anruf, dessen Eingang nicht registriert werden konnte, war ein Fleck auf dem frisch gewaschenen Hemd der Abteilung. Sie würden alle die Ärmel bis zu den Achseln hochkrempeln, um es wieder sauber zu bekommen.

Durand ließ seinen Blick in die Runde schweifen.

»Gibt es noch etwas anderes, das wir hier besprechen sollten?«

Hulot schien die anfängliche Beschämung überwunden zu haben und war zu seiner alten Kaltblütigkeit zurückgekehrt.

»Wir fahren mit den Ermittlungen zum Privatleben der Opfer fort, auch wenn wir uns aus dieser Richtung nicht viel erwarten. Auf jeden Fall machen wir weiter. In der Zwischenzeit werden wir unsere Überwachung von Radio Monte Carlo aufrechterhalten. Wenn der Täter noch einmal anruft und uns einen weiteren Hinweis gibt, sind wir darauf vorbereitet einzugreifen. Wir haben eine Spezialeinheit aus Polizisten in Zivil zusammengestellt, darunter auch einige weibliche Kräfte, die den Ort überwachen. Gleichzeitig steht uns eine Eingreiftruppe mit Scharfschützen und Nachtsichtgeräten zur Verfügung. Wir sind in Kontakt mit Musikexperten, die sich bereithalten, um uns im Falle aller Fälle bei der Entschlüsselung der Botschaft zu unterstützen. Ist sie entschlüsselt, werden wir alle Personen unter Überwachung stellen, die wir für gefährdet halten. Wir hoffen, dass dieser Mörder einen Fehler begeht, obwohl er sich bis heute leider als unfehlbar erwiesen hat.«

Durand sah ihn vom Kopf des Tisches her an. Endlich konnte Frank erkennen, dass er braune Augen hatte. Mit seiner Baritonstimme wandte er sich an alle und keinen.

»Meine Herren, ich brauche Sie ja nicht daran zu erinnern, wie wichtig es ist, dass *wir* keine Fehler mehr begehen. Dieser Fall gehört nicht mehr der Polizei allein, er ist gerade dabei, sehr viel mehr zu werden. Wir müssen diesen Typen so bald wie möglich schnappen, bevor uns die Medien in der Luft zerreißen.«

Und die vom Nationalrat, wenn nicht gar der Fürst persönlich, dachte Frank.

»Setzen Sie mich von jeder Entwicklung, was auch immer es sei, unverzüglich in Kenntnis, egal um welche Uhrzeit. Meine Herren, auf Wiedersehen, ich zähle auf Sie.«

Durand erhob sich, und alle taten es ihm nach. Der Generalstaatsanwalt wandte sich zur Tür, dicht gefolgt von Roncaille, der wahrscheinlich seine Anwesenheit noch für eine PR-Veranstaltung nutzen wollte.

Morelli wartete, bis die beiden weit genug weg waren, dann ging er seinerseits hinaus, nachdem er Hulot mit einem Blick seiner ungeteilten Loyalität versichert hatte.

Doktor Cluny stand noch am Tisch und sammelte das Heftchen mit seinen Notizen ein.

»Wenn ihr mich im Sender braucht, könnt ihr auf mich zählen.«

»Das Angebot nehmen wir gerne an, Doktor«, antwortete Hulot.

»Also, wir sehen uns dann später.«

Auch Cluny verließ den Raum, und Frank und Nicolas blieben allein zurück.

Der Kommissar machte eine weitläufige Geste in Richtung des Tisches, an dem sie alle gerade noch gesessen hatten.

»Du weißt, dass ich mit dem Ganzen nichts zu tun habe, oder?«

»Sicher weiß ich das. Hat ja jeder so seine Scherereien.«

Frank dachte an Parker. Er fühlte sich schuldig, weil er Nicolas noch nichts von dem General und von Ryan Mosse gesagt hatte.

»Wenn du mit hinauf in mein Büro kommst, dann habe ich noch etwas für dich.«

»Was?«

»Eine Waffe. Eine Glock 20. Ich denke, das ist eine Waffe, die du ziemlich gut kennst.«

Eine Waffe. Frank hatte gedacht, dass er nie wieder eine brauchen würde.

»Ich glaub nicht, dass sie mir etwas nützt.«

»Mir wäre es auch lieber, wir bräuchten sie nicht, aber im Moment halte ich es für notwendig, dass wir auf alles gefasst sind.«

Frank schwieg eine Weile. Er strich sich mit der Hand über eine Wange, wo der Bart schon wieder anfing, dunkle Schatten zu werfen. Hulot merkte, wie durcheinander er war.

»Was gibt es, Frank?«

»Nicolas, ich habe vielleicht etwas gefunden …«

»Soll heißen?«

Frank nahm den Umschlag vom Tisch und die Kassette, die er dort abgelegt hatte, als er hereingekommen war.

»Ich hatte diese Sachen mit heruntergebracht, aber im letzten Moment habe ich mich entschieden, vor den anderen lieber nichts zu sagen, weil es ein so unbedeutendes Detail ist, dass ich es lieber erst überprüfen will, bevor ich es hier in der Konferenz vorstelle. Ich hatte dir doch gesagt, dass da etwas war, das ich nicht greifen konnte, erinnerst du dich? Irgendetwas, an das ich mich hätte erinnern *müssen*, auf das ich aber einfach nicht mehr kam. Ich habe endlich herausbekommen, was es war. Eine Diskrepanz zwischen dem Film und den Fotos aus Yoshidas Haus, die Froben uns gebracht hat.«

»Und?«

Frank zog ein Foto aus dem Umschlag und reichte es Hulot.

»Schau den Schrank an. Den mit der Stereoanlage, hinter dem Sessel. Was steht darauf?«

»Nichts.«

»Genau. Und jetzt schau mal hier ...«

Frank nahm die VHS-Kassette und ging zum Fernseher hinüber, einem Philips Combi mit integriertem Videorekorder, der an der Wand gegenüber vom Tisch stand.

Er steckte die Kassette hinein, die noch an der Stelle war, wo er sie angehalten hatte. Er ließ das Bild stehen. Mit der Hand zeigte er auf einen Punkt auf dem Bildschirm hinter den beiden Figuren im Vordergrund.

»Da, siehst du, hier, auf demselben Schrank ist eine Plattenhülle angelehnt. Es handelt sich um eine Langspielplatte, aus Vinyl. In Yoshidas Haus gab es keine LPs, das hat mir Froben persönlich bestätigt. *Nicht eine einzige.* Auf dem Foto ist von dieser Hülle nichts mehr zu sehen. Was bedeutet, dass der Mörder seiner manischen Begeisterung für die Musik nicht widerstehen konnte und sich von zu Hause die passende Tonspur zu seinem neuen Verbrechen mitgebracht hatte. Das Bild ist etwas unscharf, weil die Qualität dieser in Eile und Wut angefertigten Kopie nicht besonders gut ist, aber ich bin mir sicher, dass man aus dem Originalband mit Hilfe der geeigneten Apparate herausfiltern kann, um welche LP es sich handelt. Die Tatsache, dass sie nicht am Ort des Verbrechens zurückgelassen wurde, hat eine besondere Bedeutung. Entweder für ihn oder allgemein. Vergessen wir nicht, dass dieser verdammte Kerl einen ziemlich ausgeprägten, wenn auch schwarzen Sinn für Humor hat. Ich glaube, hätte er gekonnt, hätte er sich die Gelegenheit, uns einen weiteren Streich zu spielen, nur schwerlich entgehen lassen. Ich sage es noch einmal, es ist möglich, dass uns das keinen Schritt nach vorne bringt, aber es ist das Erste, was wir über den Mörder *gegen seinen Willen* herausfinden. Und wenn er noch so klein ist, es ist der erste Fehler, den er begangen hat ...«

Eine Weile herrschte Schweigen. Frank brach es schließlich.

»Gibt es eine Möglichkeit, die VHS analysieren zu lassen, ohne allzu viel Öffentlichkeit?«, fragte er Hulot.

»Hier im Fürstentum sicher nicht. Lass mich überlegen ... Guillaume vielleicht, der Sohn der Merciers, Freunden von uns. Er hat eine kleine Produktionsfirma. Macht Videoclips und solche Sachen. Er steht noch ganz am Anfang, aber ich weiß, dass er sehr gut ist. Ich könnte es bei ihm versuchen.«

»Kann man ihm trauen?«

»Er ist ein schlaues Kerlchen. Er war der beste Freund von Stéphane. Wenn ich ihn darum bitte, wird er den Mund halten.«

»Gut. Ich glaube, es lohnt sich, den Film unter die Lupe zu nehmen, aber es ist etwas, das unter größter Diskretion stattfinden sollte.«

»Das denke ich auch. Im Übrigen hast du es ja selbst gesagt. Und sei es noch so klein, es ist das Einzige, was wir derzeit haben ...«

Sie sahen sich an, und in diesem Blick lag vieles. Sie waren *tatsächlich* zwei Seiten derselben Medaille und sie steckten in derselben Tasche. Das Leben war nicht gerade zimperlich mit ihnen umgesprungen, mit keinem von beiden. Sie hatten den Mut bewiesen, sich wieder ins Spiel zu bringen, jeder auf seine Weise. In dieser Geschichte jedoch hatten sie sich den Ereignissen, die einmal mehr ihre Existenz aufzuwühlen drohten, vollkommen ausgeliefert gefühlt. Jetzt begann, in diesem grauen Zimmer, dank eines fast zufällig entdeckten Details, eine kleine bunte Hoffnung ihre Kreise zu ziehen wie ein Drachen im Wind.

29

Laurent Bedon schaltete den elektrischen Rasierapparat aus und betrachtete sich im Spiegel. Obwohl er spät aufgestanden war, hatten die Stunden des Schlafes die Spuren der Exzesse der letzten Nacht nicht auslöschen können. Er war im Morgengrauen nach Hause gekommen, schwer betrunken auf dem Bett zusammengebrochen und schon auf halbem Weg zum Kopfkissen eingeschlafen. Jetzt hatte er, trotz langer Dusche und Rasur, verquollene Tränensäcke unter den Augen und die bleiche Gesichtsfarbe eines Menschen, der schon seit geraumer Zeit nicht mehr bei Tageslicht lebt. Die Neonröhre im Bad mit ihrem gnadenlosen Licht unterstrich nur sein ungesundes Aussehen.

Mein Gott, ich sehe aus wie ein Toter.

Er griff zum Rasierwasserfläschchen und schüttete sich reichlich davon ins Gesicht. Etwas ging daneben, und die alkoholische Flüssigkeit brannte ihm auf den Lippen. Er kämmte sich das schüttere Haar und sprühte Deo unter die Achseln. So präpariert fühlte er sich einem weiteren Abend gewachsen.

Im Schlafzimmer lagen die Kleidungsstücke in chronischer Unordnung verstreut. Früher war regelmäßig eine Putzfrau gekommen und hatte ihm die Wohnung jedes Mal in einer notdürftigen Ordnung hinterlassen, die er in kürzester Zeit zunichte zu machen pflegte. Jetzt erlaubte es ihm seine finanzielle Situation nicht mehr, eine Haushaltshilfe zu bezahlen. Es war schon eine Leistung, dass sie ihn noch nicht hinausgeworfen hatten, wo er doch bereits vier Monate mit der Miete im Rückstand war.

In letzter Zeit war es wirklich schlecht für ihn gelaufen. Auch am gestrigen Abend hatte er im Casino von Menton eine schöne Stange Geld gelassen. Noch dazu nicht sein eigenes. Er hatte noch einmal einen Vorschuss von Bikjalo erbeten, der zwar erst ordentlich maulig war, aber schließlich doch seine Börse aufgeschnürt und ihm unwillig einen Scheck ausgestellt hatte. Er hatte ihm das Papier angewidert zugeschoben und damit klar gemacht, dass es wohl der letzte war.

Mit dieser Summe hätte er einige besonders kritische Fälle seiner desolaten finanziellen Lage regeln können. Da war die Miete, diese absolut lächerliche Miete, der Preis für zwei stinkende Zimmer in einem Mietshaus in Nizza, vor dem sich sogar die Kakerlaken ekelten. Das war einfach nicht zu glauben. Der Vermieter lauerte ihm auf wie in einem amerikanischen B-Movie. Oder wie in einer Komödie von Laurel und Hardy.

Die Crédit Agricole hatte ihm das Auto gepfändet, nachdem er ab der dritten Leasingrate keine einzige mehr bezahlt hatte. Zum

Teufel auch mit denen. Zum Teufel mit Monsieur Plombier, diesem Arschgesicht, der ihn wie einen Bettler behandelt hatte, als er sich bei ihm beschweren wollte. Und dann hatte er noch seine Kreditkarte und das Scheckbuch einkassiert.

Doch das war nicht seine größte Sorge. Wahrscheinlich. Er schuldete diesem Verbrecher Maurice eine ganze Stange Euro, eine Summe, die er geliehen hatte, als das Geld noch Franc hieß. Er hatte dieses Loch immer wieder mit irgendwelchen improvisierten Überweisungen gestopft, aber die Geduld des Scheißkerls würde nicht ewig währen. Alle wussten, wie es mit denen endete, die ihre Schulden bei diesem Kotzbrocken nicht bezahlten. Da gab es Gerüchte, die alles andere als Vertrauen weckten. Es waren nur Gerüchte, aber in diesem speziellen Fall hatte Laurent den unguten Verdacht, dass was dran sein könnte.

Er setzte sich aufs Bett und raufte sich die Haare. Er blickte sich um. Was er sah, ekelte ihn an. Er konnte immer noch nicht glauben, dass er tatsächlich in diesem mäuseverseuchten Loch lebte.

Maurice hatte sich im Gegenzug für den Kredit sein schönes Apartment auf der Acropolis genommen, doch die Zinsen für seinen Rückstand stiegen so schnell, dass er ihn schon bald bei den Eiern packen würde, und sei es nur aus purer Freude an seiner Sopranstimme.

Er zog sich mehr schlecht als recht an, fand eine Hose und ein Hemd, wenn schon nicht im Stapel mit den sauberen, so doch in dem mit den weniger schmutzigen Sachen. Unter dem Bett fand er die Socken von gestern. Er hatte nicht den blassesten Schimmer, wie sie da hingekommen waren. Er erinnerte sich ja nicht einmal mehr, sich gestern Abend ausgezogen zu haben. Der Schlafzimmerschrank warf ihm mit Hilfe des obligatorischen Spiegels möblierter Zimmer sein bekleidetes Ebenbild zurück, das nicht viel besser war als das aus dem Badezimmer.

Vierzig Jahre. Und er war in diesem Zustand. Wenn er sich nicht zusammenriss, endete er bald als *Clochard*. Er hätte nicht einmal das Geld, um sich Rasierklingen zu kaufen. Immer unter der Voraussetzung, dass sich nicht Maurice einschaltete und die Sache auf seine Weise zu Ende brachte …

Dabei hatte er gestern ganz deutlich das Glück auf seiner Seite gespürt. Pierrot hatte ihm einige Zahlen gegeben, und normalerweise hatten Pierrots Zahlen Glück. Schon ein paarmal war er dank »Rain Boy« mit einem breiten Lächeln von einem Ohr zum anderen aus dem Casino gekommen. Doch jedes Mal hatte sich alles in Luft aufgelöst, unbemerkt, wie jedes leicht verdiente Geld.

Bikjalos Scheck hatte er bei einem Typen eingelöst, den er kannte, weil er immer am Casino rumhing und genau auf Leute wie ihn wartete, Menschen mit diesem fiebrigen Schimmer in den Augen, denen es vertraute Gewohnheit war, dem Hüpfen der kleinen Kugel im Rad zu folgen. Er hatte ein schönes Sümmchen Provision, wie dieser Gauner es nannte, abgezogen, doch am Ende war Laurent bester Dinge in den großen Saal eingetreten, ohne zu ahnen, dass er einen weiteren Quadratmeter seines Weges in die Hölle pflastern würde.

Eine Katastrophe. Nicht ein einziger guter Wurf, kein Pferd, keine einzige Sechs. Nichts. Der Croupier schob mechanisch, mit dem routiniert professionellen Gesicht aller Croupiers seine Chips einen nach dem anderen zusammen. Nur eine Umdrehung des Roulettes, einen Wurf der kleinen Kugel später, und die gewandten Hände dieses Schurken schickten die bunten Jetons denen des vorigen Wurfes hinterher. In seinem speziellen Fall ins Nichts.

In Wirklichkeit verachteten die Croupiers die Verlierer. Und ihm stand es förmlich auf die Stirn geschrieben, dass er ein Verlierer war. Keine *fiche* eines Trinkgelds *pour les employés*, die normalerweise mit einem *plein* einherging.

Alles in Luft aufgelöst. Hätte er das Geld im Kamin verbrannt, hätte er noch mehr davon gehabt. Nur dass er *jetzt* nicht einmal mehr einen Kamin besaß. Vor dem, der mal seiner gewesen war, wärmte sich nun Maurice oder wer weiß wer sonst noch die Hände, zum Teufel mit ihm.

Er erhob sich vom Bett und machte sich daran, den Computer einzuschalten, den er auf einer eher wackeligen Schreibtischkonstruktion im Schlafzimmer aufgebaut hatte. Ein superschneller PC, den er selbst eingerichtet hatte, mit einem 1600 Megahertz Pentium IV Prozessor, einem Gigabyte RAM und zwei Festplatten mit jeweils 30 Gigabyte. Zumindest der war ihm noch geblieben. Ohne den Rechner hätte er sich endgültig verloren gefühlt. Darauf waren seine Notizen, seine Ablaufpläne für die Sendung, die Sachen, die er schrieb, wenn ihn die Melancholie überkam. Was praktisch immer geschah in letzter Zeit. Und da war das Surfen im Internet, eine virtuelle Flucht aus der realen Tretmühle, in der er lebte.

Als der Rechner hochgefahren war, bemerkte er, dass er eine Nachricht in der Mailbox hatte. Er machte sie auf. Sie enthielt eine sehr lakonische Mitteilung eines ihm unbekannten Absenders in einer schönen Schrifttype:

Geldsorgen? Der Onkel aus Amerika ist angekommen …

Er fragte sich, wer wohl der Blödmann war, der sich diesen Scherz mit ihm erlaubt hatte. Ganz sicher einer seiner Freunde, die seine Lage kannten.

Aber wer? Jean-Loup? Bikjalo? Irgendjemand aus dem Sender?

Und dann, was sollte das heißen, »der Onkel aus Amerika«? Einen Moment lang dachte er an den Amerikaner, den FBI-Agenten, diesen Typen, der an dem Mordfall arbeitete. Einer, dessen Augen ihm eine noch schlimmere Gänsehaut bereiteten als die Stimme im Radio. Vielleicht wollte er ihn unter Druck setzen. Doch eigentlich schien er nicht die Sorte Mann zu sein, die zu solch schmutzigen Tricks griff. Das war eher einer, der dich an die Wand drängt, dich festnagelt und nicht lockerlässt, bis er alles von dir bekommen hat, was er wollte.

Jetzt kam ihm wieder diese ganze Geschichte in den Sinn. Die Stimme im Radio war das reinste Manna für Jean-Loup. Er war gerade dabei, berühmter zu werden als die Beatles. Es ging ihm ziemlich schlecht dabei, aber wenn der Mörder erst einmal gefasst wäre, würde er im Triumphmarsch daraus hervorgehen. Der Junge setzte zu einem echten Höhenflug an, während er mit der Nase nach oben am Boden hocken bleiben und ihm beim Fliegen zusehen würde. Wie ein Stück Scheiße. Er durfte gar nicht daran denken, dass er es gewesen war, der ihn ins Radio gebracht hatte, nachdem er ihn zufällig vor dem Café de Paris kennen gelernt hatte, auf der Place du Casino vor ein paar Jahren. Er war Zeuge der kleinen Episode geworden, die diesem Landstreicher später sein schönes Haus in Beausoleil beschert hatte. Sie hatten es erst ein paar Jahre später erfahren, dass der Hund dieser alten Schachtel in Wirklichkeit ein Sechser im Lotto gewesen war.

Immer dasselbe mit ihm. Er guckte zu, wie andere Glück hatten. Dastehen und zusehen, wie irgendjemand von einem Lichtstrahl getroffen wird, der, wäre seine Bahn nur um einen Meter abgelenkt worden, genauso gut ihn hätte erwischen können.

Nach der Rettung des Hundes hatte er zu diesem dunkelhaarigen Jungen mit den grünen Augen, der etwas verunsichert um sich blickte, als er plötzlich im Mittelpunkt des Interesses stand, Kontakt aufgenommen. Und so war eins zum anderen gekommen. Laurent war von Jean-Loups Ausstrahlung tief beeindruckt gewesen, von dieser Ruhe und der gleichzeitigen Geistesgegenwart. Er hatte etwas an sich, das er gar nicht in Worte fassen konnte, doch es war so stark, dass es einen Gesprächspartner nicht unberührt ließ. Und schon gar nicht einen wie ihn.

Bikjalo, der auch nicht auf den Kopf gefallen war, hatte das sofort begriffen, als er ihm Jean-Loup als möglichen Moderator von *Voices* präsentiert hatte, einem Programm, das Laurent schon länger im Kopf herumgespukt war. Er hatte die Neugier in den Augen des alten Fuchses aufleuchten sehen. Jean-Loups unzweifelhafter Vorteil war es, verfügbar und bezahlbar zu sein, da er bisher nichts mit der Welt des Radios zu tun gehabt hatte. Ein absoluter Neuling. Zwei Fliegen mit einer Klappe. Eine neue, erfolgreiche Sendung und ein neuer Moderator, praktisch zum Nulltarif. Nach zweiwöchigem Probelauf, in dem Jean-Loup tagtäglich die Erwartungen bestätigt und sein Talent unter Beweis gestellt hatte, war *Voices* schließlich auf Sendung gegangen. Hatte einen guten Start und lief immer besser. Der Junge gefiel den

Leuten. Sie mochten die Art, wie er redete und mit ihnen kommunizierte, fantasievoll, bilderreich, in gewagten Metaphern, die doch jedermann verständlich waren.

Sogar den Mördern ..., dachte Laurent bitter.

Aus der eher zufälligen Episode, die zwei junge Leute aus einem Abgrund von Verlorenheit errettete, hatte sich fast ohne jede Absicht die Sendung mit dem sozialen Anspruch entwickelt, die sie heute war. Der Stolz und die Blume im Knopfloch von Sender und Fürstentum. Und Honig ums Maul der Sponsoren.

Und aus dem DJ war der Star einer Sendung geworden, die er sich ausgedacht hatte, einer Sendung, in der er immer weniger zu sagen hatte und aus der er jeden Tag mehr hinausgedrängt wurde.

»Zur Hölle mit denen. Es wird sich etwas ändern, es muss sich etwas ändern«, murmelte er vor sich hin.

Er schickte seine Notizen für die Sendung des heutigen Abends auf den Drucker, und der HP 990Cxi schob die frisch bedruckten Blätter in den Papierschacht.

Sie würden ihre Meinung über ihn ändern müssen. Alle, einer nach dem andern. Besonders Barbara.

Er erinnerte sich an ihre kupferfarbenen Haare auf seinem Kissen. An den Duft ihrer Haut. Er hatte etwas mit ihr gehabt. Eine ziemlich intensive Geschichte, in die er physisch und mental vollkommen abgetaucht war, bevor er dafür gesorgt hatte, dass alles den Bach hinunterging. Sie hatte versucht, ihm beizustehen, doch es war nur der verzweifelte Versuch gewesen, mit einem Süchtigen zusammenzuleben. Nach langem Hin und Her hatte sie ihm endgültig den Rücken gekehrt, hatte sie begriffen, dass sie es niemals mit den anderen vier Frauen in seinem Leben würde aufnehmen können, den Pik, Karo, Herz und Kreuz.

Er stand von dem wackeligen Stuhl auf und legte die Blätter, die er gerade ausgedruckt hatte, in eine Mappe. Er nahm seine Jacke von dem Sessel, der ihm als Kleiderständer diente, und wandte sich zur Tür.

Er trat ins Treppenhaus, das ein ebensolcher Ausbund an Elend war wie das Innere der Wohnung, in der er lebte. Mit einem erleichterten Seufzer zog er die Tür hinter sich zu. Der Aufzug war außer Betrieb. Eine neue Folge vom Fortsetzungsroman seines Vermieters.

Im gelblichen Dämmerlicht ging er die Treppen hinunter und streifte mit einer Hand an der beigen Tapete des Treppenhauses entlang, das genau wie er schon bessere Zeiten gesehen hatte.

Er kam unten im Hausflur an und öffnete die rostige Glastür. Der Lack war überall abgeblättert. Die Tür sah ziemlich anders aus als die der schönen Paläste in Monte Carlo oder der hübschen Villa von Jean-Loup.

Draußen lag das Viertel in den Halbschatten der Abenddämmerung getaucht, in jenes intensive Dunkelblau der Erinnerung an das Licht des Tages, wie es nur ein Sonnenuntergang im Sommer hinterlassen konnte. Am Ende schaffte er es sogar, diesem heruntergekommenen Viertel einen menschlichen Anstrich zu verleihen. Ariane war kein Viertel wie die Promenade des Anglais oder Acropolis. Der Duft des Meeres kam nicht bis hierher, und wenn doch, dann wurde er sofort vom durchdringenden Gestank der Abfalleimer überdeckt.

Er musste mindestens drei Blocks laufen, um den Autobus zu erreichen, der ihn ins Fürstentum bringen würde. Umso besser. Ein Spaziergang würde seiner Gesundheit gut tun und ihm den Kopf frei machen, ihn von Plombiers Gesicht und seiner beschissenen Bank erlösen.

Vadim trat aus dem Schatten der Hausecke. Er war so schnell, dass er ihn nicht kommen sah. Noch bevor er recht verstand, wie ihm geschah, fühlte er, wie er den Boden unter den Füßen verlor, und einen Augenblick später wurde er schon an die Wand gedrückt, von einem Arm, der ihm die Luft abschnürte, während ihm der Atem des Mannes den Gestank von Knoblauch und Porree ins Gesicht pustete.

»Nanu, Laurent, wie kommt es, dass du deine Freunde vergisst, sobald du Ärger hast?«

»Aber wovon redest du denn, du weißt doch, dass ich …«

Eine Bewegung des Armes, der seinen Hals abdrückte, machte seinem Protest ein Ende und verschlug ihm den Atem.

»Erzähl keinen Scheiß, mein Junge. Du hast gestern in Menton einen Haufen Schotter verpulvert, ohne daran zu denken, dass du in Wirklichkeit die Kohle von Maurice verspielst.«

Vadim Rohmer war die verdammte Seele von Maurice, sein gewalttätiger Arm, der Vollstrecker. Er selbst, dicklich und schlaff, wie er war, könnte niemals einen Menschen schnappen und ihm so den Arm herumdrehen, bis ihm die Tränen kamen. Oder ihn gegen eine Mauer stoßen und ihm den rauen Putz so stark über die Haut schrappen lassen, dass er hinterher Kopfschmerzen bekam.

Er nicht, Vadim schon, der hässliche Bastard. Und ein Bastard war auch der Typ gewesen, der ihm gestern Abend den Scheck eingelöst hatte, in jener Bar am Casino. Ganz sicher war er es gewesen, der ihn verpfiffen und ihm die Hölle auf den Hals geschickt hatte. Laurent hoffte nur, dass Vadim ihn genauso in die Mangel genommen hatte, wie es ihm jetzt bevorstand.

»Ich …«

»Nix da ›ich‹, du dummer Hungerleider. Es gibt da ein paar Sachen über Maurice und mich, die du ganz offensichtlich noch nicht kapiert hast. Nämlich, wie ungern er wartet und ich folglich auch. Mir scheint, wir müssen deine Erinnerung ein bisschen auffrischen.«

Der Schlag in den Magen raubte ihm den Atem. Er fühlte eine Welle der Übelkeit aufsteigen, die einen sauren Geschmack in seinem trockenen Mund hinterließ. Seine Beine gaben nach. Vadim zog ihn mühelos wieder hoch und hielt ihn mit eisernem Griff an seinem Hemdkragen aufrecht.

Er sah, wie sich die rechte Faust dieses Verbrechers hob. Er wusste, dass sein Gesicht die Zielscheibe sein und der nächste Schlag ihn mit brutaler Gewalt an die Wand krachen lassen würde. Er schloss die Augen und versuchte, sich angespannt gegen den Schlag zu wappnen.

Er kam nicht.

Er schlug die Augen wieder auf, als er merkte, dass der Griff um seinen Hals sich lockerte.

Ein großer, kräftiger Mann mit kurz geschnittenem, hellbraunem Haar stand hinter Vadim, hatte seine Haarwurzeln an den Schläfen fest im Griff zwischen Zeigefinger und Daumen und zog ihm den Kopf brutal nach oben.

Vor Überraschung und Schmerz hatte Vadim seinen Griff gelockert.

»Was zum Teufel ...«

Der Mann ließ Vadims Haare los, der sofort einen Schritt zurück machte, um sich gegen den Neuankömmling zu verteidigen. Er musterte ihn von Kopf bis Fuß. Das Hemd spannte über den Muskeln, und in seinem Gesicht war nicht das kleinste Zeichen von Angst zu erkennen. Dieser Typ roch nach wesentlich mehr Ärger als der harmlose und schwächliche Laurent. Besonders die Augen, die vollkommen gleichgültig auf ihn herabstarrten, als führe er nichts Gewalttätiges im Schilde, sondern wolle lediglich eine Auskunft von ihm.

»Sehr gut, ich sehe, die Verstärkung ist eingetroffen«, sagte Vadim mit nicht ganz so sicherer Stimme, wie er es wollte.

Er versuchte, den Schlag, den er eigentlich Laurent zugedacht hatte, gegen den Mann ihm gegenüber zu richten. Die Reaktion kam blitzartig. Statt zurückzuweichen, parierte sein Gegner den Schlag mit einer schnellen Kopfbewegung, machte einen kleinen Schritt nach vorn und klemmte seine Schulter unter Vadims Achsel. Dann umschlang er ihn mit beiden Armen und drückte ihn mit dem ganzen Gewicht seines Körpers nach unten.

Laurent hörte ganz deutlich das Geräusch der Knochen, die mit einem so trockenen *Krack* nachgaben, dass er eine Gänsehaut bekam. Vadim stieß einen Schrei aus, sackte nach vorn und hielt sich den verletzten Arm. Der Mann wich zurück, vollzog eine geschmeidige Drehung, wie eine Pirouette, um den nächsten Schlag zu landen. Sein Fuß traf seinen Widersacher direkt ins Gesicht und ließ Blut aus seinem Mund spritzen. Vadim fiel ohne einen Laut zu Boden. Und blieb reglos liegen.

Laurent fragte sich, ob er wohl tot sei. Nein, sein unbekannter Retter schien zu geschickt, um versehentlich zu töten. Wenn dieser Typ jemanden tötete, dann nur, weil er es *wollte*.

Laurent bekam einen Hustenanfall. Er beugte sich vor, hielt

sich den Magen, ein Faden bitteren Speichels rann von seinen Lippen.

Der Mann, der ihm zu Hilfe gekommen war, griff ihn am Ellbogen und half ihm, sich wieder aufzurichten.

»Sieht ganz so aus, als wäre ich gerade noch rechtzeitig gekommen, Monsieur Bedon«, sagte er in schlechtem Französisch mit stark ausländischem Akzent.

Laurent sah ihn verblüfft an und verstand überhaupt nichts mehr. Er war sich vollkommen sicher, diesen Mann noch nie in seinem Leben gesehen zu haben. Und dann hatte dieser Typ ihn in letzter Minute aus den Fängen Vadims befreit und wusste auch noch seinen Namen. Wer zum Teufel war das?

»Sprechen Sie Englisch?«

Laurent nickte. Der Mann war sichtlich erleichtert. Er fuhr auf Englisch fort, mit einem Akzent, der sich eher amerikanisch als britisch anhörte.

»Ah, gut. Wie Sie sicher bemerkt haben, bin ich mit Ihrer Sprache nicht besonders gut vertraut. Sie fragen sich bestimmt, wer ich bin und warum ich Ihnen geholfen habe ...«

Er zeigte auf den am Boden liegenden Körper von Vadim.

»In dieser ... nun, sagen wir, etwas peinlichen Lage, wenn Ihnen das recht ist.«

Laurent nickte noch einmal stumm.

»Monsieur Bedon, lesen Sie Ihre E-Mails nicht, oder haben Sie kein Vertrauen in den Onkel aus Amerika?«

Die Verblüffung stand Laurent deutlich ins Gesicht geschrieben. So erklärte sich also die Mail, die er auf seinem Rechner gefunden hatte. Sicher hätte er noch weitere bekommen. Und sicher würde dieser Mann nicht einfach davongehen und nur wie Zorro ein Z auf der Mauer hinterlassen, nachdem er Vadim niedergestreckt und ihm seinen Arsch gerettet hatte.

»Mein Name ist Ryan Mosse, und ich bin Amerikaner. Ich habe Ihnen einen Vorschlag zu machen. Einen Vorschlag, der in finanzieller Hinsicht sehr vorteilhaft für Sie sein könnte.«

Laurent sah ihn einen Augenblick sprachlos an. Die Art, wie er »in finanzieller Hinsicht sehr vorteilhaft« betont hatte, war ihm äußerst angenehm aufgefallen. Seine Magenschmerzen waren wie weggeblasen. Er richtete sich auf und holte tief Luft durch die Nase. Er spürte, wie die Wärme nach und nach in sein Gesicht zurückkehrte.

Der Mann sah sich derweil in aller Ruhe um. Wenn ihn das Viertel, in dem Laurent lebte, anekelte, so ließ er es sich nicht anmerken. Aufmerksam musterte er das Gebäude.

»Das Haus ist, wie es ist, aber ich glaub nicht, dass Sie gekommen sind, um es zu kaufen.«

»Nein, aber wenn wir uns einig werden, könnten Sie es sich später selbst kaufen, vorausgesetzt, Sie interessieren sich dafür.«

Während er seine Kleidung richtete, rasten Laurents Gedanken mit Höchstgeschwindigkeit.

Alles in allem hatte er nicht den blassesten Schimmer, was dieser – wie hatte er doch gleich gesagt, hieß er? Ach ja, dieser Ryan Mosse von ihm wollte. Er wusste es nicht, aber er würde es ihm bestimmt sagen. Und er würde auch eine Summe nennen.

Eine ziemlich beträchtliche, wie es schien.

Laurent sah noch einmal zu Vadim hinunter, der immer noch reglos am Boden lag. Das Schwein hatte eine gebrochene Nase und aufgeplatzte Lippen, und vor seinem Mund sammelte sich eine kleine Blutlache auf dem Asphalt des Bürgersteigs. In diesem Moment seines Lebens präsentierte sich jeder, der seinen Arsch vor Vadim rettete und ihm von Geld, von viel Geld sprach, mit der besten denkbaren Empfehlung.

Sechster Karneval

In seinem Versteck fern der Welt hört der Mann Musik.

In der Luft schweben die Klänge des Menuetts aus der Fünften Sinfonie von Franz Schubert. Eingeschlossen in seiner Höhle aus Metall lauscht der Mann versunken den Melodiebogen der Streicher und stellt sich vor, wie die Arme der Musiker auf und ab wogen, sieht die Konzentration des Orchesters, während es die Sinfonie interpretiert. Seine Fantasie fährt über sie hinweg wie eine Kamera, die sich in Raum und Zeit bewegt. Jetzt ist er nicht mehr in seinem Geheimversteck, sondern in einem großen Salon mit Fresken an Wänden und Gewölbe, hell erleuchtet von hunderten von Kerzen in großen Kronleuchtern, die an der Decke hängen. Er lässt seinen Blick langsam nach rechts schwenken, in einer solchen Schärfe, als sei es real. Seine Hand hält die Hand einer Frau, die sich neben ihm bewegt, mit ihm, im wiegenden Rhythmus des Tanzes aus elegantem Schreiten, Pausen und Verbeugungen, so oft geübt und wieder geübt, dass sie fließen wie der Wein, der sich in ein Glas schmiegt. Die Frau kann der Festigkeit seines Blickes nicht widerstehen, der die Erschaffung der Welt verspricht und ihre Zerstörung. Ab und zu richtet sie ihre von langen Wimpern umhüllten Augen auf die Zuschauer, fast als suche sie ungläubig die Bestätigung dafür, dass sie die Auserwählte ist. Bewunderung und Neid spiegeln sich in den Augen aller, die an den Rändern des Salons stehen und sie tanzen sehen.

Er weiß, dass diese Nacht ihm gehört.

Im gedämpften Licht eines Zimmers, erhellt nur durch den tanzenden Schein einer Kerze, verborgen in den Kissen und Spitzen eines riesigen Himmelbettes, wird er sie aus der Umhüllung der seidenen Laken emporsteigen sehen, wie eine knospende Rose, die ihre Blüte entfaltet.

Das ist das Vorrecht des Königs.

Aber all dies ist jetzt nicht wichtig. Jetzt tanzen sie und sind wunderschön. Und sie werden noch schöner sein, wenn …

Bist du da, Vibo?

Die Stimme kommt freundlich wie immer, ein wenig ängstlich besorgt, wie es nur diese Stimme sein kann. Sein Traum, das schöne Bild, das er sich vor den geschlossenen Augen erschaffen hat, verliert sich, löst sich auf, als brenne im Kinosaal der Film durch.

Er kehrt zurück in die Gegenwart des anderen, zu seinen Verpflichtungen, seiner Verantwortung. Es war nur eine kurze Atempause, dahingeschmolzen wie zarter Schnee im Frühling. Hier ist kein Platz für Träume, war es nie, wird es nie sein. Früher hatte er noch träumen können, als sie in jenem großen Haus in den Hügeln lebten, als sie den verbissenen Bemühungen jenes Mannes entwischen konnten, der sie schon als Männer sehen wollte, während sie nichts als Kinder zu sein begehrten. Während sie zu laufen und nicht zu marschieren begehrten. Doch sogar dort gab es eine Stimme, die jeden Zauber, der ihrer Fantasie entsprang, zerstören konnte.

»Ja, ich bin hier, Paso.«

Was tust du? Ich habe dich nicht mehr gehört …

»Ich habe nur nachgedacht …«

Der Mann lässt die Musik weiterlaufen. Wie ein letztes Echo seiner armseligen Trugbilder. Es würde diesen Tanz mit einer wunderschönen Frau nie geben, weder für ihn noch für sie beide. Er steht auf und geht ins Nebenzimmer, wo ein lebloser Körper in seinem kristallenen Sarg liegt.

Er betätigt den Lichtschalter. Ein Lichtreflex spiegelt sich auf der klaren Oberfläche des Schreins. Er verblasst, als er weiter hineingeht und sich sein Blickwinkel verändert. Ein anderer Reflex leuchtet auf, doch sie sind immer nur ein und dasselbe. Armselige kleine Trugbilder. Er weiß schon, was er vorfinden wird. Eine weitere zerplatzte Illusion, ein weiterer Zauberspiegel in Scherben zu seinen Füßen.

Er tritt an den nackten Körper heran, lässt seinen Blick langsam über die vertrockneten, pergamentartigen Glieder schweifen, von den Füßen bis hin zum Kopf, den die Überreste dessen bedecken, was einmal das Gesicht eines anderen Mannes war.

Es bricht ihm das Herz.

Nichts ist für immer. Die Maske zeigt bereits die ersten Anzeichen von Verwesung. Die Haare sind struppig und stumpf. Die Haut ist ganz fleckig und schrumpelt zusammen. Schon bald, trotz all seiner Bemühungen, wird sie genauso aussehen wie die Haut des Gesichts, das sie verbirgt. Mit unendlicher Zärtlichkeit sieht er auf den Körper hinunter, mit den sanften Augen einer Zuneigung, die nichts und niemand auf der Welt je auslöschen kann.

Seine Miene verdüstert sich, er spannt die Kiefermuskeln an in der Wut der Rebellion.

Es stimmt nicht, dass das Schicksal unausweichlich ist. Es ist nicht wahr, dass man nur zusehen kann, wie die Zeit vergeht und die Dinge sich ereignen. Er kann es ändern, er *muss* etwas an dieser ewigen Ungerechtigkeit ändern, er kann all die schrecklichen Dinge in Ordnung bringen, die das Schicksal mit vollen Händen austeilt, in jenem Schlangennest, in dem sich das Leben der Menschen abspielt. Einfach so, ohne Rücksicht, ohne darauf zu achten, ob das, was geschieht, vielleicht die Existenz eines Menschen vernichtet oder ihn dazu verurteilt, für immer im Verborgenen zu leben.

Das Verborgene bedeutet Dunkelheit. Dunkelheit bedeutet Nacht. Und Nacht bedeutet, dass die Jagd weitergeht.

Der Mann lächelt. Arme, dumme Hunde. Kläffen und Zähnefletschen, um ihre Angst zu überspielen. Nachtblinde Augen, die verzweifelt versuchen, ins Verborgene zu sehen, das Dunkel, die Nacht zu durchdringen, um herauszufinden, aus welcher Richtung die Beute kommen wird, die jetzt zum Jäger geworden ist.

Er ist einer und keiner. Er ist der König.

Der König hat keine Fragen, nur Antworten. Der König hat keine Neugierde, er hat Gewissheit.

Die Neugierde überlässt er den anderen, all jenen, die es danach verlangt, all jenen, denen sie in irgendeiner Weise ins Gesicht geschrieben steht, in die zuckenden Bewegungen, das Stöhnen, die Todesangst, die manchmal so dicht ist, dass man sie riechen kann. Der Duft des Lebens ist so komplex und doch so leicht zu erkennen.

Der Duft des Lebens liegt in den sommerlichen Straßenbahnen voller Menschen mit zu vielen Achseln und zu vielen Händen. Er liegt im Geruch nach Essen und nach Katzenpisse, der an manchen Ecken die Gurgel packt. Er liegt im scharfen Geruch von Rost und Salzwasser, die das Metall verschlingen, im Geruch nach Desinfektionsmitteln und der herben Witterung des Schießpulvers. Aber auch und vor allem in der düsteren Vorahnung des Endes, dort, wo sich zwei ewige Fragen stellen, »Wann?« und »Wo?«.

Wann wird jener letzte Atemzug sein, zurückgehalten in einem animalischen Keuchen, hinter fest zusammengebissenen Zähnen, in dem Versuch, ihn nicht herauszulassen, weil es nach ihm keinen weiteren mehr geben wird, nie mehr. Wann und zu welcher Tages- oder Nachtzeit, mit Blick auf eine sowieso stehen gebliebene Uhr, wird diese letzte Sekunde verstreichen und danach keine mehr, den Rest der Zeit der Welt überlassend, die auf anderen Wegen sich weiterdreht. Wo, in welchem Bett, Autositz, Aufzug, Sessel, an welchem Strand, in welchem Hotelzimmer wird dieser scharfe Schmerz das Herz durchzucken, wird es sehnlichst und vergeblich auf einen weiteren Schlag warten, nach jenem Innehalten, das immer länger und länger wird, unendlich lang. Manchmal geht alles so rasch, nur dieses letzte Aufzucken und dann unendliche Ruhe, jedoch keine Antwort, weil in diesem blendenden Blitz keine Zeit mehr bleibt zu verstehen, manchmal nicht einmal mehr zu fühlen.

Der Mann weiß, was er zu tun hat. Er hat es bereits getan und er wird es weiter tun, solange es notwendig ist.

Es gibt so viele Masken dort draußen, getragen von Menschen, die weder diese noch andere verdienen.

Was hast du, Vibo? Warum siehst du mich so an? Stimmt etwas nicht?

Der Mann ist zuversichtlich, sein Mund lächelt, seine Augen glänzen, seine Stimme beschützt.

»Nein, Paso, es ist nichts. Ich betrachte dich nur, weil du so schön bist. Und schon bald wirst du es noch mehr sein.«

Oh nein, wirklich? Sag mir nicht, du ...

»Stopp. Es ist verboten, darüber zu sprechen. Das Geheimnis der Geheimnisse, erinnerst du dich?«

Ah, ein Geheimnis der Geheimnisse? Dann darf man nur bei Vollmond davon sprechen ...

Der Mann lächelt bei der Erinnerung an ihre Kinderspiele. In den seltenen Momenten, in denen jener Mann nicht da war, um ihre Fantasie mit dem einzigen Spiel zu beschmutzen, das ihnen erlaubt war.

»Genau, Paso. Und schon bald wird wieder Vollmond sein. Sehr bald ...«

Der Mann dreht sich um und geht zur Tür. Die Musik im Nebenzimmer hat aufgehört. Das Schweigen, das jetzt herrscht, erscheint wie die natürliche Fortsetzung jener Musik.

Wo gehst du hin, Vibo?

»Ich bin gleich wieder zurück, Paso.«

Er wendet sich noch einmal um und blickt mit einem Lächeln auf den ausgestreckten Körper in seinem kristallenen Sarg zurück.

»Erst muss ich noch einen Anruf machen ...«

30

Sie waren alle in der Zentrale von Radio Monte Carlo und warteten, wie jeden Abend. Die Entwicklung der Geschichte hatte die Stimmung gären lassen und die Zahl der Personen, die sich normalerweise um diese Uhrzeit im Gebäude befanden, verdreifacht.

Nun kam Inspektor Gottet hinzu mit ein paar Männern, die verschiedene Computer installiert und ans Netz angeschlossen hatten, welche sehr viel leistungsfähiger und höher entwickelt waren als die des Senders. Bei ihnen war ein junger aufgeweckter Typ, so um die fünfundzwanzig, mit kurzen braunen Haaren, blonden Strähnchen und einem Piercing im rechten Nasenloch. Er fing an, mit einer Reihe von Disketten und CD-ROMs herumzuhantieren, und bewegte seine Finger so blitzschnell über die

Tastatur, dass Frank, der hinter dem Stuhl stand, Mühe hatte, ihnen zu folgen.

Der Typ hieß Alain Toulouse, war aber in Hackerkreisen unter dem Decknamen »Pico« bekannt. Als Frank ihm in seiner offiziellen Funktion vorgestellt wurde, lächelte er verschmitzt und ließ seine Augen blitzen.

»FBI, hm?«, hatte er gesagt. »Bei denen war ich auch schon. Na ja, ich würde sagen, mehr als einmal. Am Anfang war es leicht, aber mittlerweile sind die auch viel cleverer geworden. Weißt du zufällig, ob die sich Hacker als Berater geholt haben?« Frank wusste nicht, wie er auf die Frage reagieren sollte, aber den Typ interessierte sowieso schon längst keine Antwort mehr. Er hatte sich weggedreht und an die Computer gesetzt.

Er tippte jetzt wild herum, während er erklärte, was er gerade machte.

»Erst mal werde ich eine *firewall* zum Schutz des Systems installieren. Wenn jemand versucht, sich einzuhacken, merke ich das. In der Regel versucht man einfach nur, den Zugriff auf die externen Schnittstellen zu unterbinden. In diesem Fall ist es anders, es geht darum, den Angriff zu entdecken, ohne dass der andere es mitbekommt. Ich habe ein Programm installiert, das ich entwickelt habe und mit dem wir uns an das Signal ranhängen und dessen Verlauf zurückverfolgen können. Es könnte auch ein ›trojanisches Pferd‹ sein …«

»Was heißt das, ›trojanisches Pferd‹?«, fragte Frank.

»Damit ist eine verschlüsselte Kommunikation gemeint, die sich ausbreitet und dabei von einer anderen geschützt wird, wie bei manchen Viren. Deshalb installiere ich gerade ein Virenschutzprogramm, ich möchte nicht, dass das Signal, das wir abtasten, wenn wir es abtasten …«

Er machte eine Pause, um ein Bonbon rauszukramen, und steckte es sich in den Mund. Frank kam es so vor, als habe Pico nicht den geringsten Zweifel daran, dass man ihn abtasten würde. Er schien eine Menge Selbstvertrauen zu haben, der Typ. Andererseits gehörte das zur Philosophie der Netzpiraten. Überheblichkeit und Ironie, die sie zwar nicht zu wirklich kriminellen Aktionen verleiteten, sie aber den Nervenkitzel suchen ließ, den Opfern zu beweisen, dass jede erdenkliche Schutzvorrichtung und jede Mauer, die sie fern halten sollte, geknackt werden konnte. Ihrer Ansicht nach verkörperten sie eine Art moderne Robin Hoods mit Maus und Tastatur statt Pfeil und Bogen.

Pico nahm seinen Vortrag wieder auf, während er heftig an dem Karamellbonbon kaute, das ihm zwischen Zähnen und Gaumen klebte.

»Also, ich wollte sagen, es wäre nicht gut, wenn sie ein Virus eingebaut hätten, das in der Lage ist, dann aktiv zu werden, wenn das Signal abgetastet wird. Wenn dem so wäre, würden wir das Signal verlieren und damit die Möglichkeit, es zu verfolgen, und natürlich auch unseren Computer. Ein anständiges Virus kann eine Festplatte buchstäblich zum Schmelzen bringen. Wenn der Typ so etwas fertig bringt, heißt das, dass er's verdammt gut draufhat, und das Virus, das er losballern kann, wird kein Blumenstrauß sein ...«

Bikjalo, der bis dahin schweigend an einem Schreibtisch hinter der Computeranlage gesessen hatte, schaltete sich mit einer Frage ein.

»Denkst du, ein paar deiner Kollegen könnten solche Scherze treiben, während wir hier arbeiten?«

Frank warf ihm einen vorwurfsvollen Blick zu, den der Intendant gar nicht bemerkte. Pico drehte seinen Stuhl herum und sah ihm ins Gesicht, ungläubig über eine derart bodenlose Ignoranz gegenüber der Welt der Telekommunikation.

»Wir sind Hacker, keine Verbrecher. Niemand unter uns würde so etwas tun. Ich bin hier, weil derjenige, der in dieser Sache den Ton angibt, sich nicht darauf beschränkt, ein verbotenes Terrain zu betreten und ein *smiley* als Unterschrift zu hinterlassen. Das ist einer, der killt, das ist ein Mörder. Kein Hacker, der diese Bezeichnung verdient, würde etwas Derartiges tun.«

Frank legte ihm die Hand auf die Schulter, als Geste des Vertrauens, aber auch als Entschuldigung für Bikjalos Frage.

»Okay. Mach weiter. Anscheinend gibt es auf diesem Gebiet keinen, der dir noch etwas beibringen könnte.«

Er wandte sich Bikjalo zu, der aufgestanden und neben sie getreten war.

»Für uns gibt es hier nichts mehr zu tun. Lass uns mal sehen, ob Jean-Loup schon da ist.«

Er hätte diesen Mann allzu gerne gebeten, sich zu verdrücken und sie in Frieden arbeiten zu lassen, ohne seine hartnäckige Art, ihnen auf die Pelle zu rücken. Es saßen ihnen schon genug Leute im Nacken, da musste nicht noch einer dazukommen. Aus Gründen der Diplomatie konnte er ihn allerdings nicht darum bitten. Die Arbeitsatmosphäre im Sender war perfekt, und das wollte er auf keinen Fall zerstören. Es lag ohnehin zu viel Spannung in der Luft, ganz unterschiedlicher Natur.

»Klar.«

Der Intendant warf einen letzten Blick auf die Computer und auf Pico, der die anderen schon gar nicht mehr bemerkte und seine Finger über die Tastatur gleiten ließ, ganz aufgeregt bei dem Gedanken an diese neue Herausforderung. Sie verließen die Computerecke und gingen zu Raquels Schreibtisch, als Jean-Loup und Laurent durch die Tür kamen.

Frank musterte den DJ. Jean-Loup wirkte im Vergleich zum Morgen ziemlich zuversichtlich, dennoch lauerte in seinen Augen die unauslöschliche Spur eines dunklen Schattens. Frank kannte diese dunklen Schatten. Wenn alles vorbei war, würden noch viel Licht und viel Sonne nötig sein, um sie zu vertreiben.

»Hallo, Leute. Seid ihr so weit?«

Laurent antwortete gleich für beide.

»Ja, das Konzept steht schon. Das Problem ist, wir dürfen nicht vergessen, dass die Sendung auf jeden Fall weitergehen muss und dass es abgesehen von *den* Anrufen immer und garantiert auch die normalen Hörertelefonate gibt. Wie läuft es denn hier?«

Die Eingangstür öffnete sich erneut, und die Gestalt von Kommissar Hulot blieb einen Moment lang im Rahmen stehen wie ein verschwommenes Foto. Frank dachte, dass er seit seiner Ankunft in Monte Carlo um zehn Jahre gealtert schien.

»Ach, hier seid ihr. Guten Abend allerseits. Frank, kann ich kurz mit dir sprechen?«

Jean-Loup, Laurent und Bikjalo entfernten sich ein wenig, damit Frank und der Kommissar ungestört reden konnten.

»Was ist los?«

Die beiden gingen zur Wand gegenüber, zu den beiden Glaskästen, hinter denen sich die Telefonleitungen und die Satellitenanschlüsse verbargen, ebenso wie die ISDN-Verbindungen für den Fall eines Blackouts der Relaisstation.

»Alles in Ordnung. Die Eingreiftruppe ist in Alarmbereitschaft. Zwölf Männer stehen im Polizeipräsidium zur sofortigen Verfügung. Die können blitzschnell überall sein. Die Straßen sind voller Zivilpolizei. Ein ganz harmloses Volk. Männer mit Hund, Pärchen mit Kinderwagen und so was. Die Stadt ist weiträumig abgedeckt. Im Notfall können wir sie in null Komma nichts von einem Punkt zum anderen beordern. Das für den Fall, dass er sein Opfer hier in Monte Carlo sucht. Sollte Herr Keiner beschlossen haben, sich das Opfer von wer weiß woher zu schnappen, dann sind alle Polizeikräfte der Küste alarmiert. Vollständig. Jetzt können wir nur versuchen, flinker als unser Freund zu sein. Der Rest liegt in Gottes Hand.«

Frank wies auf zwei Personen, die gerade in diesem Moment zur Tür hereinkamen, zusammen mit Morelli.

»Und in Pierrots Hand, den Gott so schlecht behandelt hat ...«

Pierrot und seine Mutter kamen näher und blieben stehen. Die Frau umklammerte die Hand ihres Sohnes wie einen Rettungsanker. Statt ihm Sicherheit zu geben, schien sie Halt in der unschuldigen Gestalt ihres Sohnes zu suchen, der sich höchstpersönlich an etwas beteiligt fühlte, das ihm für gewöhnlich verwehrt blieb.

Da war er, nur er, Pierrot, der clevere Junge, jener, der die Musik *kannte*, die in *dem Zimmer* war. Es hatte ihm gefallen, das letzte Mal, als ihn all die Erwachsenen mit angespannter Miene beobachtet und darauf gewartet hatten, dass er sagte, ob sie da sei oder ob sie nicht da sei, und dass er aufstand, um die Schallplatte zu holen. Es gefiel ihm, jeden Abend hier zu sein, beim Sender, mit Jean-Loup, ihm durch die Scheibe zuzusehen, dem Mann, der mit dem Teufel sprach, zu warten, anstatt zu Hause zu sitzen und nur die Stimme aus den Boxen zu hören.

Ihm gefiel dieses Spiel, auch wenn er verstanden hatte, dass es sich nicht unbedingt um ein Spiel handelte.

Manchmal träumte er nachts davon. Zum ersten Mal war er dankbar dafür, dass er in dem kleinen Haus, wo sie wohnten, kein eigenes Zimmer hatte, sondern bei seiner Mutter in dem großen Bett schlief. Sie wachten auf, und beide hatten sie Angst und konnten nicht wieder einschlafen, bis das rosa Licht des Morgengrauens durch die Rollläden drang.

Pierrot löste sich von der Hand der Mutter und rannte zu Jean-Loup, seinem Idol, seinem besten Freund. Der DJ zerzauste ihm das Haar.

»Salut. Na, du Held, wie geht es?«

»Gut, Jean-Loup. Weißt du schon, dass ich morgen vielleicht im Streifenwagen mitfahre?«

»Stark. Dann bist du jetzt auch ein Polizist.«

»Klar, ein *ehrenwerter* Polizist …«

Als Jean-Loup Pierrots neue, unfreiwillige Wortschöpfung hörte, lächelte er und zog ihn aus einem Impuls heraus an sich. Er drückte das Gesicht gegen seine Brust und zerzauste ihm die Haare noch stärker.

»Da haben wir ihn ja, den ehrenwerten Polizisten, schwer beschäftigt im unerbittlichen Zweikampf mit seinem erbitterten Feind, dem schrecklichen ›Doktor Kitzel …‹«

Er begann, Pierrot durchzukitzeln, der vor Lachen fast platzte. Sie entfernten sich in Richtung Regieraum, gefolgt von Laurent und Bikjalo.

Frank, Hulot und die Mutter beobachteten die Szene schweigend. Die Frau lächelte verzaubert über dieses Bild der Freundschaft zwischen Jean-Loup und ihrem Sohn. Sie zog ein Taschentuch heraus und putzte sich die Nase. Frank bemerkte, dass es frisch gewaschen und ordentlich gebügelt war. Die Kleidung der Frau war ebenfalls perfekt in Ordnung, wenn auch sehr schlicht.

»Madame, wir können Ihnen gar nicht genug danken für die Geduld, die Sie mit uns haben.«

»Ich? Geduld mit Ihnen? Dabei muss doch ich Ihnen danken für all das, was Sie für meinen Sohn tun. Er scheint gar nicht mehr der Alte. Gäbe es da nicht diese schlimme Geschichte, wäre ich so glücklich …«

Hulot beruhigte sie mit sanfter Stimme, auch wenn Frank wusste, dass Ruhe momentan nicht seine Stärke war.

»Denken Sie nicht daran, Madame. Bald ist alles vorbei, und das auch dank Pierrot. Wir werden dafür sorgen, dass die Sache die Beachtung bekommt, die sie verdient. Ihr Sohn wird ein kleiner Held sein.«

Die Frau entfernte sich in ihrem langsamen, schüchternen Gang über den Flur, die Schultern leicht gebeugt. Frank und Hulot blieben allein zurück.

In diesem Augenblick verbreitete sich der Jingle von *Voices* im Flur, und die Übertragung begann. Trotz allem hatte die Sendung an diesem Abend keinen Pfiff, und sowohl Jean-Loup wie auch die anderen spürten das. In der Luft lag eine beinahe elektrische Spannung, aber sie übertrug sich nicht aufs Programm. Es gab zwar Anrufe, aber das waren die gewöhnlichen Standardtelefonate, die im Vorfeld von Raquel unter Mitarbeit der Polizei gefiltert wurden. Alle wurden gebeten, nicht über die Verbrechen zu sprechen. Und wenn während der Übertragung trotzdem jemand davon anfing, lenkte Jean-Loup geschickt das Thema auf etwas anderes, weniger Brisantes, über das man reden konnte. Alle wussten, dass allabendlich Millionen von Zuhörern die Frequenz von Radio Monte Carlo eingestellt hatten. Die Sendung wurde jetzt außer in Italien und Frankreich über ein Network auch in zahlreichen anderen europäischen Ländern ausgestrahlt, die sich die Rechte gesichert hatten. Sie hörten sie, übersetzten sie und kommentierten sie, und alle warteten darauf, dass irgendetwas passierte. Für den Sender war das ein kolossales Geschäft. Der Triumph der lateinischen Weisheit.

Mors tua, vita mea.

Frank dachte, dass solche Dinge, wie sie gerade geschahen, für alle Beteiligten ein bisschen den Tod bedeuteten. Keiner konnte wirklich als Sieger hervorgehen.

Er erstarrte, als ihm der Sinn dessen bewusst wurde, was er da eben gedacht hatte.

Keiner konnte wirklich als Sieger hervorgehen.

Ihm fiel die List des Odysseus ein. Die tiefe Bedeutung der Definition, die der Mörder von sich selbst gab, die Ironie, der Hohn, der in der Herausforderung lag.

Er war nur noch fester davon überzeugt, dass sie es mit einem Mann jenseits aller Normalität zu tun hatten und dass sie ihn so schnell wie möglich schnappen mussten. Bei der erstbesten Gelegenheit, die sich bot.

Instinktiv berührte er mit dem Arm die Pistole im Gürtelhalfter unter der Jacke. Der Tod dieses Mannes, egal ob im wirklichen oder übertragenen Sinn, bedeutete für irgendjemanden *wahrhaftig* das Leben.

Das rote Licht der Telefonverbindung blinkte auf. Laurent leitete das Gespräch an Jean-Loup weiter.

»Hallo?«

Erst eine Pause, dann kam eine verzerrte Stimme aus den Lautsprechern.

»*Hallo, Jean-Loup. Mein Name ist Einer und Keiner...*«

Alle Anwesenden waren versteinert. Jean-Loup wurde hinter der Scheibe der Moderatorenkabine ganz bleich im Gesicht, als sei all sein Blut auf einen Schlag entwichen. Barbara, die am Mischpult saß, fuhr von dem Gerät zurück, als stelle es plötzlich eine tödliche Gefahr dar.

»Wer bist du?«, fragte er verwirrt.

»*Das ist nicht wichtig, wer ich bin. Wichtig ist nur, dass ich heute Nacht wieder zuschlagen werde, was immer auch passieren mag ...*«

Frank sprang auf, als habe er eben bemerkt, dass er auf einem elektrischen Stuhl saß.

Cluny, der links neben ihm saß, erhob sich ebenfalls und griff nach seinem Arm.

»Das ist er nicht, Frank«, flüsterte er ihm zu.

»Was meinen Sie Du mit ›Das ist er nicht‹?«

»Es ist falsch. Der hier hat gesagt: ›Mein Name ist Einer und Keiner.‹ Der andere sagt von sich: ›Ich *bin* einer und keiner.‹«

»Macht das einen Unterschied?«

»In diesem Fall macht es einen großen Unterschied. Außerdem ist dieser Anrufer ignorant. Irgendein Idiot treibt hier seine Späße.«

Beinah als wolle es die Worte des Psychopathologen bestätigen, ertönte aus den Lautsprechern ein Lachen, das satanisch klingen sollte, und das Gespräch war beendet.

Morelli kam in den Regieraum gerannt.

»Wir haben ihn!«

Frank und Cluny folgten ihm in den Flur. Hulot, der in diesem Moment gerade im Büro des Intendanten war, kam ebenfalls angerannt, dicht gefolgt von Bikjalo.

»Habt ihr ihn?«

»Ja, Herr Kommissar. Der Anruf kommt aus der Umgebung von Menton.«

Frank mäßigte ihren Enthusiasmus. Obwohl er wusste, dass es auch sein eigener war, leider.

»Doktor Cluny meint, es könne sein, dass er das gar nicht war, dass es sich um einen Täuschungsversuch handelt.«

Der Psychopathologe fühlte sich unter Zugzwang. Der Gebrauch des Konditionals ließ eine Hintertür offen, die er schleunigst zu schließen gedachte.

»Kann ja sein, dass die Stimme auf dieselbe Art verzerrt ist, aber die Ausdrucksweise ist nicht die gleiche wie beim bisherigen Anrufer. Ich sage euch, er ist es nicht.«

»Verdammt, wer auch immer es sein mag! Hast du schon den Kommissar von Menton verständigt?«, fragte Hulot Morelli.

»Gleich, als wir den Anruf geortet hatten. Sie sind losgespurtet wie der Blitz.«

»Klar, glaubst du, dass die sich die Gelegenheit entgehen lassen, ihn zu schnappen …«

Der Kommissar vermied es, Cluny anzusehen, als könne er, wenn er ihn aus seinem Blickfeld verbannte, die These des Psychopathologen widerlegen.

Es verging eine Viertelstunde, die ihnen unendlich lang vorkam. Am Ende des Flurs verbreiteten Lautsprecher die Musik und die Stimme Jean-Loups, der trotz allem die Sendung weitermoderierte. Es kamen bestimmt Dutzende von Anrufen, und die Zentrale musste völlig verstopft sein. Das Mikrofon, das Morelli am Gürtel befestigt hatte, summte. Jetzt, da der Anruf kam, stand der Inspektor unter Spannung wie eine Geigensaite.

»Inspektor Morelli.«

Er lauschte. Die Enttäuschung zeichnete sich auf seinem Gesicht ab wie eine Wolke, die nach und nach die Sonne verdeckt. Noch bevor ihm die Kopfhörer gegeben wurden, wusste Hulot, dass sie absolut nichts erreicht hatten.

»Kommissar Hulot.«

»Salut, Nicolas, ich bin's, Roberts, aus Menton.«

»Salut, schieß los.«

»Ich bin hier vor Ort. Nichts. Fehlalarm. Es handelt sich um einen zugekifften Idioten, der seine Freundin beeindrucken wollte. Er hat sogar von zu Hause aus angerufen, dieser Volltrottel, stell dir das mal vor. Als wir ihn schnappten, haben sie sich fast in die Hosen gemacht, er und das Mädchen ...«

»Krepieren sollen sie vor lauter Schiss, die Deppen. Kannst du sie verhaften lassen?«

»Klar. Abgesehen davon, dass dieser Arsch die Ermittlungen behindert hat, wurde bei ihm noch ein schönes Stück Käse gefunden.«

Haschisch, wollte Roberts sagen.

»Gut. Nehmt ihn euch, und macht ihm Feuer unterm Arsch. Und sorgt dafür, dass die Presse davon erfährt. Wir müssen ein Exempel statuieren, sonst werden wir in Kürze von solchen Anrufen überschüttet. Ich danke dir, Roberts.«

»Keine Ursache. Tut mir Leid, Nicolas.«

»Ehrlich gesagt, mir auch. Adieu.«

Der Kommissar beendete das Gespräch. Er sah die anderen an, und in seinen Augen war die Hoffnung auf einen Schlag erloschen.

»Sie hatten Recht, Doktor. Fehlalarm.«

Cluny schien peinlich berührt. Fast, als habe er sich eine Schuld aufgebürdet, weil er mit seiner Vermutung richtig lag.

»Nun ja, ich ...«

»Sehr gute Arbeit, Doktor«, schaltete sich Frank ein. »Wirklich sehr gute Arbeit. Keiner hat Schuld an dem, was passiert ist.« Langsam gingen sie zur Regiekabine am Ende des Flurs zurück. Gottet kam ihnen entgegen.

»Und?«

»Nichts und. Eine falsche Spur.«

»Ist mir auch verdächtig einfach vorgekommen. Aber in einem Fall wie diesem, wie kann man da denken, dass …«

»Alles okay, Gottet. Was ich eben zu Doktor Cluny gesagt habe, gilt auch für Sie. Sehr gute Arbeit.«

Sie betraten den Regieraum, wo alle auf neue Informationen warteten.

Als sie die Enttäuschung auf den Gesichtern sahen, bekamen sie eine Antwort, noch bevor sie die Frage gestellt hatten. Barbara sank auf den Stuhl und stützte sich aufs Mischpult. Laurent strich sich mit einer Hand durchs Haar und schwieg.

In diesem Moment begann das rote Signal an der Wand zu blinken. Der DJ sah erschöpft aus. Er trank einen Schluck Wasser aus dem Glas, das auf dem Tisch stand, und näherte sich dem Mikrofon.

»Hallo?«

Zunächst war nur Stille. Jene Stille, die mittlerweile alle kannten. Dann der erstickte Ton, das unnatürliche Echo.

Schließlich ertönte die Stimme. Alle drehten langsam den Kopf in Richtung Lautsprecher, als habe jene Stimme ihre Halsmuskeln steif werden lassen.

»*Hallo, Jean-Loup. Eine innere Stimme sagt mir, dass ihr auf mich wartet …*«

Cluny beugte sich zu Frank.

»Haben Sie gehört? Perfekter Konjunktiv. Die Beherrschung der Sprache. *Das* ist er.«

Jean-Loup zögerte diesmal nicht. Seine Hände umklammerten den Tisch so sehr, dass die Knöchel weiß wurden, aber seiner Stimme war keine Spur von alledem anzumerken.

»Ja, wir haben auf dich gewartet. Und du weißt auch, dass wir auf dich gewartet haben.«

»Nun, hier bin ich. Die Hunde sind bestimmt schon todmüde von der Jagd auf einen Schatten. Aber die Jagd muss weitergehen. Meine und die der Hunde.«

»Warum sagst du *muss*, was hat das alles für einen Sinn?«

»Der Mond gehört allen, und jeder von uns hat das Recht, ihn anzuheulen.«

»Den Mond anheulen bedeutet Schmerz. Man kann den Mond aber auch besingen. Im Dunkeln kann man glücklich sein, manchmal, wenn man ein Licht sieht. Mein Gott, man kann auf dieser Welt auch glücklich sein, glaub mir.«

»Armer Jean-Loup, du glaubst also auch, dass der Mond echt ist, dabei ist er doch nur eine Illusion ... Weißt du, was da im Dunkeln jenes Himmels ist, mein Freund?«

»Nein, aber du wirst es mir sicher gleich sagen.«

Der Mann am Telefon spürte nicht die bittere Ironie in diesem Satz. Oder vielleicht spürte er sie, fühlte sich aber überlegen.

»Weder Gott noch der Mond, Jean-Loup. Das richtige Wort ist ›nichts‹. Da ist absolut nichts. Ich bin so sehr daran gewöhnt, dort zu leben, dass es mir schon gar nicht mehr auffällt. Überall ringsum, wohin ich meinen Blick auch wende, ist das Nichts.«

»Du bist verrückt«, rutschte es Jean-Loup gegen seinen Willen heraus.

»Das habe ich mich auch schon öfters gefragt. Es ist sehr wahrscheinlich, dass es so ist, auch wenn ich irgendwo mal gelesen habe, dass wahre Verrückte sich das gar nicht fragen. Ich weiß nicht, was es bedeutet, sich zu wünschen, verrückt zu sein, doch genau das passiert mir manchmal.«

»Wahnsinn kann auch vorübergehen, er kann geheilt werden. Was können wir denn tun, um dir zu helfen?«

Der Mann ignorierte die Frage, als gäbe es keine Lösung.

»Frag mich lieber, was ich tun kann, um euch zu helfen. Genau, das wäre der neue Knochen. Für die Hunde, die ihrem Schwanz hinterherjagen in dem verzweifelten Versuch reinzubeißen. Es ist ein Loop. *Ein schöner* Loop, *der sich dreht und dreht und dreht ... Wie in der Musik. Wo auch ein Loop ist, der sich dreht, dreht, dreht ...«*

In einem *fade-out*-Effekt löste sich die Stimme in nichts auf. Aus den Lautsprechern kam, wie beim vorigen Mal, plötzlich Musik. Keine Gitarren diesmal, kein Retrorock, sondern ziemlich aktueller Dance. Der Sieg der elektronischen Musik und der Sampler. Das Stück endete so plötzlich, wie es gekommen war. Das Schweigen, das folgte, ließ Jean-Loups Frage nur umso gewichtiger erscheinen.

»Was bedeutet das? Was soll das heißen?«

»*Ich habe die Frage gestellt, die Antwort liegt bei euch. So ist das Leben, mein Freund. Fragen und Antworten. Nichts außer Fragen und Antworten. Jeder Mensch schleppt seine Fragen mit sich herum, angefangen bei denen, die seit der Geburt in ihm geschrieben stehen.*«

»Welche Fragen?«

»*Ich bin nicht das Schicksal, ich bin einer und keiner, aber ich bin leicht zu verstehen. Wenn jemand, der mich sieht, realisiert, wer ich bin, dann gehen ihm im Bruchteil einer Sekunde die Augen auf, und er versteht jene Frage: zu wissen, wann und wo. Die Antwort bin ich. Für ihn bedeute ich* Jetzt. *Für ihn bedeute ich* Hier.«

Es gab eine Pause. Dann zischte die Stimme ein neues Todesurteil.

»*Und deswegen töte ich ...*«

Ein metallisches *Klick* schnitt das Gespräch ab und hinterließ ein Echo, das wie der Mechanismus einer Guillotine klang. Im Geiste sah Frank ein abgehacktes Haupt fallen.

Nein, diesmal nicht, Jesus!

Inspektor Gottet war bereits im Gespräch mit seinen Leuten und hatte den anderen den Rücken zugekehrt.

»Habt ihr ihn?«

Seine Antwort löste wie eine Zauberformel das bisschen Luft in ihrer Lunge in nichts auf.

»Nichts. Nichts zu machen. Kein Signal, an das man sich hätte hängen können. Picos Meinung nach muss der Anrufer ein echter Freak sein. Es ist ihm nicht gelungen, auch nur irgendetwas zu sehen. Wenn es aus dem Netz kommt, ist das Signal auf eine Weise verschlüsselt, die es unseren Apparaten unmöglich macht, es zu visualisieren. Dieser Scheißkerl hat uns schon wieder reingelegt.«

»Jetzt sind wir fällig! Hat hier jemand das Stück erkannt?«

Wer schweigt, stimmt zu. Das allgemeine Schweigen bedeutete in diesem Fall eher Verneinung.

»Mist. Barbara, eine Kassette mit der Musik, möglichst schnell. Wo ist Pierrot?«

Barbara war bereits am Werk und begann mit dem Überspielen.

»Im Konferenzsaal«, sagte Morelli.

Eine fiebrige Spannung lag in der Luft. Alle wussten, dass sie schnell, schnell, schnell machen mussten. Vielleicht ging der Urheber des Telefonats gerade hinaus und begab sich auf die Jagd. Irgendein anderer, irgendwo, lebte, ohne es zu wissen, die letzten Minuten seines Lebens. Sie liefen los, um »Rain Boy« zu suchen, den Einzigen unter ihnen, der die Musik auf Anhieb erkennen könnte.

Im Konferenzraum saß Pierrot mit gesenktem Kopf auf einem Stuhl neben seiner Mutter. Als sie kamen, sah er sie mit Tränen in den Augen an und neigte dann wieder den Kopf.

Frank hockte sich, wie schon beim vorigen Mal, neben den Stuhl. Pierrot hob leicht das Gesicht, als schäme er sich, seine feuchten Augen zu zeigen.

»Was ist los, Pierrot? Ist irgendwas nicht in Ordnung?«

Der Junge nickte bejahend mit seinem Kopf.

»Bist du erschrocken? Du brauchst keine Angst zu haben, wir sind alle hier, bei dir.«

Pierrot schniefte mit der Nase.

»Ich habe keine Angst, ich bin doch jetzt auch ein Polizist ...«

»Was ist es denn dann?«

»Ich kenne die Musik nicht«, antwortete er zutiefst betrübt.

In seiner Stimme lag echter Schmerz. Er blickte sich in der Runde um, als habe er die Chance seines Lebens verpasst. Die Tränen liefen ihm übers Gesicht.

Frank fühlte sich verloren. Trotzdem bemühte er sich, Pierrot zuzulächeln.

»Ganz ruhig. Es gibt keinen Grund zur Sorge. Wir spielen sie dir nochmal vor, und du wirst sehen, dass du sie erkennst. Es ist schwierig, aber du kannst das schaffen. Nein, ich bin mir sicher, dass du es schaffen wirst.«

Barbara kam fast ins Zimmer gerannt. In der Hand hielt sie ein DAT. Sie legte es in den Rekorder und spielte es ab.

»Hör aufmerksam hin, Pierrot.«

Die elektronischen Rhythmen des Stücks ergossen sich in den Raum. Der Viervierteltakt der Dancemusic, ganz ähnlich dem menschlichen Herzschlag. Hundertsiebenunddreißig Schläge in der Minute. Ein angstgetriebenes, rasendes Herz, ein Herz, das irgendwo von einem Moment zum anderen stehen bleiben konnte.

Pierrot lauschte schweigend, den Kopf noch immer geneigt. Als die Musik aufhörte, hob er ihn und ein schüchternes Lächeln huschte über seinen Mund.

»Sie ist da«, sagte er leise.

»Hast du sie erkannt? Ist sie in dem Zimmer? Dann hol sie doch, bitte.«

Pierrot nickte und stand auf. Er verschwand in seinem stolpernden Gang. Hulot wies Morelli an, ihn zu begleiten.

Nach einer Zeit des Wartens, die unendlich schien, kamen sie zurück, und Pierrots Hände umklammerten eine Schallplatte.

»Hier ist sie. Es ist eine *Kompilation* ...«

Sie legten die Platte auf und suchten so lange, bis sie es gefunden hatten.

Es war genau das Stück, das der Mörder ihnen kurz vorher vorgespielt hatte. Pierrot wurde gefeiert wie ein Held. Die Mutter umarmte ihn, als hätten sie ihm eben den Nobelpreis verliehen. Aus seinen Augen leuchtete ein solcher Stolz, dass sich Nicolas Hulot das Herz fast schmerzhaft zusammenzog.

Frank las den Titel auf der Schallplattenhülle der Kompilation.

»*Nuclear Sun* von Roland Brant. Wer ist dieser Roland Brant?«

Keiner kannte ihn. Schleunigst gingen sie zu den Computern. Nach kurzer Internetrecherche erschien der Name auf einer italienischen Homepage. Roland Brant war das Pseudonym eines italienischen DJs, eines gewissen Rolando Bragante. Sie fanden heraus, dass *Nuclear Sun* ein Stück war, das ein paar Jahre zuvor in den Diskotheken ziemlich gut angekommen war.

Zwischenzeitlich hatten Laurent und Jean-Loup die Sendung beendet und sich den anderen angeschlossen. Sie waren völlig aufgewühlt und schienen einem Sturm entronnen zu sein, der seine Spuren hinterlassen hatte.

Der Regisseur klärte sie über Dancemusic auf und darüber, dass sie eine völlig eigenständige Szene innerhalb des Musikmarktes darstelle.

»Manchmal nehmen DJs ein Pseudonym an. Das kann ein Fantasiewort sein, aber in den meisten Fällen ist es ein englischer Name. Drei oder vier davon gibt es auch in Frankreich. Für gewöhnlich sind es Musiker, die sich auf Dance spezialisiert haben.«

»Was heißt ›es ist ein *Loop*‹?«, fragte Hulot.

»Der Ausdruck kommt vom Samplen, wenn man mit dem Computer arbeitet. Ein *Loop* dient als Basis, er ist der Kern des Stücks. Man nimmt sich einen Rhythmus heraus und lässt ihn um sich selbst kreisen, so dass er immer exakt gleich bleibt.«

»Klar, genau wie dieses Schwein gesagt hat. Ein Hund, der sich in den Schwanz beißt.«

Frank machte kurzen Prozess mit diesen Überlegungen und vergegenwärtigte ihnen den Ernst der Lage. Es gab etwas anderes, viel Wichtigeres, das sie verstehen mussten.

»Okay, wir haben einen Job zu erledigen. Los, fällt euch gar nichts ein? Denkt mal an einen Prominenten, so um die dreißig, fünfunddreißig Jahre, der etwas mit unseren Indizien zu tun haben könnte. Hier, in Monte Carlo.«

Frank schien wie besessen. Er lief zwischen ihnen herum und wiederholte immer wieder jene Worte. Seine Stimme verfolgte eine Idee, wie das Gekläffe der Hundemeute einem Fuchs hinterherjagt.

»Ein junger Mann, attraktiv, berühmt. Jemand, der hier in der Gegend verkehrt. Der hier wohnt oder momentan hier ist. Schallplatte, Kompilation, *Nuclear Sun*, Diskothek, Dancemusic, ein italienischer DJ mit englischem Namen, ein Pseudonym. Denkt an die Zeitungen, an die Klatschpresse, an den Jetset …«

Franks Stimme war die Peitsche eines Jockeys, der in einem zügellosen Rennen sein Pferd antrieb. Das Gehirn jedes Einzelnen galoppierte in derselben identischen Gangart.

»Los! Jean-Loup?«

Der DJ schüttelte den Kopf. Jean-Loup schien sehr erschöpft, und es war klar, dass man von dieser Seite nichts erwarten konnte.

»Laurent?«

»Tut mir Leid, mir fällt nichts ein.«

Barbara hob plötzlich den Kopf, so dass ihre kupferroten Haare eine Welle beschrieben. Frank sah ihr Gesicht aufleuchten.

Er trat näher.

»Barbara?«

»Ich weiß nicht … vielleicht …«

Frank stürzte sich wie ein Falke auf diese Andeutung eines Zweifels.

»Barbara, es gibt kein Vielleicht. Sagen Sie einen Namen, wenn Ihnen einer einfällt, egal, ob er falsch oder richtig ist.«

Die junge Frau ließ einen Augenblick den Blick über die Anwesenden schweifen, als bitte sie um Entschuldigung, falls sie Mist reden sollte.

»Also, ich denke, es könnte Roby Stricker sein.«

31

René Coletti hatte das dringende Bedürfnis zu pissen.

Er atmete tief durch die Nase. Die volle Blase verursachte ein schreckliches Stechen in seinem Bauch. Er kam sich vor wie in einem dieser Fantasyfilme, wo die Röhren im Raumschiff anfangen, Dampf zu verlieren, und ein rotes Gefahrensignal aufleuchtet, während eine metallene Stimme ständig wiederholt: »Achtung, Achtung, in drei Minuten wird sich dieses Raumschiff zerstören, Achtung, Achtung …«

War ja klar, dass dieses physiologische Bedürfnis im unpassendsten Moment kommen musste, gemäß der zerstörerischen Logik des Zufalls, dass er, sobald er den menschlichen Wesen auf den Sack gehen kann, dies auch tut.

Er war versucht, aus dem Auto zu steigen und es an einem x-beliebigen Ort zu machen, im Halbschatten, ohne die paar Leute, die sich auf der Mole oder auf der anderen Straßenseite herumtrieben, zu beachten. Begehrlich sah er auf die Mauer zu seiner Rechten.

Zur Ablenkung rauchte er eine Zigarette und blies den beißenden Rauch der Gitanes ohne Filter aus dem geöffneten Fenster. Im Aschenbecher des Autos zeugten schon mehr als genug davon, dass er seit geraumer Zeit wartete. Er streckte seine Hand aus, um das Autoradio, das auf Radio Monte Carlo eingestellt war, abzudrehen, denn das, was ihn interessierte, war bereits zu Ende.

Er hatte seinen Mazda MX-5 am Hafen geparkt, in der Nähe der Piscine, mit der Schnauze zu dem Gebäude hin, wo sich der Sender befand und wo im Moment sicher haufenweise Polizisten wie Bohnen in einem Römertopf brodelten. Er hatte die Sendung verfolgt und mit gespitzten Ohren den Anruf des Mörders gehört, im Auto sitzend, wartend. In der Redaktion seiner Zeitung, »France Soir«, hatten viele Kollegen dasselbe gemacht und galoppierten nun mit Sicherheit auf der Jagd nach Informationen durchs Netz oder wodurch auch immer. Ein Haufen Gehirne arbeitete im Moment auf Hochtouren, um die neue, über den Äther verbreitete Nachricht von »Keiner« zu entschlüsseln, wie ihn die Zeitungen getauft hatten. Der Ausdruck war vielfach übernommen worden, und jetzt nannten ihn alle so. Die Macht der Medien. Wer weiß, wie sie ihn unter sich bezeichnet hatten, die Polizisten, bevor ihnen jener Name dank der Fantasie eines Journalisten auferlegt worden war.

Den Detektiven die Logik, ihnen die Fantasie. Aber es war nicht gesagt, dass dem, der das eine hatte, das andere notwendigerweise fehlte.

In dieser Hinsicht war er ein klarer Fall. Zumindest wünschte er sich, dass es so sei.

Das Handy auf dem Beifahrersitz läutete. Der Klingelton war ein Popsong von Ricky Martin, den sein Neffe aus dem Internet heruntergeladen und ihm praktisch aufgezwungen hatte. Er hasste dieses Gedudel, hatte aber nie hinreichend gelernt, mit dem Handy umzugehen, als dass er es hätte ändern können.

Fantasie und Logik ja, aber Horror vor der Technik.

Er nahm das Handy und ging ran.

Seine Rohrleitungen mussten noch ein bisschen aushalten.

»Hallo?«

»Coletti, ich bin's, Barthélemy.«

»Schieß los.«

»Wir haben einen Hinweis. Ein Schweineglück. Giorgio Cassani, unser Korrespondent in Mailand, ist mit der Person befreundet, die das Stück geschrieben hat. Das Keiner im Radio vorgespielt hat. Vor zwei Minuten haben sie uns aus Italien angerufen. Ein paar Minuten geben sie uns noch Vorsprung, bevor sie die Polizei verständigen.«

Volltreffer. Hoffentlich geht niemand dabei drauf. Und hoffentlich piss ich mir nicht in die Hose.

»Und?«

»Es heißt *Nuclear Sun*. Der Komponist ist ein Italiener, ein DJ namens Rolando Bragante alias Roland Brant. Verstanden?«

»Natürlich hab ich verstanden, ich bin doch nicht blöd. Schick mir auf jeden Fall eine SMS mit den Daten. Man kann nie wissen.«

»Wo bist du?«

»Beim Sender. Alles unter Kontrolle. Bis jetzt ist nichts passiert.«

»Sei auf der Hut. Wenn die *flics* es bemerken, haben wir den Scheiß.«

»Ich kenne diese Burschen.«

»Glück dann«, lautete Barthélemys lakonischer Gruß.

»Euch auch. Halt mich auf dem Laufenden, falls es Neuigkeiten gibt.«

Er schaltete das Handy aus. Ein italienischer DJ mit englischem Pseudonym. Ein Diskohit mit dem Titel *Nuclear Sun*.

Was zum Teufel sollte das denn heißen?

Er spürte einen Stich im Bauch. Die Entscheidung war gefallen. Er warf die Kippe aus dem Fenster, öffnete die Tür und stieg aus dem Wagen. Dann ging er auf die andere Seite, ein paar Stufen runter, um sich, von der Silhouette des Autos geschützt, im Halbdunkel zu verstecken. Dort befand sich eine Vertiefung in der Mauer, neben dem geschlossenen Rollladen eines Geschäfts. Er öffnete die Hose und befreite sich mit einem Seufzer der Erleichterung. Als hebe er ab. Er sah zu seinen Füßen das gelbliche Rinnsal aus Urin wie einen Wildbach den leichten Abhang runterfließen.

Sich so gehen zu lassen war ein fast sexueller Genuss, die stellvertretende Befriedigung physischer und spielerischer Bedürfnisse des menschlichen Wesens. Wie damals als Kind, als er mit seinem Bruder in den Schnee pinkelte und Figuren …

Moment mal. Blitzartig überkam es ihn. Der Schnee. Was hatte Schnee damit zu tun? Er sah das Foto in einer Illustrierten, eine männliche Figur im Skianzug beim Einstieg in den Skilift, neben sich ein hübsches Mädchen. Dann war da Schnee, viel Schnee. Er hatte eine so präzise Eingebung, dass es ihm den Atem verschlug.

Shit. Roby Stricker, der war es. Und wenn er's wirklich war, dann hatte er es.

Seine physiologische Ausstattung wollte sich nicht beruhigen. Die Aufregung bescherte ihm einen Anfall von Nervosität. Er unterbrach den Fluss auf die Gefahr hin, dass seine Hände was abbekamen. Es hatte Fälle gegeben, in denen das Risiko, dass seine Hände was abbekamen, praktisch eine Gewissheit war. Das hier wäre sicherlich nicht der abstoßendste. Aber Roby Stricker, wo konnte er ihn finden, jetzt?

Er schüttelte einmal kräftig sein sexuelles Rüstzeug und packte es in die Unterhose. Schnell ging er zum Auto zurück, ungeachtet der Tatsache, dass er seine Hose noch nicht geschlossen hatte.

In dieser Stadt treibt sich ein Mörder rum, René, sagte er zu sich. *Was glaubst du, wen das juckt, ob deine Hose zugeknöpft ist oder nicht?*

Er setzte sich und nahm das Handy. Er rief Barthélemy in der Redaktion an.

»Ich bin's nochmal, Coletti. Sucht mir mal eine Adresse raus.«

»Spuck aus ...«

»Roby Stricker. Den Nachnamen schreibt man S-t-r-i-c-k-e-r, mit *ck*. Roby dürfte für Roberto stehen. Er wohnt hier in Monte Carlo. Falls heute ein Glückstag ist, steht er im Telefonbuch. Wenn nicht, finde es sonst wie raus, aber beeil dich.«

Natürlich war die Zeitung nicht die Polizei, aber auch sie hatte ihre Informationskanäle.

»Bleib mal kurz in der Leitung.«

Es vergingen ein paar Sekunden, die Coletti unendlich lang erschienen, länger noch als die vorherigen mit voller Blase. Endlich kehrte Barthélemy zum Apparat zurück.

»Bingo, alter Knabe. Er lebt in einem Wohnkomplex namens Les Caravelles, Boulevard Albert Premier.«

Coletti blieb die Luft weg. Er konnte sein Glück gar nicht fassen. Das war genau hier, an die hundert Meter von seinem Wagen entfernt.

»Sehr gut, ich weiß, wo das ist. Wir hören voneinander.«

»René, ich sag's nochmal, sei auf der Hut. Nicht nur wegen der *flics*. Keiner ist ein gefährlicher Typ. Er hat schon drei abgemurkst.«

»Drück mir lieber die Daumen, als hier rumzuunken! Ich häng nämlich an meinem Leben. Aber wenn die Sache so ausgeht, wie ich es sage, landen wir einen sensationellen Coup ...«

Er beendete das Gespräch.

Einen Augenblick lang hörte er wieder die Stimme im Radio.

Ich töte ...

Er erschauderte gegen seinen Willen. Aber die Begeisterung, das Adrenalin, war schon in Umlauf und konnte jegliche Vorsicht außer Kraft setzen. Als Mensch hatte Coletti viele Grenzen, aber als Journalist verstand er sein Handwerk, und um es ordentlich zu verrichten, war er zu jeglichem Risiko bereit. Er erkannte ein großes Ding als solches, wenn er mittendrin steckte. Ein Hinweis, dem man folgen, den man öffnen musste wie eine Auster, um der ganzen Welt zu zeigen, ob eine Perle drin war oder nicht. Und dieses Mal war da eine Perle, so groß wie ein Straußenei.

Jeder hat seine Droge, und das hier war seine.

Er sah die erleuchteten Fenster von Radio Monte Carlo. Verschiedene Streifenwagen waren auf dem großen Gelände vor dem Eingang geparkt. Ein Blaulicht blinkte auf, und ein Fahrzeug setzte sich in Bewegung. Coletti konnte sich entspannen. Es war bloß der Einsatzwagen, der Jean-Loup Verdier jeden Abend nach Hause brachte. Er war ihnen schon unzählige Male gefolgt und wusste, was sie gleich tun würden. Sie würden bis zum Haus des DJs vorfahren, das Tor passieren und ... Na dann, gute Nacht. Die Polizisten würden weiterhin das Haus bewachen und damit jeden Versuch, Kontakt aufzunehmen, vereiteln.

Er hätte das halbe Vermögen von Bill Gates bezahlt, um jenen Mann zu interviewen, aber keine Chance im Moment. Der Weg nach innen und nach außen war hermetisch abgeriegelt. Er hatte jenes Haus zur Genüge belagert, um zu wissen, dass es unmöglich war.

Zu viele Dinge schienen unmöglich, in letzter Zeit.

Alles hatte er unternommen, um Kriegsberichterstatter in Afghanistan zu werden. Er hatte sie im Urin, diese Geschichte. Er wusste, er hätte besser als jeder andere darüber berichten können, wie er es schon aus Ex-Jugoslawien getan hatte. Man hatte ihm Rodin vorgezogen, vielleicht weil sie ihn für jünger, ambitionierter und risikobereiter hielten. Vielleicht verbarg sich auch ein politisches Komplott dahinter, irgendeine Empfehlung von wer weiß woher, von der er nichts wusste. Tatsache ist, dass er mal wieder der Arsch war.

Coletti öffnete das Handschuhfach und holte seine Digitalkamera heraus, eine Nikon 990 Coolpix. Er legte sie auf den Beifahrersitz und überprüfte sie eingehend, wie ein Soldat vor dem Kampf seine Waffe überprüft. Die Akkus waren geladen, und er hatte vier 128-Megabyte-Chipkarten. Damit könnte er den dritten Weltkrieg fotografieren, wenn nötig. Er stieg aus dem Mazda, ohne ihn abzuschließen. Die Kamera versteckte er so unter der Jacke, dass sie nicht zu sehen war. Er drehte dem Wagen und der Piscine den Rücken zu und ging in die entgegengesetzte Richtung. Nach wenigen Dutzend Metern stand er vor der Treppe, die zur *promenade* hinaufführte. Als er oben die Straße erreichte, schoss ein Zivilfahrzeug, aber mit dem Blaulicht der Polizei auf dem Dach, aus der Rascasse und rauschte mit hoher Geschwindigkeit an ihm vorbei.

Zwei Personen schienen darin zu sitzen. Er konnte sich vorstellen, wer es war. Mit Sicherheit Kommissar Hulot und Inspektor Morelli. Oder vielleicht der dunkle Typ mit dem finsteren Gesicht, der an jenem Morgen aus Jean-Loup Verdiers Haus gekommen war und der ihn angesehen hatte, als er mit dem Auto an ihm vorbeifuhr. Ihre Blicke hatten sich gekreuzt, und er war mit einem komischen Gefühl zurückgeblieben.

Das war ein Mann, der den Teufel in sich trug. Die Teufel, die kannte er sehr gut, und genauso gut erkannte er diejenigen, die von ihnen besessen waren. Vielleicht lohnte es sich, mehr über ihn in Erfahrung zu bringen ...

Coletti hatte seit längerem die Strategie verworfen, Polizeiwagen zu beschatten. Die Polizisten waren nicht dumm. Er würde sofort auffliegen. Sie würden ihn anhalten, und adieu, Knüller! Er durfte auf gar keinen Fall Fehler begehen.

Am Abend hatte es schon diesen Reinfall mit dem ersten Anruf, mit diesem unglaublichen *fake* gegeben. Aller Wahrscheinlichkeit nach waren die Bullen auf hundertachtzig. Er wollte nicht mit dem tauschen, der es verbrochen hatte, sollte er geschnappt worden sein. Und es schien ihm nicht wünschenswert, sich mit gesenktem Kopf in einer ähnlichen Situation wiederzufinden.

Wenn das nächste Opfer dieses Verrückten tatsächlich Roby Stricker sein sollte, dann würden sie diesen als Köder benutzen, und der einzige Ort, um das zu tun, war sein Zuhause. Jetzt musste er nur noch einen geeigneten Ort finden, an dem er sich platzieren konnte, einen Ort, wo er sehen konnte, ohne gesehen zu werden. Wenn seine Schlussfolgerungen richtig waren und wenn Keiner geschnappt würde, so wäre er der einzige Augenzeuge und der einzige Reporter mit Fotos von der Festnahme.

Gelänge ihm das, wäre die Story so viel wert wie sein Gewicht in Plutonium.

Es war praktisch niemand unterwegs. Mit Sicherheit hatten alle in dieser Stadt die Sendung verfolgt und den letzten Anruf von Keiner gehört. Man wusste, dass sich ein Mörder herumtrieb, und es gab nicht allzu viele, die Lust hatten, frohgemut draußen spazieren zu gehen.

Coletti näherte sich dem erleuchteten Eingang von Les Caravelles. Als er vor der Glastür der Wohnblöcke stand, seufzte er erleichtert. Sie hatte ein normales Türschloss und nicht eins mit Nummerncode. Coletti kramte in der Tasche wie ein gewöhnlicher Mieter, der gerade seine Schlüssel sucht.

Er zog ein Utensil heraus, das ihm einer seiner Informanten geschenkt hatte, ein waches Bürschchen, dem er mal aus der Patsche geholfen hatte. Einer, der das Geld liebte, ohne zu unterscheiden zwischen dem, was er ihm für seine Spitzeldienste gab, und dem, was er sich durch Einbrüche in unbewachte Wohnungen beschaffte.

Er steckte das Teil ins Schloss, und die Tür ging auf. Coletti betrat die Eingangshalle des Luxusgebäudes. Er sah sich um. Spiegel, Ledersessel, Perserteppiche auf dem Marmorfußboden. Zu dieser Uhrzeit war es unbeaufsichtigt, aber tagsüber wurde es sicher von einem sturen Pförtner überwacht.

Er spürte sein Herz schneller schlagen.

Das war keine Angst.

Das war Adrenalin pur. Das war das Paradies auf Erden. Das war sein Job.

Zu seiner Rechten an der Stirnseite der lang gezogenen Halle befanden sich zwei Holztüren. Eine trug ein Messingschildchen mit der Aufschrift »Concierge«. Die in der anderen Ecke führte vermutlich in den Keller. Er wusste nicht, in welchem Stock Roby Stricker wohnte, aber den Pförtner um diese Uhrzeit zu wecken und danach zu fragen, schien nicht die geschickteste Taktik zu sein. Er könnte den Lieferantenfahrstuhl bis zum letzten Stock nehmen und von da aus die Treppen runtergehen, bis er das richtige Stockwerk fände. Dort würde er sich einen optimalen Beobachtungsposten suchen, und sei es, dass er draußen an einem Fenster hängen müsste, was er in der Vergangenheit auch schon getan hatte.

Die Reeboks an seinen Füßen machten nicht das geringste Geräusch, als er die Kellertür erreichte. Er drückte dagegen und hoffte, dass sie nicht abgesperrt war. Klar, er hatte sein Werkzeug, aber jede gesparte Sekunde war auch eine gewonnene Sekunde. Erleichtert seufzte er auf. Die Tür war nur angelehnt. Innen war es stockdunkel. Im Schein der Lampen der Eingangshalle sah man die Treppenstufen hinunterführen und sich mit der Dunkelheit vereinen. Die gleichmäßig verteilten, kleinen roten Lämpchen der Lichtschalter leuchteten wie Katzenaugen.

Auf keinen Fall konnte er das Licht anmachen. Er stieg die ersten beiden Stufen hinunter, während sich die Tür sachte schloss. Im Geiste dankte er dem tüchtigen Menschen, der die Scharniere so gut geölt hielt. Er drehte sich um und tastete sich vorwärts, mit seinen Händen die Wand suchend. Langsam ging er die Stufen hinunter und achtete darauf, nicht zu stolpern. Sein Herz schlug so heftig, dass er sich nicht gewundert hätte, wenn es im ganzen Gebäude zu hören gewesen wäre. Mit dem vorgestreckten Fuß erfühlte er, dass er bereits am Ende der Treppe angelangt war. Er hielt seine Hand vor sich und ging langsam weiter, indem er sich immer an dem rauen Wandputz entlangtastete. Er kramte in seiner Jackentasche. In seiner Aufregung hatte er zusammen mit den Zigaretten auch das Bic-Billigfeuerzeug vergessen, das jetzt sehr hilfreich gewesen wäre. Eine Bestätigung, dass Eile ein schlechter Ratgeber war. Tastend ging er weiter. Er hatte gerade mal ein paar Schritte in der absoluten Finsternis getan, als ihm ein eiserner Griff den Hals zuschnürte und sein Körper brutal gegen die Wand geschleudert wurde.

Siebter Karneval

In der großen, stillen Wohnung sitzt ein Mann im Dunkeln, in einem Sessel.

Er hatte darum gebeten, allein zu sein, er, der immer Horror vor der Einsamkeit hatte, vor den leeren Zimmern, vor dem Halbdunkel. Die anderen sind weg, nachdem sie ihn mit sorgenvollem Ton in der Stimme ein letztes Mal gefragt hatten, ob er wirklich alleine hier bleiben wolle, wenn keiner sich um ihn kümmern könne.

Er hatte Ja geantwortet, hatte sie beruhigt. Er kennt diese große Wohnung so genau, dass er sich frei darin bewegen kann, ohne etwas fürchten zu müssen.

Ihre Stimmen hatten sich mit dem Geräusch der verhallenden Schritte, mit der Tür, die zufällt, mit dem Fahrstuhl, der nach unten fährt, entfernt. Die Geräusche sind nach und nach zur Stille geworden.

So ist er nun allein. Und denkt.

In der Stille jener Nacht, Ende Mai, denkt er an die Kraft der letzten Jahre. Er denkt an seinen kurzen Sommer, der auf den Herbst der kommenden Jahre zusteuert, die es zu durchschreiten gilt, nicht auf Zehenspitzen, sondern mit den Fußsohlen fest am Boden, jeden sicheren Griff nutzend, um nicht zu stürzen.

Durchs offene Fenster strömt der Duft des Meeres. Er streckt eine Hand aus und entzündet die Lampe auf dem Tisch neben sich. Fast gar nichts ändert sich für seine Augen, die mittlerweile zum Schattentheater geworden sind. Er drückt wieder auf den Schalter. Das Licht geht beim Hauch seines hoffnungslosen Seufzers wie eine Kerze aus. Der Mann im Sessel denkt noch immer an das, was ihn erwartet. Er wird sich an den Geruch der Dinge gewöhnen müssen, an ihr Gewicht, an ihre Stimme, wenn sie alle in ein und dieselbe Farbe getränkt sein werden.

Der Mann im Sessel ist praktisch blind.

Es gab eine Zeit, da war das anders. Es gab eine Zeit, da lebte er vom Licht und von dessen Abwesenheit und von dessen Wesen. Zu einer Zeit, als seine Augen einen Punkt »da drüben« festlegten und er mit einem Sprung seinen Körper dorthin befördern konnte, während die Musik aus dem Licht selbst gemacht zu sein schien, einem Licht, das nicht mal der Applaus beschmutzen konnte.

Er war so kurz, sein Tanz.

Von der Geburt seiner ersten Passion über die aufregende Entdeckung des Talents bis zur Verblüffung der Welt, als er groß rauskam, war es nur ein Augenblick. Klar, es gab so lustvolle Momente, dass sie für ein ganzes Leben reichen würden, Momente, die andere niemals erlebten, nicht mal in hundert Jahren.

Aber die Zeit, die betrügerische Zeit, die Menschen wie Spielzeug und Jahre wie Minuten behandelt, war vergangen wie im Flug und hatte ihm auf einen Schlag mit einer Hand genommen, was sie ihm zuvor mit der anderen im Überfluss gespendet hatte.

Ganze Menschenmengen in ekstatischer Bewunderung seiner Grazie, der Eleganz seiner Schritte, der stillen Worte in jeder einzelnen Geste, als seine gesamte Figur von der Musik selbst gezeugt zu sein schien, so sehr war er Teil der Harmonie, in der er sich bewegte.

Noch immer trägt er in den fast erloschenen Augen die Erinnerungen. Sie waren ein so starkes Licht, dass sie beinahe jenes ersetzen konnten, das er gerade verlor. Sie waren die Scala von Mailand, das Bolschoi von Moskau, das Théâtre Princesse Grace von Monte Carlo, das Metropolitan von New York, das Royal Theatre von London. Eine unendliche Zahl von Vorhängen, in der Stille geöffnet und über den Applausen für jeden seiner Erfolge wieder geschlossen. Vorhänge, die sich nie wieder öffnen würden.

Adieu, König der Tänzer.

Der Mann streicht mit einer Hand durch das glänzende, dichte Haar.

Seine Hände sind seine Augen, jetzt.

Der raue Stoff des Sessels, der weiche Stoff der Hose um die muskulösen Beine, die Seide des Hemdes, die über dem Oberkörper der klaren Linie der Brust folgt. Die glatten Wangen, von einem anderen rasiert, bis seine Hände auf das farblose Rinnsal der Träne treffen, die ihm jetzt übers Gesicht läuft. Der Mann hatte darum gebeten, und es wurde ihm gewährt, allein zu sein, er, der immer Horror vor der Einsamkeit hatte, vor den leeren Zimmern, vor dem Halbdunkel.

Und plötzlich hört er, dass jene Einsamkeit gebrochen, dass er nicht mehr allein in der Wohnung ist.

Es ist kein Geräusch, es ist kein Atem oder Schritt. Es ist eine Präsenz, die er mit einem Sinn wahrnimmt, von dem er nicht wusste, dass er ihn besitzt, wie der primitive Instinkt einer Fledermaus.

Er kann viel mehr Dinge wahrnehmen, jetzt.

Die Präsenz verwandelt sich in leichte Schritte, gewandt, fast geräuschlos. Ein ruhiger und gleichmäßiger Atem. Jemand durchquert die Wohnung und nähert sich. Jene so leisen Schritte sind nun hinter ihm stehen geblieben. Er unterdrückt seinen Impuls, sich umzudrehen und nachzusehen, denn es wäre sinnlos.

Er atmet den Duft einer wohlriechenden Haut, gemischt mit dem eines teuren Kölnischwassers. Er kennt die Essenz, aber nicht die Person.

»Eau d'Hadrien« von Annick Goutal. Ein Parfüm, das nach Zitrone riecht, nach Meer, nach Wind. Er hat es Boris geschenkt, vor einiger Zeit, hatte es in Paris gekauft, in dem Geschäft bei der Place Vendôme, genau einen Tag nach dem grandiosen Auftritt im Theater. Als noch …

Wieder die Schritte. Der neu Angekommene geht an seinem Sessel vorbei, der mit dem Rücken zur Tür steht. Er erkennt den Schatten eines Körpers, der sich vor ihm aufbaut.

Der Mann im Sessel ist nicht überrascht. Er hat keine Angst. Er ist nur neugierig.

»Wer bist du?«

Ein Moment Schweigen, dann antwortet der stehende Mann dem sitzenden Mann mit einer tiefen und harmonischen Stimme.

»Ist das wichtig?«

»Ja, für mich ist das sehr wichtig.«

»Mein Name würde dir vielleicht gar nichts sagen. Es ist nicht wichtig, dass du weißt, wer ich bin. Ich will sicher sein, dass du weißt, *was* ich bin und warum ich hier bin.«

»Das kann ich mir vorstellen. Ich habe von dir gehört. Ich habe dich erwartet, glaube ich. Vielleicht habe ich sogar insgeheim gehofft, dass du kommen würdest.«

Der sitzende Mann fährt sich mit der Hand durchs Haar. Er möchte mit ihr auch durch die Haare des anderen fahren, über sein Gesicht, über seinen Körper, denn seine Hände sind seine Augen, jetzt.

Dieselbe tiefe Stimme, so reich an Harmonien, antwortet ihm aus der Dunkelheit.

»Jetzt bin ich hier.«

»Ich nehme an, es gibt nichts, was ich sagen oder tun könnte.«

»Nein, da gibt es nichts.«

»Dann ist es also aus. Ich denke, in gewisser Hinsicht ist es besser so. Ich hätte nie den Mut dazu gehabt.«

»Willst du Musik?«

»Ja, ich glaube schon. Das heißt, ich bin mir sicher. Ich will.«

Er hört eine Reihe kleiner weicher Töne, das Summen des CD-Players, der sich öffnet und wieder schließt, deutlich betont durch das Dunkel und die Stille. Der Mann hantiert an der Stereoanlage herum. Er hat das Licht nicht angemacht. Er muss die Augen einer Katze haben, wenn ihm der schwache Schein von draußen und die LED der Anlage ausreichen, um sich zu orientieren.

Kurz darauf breiten sich die schwebenden Töne einer Trompete im Zimmer aus. Der sitzende Mann kennt das Stück nicht, aber von den ersten Takten an erinnert ihn die Stimme jenes Instruments seltsamerweise an die melancholische Melodie, die Nino Rota für die Filmmusik von Fellinis *La Strada* komponiert hat. Zu diesem Lied hat er am Anfang seiner Karriere an der Mailänder Scala getanzt, in einem Ballett, das auf dem Film basierte, mit einer Primaballerina, deren Name ihm nicht mehr einfällt, nur noch die unnatürliche Grazie ihres Körpers.

Der Mann im Sessel wendet sich dem Dunkel zu, aus dem die Musik kommt, und es ist dasselbe im Zimmer und in seinen Augen.

»Wer ist das?«

»Er heißt Robert Fulton. Ein großartiger Musiker ...«

»Ich höre es. Was bedeutet er für dich?«

»Eine alte Erinnerung. Von nun an wird es auch die deine sein.«

Ein langes unbewegliches Schweigen. Der Mann im Sessel hat einen Moment lang den Eindruck, der andere sei gegangen. Aber als er zu ihm spricht, kommt die Stimme gleich neben ihm aus der Dunkelheit.

»Darf ich dich um einen Gefallen bitten?«

»Kommt darauf an.«

»Dürfte ich dich anfassen?«

Das leichte Rascheln eines Stoffes. Der stehende Mann hat sich nach vorn gebeugt. Der sitzende Mann spürt die Wärme seines Atems, des Atems eines Mannes. Vielleicht ein Mann, den er zu anderen Zeiten und unter anderen Umständen besser kennen zu lernen versucht hätte ...

Er streckt die Hände aus, legt sie auf jenes Gesicht, fährt es mit den Fingerkuppen bis zu den Haaren hin ab. Er folgt der Linie der Nase, erforscht mit den Fingern die Wangenknochen und die Stirn. Seine Hände sind seine Augen, jetzt, und sie sehen für ihn.

Der sitzende Mann hat keine Angst. Er war neugierig, nun ist er nur überrascht.

»Du bist es also«, murmelt er.

»Ja«, entgegnet der andere einfach und steht auf.

»Warum tust du das?«

»Weil ich muss.«

Der sitzende Mann gibt sich mit dieser Antwort zufrieden. Auch er hat in der Vergangenheit das getan, was er spürte, tun zu müssen. Er hat noch eine letzte Frage an den anderen. Im Grunde ist er nur ein Mensch. Ein Mensch mit Angst, nicht vor dem Ende, sondern einzig vor dem Schmerz.

»Werde ich leiden?«

Der sitzende Mann kann nicht sehen, wie der stehende Mann

aus seiner Stofftasche eine Pistole mit Schalldämpfer zieht. Er sieht nicht den Lauf auf sich gerichtet. Er sieht nicht, wie das bräunliche Metall das bisschen Licht, das schräg von oben durchs Fenster fällt, bedrohlich reflektiert.

»Nein, du wirst nicht leiden.«

Er sieht nicht, wie der Knöchel weiß wird, als der Finger den Abzug drückt. Die Antwort des stehenden Mannes mischt sich mit dem gedämpften Zischen der Kugel, die ihm im Dunkeln das Herz zerreißt.

32

»Ich habe echt nicht die Absicht, im Gefängnis zu sitzen, bis diese Geschichte vorbei ist. Und vor allem habe ich keine Lust, als Köder benutzt zu werden!«

Roby Stricker stellte das Glas Glenmorangie ab, erhob sich vom Sofa und sah aus dem Fenster. Malva Reinhart, die junge amerikanische Schauspielerin auf dem Sofa an der gegenüberliegenden Wand, ließ ihre fantastischen, violetten Augen, Anlass und Essenz unzähliger Nahaufnahmen, von ihm zu Frank gleiten. Sie war still und verstört. Auf einen Schlag schien sie aus ihrer öffentlichen Rolle geschlüpft zu sein, welche sie mit Blicken erfüllte, die ein paar Sekunden zu lange dauerten, und mit Dekolletés, die ein paar Zentimeter zu freizügig waren. Die Aura aggressiver Überheblichkeit, die sie wie eine Trophäe mit sich herumtrug, war in dem Moment von ihr abgefallen, als Frank und Hulot sie vor dem Ausgang des Jimmy'z, der exklusivsten Diskothek von Monte Carlo, entdeckt hatten.

Sie standen auf dem asphaltierten Platz am Sporting d'Eté, gleich neben der Glastür des Lokals, etwas links abseits vom blauen Neonlicht des Schildes. Sie unterhielten sich mit einem Mann. Frank und Hulot waren aus dem Wagen gestiegen und in ihre Richtung gelaufen. Die Person, mit der er und Malva in dem Moment gerade sprachen, ging weg und ließ sie alleine im Scheinwerferlicht zurück.

»Roby Stricker?«, hatte Nicolas gefragt.

Er hatte sie angesehen, ohne zu verstehen.

»Ja«, hatte er mit nicht ganz sicherer Stimme geantwortet.

»Ich bin Kommissar Hulot von der Sûreté Publique, und das ist Frank Ottobre vom FBI. Wir müssten mit euch reden. Könnt ihr bitte mit uns kommen?«

Er schien sich nicht besonders wohl gefühlt zu haben, als er ihre Titel hörte. Warum, hatte Frank erst später verstanden, und geflissentlich übersehen, wie sich der junge Mann ziemlich ungeschickt eines Tütchens Kokain entledigte. Stricker hatte der Frau neben ihm, die sie verblüfft ansah, mit der Hand ein beschwichtigendes Zeichen gegeben. Sie hatten Französisch gesprochen, und sie hatte kein einziges Wort verstanden.

»Alle beide oder nur ich? Also, ich wollte sagen, das ist Malva Reinhart und …«

»Du bist nicht verhaftet, wenn es das ist, was dich interessiert«, unterbrach ihn Frank auf Italienisch.

»Ich glaube, du solltest mit uns kommen, in deinem eigenen Interesse. Wir haben Grund anzunehmen, dass du in Lebensgefahr bist. Sie vielleicht auch.«

Gleich danach hatten sie ihn im Wagen über alles informiert. Stricker war totenbleich geworden, und Frank vermutete, hätte er gestanden, wären ihm die Beine weggesackt. Frank hatte dann der Reinhart alles ins Englische übersetzt, und nun war sie an der Reihe, Sprache und Farbe zu verlieren. Eine junge, sinnliche Schauspielerin der Gegenwart auf einen Schlag in die Welt des Stumm- und des Schwarz-Weiß-Films katapultiert.

Sie hatten Strickers Wohnung bei der Condamine, in der Nähe der Zentrale, erreicht. Sie konnten gar nicht anders, als angesichts der Kühnheit des mordenden Irren sprachlos zu sein. Falls sein Ziel *wirklich* Stricker war, so lag in dieser Wahl ein unheimlicher und spöttischer Sinn für Herausforderungen. Dieser Mann hatte es auf jemanden abgesehen, der knapp hundert Meter Luftlinie vom Polizeirevier entfernt wohnte.

Frank war bei ihm und dem Mädchen geblieben, während Nicolas nach Inspektion der Wohnung Morelli und seinen Männern, die gerade Stellung bezogen, weitere Anweisungen gab. Um das Gebäude hatte sich ein Sicherheitsnetz gebildet, das unmöglich zu durchdringen war. Bevor Hulot ging, hatte er Frank zum Eingang gerufen, hatte ihm ein Walkie-Talkie gegeben und ihn gefragt, ob er die Pistole bei sich habe. Wortlos hatte Frank die Jacke geöffnet, um ihm die Glock an seinem Gürtel zu zeigen. Als er die kalte Oberfläche der Waffe berührt hatte, war er leicht erschaudert.

Er tat einen Schritt in die Mitte des Zimmers und reagierte geduldig auf Strickers Beschwerden.

»Erstens tun wir alles, um deine Sicherheit zu garantieren. Auch wenn man's nicht sieht, aber hier in der Gegend ist praktisch das gesamte Polizeiaufgebot des Fürstentums präsent. Zweitens wollen wir dich nicht als Köder benutzen, wir brauchen ganz einfach deine Mitarbeit, um zuzusehen, dass wir die Person schnappen, die wir gerade jagen. Ich garantiere dir, dass du keinerlei Risiko eingehst. Du wohnst hier in Monte Carlo und weißt, was seit längerem in dieser Gegend abgeht, oder?«

Roby wandte sich in seine Richtung, blieb aber mit dem Rücken zum Fenster stehen.

»Du glaubst doch nicht, dass ich Angst habe, oder? Mir gefällt ganz einfach die Situation nicht. Mir kommt alles so ... so übertrieben vor, genau.«

»Freut mich, dass du keine Angst hast, aber trotzdem dürfen wir die Person, mit der wir es hier zu tun haben, nicht unterschätzen. Deswegen würde ich dir raten, vom Fenster wegzugehen.«

Stricker versuchte, gleichgültig zu bleiben, wandte sich aber wieder um und setzte sich mit dem, was er für die Coolness eines erfahrenen Abenteurers hielt, aufs Sofa. In Wirklichkeit sah man mit bloßem Auge, dass er sich in die Hose machte.

Frank kannte ihn seit ungefähr einer Stunde, und wäre er seinem Instinkt gefolgt, so wäre er gegangen und hätte ihn ruhig seinem Schicksal überlassen. Stricker entsprach so sehr dem Stereotyp des Muttersöhnchens, dass Frank unter anderen Gegebenheiten gedacht hätte, Opfer einer versteckten Kamera zu sein.

Roberto Stricker, für die Klatschspalte »Roby«, war Italiener, aus Bozen, um genau zu sein, aber mit einem deutschen Nachnamen, der genauso gut als englischer Name durchgehen konnte. Vor kurzem hatte er die dreißig überschritten und war das, was man gewöhnlich als schönen Mann bezeichnet. Groß, athletisch, schöne Haare, schönes Gesicht, schönes Arschloch. Er war der Sohn eines Milliardärs, der, neben vielfältigen anderen Aktivitäten, auch eine Diskothekenkette in Italien, Frankreich und Spanien besaß, unter dem Namen »No Nukes« und mit dem Logo der lachenden Sonne. Daher Barbaras Hinweis in Verbindung mit *Nuclear Sun*, dem Dancesong, den ihnen der Mörder während der letzten Sendung vorgespielt hatte. Von Roland Brant, dem englischen Pseudonym des durch und durch italienischen DJs Rolando Bragante. Roby Stricker lebte in Monte Carlo und tat das, was ihm sein Wesen und das Geld des Vaters erlaubten: absolut nichts. Die Skandalblätter waren voll von seinen Liebesabenteuern und Urlauben, in denen er mit dem momentanen Topmodel in Sankt Moritz Ski fuhr oder mit Björn Borg in Marbella Tennis spielte. Was die Arbeit betraf, so fütterte der Vater ihn vermutlich durch, um ihn aus dem Familienbetrieb rauszuhalten, und rubrizierte in seiner Bilanz die Ausgaben für den Sohn als »das kleinere Übel«.

Stricker nahm das Glas in die Hand, stellte es aber wieder ab, als er sah, dass das Eis schon völlig geschmolzen war.

»Wie wollt ihr vorgehen?«

»Man kann nicht wirklich viel tun in solchen Fällen. Es geht lediglich darum, die richtigen Vorkehrungen zu treffen und zu warten.«

»Und warum hat es dieser Irre da draußen auf mich abgesehen? Denkt ihr, es ist einer, den ich kenne?«

Wenn er dich kennt, würde es mich nicht wundern, wenn er beschlossen hätte, dich zu killen, und das wäre auch gut so, du widerliches Arschloch!

Stricker zu Ehren dachte Frank diese Sätze auf Italienisch. Er setzte sich in einen Sessel.

»Das weiß ich nicht. Ehrlich gesagt haben wir, abgesehen von dem, was du auch schon weißt, keinerlei Informationen über diesen *Killer*, außer den Kriterien für die Auswahl seiner Opfer und dem, was er mit ihnen macht, nachdem er sie umgebracht hat …«

Seinen Gedanken weiterverfolgend, hatte Frank wieder Italienisch gesprochen und die Grausamkeit des Wortes »Killer« als einzigartiges Zugeständnis an Roby Stricker noch leicht unterstrichen. Er hielt es aber nicht für angebracht, das Mädchen auf dem Sofa, das sich praktisch vor lauter Angst das Fleisch von ihrem Finger biss, noch mehr zu erschrecken. Auch wenn …

Gleich und Gleich gesellt sich gern.

Wenn die beiden zusammen waren, so hatte das einen Grund. Wie bei Nicolas und Céline Hulot. Wie bei Nathan Parker und Ryan Mosse. Wie bei Bikjalo mit Jean-Loup Verdier.

Aus Liebe. Aus Hass. Aus Berechnung.

Im Fall von Roby Stricker und Malva Reinhart handelte es sich vielleicht um die banale, abgrundtiefe Anziehung zwischen zwei Hohlgefäßen.

Das Walkie-Talkie, das Frank an der Hüfte trug, summte. Seltsam. Aus Gründen der Vorsicht hatten sie beschlossen, rigorose Funkstille einzuhalten. Keine der Vorkehrungen schien übertrieben, wenn man bedenkt, mit wem sie es zu tun hatten. Ein Typ, der sich so gut im Bereich der Telekommunikation auskannte, konnte sich sehr wohl in jegliche Funkfrequenz der Polizei einklinken. Er erhob sich vom Sessel und ging in den Flur, bevor er den Apparat aus der Gürtelhalterung löste und dicht vor den Mund hielt. Er wollte nicht, dass die beiden sein Gespräch mithörten. Er drückte die Antworttaste.

»Frank Ottobre.«

»Frank, hier Nicolas. Wir haben ihn vielleicht.«

Frank kam es vor, als habe man neben seinem Ohr einen Kanonenschuss abgefeuert.

»Wo ist er?«

»Hier unten, im Heizungskeller. Einer meiner Männer hat einen verdächtigen Mann überrascht, der sich heimlich die Kellertreppe runterschmuggeln wollte, und er hat ihn gestoppt. Ich bin noch hier. Geh aber gerade dorthin.«

»Ich komme gleich.«

Blitzschnell kehrte er ins andere Zimmer zurück.

»Ihr bleibt hier und bewegt euch nicht. Öffnet keinem außer mir.«

Er ließ sie allein zurück mit ihrer Verwunderung und mit ihrer Angst. In einer einzigen Bewegung öffnete und schloss er die Eingangstür. Der Fahrstuhl war nicht oben. Da er nicht warten konnte, entschied er sich für die Treppe und nahm jeweils zwei Stufen auf einmal.

Er betrat die Eingangshalle genau in dem Moment, als Hulot mit Morelli durch die Glastür hereinkam, die zur Straße ging. Ein Zivilpolizist stand vor der Tür, die in den Keller führte und die sie nun erreichten.

Sie stiegen nach unten, im schwachen Licht einer Reihe von Lampen, die an der Wand angebracht und durch ein Gitter geschützt waren. Frank dachte, dass die Häuser in Monte Carlo alle irgendwie gleich aussahen. Nach außen hin extrem gepflegt, aber ebenso trostlos in den versteckten Details. Es war heiß da unten, und es stank nach Müll.

Der Polizist ging vor. Gleich hinter der Ecke stand ein Polizist neben einem Mann, der am Boden an die Wand gelehnt saß, leicht schräg, die Hände hinterm Rücken. Der Polizist hatte seine Infrarotbrille für die Nachtsicht auf die Stirn geschoben.

»Alles klar, Thierry?«

»Na ja, Kommissar, ich …«

»Nein, Jesus!«

Franks Aufschrei unterbrach den Polizisten.

Der Mann am Boden war der rothaarige Journalist, den er vor der Polizeiwache gesehen hatte, als Yoshidas Leiche entdeckt wurde. Derselbe, den er dann an jenem Morgen vor Jean-Loup Verdiers Haus wiedererkannt hatte.

»Das ist ein Journalist, verdammte Scheiße!«

Der Reporter nutzte die Gelegenheit, um einen Ton von sich zu geben.

»Natürlich bin ich Journalist. Ich bin René Coletti von der ›France Soir‹. Das sag ich diesem Holzkopf schon seit zehn Minuten. Hätte er mich meinen Ausweis aus der Jacke holen lassen, wäre uns dieses Chaos erspart geblieben.«

Hulot war fuchsteufelswild. Er hockte sich drohend vor Coletti nieder. Frank fürchtete, er könne ihn schlagen. Hätte er es getan, hätte Frank ihn verstanden und ihn vor menschlichem und göttlichem Gericht verteidigt.

»Wenn du geblieben wärst, wo du hingehörst, wäre dir nichts passiert, du Arsch. Und wenn du's wissen willst, du steckst in der Scheiße.«

»Ach wirklich? Und welche Anklage?«

»Behinderung polizeilicher Ermittlungen fürs Erste. Später wird uns in aller Ruhe schon noch mehr einfallen. Es reicht wohl nicht aus, dass wir uns den Arsch aufreißen, jetzt müsst ihr Journalisten uns auch noch Knüppel zwischen die Beine werfen, damit wir doppelt gelackmeiert sind.«

Hulot stand wieder auf. Er gab den zwei Polizisten ein Zeichen.

»Hebt ihn hoch und schafft ihn weg.«

Die beiden Polizisten halfen Coletti auf. Während sich der Reporter unter Mühen erhob, murmelte er drohend etwas von journalistischen Vergeltungsschlägen. An der Stirn hatte er eine Schürfwunde, vermutlich war er gegen die Wand geknallt. Vom Fotoapparat, den er umgehängt hatte, fiel das Objektiv ab.

Frank fasste Hulot am Arm.

»Nicolas, ich geh wieder hoch.«

»Okay, ich kümmer mich schon um diesen Idioten.«

Frank nahm denselben Weg zurück. Er spürte, dass die Enttäuschung wie ein Mühlstein seinen Magen zermahlte. Er verstand Hulots Zorn. Die ganze Arbeit, die Warterei im Sender, das nervenaufreibende Entschlüsseln der Nachricht, die Verteilung der Männer und ihre Postierung, wurden durch diesen Journalistentrottel mit dem Fotoapparat zunichte gemacht. Ihm hatten sie zu verdanken, dass ihre Anwesenheit aufgeflogen war. Falls der Mörder tatsächlich vorgehabt hatte, bei Roby Stricker zuzuschlagen, dann musste er sich das mittlerweile anders überlegt haben. Das Gute war, dass sie einen weiteren Toten vermieden hatten, aber gleichzeitig hatten sie jede Möglichkeit vertan, den Mörder zu erwischen.

Als die Aufzugtür im fünften Stock zur Seite glitt, stieg Frank aus und klopfte an Strickers Wohnungstür.

»Wer ist da?«

»Ich bin's, Frank.«

Die Tür öffnete sich, und Frank betrat die Wohnung. Roby Stricker würde lange Zeit am Strand und im Solarium verbringen müssen, um die Blässe aus seinem Gesicht zu vertreiben. Malva Reinhart ging es nicht besser. Sie saß auf dem Sofa, und ihre Augen wirkten noch größer und violetter in ihrem kreidebleichen Gesicht.

»Was ist passiert?«

»Nichts. Nichts, weswegen man sich Sorgen machen müsste.«

»Habt ihr jemanden verhaftet?«

»Ja, aber es war nicht der, den wir suchten.«

Im selben Moment summte wieder das Walkie-Talkie. Frank nahm es vom Gürtel. Er wunderte sich, es noch vorzufinden, nachdem er die Treppe so runtergespurtet war.

»Ja.«

Hulots Stimme ertönte. Sie gefiel ihm überhaupt nicht.

»Frank, ich bin es, Nicolas. Ich habe schlechte Neuigkeiten für dich.«

»Wie schlecht?«

»Sehr, sehr schlecht. Keiner hat uns verarscht, Frank. Verarscht auf der ganzen Linie. Er hatte es nicht auf Roby Stricker abgesehen.«

Frank spürte, dass ein schlimmer Moment bevorstand, für sie alle.

»Sie haben eben die Leiche von Gregor Yatzimin gefunden, dem Tänzer. Selber Zustand wie die drei anderen.«

»Scheiße.«

»In einer Minute bin ich vor dem Eingang.«

»Ich komme gleich.«

Frank umkrallte das Walkie-Talkie, und einen Moment lang erlag er fast der Versuchung, es gegen die Wand zu schleudern.

Er spürte den Zorn wie einen Granitblock im Bauch. Stricker eilte ihm in den Flur nach. Er war so nervös, dass er Franks Bestürzung gar nicht bemerkte.

»Was ist los?«

»Ich muss gehen.«

Der junge Mann sah ihn verstört an.

»Schon wieder. Und wir?«

»Für euch besteht keine Gefahr mehr. Er hatte es nicht auf dich abgesehen.«

»Was? Er hatte es nicht auf mich abgesehen?«

Die Erleichterung zerschnitt alle Fäden und ließ Stricker an die Wand sacken.

»Nein. Es hat gerade ein anderes Opfer gegeben.«

In der Gewissheit der überstandenen Gefahr schlug Strickers Angst in Empörung um.

»Willst du damit sagen, dass wir hier fast einen Herzinfarkt kriegen, nur damit ihr jetzt ankommt und sagt, dass ihr euch getäuscht habt? Dass sich der da, während ihr hier wart, um die Helden zu spielen, seelenruhig rumgetrieben und einen anderen umgelegt hat? Da habt ihr ja eine verdammt schlechte Figur abgegeben. Wenn das mein Vater erfährt, wird er ein Heidenthea…«

Frank hörte sich den Anfang dieses Wutanfalls schweigend an. In Strickers Worten lag leider eine nicht zu leugnende Wahrheit. Ja, sie waren ein weiteres Mal verarscht worden. Wie Dummköpfe. Aber sie waren von jemandem verarscht worden, der ein Risiko einging, der seine Wohnung verließ und seinen Kampf führte, so niederträchtig dieser auch war. Er konnte es nicht ertragen, dass ausgerechnet dieser Versager sie beschimpfte, nachdem sie auf jede erdenkliche Art versucht hatten, seine zweifelhafte Existenz zu retten. Das Eis, das Frank in sich trug, wurde auf einen Schlag zu Wasserdampf und explodierte mit aller Kraft. Er fasste dem Mann an die Hoden und drückte fest zu.

»Hör mal zu, du Schönling …«

Stricker wurde leichenblass und drückte sich an die Wand, den Kopf seitlich haltend, als ob er Franks loderndem Blick ausweichen wolle.

»Wenn du dieses Maul nicht schließt, zeig ich dir deine Zähne, ohne dass du sie im Spiegel anschauen musst!«

Gewaltsam quetschte er von neuem Strickers Eier, der die Geste mit einer schmerzverzerrten Grimasse begleitete.

»Wenn es nach mir gegangen wäre, hätte ich dich gerne diesem Metzger überlassen, du widerliches Arschloch. Nur weil das Schicksal es gut mit dir meinte, fordere dein Glück nicht heraus, und such ja keinen Streit!«

Er lockerte den Griff. Strickers Gesicht begann, langsam zu einer normalen Färbung zurückzukehren. Frank sah, dass er feuchte Augen hatte.

»Ich geh jetzt. Wie du gehört hast, gibt es Wichtigeres zu tun. Schick diese Nutte da weg, und warte hier auf mich. Wir müssen noch ein Schwätzchen halten, alleine, du und ich. Du musst mir noch ein paar Details zu deinen Aktivitäten hier in Monte Carlo erklären ...«

Frank trat einen Schritt zurück, Stricker glitt langsam an der Wand hinunter, bis er auf dem Boden saß. Er nahm seinen Kopf zwischen die Hände und begann zu heulen.

»Und wenn du schon mal dein Papilein anrufen möchtest, kannst du das gerne tun.«

Er drehte sich um, öffnete die Tür und ließ den jungen Mann schluchzend auf dem Boden zurück. Er ging zum Treppenabsatz, und während er auf den Fahrstuhl wartete, bedauerte er, dass er keine Zeit hatte, um von Stricker die Erhellung eines Details zu fordern. Deswegen hatte er darauf gehofft, mit ihm alleine zu sein, doch dann war schon Nicolas' Anruf gekommen.

Nachher würde er wiederkehren, in aller Ruhe. Er wollte so einige Erklärungen zu dem Menschen, der mit ihm und Malva Reinhart vor dem Jimmy'z gesprochen hatte, und der dann weggegangen war, als sie im Auto ankamen. Frank wollte wissen, was Roby Stricker zu bereden hatte mit dem Captain der US-Army, Ryan Mosse.

33

Die Fahrt zu Gregor Yatzimins Wohnung war kurz und lang zugleich.

Frank, der auf dem Beifahrersitz saß, hörte mit starrem Blick auf das, was Nicolas Hulot ihm gerade erzählte. Sein Gesicht war eine Maske aus stillem Zorn.

»Ich glaube, du weißt, wer Gregor Yatzimin ist …«

Franks Schweigen signalisierte Zustimmung.

»Er wohnt … Er wohnte hier in Monte Carlo und leitete die Compagnie de Ballet. In der letzten Zeit hatte er Probleme mit den Augen.«

Frank explodierte plötzlich und unterbrach ihn, als habe er gar nicht zugehört.

»Im selben Moment, als ich seinen Namen hörte, wurde mir klar, wie dämlich wir waren. Wir hätten es wissen müssen, dass dieser Hurensohn noch brutaler zuschlagen würde. Das erste Indiz, *Ein Mann und eine Frau*, war relativ leicht zu deuten, gerade weil es das erste war. Dieser Dreckskerl musste uns einen Interpretationsschlüssel liefern. *Samba Pa Ti* war deutlich komplizierter. Klar, dass das dritte noch schwieriger sein würde. Und das hatte er uns auch angekündigt.«

Hulot gelang es nicht, den Gedanken des Amerikaners zu folgen.

»Wie, er hat es uns angekündigt?«

»Der *Loop*, Nicolas. *Der* Loop, *der sich dreht und dreht und dreht*. Der Hund, der sich in den Schwanz beißt. Er hat das absichtlich getan.«

»Absichtlich, weswegen?«

»Er hat uns ein Indiz geliefert, das man wegen der zwei Interpretationsmöglichkeiten missverstehen konnte. So mussten wir zwangsläufig unserem eigenen Arsch hinterherjagen. Er *wusste*, dass wir auf Roby Stricker kommen würden, wegen des englischen Namens von diesem DJ, wegen der Diskotheken No Nukes. Während wir damit beschäftigt waren, diese Krankheit von einem Mann mit allen verfügbaren Polizeikräften zu beschützen, konnte er seelenruhig bei seinem wahren Opfer zuschlagen ...«

Hulot beendete an seiner Stelle den Vortrag.

»Gregor Yatzimin, dem russischen Tänzer, der nach dem Unfall im Kernkraftwerk Tschernobyl 1986 mit Strahlen verseucht worden war und dann langsam erblindete. ›Dance‹ bezog sich nicht auf Dancemusic, sondern auf Tanz. Und *Nuclear Sun* war der radioaktive Kern von Tschernobyl.«

»Stimmt. Mein Gott, wie blöd wir doch waren! Wir hätten es wissen müssen, dass es so einfach nicht sein konnte. Und jetzt haben wir einen weiteren Toten auf dem Gewissen.«

Frank schlug mit der Faust aufs Armaturenbrett.

»Widerlicher verfickter Hurensohn!«

Hulot konnte Franks Verfassung gut nachvollziehen. Ihm ging es genauso. Auch er hätte am liebsten geschrien und mit der Faust gegen die Wand geschlagen. Oder ins Gesicht dieses Mörders, immer wieder, bis es sich in die blutige Maske seiner Opfer verwandelt hätte. Sowohl er als auch Frank hatten als Polizisten eine gewisse Berufserfahrung, und sie waren mit Sicherheit nicht dumm. Nun bekamen sie den Eindruck, dass ihr Gegner sie ständig unter Kontrolle hatte und sie geschickt nach seinem Gutdünken herumdirigierte wie die Figuren auf einem Schachbrett.

Leider denkt jeder waschechte Polizist ebenso wie ein Arzt nicht an all die Leben, die er hatte retten können. Er hat nur die im Kopf, die verloren gegangen waren. Die Trauerreden und die Vorwürfe der Presse oder der Vorgesetzten oder der Gesellschaft hatten damit nichts zu tun. Es ist ein Selbstgespräch, das jeder, wenn er sich morgens im Spiegel anschaut, genau an dem Punkt wieder aufgreift, an dem er es am Abend zuvor abgebrochen hat.

Der Wagen hielt vor einem eleganten Gebäude in der Avenue Princesse Grace, gleich hinter dem Jardin Japonais. Die Szenerie war die übliche. Er hatte sie in der letzten Zeit allzu oft gesehen, und hätte sie allzu gerne nicht auch noch an diesem Abend gesehen. Die Fahrzeuge der Spurensicherung und der Gerichtsmedizin standen vor dem Gebäude. Der Eingang wurde von ein paar

Zivilpolizisten streng überwacht. Ein paar Journalisten waren schon angekommen. In Kürze würden alle anderen eintreffen. Hulot und Frank stiegen aus dem Auto und gingen zu Morelli, der sie bereits vor dem Eingang erwartete. Sein Gesicht war das fehlende Teilchen im Puzzle der allgemeinen Riesenfrustration.

»Wie sieht's aus, Morelli?«, fragte Hulot, während sie gemeinsam das Gebäude betraten.

Morelli wies mit der Hand auf die Aufzugtür.

»Wie immer. Gehäuteter Kopf, die Worte ›*Ich töte …*‹ in Blut geschrieben. Die gleiche Situation wie bei den anderen, mehr oder weniger.«

»Was soll das heißen, ›mehr oder weniger‹?«

»Dass diesmal das Opfer nicht erstochen wurde. Der Mörder hat es mit einem Pistolenschuss niedergestreckt, bevor er …«

»Ein Pistolenschuss?«, unterbrach ihn Frank ungläubig. »Ein Pistolenschuss mitten in der Nacht, das gibt einen ganz schönen Knall. Irgendjemand wird doch was gehört haben.«

»Nichts. Keiner hat etwas gehört.«

Der Aufzug kam unten an, so leise, wie, es nur Luxusaufzügen möglich ist. Die Tür öffnete sich ohne irgendein Geräusch. Sie traten ein.

»Letzter Stock«, sagte Morelli zu Hulot, der mit erhobenem Finger vor der Schalttafel stand.

»Wer hat den Körper gefunden?«

»Yatzimins Assistent. Assistent und Vertrauensperson. Ich glaube, auch sein Geliebter. Er war mit ein paar Freunden des Opfers unterwegs, lauter Tänzer aus London. Yatzimin war nicht nach Ausgehen zumute, und er hat darauf bestanden, dass sie ohne ihn gingen.«

Sie erreichten den letzten Stock, die Fahrstuhltüren glitten in den gut geölten Schienen auseinander. Gregor Yatzimins Wohnungstür stand weit offen, alle Lichter brannten. Man spürte die unterschwellige Spannung der Schauplätze von Verbrechen. Die Spurensicherung war bereits am Werk, während Hulots Männer peinlich genau die ganze Wohnung inspizierten.

»Hier lang.«

Morelli ging vor. Sie durchquerten die luxuriöse, mit einem Hauch von Glamour eingerichtete Wohnung. Sie erreichten die Tür eines Zimmers, das sich als Schlafzimmer herausstellte und aus dem gerade der Gerichtsmediziner kam. Mit Erleichterung sah Hulot, dass es nicht Lassalle, sondern Coudin war. Seine Anwesenheit bedeutete, dass man in den oberen Etagen besorgt war, sehr besorgt, denn man hatte die absolute Number One bemüht. Mit Sicherheit gab es höllisch viele Telefonate hinter der Front.

»Guten Morgen, Kommissar Hulot.«

Nicolas realisierte, wie viel Uhr es war.

»Stimmt, Sie haben Recht, Doktor. Guten Morgen. Ich habe allerdings den Verdacht, dass es keiner sein wird, jedenfalls nicht für mich. Was können Sie mir berichten?«

»Nichts Sensationelles. Zumindest, was die ersten Erhebungen angeht. Bei der Art des Mordes sieht es da ganz anders aus. Wenn Sie schon mal einen Blick darauf werfen möchten ...«

Sie folgten Frank, der das Zimmer bereits betreten hatte. Alle waren noch immer und von neuem versteinert angesichts des Spektakels, das sich ihren Augen bot. Sie kannten es schon, auf jeweils andere Art und unter anderen Bedingungen, aber in einem Fall wie diesem konnte man sich nur schwer daran gewöhnen.

Gregor Yatzimin lag ausgestreckt auf dem Bett, die Hände über der Brust gekreuzt, in der Position, in die man Tote normalerweise bringt. Wäre nicht das grauenvoll verstümmelte Gesicht gewesen, hätte man an einen Leichnam gedacht, den irgendein Bestattungsunternehmen vor der Beisetzung auf dem Bett aufgebahrt hat. An der Wand, höhnisch wie immer, die in Zorn und Blut geschriebenen Worte.

Ich töte ...

Alle schwiegen vor dem Tod. Vor *jenem* Tod. Wieder ein neuer Mord ohne Motiv, ohne Erklärung, bis auf das kranke Gehirn, das ihn verübt hatte. Der Zorn wurde nun zur scharfen Klinge, die nicht weniger geschliffen war als die des Killers, welche sich immer wieder in die schmerzhaften Wunden bohrte.

Die Stimme von Inspektor Morelli riss alle aus dem tranceartigen Zustand, in den sie gefallen waren, wie ausgeliefert der hypnotischen Faszination des reinen Bösen.

»Irgendwas ist anders ...«

»Was meinst du?«

»Na ja, es ist nur so ein Gefühl, aber hier ist nichts von diesem Delirium wie bei den anderen Morden. Kein Blutbad, keine Wut. Sogar die Haltung des Leichnams. Fast scheint es, als habe da jemand ... Respekt vor dem Opfer gehabt, so etwas in der Art.«

»Willst du damit sagen, dass diese Bestie Mitleid empfinden könnte?«

»Ich weiß es nicht. Wahrscheinlich rede ich Unsinn, aber das war mein spontaner Eindruck, als ich hier hereinkam.«

Frank legte eine Hand auf Morellis Schulter.

»Du hast Recht, die Szenerie ist anders als bei den anderen Verbrechen. Ich glaube nicht, dass du Unsinn redest. Und selbst wenn, dann wäre das nur ein weiterer kleiner Beitrag zu all dem, was wir heute Nacht schon geredet und gemacht haben.«

Sie warfen einen letzten Blick auf den Körper Gregor Yatzimins, des ewigen Tänzers, des *cygnus olor*, wie ihn die Kritiker auf der ganzen Welt getauft hatten. Trotz des entstellten Körpers vermittelte er noch immer den Eindruck von Grazie, als bleibe sein Talent selbst vom Tod unangetastet.

Coudin verließ das Zimmer und die drei anderen folgten ihm.

»Und?«, fragte Hulot, auch wenn er nur wenig Hoffnung hatte.

Der Gerichtsmediziner zuckte mit den Schultern.

»Nichts Besonderes. Abgesehen vom Wüten im Gesicht, das, wie ich annehme, mit einem geeigneten Schneidinstrument ausgeführt wurde, wahrscheinlich einem Skalpell, gibt es nicht viel zu bemerken. Die Untersuchung der Gesichtsverletzungen wird in einem Speziallabor durchgeführt, auch wenn ich auf den ersten Blick schon sagen kann, dass die Arbeit mit großem Geschick durchgeführt wurde.«

»Klar, unser Freundchen hat ja auch schon eine gewisse Praxis.«

»Der Tod wurde durch einen Pistolenschuss verursacht, abgefeuert aus kurzer Distanz. Auch hier kann ich im Moment nur ein großes Kaliber vermuten, etwa ein neuner. Schuss ins Herz, fast sofortiger Tod. Von der Körpertemperatur her würde ich sagen, dass er ungefähr vor ein paar Stunden eingetreten ist.«

»Als wir unsere Zeit bei diesem Arsch von Stricker verplempert haben«, murmelte Frank halb laut.

Hulot sah ihn zustimmend an, denn er hatte exakt ihrer aller Gedanken ausgesprochen.

»Ich bin hier fertig.« Coudin machte es kurz. »Was mich angeht, so könnt ihr die Leiche ruhig wegschaffen. Ich lasse euch den Autopsiebericht so bald wie möglich zukommen.«

Daran hatte Hulot nicht den geringsten Zweifel. Vermutlich hatten sie auch Coudin ganz schön Feuer unterm Arsch gemacht. Und das war noch gar nichts im Vergleich dazu, was ihn selbst erwartete.

»Okay. Danke, Doktor. Guten Tag.«

Der Gerichtsmediziner schaute den Kommissar an, um Spuren von Ironie zu entdecken. Er entdeckte nur den stumpfen Blick eines geschlagenen Mannes.

»Ebenfalls, Kommissar. Viel Glück.«

Sie wussten beide allzu gut, wie sehr er das brauchte.

Der Arzt entfernte sich, während die Leute eintrafen, die für den Abtransport der Leiche zuständig waren. Hulot nickte kurz mit dem Kopf, die beiden betraten das Zimmer und breiteten den Sack für den Leichentransport aus.

»Morelli, lass uns mal ein paar Worte mit diesem Assistenten wechseln.«

»Ich schau mich zwischenzeitlich schon mal um«, meinte Frank gedankenverloren.

Hulot folgte Morelli ans Flurende rechts vom Schlafzimmer. Die Wohnung war sehr organisch in einen Schlaf- und einen Wohnbereich eingeteilt. Sie gingen durch Zimmer, an deren Wänden lauter Plakate hingen, die den unglückseligen Hausherrn feierten. Der Assistent von Gregor Yatzimin saß in der Küche, bei ihm war ein Polizist.

An seinen geröteten Augen erkannte man deutlich, dass er geweint hatte. Er war beinah noch ein Junge, mit seiner zerbrechlichen Gestalt, der zarten Haut und dem sandfarbenen Haar. Vor ihm auf dem Tisch standen eine Schachtel Kleenex und ein Glas mit einer bernsteinfarbenen Flüssigkeit. Hulot tippte auf Cognac.

Als er sie eintreten sah, stand er auf.

»Ich bin Kommissar Nicolas Hulot. Bleiben Sie ruhig sitzen, Monsieur …?«

»Boris Devchenko. Ich bin Gregors Assistent. Ich …«

Er sprach Französisch mit einem stark slawischen Akzent. Die Tränen schossen ihm erneut in die Augen, als er wieder Platz nahm. Er senkte den Kopf und griff blind nach einem Taschentuch.

»Entschuldigen Sie, aber es ist so schrecklich, was passiert ist …«

Hulot nahm einen Stuhl und setzte sich zu ihm.

»Sie müssen sich für nichts entschuldigen, Monsieur Devchenko. Beruhigen Sie sich, wenn das möglich ist. Ich müsste Ihnen ein paar Fragen stellen.«

Devchenko hob plötzlich das tränenüberströmte Gesicht.

»Ich war es nicht, Herr Kommissar. Ich war mit Freunden aus, alle haben mich gesehen. Ich mochte Gregor, ich wäre nie in der Lage, etwas … so etwas zu tun.«

Hulot empfand eine unendliche Zärtlichkeit für diesen Jungen. Morelli hatte Recht. Die beiden waren mit ziemlicher Sicherheit ein Paar gewesen. Das änderte nichts an seiner Sympathie. Liebe ist und bleibt Liebe, egal, in welcher Weise sie sich manifestiert. Er selbst konnte bestätigen, dass homosexuelle Paare ihre Beziehung oft mit einer Zärtlichkeit lebten, die man bei so manchem konventionellen Paar vergeblich suchte.

Er lächelte ihn an.

»Seien Sie beruhigt, Boris, niemand wirft Ihnen etwas vor. Ich wollte nur ein paar Erklärungen, um zu verstehen, was letzte Nacht in dieser Wohnung vorgefallen ist, sonst nichts.«

Boris Devchenko schien sich etwas zu beruhigen, als ihm klar wurde, dass niemand Vorwürfe gegen ihn erhob.

»Gestern Nachmittag sind Freunde aus London angekommen.

Roger Darling sollte auch dabei sein, aber im letzten Moment wurde er doch noch in England zurückgehalten. Gregor war anfangs für die Rolle des erwachsenen Billy Elliot vorgesehen, aber dann verschlimmerten sich seine Augen drastisch …«

Hulot erinnerte sich daran, wie er den Film mit Céline im Freiluftkino gesehen hatte.

»Ich habe sie am Flughafen in Nizza abgeholt. Wir sind hierher und haben zu Abend gegessen. Ich habe gekocht. Dann machten wir Gregor den Vorschlag auszugehen, aber ihm war nicht danach. Er hat sich sehr verändert, seit sich seine Augen so verschlechtert haben …«

Er schaute den Kommissar an, der mit dem Kopf nickte, um zu bestätigen, dass er die Geschichte von Gregor Yatzimin kannte. Die radioaktiven Strahlen in Tschernobyl hatten bei ihm eine irreversible Degeneration des Sehnervs verursacht, die zu seiner absoluten Blindheit geführt hätte. Seine Karriere war in dem Moment zerstört, als offensichtlich wurde, dass er sich nie wieder ohne Hilfe auf den Brettern einer Bühne würde bewegen können.

»Wir sind weggegangen, und er blieb allein. Wenn ich zu Hause geblieben wäre, könnte er vielleicht noch leben.«

»Sie sollten sich nicht schuldig fühlen. In so einem Fall hätten Sie nichts tun können.«

Hulot hielt es nicht für angebracht, darauf hinzuweisen, dass sie höchstwahrscheinlich zwei Leichen hätten statt einer, falls er zu Hause geblieben wäre.

»Ist Ihnen in den letzten Tagen nichts Ungewöhnliches aufgefallen? Irgendeine Person, die Ihnen einmal zu viel über den Weg gelaufen ist, ein seltsames Telefonat, ein merkwürdiges Detail, irgendetwas …«

Devchenko war selbst viel zu verzweifelt, um den verzweifelten Ton in Hulots Stimme zu bemerken.

»Nein, nichts. Außerdem habe ich mich permanent um Gregor gekümmert, er hat mich rund um die Uhr beschäftigt. Einen fast blinden Menschen zu versorgen ist extrem aufwändig.«

»Haben Sie Dienstpersonal?«

»Niemand Festen. Es gibt eine Frau, die jeden Tag kommt, um sauber zu machen, aber nachmittags geht sie wieder.«

Hulot sah Morelli an.

»Notiert euch den Namen dieser Frau, auch wenn ich mir sicher bin, dass uns das wenig bringen wird. Herr Devchenko ...«

Der Ton in der Stimme des Kommissars wurde sanfter, als er sich wieder dem Jungen zuwandte.

»Wir würden Sie bitten, mit aufs Revier zu kommen, um Ihre Aussage zu unterschreiben, und bräuchten Ihre Bereitschaft, uns bei der Lösung dieses Falls zu helfen. Wenn Sie die Stadt nicht verlassen würden, wären wir Ihnen sehr dankbar.«

»Natürlich, Herr Kommissar. Alles, was Sie wollen, wenn es hilft, dass Gregors Mörder für das, was er getan hat, bezahlen muss.«

So wie er diese Worte aussprach, hatte Hulot keinen Zweifel daran, dass Boris Devchenko, wäre er zu Hause gewesen, sein Leben riskiert hätte, nur um das von Gregor Yatzimin zu retten. Und dass er es verloren hätte.

Hulot erhob sich und ließ Morelli mit Devchenko allein. Er ging zurück ins Wohnzimmer, wo die Spurensicherung gerade ihre Arbeit beendete. Zwei Polizisten kamen ihm entgegen.

»Kommissar ...«

»Sagt schon, Jungs.«

»Wir haben die Nachbarn ein Stockwerk tiefer befragt. Keiner hat etwas gesehen oder gehört.«

»Aber es hat einen Schuss gegeben.«

»Genau unter uns wohnt ein altes Ehepaar. Sie nehmen nachts Schlafmittel. Sie haben mir gesagt, dass sie noch nicht mal das Feuerwerk bei den Weltmeisterschaften hören, ganz zu schweigen von einem Pistolenschuss. In der Wohnung gegenüber wohnt eine allein stehende Frau, auch sie ist ziemlich alt. Momentan ist sie nicht da, und in der Wohnung lebt ihr Enkel aus Paris, ein zwei- oder dreiundzwanzigjähriger Typ. Er war die ganze Nacht in Diskotheken unterwegs und kam gerade nach Hause, als wir an der Tür klingelten. Natürlich hat er nichts gesehen oder gehört.«

»Die Wohnung hier nebenan?«

»Steht leer. Wir haben den Pförtner geweckt und uns die Schlüssel geben lassen. Wahrscheinlich kam der Mörder von dort und ist über den Balkon geklettert, der an den von dieser Wohnung hier grenzt. Allerdings gibt es keine Einbruchspuren. Wir sind noch nicht rein, um den Tatort nicht zu verändern. Die Spurensicherung kommt, sobald sie hier fertig ist.«

»Gut«, meinte Hulot.

Frank kam von seinem Kontrollgang zurück. Hulot wusste, dass er einen Augenblick hatte allein sein wollen, damit die Wut verrauchen konnte. Und um nachzudenken. Wahrscheinlich ahnte er bereits, dass sie im Haus keine Spur des Mörders finden würden. Er hatte sich bei seinem Gang vielmehr dem Unterbewusstsein überlassen, denn manchmal sendet ein Tatort etwas aus, das jenseits der einfachen und normalen Sinneswahrnehmung liegt.

Im selben Moment kam Morelli aus der Küche.

»Es scheint, dein Eindruck war richtig, Morelli.«

Sie sahen ihn schweigend an und warteten auf das Folgende.

»Keine Spur von Blut in der ganzen Wohnung, abgesehen von den paar Flecken auf dem Bettbezug. Nicht eine einzige Spur. Obwohl bei einem Job wie diesem, wie wir gegen unseren Willen schon feststellen durften, doch ziemlich viel Blut produziert wird.«

Frank war wieder der Alte. Nach außen hin hatte die Niederlage jener Nacht keinerlei Nachwirkungen, auch wenn Nicolas nur allzu gut wusste, dass dem nicht so war. Niemand konnte so schnell vergessen, dass man die Möglichkeit versäumt hat, ein Menschenleben zu retten.

»Unser Kerl hat die Wohnung perfekt geputzt, nachdem er fertig war mit dem, was er nicht lassen kann. Ich bin sicher, es werden Blutspuren auftauchen, wenn wir die Wohnung mit Luminol behandeln.«

»Warum, was denkst du? Warum wollte er keine Blutspuren hinterlassen?«

»Ich habe keinen blassen Schimmer. Vielleicht liegen die Dinge so, wie Morelli meinte.«

»Ich frage mich, wie so ein Tier überhaupt imstande war, für Gregor Yatzimin so etwas wie Mitleid zu empfinden. Wenn das der Grund sein sollte.«

»Das ändert gar nichts, Nicolas. Es ist möglich, aber es ist bedeutungslos. Man sagt, auch Hitler habe seinen Hund sehr zärtlich geliebt, und dennoch ...«

Schweigend begaben sie sich zum Eingang. Durch die offene Tür sahen sie auf den geräumigen Treppenabsatz, wo die Assistenten des Gerichtsmediziners Yatzimins Körper in einem dunkelgrünen Wachstuchsack verschlossen hatten und gerade in den Aufzug stiegen, um die Leiche nicht zu Fuß sechs Stockwerke runtertragen zu müssen.

Draußen dämmerte es. Ein neuer Tag würde anbrechen, ein Blutsbruder all der bisher erlebten Tage, seit die Geschichte begonnen hatte. Vor Gregor Yatzimins Haus würden sie eine Menge Journalisten vorfinden. Dort würden sie durch einen Kanonendonner von Fragen schreiten und ihre Abwehr aus »No comment« errichten. Die Presse würde noch mehr toben. Die Vorgesetzten von Hulot würden regelrecht explodieren. Roncaille würde ein bisschen von seiner Gesichtsbräune einbüßen, und das durchsichtige Gesicht von Durand würde eine hübsche Grünfärbung annehmen. Während sie zu Fuß die Treppe hinuntergingen, dachte Frank Ottobre, dass jeder, der gegen sie wettern würde, verflucht noch mal Recht hatte.

34

Frank parkte Nicolas' Peugeot im Halteverbot vor dem Haus von Roby Stricker. Aus dem Handschuhfach holte er das Schild »Polizeiwagen im Einsatz« und legte es aufs Armaturenbrett. Er stieg aus dem Wagen, als sich bereits ein Polizist näherte, um ihn zum Umparken zu bewegen. Der sah das Schild, noch bevor er ihn erkannte. Er hob die rechte Hand als Zeichen, dass alles klargehe.

Frank grüßte ihn schweigend, indem er mit dem Kopf nickte.

Er überquerte die Straße und ging Richtung Les Caravelles.

Er hatte es dem Kommissar und Morelli überlassen, sich dem Ansturm der Journalisten zu stellen, die sich wie Bienen auf den Honig auf die Nachricht von einem weiteren Mord gestürzt hatten. Die Absperrungen der Polizei vor dem Eingang konnten offenkundig die Aufregung kaum bremsen. Als man Hulot und den Inspektor hinter der Scheibe der Eingangstür sah, begann man zu schieben, und nur mit Müh und Not hielten zwei Polizisten der Belagerung stand. Es wirkte wie eine Wiederholung der Szene am Hafen, als man die Leichen von Jochen Welder und Arijane Parker entdeckt und diese ganze wüste Geschichte begonnen hatte.

Frank fielen die riesigen Wanderheuschrecken ein. Sie zogen in Massen umher und fraßen alles, was ihnen in die Quere kam. Dennoch taten sie nur ihren Job. Jeder konnte diese Rechtfertigung vorbringen. Auch der Mörder, der sie wie dumme Trottel verarschte, tat nur seinen Job, möge er verdammt sein in alle Ewigkeit.

Er hatte durch die Glasfront geblickt, dann war er in der Eingangshalle stehen geblieben.

»Claude, gibt es einen zweiten Ausgang?«

»Natürlich, den Lieferanteneingang.«

»Wie komme ich da hin?«

Morelli hatte auf eine Stelle hinter sich gezeigt.

»Hinter der Treppe ist der Personalaufzug. Wenn du ›S‹ drückst, kommst du in den Hof bei der abschüssigen Garagenzufahrt. Geh nach rechts, über die Treppe, dann bist du auf der Straße.«

Hulot sah ihn an, ohne zu verstehen. Frank hatte es nicht für nötig gehalten, übermäßig viele Erklärungen abzugeben. Zumindest nicht jetzt.

»Ich habe ein paar Sachen zu erledigen, Nicolas, und ich würde das gerne tun, ohne dass mir die Presse halb Europas auf den Fersen ist. Kannst du mir den Wagen leihen?«

»Klar. Behalt ihn ruhig, ich brauche ihn jetzt eine Weile nicht.«

Ohne noch etwas hinzuzufügen, hatte er ihm die Schlüssel hingestreckt. Der Kommissar war so müde, dass er nicht die Kraft hatte, auch nur die geringste Neugier zu entfalten. Alle drei vereinte der Vollbart und die Aura von Überlebenden eines Erdbebens und die Trostlosigkeit des Wissens, dass auch diese letzte Schlacht verloren gegangen war.

Frank hatte sie allein gelassen, um Morellis Wegbeschreibung zu folgen. Über einen Keller, der nach Schimmel und Heizöl roch, gelangte er unversehens auf die Straße. Er kam zum Auto, das am Ende der Avenue Princesse Grace geparkt war, genau im Rücken der Gruppe von Journalisten, die den armen Nicolas Hulot betäubten.

Zum Glück hatte keiner ihn bemerkt.

Er drückte gegen die Glastür und war im Eingangsbereich des Gebäudes. Der Pförtner war nicht in seiner Portierloge. Er sah auf die Uhr. Punkt sieben. Mit Müh und Not unterdrückte er ein Gähnen. Die Müdigkeit begann sich nach dieser langen, schlaflosen Nacht langsam bemerkbar zu machen. Erst die Radiosendung, dann die Jagd auf Roby Stricker, dann die Überwachung der Umgebung seiner Wohnung, die Illusionen, die Enttäuschung, der weitere Mord, der erschütternde Leichnam von Gregor Yatzimin.

Hinter der Glastür wurde der Beginn auch dieses neuen Tages durch den Himmel und das Meer blau eingefärbt. Es wäre schön, alles zu vergessen und auf dem Bett der komfortablen Wohnung im Parc Saint-Roman auszuspannen, die Augen und die Rollläden zu schließen sowie das Blut und die Nachricht an den Wänden zu vergessen.

Ich töte …

Er dachte an das neue Graffito in Yatzimins Schlafzimmer. Wenn sie dieses Monster nicht stoppten, würde es nie aufhören. Irgendwann würde die Wand nicht mehr ausreichen, um die Worte zu fassen, und der Friedhof nicht, um all die Toten zu fassen.

Die Zeit zu schlafen war noch nicht gekommen, sollte es ihm überhaupt gelingen einzuschlafen. Er musste noch immer diese offene Rechnung mit Stricker klären. Er wollte wissen, wie und warum sich Ryan Mosse mit ihm in Kontakt aufgenommen hatte, auch wenn er sich das längst denken konnte. Er musste wissen, wie weit voraus oder hinterher der General mit seinen Ermittlungen lag und was er aus dieser Richtung zu erwarten hatte.

Er sah sich um. Im selben Moment kam der Pförtner aus der Tür, welche zu seiner Dienstwohnung führen musste, und knöpfte sich die Jacke zu. Er näherte sich und schluckte hastig einen Happen runter, an dem er noch kaute. In flagranti ertappt beim *petit déjeuner*. Er ging in die Portierloge und sah ihn durch die Glasscheibe hindurch an.

Mit seinem Schnauzbart, den dunklen Haaren, seinen etwa vierzig Jahren machte er einen nicht allzu hellen Eindruck, hatte aber genau jenes bisschen Überheblichkeit der Menschen, die in einer Reiche-Leute-Gegend arbeiteten.

»Sie wünschen?«

»Roby Stricker.«

»Meinen Informationen zufolge schläft er um diese Uhrzeit noch.«

Frank zog seinen Ausweis heraus. Er zog ihn so heraus, dass die Glock am Hosengürtel für den Pförtner gut sichtbar wurde.

»Dem hier zufolge sollten Sie ihn jetzt wecken.«

Der Pförtner änderte schlagartig sein Verhalten. Die Masse von Spucke, die er herunterschluckte, schien größer als der verschlungene Happen von vorhin, folgte ihm aber schneller. Er nahm den Hörer der Sprechanlage, und in einer einzigen nervösen Bewegung tippte er eine Nummer ein. Er ließ es lange klingeln, bevor er das Ergebnis verkündete.

»Geht niemand ran.«

Seltsam. Von dieser ganzen Klingelei hätte Roby Stricker, auch wenn er schlief, aufwachen müssen. Frank hielt ihn nicht für so entschlusskräftig, dass er das Weite suchen würde. Er hatte ihn ausreichend erschreckt, um ihn von einer Kurzschlussreaktion abzuhalten. Es würde die Sache auch nur verkomplizieren, wäre aber keine Katastrophe. Falls nötig, hätte er diesen Wichser blitzschnell gefunden. Selbst wenn er sich hinter den Staranwälten, die der Vater ihm würde kaufen können, versteckt hielte.

»Versuchen Sie es nochmal.«

Der Pförtner zuckte mit den Schultern.

»Es klingelt noch immer, aber es geht keiner ran.«

Frank hatte plötzlich eine furchtbare Vorahnung. Er streckte dem Pförtner die Hand entgegen.

»Geben Sie mir den Generalschlüssel, bitte.«

»Aber ich bin nicht bevollmächtigt ...«

»Ich sagte, geben Sie mir den Generalschlüssel, *bitte*. Wenn das nicht ausreicht, kann ich Sie auch auf weniger höfliche Art darum angehen«, unterbrach ihn Frank schroff. Der Ton seiner Stimme schien keine Widerrede zu dulden. Sein Blick auch nicht. Der Pförtner schluckte weitere Spucke herunter.

»Und danach gehen Sie auf die Straße und sagen dem Polizisten draußen, dass er sofort in Roby Strickers Wohnung kommen soll.«

Der Ärmste öffnete ganz schnell eine Schublade und gab ihm den Schlüssel, der an einem BMW-Schlüsselanhänger befestigt war. Er wollte gerade vom Stuhl aufstehen.

»Gehen Sie!«, hetzte ihn Frank.

Er rief den Fahrstuhl.

Warum sind Fahrstühle nie da, wenn man sie braucht? Und warum sind sie immer im obersten Stock, wenn man keine Zeit hat? Zum Teufel mit Murphy und seinem Gesetz ...

Endlich glitt die Tür auf, und Frank betrat den Aufzug. Hektisch drückte er Strickers Stockwerk.

Während er endlos lange nach oben fuhr, hoffte er, dass er sich getäuscht hatte. Er hoffte, dass der Verdacht, der ihm wie ein Blitz durch den Kopf geschossen war, nicht höhnische Wirklichkeit werden würde.

Als er den fünften Stock erreichte, öffnete sich der Aufzug mit demselben geschmeidigen Geräusch. Frank sah, dass die Wohnungstür des Playboys halb offen stand. Er zog die Glock heraus, drückte mit dem Lauf gegen die Tür, um die Klinke nicht zu berühren, und trat ein.

Einzig der Eingangsbereich war in Ordnung. Das Wohnzimmer, in dem er sich vorher mit Stricker und dem Mädchen aufgehalten hatte, war in komplettem Chaos versunken. Der Vorhang der Balkontür war teilweise von seiner Halterung gerissen und hing wie eine Kapitulationsfahne auf halbmast. Ein Glas war herabgefallen, und die Whiskyflasche, aus der Stricker getrunken hatte, lag in Scherben auf dem perlgrauen Teppichboden.

Der Inhalt hatte sich auf dem Fußboden verteilt und einen dunklen Fleck hinterlassen. Ein Bild war vom Haken gerutscht und hatte einen kleinen Safe in der Wand freigelegt. Die Glasscheibe hatte sich gelöst, seltsamerweise, ohne zu zerbrechen, und lag neben dem verbogenen Bilderrahmen auf dem Boden. Ein Sofakissen war von seinem Platz geglitten und stand nun aufrecht neben der Armlehne. Niemand war im Raum.

Frank ging durchs Wohnzimmer und nach rechts in den kurzen Flur, der zum Schlafzimmer führte. Links die offene Tür zum Bad, menschenleer. Wenigstens das schien in Ordnung zu sein. Er erreichte das Schlafzimmer und merkte, wie ihm der Atem stockte.

»Scheiße, Scheiße und nochmal Scheiße«, rief er und hätte große Lust gehabt, den Zerstörungsakt in dieser Wohnung fortzusetzen.

Frank tat einen Schritt nach vorn und achtete darauf, wohin er seine Füße setzte. In der Mitte des Zimmers lag Roby Stricker auf dem Marmorfußboden mit dem Bauch nach unten in einer Blutlache. Das ganze Zimmer schien voll davon zu sein. Er trug dasselbe Hemd wie vorher, als Frank gegangen war, nur dass es jetzt rot getränkt war und an seinem Körper klebte. Auf dem Rücken waren Spuren verschiedener Messerstiche erkennbar. Sein Gesicht war von Blutergüssen und einem tiefen Schnitt in der linken Wange entstellt. Das heruntertropfende Blut hatte den Mund verschmiert. Der linke Arm war gebrochen und in einem unnatürlichen Winkel abgeknickt.

Frank kniete sich hin und tastete den Hals ab. Kein Puls. Roby Stricker war tot. Frank stand wieder auf, und Tränen der Wut trübten seinen Blick.

Noch einer. In derselben Nacht. Noch so ein verdammter Mord, ein paar Stunden nach dem ersten. Schweigend verfluchte er die Welt, die Nacht und sein Schicksal als Geisterjäger. Er verfluchte Nicolas, der ihn in diese Geschichte reingezogen, und sich selbst, der es zugelassen hatte. Er verfluchte alles, was ihm einfiel.

Er nahm das Walkie-Talkie vom Gürtel in der Hoffnung, dass er im Funkbereich war, und drückte den Rufknopf.

»Frank Ottobre ruft Nicolas Hulot.«

Ein Knacken und schließlich die Stimme des Kommissars.

»Hier Nicolas. Was ist, Frank?«

»Jetzt bin ich es, der eine Nachricht zu überbringen hat, die dich umhauen wird, Nic. Eine sehr, sehr schlimme Nachricht.«

»Was zum Teufel ist denn jetzt schon wieder passiert?«

»Roby Stricker ist tot. In seiner Wohnung. Ermordet.«

Hulot ließ sich zu einer Reihe von Flüchen hinreißen, vor denen selbst das Sonnenlicht erbleichen würde. Frank wusste exakt, was er gerade fühlte. Als der Zorn sich wie eine elektrische Spannung entladen hatte, verlangte der Kommissar nach der Klärung dessen, was ihm am meisten am Herzen lag.

»Keiner?«

»Nein, einfach umgebracht und basta. Das Gesicht ist noch an seinem Platz und an den Wänden keine Nachricht.«

»Wie sieht es am Tatort aus?«

»Ich sag dir, was ich auf den ersten Blick erschließen kann. Der Tod ist wohl nicht sofort eingetreten. Er wurde überfallen und niedergestochen. Überall Spuren von einem Kampf und eine Menge Blut auf dem Boden. Sein Mörder hielt ihn für tot und ist gegangen, obwohl er noch lebte. Es wird dir seltsam vorkommen, aber diese arme Sau Roby Stricker hat im Sterben deutlich mehr geleistet als jemals zuvor in seinem Leben …«

»Das heißt?«

»Bevor er starb, hat er den Namen seines Mörders auf den Fußboden geschrieben.«

»Kennen wir ihn?«

Frank dämpfte den Ton seiner Stimme, als könne Hulot die folgenden Worte so besser verdauen.

»Ich kenne ihn. An deiner Stelle würde ich sofort Durand anrufen und ihn einen Haftbefehl ausstellen lassen. Für den Captain der US Army, Ryan Mosse.«

35

Die Tür ging auf, und Morelli betrat das völlig kahle und fensterlose kleine Zimmer.

Er ging zum grauen Plastiktisch, an dem Frank und Nicolas Hulot saßen. Er legte einen Packen Schwarz-Weiß-Fotos vor sie hin, noch feucht von der Entwicklung. Frank nahm sie, sah sie durch, wählte eines aus, packte es auf den Tisch und drehte es dem Mann ihm gegenüber hin. Er streckte sich vor und schob es zum anderen Tischende.

»Da haben wir's. Nun wollen wir mal sehen, ob Ihnen das hier etwas sagt, Captain Mosse.«

Ryan Mosse, der in Handschellen auf einem Stuhl saß, richtete kaum den Blick auf das Foto, als ginge ihn diese Sache nichts an. Er wandte Frank wieder seine ausdruckslosen braunen Augen zu.

»Und?«

Der Ton seiner Stimme ließ Morelli erschaudern, der mittlerweile an der Tür lehnte, neben der großen, einseitig durchsichtigen Spiegelwand. Auf der anderen Seite des Spiegels saßen Roncaille und Durand, die nach der Nachricht von den zwei neuen Morden und der Verhaftung in die Zentrale geeilt waren.

Frank führte das Verhör auf Englisch, und beide sprachen ziemlich schnell. Auch wenn ihm ab und zu ein Wort entging, beherrschte Morelli die Sprache doch gut genug, um zu verstehen, dass der Mann, der verhaftet wurde, keine Nerven hatte, sondern Drahtseile.

Mit den Tatsachen konfrontiert, legte er eine solche Ruhe und Kälte an den Tag, dass ein Eisberg neidisch geworden wäre. Gewöhnlich zogen selbst die skrupellosesten Verbrecher in einer Situation wie dieser den Schwanz ein und begannen zu jammern. Dieser aber flößte einem beim bloßen Anblick schon Angst ein, selbst mit den Handschellen an den Gelenken. Er dachte an Roby Stricker, den bedauernswerten Kerl, der ihn mit einem Messer in der Hand plötzlich vor sich gesehen hatte. Schlimme Sache, wirklich eine schlimme Sache. Eingeklemmt wie ein Keil in eine noch viel üblere Sache.

Morelli gelang es nicht, den armen entstellten Körper von Gregor Yatzimin zu vergessen, der mit verspätetem Mitleid seines Mörders auf dem Bett arrangiert worden war.

Frank lehnte sich zurück.

»Also, der auf dem Boden scheint mir eine Leiche zu sein. Oder etwa nicht?«

»Und?«, wiederholte Mosse.

»Und kommt es Ihnen nicht seltsam vor, dass neben dieser Leiche Ihr Name geschrieben steht?«

»Es braucht schon eine blühende Fantasie, um aus diesem Gekritzel meinen Namen herauszulesen.«

Frank stützte sich mit den Ellbogen auf den Plastiktisch.

»Es braucht schon einen verdorbenen Kopf wie deinen, um ihn nicht herauszulesen, würde ich lieber sagen.«

Mosse lächelte. Es war das Lächeln des Henkers, der den Hebel zieht, um die Falltür zu öffnen.

»Was ist los, *Mister* Ottobre, gehen deine Nerven mit dir durch?«

Das Lächeln, mit dem Frank antwortete, war das eines Gehängten, dem das Seil, das ihn töten sollte, gerissen war.

»Nein, *Captain* Mosse. Deine Nerven sind mit dir durchgegangen heute Nacht. Ich habe dich vor dem Jimmy'z mit Stricker sprechen sehen, als wir ihn abholen wollten. Ich weiß nicht, wie du an ihn rangekommen bist, aber auch das ist eine Sache, die ich gerne rauskriegen möchte. Als du uns gesehen hast, bist du auf und davon, allerdings nicht schnell genug. Wenn du willst, erzähl ich dir, wie es dann weiterlief. Du hast Strickers Haus beobachtet. Als wir weggingen, hast du noch ein bisschen gewartet. Du hast Strickers Freundin rauskommen sehen. Du bist nach oben. Ihr habt diskutiert. Dem armen Kerl muss die Sicherung durchgebrannt sein, bei dir wohl auch, ihr habt gekämpft, und du hast ihn niedergestochen. Du hieltest ihn für tot, bist gegangen, und er hatte noch Zeit, deinen Namen auf den Fußboden zu kritzeln.«

»Das sind doch alles deine Halluzinationen, und das weißt du auch, Mister Ottobre. Ich weiß nicht, was sie dir verabreicht haben, damit du gesund wirst, aber ich glaube fast, es war ein bisschen zu viel. Man sieht, dass du mich überhaupt nicht kennst …«

Mosses Blick wurde hart wie Stahl.

»Wenn ich beschließe, einen Menschen mit dem Messer umzubringen, dann weiß ich *sicher*, dass er tot ist, wenn ich gehe.«

Frank winkte ab.

»Wahrscheinlich fängst du auch an nachzulassen, Mosse.«

»Okay. Ich denke, dass es jetzt mein gutes Recht ist, keine weiteren Fragen zu beantworten, außer in Anwesenheit eines Anwalts. In Europa ist das doch auch üblich, oder?«

»Klar. Wenn du einen Anwalt nehmen möchtest, hast du das Recht dazu.«

»Gut. Dann leckt mich am Arsch, alle beide. Ich sag kein Wort mehr.«

Mosse machte dicht. Mit den Augen fixierte er sein Spiegelbild, sein Blick war abwesend. Frank und Hulot sahen sich an. Sie würden aus ihm nichts mehr herausholen. Frank nahm die Fotos vom Tisch, dann erhoben sie sich von ihren Stühlen und gingen Richtung Tür. Morelli hielt die Tür auf, um sie vorbeizulassen, und folgte ihnen nach draußen.

Im Zimmer nebenan saßen Roncaille und Durand wie auf glühenden Kohlen. Roncaille wandte sich an Morelli.

»Würden Sie uns einen Augenblick alleine lassen, Inspektor?«

»Natürlich. Ich geh einen Kaffee trinken.«

Morelli verließ den Raum, und die vier blieben allein zurück. Auf der anderen Seite des Spiegels sah man Mosse regungslos in der Mitte des Raumes sitzen, in der Haltung des Soldaten, der in die Hände des Feindes gefallen war.

Ryan Mosse, Captain der US-Army, Matrikelnummer …

Durand wies mit dem Kopf auf ihn.

»Ein harter Knochen«, schlug er als Resümee der Vernehmung vor.

»Viel mehr. Ein harter Knochen, der weiß, dass er alle Unterstützung dieser Welt hat. Aber er kann die persönliche Unterstützung der Heiligen Dreifaltigkeit haben, das hier wird ihn zweifellos festnageln.«

Man sah Strickers Körper auf dem Marmorboden seines Schlafzimmers liegen, den rechten Arm im 90-Grad-Winkel abgeknickt, die Hand flach auf dem Boden. Der Tod hatte ihn davon abgehalten, mit dem immer noch gestreckten Zeigefinger die Buchstaben zu vollenden, die Ryan Mosse festnageln sollten.

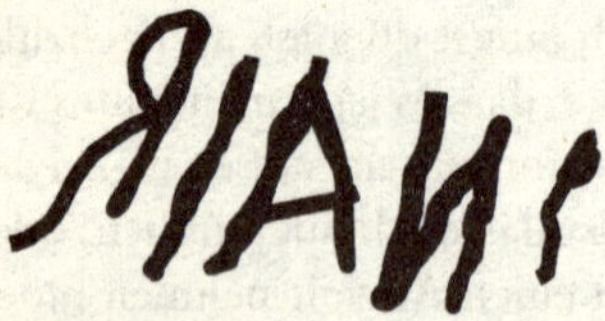

»Ist ein bisschen undeutlich.«

»Stricker lag im Sterben, und sein linker Arm war gebrochen ...«

Er zeigte auf den unnatürlich weggeknickten Arm auf dem Foto. Frank erinnerte sich an Mosses Fähigkeit im Zweikampf. Er hatte sie persönlich getestet. Er wusste sehr genau, wie man dem Gegner diese Art von Verletzung zufügte.

»Wir haben in der Wohnung Fotos von Stricker beim Tennisspielen gefunden. Man sieht ganz klar, dass er Linkshänder war. Hier hat er mit der Rechten geschrieben, mit der Hand, die er dafür nie benutzte. Ist doch klar, dass das Ergebnis nicht ganz normal ist.«

Durand starrte weiterhin unschlüssig auf das Foto.

Frank wartete. Er sah zu Hulot, todmüde, schweigend an die Wand gelehnt. Auch er wartete, was kommen würde.

Durand fasste einen Entschluss. Er hörte auf, um den heißen Brei herumzureden, und stellte sich den Tatsachen, als habe ihm das Betrachten der Fotos dabei geholfen, sie richtig anzugehen.

»Diese Sache ist auf dem besten Weg, ein nicht unbedeutender *casus belli* zu werden. Bald wird mit dem Lärm eines Grand-Prix-Starts die diplomatische Maschinerie in Gang kommen.

Wenn wir die vorläufige Festnahme von Captain Mosse in eine Haftstrafe verwandeln, müssen wir unanfechtbare Beweise haben, damit wir uns nicht bis auf die Knochen blamieren. Durch die Sache mit Keiner haben wir uns schon lächerlich genug gemacht, würde ich sagen.«

Durand wollte betonen, dass die prompte Verhaftung des mutmaßlichen Mörders von Roby Stricker absolut nichts an seiner persönlichen Interpretation des Mordes an Gregor Yatzimin geändert hatte. Eine neue Demütigung für die Polizei des Fürstentums, die bei den Ermittlungen an vorderster Front stand. Franks Beteiligung repräsentierte lediglich die Zusammenarbeit zwischen den Ermittlungsbehörden. Die Hauptverantwortung trug immer noch die monegassische Sûreté. Sie war es, über die sich die spöttischen Schlagzeilen der Tageszeitungen und die bissigen Kommentare im Fernsehen ergossen.

Frank zuckte mit den Schultern.

»Was Mosse angeht, so müsst ihr natürlich entscheiden. Meiner Meinung nach, sofern die etwas zählt, ist das, was wir in der Hand haben, mehr als ausreichend, um den eingeschlagenen Weg weiterzugehen. Wir haben Beweise, dass Ryan Mosse Stricker kannte. Ich selbst habe sie in dieser Nacht vor dem Jimmy'z miteinander reden sehen. Und wir haben seinen Namen auf dem Foto. Ich weiß nicht, was man noch weiter bräuchte ...«

»Und General Parker?«

Frank war dabei gewesen, als sie an diesem Morgen nach Beausoleil gefahren waren, um den Captain abzuholen. Als sie in den Hof des angemieteten Hauses der Familie Parker kamen, war Frank zuerst aufgefallen, dass, abgesehen von wenigen, unerheblichen Details, die Anlage praktisch identisch war mit der von Jean-Loups Haus. Ein flüchtiger Eindruck, den die anderen Probleme sofort wieder verdrängt hatten. Er war davon ausgegangen, dass der General eine Szene machen würde, doch es schien, als habe er diesen Menschen unterschätzt. Parker war viel zu clever, um das zu tun. Er war perfekt gekleidet, als habe er sie schon erwartet. Auf ihr Anliegen hin hatte er einfach genickt und Mosse gerufen. Vor den Polizisten, die ihn baten, mit aufs Revier zu kommen, hatte Mosse sich wie eine Geigensaite gespannt und einen fragenden Blick auf den Alten geworfen.

Ich erwarte Befehle, Sir.

Frank vermutete, dass Mosse auf ein entsprechendes Kommando von Parker wie eine Bestie über die Männer, die ihn verhaften wollten, hergefallen wäre. Der General hatte lediglich kaum wahrnehmbar den Kopf geschüttelt, und die Anspannung war aus Mosses Körper gewichen. Er hatte die Handgelenke nach vorn gestreckt und schweigend die Schmach der Handschellen akzeptiert.

Parker hatte dafür gesorgt, allein mit Frank zu sein, während sie ihn zum Auto brachten.

»Ihr baut gerade Scheiße, und Sie wissen das, Frank.«

»Ich fürchte, die Scheiße hat Ihr Mann heute Nacht gebaut, General. Und zwar eine schön große.«

»Ich könnte bezeugen, dass Captain Mosse seit gestern Abend dieses Haus kein einziges Mal verlassen hat.«

»Wenn Sie das tun und es kommt raus, dass es nicht stimmt, dann schafft Ihnen nicht mal der Präsident höchstpersönlich eine Anklage wegen Mittäterschaft und Strafvereitelung vom Hals. Keiner in Amerika wäre bereit, das Risiko einzugehen, Sie zu schützen. Wollen Sie einen Rat?«

»Dann lassen Sie mal hören.«

»Wenn ich Sie wäre, würde ich mich ruhig verhalten, General. Captain Mosse sitzt in der Klemme, und nicht mal Sie können ihn da rausholen. Ich denke, das Handbuch für militärische Taktik kennt Situationen wie diese. Manchmal ist es notwendig, sich zurückzuziehen und jemanden seinem Schicksal zu überlassen, um schlimmere Verluste zu verhindern.«

»Keiner kann mir eine Lektion in militärischer Taktik erteilen. Und Sie schon gar nicht, Frank. Ich hatte mit Personen zu tun, die härter waren, als Sie es jemals sein werden, und habe sie wie Schmierpapier in den Reißwolf gesteckt. Sie werden lediglich einer mehr sein, das garantiere ich Ihnen.«

»Jeder trifft seine eigenen Entscheidungen und geht seine eigenen Risiken ein. Das ist die Regel eines jeden Krieges, scheint mir.«

Er hatte sich abgewandt und war gegangen. Beim Rausgehen war er Helenas Blick begegnet, die still an der Wohnzimmertür rechts vom Eingang stand. Frank konnte nicht umhin zu bemerken, dass sie wunderschön war. Die Tatsache, dass sie gerade aus dem Schlaf gerissen worden war, hatte keinerlei sichtbare Spuren hinterlassen. Nichts konnte ihrem Gesicht und ihrem Blick die Leuchtkraft rauben. Die blonden Haare, statt vom Kopfkissen geplättet zu sein, schienen soeben erst die aufmerksame Pflege eines Friseurs genossen zu haben.

Als er an ihr vorbeigegangen war, hatten sich ihre Blicke gekreuzt. Frank hatte bemerkt, dass ihre Augen nicht blau waren, wie bei ihrem ersten Treffen vermutet. Sie waren grau. Und in ihnen lag alle Traurigkeit der Welt.

Auf der Fahrt ins Zentrum hatte Frank sich im Sitz zurückgelehnt und die Augen auf die Plastikverkleidung des Wagendachs gerichtet. Er hatte versucht, zwei Gesichter, die sich in diesem Moment überlagerten, aus seinem Bewusstsein zu streichen.

Harriet und Helena. Helena und Harriet.

Dieselben Augen. Dieselbe Traurigkeit.

Frank hatte versucht, an etwas anderes zu denken. Als sie in der Rue Notari die Zentrale betraten, verharrten seine Gedanken bei der spöttischen Ironie in den Worten des Generals.

Keiner kann mir eine Lektion in militärischer Taktik erteilen …

Dem General war gar nicht klar, wie viel unfreiwillige Wahrheit in diesem Satz lag. In diesem Augenblick trieb sich ein Killer namens Keiner herum, der jedem eine erteilen konnte.

»Was wird General Parker Ihrer Meinung nach tun?«, wiederholte der Staatsanwalt.

Frank wurde bewusst, dass er sich völlig in seinen Gedanken verloren hatte und Durands Frage ein paar Augenblicke zu lange im Raum hatte stehen lassen.

»Entschuldigen Sie, Doktor Durand … Ich denke, Parker wird für Mosse alles tun, was in seiner Macht steht, aber er wird sich nicht so weit aus dem Fenster lehnen, dass er herausfällt. Natürlich wird das Konsulat eingeschaltet, aber es gibt eine unbestreitbare Tatsache. Mosses Verhaftung wurde von einem FBI-Agenten vorgenommen, einem Amerikaner. Die schmutzige Wäsche wird in der Familie gewaschen. Man wahrt das Gesicht. Vergessen Sie nicht, dass wir das Land sind, welches die Möglichkeit zum *impeachment* in die Verfassung aufgenommen und immer den Mut gehabt hat, sie auch zu nutzen ...«

Durand und Roncaille sahen sich an. Franks Überlegungen waren nicht von der Hand zu weisen. Wenigstens schien es von dieser Seite her keine Probleme zu geben.

Durand holte in seinen Ausführungen weit aus.

»Sicher, Ihre Präsenz hier ist die Garantie dafür, dass gute Absichten da sind, von allen Seiten, Frank. Leider reichen manchmal gute Absichten nicht aus. Momentan brauchen wir, also die Polizei des Fürstentums, vor allem Ergebnisse. Der Fall Roby Stricker hat, wie es scheint, nichts mit dem Mörder zu tun, den wir jagen ...«

Frank bemerkte Nicolas Hulot hinter sich. Beide wussten, worauf Durand hinauswollte. Dunkle Wolken zogen am Himmel auf. Eine erhobene Axt hing in der Luft, vor dem Hintergrund der Wolken.

»Aber heute Nacht hat es ein weiteres Opfer gegeben, das vierte. Wir dürfen nicht tatenlos zusehen, während buchstäblich säckeweise Müll auf uns niederprasselt. Wie gesagt, Ihre Mitarbeit ist uns höchst willkommen, Frank ...«

Freundlich toleriert, Durand. Nur freundlich toleriert. Warum benutzt du nicht das richtige Wort, obwohl ich dir eben erst die Kastanien von General Parker und seinem Clan aus dem Feuer geholt habe?

Durand folgte weiter seinem Plan, der vorsah, den ganzen Mist Hulot in die Schuhe zu schieben.

»Es müsste euch klar sein, dass die Polizeibehörde nicht einer Serie von Morden zusehen kann, ohne entsprechende Vorkehrungen zu treffen, seien sie noch so unerfreulich.«

Frank beobachtete Nicolas. Er lehnte an der Wand, auf dem Kampfplatz plötzlich ganz auf sich gestellt. Er wirkte wie ein Verurteilter, der vor der Erschießung die Augenbinde verweigert.

Durand war so aufmerksam, ihn direkt anzusehen, während er sprach.

»Es tut mir Leid, Kommissar, ich weiß, dass Sie ein Mitarbeiter ersten Ranges sind, aber im Moment kann ich nicht anders. Sie sind des Auftrags enthoben.«

Hulot zeigte keine Reaktion. Wahrscheinlich war er viel zu müde dafür. Er beschränkte sich auf ein Kopfnicken.

»Verstehe, Doktor Durand. Was mich betrifft, kein Problem.«

»Sie können Urlaub einreichen. Ich denke, die Ermittlungen haben Sie ganz schön mitgenommen. Und wegen der Presse ...«

Hulot unterbrach ihn.

»Ich habe Ihnen schon gesagt, kein Problem. Sie müssen die bittere Pille nicht versüßen. Wir sind allesamt erwachsen und kennen die Spielregeln. Das Ministerium kann so entscheiden, wie es ihm in dieser Sache am vorteilhaftesten erscheint.«

Sollte Hulots Antwort Durand beeindruckt haben, so zeigte er es nicht. Er wandte sich an Roncaille. Der Polizeipräsident hatte bis zu jenem Moment schweigend zugehört.

»Gut. Ab heute liegen die Ermittlungen in Ihren Händen, Roncaille. Halten Sie mich über jede noch so kleine Entwicklung auf dem Laufenden. Zu jeder Tages- und Nachtzeit. Guten Tag, meine Herren.«

Der Generalstaatsanwalt Alain Durand schaffte seine verschwendete Eleganz aus dem Raum und hinterließ ein Schweigen, dem er zu seinem Glück nicht mehr beiwohnen musste.

Roncaille richtete mit einer Hand seine Haare, die absolut keiner Korrektur bedurft hätten.

»Tut mir Leid, Hulot. Ich hätte liebend gern darauf verzichtet.«

Frank dachte, die Worte des Polizeichefs waren nicht die Höflichkeitsfloskeln, die sie zu sein schienen. Diesem Mann tat es ernsthaft Leid, wenn auch nicht aus den Gründen, die er vortäuschte. Nun stand er im Käfig mit der Peitsche in der Hand, und nun war er es, der beweisen musste, dass er die Löwen zähmen konnte.

»Schlaft euch mal so richtig schön aus, ich glaube, ihr beide habt das bitter nötig. Dann möchte ich Sie so bald wie möglich in meinem Büro sehen, Frank. Es gibt da ein paar Details, die ich mit Ihnen besprechen möchte.«

Mit derselben scheinbaren Ruhe wie Durand trat auch Roncaille die Flucht aus dem Raum an. Frank und Hulot blieben allein zurück.

»Siehst du? Ich kann mich selbst nicht ausstehen, wenn ich mich sagen höre ›Ich hab's dir doch gleich gesagt‹. Und das Problem ist, dass er gar nicht ganz Unrecht hat.«

»Nicolas, ich glaube nicht, dass Roncaille und Durand an unserer Stelle bessere Ergebnisse erzielt hätten. Hier war Diplomatie im Spiel, nicht Logik. Aber ich bin ja schließlich noch dabei.«

»Du. Und was habe ich damit zu tun?«

»Du bist immer noch Kommissar, Nicolas. Du bist eines Auftrags enthoben, aber nicht vom Dienst suspendiert. Nimm dir Urlaub, so wie sie es dir angeboten haben. Du verfügst über etwas, das keiner der an diesem Fall Beteiligten hat ...«

»Und das wäre?«

»Vierundzwanzig Stunden am Tag, die du uns widmen kannst, ohne dich vor irgendjemandem rechtfertigen zu müssen, ohne deine Zeit mit der Verfertigung lästiger Berichte verschwenden zu müssen.«

»Vorn raus und hinten wieder rein, hm?«

»Genau. Wir haben noch etwas zu überprüfen, und du scheinst mir im Moment genau der Richtige dafür zu sein. Und was mich angeht, glaube ich, dass mir dieses Detail mit der Schallplatte auf dem Video noch gar nicht aufgefallen ist ...«

»Frank, du bist so ein Arsch.«

»Aber ich bin dein Freund. Und ich bin es dir schuldig.«

Hulot änderte den Ton. Er ließ seinen Kopf kreisen, um die Nackenmuskulatur zu entspannen.

»Okay, ich glaub, ich werd schlafen gehen. Jetzt kann ich das ja machen, denkst du nicht?«

»Ehrlich gesagt, die Tatsache, dass Roncaille mich ›so bald wie möglich‹ in seinem Büro erwartet, lässt mich völlig kalt. Ich lieg schon längst ausgestreckt auf meinem Bett, siehst du das?«

Dieses Bild hatte sie, während sie das Zimmer verließen, trotz allem an dieselbe Sache denken lassen. Den leblosen Körper von Gregor Yatzimin mit dem entstellten Gesicht, ausgestreckt auf dem weißen Laken seines Bettes. Seine Augen die Zimmerdecke anstarrend, jene Augen, die schon blind waren, bevor sie starben.

36

Frank wachte auf und sah ein himmelblaues Rechteck auf seine Fensterscheiben gedruckt. Als er seine Wohnung im Parc Saint-Roman betreten hatte, war er so müde gewesen, dass er noch nicht mal die Kraft fürs Duschen hatte aufbringen können. Nachdem er sich irgendwie ausgezogen hatte, war er aufs Bett geplumpst, ohne die Rollläden herunterzulassen.

Ich bin nicht hier in Monte Carlo, dachte er. *Ich bin immer noch in jenem Haus an der Küste, um mich zu regenerieren. Harriet ist draußen am Strand, nicht weit, auf einem Badehandtuch ausgestreckt, um sich zu sonnen, den Wind in den Haaren, ein Lächeln auf den Lippen. Ich werde jetzt aufstehen und zu ihr gehen, und da wird keine schwarz gekleidete Figur sein. Da wird keiner zwischen uns sein.*

»Keiner …«, sagte er vor sich hin.

Ihm fielen die beiden Toten vom Vorabend ein. Mit dem gleichen Widerwillen wie Lazarus nach der Auferstehung erhob er sich. Hinter der Glasscheibe sah man einen Meeresstreifen, dem weit draußen von Windböen changierende Schleier aufgemalt waren. Er öffnete das Schiebefenster. Ein lauwarmer Windhauch kam, um den leichten Vorhang aufzuplustern und die Reste nächtlicher Albträume aus dem Zimmer zu verjagen. Er sah auf die Uhr. Es war kurz nach zwölf. Er hatte nur wenige Stunden geschlafen, obwohl er gedacht hatte, für immer schlafen zu müssen.

Er ging ins Bad, nahm eine Dusche, rasierte sich und zog saubere Wäsche an. Er machte sich Kaffee, während er über die Entwicklungen im Fall nachdachte. Jetzt, da Nicolas aus dem Spiel war, würden sich die Dinge merklich verkomplizieren. Er traute

Roncaille nicht zu, die ganze Sache zu leiten, zumindest nicht, was die Ermittlungen betraf. Er war mit Sicherheit ein Zauberer in Sachen Public Relations und Pressearbeit, aber die Untersuchungen vor Ort waren eher nicht sein Ding. Vielleicht waren sie das mal, aber jetzt war er mehr Diplomat als Polizist. Immerhin hatte er hervorragende Mitarbeiter, die an seine Stelle treten würden. Nicht umsonst galt die Polizei des Fürstentums als eine der besten weltweit ... *bla bla bla* ...

Seine Anwesenheit im Fürstentum war mittlerweile eine nicht unerhebliche diplomatische Notwendigkeit geworden, die sowohl Vorteile als auch Nachteile mit sich brachte, wie alles Menschliche auf der Welt. Frank war überzeugt, dass Roncaille versuchen würde, sich so viel wie möglich von den einen und so wenig wie möglich von den anderen zu sichern. Die Methoden der Polizei in Monte Carlo kannte er sehr gut. An diesem Ort sagte man nichts, wusste aber alles.

Alles, bis auf den Namen eines Mörders ...

Er beschloss, dass er ihm egal war. Wie es im Übrigen von Anfang an gewesen war.

Diese Sache war nichts, was zwei Ermittlungsbehörden verband. Roncaille und Durand, auch wenn sie die Macht repräsentierten, hatten nichts damit zu tun. Genauso wenig wie Amerika und das Fürstentum. Es war eine persönliche Angelegenheit zwischen ihm, Nicolas Hulot und einem schwarz gekleideten Mann, der die Gesichter seiner Opfer wie Masken seines wahnsinnigen und blutigen Karnevals sammelte.

Alle drei hatten sie den Pausenknopf gedrückt und ihr Leben angehalten, darauf wartend, wie jener Kampf enden würde, mit gesenktem Kopf, zwischen drei Toten, an einem Ort, wo sich alle als Lebende ausgaben.

Bisher waren die Dinge gelaufen, wie sie gelaufen waren, aber nun konnten sie sich ändern.

Mussten sie sich ändern.

Er setzte sich an den Computer und schaltete ihn ein. Er hatte eine E-Mail von Cooper, mit Attachments. Das waren sicher die Infos, die er über Nathan Parker und Ryan Mosse zusammengetragen hatte. Nicht dass ihm das noch viel bringen würde, jetzt, da Mosse im Gefängnis und Parker ruhig gestellt war. *Vorübergehend*, korrigierte er sich selbst. Er machte sich keine Illusionen, was den General betraf. Parker war einer der Menschen, die glaubten, solange sie noch keine Würmer hatten, konnten sie sich noch nicht zu den Toten zählen.

Die Mail von Cooper enthielt eine kurze Notiz.

Sobald du nicht mehr mit deiner neuen Yacht über die Meere tuckerst und kurz Zeit hast, ruf mich an. Egal wann. Muss mit dir sprechen. Coop.

Er fragte sich, was so dringend sein könne. Er sah auf die Uhr. In Anbetracht der Zeit rief er ihn zu Hause an. Es bestand nicht die Gefahr, irgendjemanden außer ihn zu stören, da er alleine in einer Art Loft am Ufer des Potomac wohnte.

Nach ein paarmal Läuten kroch die Stimme seines Freundes verschlafen aus dem Hörer.

»Ja. Wer ist da?«

»Coop, ich bin's, Frank.«

»Ach du. Na, du Held, wie geht's?«

»Hier ist ein Tankschiff mit einer Ladung Scheiße zerschellt, und jetzt breitet sich ein Fleck aus, so weit das Auge reicht.«

»Was ist denn passiert?«

»Wieder zwei Tote. Letzte Nacht.«

»Shit!«

»Allerdings. Den einen hat unser Subjekt mit seinem üblichen Ritual umgelegt. Das wäre der Vierte. Mein Freund, der Kommissar, wurde mit der Eleganz und dem *savoir faire* eines Nero abgesägt. Der andere wurde mit Hilfe unseres Helden Ryan Mosse in die Liste der Todesanzeigen aufgenommen. Der ist jetzt im Gefängnis, und der General setzt Himmel und Hölle in Bewegung, um ihn rauszuholen.«

Cooper war jetzt vollkommen wach.

»Mensch, Frank. Was zum Teufel geht bei euch denn ab? Das nächste Mal sagst du mir, der Atomkrieg ist ausgebrochen.«

»Das ist nicht ausgeschlossen. Aber was wolltest du mir denn Wichtiges sagen?«

»Hier hat sich einiges getan. In der Sache mit den Larkins, meine ich. Was wir über sie rausgekriegt haben, legt den Verdacht nahe, dass sie von irgendjemandem hübsch gedeckt werden, ein Joint Venture mit einem ganz großen Tier, das wir aber noch nicht in den Blick bekommen haben. Und aus New York ist jetzt Hudson McCormack dabei.«

»Wer soll denn das sein? Was hat der mit den Larkins zu tun?«

»Das würden wir auch gerne wissen. Offiziell ist er als Anwalt gekommen, als Verteidiger von Osmond Larkin. Die Sache hat uns ein bisschen verwundert, weil dieser Scheißkerl sich was Besseres hätte leisten können, wie er es im Notfall immer getan hat. Ich denke an Staranwälte mit sechsstelligen Honoraren. Dieser McCormack ist ein mittelmäßiger Rechtsanwalt, fünfunddreißig, aus dem Big Apple, einer, der weniger mit seinen juristischen Erfolgen Furore gemacht hat als mit seiner Teilnahme am Louis Vuitton Cup, als Mitglied der *Stars-and-Stripes*-Equipe.«

»Habt ihr ihn überprüft?«

»Was denkst du denn? Rauf und runter. Absolut nichts. Er lebt nicht über seine Verhältnisse, gibt keinen Cent zu viel aus. Keine Laster, keine Frauen, kein Koks. Abgesehen von seiner Arbeit interessiert er sich nur fürs Segeln. Und jetzt schießt er wie ein Teufelchen aus der Schachtel, um uns zu zeigen, wie klein doch die Welt ist.«

»Wie meinst du das?«

»Ich meine, dass unser Hudson McCormack in diesem Moment auf dem Weg nach Monte Carlo ist.«

»Schön für ihn. Auch wenn es nicht gerade der günstigste Moment ist, um in diese Gegend zu kommen.«

»Er kommt wegen einer ziemlich wichtigen Regatta, so scheint es jedenfalls. Aber ...«

»Aber?«

»Frank, kommt es dir nicht zumindest ungewöhnlich vor, dass ein einfacher Anwalt aus New York, nie gehört und nie gesehen, das erste Mal in seinem Leben einen wichtigen Auftrag bekommt und ihn fallen lässt, zumindest vorübergehend, um nach Europa zu reisen und einen Ausflug mit dem Segelboot zu machen? Jeder andere an seiner Stelle hätte sich blindlings darauf gestürzt und wäre täglich eine Stunde früher aufgestanden, um fünfundzwanzig Stunden am Tag für die Arbeit zu haben.«

»Wenn man es so sieht, kann ich dir nicht widersprechen. Aber was habe ich damit zu tun?«

»Du bist vor Ort und kennst die Geschichte. Momentan ist dieser Mensch für Osmond Larkin die einzige Verbindung zum Rest der Welt. Kann sein, dass er nur sein Anwalt ist, es kann aber auch etwas viel Größeres dahinter stecken. Berge von Drogen und Berge von Dollars stehen auf dem Spiel. Wir wissen doch alle, was es mit Monte Carlo auf sich hat und was dort an Geld umgesetzt wird. Geht es um Terrorismus und um Drogen, können wir jeden beliebigen Geldschrank öffnen. Du arbeitest mit der Polizei vor Ort zusammen. Es kostet dich nichts, darum zu bitten, McCormack unter diskrete, aber effektive Bewachung stellen zu lassen.«

»Ich werde sehen, was ich tun kann ...«

Er verriet Cooper nicht, dass hier praktisch *alle*, er selbst mit eingeschlossen, unter diskreter, aber effektiver Bewachung standen.

»Ich habe dir ein Foto im *jpg*-Format geschickt, damit du weißt, wie er aussieht. Da sind dann auch alle Informationen über McCormacks Aufenthalt in Monte Carlo dabei, die wir kriegen konnten.«

»Okay. Und jetzt geh wieder schlafen. Weniger intelligente Menschen als du müssen sich über Nacht so lange wie möglich wieder aufladen, um richtig effektiv zu sein.«

»Mach's gut, du Idiot. *Break a leg.*«

Er beendete das Gespräch und legte das schnurlose Telefon neben den Computer. Neues Spiel, neues Glück, neue Jagd, neue Probleme. Das Attachment mit den Daten über Hudson McCormack zog er auf eine Diskette, ohne es zu öffnen. Er beklebte sie mit einem Etikett, das er in der Schublade fand, und schrieb »Cooper« darauf. Keine vertraulichen Namen für fremde Augen.

Das kurze Gespräch mit seinem Kollegen hatte ihn einen Augenblick lang nach Hause versetzt, auch wenn *nach Hause* momentan für ihn nur eine vage Vorstellung war. Er fühlte sich, als habe sein Astralkörper ohne Emotionen auf einer tausende von Kilometern entfernten Bahn die Trümmerhaufen seiner Existenz umkreist, mit der Transparenz von Geistern, die sehen, ohne gesehen zu werden. Er war in Coopers Haus und gleichzeitig in dem Büro, das sie sich lange beim FBI geteilt hatten, und in seinem seit Monaten verlassenen Haus, und er lief in den dunklen Straßen Washingtons umher.

Was bringt denn das alles? Gibt es in dieser erbärmlichen Geschichte der armen Menschheit irgendjemanden, der das kapiert hat? Und wenn er es kapiert hat, warum erklärt er es nicht den anderen?

Vielleicht war die glaubwürdigste Antwort, dass ihm keiner glauben würde …

Er schloss die Augen, und es kam ihm ein Gespräch in den Sinn, das er mit Pater Kenneth geführt hatte, einem Priester und Psychologen in der Klinik, die ihn aufgenommen hatte, nachdem ihm die Geschichte mit Harriet den Boden unter den Füßen weggezogen hatte. Wenn er nicht mit Therapie oder Analyse beschäftigt war, dann hatte er auf einer Bank im Park der Luxusanstalt gesessen, ins Leere gestarrt und mit dem Bedürfnis gekämpft, ihr auf ihrem Weg zu folgen. Dieses Mal war Pater Kenneth gekommen, hatte sich lautlos über den Rasen genähert und sich neben ihn auf die schmiedeeiserne Bank mit den dunklen Holzlatten gesetzt.

»Wie geht's, Frank?«

Er hatte ihn aufmerksam angesehen, bevor er geantwortet hatte. Er hatte sein langes Gesicht gemustert, bleich wie das eines Exorzisten, mit den scharfen Augen, die um die inneren Kämpfe eines Mannes wussten, der Wissenschaft und Glauben in sich vereinte. In seiner Straßenkleidung hätte er der Vater eines beliebigen Patienten sein können.

»Ich bin nicht verrückt, wenn es das ist, was Sie hören wollen.«

»Ich weiß, dass Sie nicht verrückt sind, und Sie wissen, dass es nicht das ist, was ich hören wollte. Als ich Sie gefragt habe, wie es Ihnen geht, habe ich *wirklich* wissen wollen, wie es Ihnen geht.«

Frank hatte die Arme in einer Geste ausgebreitet, die alles oder nichts bedeuten konnte.

»Wann kann ich von hier weggehen?«

»Fühlen Sie sich dazu bereit?«

Pater Kenneth hatte die Frage mit einer Gegenfrage beantwortet.

»Wenn ich mich selbst das frage, sage ich mir, dass ich es nie wissen werde. Daher habe ich Sie gefragt.«

»Sind Sie gläubig, Frank?«

Er hatte sich ihm zugedreht, mit einem bitteren Lächeln auf den Lippen.

»Bitte, Pater, kommen Sie mir jetzt nicht mit einer Banalität, ›Sei bei Gott, und Gott wird mit dir sein‹. Als sich unsere Blicke gekreuzt haben, hat Gott seine Augen von mir abgewandt.«

»Kränken Sie nicht meine Intelligenz, und vor allem, kränken Sie nicht Ihre eigene. Sie beharren darauf, mir die Fesseln einer Rolle zu unterstellen, vielleicht weil Sie sich dafür entschieden haben, selber eine zu spielen. Es gibt einen Grund, warum ich Sie gefragt habe, ob Sie an Gott glauben ...«

Frank hatte den Blick gehoben und angefangen, einen Gärtner dabei zu beobachten, wie er einen Ahorn einpflanzte.

»Das interessiert mich nicht. Ich glaube nicht an Gott, Pater Kenneth. Und das ist kein Vorteil, was auch immer Sie denken mögen.«

Er hatte sich ihm zugewandt.

»Es bedeutet, dass es niemanden gibt, der mir meine Sünden verzeiht.«

Tatsächlich war er immer überzeugt gewesen, keine zu begehen, dachte er, *obwohl er längst dabei war, es zu tun. Er hatte der Person, die er liebte, mehr und mehr vom Leben entrissen, obwohl er es mehr als alles andere auf der Welt hätte beschützen müssen.*

Während er die Schuhe anzog, beförderte ihn das Läuten des Telefons wieder in die Gegenwart. Er nahm erneut das schnurlose Telefon.

»Hallo.«

»Salut, Frank, ich bin's, Nicolas. Bist du wach?«

»Wach und einsatzbereit.«

»Gut. Ich habe eben Guillaume Mercier angerufen, den Typ, von dem ich dir erzählt habe. Er erwartet uns. Hast du Lust mitzukommen?«

»Klar. Es könnte mir helfen, mich mit neuem Elan der kommenden Nacht bei Radio Monte Carlo zu stellen. Hast du die Zeitung schon gelesen?«

»Ja. Sie schreiben alles Mögliche. Und du kannst dir vorstellen, in welchem Ton ...«

»*Sic transit gloria mundi.* Kümmer dich nicht drum! Wir haben was anderes zu tun. Ich erwarte dich.«

»In zwei Minuten bin ich da.«

Er suchte sich ein frisches Hemd heraus. Während er den obersten Knopf vom alten löste, ertönte der Summer der Hausprechanlage. Er ging durchs Wohnzimmer, um zu antworten.

»M'sieur Ottobre? Hier ist jemand für Sie.«

Frank dachte, wenn Nicolas zwei Minuten sagte, dann meinte er zwei Minuten.

»Ja, ich weiß, Pascal. Erklären Sie ihm bitte, dass ich ein bisschen zu spät dran bin. Wenn er nicht unten warten will, schicken Sie ihn ruhig hoch.«

Während er sich das Hemd überstreifte, hörte er den Fahrstuhl kommen.

Er öffnete die Tür, und sie stand vor ihm.

Helena Parker, ihm gegenüber an seiner Tür, die grauen Augen dafür geboren, Sterne widerzuspiegeln und nicht jenen Schmerz, der hinter der Farbe versteckt lag. Sie stand im Halbdunkel des Flurs und sah ihn an. Frank hielt die Hände an der Knopfleiste des offenen Hemdes über seiner nackten Brust.

Die Szene mit Dwight Durham schien sich zu wiederholen, nur dass die Augen der Frau lange auf der Narbe auf seiner Brust ruhten, bevor sie zu seinem Gesicht wanderten. Schnell knöpfte er sein Hemd zu.

»Guten Tag, Mister Ottobre.«

»Guten Tag. Entschuldigen Sie, wenn ich Sie so empfange, aber ich hatte mit jemand anderem gerechnet.«

Ein kurzes Lächeln Helenas zerstreute den Moment der Unsicherheit.

»Kein Problem, der Antwort des Pförtners nach zu schließen, hatte ich mir das schon gedacht. Kann ich hereinkommen?«

»Natürlich.«

Frank ging einen Schritt zur Seite. Als Helena eintrat, berührte sie ihn leicht mit dem Arm und mit einem zarten Duft, hauchdünn wie eine Erinnerung. Einen Augenblick lang schien es, als sei der Raum von nichts anderem erfüllt als von ihr.

Ihr Blick fiel auf die Glock, die Frank auf den Schrank neben der Stereoanlage gelegt hatte. Schnell versteckte Frank sie in einer Schublade.

»Tut mir Leid, dass es das Erste ist, das Sie hier sehen.«

»Kein Problem. So bin ich aufgewachsen, umgeben von Waffen.«

Frank sah flüchtig das Bild von Helena als Kind vor sich, im Haus von Nathan Parker, dem unbeugsamen Soldaten, den das Schicksal mit der Geburt zweier Töchter zu reizen gewagt hatte.

»Das kann ich mir vorstellen.«

Er knöpfte das Hemd zu und wusste so wenigstens, wohin mit seinen Händen. Die Anwesenheit dieser Frau in seiner Wohnung war Quelle unzähliger Fragen, auf die Frank nicht gefasst war. Nathan Parker und Ryan Mosse waren sein eigentliches Problem, das waren Personen mit Stimme, Gewicht, einem Schritt, der Fußabdrücke hinterließ, einem Messer aus und in der Scheide, einem Arm, der zuschlagen konnte. Helena war bisher eine stumme Gegenwart gewesen und nichts anderes. Der bewegende Gedanke an eine traurige Schönheit. Was sich dahinter verbarg, interessierte Frank nicht, und er wollte nicht, dass es ihn jemals interessieren würde.

Frank brach die Stille. Seine Stimme klang härter als gewollt.

»Ich nehme an, es gibt einen Grund für Ihre Anwesenheit hier.«

Helena Parker hatte Augen und Haare und ein Gesicht und einen Duft, und Frank drehte ihr den Rücken zu, während er das Hemd in die Hose steckte, als reiche diese Geste, um allem, was diese Frau war, den Rücken zu kehren. Ihre Stimme kam über seine Schultern, während er die Jacke anzog.

»Selbstverständlich. Ich muss mit Ihnen reden. Ich fürchte, ich brauche Ihre Hilfe, vorausgesetzt mir kann überhaupt jemand helfen.«

Als Frank sich umdrehte, hatte er den Beistand einer dunklen Sonnenbrille erbeten und erhalten.

»Meine Hilfe? Sie leben im Haus eines der mächtigsten Männer Amerikas und brauchen meine Hilfe?«

Ein bitteres Lächeln streifte Helena Parkers Lippen.

»Ich lebe nicht im Haus meines Vaters. Ich bin Gefangene im Haus meines Vaters.«

»Ist das der Grund, weshalb Sie so große Angst vor ihm haben?«

»Es gibt viele Gründe, vor Nathan Parker Angst zu haben. Da besteht nur die Qual der Wahl. Aber ich habe nicht meinetwegen Angst … Es ist wegen Stuart.«

»Stuart ist Ihr Sohn?«

Helena zögerte einen Moment.

»Genau, mein Sohn. Er ist mein Problem.«

»Und was habe ich damit zu tun?«

Ohne Vorankündigung näherte sich die Frau, hob die Hände und nahm ihm die Ray-Ban ab. Sie sah ihm in die Augen, mit einer Intensität, die Frank wie ein Messer, schärfer als das von Ryan Mosse, in sich eindringen spürte.

»Sie sind die erste Person, der ich begegnet bin, die meinem Vater die Stirn bieten kann. Wenn es jemanden gibt, der mir helfen kann, dann sind dieser Jemand Sie …«

Bevor Frank zu irgendeiner Antwort ansetzen konnte, läutete wieder das Telefon. Er griff nach dem Hörer mit derselben Erleichterung wie jemand, der im Angesicht des Feindes endlich eine Waffe in die Hand bekommt.

»Ja.«

»Nicolas. Ich bin unten.«

»Okay, ich komm gleich runter.«

Helena hielt ihm die Brille hin.

»Vielleicht bin ich nicht gerade im günstigsten Moment gekommen.«

»Ich fürchte, ich habe etwas zu erledigen. Es wird spät werden, und ich weiß nicht …«

»Sie wissen, wo ich wohne. Sie können kommen, wann Sie wollen, auch mitten in der Nacht.«

»Denken Sie, Nathan Parker würde sich über meinen Besuch freuen?«

»Mein Vater ist in Paris. Er wollte mit dem Botschafter sprechen und einen Anwalt für Captain Mosse suchen.«

Kurze Pause.

»Er hat Stuart mitgenommen, als … als Begleitung.«

Frank dachte einen Moment, Helena würde das Wort »Geisel« verwenden. Vielleicht verbarg sich diese Bedeutung hinter dem Ausdruck »Begleitung«.

»Gut. Jetzt muss ich aber los. Aus verschiedenen Gründen möchte ich nicht, dass die Person, die unten auf mich wartet, uns zusammen rauskommen sieht. Warten Sie ein paar Minuten und gehen Sie dann erst runter, okay?«

Helena nickte. Das letzte Bild von ihr, bevor er die Tür schloss, waren ihre glänzenden Augen und das kaum erkennbare Lächeln, das sich nur einer kleinen Hoffnung verdanken konnte.

Während er im Fahrstuhl nach unten fuhr, sah Frank sich im Spiegel an, im unnatürlichen Schein des Aufzuglichts. In seinen Augen spiegelte sich noch immer das Gesicht seiner Frau. Da war kein Platz für andere Gesichter, für andere Augen, für andere Haare, für andere Schmerzen. Und helfen konnte er schon gar niemandem, weil ihm selbst nicht zu helfen war.

Im Sonnenlicht, das durch die Scheiben schien und die marmorne Eingangshalle des Parc Saint-Roman durchflutete, trat er hinaus. Draußen wartete schon das Auto von Hulot.

Als er die Wagentür öffnete, sah er durch die Scheibe auf dem Rücksitz einen Stapel Zeitungen. Die oberste trug in Blockbuchstaben die Schlagzeile *Mein Name ist Keiner*, offensichtlich eine Anspielung auf die Pleite vom vorherigen Abend. Die anderen

Überschriften folgten in groben Zügen dieser Linie. Nicolas schien nicht besser geschlafen zu haben als er.

»Salut.«

»Salut, Nic. Entschuldige, wenn ich dich hab warten lassen.«

»Schon okay. Hast du mit jemandem gesprochen?«

»Absolutes Schweigen. Ich glaube, in deiner Abteilung werden sie nicht gerade Freudensprünge machen bei dem Gedanken, mich zu sehen, auch wenn Roncaille mich offiziell für ein *Briefing* erwartet.«

»Tja, früher oder später musst du dich blicken lassen.«

»Allerdings. Aus verschiedenen Gründen. Aber ich glaube, in der Zwischenzeit haben wir privat etwas zu erledigen.«

Hulot ließ den Motor an und nahm die kleine Zufahrtsstraße am Eingangsbereich des Gebäudes, um zum Wendeplatz zu gelangen.

»Ich war kurz im Büro. Unter meine Sachen, die noch im Schreibtisch waren, habe ich auch das Originalvideo geschmuggelt, das noch an seinem Platz lag. Ich habe es durch eine Kopie ersetzt.«

»Glaubst du, es fällt ihnen auf?«

Hulot zuckte mit den Achseln.

»Ich kann immer noch sagen, dass ich es verwechselt habe. Scheint mir kein schlimmes Vergehen zu sein. Viel schlimmer wäre, wenn sie entdeckten, dass wir eine Spur haben und kein Wort sagen.«

Als sie an der gläsernen Eingangsfront vorbeifuhren, sah Frank nur das Spiegelbild des Himmels. Er drehte den Kopf, um aus der Heckscheibe zu blicken. Bevor das Auto die Zufahrtsstraße hinter sich ließ, um nach links in die Rue des Giroflées zu biegen, nahm er flüchtig das Bild von Helena Parker wahr, die aus dem Eingang des Parc Saint-Roman kam.

37

Als sie am Haus der Merciers in Eze-sur-Mer ankamen, wartete Guillaume Mercier im Garten auf sie. Kaum sah er den Peugeot vorfahren, drückte er die Fernbedienung, und das Tor öffnete sich langsam. Hinter ihm lag ein weißes, einstöckiges Haus mit schwarzem Dach, blauen Holzfensterläden und leicht provenzalischem Flair, nichts Erlesenes, aber solide und funktional.

Der Garten war so groß, dass man getrost von einem kleinen Park sprechen konnte. Rechts hinter dem Haus auf der äußeren Gartenseite stand eine große Strandkiefer, die von niedrigeren immergrünen Büschen umgeben wurde. Jenseits vom Schatten des Baumes säumte eine Reihe weißer und gelber Lantanen in voller Blüte einen Zitronenbaum, dessen Früchte noch nicht vollständig herangereift waren.

Rings um das Grundstück verlief eine Lorbeerhecke, die höher war als das Eisengitter über der Umfassungsmauer und die jeden Einblick von außen verwehrte.

Überall waren Beete und blühende Stauden, kunstvoll unterbrochen von englischem Rasen, über welchen ein Weg aus denselben Steinplatten verlief, mit denen der Hof gepflastert war, wo Guillaume sie erwartete.

Die wirtschaftlichen und die familiären Verhältnisse strahlten die Heiterkeit und Zufriedenheit von Nutznießern des Wohlstands aus, ohne ihn zur Schau zu stellen, was aus verschiedenen Gründen an der *Côte d'Azur* ein Muss zu sein schien.

Kurz nach der Toreinfahrt bog Hulot nach rechts und parkte das Auto unter einem Schutzdach aus Holzlamellen, wo bereits ein kleiner Fiat und eine dicke BMW-Maschine standen.

Guillaume kam ihnen in seinem schlaksigen Gang entgegen. Er war ein athletischer Typ mit einem nicht hübschen, aber sympathischen Gesicht und der typischen Bräune von jemandem, der viel Sport im Freien treibt. Die muskulösen Arme mit den sonnengebleichten Härchen, die aus den Ärmeln hervorschauten, waren ein offensichtlicher Beweis dafür. Er trug sein T-Shirt über military-grünen Bermudas mit großen aufgesetzten Seitentaschen, dazu gelbe Segelschuhe ohne Strümpfe.

»Salut, Nicolas.«

»Salut, Guillaume.«

Der Junge drückte die Hand des Kommissars.

Nicolas wies mit einer Kopfbewegung auf seinen Begleiter.

»Dieser schweigsame Herr hinter mir heißt Frank Ottobre, Spezialagent des FBI.«

Guillaume streckte seine Hand aus und deutete mit dem Mund eine Art tonlosen Pfiff an.

»Ach so, dann existiert ihr vom FBI also auch im wirklichen Leben und nicht nur im Film. Freut mich, dich kennen zu lernen.«

Während er die Hand des Jungen drückte, fühlte sich Frank instinktiv erleichtert. Er sah in seine dunklen Augen, die tief in einem Gesicht lagen, auf dem die Sonnenbräune einen Hauch von Sommersprossen hatte aufblühen lassen. Instinktiv wusste er, dass Guillaume die richtige Person war für das, was sie suchten. Er hatte zwar keine Ahnung, wie gut er in seinem Job war, aber er wusste, dass er den Mund halten würde, wenn sie ihn in angemessener Weise darum baten, indem sie ihm die Bedeutung und den Ernst der Lage vor Augen führten.

»Stimmt, wir sind unerlässlicher Bestandteil der Filme und der Landschaft Amerikas. Und jetzt fangen sie auch noch an, uns zu exportieren, wie meine Anwesenheit an der Küste hier beweist.«

Guillaume lächelte über die Bemerkung, aber das Lächeln verdeckte kaum seine Neugier auf die Anwesenheit der beiden Männer bei ihm zu Hause. Es war ein Lächeln, das die Spannung zwar entschärfte, nicht aber die Angelegenheit an sich. Wahrscheinlich ahnte er, dass etwas außerordentlich Schwerwiegendes dahinter steckte, wenn Nicolas Hulot als Polizist und nicht als Freund der Familie hierher kam.

»Danke, dass du uns helfen willst.«

Guillaume hob die Schultern, eine schweigende Geste für »Keine Ursache«, und wies ihnen den Weg, indem er vorausging.

»Ich habe nicht allzu viel zu tun im Moment. Ich kümmere mich um den Schnitt einer Unterwasserdokumentation, leichtes

Zeug und wenig aufwändig. Außerdem könnte ich diesem Mann da nie etwas abschlagen …«

Mit dem rechten Daumen zeigte er auf den Kommissar, der hinter ihm herlief.

»Hattest du nicht gesagt, dass deine Eltern nicht da seien?«

»Nicht da? Nicht ganz richtig im Kopf, würde ich sagen. Als mein Vater aufgehört hat zu arbeiten, haben die beiden Oldtimer in die Asche geblasen und entdeckt, dass die Kohlen der Leidenschaft immer noch glühen. Sie sind jetzt zum zehnten Mal auf Hochzeitsreise, glaube ich. Das letzte Mal, als sie mich angerufen haben, waren sie in Rom. Morgen müssten sie wiederkommen.«

Sie folgten weiter dem gepflasterten Weg durch das atemberaubende Grün des englischen Rasens, bis sie den Eingang der *dépendance* erreichten. Rechts von ihnen bot ein Pavillon aus denselben Holzlamellen, mit einem Dach aus blauem Segeltuch, Schutz für einen Essplatz im Freien. Auf dem schmiedeeisernen Tisch waren noch die Spuren des Abendessens, das bestimmt am Abend zuvor stattgefunden hatte.

»Ist die Katze aus dem Haus, tanzen die Mäuse auf dem Tisch, oder?«

Guillaume folgte Nicolas' Blick und zuckte mit den Schultern.

»Sind so ein paar Freunde gekommen, gestern Abend, und heute hat die Putzfrau nicht gesehen …«

»Klar, ein paar Freunde … Ich bin Polizist, glaubst du, ich sehe nicht, dass da für zwei gedeckt ist?«

Der Junge breitete die Arme aus in einer Geste, die zumindest Kompromissbereitschaft andeuten sollte.

»Hör mal, Alter, ich trinke nicht, ich spiele nicht, ich rauche nicht, und ich gebe mich auch nicht den Versuchungen der künstlichen Paradiese hin. Kannst du mir nicht wenigstens ein Vergnügen gönnen?«

Er schob die Holztür beiseite, vor der er stehen geblieben war, und forderte sie auf einzutreten. Er folgte ihnen und schloss die Schiebetür hinter sich. Kaum im Haus, begann Hulot in seiner leichten Jacke zu frösteln.

»Ziemlich frisch hier drin.«

Guillaume zeigte mit der Hand auf die Apparate an der Wand gegenüber von den großen Fenstern zum Garten hin, unter denen zwei Klimaanlagen auf Hochtouren brummten.

»Diese Apparate reagieren ziemlich sensibel auf Hitze, deshalb muss ich die Anlage auf Hochtouren laufen lassen. Wenn du Probleme mit Rheuma hast, kann ich nachsehen, ob ich den Lodenmantel von meinem Vater finde.«

Nicolas packte ihn plötzlich am Hals und zwang ihn, sich nach vorn zu beugen. Er lächelte, als er scherzhaft mit eisernem Griff seinen Kopf arretierte.

»Respekt vor dem Alter, oder das, was du hören könntest, ist nicht das Knacken meiner Arthritis, sondern dein brechendes Genick.«

Guillaume hob die Arme als Zeichen der Ergebung.

»Okay, okay. Ich nehm alles zurück …«

Als Hulot ihn erlöste, ließ sich Guillaume schnaubend in einen Ledersessel mit Rollen plumpsen, der vor den Apparaten stand. Er ordnete seine durch Hulots Umklammerung zerzausten Haare und verwies die beiden auf ein Sofa, das zwischen den beiden großen Fenstern an der Wand stand. Mit anklagendem Finger zeigte er auf Nicolas.

»Wisse, dass ich mich nur ergeben habe, weil Rücksicht auf deine grauen Haare es mir verbietet, ordentlich zu reagieren.«

Hulot ließ sich auf das gepolsterte Sofa fallen und betonte seine Atemnot.

»Zum Glück. Ehrlich gesagt hatte ich schon befürchtet, dass du mit dem Rheuma Recht hast …«

Guillaume machte eine halbe Umdrehung mit dem Sessel und wandte sich wieder Frank und Hulot zu. Sein Gesicht wurde mit einem Mal ernst.

Gut, dachte Frank, *das ist ein Typ mit Sinn fürs richtige Maß*.

Er war überzeugter denn je, dass sie die richtige Person gefunden hatten. Jetzt blieb nur noch zu hoffen, neben tausend anderen Dingen, dass Guillaume auch so gut war, wie Nicolas es angekündigt hatte. Nun, da sie beim entscheidenden Punkt waren, bemerkte Frank, dass sein Herz ein bisschen schneller schlug. Er beobachtete einen Moment lang durchs Fenster, wie die Lichtreflexe der Sonne auf der Wasseroberfläche des Swimmingpools tanzten. Die Ruhe dieses Ortes ließ alles so weit weg erscheinen, so weit weg …

Ihre Geschichte, die Geschichte von Helena, die Geschichte von einem General, der keinen Krieg verlieren will, um keinen Preis, die Geschichte eines Kommissars, den aller Ehrgeiz verlassen hat, außer einen akzeptablen Grund zu finden, warum er den Sohn überlebt, die Geschichte eines unersättlichen Mörders, von dem Wahnsinn und Grausamkeit Besitz ergriffen haben müssen, wenn sie ihn zu dem gemacht haben, der er war.

Und daran zu denken, dass alles so einfach hätte sein können, wenn nur …

Er schüttelte sich und war mit seinen Gedanken wieder im Zimmer. Seine Stimme übertönte kaum das Gebläse der Klimaanlage.

»Hast du zufällig die Geschichte mit Keiner verfolgt?«

Guillaume wippte mit der Rückenlehne des Sessels.

»Die Morde hier im Fürstentum, meinst du? Wer, bitte schön, hat die nicht verfolgt? Jeden Abend sitze ich hier und habe Radio Monte Carlo oder Europe 2 eingestellt. Die haben sicher fantastische Zuhörerzahlen im Moment …«

Frank blickte wieder in den Garten. Eine ziemlich energische Brise fuhr raschelnd in die Lorbeerhecke rechts am Mauerring. Er merkte, dass es nicht der Wind, sondern der Ventilator außen an der Klimaanlage war.

Er drehte sich um und sah Guillaume direkt ins Gesicht.

»Stimmt. Fünf Personen sind schon tot. Vier von ihnen auf abscheuliche Weise entstellt. Und bei dieser ganzen Sache haben wir nicht gerade eine gute Figur abgegeben, weil wir weder die leiseste Ahnung haben, wer der Mörder sein könnte, noch wissen, wie wir ihn stoppen könnten. Außer ein paar Indizien, die er uns freiwillig gegeben hat, ist von diesem durchgeknallten Irren nicht die geringste Spur zurückgeblieben, wenn man von einem kleinen Detail mal absieht …«

Mit seinem Schweigen überließ er Nicolas das Wort. Der

Kommissar rückte nach vorn auf die Sofakante und streckte Guillaume eine VHS-Kassette hin, die er aus seiner Jackentasche gezogen hatte.

»Das ist die einzige richtige Spur, die wir haben. Auf dieser Kassette ist etwas, das du bitte für uns untersuchen sollst. Es ist extrem wichtig, Guillaume. Und zwar so wichtig, dass von den Ergebnissen weitere Menschenleben abhängen könnten. Deswegen brauchen wir deine Hilfe und deine Diskretion. Höchste Diskretion, ich hoffe, ich habe mich klar ausgedrückt ...«

Kopfnickend nahm Guillaume die Kassette aus Hulots Händen und hielt sie zwischen den Fingern, als könne sie von einem Moment zum anderen explodieren.

»Was ist auf dieser Kassette drauf?«

Frank sah ihn aufmerksam an. In der Stimme des Jungen war keine Spur von Ironie.

»Das wirst du schon sehen. Aber es ist meine Pflicht, dich darauf hinzuweisen, dass es kein hübsches Schauspiel wird. Ich sage das nur, damit du vorbereitet bist.«

Guillaume entgegnete nichts. Er stand auf und schloss die Vorhänge, damit sich das Sonnenlicht nicht auf dem Fernsehbildschirm spiegelte. Bernsteinfarbenes Licht breitete sich im Zimmer aus. Er setzte sich wieder in den Sessel und schaltete einen Plasmabildschirm und den Computermonitor ein. Die Kassette schob er in einen Rekorder links von sich und drückte eine Taste. Auf dem Bildschirm erschienen zuerst die bunten Streifen, dann die ersten Bilder.

Als die Ermordung von Allen Yoshida vor Guillaumes Augen abzulaufen begann, entschied Frank, ihm den ganzen Film zu zeigen. Sie hätten sofort zu der Stelle übergehen können, die sie interessierte, aber jetzt, wo er den Jungen kannte, wollte er, dass er verstand, mit wem sie es zu tun hatten und wie wichtig seine Rolle in dieser Sache war. Er fragte sich, was wohl in Guillaumes Kopf vorgehen mochte, während er diesen Film sah, wo er selbst in seinem Inneren denselben unveränderten Schrecken empfand wie beim ersten Mal, als er den Film damals angeschaut hatte. Gegen seinen Willen musste er zugeben, dass auf diesem Band eine Art diabolisches Kunstwerk festgehalten war, gemacht, um zu zerstören, nicht, um zu erschaffen, und dennoch nicht frei davon, Gefühle auszulösen.

Nach einer Minute streckte Guillaume seine Hand aus und drückte auf Pause. Der Mörder und sein blutüberströmtes Opfer verharrten in der Haltung, die der Zufall und der Apparat ihnen zugewiesen hatten.

Er drehte sich um und sah sie mit aufgerissenen Augen an.

»Aber … Ist das ein Film, oder ist das alles wahr?«, fragte er mit dünner Stimme.

»Leider ist es hundertprozentig wahr. Ich hatte dir doch gesagt, dass es kein hübsches Schauspiel wird.«

»Schon, aber dieses Blutbad hier übertrifft ja jede Vorstellung. Das kann es doch gar nicht geben.«

»Kann es, kann es. Leider ist es Realität, wie du selber sehen kannst. Und wir versuchen im Moment, diesem Blutbad, wie du es nennst, ein Ende zu machen.«

Frank sah, dass das T-Shirt des Jungen zwei dunkle Flecken unter den Achseln hatte, die vorher noch nicht da waren. Mit der Temperatur im Zimmer konnte das nichts zu tun haben. Höchstwahrscheinlich handelte es sich um eine nervöse Reaktion auf das, was er soeben gesehen hatte.

Der Tod ist kalt und heiß zugleich. Der Tod ist Schweiß und Blut. Der Tod ist leider die einzige wirksame Methode, die das Schicksal gewählt hat, um uns ständig daran zu erinnern, dass es das Leben gibt. Los, Junge, mach weiter, enttäusche uns nicht.

Fast schien es, als habe er diese Gedanken gehört, denn Guillaumes Sessel drehte sich mit einem leisen Quietschen zurück. Er lehnte sich tief in den Sessel, als schütze ihn diese Haltung, als könne er sich so von den Bildern distanzieren, die er gleich wieder sehen würde. Er drückte erneut auf Pause, und die Figuren verloren ihre Unbeweglichkeit, in die sie ein paar Augenblicke lang getaucht waren, sie begannen sich wieder vor ihren Augen zu bewegen, bis zum spöttischen Finale der Verbeugung und dem Schneeeffekt, der das Ende der Aufzeichnungen markierte. Guillaume stoppte das Video.

»Was soll ich für euch tun?«, fragte er, ohne sich umzudrehen.

Am Ton seiner Stimme hörte man, dass er es vorgezogen hätte, nicht da zu sein, jenen Todestanz nicht gesehen zu haben und auch nicht die Verbeugung, mit welcher der Mörder Applaus von einem Publikum der Verdammten zu erwarten schien.

Frank kam näher und blieb hinter dem Jungen stehen.

»Spul das Band zurück, aber so, dass man den Film dabei sieht.«

Guillaume drehte am Regler, und die Bilder liefen schnell zurück. Trotz der Geschwindigkeit und der umgekehrten Laufrichtung, die normalerweise menschliche Bewegungen zur Karikatur, bis hin zur Lächerlichkeit verzerrten, blieb die Dramatik der Aufnahme vollständig erhalten.

»Genau, langsamer, hier ... jetzt stopp mal.«

Ein vorsichtiger Tastendruck brachte das Band ein paar Bilder zu weit hinten zum Stehen.

»Kannst du langsam vorspulen, aber nur ein bisschen?«

Guillaume betätigte leicht den Regler und der Film lief *frame* für *frame* weiter, wie eine Serie von Fotos, die sich langsam überlagern.

»Stopp.«

Frank stellte sich neben Guillaume und berührte mit dem Zeigefinger eine Stelle auf dem Bildschirm.

»Sieh mal, hier ungefähr, auf dem Schrank, da liegt etwas, das eine Schallplattenhülle sein könnte. Man sieht das Bild nicht richtig. Kannst du das so bearbeiten und vergrößern, dass es zu erkennen ist?«

Guillaume langte nach der Computertastatur rechts von ihm, die Augen immer auf den von Frank gezeigten Punkt gerichtet.

»Hmm, ich kann's versuchen. Ist diese Kassette das Original oder eine Kopie?«

»Nein, das Original.«

»Das ist gut. VHS ist nicht gerade das beste Medium, außer es handelt sich ums Original. Erst mal muss ich das Bild digitalisieren. Dabei verliert es ein bisschen Qualität, aber so kann ich es besser bearbeiten.«

Seine Stimme war fest und ruhig. Jetzt, da er in seinem Element war, schien Guillaume den Schock über das, was er eben gesehen hatte, überwunden zu haben. Er begann, mit Hilfe der Maus auf dem Computerbildschirm herumzuklicken. Auf seinem Monitor erschien dasselbe Bild wie auf dem vor Frank. Guillaume tippte kurz auf der Tastatur herum, und das Objekt trat klarer hervor.

»Geschafft. Nun schauen wir mal, was passiert, wenn wir diesen Ausschnitt hier herausarbeiten.«

Mit dem Mauspfeil öffnete er ein schraffiertes Quadrat um den Ausschnitt des Objekts herum, das Frank ihm gezeigt hatte. Er hielt eine Taste auf der Tastatur gedrückt, und der Bildschirm füllte sich mit einer Art elektronischem, völlig sinnlosem Mosaik.

»Man sieht ja gar nichts.«

Die Bemerkung war Frank versehentlich herausgerutscht, und er bereute sie auf der Stelle. Mit hochgezogenen Augenbrauen drehte sich Guillaume in seine Richtung.

»Ruhe, du ungläubiger Mensch. Wir haben doch eben erst angefangen zu arbeiten.«

Ungefähr zehn Sekunden lang tippte er auf der Tastatur herum, und auf dem Bildschirm erschien ein dunkles Plattencover, deutlich genug, um als solches erkennbar zu sein. In der Mitte des Objekts beugte sich als Schatten im Gegenlicht die Silhouette eines Mannes zurück, eine Trompete spielend mit der Körperspannung des Musikers, der zum eigenen und der Zuhörer Entzücken die Reise in die Welt der unerhörten Klänge angetreten hat. Es war der große Moment, in dem der Künstler Ort und Zeit vergisst und nur der Musik nachjagt, deren Opfer und gleichzeitiger Henker er ist. Darunter stand in weißen Buchstaben:

Robert Fulton – Stolen Music.

Frank las das, was auf dem Bildschirm stand, laut vor, als sei im ganzen Raum nur er dazu in der Lage.

»Robert Fulton. *Stolen Music.* Geklaute Musik. Was soll das heißen?«

»Ich hab keinen Schimmer. Und du, Guillaume, kennst du die Platte?«

Die Stimme von Nicolas überraschte ihn. Während Guillaume am Computer herumhantiert hatte, war er vom Sofa aufgestanden und hatte sich unbemerkt hinter sie gestellt.

Der Junge starrte weiterhin das Bild auf dem Monitor an.

»Nie gesehen. Und nie gehört von diesem Robert Fulton. So auf den ersten Blick würde ich sagen, es handelt sich um eine ziemlich alte Jazz-LP, aber ehrlich gesagt habe ich mit dieser Art von Musik nicht viel am Hut.«

Nicolas setzte sich wieder aufs Sofa. Frank strich sich nachdenklich übers Kinn. Er ging im Zimmer auf und ab, die Augen halb geschlossen.

Er begann zu sprechen, aber es war klar, dass er nur laut dachte, der Monolog eines Mannes, der seine Scheinwerfer auch nach hinten strahlen ließ.

»*Stolen Music.* Robert Fulton. Warum musste Keiner während des Tötungsakts unbedingt diese Platte hören? Warum hat er sie mitgenommen? Was ist so besonders an ihr?«

Das Schweigen der Fragen, die keine Antwort finden, bricht ein in den Raum, das Schweigen, von dem der Geist sich nährt, während er unendliche Strecken auf der Suche nach einem Hinweis, einer Spur, einem Zeichen verschlingt, das Schweigen der starren Augen bei der Ausschau nach einem Punkt, der sich immer weiter entfernt, statt sich zu nähern.

In seinem Kopf regte sich das finstere Schreckgespenst eines *déjà vu,* ratlose Gesichter vor einem stummen Plattencover in dramatischer Ergebnislosigkeit, dann die Unterbrechung des ratlosen Schweigens durch das Läuten des Telefons, als es einen weiteren Mord zu verkünden galt …

Das Geräusch von Guillaumes Fingern auf der Tastatur signalisierte das Ende jener Pause, die nur vom ahnungslosen Wirbel der Klimaanlage gestört worden war.

»Hier ist vielleicht was …«

Frank drehte ihm mit einem Ruck den Kopf zu, der Blick eines Hypnotisierten, der gerade das Schnipsen der Finger gehört hat, das ihn aus seinem tranceartigen Zustand holt.

»Was?«

»Einen Augenblick, lasst mich mal was überprüfen …«

Er spulte das Band an den Anfang zurück und sah es sich noch einmal sehr langsam an, wobei er es manchmal zu einem Standbild einfror und mit einer Zoomfunktion irgendein Detail, das ihn interessierte, hervorhob.

Trotz der Kühle des Raumes spürte Frank, wie seine Schläfen pochten. Er wusste nicht, was Guillaume herausbekommen wollte, aber was immer es war, er musste es schnell tun, viel schneller als jetzt.

Der Junge fror das Bild an einer Stelle ein, wo der Mörder über Allen Yoshida gebeugt war, in einer Haltung, die man in einer anderen Situation für vertraulich gehalten hätte. Wahrscheinlich flüsterte er ihm gerade etwas ins Ohr. Frank bedauerte, dass sie es nicht mit einem Tonfilm zu tun hatten, auch wenn Keiner viel zu gerissen war, um ihnen eine Probe seiner natürlichen Stimme, sosehr sie auch durch das Wollgewebe seiner Kopfbedeckung gefiltert werden mochte, zu hinterlassen.

Er ging wieder an den Computer und zog das Bild, das er am Schirm eingefroren hatte, auf den Flüssigkristallmonitor. Mit dem Pfeil der Maus aktivierte er einen Teil des Bildschirms und tippte dann wieder auf der Tastatur herum. Es entstand ein ähnlicher Fleck wie vorher, kunterbunt zusammengesetzt aus vielen farbigen Einzelstücken, wie er auch der Fantasie eines besoffenen Künstlers hätte entspringen können.

»Das, was ihr seht, sind *Pixel*. Lauter kleine Punkte, aus denen sich das Bild zusammensetzt, so eine Art Puzzle eben. Wenn man es stark vergrößert, bleibt es unscharf und man kapiert gar nichts mehr. Aber wir …«

Eifrig tippte er wieder herum, Tastatur und Maus immer im Wechsel.

»Wir haben hier ein Programm, das defragmentierte *Pixel* der Vergrößerung überprüft und sie wieder zusammenfügt. Nicht umsonst hat mich diese Kiste hier ein Vermögen gekostet. Komm, mein Kleiner, enttäusch mich nicht …«

Er drückte die Enter-Taste. Das Bild wurde etwas heller, blieb aber nach wie vor unscharf und war nicht zu entziffern.

»So nicht, mein Freundchen! Nun wollen wir doch mal sehn, wer von uns beiden der Schlauere ist.«

Guillaume zog mit einem Ruck den Stuhl an den Monitor, drohend. Er fuhr sich mit der Hand durchs Haar und legte sie wieder auf die Tastatur. Ungefähr zehn Sekunden lang tippte er wild darauf herum, dann stand er auf und hantierte an den Apparaten auf den Regalen herum, drückte Knöpfe, drehte an Reglern, ließ rote und grüne LEDs aufleuchten.

»So, wenn ich das richtig gesehen habe ...«

Er setzte sich wieder in den Sessel und rückte vor den Monitor, auf dem das Standbild zu sehen war. Nachdem er ein paar Knöpfe gedrückt hatte, erschienen nebeneinander zwei Bilder, das eine, das er vom Plattencover gezogen hatte, und das andere, das er gerade bearbeitete. Mit dem Finger berührte er das erste.

»Genau, seht ihr das hier? Ich hab's überprüft, das hier ist das einzige Bild, auf dem die Plattenhülle richtig zu sehen ist. Zwar nicht ganz, wie ihr sehen könnt, weil links oben der Ärmel vom Mann mit dem Messer es verdeckt. Beim Vergrößern haben wir das nicht gemerkt, weil seine Kleidung genauso dunkel ist wie das Cover. Aber an den zwei Wänden sind Spiegel, und das Spiegelbild der Schallplatte wird von dem einen zum anderen reflektiert. Irgendwie gab es da einen leichten Farbunterschied im Vergleich zu dem Bild, das ich direkt vom Video gezogen hatte ...«

Guillaume ließ wieder seine Finger über die Tastatur gleiten.

»Mir schien, dass auf dem Ausschnitt mit dem Spiegelbild, den wir hier ganz sehen, dass genau hier oben in der Mitte ein Etikett auf der Plattenhülle klebt ...«

Er drückte die Enter-Taste mit der Vorsicht desjenigen, der die Rakete zur Zerstörung der Welt freigibt. Vor ihren Augen fügte sich ganz langsam der verschwommene Fleck auf dem Bildschirm zusammen und nahm Gestalt an. Auf einem goldenen Hintergrund erschien eine dunkle Schrift, leicht verzerrt und unscharf, aber lesbar.

»Das Etikett des Plattenladens zum Beispiel. Hier, Disque à Risque, Cours Mirabeau, weiß der Kuckuck, wo das ist. Aix-en-Provence. Die Hausnummer kann man nicht erkennen. Die Telefonnummer auch nicht. Tut mir Leid, aber das müsst ihr selber rauskriegen.«

In Guillaumes Stimme lag ein Hauch von Triumph. Er drehte sich zu Hulot um mit der Geste des Akrobaten, der nach einem Salto mortale sein Publikum grüßt.

Frank und Nicolas waren sprachlos.

»Guillaume, du bist ein Phänomen!«

Der Junge zuckte mit den Schultern und lächelte.

»Ach nee, wir wollen mal nicht übertreiben, ich bin ganz einfach nur das Beste, was der Markt zu bieten hat.«

Frank lehnte sich an den Sessel und beugte sich leicht zum Bildschirm vor. Ungläubig las er noch einmal die Schrift auf dem Monitor. Nach all dem Nichts hatten sie jetzt endlich etwas. Nach all dem Herumirren auf den Meeren erschien am Horizont ein dunkler Strich, der Land sein könnte, aber auch eine wirre Ansammlung von Wolken. Diese sahen sie nun mit angsterfüllten Augen an, wie jemand, der den Spott einer weiteren Illusion befürchtet.

Nicolas erhob sich vom Sofa.

»Kannst du uns die Bilder ausdrucken?«

»Klar, kein Problem. Wie oft?«

»Viermal müsste eigentlich reichen, für alle Fälle.«

Guillaume machte sich am Computer zu schaffen, und ein Drucker setzte sich mit einem dumpfen Ruck in Bewegung. Während die Seiten nacheinander in die Ablage glitten, erhob er sich vom Sessel.

Frank trat vor den Jungen und suchte seinen Blick, wobei er dachte, dass es manchmal und bei bestimmten Personen nicht vieler Worte bedurfte.

»Du kannst dir gar nicht vorstellen, was du heute Nachmittag für uns und vielleicht für viele andere getan hast. Gibt es etwas, das *wir* für dich tun können?«

Ohne etwas zu sagen, kehrte Guillaume ihm den Rücken zu. Er nahm die Videokassette aus dem Rekorder, drehte sich um, streckte sie Frank nachdrücklich hin, ohne seinem Blick auszuweichen.

»Nur eins. Fasst den Mann, der das alles hier getan hat.«

»Darauf kannst du wetten. Und das wird auch dir zu verdanken sein.«

Als Nicolas die Fotos aus dem Drucker nahm, schwang in seiner Stimme zum ersten Mal seit langem ein optimistischer Ton mit.

»Gut, ich glaube, wir haben jetzt was zu tun. Ganz schön was zu tun. Du musst uns nicht zur Tür bringen, wenn du arbeiten musst. Ich kenne den Weg.«

»Geht ruhig. Für heute reicht's mit Arbeiten. Ich schalte hier alles aus und dreh eine Runde mit dem Motorrad. Nach all dem, was ich gesehen habe, ist mir die Lust vergangen, hier allein rumzusitzen ...«

»Adieu, Guillaume, nochmals danke.«

Draußen empfing sie der träge Sonnenuntergang über dem Garten, der wie verzaubert schien, nach diesen Bildern des Grauens, die sie eben nochmal gesehen hatten. Die warme frühsommerliche Brise wehte vom Meer her, hinweg über die bunten Flecken der Blumenbeete, das leuchtende Grün des Rasens, das dunklere Grün der Lorbeerhecke.

Frank bemerkte, dass aufgrund eines bizarren Farbzufalls keine einzige Blume rot war, rot wie die Farbe des Blutes. Er nahm dies als gutes Omen und lächelte.

»Warum lachst du?«, fragte Nicolas.

»Ach, nur ein dummer Gedanke. Kümmere dich nicht darum. Vielleicht ein vager Anflug von Optimismus, nach dem, was Guillaume uns gerade mitgegeben hat.«

»Klasse Kerl – er ...«

Frank schwieg. Er wusste, dass Nicolas über die Sache noch nicht hinweg war.

»Er war der beste Freund meines Sohnes. Sie waren sich sehr ähnlich. Jedes Mal, wenn ich Guillaume sehe, denke ich zwangsläufig, dass Stéphane höchstwahrscheinlich so geworden wäre wie er, wenn er noch lebte. So kann ich auf eine etwas indirekte Weise weiterhin stolz sein auf meinen Sohn ...«

Frank wandte ihm nicht den Blick zu, um nicht die Tränen zu sehen, die er in seiner Stimme hörte.

Das kurze Stück zum Auto gingen sie schweigend. Als sie drin saßen, nahm Frank die Ausdrucke, die der Kommissar auf dem Armaturenbrett deponiert hatte, und betrachtete sie, um ihm Zeit zu geben, sich wieder zu fangen. Während Hulot den Motor anließ, legte er sie wieder dorthin, wo er sie weggenommen hatte, und lehnte sich zurück. Sie schnallten sich an, und er merkte, dass er aufgeregt war.

»Nicolas, kennst du Aix-en-Provence?«

»Kein Stück.«

»Dann wäre es besser, du besorgst dir einen Stadtplan, wenn du ankommst. Ich denke fast, du wirst eine kleine Reise machen müssen, mein Freund.«

38

Hulots Wagen hielt an der Rue Princesse Florestine, Ecke Rue Suffren Raymond, wenige Meter von der Polizeizentrale entfernt. Ironie des Schicksals, hing neben ihnen ein Werbeplakat, das versprach »Peugeot 206 – Enfant terrible«.

Nicolas wies mit dem Kinn hinüber. Auf seinen Lippen lag ein verschmitztes Lächeln.

»Sieh mal da, das richtige Auto für den richtigen Mann.«

»Okay, *enfant terrible*. Von nun an liegt alles in deinen Händen. Halt dich ran.«

»Ich melde mich, wenn ich was rauskriege.«

Frank öffnete die Tür und stieg aus. Durch das Fenster zeigte er mit ausgestrecktem Finger auf den Kommissar.

»Nicht, *wenn* du was rauskriegst. *Sobald* du was rauskriegst. Oder hast du dic Sache mit dem Urlaub ernst genommen?«

Hulot legte zwei Finger an die Stirn zum Zeichen des Grußes. Frank schloss die Tür und blieb einen Moment stehen, um dem Wagen hinterherzuschauen, der sich in Gang setzte und im Verkehr verschwand.

Die Spur aus dem Video hatte einen Hauch von Optimismus in die abgestandene Luft der Ermittlungen getragen, aber sie war zu schwach, um wirklich etwas Handfestes zu sein. Frank konnte vorerst nichts tun, als die Daumen zu drücken.

Er ging zu Fuß die Rue Suffren Raymond entlang und begab sich zur Zentrale. Auf der Rückfahrt von Eze-sur-Mer hatte er einen Anruf von Roncaille bekommen, der ihn wegen »wichtiger Entscheidungen« in sein Büro beorderte. Frank hatte den Tonfall vernommen und konnte sich die Stimmung in der Sitzung lebhaft vorstellen. Der Misserfolg der vergangenen Nacht, das neue Opfer, oder besser, die neuen Opfer, die zur Suspendierung Hulots beigetragen hatten, dürften nicht einmal an den Köpfen von Roncaille und Durand spurlos vorübergegangen sein.

Er betrat die Zentrale und ging am Wachtposten vorbei, der ihn, ohne ihn eines Blickes zu würdigen, passieren ließ. Im Moment gehörte er zum Haus. Wie lange noch, konnte man nicht wissen, aber im Moment war es so.

Als er vor Roncailles Büro stand, klopfte er, und die Stimme des Polizeipräsidenten hieß ihn eintreten.

Frank öffnete die Tür und war nicht besonders erstaunt, den Generalstaatsanwalt Durand vorzufinden. Umso verblüffter war er über die Anwesenheit von Dwight Durham, dem amerikanischen Konsul. Nicht dass dem nicht einige Berechtigung zukäme, aber er hätte gedacht, dass die diplomatischen Verwicklungen auf einer anderen Ebene diskutiert und entschieden würden, weit oberhalb der Kompetenzen, die ihm als Ermittler, der in diesen Fall eingebunden worden war, zukamen. Die Anwesenheit von Durham in diesem Raum war ein überdeutliches Signal der amerikanischen Regierung, sei es, dass Nathan Parker offiziell und mit Hilfe seiner Beziehungen alle Hebel in Bewegung gesetzt hatte, sei es wegen der Morde an Bürgern der Vereinigten Staaten auf dem Territorium des Fürstentums. Den letzten Ausschlag gab vielleicht die wenig erfreuliche Visitenkarte eines Captains der US-Army, der wegen Mordes angeklagt und im Moment in einem monegassischen Gefängnis festgehalten wurde.

Als er eintrat, erhob sich Roncaille, wie er es im Übrigen immer und bei jedem tat.

»Kommen Sie, Frank, sehr erfreut, Sie zu sehen. Ich vermute, dass Sie nach der letzten Nacht Mühe hatten zu schlafen, wie wir alle.«

Frank drückte die ihm hingestreckte Hand. Der Blick, den Durham ihm heimlich zuwarf, ließ einen ganzen Haufen an Hintergedanken erahnen, deren Inhalt nicht schwer zu erraten war. Er setzte sich in einen Ledersessel. Das Büro war wenig größer als das von Hulot und hatte zusätzlich zu den Sesseln auch noch ein Sofa, aber es unterschied sich nicht sonderlich von den meisten anderen Büros der Polizeizentrale. Die einzige Konzession an seine Rolle als Direktor der Sûreté waren ein paar Bilder an den Wänden, sicher Originale, deren Wert Frank aber nicht einzuschätzen wusste. Roncaille setzte sich wieder hinter seinen Schreibtisch.

»Ich nehme an, Sie haben auch die Zeitungen gesehen und das, was über die letzten Ereignisse geschrieben wurde.«

Frank zuckte mit den Schultern.

»Nein, zugegebenermaßen hielt ich das für überflüssig. Die Presse hat ihre eigene Logik, die gewöhnlich die Perspektive des Bürgers und des Verlegers berücksichtigt. Einem Ermittler nützt sie nur äußerst selten. Es ist nicht mein Job, Zeitungen zu lesen. Und auch nicht, sie um jeden Preis mit Stoff zu beliefern ...«

Durham nahm eine Hand vor den Mund, um ein Grinsen zu verbergen. Vermutlich erkannte Durand in Franks Worten einen eindeutigen Bezug auf Hulots Zwangsbeurlaubung und fühlte sich zu einer Klarstellung veranlasst.

»Frank, ich weiß, wie Sie über die Sache mit Kommissar Hulot denken. Mir hat es auch nicht gefallen, Maßnahmen zu ergreifen, die ich zumindest als unpopulär bezeichnen würde. Ich weiß, wie sehr Hulot in Polizeikreisen geschätzt wird, aber Sie müssen verstehen ...«

Mit einem leisen Lächeln auf den Lippen unterbrach ihn Frank.

»Natürlich verstehe ich. Sehr gut sogar. Und ich möchte nicht, dass das ein Problem ist.«

Roncaille bemerkte, dass die Unterhaltung zu entgleisen drohte und die Worte einen gefährlichen Schwung bekamen. Seiner persönlichen Veranlagung gemäß beeilte er sich geflissentlich, rote Teppiche auszurollen und Ambrosia zu verteilen.

»Es gibt kein Problem, und es darf kein Problem zwischen uns geben, Frank. Die Bitte um und das Angebot der Zusammenarbeit gilt rundum, in vollstem Vertrauen und absolut. Monsieur Durham ist hier, um Ihnen genau das zu bestätigen.«

Der Konsul lehnte sich im Sessel zurück und tippte sich mit dem Zeigefinger auf die Nasenspitze. Er war in einer privilegierten Lage und tat alles, um das nicht auch noch zu unterstreichen und Frank nicht das Gefühl zu geben, allein zu sein. Frank empfand spontan dieselbe Sympathie und Achtung für ihn wie bei seinem kurzen Besuch im Parc Saint-Roman.

»Frank, es ist nicht ratsam, sich hinter Ausflüchten zu verschanzen. Die Lage ist höchst verzwickt. Das war sie sowieso schon, noch bevor es zu diesem ... nennen wir es Unfall, von Captain Mosse kam, der zu allem Überfluss die Karten neu gemischt hat. Zumindest das scheint ein abgeschlossenes Kapitel zu sein, das die zuständigen Diplomaten in der für sie angemessenen Art und Zeit lösen werden. Und was diesen Monsieur Keiner betrifft, wie die Presse ihn getauft hat, na ja ...«

Er drehte sich zu Durand um, als sei es seine Aufgabe, den Vortrag zu Ende zu führen. Der Generalstaatsanwalt sah Frank an, dem sich der Eindruck aufdrängte, als würde er lieber zur Hauptsendezeit seinen Arsch im Fernsehen zeigen als die Worte sagen, die er gleich sagen würde.

»In gegenseitigem Einvernehmen haben wir beschlossen, die weiteren Ermittlungen in Ihre Hände zu legen. So wie es aussieht, ist keiner besser geeignet als Sie. Sie sind ein Agent mit einem außerordentlichen Werdegang, exzellent würde ich sagen. Sie verfolgen die Ermittlungen von Anfang an, Sie kennen die Hauptfiguren und die in den Fall verwickelten Personen, deren Vertrauen Sie genießen. Inspektor Morelli wird Ihnen als Vertreter der Sûreté und als Verbindungsmann zu den Behörden des Fürstentums zur Seite gestellt, ansonsten haben Sie freie Hand. Sie werden mir und Roncaille über den weiteren Verlauf der Ermittlungen Bericht erstatten, und Ihnen muss klar sein, dass Ihr Ziel auch das unsere ist: Wir müssen den Mörder fassen, bevor es zu weiteren Opfern kommt.«

Durand beendete seine Predigt mit einem Gesicht, als habe er soeben ein unglaubliches Zugeständnis gemacht und einem ungezogenen Kind erlaubt, ein zweites Mal beim Nachtisch zuzulangen.

Frank gab sich förmlich, ungefähr so, wie Roncaille und Durand es von ihm erwarteten, dabei hätte er sie am liebsten geküsst und an die römischen Soldaten ausgeliefert, um die sechzig Silberlinge Belohnung ohne eine Spur von Reue zu verjubeln.

»Gut. Ich denke, ich sollte mich geehrt fühlen, und das tue ich auch. Leider ist der Massenmörder, den wir jagen, von einer fast übermenschlichen Gerissenheit. Bisher hat er sich nicht den allerkleinsten Fehler erlaubt. Und man kann durchaus sagen, dass er sich ganz schön rumgetrieben hat, in einem so kleinen und gut gewappneten Umfeld, was die Organisation der Polizei angeht ...«

Roncaille nahm die Anerkennung der lokalen Polizei als Selbstverständlichkeit hin. Er stützte die Ellbogen auf den Schreibtisch und beugte sich leicht zu ihm vor.

»Sie können Kommissar Hulots Büro nutzen. Wie ich schon sagte, Inspektor Morelli steht Ihnen zur Verfügung. Sie werden dort sämtliche Unterlagen über den Fall finden, die Berichte von der Spurensicherung über die letzten beiden Morde, den an Roby Stricker eingeschlossen. Die Gutachten der Autopsie sind schon unterwegs und müssten morgen früh auf dem Tisch liegen. Falls nötig, wird Ihnen ein Dienstwagen mit dem Schild ›Polizeiwagen im Dienst‹ zur Verfügung gestellt.«

»Um ehrlich zu sein, wäre das sehr hilfreich für mich.«

»Morelli wird dafür sorgen, dass Sie einen Wagen neben dem Eingang vorfinden. Noch eine letzte Sache ... Sind Sie bewaffnet?«

»Ja, ich habe eine Pistole.«

»Gut. Wir stellen Ihnen eine Dienstmarke zur Verfügung, die Ihnen sämtliche Rechte im gesamten Fürstentum garantiert. Viel Glück, Frank.«

Frank wusste, dass die Sitzung, zumindest was ihn betraf, beendet war. Die Dinge, welche die drei noch zu besprechen hatten, betrafen ihn vielleicht auch, interessierten ihn aber absolut nicht. Er erhob sich, schüttelte allen Anwesenden die Hände und begab sich auf den Flur. Während er runter in Hulots Büro ging, dachte er nochmal an die Neuigkeiten vom Nachmittag.

Zunächst gab es da die neue Spur, zu der ihnen Guillaume Mercier verholfen hatte. Das Detail, das bei der Analyse des Films ans Licht gekommen war, hatte sie auf eine unbezahlbare Fährte geführt. In der Welt der Blinden war der Einäugige König. In der Welt der Unwissenden konnten ein Name und eine Adresse den Unterschied ausmachen zwischen Leben und Tod einer Person. Im Gegensatz zu Nicolas erlebte er die Spur eher ängstlich als hoffnungsfroh. Es war, als stießen ihn hundert Hände von hinten an, damit er immerfort weiterlaufe, während hundert ununterscheidbare Stimmen sinnlose Worte in seine Ohren flüsterten. Worte, die er hätte verstehen müssen, und die er nicht verstand in seinem Lauf, den er nicht zu stoppen vermochte.

Die wenigen Chancen, die sie hatten, lagen nun in der Hand von Nicolas Hulot, dem Kommissar auf Urlaub, der jetzt in seiner Freizeit möglicherweise mehr entdecken würde als in der Zeit, die er offiziell im Dienst der Untersuchung gestanden hatte.

Der zweite Gedanke galt Helena Parker. Was wollte sie von ihm? Warum flößte ihr Vater ihr solche Angst ein? Und wie war ihr Verhältnis zu Captain Mosse? So, wie er sie an dem Tag der Schlägerei behandelt hatte, war klar, dass ihr Verhältnis über die normale Vertrautheit zwischen der Tochter eines Generals und einem seiner Untergebenen hinausging, so sehr schien er schon Teil der Familie zu sein. Und vor allem, inwieweit stimmte die von ihrem Vater verbreitete Geschichte von der psychischen Labilität der Frau?

Diese Fragen schlichen sich in Franks Gehirn, obwohl er versuchte, den Gedanken an Helena Parker zu vertreiben, als unpassendes Störelement, das die einzige Funktion hatte, seine Aufmerksamkeit von Keiner und den Ermittlungen abzulenken, in die er von nun an hauptverantwortlich verwickelt war.

Ohne anzuklopfen öffnete er die Tür zu Nicolas' Büro. Es war nun das seine, und er war berechtigt dazu. Morelli saß am Schreibtisch und erhob sich mit einem Ruck, als er ihn eintreten sah. Es entstand ein Moment der Verlegenheit zwischen ihnen. Frank hielt eine kurze Erklärung für angebracht, damit deutlich wurde, auf wessen Seite jeder von ihnen stehen wollte.

»Salut, Claude.«

»Salut, Frank.«

»Weißt du schon das Neueste?«

»Ja, Roncaille hat mir alles erzählt. Ich bin froh, dass du die Ermittlungen leiten wirst, auch wenn ...«

»Auch wenn?«

Morelli stand fest wie der Fels von Gibraltar, als er diese Worte aussprach:

»Auch wenn ich das, was die mit Kommissar Hulot gemacht haben, wirklich niederträchtig finde.«

Frank lächelte.

»Wenn ich ehrlich bin, ich auch, Claude.«

Sollte dies ein Test gewesen sein, so hatten wohl beide bestanden. Die Atmosphäre im Raum war spürbar entspannter. Im Moment der Entscheidung hatte Morelli sie so getroffen, wie Frank es erwartet hatte. Er fragte sich, bis zu welchem Punkt er ihm vertrauen und ob er ihn von den letzten Neuigkeiten und von Nicolas' inoffizieller Aktion unterrichten sollte. Er entschied, es für den Moment erst mal dabei zu belassen und das Glück nicht zu sehr herauszufordern. Morelli war ein fähiger und tüchtiger Polizist, aber er stand immer noch im Dienst der Sûreté Publique des Fürstentums Monaco. Ihm allzu viel zu verraten konnte bedeuten, ihn automatisch in Schwierigkeiten zu bringen, falls es irgendwelche Scherereien geben würde. Und das hätte der gute Morelli nicht verdient.

Der Inspektor wies auf eine Akte auf dem Schreibtisch.

»Die Befunde der Gerichtsmedizin sind gekommen.«

»Hast du sie schon gelesen?«

»Ich hab kurz reingeschaut. Es steht nichts drin, was wir nicht schon vorher wussten. Gregor Yatzimin wurde genauso getötet wie die anderen, ohne dass irgendeine Spur hinterlassen wurde. Keiner setzt zielstrebig seinen Weg fort, aber seine Aufmerksamkeit lässt nicht nach.«

Das ist nicht richtig, Claude, nicht in dieser Absolutheit. Gestohlene Musik hängt in der Luft …

»Es bleibt nicht viel zu tun. Das Einzige, was wir machen können, ist, weiterhin den Sender zu überwachen. Also höchste Alarmstufe, Spezialkommando in Bereitschaft und der ganze Rest. Bist du einverstanden?«

»Klar.«

»Ich hätte eine Bitte an dich.«

»Sag schon, Frank.«

»Wenn es für dich okay ist, würde ich dich heute Abend allein zum Radiosender schicken, um die Situation zu beobachten. Ich glaube nicht, dass etwas passieren wird. Der Mord letzte Nacht hat den Akku unseres Kunden wieder aufgeladen, und mindestens so lange, wie diese Wirkung anhält, wird er friedlich sein. Bei Serienmördern ist das meistens die Erklärung für die Abstände zwischen den einzelnen Taten. Ich werde mir die Sendung anhören und jederzeit übers Handy erreichbar sein, aber ich brauche einen freien Abend. Würdest du das machen?«

»Kein Problem, Frank.«

Frank fragte sich, wie die Sache zwischen Morelli und Barbara wohl lief. Es schien ihm, als sei die Schwäche des Inspektors für die junge Frau auf fruchtbaren Boden gefallen, aber die Ereignisse hatten das Ganze womöglich in den Hintergrund gedrängt. Morelli schien nicht der Typ zu sein, der seine Arbeit wegen Gefühlsangelegenheiten vernachlässigte, auch wenn sie von so attraktiven Personen vertreten wurden wie Barbara.

»Man hat mir einen Dienstwagen versprochen. Würdest du nachsehen, ob das Versprechen gehalten wurde?«

»Okay.«

Der Inspektor verließ den Raum, und Frank blieb allein. Er holte das Portemonnaie aus der Innentasche der Jacke und zog einen gefalteten Zettel heraus. Es war ein Fetzen jenes Briefes, den General Parker ihm nach ihrem ersten Treffen auf dem Platz von Eze-Village beim Pförtner hinterlassen hatte und auf den er seine Telefonnummern notiert hatte.

Einen Moment lang starrte er ihn an. Schließlich entschied er sich. Er nahm das Handy und wählte die Nummer vom Festnetz. Nach ein paarmal Läuten ertönte aus dem Hörer die Stimme von Helena Parker.

»Hallo?«

»Salve. Hier ist Frank Ottobre.«

Es gab eine kurze Pause, bevor die Antwort kam.

»Schön, dass Sie anrufen.«

Frank ging nicht auf die Bemerkung ein.

»Haben Sie schon zu Abend gegessen?«

»Nein, noch nicht.«

»Ist das eine Angewohnheit, die Sie nicht mehr pflegen, oder glauben Sie, Sie könnten sie wieder in Ihr Programm aufnehmen, heute Abend?«

»Ich glaube, über diesen Vorschlag ließe sich nachdenken.«

»Dann würde ich Sie in einer Stunde abholen, wenn die Zeit Ihnen recht ist.«

»Mehr als recht. Ich erwarte Sie. Vermutlich erinnern Sie sich an die Adresse, oder?«

»Natürlich. Bis gleich.«

Frank legte auf. Er starrte das Handy an, als könne er just in diesem Moment auf dem Display die Frau auf ihrem Weg durchs Haus beobachten. Während er das Motorola zuklappte, kam er nicht umhin, sich zu fragen, in welchen Schlamassel er sich da wieder begab.

39

Frank parkte auf dem kleinen Stück Schotterweg, der zu Helena Parkers Haus führte, und stellte den Motor des Mégane, den ihm die Polizei überlassen hatte, ab. Der Wagen trug keine offiziellen Erkennungsmerkmale. Der einzige Unterschied zu einem Privatwagen war das Polizeifunkgerät, das ihm die Kommunikation mit der Zentrale ermöglichte. Morelli hatte es ihm erklärt und ihm die Frequenzen gezeigt, die von der Polizei genutzt wurden.

Während er nach Beausoleil hochfuhr, zu dem Haus, das der General gemietet hatte, kündigte er Helena telefonisch an, dass er gleich da sein würde.

Zuvor hatte er Morelli zum Sender gefahren, und gemeinsam hatten sie sich vergewissert, dass alles vorbereitet war. Bevor Frank ging, hatte er Pierrot zur Seite genommen und war mit ihm in das kleine Büro mit der Glastür neben dem Eingang gegangen.

»Pierrot, kannst du ein Geheimnis für dich behalten?«

Der Junge hatte ihn ängstlich angesehen, die Augen halb geschlossen, als würde er gerade darüber nachdenken, ob diese Frage für ihn zu meistern sei.

»Ein Geheimnis heißt, dass ich es keinem sagen darf?«

»Genau. Du bist ja jetzt auch ein Polizist und an den polizeilichen Ermittlungen beteiligt, und Polizisten dürfen keinem etwas von ihren Geheimnissen sagen. Das ist *top secret*. Weißt du, was das heißt?«

Der Junge hatte mit dem Kopf ein heftiges Nein signalisiert, wobei er seine drolligen, widerspenstigen Haare schüttelte, denen eine Schere sicher mal wieder gut getan hätte.

»Das heißt, es ist so geheim, dass nur du und ich es wissen dürfen. Einverstanden, Polizeiwachtmeister Pierrot?«

»Oui, Monsieur.«

Er war mit der Hand an die Schläfe gefahren, zum Zeichen eines militärischen Grußes, wie er es vermutlich in irgendeinem Fernsehfilm mal gesehen hatte. Frank hatte das Foto von der Schallplatte, das Guillaume von dem Video gezogen hatte, herausgeholt.

»Ich werde dir jetzt ein Plattencover zeigen. Kannst du mir sagen, ob diese Platte in dem Zimmer ist?«

Er hatte das Bild Pierrot vors Gesicht gehalten, der wieder die Augen zusammenkniff, wie er es immer tat, wenn er sich konzentrieren wollte. Als er den Kopf gehoben und ihn angesehen hatte, war auf seinem Gesicht keine positive Reaktion abzulesen. Er hatte den Kopf geschüttelt.

»Nicht da.«

Frank hatte seine Enttäuschung verborgen, um sie nicht auf Pierrot zu übertragen. Er hatte so getan, als sei die Verneinung in jedem Fall ein Erfolg.

»Sehr gut, Polizeiwachtmeister Pierrot. Sehr, sehr gut. Du kannst jetzt gehen, und vergiss nicht, absolut geheim!«

Pierrot hatte beide Zeigefinger auf den Lippen gekreuzt, um sein Schweigen zu beschwören, und hatte dann den Raum in Richtung Regiekabine verlassen. Frank hatte das Foto wieder in die Tasche gesteckt, war gegangen und hatte Morelli die Kontrolle über die Situation überlassen. Beim Rausgehen war Barbara in einem schwarzen und besonders gewagten Kleid auf ihn zugetreten, um mit ihm zu sprechen.

Während er an die menschlichen Instinkte von Inspektor Morelli dachte, öffnete sich das Hoftor, und die Gestalt von Helena Parker erschien.

Frank sah sie nach und nach aus dem Halbschatten jenseits der Reichweite der Scheinwerfer treten.

Zuerst ihre graziöse Figur, die Schritte auf dem Kies, der absolut sichere Gang über den lockeren Boden. Dann ihr Gesicht unter der Fülle blonder Haare zwischen den Schatten der Äste und der Haarsträhnen, und dann die Augen, jene Augen, in die jemand Traurigkeit gesät zu haben schien, um sie dann in der ganzen Welt zu verstreuen. Frank fragte sich, was sich hinter diesem zerrissenen Schleier verbergen mochte. Welche Leiden, welche und wie viele Momente nicht gewählter Einsamkeit oder nicht erbetener Gesellschaft, wie viel simples Überleben anstelle eines wahren Lebens.

Vermutlich würde er es bald schon wissen, doch er fragte sich, bis zu welchem Punkt er es überhaupt wissen wollte. Auf einen Schlag realisierte er, was Helena Parker für ihn bedeutete. Es kostete ihn einige Mühe, sogar sich selbst gegenüber, seine Angst einzugestehen. Er fürchtete, dass die Geschichte mit Harriet ihn endgültig zum Feigling gemacht hatte. Wenn dem so war, dann konnte er mit tausend Waffen herumlaufen und tausend Menschen verhaften oder töten, dann konnte er sein ganzes Leben lang rennen, aber so schnell er auch rannte, er würde es nie wieder schaffen, sich selbst einzuholen. Wenn er nichts unternahm, wenn nichts geschah, dann würde diese Angst nie mehr verschwinden.

Er stieg aus dem Wagen und ging auf die andere Seite, um ihr die Tür zu öffnen. Helena Parker trug einen dunklen Hosenanzug mit schmalem Stehkragen und einem Hauch von Orient, den ein Stardesigner perfekt einzufangen gewusst hatte. Dennoch zeugte ihre Kleidung nicht von Reichtum, sondern schlicht von gutem Geschmack. Frank fiel auf, dass sie praktisch keinen Schmuck trug, und geschminkt war sie, wie jedes Mal, wenn er sie sah, so zart, dass es eigentlich kaum wahrzunehmen war.

Sie blieb neben ihm stehen, angekündigt von ihrem geheimnisvollen Duft, der direkt aus der Nacht zu kommen schien.

»Guten Abend, Frank. Ich danke Ihnen, dass Sie ausgestiegen sind, um mir die Tür zu öffnen, aber fühlen Sie sich nicht jedes Mal dazu verpflichtet.«

Helena stieg ein und hob den Kopf zu ihm, der noch immer an der geöffneten Wagentür stand.

»Es ist nicht nur aus reiner Höflichkeit …«

Frank wies mit dem Kopf auf den Mégane.

»Das hier ist ein französischer Wagen. Wenn man das spezielle *savoir faire* nicht beherrscht, springt der Motor nicht an.«

Helena schien diese Avancen zu goutieren und betonte ihre Zustimmung mit einem kurzen Lachen.

»Sie überraschen mich, Mister Ottobre, vor allem in einem Zeitalter, da geistreiche Männer scheinbar vom Aussterben bedrohte Exemplare sind.«

Ihr Lächeln kam Frank kostbarer vor als jedes Schmuckstück, das jemals von einer Frau getragen worden war. Und angesichts dieses Lächelns fühlte er sich mit einem Schlag allein und entwaffnet.

Das ging ihm durch den Kopf, während er auf die andere Seite ging und einstieg. Beim Starten des Motors fragte er sich, wie lange das Geplänkel zwischen ihnen dauern würde, bevor sie zum eigentlichen Grund ihres Treffens kämen. Er fragte sich auch, wer von beiden zuerst den Mut aufbringen würde, es anzugehen.

Er sah das Profil von Helena, die Licht und Dunkel der Scheinwerfer entgegenkommender Autos spiegelte, ohne zu wissen, dass es dasselbe Licht und dasselbe Dunkel der Gedanken des Mannes war, der neben ihr saß. Sie drehte ihren Kopf und erwiderte seinen Blick. Im Halbschatten war jede Spur von Freude aus ihren Augen verschwunden, die wieder wurden, was sie immer waren.

Frank begriff, dass sie den Startschuss geben würde.

»Ich kenne Ihre Geschichte, Frank. Von meinem Vater wurde ich gezwungen, sie zu kennen. Alles, was er weiß, muss auch ich wissen, alles, was er ist, muss auch ich sein. Tut mir Leid, ich fühle mich wie ein Eindringling in Ihr Leben, und das ist kein erhebendes Gefühl.«

Frank kam das Gerede der Leute in den Sinn, wonach den Männern im Verhältnis zu den Frauen immer die Rolle des Jägers zukam. Bei Helena Parker, so stellte er fest, waren die Rollen vertauscht. Diese Frau war eine echte Jägerin und wusste es nicht einmal, vielleicht weil sie schon immer das Opfer gewesen war.

»Das Einzige, was ich Ihnen im Gegenzug anbieten kann, ist meine eigene Geschichte. Es fällt mir keine andere Rechtfertigung dafür ein, dass ich hier bei Ihnen bin und eine ganze Reihe von Fragen verkörpere, auf die sicherlich nur schwer eine Antwort zu finden ist.«

Frank lauschte Helenas Stimme und folgte langsam dem Strom der Autos, die von Roquebrune in Richtung Menton fuhren. Um sie herum war Leben, waren Lichter und normale Existenzen, Leute beim Spaziergang in der warmen und hellen Atmosphäre dieses Küstenstreifens, Leute auf der Suche nach etwas Flüchtigem, ohne anderen Grund als dem des flüchtigen Vergnügens an der Suche um des Suchens willen.

Hier sind keine Schätze, hier sind keine Inseln und auch keine Landkarten, nur die Illusion, solange sie andauert. Und manchmal ist das Ende der Illusion eine Stimme, die zwei simple Worte flüstert: »Ich töte ...«

Fast ohne es zu bemerken streckte Frank die Hand aus, um das Radio auszumachen, als ob er fürchtete, dass von einem Moment zum anderen eine unnatürliche Stimme ertönen und ihn wieder zur Vernunft bringen könnte. Die leise Hintergrundmusik verstummte.

»Das Problem ist nicht, dass Sie meine Geschichte kennen. Das Problem ist, dass ich eine habe. Ich hoffe für Sie, dass Ihre anders ist als meine.«

»Wenn sie viel anders wäre, denken Sie, ich wäre dann hier?«

Helenas Stimme wurde mit einem Mal sehr sanft. Es war die Stimme einer Frau im Krieg, die den Frieden suchte und ihn im Gegenzug anbot.

»Wie war Ihre Frau?«

Frank war überrascht über die Natürlichkeit, mit der diese Frage formuliert wurde. Und über die Leichtigkeit, mit der er antwortete.

»Ich kann nicht sagen, wie sie war. Wie jeder von uns war sie gleichzeitig zwei Personen. Ich könnte Ihnen sagen, wie ich sie gesehen habe, aber das wäre jetzt völlig sinnlos.«

Frank schwieg, und für ein Stück der Strecke verschmolz mit seinem Schweigen jenes von Helena.

»Wie hieß sie?«

»Harriet.«

Helena griff diesen Namen auf wie den Namen einer alten Freundin.

»Harriet. Auch wenn ich sie nie kannte, habe ich das Gefühl, sehr viel über sie zu wissen. Vielleicht fragen Sie sich, woher diese Anmaßung kommt ...«

Eine kurze Pause. Dann wieder Helenas Stimme, voller Verbitterung.

»Keiner kann eine schwache Frau so gut erkennen wie eine, die selbst schwach ist.«

Einen Augenblick lang sah Helena aus dem Fenster. Ihre Worte waren eine Reise, die sich gerade irgendwie ihrem Ende zuneigte.

»Meine Schwester Arijane hat es geschafft, stärker zu sein als ich. Sie hat alles begriffen und ist weggegangen, sie ist vor dem Wahnsinn unseres Vaters geflüchtet. Oder wahrscheinlich hat sie ihn nicht genügend interessiert, um von ihm in dasselbe Gefängnis wie ich gesperrt zu werden. Ich konnte nicht fliehen ...«

»Ist es wegen Ihres Sohnes?«

Helena verbarg den Kopf in ihren Händen. Ihre Stimme klang gedämpft zwischen den schützenden Fingern, die ihr Gesicht in ihren kleinen Käfig aus Schmerz einschlossen.

»Er ist nicht mein Sohn.«

»Er ist nicht Ihr Sohn?«

»Nein, er ist mein Bruder.«

»Ihr Bruder? Aber Sie haben doch gesagt ...«

Helena hob das Gesicht. Niemand konnte all diesen Schmerz in sich tragen, ohne zu sterben, ohne schon längst gestorben zu sein.

»Ich habe Ihnen gesagt, dass Stuart mein Sohn ist, und das ist die Wahrheit. Aber er ist auch mein Bruder ...«

Während Frank die Sprache wegblieb, er langsam alles verstand, ließ Helena ihren Tränen freien Lauf. Die Stimme der Frau war ein Flüstern, aber in dem kleinen Innenraum des Wagens tönte es wie ein Befreiungsschrei, lange, zu lange zurückgehalten.

»Verdammt! Verdammt seist du, Nathan Parker. In der Hölle sollst du schmoren, nicht für eine, sondern für tausend Ewigkeiten!«

Frank erblickte auf der anderen Straßenseite eine kleine Parkbucht, direkt neben einer betriebsamen Baustelle. Er setzte den Blinker und fuhr hinüber, um zu parken. Er stellte den Motor ab, ließ das Licht aber an.

Er drehte sich zu Helena. Als sei es das Natürlichste der Welt, glitt die Frau zu ihm hinüber, um den Schutz seiner Arme zu suchen, den Stoff seiner grauen Jacke für das tränenüberströmte Gesicht, seine Hand für ihre Haare, die viele Male nach Nächten der Schande ein Gesicht voller Scham verbergen mussten.

So blieben sie eine Zeit, die Frank unendlich erschien.

In seinem Kopf vermischten sich tausend Bilder, tausend Geschichten von tausend Leben, die Realität vermischte sich mit der

Fantasie, die Gegenwart mit der Vergangenheit, das Wahre mit dem Plausiblen, die Farben mit der Dunkelheit, der Blumenduft mit der Erde, welche den stechenden Geruch der Verwesung in sich trägt.

Er sah sich selbst im Haus seiner Eltern. Und die Hand von Nathan Parker, die sich nach der Tochter ausstreckte, und Harriets Tränen, und ein Messer, das sich gegen einen Mann erhob, der an einen Sessel gefesselt war, und das Aufblitzen eines Messers, das in sein Nasenloch geschoben wurde, und den blauäugigen Blick eines zehnjährigen Jungen, der zwischen grausamen Bestien lebte, ohne es zu wissen.

Der Hass in seinem Kopf wurde zu einem grellen Licht, und ganz langsam wurde dieses Licht zu einem stummen Schrei, so stark, dass er alle Spiegel hätte explodieren lassen können, in denen sich die menschliche Boshaftigkeit zu spiegeln vermochte, alle Mauern, hinter denen sich die Boshaftigkeit zu verstecken vermochte, alle verschlossenen Türen, an die vergebens Fäuste von Menschen geschlagen hatten, die verzweifelt um Einlass baten, um vor der eigenen Verzweiflung gerettet zu werden.

Helena wollte einfach nur vergessen. Und genau das wollte auch Frank, genau hier, in diesem Auto neben den Schutthaufen, in dieser Umarmung, in dieser Begegnung zwischen Mauer und Efeu, die man mit einem einzigen, simplen Wort umschreiben kann: endlich.

Frank hätte nie sagen können, wer sich zuerst geöffnet hatte. Als sich schließlich ihre Blicke wieder trafen, wussten beide in ihrer Fassungslosigkeit, dass etwas Bedeutendes geschehen war.

Sie küssten sich, und in diesem ersten Kuss vereinigten sich ihre Lippen in Angst, nicht in Liebe. Es war die Angst, nichts sei wahr, es sei die Verzweiflung, die den Namen der Zärtlichkeit ausspreche, es sei die Einsamkeit, die den Worten eine andere Stimme verleihe, nichts sei so, wie es schien.

Sie würden es wieder und wieder tun müssen, bevor sie es glauben konnten. Bevor der Verdacht eine kleine Hoffnung wurde, denn keiner der beiden konnte sich den Luxus der Gewissheit erlauben.

Dann sahen sie sich wortlos an. Es war Helena, die sich zuerst fasste. Sie streichelte sein Gesicht.

»Sag irgendwas Dummes, bitte. Dumm, aber wahrhaftig.«

»Ich fürchte, die Reservierung im Restaurant sind wir los.«

Helena umarmte ihn wieder, und Frank spürte an seinem Hals, wie sich das Lachen der Erleichterung in kleinen Zuckungen ihres Atems verlor.

»Ich schäme mich vor mir selbst, Frank Ottobre, aber ich kann gar nicht anders, als nur Gutes von dir zu denken. Dreh um, und wir fahren wieder zu mir nach Hause. Essen und Wein sind im Kühlschrank. Ich habe nicht die geringste Absicht, dich heute Abend mit der Welt zu teilen.«

Frank ließ den Motor an und nahm die Straße, die sie gekommen waren. Wann war es passiert? Vielleicht eine Stunde zuvor, vielleicht ein Leben zuvor. Zeit hatte in dieser Situation keine Bedeutung. Nur über eine Sache war er sich im Klaren. Hätte er in diesem Moment General Nathan Parker vor sich gehabt, so hätte er ihn mit Sicherheit umgebracht.

Achter Karneval

Versteckt an seinem geheimen Ort, liegt der Mann ausgestreckt auf dem Bett.

Er ist in einen angenehmen Schlaf geglitten, mit dem fließenden und befriedigenden Gefühl eines gestrandeten Bootes, welches das Meer wiederfindet. Sein ruhiger, friedlicher, kaum merklicher Atem hebt nur leicht seine Bettdecke, es zeigt, dass er lebt, dass der weiße Stoff über ihm ein Laken und kein Grabtuch ist.

Neben ihm, genauso unbeweglich, liegt der runzlige Leichnam in dem Glassarg. Wie eine Trophäe trägt er das, was einmal das zarte Gesicht von Gregor Yatzimin war. Diesmal war der Akt der Ablösung eine wahre Meisterleistung. Was den mumifizierten Schädel bedeckt, scheint keine Maske zu sein, sondern sein wahres Gesicht.

Der Mann auf dem Bett schläft und träumt.

Unverständliche Bilder wühlen seinen Schlaf auf, auch wenn die Figuren, die sein Verstand entwirren möchte, die vollkommene Unbeweglichkeit des Körpers nicht erschüttern können.

Anfangs war es dunkel. Nun erscheint ein Schotterweg und an seinem Ende, im weichen Licht des Vollmondes, ein Bauwerk. Es ist ein lauer Sommerabend. Der Mann nähert sich Schritt für Schritt der Silhouette eines großen Gebäudes, unscharf im Halbdunkel, aus dem wie ein Lockruf der vertraute Duft des Lavendels strömt. Der Mann spürt die kleinen Stiche der Kieselsteine unter seinen nackten Füßen. Er verspürt das Verlangen weiterzugehen, hat aber gleichzeitig Angst.

Der Mann bemerkt den unterdrückten Klang eines keuchenden Atems, das heftige Stechen der Angst, die sich legt und verfliegt, als er merkt, dass der Atem sein eigener ist. Nun wird er ruhiger, er ist auf dem Hof des Hauses, das in der Mitte geteilt wird vom Rauchfang des steinernen Schornsteins, der wie ein erhobener Finger über die Dachkante ragt, um auf den Mond zu deuten.

Das Haus liegt versunken in der Stille, sie klingt wie eine Einladung.

Auf einen Schlag löst sich das Bild des Hauses auf, er befindet sich im Inneren und steigt eine Treppe hoch. Er hebt den Kopf gegen die matte Helligkeit, die aus der Höhe herabfällt. Vom oberen Treppenabsatz leuchtet ein Licht, das im Flur Halbschatten verbreitet. Da ist eine menschliche Gestalt, die sich im Gegenlicht abzeichnet.

Der Mann spürt, dass die Angst zurückkehrt, wie ein zu eng geknüpfter Krawattenknoten, der den Atem abschneidet. Trotzdem schreitet er langsam weiter. Während er hinaufgeht und gar nicht hinaufgehen möchte, fragt er sich, wer wohl die Person sein mag, die er ganz oben antreffen wird, und im selben Moment merkt er, dass er Panik hat, es zu erfahren.

Eine Stufe. Noch eine. Das hölzerne Knarren unter seinen nackten Füßen, das sich in die Pause seines nun wieder keuchenden Atems drängt. Die Hand auf dem Geländer verfärbt sich allmählich im Leuchten aus der Höhe.

Gerade als er den letzten Absatz erklimmt, dreht sich die Gestalt und geht durch die Tür, aus der das Licht kommt, und lässt ihn allein auf der Treppe zurück.

Der Mann steigt die letzten Stufen hoch. Vor ihm eine offene Tür, aus der ein helles und flackerndes Licht scheint. Ganz langsam erreicht er die Schwelle, überschreitet sie, durchflutet von jenem Licht, das neben Helligkeit auch Geräusch ist.

Mitten im Zimmer steht ein Mann. Der nackte Körper ist gelenkig und athletisch, aber sein Gesicht ist entstellt. Als habe sich ein Krake um seinen Kopf geschlungen, um die Gesichtszüge auszulöschen. Aus dem monströsen Wulst fleischiger Auswüchse beobachten ihn zwei flehende helle Augen, als suchten sie sein Mitleid. Die unglückselige Gestalt weint.

»Wer bist du?«

Eine Stimme in der Luft stellt diese Frage. Er erkennt sie nicht als die seine. Und es kann auch nicht die des entstellten Mannes vor ihm sein, der keinen Mund hat.

»*Wer bist du?*«, fragt die Stimme noch einmal, und sie scheint von überall her zu kommen, direkt aus dem blendenden Licht, das sie umgibt.

Der Mann weiß nun und möchte nicht wissen, sieht und möchte nicht sehen.

Die Gestalt streckt die Arme nach ihm aus, und das, was sie auslöst, ist der pure Schrecken, auch wenn ihre Augen versuchen, das Mitleid des vor ihr Stehenden zu erregen, so wie sie, vermutlich vergebens, versucht hatten, das Mitleid der Welt zu erregen. Und das Licht ist plötzlich Feuer, hohe, brüllende Flammen, die alles, was sie auf ihrem Weg finden, verschlingen, ein Feuer, das direkt aus der Hölle zu kommen scheint, um die Erde zu reinigen.

Er erwacht ohne jede Regung, öffnet einfach nur die Augen und tauscht die Dunkelheit gegen das Leuchten der Flammen.

Seine Hand greift in die Finsternis nach dem Beistand der Nachttischlampe. Er schaltet sie ein. Das schwache Licht verbreitet sich in dem nackten Zimmer.

Sogleich ertönt die Stimme. Tote müssen, weil sie für immer schlafen, in Wirklichkeit nie schlafen.

Was ist los, Vibo, kannst du nicht schlafen?

»Nein, Paso, für heute habe ich genug geschlafen. Es ist momentan viel zu tun. Zeit zum Ausruhen werde ich danach haben …«

Den Rest seines Gedankens führt er nicht mehr aus: *wenn alles vollendet sein wird …*

Der Mann macht sich keine falschen Hoffnungen. Er weiß genau, dass früher oder später das Ende kommen wird. Alle menschlichen Dinge haben eins, genauso, wie sie einen Anfang haben. Aber im Moment ist alles noch offen, und er kann dem Körper im Sarg die Verlockung eines neuen Gesichts und sich selbst die Genugtuung eines gehaltenen Versprechens nicht vorenthalten.

Es hatte eine kaputte Sanduhr im Nebel seines Traumes gegeben, eine Zeit, verschüttet vom Sand, der sich in der Erinnerung ausgebreitet hat. Hier, in der realen Welt, dreht sich diese Sanduhr weiterhin um ihre eigene Achse, und niemand wird sie je zerstören. Die Illusionen werden wie eh und je in Stücke brechen, aber jene unzerbrechliche Sanduhr nicht, sie wird sich ewig weiterdrehen, selbst wenn niemand mehr da sein wird, der die verrinnende Zeit misst.

Der Mann merkt, wie spät es ist. Er steht auf und beginnt, sich anzuziehen.

Was machst du?

»Ich muss los.«

Wirst du lange wegbleiben?

»Weiß nicht. Den ganzen Tag, glaube ich. Vielleicht auch noch morgen.«

Lass mich nicht in Sorge zurück. Du weißt, dass es mir schlecht geht, wenn du nicht da bist.

Der Mann tritt zum Glaskasten und lächelt dem Albtraum darin liebevoll zu.

»Ich lass das Licht brennen. Als du geschlafen hast, habe ich eine Überraschung vorbereitet.«

Er streckt eine Hand nach dem Spiegel aus und hält ihn so über das Gesicht in dem Sarg, dass es sein eigenes Spiegelbild sehen kann.

»Sieh mal …«

Oh, das ist ja fantastisch. Bin das ich? Vibo, ich bin wunderschön! Noch schöner als vorher.

»Klar bist du schön, Paso. Und du wirst immer schöner.«

Es gibt einen Augenblick des Schweigens, ein Schweigen regungsloser Erschütterung, die der Körper nicht mit Tränen ausdrücken kann und darf.

»Ich muss jetzt gehen, Paso. Es ist sehr wichtig.«

Der Mann dreht dem liegenden Körper den Rücken zu und geht zur Tür. Beim Übertreten der Schwelle wiederholt er den Satz, vielleicht nur für sich selbst.

»Ja, es ist sehr wichtig.«

Und die Jagd geht weiter.

40

Nicolas Hulot fuhr langsamer, lenkte nach rechts und nahm die Abfahrt, wo ein weißes Schild Aix-en-Provence ankündigte. Er hing hinter einem Laster mit spanischem Kennzeichen und der Aufschrift »Transportes Fernandéz« auf der Plane, der langsam die kurze Ausfahrt entlangkroch. Kaum aus der Kurve heraus, fuhr der LKW rechts in eine Haltebucht, und der Kommissar überholte, um direkt vor der Fahrerkabine selbst anzuhalten. Er zog den Stadtplan, den er sich besorgt hatte, aus dem Türfach und legte ihn geöffnet aufs Lenkrad.

Er sah sich noch einmal den Teil an, auf dem er bereits am Abend zuvor den Cours Mirabeau gefunden hatte. Im Großen und Ganzen war die Anlage der Stadt ziemlich einfach, und die Straße, die er suchte, lag genau im Zentrum.

Er startete den Peugeot und fuhr die Straße entlang. Nach wenigen hundert Metern erreichte er einen Kreisverkehr und folgte den Schildern zum »Centre Ville«. Die Umgehungsstraße führte über Steigungen und Gefälle und unzählige Betonschwellen, extra für die Geschwindigkeitsfanatiker angelegt, und Hulot stellte fest, dass die Stadt extrem sauber und belebt war. Die Straßen waren voller Menschen, vor allem junge Leute. Ihm fiel ein, dass Aix-en-Provence eine ziemlich renommierte Universität aus dem 15. Jahrhundert hatte und darüber hinaus Thermalbad war. Es war klar, dass man sich neben dem normalen Durchreisetourismus noch etwas mehr versprach.

Ein paarmal verfuhr er sich und kam immer wieder an denselben Verlockungen der Hotels und Restaurants unterschiedlicher Kategorien vorbei, bis er die Place du General de Gaulle erreichte, von wo der Cours Mirabeau abging.

Er fand eine Parklücke und blieb einen Moment stehen, um den großen Springbrunnen in der Mitte des Platzes zu bewundern. Ein Schild taufte ihn offiziell »Fontaine de la Rotonde«. Und genau so, wie es ihm als Kind schon immer passiert war, überkam ihn beim Geräusch des fließenden Wassers das Bedürfnis zu pinkeln.

Er lief die wenigen Meter, die ihn vom Cours Mirabeau trennten, und hielt nach dem Schild irgendeiner Bar Ausschau. Es war unglaublich, wie blitzschnell eine prall gefüllte Blase zu verstehen gab, was für eine Riesenlust man doch auf einen Kaffee hat.

Er überquerte den Korso, der zurzeit umgestaltet und neu aufgepflastert wurde. Ein Arbeiter im gelben Helm diskutierte mit jemandem, wahrscheinlich dem Bauleiter, über fehlendes Material und entschuldigte sich damit, dass es nicht im Bereich seiner Verantwortung gelegen, sondern mit der Wahl eines nicht näher bestimmten Ingenieur Dufour zu tun habe. Unter einer Platane musterten sich zwei Straßenkater mit aufgestelltem Schwanz, unschlüssig, ob sie Händel beginnen oder den geordneten Rückzug antreten sollten, und wie sie beide am besten ihre Würde bewahren könnten. Hulot sympathisierte mit dem dunkleren und taufte den helleren, etwas dickeren Roncaille. Er überließ die beiden ihrem Hinterhofgezanke, betrat eine Bar und bestellte beim Mann am Tresen einen Milchkaffee, bevor er auf die Toilette ging.

Als er zurückkam, stand der Kaffee schon auf der Theke. Während er Zucker hineintat, rief er den Kellner, der gerade mit zwei Mädchen in seinem Alter quatschte, die an einem Tisch vor einem Glas Weißwein saßen.

»Könnten Sie mir bitte eine Information geben?«

Wenn der Junge das Gespräch nur ungern unterbrach, so ließ er sich das nicht anmerken.

»Klar kann ich das.«

»Wissen Sie, ob es hier auf dem Cours Mirabeau einen Plattenladen namens Disque à Risque gibt oder gab?«

Der junge Mann, ein Typ mit kurz geschnittenen, hellen Haaren und einem mageren, bleichen, mit Pickeln übersäten Gesicht, grübelte einen Augenblick.

»Den Namen hab ich, glaub ich, noch nie gehört, aber ich bin erst seit kurzem in Aix. Ich geh hier auf die Uni«, fügte er schnell noch hinzu.

Offensichtlich war ihm die Information wichtig, dass er nicht für immer kellnern würde, sondern früher oder später ein ganz anderes Schicksal auf ihn wartete.

»Aber wenn Sie den Korso hochgehen, finden Sie auf dieser Straßenseite einen Zeitungskiosk. Tattoo wird Ihnen zwar ein bisschen komisch vorkommen, aber er ist seit vierzig Jahren hier, und wenn Ihnen einer Informationen geben könnte, dann er.«

Hulot dankte kopfnickend und trank seinen Kaffee. Der junge Mann betrachtete sich als entlassen und widmete sich wieder dem unterbrochenen Gespräch. Hulot bezahlte sein Getränk und ließ das Trinkgeld auf der Marmortheke liegen. Beim Verlassen der Bar sah er, dass der Hulot-Kater nicht mehr da war und der Roncaille-Kater seelenruhig unter der Platane saß und umherschaute.

Er lief den Korso entlang, dessen beide Straßenseiten im Schatten der Platanenallee lagen und mit Steinplatten gepflastert waren. Vom einen bis zum anderen Ende eine ununterbrochene Reihe von Cafés, Geschäften und Buchläden.

Ungefähr hundert Meter weiter fand er neben einem Buchantiquariat Tattoos Zeitungskiosk, den der Kellner aus der Bar gemeint hatte. Auf der Straße saßen zwei Männer, mehr oder weniger in Hulots Alter, und spielten Schach an einem Tischchen, das mitsamt den Klappstühlen vor der offenen Tür des Antiquariats aufgebaut war.

Hulot ging zum Kiosk und wandte sich an die Figur, die zwischen Zeitschriften, Büchern und Comics darin hockte. Der Alte mit dem wirren Haar, den tief liegenden Augen, eher siebzig als sechzig, schien direkt einem Western von John Ford entsprungen zu sein, so eine Art *Ringo*.

»Guten Tag. Sind Sie Tattoo?«

»Ja, bin ich. Was kann ich für Sie tun?«

Nicolas sah, dass ihm ein paar Zähne fehlten. Sogar die Stimme passte. Er dachte, dieses *bonbon-au-chocolat* sei nahezu perfekt. Schade, dass er in einem Zeitungskiosk im Zentrum von Aix-en-Provence saß und nicht in einer Postkutsche der Wells Fargo in Richtung Tombstone eilte.

»Ich bräuchte eine Information. Ich suche einen Plattenladen namens Disque à Risque.«

»Da kommen Sie aber ein paar Jahre zu spät. Den Laden gibt's nicht mehr.«

Nur mit Mühe konnte Hulot seinen Ärger verbergen. Tattoo zündete sich eine filterlose Gauloises an und begann augenblicklich zu husten. Dem krampfigen Zucken seines Körpers nach zu urteilen, schien der Krieg schon ziemlich lange zu dauern. Es war leicht, den mutmaßlichen Sieger vorauszusagen, aber im Moment hielt der Alte noch gut durch. Er deutete mit der Hand auf den Korso.

»Der war auf der anderen Straßenseite des Mirabeau, dreihundert Meter weiter, rechter Hand. Jetzt ist da ein Bistro.«

»Erinnern Sie sich nicht mehr an den Namen des Betreibers?«

»Nein, aber sein Sohn hat dort ein Lokal eröffnet. Wenn Sie zu ihm gehen, wird er Ihnen sämtliche Informationen geben. Café des Arts et des Artistes.«

»Danke, Tattoo. Und rauchen Sie nicht so viel.«

Beim Weggehen dachte er, dass er wohl nie erfahren würde, ob der nachfolgende Hustenanfall als Dankeschön für den guten Rat gemeint war oder als heisere Aufforderung, sich zum Teufel zu scheren. Gott sei Dank hatte sich die Spur nicht sofort verlaufen. Was sie in der Hand hatten, war ohnehin schon so flüchtig, dass es eher dem Rauch aus einer von Tattoos Zigaretten ähnelte als einem wirklichen Indiz. Mit Morellis Hilfe würde er über eine Recherche bei der Handelskammer den Besitzer des Lokals schon herausfinden, aber das würde Zeit kosten, und Zeit war das Einzige, das sie nicht im Überfluss hatten.

Er dachte an Frank, der sicher gespannt bei Radio Monte Carlo auf einem Stuhl saß und darauf wartete, dass das Telefon läuten und jene Stimme aus der Vorhölle ein neues Opfer ankündigen würde.

Ich töte ...

Beinah ohne es zu wollen, lief er schneller. Er erreichte die blaue Markise mit der weißen Aufschrift Café des Arts et des Artistes. Den vielen Gästen nach zu schließen, schien das Geschäft gut zu gehen. Draußen war kein Tisch frei.

Er ging rein und es dauerte eine Weile, bis sich seine Augen an die Lichtverhältnisse gewöhnt hatten. Wegen des Besucherandrangs herrschte hinter der Theke reges Treiben. Ein Barkeeper und ein paar Mädchen im Alter von etwa fünfundzwanzig Jahren mühten sich mit der Zubereitung von Aperitifs und Snacks ab.

Bei einem blonden Mädchen, das gerade eine Flasche Weißwein öffnete, bestellte er einen Kir Royal. Kopfnickend nahm sie die Bestellung entgegen. Kurz darauf stellte sie das Glas mit der rosafarbenen Flüssigkeit vor ihm ab.

»Könnte ich wohl mit dem Besitzer sprechen?«, meinte er, während er das Glas an seine Lippen führte.

»Da drüben ist er.«

Das Mädchen wies auf einen zirka dreißigjährigen Mann mit schütterem Haar, der gerade aus einer Glastür mit der Aufschrift »Privat« im hinteren Teil des Lokals kam. Nicolas fragte sich, in welcher Eigenschaft er auftreten und seine Fragen präsentieren sollte. Als der Besitzer vor ihm stand, hatte er sich bereits für die offizielle Variante entschieden.

»Entschuldigen Sie …«

»Ja?«

Er zeigte seine Dienstmarke.

»Kommissar Hulot von der Sûreté Publique des Fürstentums Monaco. Ich wollte Sie um einen Gefallen bitten, Monsieur …«

»Francis. Robert Francis.«

»Nun, Monsieur Francis. Wir haben erfahren, dass sich hier einmal ein Schallplattenladen namens Disque à Risque befand, der Ihrem Vater gehörte.«

Der Mann sah sich verstört um. In seinen Augen tauchte eine Reihe von Fragen auf.

»Schon, aber … ich meine, den Laden gibt es seit Jahren nicht mehr …«

Hulot lächelte ihm aufmunternd zu. Er änderte jetzt seinen Ton und sein Auftreten.

»Seien Sie beruhigt, Robert. Weder für Sie noch für Ihren Vater sind Probleme im Anmarsch. Aber obwohl so viel Zeit vergangen ist, könnte dieser Laden der Schlüssel für die Lösung des Falls sein, den wir gerade untersuchen. Ich müsste nur Ihren Vater sprechen und ihm ein paar Fragen stellen, wenn das möglich ist.«

Robert Francis entspannte sich. Er drehte sich zu dem blonden

Mädchen hinter der Theke und zeigte auf das Glas in Nicolas' Hand.

»Gib mir auch so einen, Lucie.«

Während er auf den Drink wartete, wandte er sich wieder dem Kommissar zu.

»Also, mein Vater hat vor ein paar Jahren das Geschäft aufgegeben. Ein Plattenladen ist nicht gerade sehr lukrativ. Na ja, Unsummen hat er nie eingebracht, aber am Schluss war es ein echtes Desaster. Und dann hat dieser alte Sturkopf, obwohl er mit Raritäten handelte, mehr davon in seine Privatsammlung aufgenommen als zum Verkauf angeboten. Das machte ihn zu einem ausgezeichneten Sammler, aber zu einem schlechten Geschäftsmann ...«

Hulot fühlte sich erleichtert. Francis hatte von seinem Vater im Präsens gesprochen. Das hieß, er lebte noch. Sein »wenn das möglich ist« von vorhin hatte sich tatsächlich auf den unglückseligen Fall bezogen, dass dies nicht mehr möglich wäre.

»Wir haben zwei und zwei zusammengezählt und beschlossen, den Laden zu schließen, und ich habe das hier eröffnet ...«

Mit einer kreisenden Handbewegung wies er auf das überfüllte Lokal.

»Man kann nicht gerade behaupten, dass der Wechsel eine schlechte Entscheidung war.«

»Eine ganz andere Geschichte. Und ich garantiere Ihnen, die Austern, die wir servieren, sind superfrisch und nicht historisch wie die Schallplatten meines Vaters.«

Lucie schob ihrem Boss ein Glas hin. Francis nahm es und hob die *flûte* in Richtung des Kommissars, der mit derselben Geste antwortete.

»Auf Ihre Ermittlungen.«

»Auf Ihr Lokal und auf die Raritäten.«

Er nahm einen Schluck, dann stellte Francis das eiskalt beschlagene Glas auf den Tresen.

»Mein Vater ist um diese Uhrzeit mit Sicherheit zu Hause. Sind Sie über die Autobahn von Monte Carlo gekommen?«

»Ja.«

»Gut. Dann müssen Sie nichts anderes tun, als wieder den Schildern zu folgen. In der Nähe des Autobahnzubringers liegt das Novotel. Gleich hinter dem Hotel steht ein zweistöckiges Backsteinhäuschen mit Garten und Rosenbüschen. Da wohnt mein Vater. Sie können es gar nicht verfehlen. Darf ich Ihnen zuvor etwas anbieten?«

Hulot hob lächelnd das Glas.

»Das hier reicht völlig.«

Er streckte ihm die Hand hin, und Francis ergriff sie.

»Ich bin Ihnen dankbar für Ihre Freundlichkeit, Monsieur Francis. Sie wissen ja gar nicht, wie sehr.«

Als er aus dem Bistro ging, sah er eine Bedienung an der Muscheltheke Austern und andere Meerestiere öffnen. Er hätte gerne überprüft, ob die von Francis beschworene Frische der Wahrheit entsprach, aber er hatte keine Zeit.

Er nahm vielmehr dieselbe Straße, die er vorher schon gegangen war. Aus dem Zeitungskiosk kamen weiterhin heftige Hustenanfälle. Die Schachspieler waren verschwunden, und der Buchladen war geschlossen. Beide Tätigkeiten wurden offensichtlich von der Mittagspause unterbrochen.

Auf dem Weg zum Auto kam er wieder an der Bar vorbei, in der er Kaffee getrunken hatte. Unter der Platane war der Roncaille-Kater durch den Hulot-Kater ausgetauscht worden. Absolut friedlich saß er da und bewegte langsam den schwarzen, buschigen Schwanz hin und her, während er die schläfrigen Augen über die Welt und ihre Bewohner schweifen ließ.

Hulot dachte, es gebe keinen Grund, die Revanche der Katze nicht als gutes Vorzeichen zu deuten.

41

Jean-Paul Francis drehte den Deckel des kleinen Sprühgeräts aus Plastik zurecht und drückte mehrmals den Pumpenknopf, um ausreichend Druck zum Versprühen des Insektizids zu bekommen. Er nahm das Gerät am Griff und ging zum roten Rosenstrauch, der von einem grünen Maschendrahtzaun umfriedet war. Er untersuchte die kleinen Zweige der Blütenstiele. Sie waren voller Ungeziefer, das eine Art weißen Flaum auf der Rinde gebildet hatte.

»Das bedeutet Krieg«, sagte er mit feierlicher Stimme.

Er drückte einen Hebel hinten an der Plastikdose, und aus der Düse des Geräts kam der feine Strahl eines Wasser-Insektizid-Gemischs. Er begann unten und arbeitete sich an den Stängeln entlang hoch, das Gemisch gleichmäßig auf dem Strauch verteilend.

Wie vermutet stank das Insektizid fürchterlich. Er beglückwünschte sich zu seiner Idee, eine Maske aus gehärteter Gaze zu tragen, um das Mittel nicht inhalieren zu müssen, über das es auf dem Etikett hieß: »Bei Einnahme kann es zu toxischen Reaktionen kommen. Nicht in Reichweite von Kindern aufbewahren«.

Beim Lesen der Anwendungshinweise hatte er gedacht, wenn es für Kinder giftig ist, dann kann er sich in seinem Alter ruhig eine Dosis in die Venen jagen, ohne Schaden zu nehmen.

Während er sprühte, sah er aus den Augenwinkeln, wie ein kleiner, weißer Peugeot knapp hinter dem Gartentor vorfuhr. Es kam nicht häufig vor, dass ein Wagen genau hier anhielt, es sei denn, das Hotel war völlig überfüllt und es gab keinen Parkplatz mehr. Ein großer Mann so um die fünfundfünfzig stieg aus, frisch geschnittene, grau melierte Haare, ansonsten äußerlich leicht mitgenommen, sah sich einen Moment lang um und ging dann entschlossen zum Eingangstor.

Er legte seine Geräte auf den Boden und öffnete das schmiedeeiserne Gitter, noch bevor Hulot überhaupt läuten konnte.

Der Mann, der vor ihm stand, lächelte.

»Sind Sie Monsieur Francis?«

»Höchstpersönlich.«

Der Neuankömmling zeigte seine Dienstmarke in der Lederbrieftasche. Sein Foto war gut sichtbar auf dem plastikbeschichteten Ausweis.

»Ich bin Kommissar Nicolas Hulot, Sûreté Monaco.«

»Falls Sie hier sind, um mich zu verhaften, sollten Sie wissen, dass diese ganze Gartenarbeit schon so gut wie Gefängnis ist. Eine Zelle könnte da nur die bessere Alternative sein.«

Gegen seinen Willen musste der Kommissar lachen.

»Also ich würde sagen, so etwas nennt man Furchtlosigkeit vor dem Gesetz. Deutet das auf ein reines Gewissen hin oder auf langjährige Erfahrung in kriminellen Kreisen?«

»Daran sind die niederträchtigen Frauen schuld, die mir immer wieder das Herz gebrochen haben. Aber Sie können ja erst mal reinkommen, bevor ich hier mein persönliches Leid klage, was halten Sie davon? Die Nachbarn könnten denken, Sie wollen mir ein paar Zahnbürsten verkaufen.«

Nicolas betrat den Garten, und Francis senior schloss das Tor hinter ihm. Er trug ausgewaschene Jeans und ein Hemd aus leichtem Denimstoff in der gleichen Farbe. Auf dem Kopf saß ein Strohhut, und um den Hals hing eine Maske aus Gaze, die er abgenommen hatte, um mit ihm zu sprechen. Unter dem Hut kam weißes, dichtes Haar zum Vorschein. Die blauen, durch die gebräunte Haut noch intensiveren Augen waren die eines kleinen Jungen. Im Ergebnis ein sympathisches und feines Gesicht.

Nicolas Hulot spürte einen herzlichen, kräftigen Händedruck.

»Ich bin nicht hier, um Sie zu verhaften, wenn Sie das beruhigt. Und ich werde Ihnen auch nur ein paar Minuten Ihrer Zeit stehlen, wenn Sie das noch zusätzlich beruhigt.«

Jean-Paul Francis zuckte mit den Schultern, während er Hut und Schutzmaske ablegte. Nicolas dachte, er könnte ein perfektes Double von Anthony Hopkins abgeben.

»Ich bin Gärtner mehr aus Langeweile denn aus purer Leidenschaft. Jeder Vorwand, um aufzuhören, ist mir nur recht. Kommen Sie, gehen wir ins Haus, da ist es kühler.«

Sie durchquerten den winzigen Garten auf einem von Wetter und Zeit zerfressenen Weg, der aus Sichtbeton vom Eingangstor zur Haustür gegossen worden war. Es handelte sich nicht um eine Luxusherberge und war Lichtjahre von bestimmten Häusern an der Côte d'Azur entfernt, aber es strahlte Ordnung und Sauberkeit aus. Sie stiegen drei Treppenstufen hinauf und betraten das Innere. Am Ende des Flurs führte eine Treppe in die oberen Stockwerke, nach rechts und nach links öffneten sich symmetrisch zwei Türen.

Nicolas war es gewohnt, eine Umgebung nach dem ersten Augenschein zu beurteilen, und hier bekam er sofort den Eindruck, dass der Besitzer dieses Hauses zwar nicht reich an Geld, aber reich an Kultur, gutem Geschmack und Ideen war.

Er schloss das aus den vielen Büchern, Porzellanfiguren und Plakaten an der Wand, die gelegentlich die echten Bilder ersetzten, aber in irgendeiner Form stets mit Kunst zu tun hatten.

Vor allem beeindruckten ihn jedoch die Schallplatten. Jede Ecke der Wohnung war voll gestopft damit. Er warf einen Blick zur rechten Tür. Dort war das Wohnzimmer, wo sich eine riesige Musikanlage zur Schau stellte, vermutlich das einzige Zugeständnis an die Konsumgesellschaft. Jeder weitere verfügbare Platz an den Wänden war, wie schon im Eingangsbereich, für Regale mit alten Vinyl-LPs und CDs reserviert.

»Wie es scheint, mögen Sie Musik.«

»Da ich nie imstande war, mich für eine Leidenschaft zu entscheiden, musste ich akzeptieren, dass sie sich für mich entschieden.«

Francis wies ihm den Weg, indem er durch die linke Tür voranging. Sie befanden sich in der Küche, von wo man durch eine hintere Tür in eine Speisekammer sah. Auf der gegenüberliegenden Seite öffnete sich eine kleine Terrasse direkt zum Garten.

»Keine Musik hier, wie Sie sehen. Wir sind in der Küche, und man sollte zwei verschiedene Arten der Ernährung nicht mischen. Trinken Sie was? Einen Aperitif?«

»Nein danke, Ihr Sohn hat mir auch schon einen angeboten.«

»Ah, Sie waren bei Robert.«

»Ja, er hat mich zu Ihnen geschickt.«

Francis sah die Schweißflecken unter seinen Achseln. Er grinste verschmitzt wie ein Junge, der gerade ein neues Spiel erfunden hatte. Er sah auf die Swatch.

»Hören Sie, haben Sie schon gegessen?«

»Nein.«

»Gut. Ich mache Ihnen einen Vorschlag. Madame Sivoire, meine Haushälterin …«

Er hielt inne, als habe ihn etwas verblüfft.

»Eigentlich ist sie meine Putzfrau, aber wenn ich sie Haushälterin nenne, fühlt sie sich geschmeichelt, und ich fühle mich wichtiger. Madame Sivoire, eine echte Italienerin und sehr gute Köchin, hat Lasagne al Pesto gemacht, die wir nur noch in den Ofen schieben müssen. Ich garantiere Ihnen, unter ästhetischen Gesichtspunkten lässt Madame Sivoire sehr zu wünschen übrig, aber ihre Lasagne ist über jeden Verdacht erhaben.«

Nicolas musste schon wieder lachen. Dieser Mann war eine Naturgewalt. Er versprühte Sympathie aus allen Poren. Sein Leben musste ein ständiger Genuss dieser außergewöhnlichen Daseinsweise gewesen sein. Zumindest wünschte er ihm das.

»Ich hatte eigentlich nicht vor, zum Mittagessen zu bleiben, aber wenn der Stolz der Madame Sivoire verletzt würde …«

»Großartig. Während die Lasagne im Ofen ist, gehe ich mich oben duschen. Ich befürchte, wenn ich meinen Arm hebe, schießt es aus allen Kanälen. Und wie sollte ich die Leiche eines Kommissars in meiner Küche rechtfertigen?«

Jean-Paul Francis zog eine gläserne Auflaufform aus dem Kühlschrank und schob sie in den Ofen. Er stellte die Temperatur und den Timer ein. Aus der Art, wie er mit den Geräten hantierte, schloss Nicolas, dass der Herr des Hauses Spaß am Kochen hatte oder einsam war. Wobei das eine das andere nicht ausschloss.

»So, das wär's. In zehn Minuten wird gegessen. Vielleicht auch in fünfzehn.«

Er verließ die Küche und verschwand pfeifend auf der Treppe. Kurz darauf hörte Hulot von oben das Prasseln der Dusche und die Baritonstimme von Jean-Paul Francis *Lady is a Tramp* trällern.

Als er wiederkam, war er genauso gekleidet wie vorher, nur dass Hose und Hemd jetzt sauber waren. Die Haare waren noch feucht und nach hinten gekämmt.

»Das war's. Erkennen Sie mich wieder?«

Nicolas sah ihn erstaunt an.

»Klar.«

»Komisch, ich fühle mich nach dem Duschen wie ein anderer Mensch. Man sieht wirklich, dass Sie Kommissar sind ...«

Hulot musste schon wieder lachen. Dieser Mann hatte die Gabe, gute Laune zu verbreiten. Sein Gastgeber deckte den Tisch auf der kleinen Gartenterrasse. Er hielt ihm eine Flasche Weißwein und einen Korkenzieher hin.

»Wie wär's, wenn Sie die hier schon mal öffnen, während ich das Essen aus dem Ofen hole?«

Nicolas zog den Korken in dem Moment heraus, als Jean-Paul Francis die Auflaufform mit der dampfenden Lasagne al Pesto auf den Untersetzer in der Mitte des Tisches stellte.

»So, hier. Setzen Sie sich doch.«

Sein Gastgeber servierte ihm eine anständige Portion dampfender Nudeln.

»Fangen Sie ruhig schon mal an. In diesem Haus wird nur eine Etikette aufmerksam beachtet, und das ist die von Weißweinflaschen«, meinte er, während er sich eine ebenso große Portion servierte.

»Mmh, fantastisch«, bemerkte Hulot mit vollem Mund.

»Was habe ich Ihnen gesagt? Das ist der Beweis: Was immer Sie von mir wollen, ich bin ein Mann, der die Wahrheit spricht.«

Diese Worte gaben Nicolas Hulot Gelegenheit, den Grund seiner Anwesenheit aufzutischen, und der war viel heißer als jedes frisch aus dem Ofen gezogene Essen.

»Sie hatten mal ein Plattengeschäft, nicht?«, meinte er, während er mit der Gabel ein Stück Lasagne nahm.

Aus dem Gesichtsausdruck des Mannes schloss er, dass es sich um einen empfindlichen Punkt handelte.

»Ja. Vor sieben Jahren habe ich es geschlossen. Mit anspruchsvoller Musik konnte man in dieser Gegend noch nie gute Geschäfte machen ...«

Hulot hütete sich davor, die Bemerkung seines Sohnes zu diesem Thema zu erwähnen. Es hatte keinen Sinn, noch weiter in der Wunde zu stochern, denn da wurde wohl schon genug gestochert. Er beschloss, seinem Gastgeber gegenüber ehrlich zu sein. Er mochte diesen Mann, und er war sicher, nichts falsch zu machen, wenn er ihn zumindest über einen Teil der Sache informierte.

»Wir suchen gerade einen Mörder, in Monte Carlo, Monsieur Francis.«

»Ist es in Filmen nicht so, dass die beiden Helden an dieser Stelle ihre Namen nennen und sich duzen? Ich heiße Jean-Paul.«

»Ich bin Nicolas.«

»Mit ›Mörder in Monte Carlo‹ meinst du doch nicht etwa diese Sache mit dem Typ, der immer beim Radio anruft? Den, den sie Keiner nennen?«

»Genau.«

»Na ja, ich will nicht leugnen, dass ich, wie Millionen anderer Menschen wohl auch, die ganze Geschichte verfolgt habe. Wenn diese Stimme ertönt, kriegt auch das Leder meiner Schuhe eine Gänsehaut. Wie viele hat er bisher umgebracht?«

»Vier. Auf die dir bekannte Art. Und was noch schlimmer ist, wir haben nicht die geringste Idee, wie wir ihn davon abhalten könnten.«

»Dieser Mann muss so schlau sein wie ein ganzes Rudel Füchse. Sein Musikgeschmack ist schrecklich, aber er muss einen erstklassigen Verstand haben.«

»Was den Verstand angeht, stimme ich dir zu. Und wegen der Musik bin ich extra hierher gekommen, damit wir gemeinsam darüber nachdenken.«

Nicolas kramte in seiner Jackentasche und zog die Kopien heraus, die ihm Guillaume gegeben hatte. Er suchte eine aus und hielt sie Jean-Paul Francis hin.

»Kennst du diese Platte?«

Der Mann nahm die Kopie und schaute sie sich an. Nicolas hatte deutlich den Eindruck, dass er erblasste. Seine blauen Kinderaugen sahen ihn verwundert an.

»Woher hast du das Foto?«

»Es würde zu lange dauern, das zu erklären. Du brauchst nur zu wissen, dass die Platte vermutlich dem Mörder gehört und sie hier verkauft wurde ...«

Er gab Jean-Paul die andere Kopie, auf der das Etikett mit dem

Namen des Ladens zu sehen war. Diesmal war die Blässe seines Gesichts nicht nur unmerklich, sondern Realität. Die Worte blieben ihm im Halse stecken.

»Aber …?«

»Kennst du die Platte? Kannst du mir sagen, ob sie eine bestimmte Bedeutung hat? Wer ist Robert Fulton?«

Jean-Paul schob den Teller weg und hob verständnislos die Arme.

»Wer ist Robert Fulton?! Jeder Jazzliebhaber, der über Louis Armstrong hinausgeht, kennt den. Und jeder Fan würde eine Hand opfern, um an eine seiner Platten heranzukommen.«

»Warum?«

»Weil es auf der ganzen Welt nur genau zehn davon gibt, soviel ich weiß.«

Diesmal war es Nicolas, der erblasste. Francis schenkte sich ein Glas Wein ein und lehnte sich zurück. Auf einen Schlag schien die Lasagne der Madame Sivoire jegliche Bedeutung verloren zu haben.

»Robert Fulton war einer der größten Trompeter in der Geschichte des Jazz. Er war zwar musikalisch gesehen ein Genie, aber, wie es leider manchmal so ist, im Grunde ziemlich durchgeknallt. Er hatte seine eigenen Prinzipien. Wollte nie Platten aufnehmen, da er überzeugt war, dass man Musik nicht einsperren kann und darf. Ihm zufolge sollte man Musik nur im Konzert erleben, *live*, wie man heute sagt. Will sagen, dass Musik jedes Mal anders erfahren wird und wir nicht das Recht haben, sie in eine statische, unveränderliche Form zu pressen.«

»Und wieso gibt es dann diese Platte?«

»Dazu komm ich gleich. Im Sommer 1960 machte er eine Amerika-Tournee, wo er mit ein paar der besten *sessionmen* in den Clubs spielte. Eine Reihe von Konzerten, die Geschichte schrieben. Ohne sein Wissen organisierten ein paar Freunde zusammen mit einem Schallplattenproduzenten im New Yorker Bebop Café eine Liveaufnahme und pressten von dem Mitschnitt fünfhundert Platten, in der Hoffnung, Fulton könne nach dem Verkaufserfolg seine Meinung ändern.«

»Deshalb heißt sie auch ›Stolen Music‹ ...«

»Genau, geklaute Musik. Nur hatten die Freunde nicht mit seiner Reaktion gerechnet. Fulton tobte und zerstörte alle Platten, ließ sich die Masterbänder und die Pressungen geben und auch sie wurden zerstört. Diese Geschichte kursierte in Musikerkreisen und wurde zu einer Art Legende, die jeder in seiner eigenen Version weitererzählte. Sicher ist nur, dass man von allen Platten nur zehn retten konnte, die dann wie Goldbarren an Sammler seltener Schallplatten verkauft wurden. Und ich war einer dieser zehn.«

»Willst du damit sagen, dass du die Platte noch hast?«

»Ich sagte, ich *war*, nicht, ich *bin*. Dann kamen schwere Zeiten ...«

Francis sah auf seine sonnengebräunten Hände, auf denen die Zeit ihre Spuren hinterlasssen hatte. Es waren mit Sicherheit keine schönen Erinnerungen, die ihm eingefallen waren.

»Meine Frau bekam Krebs und starb. Das Geschäft lief schlecht damals. Um nicht zu sagen, richtig schlecht. Ich brauchte Geld für die Behandlung, und diese Scheibe war ein Vermögen wert, deshalb ...«

Francis entwich ein Seufzer, wie das Schnaufen nach lebenslanger Atemverhaltung.

»Als ich sie schweren Herzens verkaufte, klebte ich das Etikett meines Ladens darauf, als würde ich mich so nicht vollständig von ihr trennen. Die Platte war eines der wenigen Dinge, die während meines ganzen Lebens wirklich zu mir gehörten, abgesehen von meiner Frau und meinem Sohn. Drei Dinge gehören zum wahren Glück im Leben eines Menschen.«

Nicolas Hulots Herz schlug wie der einzige Kolben in einem Motor mit riesigem Hubraum. Seine Worte kamen sehr deutlich. Er stellte eine Frage, und der Tonfall seiner Stimme war der eines Mannes, der die Antwort fürchtet.

»Erinnerst du dich noch, wem du sie verkauft hast, Jean-Paul?«

»Seither sind ungefähr fünfzehn Jahre vergangen, Nicolas. Ich weiß noch, dass der Kunde ein seltsamer Typ war, mehr oder weniger in meinem Alter. Er kam in den Laden und kaufte Platten, seltene Exemplare für Sammler. Geldprobleme schien er nicht zu haben, deshalb kann ich ruhig zugeben, dass ich ihn bei manchen Scheiben ganz schön beschissen habe. Als er von meiner Kopie von ›Stolen Music‹ erfuhr, hat er mich monatelang bedrängt, dass ich sie ihm abtrete. Ich habe mich immer gesträubt, aber dann, wie schon gesagt … Not macht aus Menschen Diebe. Oder Verkäufer. Manchmal auch beides in einem.«

»Fällt dir irgendein Name ein?«

»Ich bin ein Mensch und kein Computer. Auch wenn ich tausend Jahre leben würde, könnte ich diese Platte nicht vergessen. Aber was den Rest angeht …«

Er fuhr sich mit der Hand durch die weißen Haare und sah hoch zur Decke. Nicolas lehnte sich auf die Tischplatte und beugte sich zu ihm vor.

»Ich brauche dir nicht zu sagen, wie wichtig das sein kann, Jean-Paul. Davon können Menschenleben abhängen.«

Hulot fragte sich, wie oft er diese Formulierung noch würde gebrauchen müssen, wie oft er noch irgendjemanden auf die Wichtigkeit von irgendetwas würde aufmerksam machen müssen, um andere Menschen zu retten, bevor das alles vorbei sein würde.

»Vielleicht …«

»Vielleicht was?«

»Komm mit. Mal sehen, ob du Glück hast.«

Er folgte Jean-Paul aus der Küche, beobachtete die für sein Alter ungewöhnlich geraden Schultern und die vollen weißen Haare im Nacken, während ihm eine leichte Brise den Duft seines Deos zutrug. Im Flur gingen sie nach links, und der Mann betrat die Kellertreppe.

Nach ungefähr zehn Stufen erreichten sie das, was der Mehrzweckraum des Hauses sein musste.

Auf der einen Seite stand eine Waschmaschine neben einem Waschbecken, dann eine Werkbank für Heimarbeiten mit einem Schraubstock und ein paar Werkzeugen zur Holz- und Metallbearbeitung, an der Wand aufgehängt ein Damenrad.

Auf der anderen Seite eine Reihe Metallregale mit Konservenbüchsen und Weinflaschen. Ein Teil war von Aktenordnern und Kisten verschiedener Größen und Farben belegt.

»Ich bin ein Mann der Vergangenheit. Ich bin Sammler. Und fast alle Sammler sind dumme Nostalgiker, außer wenn sie Geld sammeln.«

Jean-Paul Francis blieb eine Weile vor einem Regal stehen und sah es unschlüssig an.

»Hm, dann schauen wir mal …«

Er traf seine Wahl und holte vom obersten Brett eine blaue, ziemlich große Schachtel. Auf dem Deckel klebte das goldene Etikett seines ehemaligen Plattenladens namens Disque à Risque. Er stellte sie auf die Werkbank neben den kleinen Schraubstock und knipste die darüber hängende Lampe an.

»Das ist alles, was von meinen Geschäften und von diesem Lebensabschnitt übrig geblieben ist. Bisschen wenig, findest du nicht?«

Manchmal ist selbst das zu viel, dachte Nicolas. *Es gibt Menschen, die brauchen am Ende einer Reise nicht mal eine Schachtel, egal, ob groß oder klein. Bisweilen sind allein die Taschen schon mehr als genug.*

Jean-Paul öffnete die Kiste und begann, darin zu wühlen, kramte Blätter heraus, die alte Lizenzen oder Konzert- und Messebroschüren zu sein schienen.

Plötzlich fischte er einen blauen Zettel heraus, faltete ihn auf, um zu sehen, was darauf stand, dann reichte er ihn Nicolas.

»Hier. Heute ist dein Glückstag. Diesen Zettel hat der Käufer von ›Stolen Music‹ höchstpersönlich geschrieben. Er hatte mir seine Nummer gegeben, als er erfuhr, dass ich eine Kopie besitze. Wenn ich jetzt so überlege, nachdem ich ihm die Platte verkauft hatte, kam er noch ein paarmal, danach habe ich ihn nie mehr gesehen …«

Nicolas las, was auf dem Zettel stand. In kräftiger und gleichzeitig präziser Handschrift waren ein Name und eine Telefonnummer notiert.

Legrand 04/4221545.

Für Hulot war es ein seltsamer Moment. Nach dem vielen Rumgerenne, nach den vielen verzerrten Stimmen, den verkleideten Gestalten, unbekannten Fingerabdrücken, nach den Schritten ohne Widerhall, den vielen Schatten ohne Gesicht und den vielen Gesichtern ohne Antlitz hielt er nun endlich etwas Konkretes in den Händen, die banalste Sache der Welt: einen Namen und eine Telefonnummer.

Er sah Jean-Paul Francis an und fühlte sich leer. Es gelang ihm nicht, die richtigen Worte zu finden. Sein Gastgeber, der sein Retter und der Retter anderer unschuldiger Opfer sein könnte, lächelte ihn an.

»Deinem Gesicht nach zu schließen würde ich sagen, dass es dich positiv berührt. Wenn wir jetzt im zuvor beschworenen Film wären, müsste nun wohl eine bedeutungsschwere Musik ertönen.«

»Viel mehr, Jean-Paul. Sehr viel mehr ...«

Er nahm das Handy. Sein neuer Freund hielt ihn augenblicklich zurück.

»Hier unten ist kein Empfang, wir müssen raus. Komm.«

Sie gingen die Treppe hoch. Während Nicolas Hulots Verstand auf hundertachtzig lief, ergänzte Francis die Informationen, die er ihm eben gegeben hatte, noch mit einem letzten Rest von Erinnerungen.

»Er wohnte hier in der Nähe, meine ich mich zu entsinnen, in der Gegend von Cassis. Er war ein kräftiger Typ, groß, nicht übermäßig groß, machte aber dennoch den Eindruck, über außergewöhnliche physische Kräfte zu verfügen. Er hatte etwas Militärisches an sich, wenn du weißt, was ich meine. Ich glaube, die Augen waren beeindruckend. Auf mich wirkten sie, als schauten sie einen an, ohne die Möglichkeit zu geben, angeschaut zu werden. Das ist die passendste Umschreibung, die mir einfällt. Ich weiß noch, wie seltsam es mir vorkam, dass so ein Typ ein Liebhaber von Jazzmusik sein sollte ...«

»Also dafür, dass du kein Computer bist, kommst du mit deinem Gedächtnis anscheinend noch ganz gut klar.«

Während sie die Treppe hochstiegen, drehte sich Jean-Paul Francis zu ihm um. Er lächelte.

»Meinst du? Aus irgendeinem Grund fange ich an, stolz auf mich zu sein.«

»Ich denke, du kannst viele Gründe haben, stolz auf dich zu sein. Der von heute ist nur einer mehr.«

Sie kamen ins Erdgeschoss und standen wieder im Sonnenlicht. Auf dem Küchentisch waren die Nudeln kalt und der Wein warm geworden. Ein Dreieck aus Licht hatte den Terrassenboden erreicht und kroch wie Efeu an einem Tischbein hoch.

Hulot sah aufs Handy. Das Display zeigte wieder Empfang an. Er überlegte, ob er das Risiko eingehen konnte. Dann zuckte er mit den Schultern. Vermutlich war seine Angst, abgehört zu werden, einfach paranoid. Er drückte die Kurzwahltaste und wartete auf die Stimme am anderen Ende.

»Salut, Morelli, ich bin's, Hulot, ich brauche zwei Dinge von dir: Informationen und Verschwiegenheit. Schaffst du das?«

»Klar.«

Eine Gabe von Morelli war zweifelsohne seine Fähigkeit, keine unnötigen Fragen zu stellen, wenn es nicht angebracht war.

»Ich gebe dir jetzt einen Namen und eine Telefonnummer durch. Kann leicht sein, dass die Nummer nicht mehr existiert. Müsste eine Nummer aus der Provence sein, um genau zu sein. Sagst du mir die zugehörige Adresse, so schnell wie möglich?«

»Sofort.«

Er gab dem Inspektor die Angaben, die er hatte, und legte auf.

Zur Bestätigung fragte er Francis, was in Wirklichkeit nur ein lauter Gedanke war.

»Bei Cassis, hast du gesagt?«

»Ich denke schon. Cassis, Auriol, Roquefort, ich kann mich nicht genau erinnern, aber vermutlich war es dieses Gebiet.«

»Ich glaube, ich werde mal einen Ausflug in diese Gegend machen müssen.«

Hulot ließ seinen Blick durchs Zimmer schweifen, als wolle er sich jedes Detail im Gedächtnis einprägen. Dann sah er Francis wieder in die Augen.

»Ich hoffe, du nimmst es mir nicht übel, wenn ich jetzt wie ein

Dieb verschwinde. Wie du dir vielleicht denken kannst, habe ich's ein bisschen eilig.«

»Ich weiß schon, wie's dir gerade geht. Das heißt nein, ich weiß es nicht, ich versuche nur, es mir vorzustellen. Hoffentlich findest du das, was du finden musst. Komm, ich bring dich noch zur Tür.«

»Tut mir Leid, wenn ich dir dein Mittagessen verdorben habe.«

»Du hast überhaupt nichts verdorben, Nicolas. Ganz im Gegenteil. In der letzten Zeit hatte ich nicht unbedingt viel Gesellschaft. Mit dem Alter kommen auch gewisse Widersprüche. Manchmal fragt man sich schon, wenn die Zeit so schnell vergeht, warum es dann Momente gibt, die anscheinend nie vorübergehen ...«

Während er Jean-Paul zuhörte, durchquerten sie den Garten und erreichten das schmiedeeiserne Tor. Nicolas sah seinen Wagen, der ein Stück weiter in der Sonne geparkt war. Ein Backofen sicherlich. Mit zwei Fingern griff er in seine Jackentasche und zog eine Visitenkarte heraus.

»Hier, für dich. Wenn du mal in der Nähe von Monte Carlo bist, kannst du davon ausgehen, dass immer ein freies Bett und etwas zu essen im Kühlschrank für dich da sein wird.«

Jean-Paul nahm die Karte und sah sie an, ohne etwas zu sagen. Nicolas war sicher, dass er sie nicht wegwerfen würde. Vielleicht sähen sie sich nie wieder, aber es war klar, dass er sie nicht wegwerfen würde.

Er hielt dem Mann seine Hand hin und spürte wieder seinen energischen Händedruck.

»Apropos. Da ist noch eine Sache, die ich dich fragen wollte. Nur aus reiner Neugier, hat jetzt nichts mit dieser Sache zu tun.«

»Sag schon.«

»Warum Disque à Risque?«

Diesmal war es Francis, der lachen musste.

»Ach, das ... Als ich das Geschäft aufgemacht habe, hatte ich nicht die leiseste Ahnung, wie es laufen würde. Das Risiko lag nicht bei den Kunden, sondern bei mir.«

Hulot ging, lachend und kopfschüttelnd, während Francis ihm von der geöffneten Tür aus nachsah.

Als er den Wagen erreichte, kramten seine Hände in der Jackentasche nach den Schlüsseln. Er konnte den blauen Zettel spüren, den ihm Jean-Paul gegeben hatte, mit dem Namen und der Telefonnummer. Er zog ihn heraus und betrachtete ihn einen Moment lang, in Gedanken versunken.

Er dachte, vermutlich hatte Disque à Risque, der Laden für Schallplattenraritäten, seinen größten Erfolg erst viele Jahre nach seiner Pleite zu verzeichnen.

42

Als er durch Carnoux-en-Provence in Richtung Cassis fuhr, kam Morellis Anruf. Die Elektronik des Handys interferierte mit den Frequenzen des Radios, das auf Europe 2 eingestellt war, und löste in den Boxen ein leichtes Knattern aus. Eine Sekunde später ertönte der Signalton des Mobiltelefons. Hulot nahm es vom Beifahrersitz und ging ran.

»Ja.«

»Kommissar, ich bin's, Morelli. Ich habe die Adresse gefunden, die Sie wollten. Es hat ein bisschen gedauert, denn wie Sie schon vermutet hatten, die Nummer gibt es nicht mehr. Es handelt sich um ein altes Nummernsystem. Ich musste bei der France Télécom ein wenig recherchieren.«

Hulot machte eine ärgerliche Geste.

»Sag schon, Morelli.«

»Die Nummer gehört zu einem Landgut, Domaine La Patience, Chemin de l'Hiver, Cassis. Aber die Sache hat einen Haken …«

»Nämlich?«

»Das Telefon wurde von Amts wegen gesperrt. Es hat nie eine Kündigung gegeben. Irgendwann wurden die Zahlungen eingestellt, und das Unternehmen hat nach ein paar unbeantworteten Mahnungen die Leitung stillgelegt. Die Person, mit der ich gesprochen habe, konnte mir auch nicht mehr sagen. Für weitere Informationen müsste man noch gründlicher nachforschen, aber ich hielt es nicht für angebracht ...«

»Kein Problem, Claude, ist schon okay so. Danke.«

»Keine Ursache, Kommissar.«

Am anderen Ende gab es ein kurzes Zögern. Hulot verstand, dass Morelli auf ein Zeichen von ihm wartete.

»Na, sag schon.«

»Geht's gut?«

»Ja, Morelli, es geht gut. Morgen werde ich dir sagen können, ob es noch besser geht. Mach du es gut, erst mal.«

»Sie auch, Kommissar. Passen Sie auf sich auf.«

Hulot legte das Handy wieder auf den Beifahrersitz. Die Informationen, die Morelli ihm gegeben hatte, musste er nicht aufschreiben. Sie hatten sich seinem Gedächtnis eingeprägt, und da würden sie auch noch eine ganze Weile bleiben. Als er aus Carnoux herausfuhr, einer provenzalischen Kleinstadt, modern, sauber und ordentlich, ließ er anderen Erinnerungen aus seinem Gedächtnis freien Lauf.

Genau auf dieser Straße, Richtung Cassis, war er vor vielen Jahren auch mit Céline und Stéphane gefahren, während eines Urlaubs, in dem sie gelacht und herumgealbert und den Rand dessen gestreift hatten, was ihm als Gipfel des Wohlbefindens erschienen war, um nicht noch stärkere Worte zu bemühen. Im Vergleich zu seiner jetzigen Situation war es das pure Glück gewesen, das ihm sein nachfolgendes Leben trockengelegt hatte, so viel Energie hatte er in die Trauerarbeit investiert.

Sein Sohn war damals sieben Jahre alt gewesen, oder fast sieben. Sie waren in Cassis angelangt, und Stéphane hatte sofort die Aufregung erfasst, die alle Kinder packt, wenn sie ans Meer kommen. Sie hatten das Auto außerhalb der Ortschaft geparkt und waren einen steilen Weg zum Meer hinuntergegangen, umweht von einer steifen Brise, die ihre Kleider flattern ließ.

Am Hafen waren sie von einer Vielzahl von Schiffsmasten und Segeln empfangen worden. Im Hintergrund sahen sie den Leuchtturm mit der grün glänzenden Kuppel, und jenseits der zum Schutz des Landungsstegs angebrachten Zementpfeiler erblickten sie das offene Meer.

Sie hatten ein Eis gegessen und waren mit einem Ausflugsboot zu den *calanques* gefahren, diesen engen, steil zum Meer abfallenden Felsbuchten, wie französische Fjorde, mit reinem und klarem Wasser. Während der Fahrt hatte er den Seekranken gespielt, und Céline und Stéphane hatten sich kaputtgelacht über seine Grimassen, seine verdrehten Augen und vorgetäuschten Brechreize. Dass er Polizeibeamter war, hatte er völlig vergessen, und er war nur noch Ehemann, Vater und Clown gewesen.

Papa, hör auf, ich sterbe vor Lachen.

Hulot dachte an die Regie des Seins. Wer Drehbücher schrieb, hatte bisweilen einen bizarren und makabren Sinn für Humor. Während er vor etlichen Jahren durch die Straßen der Kleinstadt geschlendert war, mit seiner Frau und seinem Sohn, glücklich und gedankenverloren, bekam vielleicht genau im selben Moment ein Mann von irgendwoher einen Anruf, in dem der Betreiber eines Plattenladens aufgrund seiner persönlichen Notsituation einwilligte, eine höchst seltene Pressung zu verkaufen. Vielleicht waren sie bei ihrem Spaziergang dem Mann über den Weg gelaufen. Vielleicht waren sie, aus Cassis kommend, sogar eine Zeit lang seinem Wagen gefolgt, als er nach Aix fuhr, um sich die Platte zu holen.

Am Stadtrand angekommen, parkte er zusammen mit seinem Auto die Erinnerungen an vergangene, glückliche Zeiten. Vom obersten Deck des Parkturms, in dem er seinen 206er abgestellt und das ein blaues Schild »Parking de la Viguerie, 310 Stellplätze« getauft hatte, ließ er seinen Blick schweifen.

Cassis hatte sich, gemessen an seiner Erinnerung, nicht sehr verändert. Die Betonpfeiler am Hafen waren verstärkt worden, das eine Haus war renoviert, das andere verfallen, aber es gab genügend Kalk und Lack, um die Touristen das Verrinnen der Zeit vergessen zu lassen.

Im Grunde war das der Sinn von Urlaub, vergessen …

Er fragte sich, wie er vorgehen sollte. Das Einfachste wäre, Informationen bei der örtlichen Polizei einzuholen, aber seine Ermittlungen waren zu einer Art Privatangelegenheit geworden, und er wollte es nach Möglichkeit vermeiden, die Aufmerksamkeit auf sich zu ziehen. Andererseits konnte jemand, der durch die Gegend lief und Fragen stellte, auch in einem überfüllten Touristenort am Meer nicht ewig unbemerkt bleiben. Im Grunde war es ein kleines Kaff, in dem sich alle kannten, und er würde mittendrin herumbuddeln.

Dieselbe Gasse, die er jetzt zum Hafen nahm, war er damals auch mit seiner Familie gegangen. Ein alter Mann, der einen Weidenkorb mit Seeigeln trug, kam ihm langsam entgegen. Hulot blieb stehen und hielt ihn an. Entgegen seinen Erwartungen war der alte Mann nicht im Mindesten außer Atem.

»Entschuldigen Sie …«

»Was ist?«, fragte der alte Mann ziemlich barsch.

»Ich bräuchte eine Information, bitte.«

Er setzte den Korb mit den Seeigeln ab und sah sie an, als befürchte er, sie könnten schlecht werden. Notgedrungen hob er die Augen, die von zwei buschigen, noch schwarzen Augenbrauen überragt wurden.

»Sagen Sie schon.«

»Kennen Sie einen Gutshof, der La Patience heißt?«

»Ja.«

Hulot erwog einen Moment, ob sein Respekt alten Leuten gegenüber *wirklich* größer war als die tiefe Verärgerung über Vollidioten, seien sie jung oder alt. Seufzend beschloss er, sich nicht aufzuregen.

»Wären Sie so freundlich und würden mir erklären, wo der liegt.«

Der Alte zeigte mit seiner Hand auf einen unbestimmten Punkt hinter den Häusern.

»Er liegt außerhalb der Stadt.«

»Das dachte ich mir schon …«

Hulot musste sich zusammenreißen, um dem Mann nicht an die Gurgel zu springen. Er wartete geduldig, dennoch legte sein Gesichtsausdruck seinem Gesprächspartner wohl nahe, den Bogen nicht zu überspannen.

»Sind Sie mit dem Auto unterwegs?«

»Ja, ich bin mit dem Auto hier.«

»Dann fahren Sie die Umgehungsstraße aus dem Ort raus. An der Ampel rechts, Richtung Roquefort. Wenn Sie ein Rondell erreichen, sehen Sie wiederum rechts den Wegweiser ›Les Janots‹. Von dieser Straße geht gleich links ein Schotterweg ab, auf dem man zu einer Steinbrücke gelangt, die über die Bahngleise führt. Den nehmen Sie, und an der Gabelung fahren Sie rechts. Der Weg endet bei La Patience.«

»Danke.«

Wortlos nahm der Alte seinen Korb mit den Seeigeln und ging weiter.

Endlich verspürte Hulot Aufregung über die Spur, der er nachging. Zügig stieg er die Gasse wieder hoch, mit dem Ergebnis, dass jetzt er keuchte, als er das Auto erreichte. Er folgte der Wegbeschreibung, die, so mürrisch sie auch vorgetragen worden war, doch perfekt zutraf, und fuhr auf dem Schotterweg in Richtung des Felsmassivs, das Cassis überragte. Die mediterrane Vegetation aus Lärchen und Olivenbäumen verdeckte fast völlig eine Art Canyon, in dem die Eisenbahntrasse verlief. Während er die Steinbrücke überquerte, die der Alte ihm beschrieben hatte, rannte ein hellbrauner Hund, ein entfernter Verwandter der Labradore, bellend ein Stück hinter dem Peugeot her.

Als sie an der Weggabelung ankamen, hielt er seine Arbeit offensichtlich für getan, gab Jagd und Gekläffe auf und trottete in Richtung eines Guts zu seiner Linken davon.

Hulot folgte dem Weg, der immer weiter hinaufführte, gesäumt von einem Wald hochstämmiger Bäume, die teilweise den Blick aufs Meer versperrten. Die bunten Blumenflecken waren, je weiter er aus der Stadt gefahren war, zunehmend verschwunden und durch das Grün der Nadelbäume und der Sträucher und den intensiven Geruch des Unterholzes, vermischt mit dem des Meeres, ersetzt worden.

Er folgte der Straße weitere Kilometer, doch so langsam begann er, den Alten zu verdächtigen, dass er ihm den Weg falsch beschrieben habe, aus dem einfachen Spaß heraus, ihn völlig sinnlos in der Gegend herumfahren zu lassen. Vielleicht saß er mit irgendeinem Jean oder René oder Armand zu Hause, aß seine Seeigel und amüsierte sich über den dummen Touristen, der in diesem Augenblick wie ein Kreisel die Berge rauf- und runterkurvte.

Während er das dachte, machte die Straße eine Kurve, und nachdem er sie hinter sich gelassen hatte, sah er La Patience.

Im Geiste dankte er Jean-Paul Francis und seiner magischen Kiste. Sollte er jemals in den Besitz der Platte von Robert Fulton gelangen, dann wäre es nur allzu berechtigt, sie ihm zurückzugeben. Er fuhr mit heftig klopfendem Herzen die Straße entlang auf das Anwesen zu, das sich deutlich gegen den Felsen abzeichnete, an den es sich anzulehnen schien.

Er passierte einen Torbogen aus Ziegelsteinen, der von Kletterpflanzen überwuchert war, und kam dann auf die Zufahrt zu dem großen, zweistöckigen Gehöft. Während er sich näherte, wurde das Triumphgefühl, das ihn beim Anblick des Landguts ergriffen hatte, ganz langsam von Enttäuschung überschattet. Unkraut hatte fast vollständig den Kiesweg überwuchert und nur teilweise zwei seitliche Streifen freigelassen, die Fahrspuren von Autoreifen zu sein schienen. Er fuhr weiter und hörte die Sträucher am Unterboden kratzen, ein Geräusch, das in dieser Stille etwas seltsam Unheimliches an sich hatte.

Jetzt, da sich die Perspektive verändert hatte, konnte er sehen, dass die Rückwand des Hauses vollkommen verfallen war. Fast das ganze Dach war eingebrochen, und nur Teile des vorderen Abschnitts standen noch. Dunkle Balken streckten sich wie die dunklen Finger von Gospelsängern in den Himmel, ragten hervor aus den verbliebenen Resten des alten Dachgerippes, von dem die Ziegeln heruntergestürzt und den Boden unter sich begraben hatten. Die Mauern waren abgebröckelt und mit Ruß bedeckt, um zu bezeugen, dass das Haus einem wütenden Brand zum Opfer gefallen war, der es fast völlig verwüstet und lediglich die Fassade wie eine künstliche Theaterkulisse zurückgelassen hatte.

Das Ganze musste vor ziemlich vielen Jahren passiert sein,

denn Unkraut und Kletterpflanzen hatten genügend Zeit, um sich zurückzuholen, was schon immer ihr Eigentum gewesen war. Es schien, als würde die Natur ganz langsam und geduldig ein feines Maschennetz weben, um die Wunden zu verschließen, die der Mensch ihr zugefügt hatte.

Hulot parkte den Wagen auf dem Hof und stieg aus. Er sah sich um. Die Aussicht von hier war einmalig. Man blickte in das ganze Tal mit seinen abgelegenen Häusern und Weinbergen im Wechsel mit Flecken wilder Vegetation, die immer lichter wurden, bis sie Cassis erreichten, das weiß und schön an der Küste lehnte, wie eine Frau auf dem Balkon, die das Meer und seine Grenze zum Horizont betrachtet. Da waren noch die alten Strukturen eines Gartens, längst verrostete Teile schmiedeeiserner Konstruktionen, die vom einstigen Glanz dieses Hauses zeugten. Zur Blütezeit musste der Garten ein wahres Naturschauspiel geboten haben. Jetzt machten sich überall wilde Lavendelbüsche breit.

Die geschlossenen Rollläden, die von der Hitze gezeichneten Gemäuer und das Unkraut, das seine Wurzeln in die Risse grub wie ein Dieb seine Finger in die Handtasche eines ahnungslosen Opfers, hatten etwas Trostloses und Verwahrlostes, dem man sich schwerlich entziehen konnte.

Er sah ein Auto von der Straße in die Zufahrt einbiegen. Es hielt mitten auf dem Hof und wartete. Kurze Zeit später parkte ein gelber Renault Kangoo neben dem Peugeot. Zwei Männer in Arbeitsanzügen stiegen aus, einer etwas älter, so an die sechzig, der andere ungefähr dreißig, stämmiger Typ, dümmliches Gesicht, langer, dunkler Bart. Der Jüngere würdigte ihn keines Blickes. Er öffnete die Hecktür und begann, Gartengeräte auszuladen.

Der andere gab ihm Anweisungen.

»Fang schon mal an, Bertot, ich komm gleich.«

Nachdem er die Hierarchie in seinem Sinne noch einmal bestätigt hatte, ging er zu Nicolas. Jetzt, da er ihn von nahem sah, sprühte auch dieses Gesicht mit der platten Nase nicht gerade vor Intelligenz. Er schien lediglich die etwas schlankere und reifere Version des anderen zu sein.

»Guten Tag.«

»Wünsch ich Ihnen auch.«

Hulot versuchte, jeglicher Beschwerde durch sanftmütiges Verhalten zuvorzukommen. Er lächelte sein bestes Brave-Jungen-Gesicht.

»Hoffentlich habe ich jetzt nichts falsch gemacht, und falls doch, dann bitte ich um Entschuldigung. Ich habe mich wohl verfahren, schon viel weiter unten. Bin dann aber weitergefahren, um irgendwo drehen zu können, bis ich schließlich hierher kam. Ich habe das verfallene Haus gesehen, und die Neugier hat gesiegt. So habe ich geparkt, um es mir anzusehen. Bin aber gleich wieder weg.«

»Kein Problem, Sie stören überhaupt nicht. Außer Erde und Unkraut ist hier nichts mehr, was sich lohnen würde zu klauen. Sie machen Urlaub, oder?«

»Ja.«

»Das hatte ich mir schon gedacht.«

Donnerwetter, Gaston-le-Beau! Du bist eben an einem Wagen mit dem Kennzeichen von Monte Carlo vorbeigefahren. Selbst ein Blinder mit Krückstock hätte das kapiert.

Der Mann zuckte in aller Bescheidenheit mit den Schultern.

»Es kommt manchmal vor, dass sich jemand hier hoch verirrt. Rein zufällig, so wie Sie, oder aus Neugier, wie die meisten anderen. Die Leute aus Cassis kommen nicht gerne her. Und ehrlich gesagt, mache auch ich nicht gerade Freudensprünge, wenn ich hier hoch muss. Nach allem, was passiert ist … Aber was soll man machen, Arbeit ist Arbeit, und in diesen Zeiten kann man nicht allzu wählerisch sein. Zur Sicherheit sind wir immer zu zweit, wie Sie sehen. Auch wenn es schon Jahre her ist, aber an diesem Ort läuft mir immer noch ein Schauer über den Rücken …«

»Warum, was ist denn passiert?«

»Kennen Sie nicht die Geschichte von La Patience?«

Er blickte ihn an, als sei es unmöglich, dass jemand auf diesem Planeten die Geschichte von La Patience nicht kannte. Wenn er ihn auf einer fliegenden Untertasse hätte entschwinden sehen, wäre vielleicht sein einziger Kommentar gewesen: »Ah, das dachte ich mir schon …«

Nicolas ließ ihn fortfahren.

»Nein, ich glaube, davon habe ich noch nie reden hören.«

»Hier gab es ein Verbrechen, oder besser gesagt, eine ganze Reihe von Verbrechen. Haben Sie wirklich nie davon gehört?«

Hulot merkte, wie sein Puls etwas schneller schlug.

»Nein, nie.«

Der Mann zog eine Packung Tabak und Blättchen aus seiner Westentasche und drehte sich mit beachtlichem Geschick eine Zigarette. Wie immer, wenn einfache Leute merken, dass sie Hüter einer interessanten Geschichte sind, begann auch er, mit großer Emphase zu sprechen.

»Ich kenne die Geschichte nicht in allen Details, weil ich damals nicht in Cassis lebte. Aber anscheinend hat der Typ, der in diesem Haus gewohnt hat, die Gouvernante und seinen Sohn umgelegt, bevor er alles angezündet und sich eine Kugel in den Kopf gejagt hat.«

»Ach du Schande.«

»Allerdings, nicht gerade eine Kleinigkeit. Aber im Dorf sagen sie, dass der Typ halb gestört war und in zwanzig Jahren höchstens so um die zwanzig Mal gesehen wurde, er und sein Sohn. Die Frau kam ins Dorf zum Einkaufen, hat aber nie den Mund aufgemacht. Guten Tag, guten Abend und ciao, Filiberta! Er hat nicht mal mehr das Land bestellt, und davon besaß er wirklich ein ganz schönes Stück. Er hatte es einer Immobilienfirma übergeben, von der es an Weinbauern aus der Gegend verpachtet wurde. Lebte ganz einsam da oben auf dem Berg, wie ein Eremit. Da glaub ich gerne, dass ihm irgendwann mal die Sicherung durchgebrannt ist und er dann getan hat, was er getan hat ...«

»Drei Personen sagten Sie?«

»Genau. Die beiden, den Mann und die Frau, hat man völlig verkohlt aufgefunden. Den Körper des Jungen dagegen konnten sie unverbrannt bergen, als sie das Feuer gelöscht hatten. Und zum Glück wurde der Brand rechtzeitig entdeckt, sonst wäre er auf den halben Berg übergesprungen.«

Er wies auf den jüngeren Mann, mit dem er gekommen war.

»Bertots Vater, der damals bei der Feuerwehr war, hat mir erzählt, nachdem sie das Feuer gelöscht hatten, sind sie ins Haus gegangen und haben den Körper des Jungen in einem so schrecklichen Zustand vorgefunden, dass es ihnen lieber gewesen wäre, er wäre auch verkohlt, wie die anderen zwei. Stellen Sie sich mal vor, der Körper des Vaters war so verbrannt, dass die Kugel, mit der er sich das Hirn weggepustet hatte, in seinem Schädel geschmolzen war.«

»Was heißt das, ›in einem so schrecklichen Zustand‹?«

»Na ja, Bertots Vater meinte, er habe kein Gesicht mehr gehabt, wenn Sie verstehen, was ich meine, als hätten sie es ihm vom Kopf geschabt. Und jetzt erzählen Sie mir nicht, dass der nicht verrückt war, dieser Typ ...«

Hulot spürte, wie sich seine Eingeweide die Magenwand hochzogen, wie die Kletterpflanzen an diesem nackten Gemäuer.

Heiliger Jesus, der Junge hatte kein Gesicht mehr, als hätten sie es ihm vom Kopf geschabt!

Wie Bilder aus der Hölle erschienen vor seinen Augen eine Reihe gehäuteter Gesichter. Jochen Welder und Arijane Parker. Allen Yoshida. Gregor Yatzimin. Er sah ihre ins Nichts gerichteten, lidlosen Augen, wie eine ewige Verurteilung desjenigen, der sie umgebracht hatte, und desjenigen, der es nicht zu verhindern gewusst hatte.

Er glaubte, eine verzerrte Stimme zu hören, die ihm mit grauenvollem Stereoeffekt in beide Ohren diese zwei verdammten Worte zuflüsterte:

Ich töte ...

Trotz der warmen Luft an diesem Sommernachmittag merkte er, wie er in seiner ungefütterten Baumwolljacke erschauderte. Ein Rinnsal aus Schweiß lief von der rechten Achsel zum Gürtel hinunter.

»Und was ist dann passiert?«, fragte er mit plötzlich veränderter Stimme.

Der Mann bemerkte das gar nicht und hielt es für die typische Reaktion eines dieser verweichlichten Touristen auf die Bluttat, von der er erzählte.

»Na ja, der Tathergang war ziemlich klar, deshalb hat man,

nachdem alle Alternativen ausgeschlossen worden waren, den Fall als Doppelmord und Selbstmord zu den Akten gelegt. Natürlich war das nicht gerade die beste Werbung für La Patience …«

»Gibt es keine Erben?«

»Genau das meinte ich vorhin. Kein einziger Erbe, deshalb ist das Landgut in öffentlichen Besitz übergegangen. Es stand zum Verkauf, und das steht es immer noch, aber wer sollte so etwas schon wollen, nach all dem, was passiert ist? Nicht mal geschenkt würde ich es nehmen. Die Gemeinde hat es der gleichen Firma zur Verwaltung überlassen, die sich um die Verpachtung des Landes gekümmert hat und immer noch kümmert. Mit dem Erlös finanziert sie die Instandhaltungskosten und die Kosten für sämtliche Mühen. Ich komme ab und zu hierher, damit nicht das Unkraut das, was vom Haus übrig ist, auch noch auffrisst.«

»Und wo wurden die Opfer begraben?«

Hulot versuchte, seiner Frage den Ton der harmlosen Neugier eines einfachen Mannes zu verleihen, aber bei diesem Typen musste man sich gar nicht anstrengen. Er war jetzt so in Schwung, dass er seine Geschichte wahrscheinlich auch zu Ende erzählt hätte, wenn Hulot gegangen wäre und ihn stehen lassen hätte.

»Oh, ich glaube auf dem Friedhof unten im Dorf, oberhalb vom Hafen, auf dem Hügel. Wenn Sie in der Gegend waren, müssen Sie ihn auf jeden Fall gesehen haben.«

Hulot erinnerte sich dunkel an einen Friedhof in der Nähe vom Parkplatz, auf dem er vorher gestanden hatte.

»Und wie hießen die Leute, die hier gewohnt haben?«

»Ach, daran kann ich mich gar nicht richtig erinnern, so was wie Le … Le *irgendwas*, Legrand oder Le Normand, glaub ich.«

Hulot sah demonstrativ auf die Uhr.

»Mann, ist ja ganz schön spät geworden. Nicht zu glauben, wie die Zeit rast, wenn man solche Geschichten hört. Meine Freunde werden sich schon fragen, wo ich geblieben bin. Ich danke Ihnen, dass Sie mir das alles erzählt haben.«

»Keine Ursache. Ist doch selbstverständlich. Schönen Urlaub noch.«

Der Mann wandte sich ab, um seine Kunst mit der von Bertot zu vereinen. Als Hulot ins Auto stieg, wurde er noch mal gerufen.

»Hey, hören Sie. Wenn Sie heute Abend guten Fisch essen wollen, dann gehen Sie mit Ihren Freunden zu La Coquille d'Or, unten am Hafen. Und wenn man Sie woanders übers Ohr haut, dann kommen Sie ja nicht und jammern mir was vor. Nicht vergessen, La Coquille d'Or. Das ist mein Schwager. Sagen Sie ihm, dass Gaston Sie schickt, und er wird Sie fürstlich bedienen.«

Na sieh mal einer an, Gaston. Gaston-le-Beau. Volltreffer. Heute ist wirklich mein Glückstag, dachte Hulot, als er den Motor anließ.

Während er aufgewühlt nach Cassis zurückfuhr, in der festen Absicht, den dortigen Friedhof zu besuchen, dachte Nicolas Hulot, dass er noch ganz schön viel Glück brauchen würde, um gewisse Rechnungen zu begleichen.

43

Nicolas Hulot zog einen Parkschein aus dem Automaten und stellte den Wagen wieder an denselben Platz, an dem er vorher schon geparkt hatte.

Von dort aus konnte man ein bisschen links oberhalb des Parking de la Viguerie einen kleinen, von Zypressen eingerahmten Friedhof sehen.

Er stieg aus dem Auto, verließ den Parkplatz und lief die steile Straße hoch, anscheinend die Verlängerung der Gasse, auf der er vor nicht allzu langer Zeit runtergegangen war. Als er Richtung Friedhof kam, sah er direkt unterhalb desselben eine freie, betonierte Fläche, auf welcher die Linien für einen Tennisplatz und ein Basketballfeld gezeichnet waren. Ein paar Jungs dribbelten mit einem Ball herum, ganz vertieft in ihr Spiel auf einen vereinzelten Korb.

Die Anlage eines Sportplatzes direkt unterhalb eines Friedhofs kam ihm merkwürdig vor. Merkwürdig im positiven Sinn. Im Grunde zeugte es nicht von mangelndem Respekt, sondern vom einfachen und ewigen Nebeneinander von Leben und Tod, ohne tiefe Wunden, ohne falsche Scham. Wenn er an diese Märchen glauben würde, hätte er gesagt, dass diese Nähe eine Weise ist, die Toten am Sein der Lebendigen teilhaben zu lassen.

Er kam zur Friedhofszufahrt.

Ein blaues Schild an einer Straßenlaterne verriet ihm, dass er die Allee du Souvenir Français betrat. Auf einer Steinfläche, eingeschliffen in den Fels des Hügels, teilte ihm ein weißes Schild mit blauroter Umrahmung dasselbe mit.

Er lief ein paar Meter auf dem Kiesweg, der links zum Eingang unter einem Mauerbogen führte. Neben dem Tor hing in einem verwitterten Schaukasten ein weiteres Schild, dem zu entnehmen war, dass der Friedhofswärter im Winter zwischen 8 und 17 Uhr zur Verfügung stand.

Hulot ging unter dem Torbogen durch und betrat den Friedhof, wo er den Kies unter seinen Schuhen knirschen hörte.

Sofort nahm er die Stille wahr.

Es spielte keine Rolle, dass gleich neben ihm ein paar Jungs in ihrer Spielbegeisterung herumlärmten, dass die Ortschaft voller Touristen und sommerlicher Geräusche war, dass man nicht weit weg die Autos kommen und fahren hörte.

Die Mauer schien aus einer Art lärmisolierendem Material gebaut zu sein, das die Geräusche nicht abhielt, sondern einfach ihre Natur transformierte, als würde der Lärm, wenn man eintrat, zum unerlässlichen Bestandteil der Stille, die dort zu atmen war.

Gemächlich lief er den Pfad zwischen den Gräbern entlang.

Die Aufregung über seine neuen Fortschritte im Fall hatte sich während der Fahrt von La Patience bis hierher schon gelegt. Jetzt war der Moment der Rationalität gekommen, eine Einladung zur Ruhe, zum Nachdenken. Jetzt war der Moment gekommen, *sich selbst* daran zu erinnern, dass das Leben irgendeines Menschen von ihm und weiteren Erfolgen abhing.

Der Friedhof war sehr klein, eine Reihe von Pfaden, die im Schachbrettmuster zwischen den Gräbern verliefen. Um den wenigen verfügbaren Platz besser auszunutzen, führte rechts eine

Treppe hoch zu einer Reihe von Terrassen, auf denen weitere Gräber zu erahnen waren und sich an den Hügel schmiegten, der weit über die Mauer hinaus anstieg.

Genau in der Mitte ragte eine riesige Zypresse in den wolkenlosen Himmel.

Auf der rechten und auf der linken Seite, direkt an den gegenüberliegenden Friedhofsmauern, standen zwei kleinere Gebäude mit rotem Ziegeldach. Das rechte schien, dem Kreuz auf dem Giebel nach zu urteilen, eine Kapelle zu sein. Das andere diente vermutlich als Geräteschuppen. Während er es betrachtete, öffnete sich eine Holztür, und ein Mann kam heraus. Hulot bewegte sich in seine Richtung und überlegte, als was er sich vorstellen sollte. Wie oft bei Schauspielern und Polizisten, diesen Meistern der Lüge, beschloss er, der spontanen Eingebung und der Improvisation zu vertrauen.

Er ging auf den Mann zu, der sich mittlerweile genähert hatte.

»Guten Tag.«

»Guten Abend.«

Hulot betrachtete die Sonne, die sich auf einen großartigen Sonnenuntergang vorbereitete, und ihm wurde bewusst, dass er nicht bemerkt hatte, wie die Zeit verstrich.

»Sie haben Recht, guten Abend. Hören Sie …«

Er zögerte einen Moment, dann beschloss er, nur ein neugieriger Tourist zu sein. Er versuchte, ein möglichst harmloses Gesicht aufzusetzen.

»Sind Sie der Friedhofswärter?«

»Ja.«

»Im Dorf habe ich eine ganz schreckliche Geschichte gehört, die sich hier vor einiger Zeit zugetragen hat, die mit …«

»Meinen Sie die Sache mit La Patience?«, unterbrach ihn der Wärter.

»Genau die. Ich habe mich gefragt, ob es wohl möglich wäre, einen Blick auf die Gräber zu werfen? Reine Neugier.«

»Sind Sie Polizist?«

Nicolas war verwirrt. Er sah den Mann vor sich an, als sei ihm schlagartig ein drittes Nasenloch gewachsen. Sein Gesichtsausdruck versicherte dem anderen, ins Schwarze getroffen zu haben, und entlockte ihm ein halbes Lächeln.

»Keine Sorge, es steht Ihnen nicht auf der Stirn geschrieben. Ich war nur früher mal ein ziemlicher Chaot und hatte des Öfteren mit der Polizei zu tun, deshalb erkenne ich euch sofort …«

Hulot stimmte weder zu, noch leugnete er offiziell.

»Sie möchten die Gräber der Legrands sehen, nicht? Kommen Sie.«

Er stellte keine Fragen. Diesen Mann hatte eine turbulente Vergangenheit hierher verfrachtet in dieses Dorf, wo es Leute gab, die alles wissen wollten, und solche, die nichts wissen wollten, und es war klar, für welche Seite er sich entschieden hatte.

Er folgte ihm bis zur Treppe unterhalb der Terrassen. Sie stiegen ein paar Stufen hoch, und am ersten Absatz bog der Wärter nach links. Er blieb an einer Reihe benachbarter Gräber stehen. Hulot ließ seinen Blick über die Grabsteine auf dem Boden schweifen, die leicht schräg nach oben gerichtet waren. Jeder trug eine sehr einfache Inschrift, einen Namen und ein Datum.

Laura de Dominicis	1943–1971
Daniel Legrand	1970–1992
Marcel Legrand	1992
Françoise Mautisse	1992

Auf den Grabsteinen waren keine Fotos. Ihm war aufgefallen, dass ziemlich viele keine hatten. Es kam ihm nicht besonders merkwürdig vor, aber er hätte lieber Gesichter gehabt, um sie sich einzuprägen und einen Anhaltspunkt zu haben.

Anscheinend konnte der Wärter Gedanken lesen.

»Auf den Grabsteinen sind keine Fotos, weil bei dem Feuer alle verbrannt sind.«

»Und warum steht nur bei zweien das Geburtsdatum?«

»Das waren Mutter und Sohn. Und bei den anderen beiden haben sie es, glaube ich, nicht mehr rechtzeitig geschafft. Und danach …«

Seine Gestik deutete an, dass danach niemand mehr daran interessiert gewesen war, die Daten anbringen zu lassen.

»Wie ist es passiert?«, fragte der Kommissar, ohne den Blick von den Marmortafeln abzuwenden.

»Schlimme Geschichte, nicht nur wegen der Sache an sich. Legrand war ein komischer Typ, ein Einzelgänger. Er kam ins Dorf, nachdem er das Landgut gekauft hatte, La Patience, mit einer schwangeren Ehefrau und einer anderen Frau, die wohl so eine Art Gouvernante war. Er hat sich dort eingenistet, und es war sofort klar, wie er sich fortan verhalten würde: absolute Zurückhaltung. Seine Frau hat das Kind zu Hause gekriegt, allein, vermutlich waren nur er und die Gouvernante dabei.«

Er wies mit der Hand auf das Grab.

»Die Frau starb ein paar Monate nach der Entbindung. Wenn sie in einem Krankenhaus entbunden hätte, wäre es vielleicht nicht passiert. Zumindest hat das der Arzt gesagt, der ihren Tod feststellte. Aber so war der Mann. Er hasste wohl die Menschen. Den Sohn hat man praktisch nie gesehen, er wurde nicht getauft und ging nicht zur Schule. Hatte wahrscheinlich Privatstunden, vielleicht bei seinem Vater selbst, denn am Ende eines jeden Schuljahres hat er Prüfungen abgelegt, und das war's dann.«

»Haben Sie ihn jemals gesehen?«

Der Wärter nickte mit dem Kopf.

»Ab und zu, sehr selten, kam er mit dem Vater her und legte Blumen aufs Grab der Mutter. In der Regel kümmerte sich die Gouvernante darum. Einmal ist was passiert ...«

»Nämlich?«

»Eine Kleinigkeit, aber vielsagend für die Beziehung zwischen Vater und Sohn. Ich war dort drin ...«

Er wies mit der Hand auf das kleinere Gebäude, aus dem Hulot ihn hatte rauskommen sehen.

»Beim Rausgehen sah ich ihn, den Vater meine ich, von hinten vor dem Grab stehen. Der Junge lehnte neben dem Geräteschuppen an der Mauer und sah unten ein paar Kindern beim Fußballspielen zu. Als er mich kommen hörte, drehte er den Kopf in meine Richtung. Er war ein ganz normaler Junge, ziemlich hübsch würde ich sagen, hatte aber seltsame Augen, ich weiß nicht, wie ich sagen soll ... das treffendste Wort wäre wohl *traurig*, genau, traurig, denke ich. Die traurigsten Augen, die ich je gesehen habe. Er muss die Gelegenheit, dass der Vater so abgelenkt war, genutzt haben, um hierher zu kommen, angezogen von den Stimmen der anderen Kinder. Ich trat auf ihn zu, um ihn anzusprechen, doch der Vater kam wie eine Furie herbei. Er rief den Jungen beim Namen ... Darf ich Ihnen etwas sagen?«

Der Wärter machte eine Pause, als wolle er jedes noch so kleine Staubkörnchen von jenen Erinnerungen wischen. Er starrte ihn an, als sehe er nicht ihn, sondern durchlebe jenen Augenblick nochmals.

»Der Ton seiner Stimme, mit der er ›Daniel‹ sagte, war die des Mannes, der bei einer Exekution ›Feuer‹ brüllt. Das Kind hatte sich zum Vater gedreht und zu zittern angefangen. Es zitterte wie Espenlaub. Legrand sagte nichts. Er sah seinen Sohn einfach mit weit aufgerissenen Augen an, völlig irre. Er bebte vor Zorn im selben Maß, wie sein Sohn vor Schreck zitterte. Ich weiß nicht, was sonst bei denen zu Hause los war, ich weiß nur, dass sich in diesem Moment *der Junge vor Angst in die Hose machte!*«

Der Wärter senkte für einen Moment den Blick auf den Boden.

»Wie Sie sich denken können, hat es mich deshalb überhaupt nicht gewundert, als ich Jahre später erfuhr, dass Legrand dieses Blutbad angerichtet hatte. Ich glaube, Sie wissen, was ich meine ...«

»Soweit ich informiert bin, hat er sich umgebracht, nachdem er das Dienstmädchen und den Sohn getötet und das Haus angezündet hat.«

»Genau. Oder zumindest haben das die Ermittlungen ergeben. Es gab keinen Grund, jemand anderen zu verdächtigen, und das Verhalten des Mannes bekräftigte eindeutig diese Annahme. Aber diese Augen ...«

Er sah ins Leere, den Kopf schüttelnd.

»Diese irren Augen werde ich nie aus dem Kopf kriegen.«

»Gibt es noch andere Sachen, die Ihnen einfallen? Erinnern Sie sich an weitere Details?«

»Oh ja, seitdem sind viele seltsame Dinge passiert. Ziemlich viele, würde ich sagen.«

»Das heißt?«

»Na ja, der Diebstahl der Leiche zum Beispiel. Dann die Sache mit den Blumen …«

Hulot dachte erst, er habe sich verhört.

»Welche Leiche?«

»Seine.«

Der Mann wies mit dem Finger auf den Grabstein von Daniel Legrand.

»Ungefähr ein Jahr nach der Geschichte wurde eines Nachts sein Grab geplündert. Als ich morgens kam, sah ich, dass das Tor aufgebrochen, der Grabstein zur Seite geschoben und der Sarg geöffnet war. Von der Leiche des Jungen keine Spur. Die Polizei verdächtigte einen perversen Leichenschänder, der …«

»Wenn ich mich nicht irre, hatten Sie auch etwas von Blumen erwähnt …«, unterbrach ihn Nicolas.

»Ach genau, das. Ein paar Monate nach der Beerdigung bekam ich einen maschinengeschriebenen Brief. Man hat ihn hier abgegeben, weil er an den Friedhofswärter von Cassis adressiert war. In dem Brief war Geld. Kein Scheck, wohlgemerkt, sondern Scheine, die ins Briefpapier eingewickelt waren.«

»Und was stand darin?«

»Das Geld war der Lohn für die Pflege der Gräber von Daniel Legrand und der Mutter. Kein einziges Wort über den Vater oder die Gouvernante. Der Verfasser des Briefes bat mich, die Grabsteine sauber zu halten und immer für frische Blumen zu sorgen. Das Geld kam auch noch, nachdem die Leiche entwendet worden war.«

»Bis heute?«

»Den letzten Umschlag habe ich vergangenen Monat bekommen. Wenn sich nichts ändert, müsste der nächste schon bald da sein.«

»Haben Sie den Brief aufgehoben? Oder einen der Umschläge?«

Der Wärter zuckte mit den Schultern. Er schüttelte leicht den Kopf.

»Ich glaube nicht. Der Brief, das ist ziemlich lange her. Da müsste ich zu Hause nachsehen, aber ich glaube nicht. Und wegen der Umschläge, weiß nicht, aber irgendeinen werde ich schon noch haben. Auf jeden Fall kann ich Ihnen den geben, den ich bald kriege, wenn ich ihn kriege.«

»Dafür wäre ich Ihnen sehr dankbar. Und ich wäre Ihnen auch dankbar, wenn Sie niemandem von unserem Gespräch erzählen würden.«

Der Wärter signalisierte mit einer Geste, dass das doch selbstverständlich sei.

»Machen Sie sich keine Sorgen.«

Während sie sprachen, stieg eine dunkel gekleidete Frau mit Kopftuch und einem Blumenstrauß im Arm die Stufen hoch. In einem seltsamen Trippelschritt ging sie zu einem Steingrab in derselben Reihe wie die Gräber der Legrands. Sie kniete nieder und streichelte liebevoll den Grabstein aus Marmor. Mit unterwürfiger Stimme wandte sie sich ans Grab.

»Entschuldige, wenn ich heute so spät komme, aber ich hatte Probleme mit dem Haus. Ich geh kurz Wasser holen und erklär's dir dann.«

Sie legte den Strauß auf den Stein, nahm die alten Blumen aus ihrem Behälter und zog das Gefäß aus der Graberde. Dann entfernte sie sich, um es aufzufüllen. Der Wärter folgte Nicolas' Blick und kam seiner Frage zuvor. In seinem Gesicht war Mitleid.

»Arme Frau, nicht? Das war eine wirklich unglückselige Zeit für Cassis. Kurz bevor das in La Patience passiert ist, geschah bei ihr das Unglück. Eine banale Sache, wenn man den Tod einer Person so bezeichnen darf. Ein Tauchunfall. Der Sohn tauchte nach Seeigeln, die er an den Ständen unten am Hafen an Touristen verkaufte. Eines Tages kam er nicht nach Hause zurück. Sie haben sein Boot draußen in einer der *calanques* vor Anker gefunden, verlassen, mit seinen Kleidern darin. Als das Meer seinen Körper wieder ausspuckte, ergab die Autopsie Tod durch Ertrinken, verursacht wahrscheinlich durch einen Anfall von Übelkeit während des Tauchens. Nach dem Tod des Jungen ...«

Der Wärter hielt inne und tippte vielsagend mit dem rechten Zeigefinger an seine Schläfe.

»... ist mit ihm auch der Verstand von ihr gegangen.«

Hulot sah der Frau weiter nach, die jetzt die Blumen vom Grab in den Mülleimer warf.

Er dachte an Céline, seine Frau. Ihr war dasselbe passiert, nach Stéphanes Tod. Die Beschreibung des Wärters war perfekt.

Mit ihm ist auch der Verstand von ihr gegangen ...

Mit beklommenem Herzen fragte er sich, ob sich auch auf Céline schon mal jemand bezogen hatte, indem er schweigend mit dem Zeigefinger an die Schläfe tippte. Die Stimme des Wärters brachte ihn wieder zurück auf den Friedhof einer Kleinstadt namens Cassis, vor die Gräber einer ausgelöschten Familie.

»Wenn Sie mich nicht mehr brauchen ...«

»Oh, Sie haben Recht, entschuldigen Sie, Monsieur ...?«

»Norbert, Luc Norbert.«

»Verzeihen Sie mir, wenn ich Ihre Zeit verschwendet habe. Ich nehme an, Sie müssen schließen.«

»Nein, im Sommer bleibt der Friedhof immer lange geöffnet. Wenn es dunkel wird, komme ich nochmal und sperre das Tor ab.«

»Dann würde ich gerne noch ein paar Minuten bleiben, wenn es Sie nicht stört.«

»Lassen Sie sich ruhig Zeit. Falls Sie mich noch brauchen, finden Sie mich hier, oder Sie fragen jemanden aus dem Ort. Hier kennen mich alle, und jeder wird Ihnen mein Haus zeigen können. Einen schönen Abend, Monsieur ...?«

Hulot verstand und lächelte. Er fand, Monsieur Norbert hatte sich eine kleine Entschädigung verdient.

»Hulot. Kommissar Nicolas Hulot.«

Der Mann nahm die Bestätigung seiner Intuition hin, ohne sich in irgendeiner Weise etwas anmerken zu lassen. Er nickte nur leicht mit dem Kopf, als habe es gar nicht anders sein können.

»Klar, Kommissar Hulot. Na dann, guten Abend, Kommissar.«

»Das wünsche ich Ihnen auch und nochmals vielen Dank.«

Der Wärter drehte sich um und ging. Nicolas folgte ihm mit dem Blick, während er sich entfernte. Die dunkel gekleidete Frau füllte gerade aus einem Hahn neben der Kapelle Wasser in ein Gefäß. Eine Taube kauerte auf dem Dach des niedrigen Gebäudes. Hoch oben über dem Meer segelte eine Möwe. Bettler des Meeres und Bettler der Erde, welche die Nahrung gerecht unter sich aufteilten, die der Müll der Menschen, jener bemitleidenswerten Wesen, die nicht fliegen konnten, hergab.

Er sah wieder auf die Gräber. Starrte sie an, als könnten sie sprechen, während sich in seinem Kopf eine Gedankenlawine ergoss. Was war in diesem Haus vorgefallen? Wer hatte den entstellten Körper von Daniel Legrand entwendet? Was hatten ein Drama, das sich zehn Jahre zuvor ereignet hatte, und ein eiskalter Killer, der seine Opfer auf dieselbe Weise entstellte, gemeinsam?

Er ging Richtung Ausgang. Als er den betonierten Weg entlanglief, kam er am Grab des Jungen vorbei, der ungefähr zur selben Zeit bei einem Tauchunfall gestorben war. Er blieb einen Augenblick vor dem Grabstein stehen. Betrachtete das Foto. Ein dunkelhaariger Junge, ziemlich aufgeweckt, lächelte von einer Schwarz-Weiß-Keramik, deren Bildvorlage mit Sicherheit extra retuschiert worden war. Er beugte sich vor, um den Namen des Verstorbenen zu lesen. Seine Augen berührten die Inschrift, und Nicolas Hulot stockte der Atem. Er meinte, das Grollen eines Donners zu hören, während sich die Inschrift immer weiter zu vergrößern schien, bis sie die gesamte Fläche des Grabsteines einnahm.

In einem einzigen, kurzen, sehr langen Augenblick begriff er alles.

Und er wusste, wer Keiner war.

Auf dem Beton hörte er, beinahe ohne es zu registrieren, den Widerhall von nahenden Schritten. Er dachte, es sei die dunkel gekleidete Frau, die zum Grab ihres Sohnes zurückkam.

Von seinen Gedanken vereinnahmt, überwältigt von der Aufregung über die Entdeckung, das Herz in seinen Ohren wie der ungedämpfte Paukenschlag eines Orchesters dröhnend, achtete er nicht auf das deutlich leisere Geräusch der Schritte, die sich ihm von hinten näherten.

Er bemerkte sie so lange nicht, bis er die Stimme hörte.

»Gratuliere, Kommissar, ich hätte nicht gedacht, dass Sie hierher finden würden.«

Kommissar Nicolas Hulot drehte sich langsam um. Als er die Pistole auf sich gerichtet sah, dachte er, dass es für heute mit dem Glück erst mal vorbei sei.

44

Frank wachte auf, als es draußen noch dunkel war. Er öffnete die Augen, und zum wiederholten Mal war er in einem Bett, das nicht das seine war, in einem Zimmer, das nicht das seine war, in einem Haus, das nicht das seine war. Diesmal war dennoch alles ganz anders. Die Rückkehr in die Realität führte nicht einfach in einen neuen Tag, den man mit den gleichen Gedanken teilen musste wie den vergangenen. Er drehte den Kopf nach links und sah im bläulichen Licht der Nachttischlampe Helenas schlafenden Körper neben sich ausgestreckt. Das Laken bedeckte nur teilweise den Rücken, und Frank bewunderte die Formung der Muskeln unter ihrer Haut, die wohlgestalteten Schultern, die in der schmalen Linie ihrer Arme mündeten. Er drehte sich auf die Seite und näherte sich ihr wie ein Streuner, der vorsichtig dem dargebotenen Futter eines Fremden näher rückt, und so erreichte ihn zunächst nur der natürliche Duft ihrer Haut.

Es war die zweite Nacht, die sie gemeinsam verbrachten.

Am Abend zuvor waren sie zur Villa zurückgefahren und beinahe ängstlich aus Franks Wagen gestiegen, als ob sich durch das Verlassen des begrenzten Innenraums etwas ändern könne, als ob sich das, was darin entstanden war, durch den Kontakt mit der Luft auflösen könne.

Sie hatten geräuschlos das Haus betreten, beinah verstohlen. Es schien, als hätten sie kein Recht auf das, was sie tun würden, sondern eigneten es sich mit Gewalt und Betrug an.

Frank verfluchte dieses kranke Gefühl und den und das, denen er es zu verdanken hatte.

Es gab nicht das Essen, und es gab nicht den Wein, den Helena versprochen hatte.

Es gab sofort und ausschließlich nur sie beide, und ihre Kleidung war ganz plötzlich viel zu weit geworden und zu Boden gefallen mit der Natürlichkeit eingehaltener Versprechungen. Es gab einen anderen Hunger und einen anderen Durst, dem zu lange schon die Erfüllung verweigert worden war, es gab eine Leere zu füllen, und erst jetzt, da sie gefüllt werden sollte, verstanden sie, wie groß sie war.

Frank legte seinen Kopf wieder aufs Kissen und schloss die Augen. Die Bilder liefen frei hinter seinen geschlossenen Augenlidern ab.

Die Tür.

Die Treppe.

Das Bett.

Die Haut von Helena, einzigartig im Kontakt mit der seinen, die endlich eine vertraute Sprache sprach.

Die Augen, so schön, von einem Schatten verschleiert.

Der Blick, plötzlich so angstvoll, als Frank sie in seine Arme schloss.

Ihre Stimme, ein Hauch auf ihren Lippen, um die seinen zu berühren.

Ich bitte dich, tu mir nicht weh, hatte sie ihn angefleht.

Frank hatte ergriffen gespürt, dass seine Augen feucht wurden. Er hatte vergeblich die Worte um Hilfe gebeten. Helena hatte dieselbe Hilfe gesucht und sie auch nicht gefunden. Die einzigen Bekenntnisse zwischen ihnen waren die Gewalt und die Zartheit, mit denen sie einander gesucht und in denen sie erkannt hatten, dass sie einander brauchten. Er hatte mit aller ihm möglichen Zärtlichkeit von ihrem Körper Besitz ergriffen und sich gewünscht, ein Gott zu sein, der die Zeit zurückzudrehen und den Lauf der Dinge zu ändern vermochte. Und während er sich in ihr auflöste, hatte er entdeckt, dass es möglich war, dass sie ihm die Kraft geben konnte, jener Gott zu sein, und selber Kraft hatte, dasselbe für ihn zu sein.

Sie würden das Leid, vielleicht sogar die Erinnerung auslöschen.

Die Erinnerung ...

Nach Harriet hatte er keine andere Frau mehr gehabt. Als ob Teile von ihm stillgelegt und nur jene körperlichen Grundfunktionen aktiv seien, die es ihm erlaubten zu trinken, zu essen, zu atmen, sich in der Welt zu bewegen wie ein Roboter aus Fleisch und Blut statt aus Metall und Stromkreisen. Harriets Tod hatte ihn gelehrt, dass sich die Liebe nicht auf Kommando reproduzieren lässt. Niemand konnte sich befehlen, nicht mehr zu lieben. Und erst recht konnte man sich nicht befehlen, nochmal zu lieben. Ein noch so einsamer Wille reichte nicht: Es bedurfte einer Segnung der Gefühle, all der Dinge, die Millionen Jahre Erfahrung und Geschwätz und Dichtung bei weitem noch nicht erklärt hatten. Sie hatten lediglich ihre Existenz festgestellt.

Helena war ein unvorhergesehenes Geschenk des Himmels, sie war ein stilles »Oh!« der Verwunderung, während sein längst erkalteter und erloschener Planet träge eine Sonne umkreiste, die nur für die anderen zu scheinen schien. Die Ergriffenheit war es, die inmitten der Felsen und in der Glut der verbrannten Erde einen einzigen, wundersamen Grashalm hatte sprießen sehen. Es war noch keine Rückkehr ins Leben, sondern nur ein kleines, leise geflüstertes Versprechen, eine Möglichkeit, die im liebevollen Hauch der Hoffnung gepflegt werden musste, die als solche nicht Glück, sondern einzig Furcht mit sich bringt.

»Schläfst du?«

Helenas Stimme ertappte ihn bei Erinnerungen, die so frisch waren, dass sie wie soeben entwickelte Fotos in seinen Geist geheftet zu sein schienen. Er drehte sich zu ihr und sah, wie sie ihn im verschwörerischen Gegenlicht der Nachttischlampe mit aufgestütztem Kopf beobachtete, den Ellbogen auf der Matratze.

»Nein, ich schlafe nicht.«

Sie rückten näher, und Helenas Körper glitt mit einer Natürlichkeit in seine Umarmung, wie das Wasser, das nach langem Kampf gegen ein Hindernis, das seinen Lauf blockiert hatte, ins Flussbett zurückfließt. Frank spürte wieder das Wunder der Berührung zwischen seiner und Helenas Haut. Sie legte ihr Gesicht auf seine Brust und atmete seinen Duft.

»Du riechst gut, Frank Ottobre. Und du bist schön.«

»Klar bin ich schön. Ich bin die Antwort der gemein Sterblichen auf George Clooney. Das Problem ist nur, dass niemand danach fragt …«

Helenas Lippen auf seinen waren die Garantie dafür, dass sie diese Frage stellen und die Exklusivrechte an der Antwort einfordern wollte. Sie schliefen wieder miteinander, in dem trägen und sinnlichen Begehren ihrer noch leicht schläfrigen Körper, aus ihrem Erholungsschlaf gerissen in ein Verlangen, das in diesem Moment eher mental als körperlich war.

Sie vergaßen den ganzen Rest der Welt, wie ihn nur die Liebe vergessen lässt.

Danach, zurückgekehrt, mussten sie gezwungenermaßen den Preis für ihre Reise bezahlen. Sie blieben schweigend liegen, sahen zur hellen Zimmerdecke, die viel undeutlicher über ihnen hing als andere Dinge, die im bernsteinfarbenen Licht des Raumes zu schweben schienen. Dinge, die sich nicht so einfach verdrängen ließen, indem man die Augen schloss.

Frank war den ganzen Tag über in der Zentrale gewesen, hatte den Gang der Ermittlungen im Fall Keiner verfolgt und mit jeder weiteren Stunde festgestellt, dass ihre Spuren zwischen dem Nichts und dem absoluten Nichts pendelten, aber er hatte sich dennoch bemüht, aktiv und konzentriert zu wirken, während sein Geist in ganz andere Richtungen geschweift war.

In Gedanken war er bei Nicolas Hulot und seiner Spur, die auf so dünnes Papier geschrieben war, dass man durch dieses hindurch die Panik auf ihren Gesichtern lesen könnte. In Gedanken war er bei Helena, eingeschlossen von einem niederträchtigen Erpresser und einem ebenso niederträchtigen Gefängniswärter in diesem höhnischen und uneinnehmbaren Kerker ihres Zuhauses mit seinen zur Welt hin weit geöffneten Türen und Fenstern.

Gegen Abend war er wieder nach Beausoleil gefahren und hatte sie im Garten stehen sehen, mit dem erwartungsvollen Gefühl eines Reisenden, der nach langem und mühsamem Weg durch die Wüste das Ziel seiner Pilgerfahrt erblickt.

Während Frank bei ihr war, hatte Nathan Parker einige Male

aus Paris angerufen. Das erste Mal wollte er sich diskret zurückziehen, aber Helena hatte ihn auf eine so herrische Art am Arm festgehalten, dass es ihn überrascht hatte. Er hatte das in erster Linie einsilbige Gespräch mit dem Vater verfolgt, in dessen Verlauf sie die Angst in ihren Augen nicht verbergen konnte, und Frank hatte befürchtet, sie könne nie wieder vergehen.

Dann, endlich, hatte man ihr Stuart gegeben, und während sie mit ihrem Sohn sprach, war Helenas Gesicht wie erleuchtet. Frank begriff, dass Stuart für sie die ganzen Jahre hindurch ein Rettungsanker gewesen war, ein Zufluchtsort, ein geheimer Platz, an dem sie Briefe schreiben konnte, um sie eines Tages an jemanden abzusenden, von dem sie nicht wusste, ob er je existieren würde. Gleichzeitig hatte er begriffen, dass der Weg zu ihrem Herzen nur über das Herz ihres Sohnes führte. Man konnte das eine nicht ohne das andere haben. Frank hatte sich gefragt, ob er dazu in der Lage war, während sich ein Hauch von Unruhe in seinen Atem mischte.

Helenas Hand hob sich und legte sich nun auf die Narbe, die links über seinen Brustkorb lief, ein Stück Haut, das sich rosa vom nur leicht dunkleren Rest abhob. Helena ertastete, dass die Haut anders war, eine Haut, die sich *danach* gebildet hatte, fast als sei sie Teil eines Panzers, der, wie alle Panzer, den Vorteil hatte, harten Schlägen standzuhalten, aber auch die unvermeidliche Eigenschaft, sanfte Gesten der Zärtlichkeit abzuweisen.

»Tut das weh?«, fragte sie, während sie leicht mit ihren Fingern die Ränder nachzeichnete.

»Jetzt nicht mehr.«

Kurzer Augenblick des Schweigens, in dem Frank dachte, dass Helena in diesem Moment nicht seine, sondern *ihre* Narben berührte.

Wir sind lebendig, Helena, zerstört und begraben, aber lebendig. Und von außen kommen die Geräusche von jemandem, der gräbt, um uns aus den Trümmern zu bergen. Beeilt euch, ich bitte euch, beeilt euch …

Helena lächelte, und eine kleine Sonne vereinte sich mit dem Licht des Zimmers. Sie drehte sich plötzlich um und kletterte auf ihn, als wolle sie auf ihrem eroberten Gebiet Wachposten aufstellen. Zärtlich biss sie ihm in die Nase.

»Stell dir vor, ich beiß sie dir ab, dann führt George Clooney eine Nase zu null.«

Frank nahm ihr Gesicht in seine Hände. Helena versuchte ohne allzu große Überzeugung, sich ihm zu widersetzen, doch ihr Mund löste sich mit einem leichten Saugen los. Er versuchte, sie mit der größten Zärtlichkeit, die den Augen eines menschlichen Wesens möglich ist, anzuschauen.

»Ich fürchte, dass ich von nun an, mit oder ohne Nase, große Schwierigkeiten haben werde, mir ein Leben ohne dich vorzustellen ...«

Ein Schatten huschte über ihr Gesicht. Ihre grauen Augen hatten nun die Farbe des Schwertes Excalibur. Sanft umfasste sie seine Handgelenke und befreite ihr Gesicht. Frank konnte sich vorstellen, welche Gedanken hinter diesem Blick verborgen lagen, und er versuchte, die Situation zu entdramatisieren.

»Hey, was ist denn los? Ich hätte nicht gedacht, dass ich so was Schlimmes gesagt habe. Das war doch noch nicht mal ein Heiratsantrag ...«

Helena verbarg ihr Gesicht in seiner Achselhöhle. Der Ton in ihrer Stimme machte klar, dass ihr sorgloses Intermezzo beendet war.

»Ich bin schon verheiratet, Frank. Oder besser gesagt, ich war es.«

»Was soll das heißen, ›ich war es‹?«

»Frank, du weißt doch, wie es zugeht in politischen Kreisen. Genau wie in der Unterhaltungsbranche. Es ist alles nur Tarnen und Täuschen. Und in Washington wie in Hollywood akzeptiert man offiziell alles, solange es nicht an die Öffentlichkeit gerät. Ein Mann in gehobener Position darf das skandalöse Verhalten einer Tochter nicht akzeptieren, die ohne offiziellen Ehemann an ihrer Seite ein Kind zur Welt bringt.«

Frank schwieg weiterhin, abwartend.

Er spürte, wie der warme, feuchte Atem Helenas beim Sprechen seine Haut streichelte. Ihre Stimme kam aus der Gegend seiner Schulter, aber sie schien eher aus der Tiefe eines Brunnens ohne Echo zu ertönen.

»Und erst recht nicht, wenn es sich bei diesem Mann um General Nathan Parker handelt. Deshalb bin ich offiziell die Witwe von Captain Randall Keegan, gefallen im ersten Golfkrieg und in Amerika eine Frau hinterlassend, die ein Kind, das nicht sein Kind war, erwartete.«

Sie hob den Kopf und legte, wie vorhin, ihr Gesicht an sein Gesicht. Auf den Lippen erschien ein Lächeln, während sie Franks Augen ansah, als ob nur von dort eine Vergebung zu erwarten sei. Frank hätte nie gedacht, dass in einem Lächeln so viel Verbitterung liegen könne.

Helena beschrieb sich selbst, als spreche sie von einer anderen Person, von einer Frau, für die sie Mitleid und Verachtung gleichermaßen empfand.

»Ich bin die Witwe eines Mannes, den ich das erste Mal am Hochzeitstag und dann nie wieder gesehen habe, außer in einem Sarg mit einer Flagge darauf. Frag mich nicht, wie mein Vater es angestellt hat, diesen Mann zu überreden, mich zu heiraten. Ich weiß nicht, was er ihm als Gegenleistung versprochen hatte, aber man kann es sich leicht ausmalen. Quasi eine Scheinehe, dann ausreichend Zeit, um alles in einen glaubwürdigen Schleier zu hüllen, und schließlich die klärende Scheidung. Dazwischen eine Karriere im Handumdrehen, der rote Teppich ausgerollt … Und weißt du, was das Witzige ist?«

Frank wartete schweigend. Er wusste genau, dass es nichts Witziges geben würde.

»Captain Randall Keegan starb im Golfkrieg, ohne auch nur einen einzigen Schuss abgefeuert zu haben. Er starb den Heldentod beim Ausladen der Fracht, von einem Hummer-Jeep überrollt, dessen Bremsen versagten, während er die Rampe eines Transportfliegers runterfuhr. Eine der kürzesten Ehen in der Geschichte. Und dann auch noch mit einem Trottel …«

Frank hatte keine Zeit zu antworten. Er war noch damit beschäftigt, diese erneute Demonstration von Nathan Parkers Bösartigkeit und Macht zu verdauen, als das Handy auf dem Nachttisch vibrierte. Noch bevor der Klingelton ertönte, griff er zu. Er sah auf die Uhr. Die Zeit verhieß nichts Gutes. Er klappte das Handy auf.

»Hallo?«

»Frank, ich bin's, Morelli.«

Helena, die neben ihm lag, sah, wie sich sein Gesicht anspannte.

»Sag schon, Claude. Gibt's Ärger?«

»Ja, Frank. Aber nicht, was du denkst. Kommissar Hulot hatte einen Verkehrsunfall.«

»Wann?«

»Das wissen wir im Moment nicht genau. Die französische Verkehrspolizei hat es uns eben mitgeteilt. Sein Wagen wurde auf einer Nebenstraße bei Auriol in der Provence am Ende eines Abhangs gefunden, von einem Jäger, der rausgegangen war, um Hunde abzurichten.«

»Und wie geht es ihm?«

Das kurze Schweigen Morellis sagte genug. Frank spürte, wie aller Mut sein Herz verließ.

Nein, Nicolas, nicht du und nicht jetzt. Nicht auf diese beschissene Art und nicht gerade jetzt, wo dein Leben ein einziger Müllhaufen war. Nicht so, enfant terrible …

»Er ist tot, Frank.«

Frank presste seine Kieferknochen so stark zusammen, dass das Knirschen der Zähne zu hören war. Seine Knöchel wurden weiß, und einen Moment lang dachte Helena, das Handy würde in seiner Hand zersplittern.

»Weiß es seine Frau?«

»Nein, ich habe ihr noch nichts gesagt. Ich dachte, vielleicht willst du es ihr lieber sagen.«

»Danke, Claude. Das war gut so.«

»Es wäre mir lieber gewesen, ich hätte solche Komplimente nicht bekommen.«

»Ich weiß, und ich danke dir auch im Namen Céline Hulots.«

Helena sah, wie er zum Sessel ging, auf dem seine Sachen verstreut waren. Er begann, seine Hose anzuziehen.

Sie richtete sich im Bett auf und bedeckte ihre Brüste mit dem

Laken. Frank nahm keine Notiz von dieser instinktiven Geste der Scham wegen einer Nacktheit, die Helena längst noch nicht als natürlich empfand.

»Was ist los, Frank? Wohin gehst du?«

Frank blickte sie an, und Helena konnte einen erbitterten Schmerz in seinem Gesicht lesen. Sie sah, wie er sich aufs Bett setzte, um die Socken anzuziehen. Seine Stimme kam hinter der Barriere seines narbenbedeckten Rückens hervor.

»An den schrecklichsten Ort der Welt, Helena. Ich gehe jetzt und wecke mitten in der Nacht eine Frau, um ihr zu erklären, warum ihr Mann nie wieder nach Hause kommen wird.«

45

Auf der Beerdigung von Nicolas Hulot regnete es.

Anscheinend hatte das Wetter beschlossen, den strahlenden Sommer zu unterbrechen und vom Himmel dieselben Tränen zu vergießen, die auf Erden für Nicolas vergossen wurden. Ein direkter und kompromissloser Regen, ebenso direkt und kompromisslos wie das Leben eines unbekannten Kriminalkommissars, das bei seiner bescheidenen Mission als Mann von der Straße draufgegangen war.

Vielleicht ohne es zu wissen, erntete er jetzt den einzigen Lohn, den er sich zu Lebzeiten immer gewünscht hatte: unter dieselbe Erde zu kommen, die auch den Körper seines Sohnes bedeckte, begleitet von Worten, welche die Hoffnung als Trost für die Lebenden bereithält.

Céline stand an der Grube, neben dem Priester, das Gesicht in Schmerz erstarrt, eine willenlose Heimkehr an die Gräber von Mann und Sohn. Neben ihr die Schwester und ihr Ehemann, die überstürzt aus Carcassonne hergereist waren, nachdem sie die Nachricht vom Tod des Schwagers erhalten hatten.

Die Begräbnisfeier fand in privatem Rahmen statt, so, wie es Nicolas' Wunsch gewesen war. Dennoch war eine kleine Menschenansammlung zur Beerdigung auf den Friedhof in Eze Village gekommen. Etwas abseits und erhöht gegenüber der Grube, die für das Grab ausgehoben worden war, stand Frank und beobachtete die Menge um den jungen Priester herum, der sein Amt trotz des Regens mit entblößtem Haupt verrichtete.

Freunde waren gekommen, Bekannte, die Einwohner von Eze, alle Personen, die den Mann, dem sie jetzt die letzte Ehre erwiesen, kennen und schätzen gelernt hatten. Wahrscheinlich waren auch ein paar Zaungäste dabei.

Morelli war da, und sein Gesicht war von einem so tiefen Schmerz erfüllt, dass es Frank überraschte. Roncaille und Durand vertraten offiziell das Fürstentum, ebenso waren alle Mitarbeiter der Sûreté gekommen, die dienstfrei hatten. Direkt gegenüber von seinem Standort sah er Froben, der seinen Kopf auch nicht bedeckt hatte. Hinter dem Kommissar standen Bikjalo, Laurent, Jean-Loup, Barbara und ein großer Teil der Mannschaft von Radio Monte Carlo. Sogar Pierrot und seine Mutter waren da, etwas abseits.

Die gleichmacherische Gier der wenigen anwesenden Journalisten konnte von einer im Übrigen nicht unverzichtbaren Gruppe Polizisten abgeblockt werden. Der Tod eines Menschen bei einem Verkehrsunfall war zu banal, um wirklich interessant zu sein, auch wenn es sich um den Kommissar handelte, der zunächst an den Ermittlungen im Fall Keiner beteiligt war und später des Auftrags enthoben wurde.

Frank sah den Sarg von Nicolas Hulot. Er verschwand langsam in der Grube, die wie eine Wunde in die Erde gegraben war, und das Regenwasser vermischte sich mit dem Weihwasser zu einer gemeinsamen Segnung durch den Himmel und die Menschen. Zwei Friedhofshelfer in grünem Ölzeug begannen, Erde von der Farbe des Sarges in die Grube zu schaufeln.

Frank blieb stehen, bis die letzte Schaufel auf der nunmehr randvollen Grube landete. Ganz langsam würde man die Erde einebnen, und dann würde jemand, der dafür bezahlt wurde, einen Grabstein aus Marmor darauf setzen wie bei dem Grab daneben, und eine Inschrift würde besagen, dass sich Stéphane Hulot und sein Vater Nicolas nun wiedergefunden hätten.

Der Priester sprach den letzten Segen, und alle schlugen ein Kreuz.

Trotz allem schaffte Frank es nicht, das Wort »Amen« auszusprechen.

Bald darauf löste sich die Menschenmenge auf. Wer der Familie nahe stand, sprach der Witwe sein Beileid aus, bevor er sich entfernte. Während Céline von den Merciers umarmt wurde, erblickte sie ihn. Sie grüßte Guillaume und seine Eltern, empfing die hastigen Beileidsbekundungen von Durand und Roncaille, drehte sich um und flüsterte ihrer Schwester etwas zu, welche sie allein ließ und zu ihrem Mann am Friedhofseingang ging. Frank beobachtete, wie sich die graziöse Gestalt Célines ihm näherte, in ihrem ruhigen Gang, mit den geröteten Augen, die sie nicht hinter einer dunklen Sonnenbrille verbarg.

Ohne ein Wort zu sagen, flüchtete sie in seine Umarmung. Endlich ließ sie sich gehen, und er spürte auf seiner Schulter ihr leises Weinen, bis sie ihren Tränen Einhalt gebot, ohne ihre kleine, zerbröckelte Welt wieder aufbauen zu können.

Céline löste sich von ihm und sah ihn an. Wie eine glühende Sonne funkelte in ihren Augen der grelle Stern des Schmerzes.

»Danke, Frank. Danke, dass du hier bist. Danke, dass du es warst, der es mir gesagt hat. Ich weiß, wie viel Überwindung dich das gekostet hat.«

Frank sagte nichts. Nach dem Telefonat mit Morelli hatte er sich von Helena verabschiedet und war nach Eze zu Nicolas' Haus gefahren. Fünf lange Minuten hatte er vor der Tür der Hulots gestanden, bevor er den Mut aufbringen konnte zu läuten. Als Céline die Tür öffnete, den Saum des dünnen Morgenmantels über dem Nachthemd zusammenhaltend, hatte sie, kaum dass sie ihn sah, sofort begriffen. Schließlich war sie die Frau eines Polizisten. Eine solche Szene musste sie sich schon ausgemalt, sie wie eine traurige Möglichkeit vorweggenommen haben, auch wenn sie das Bild wie eine böse Vorahnung immer verdrängt hatte. Und nun stand Frank hier, auf der Türschwelle, mit einem Schmerz im Gesicht und dem Schweigen der Bestätigung, dass nach dem Sohn nun auch ihr Mann woanders sein würde.

»Nicolas ist etwas passiert, oder?«

Frank hatte schweigend genickt.

»Ist er …?«

»Ja, Céline, er ist tot.«

Céline hatte kurz die Augen geschlossen, und ihr Gesicht war leichenblass geworden. Sie wankte leicht, und er befürchtete, sie würde gleich in Ohnmacht fallen. Er tat einen Schritt nach vorn, um sie zu stützen, aber sie fing sich sofort wieder. Frank sah die pulsierende Vene an ihrer Schläfe, während sie nach den Einzelheiten fragte, die er ihr gerne erspart hätte.

»Wie ist es passiert?«

»Ein Verkehrsunfall. Allzu viel weiß ich auch nicht. Er ist von der Straße abgekommen und einen Abhang runtergestürzt. Er muss auf der Stelle tot gewesen sein. Und wenn es dich tröstet, er hat nicht gelitten.«

Während er diese Worte aussprach, wurde ihm klar, wie nichtig sie waren. Nein, das war kein Trost, konnte es nicht sein, auch wenn Nicolas Frank erzählt hatte, was für Qualen Céline und er selbst durchmachen mussten, als Stéphane im Koma lag, nur mehr ein dahinvegetierendes Wesen, an eine Maschine angeschlossen, die ihn so lange am Leben erhalten hatte, bis ihr Erbarmen stärker als ihre Hoffnung geworden war und sie beschlossen hatten, die Genehmigung zum Abschalten der Apparate zu geben.

»Komm rein, Frank. Ich habe ein paar Telefonate zu erledigen, aber bis auf eins kann ich sie auf morgen früh verschieben. Und ich muss dich um einen Gefallen bitten …«

Als sie sich zu ihm umdrehte, standen Tränen in den Augen der Frau, die ihren Mann immer noch liebte.

»Alles, was du willst, Céline.«

»Lass mich nicht allein heute Nacht, bitte.«

Sie hatte den einzigen Verwandten von Nicolas angerufen, einen Bruder, der in Amerika lebte und aufgrund der Zeitverschiebung von der Nachricht nicht aus dem Schlaf gerissen würde. Sie hatte kurz die Situation erläutert und ein »Nein, ich bin nicht allein« gemurmelt, offensichtlich als Antwort auf eine besorgte Nachfrage der Person am anderen Ende der Leitung. Sie hatte den Hörer wie einen äußerst zerbrechlichen Gegenstand aufgelegt und sich dann zu ihm umgedreht.

»Möchtest du einen Kaffee?«

»Nein, Céline, ich danke dir. Ich brauche nichts.«

»Lass uns auf das Sofa setzen. Ich will, dass du mich umarmst und mich ganz fest hältst, während ich weine ...«

Und so war es gewesen. Sie waren auf dem Sofa sitzen geblieben, in dem schönen Raum mit den Fenstern zur Terrasse und zur Leere der Nacht, und Frank hatte ihr Weinen gehört, bis das Licht den Himmel und das Meer hinter den Scheiben blau färbte. Er hatte ihren erschöpften Körper in eine Art Halbschlaf gleiten sehen und sie solange mit der Zuneigung gehalten, die er ihr und Nicolas schuldig war. Viel später hatte er sie in die Obhut der Schwester und des Schwagers gegeben.

Und jetzt waren sie hier, standen sich wieder gegenüber, und er konnte gar nicht anders, als sie ständig anzusehen, als ob sich seine Augen in ihr verkriechen wollten. Céline verstand die versteckte Frage in diesem Blick. Sie lächelte ihn zärtlich an, den naiven Mann.

»Das ist jetzt nicht mehr nötig, Frank.«

»Was ist jetzt nicht mehr nötig?«

»Ich dachte, du hättest es durchschaut ...«

»Was habe ich durchschaut, Céline?«

»Meinen kleinen Wahnsinn, Frank. Ich wusste sehr wohl, dass Stéphane tot war, ich hab es immer gewusst, so wie ich jetzt weiß, dass Nicolas nicht mehr da ist.«

Als Céline Hulot seinen verstörten Gesichtsausdruck sah, lächelte sie ihm liebevoll zu und legte eine Hand auf seinen Arm.

»Armer Frank, tut mir Leid, dass ich auch dich getäuscht habe. Tut mir Leid, dass du jedes Mal leiden musstest, wenn ich den Namen Harriet aussprach.«

Sie hob den Kopf und sah in den grauen Himmel. Ein Möwenpärchen kreiste ohne jede Anstrengung in der Höhe, dank des Windes dort oben. Sie waren zu zweit, sie waren zusammen. Vielleicht war es das, was Céline dachte, als sie ihre Flugbahn verfolgte. Ein Windstoß bewegte die Fransen ihres Halstuchs.

Ihre Augen begegneten wieder denen von Frank.

»Es war alles nur Theater, mein Freund. Eine kleine, dumme Komödie, nur um einen Mann daran zu hindern, sich so sehr gehen zu lassen, dass er hätte sterben können. Weißt du, nachdem wir Stéphane verloren hatten, nach der Beerdigung, genau hier, war ich mir sicher, dass Nicolas, wenn ich nichts unternähme, zerbrechen würde. Und zwar noch vor mir. Vielleicht wäre er sogar so weit gegangen, dem Ganzen ein Ende zu bereiten.«

Céline fuhr mit der Stimme derjenigen fort, die einer Erinnerung nachhängt.

»Und so hatte ich auf dem Heimweg im Auto plötzlich diese Idee. Ich dachte, wenn Nicolas sich um etwas anderes sorgen müsste, wenn es etwas anderes gäbe, um das er sich zu kümmern hätte, dann käme er zumindest teilweise von seinen verzweifelten Gedanken an Stéphane ab. Selbst eine noch so minimale Ablenkung konnte nützlich sein und Schlimmeres verhindern. So fing alles an. Und so ging es weiter. Ich habe ihn betrogen, und ich bereue es nicht. Ich würde es wieder tun, wenn nötig, aber wie du siehst, ist keiner mehr da, dem ich etwas vortäuschen könnte ...«

Jetzt liefen die Tränen von neuem über ihre Wangen. Frank sah in die beeindruckende Tiefe dieser Augen.

In der Welt gab es Menschen, deren einziges Ziel es war, sich im seidenen Gewand zu präsentieren, obwohl es nichts als ein Haufen Fetzen war. Andere hatten große Dinge geleistet, Dinge, welche die Welt verändert hatten. Frank dachte, dass niemand von ihnen an die Größe dieser Frau heranreichte.

Céline lächelte ihn wieder zärtlich an.

»Salut, Frank. Was auch immer du suchst, ich hoffe, du findest es bald. Ich wünsche mir sehr, dass du glücklich bist, denn du hast es verdient. *Au revoir*, schöner Mann ...«

Sie erhob sich leicht auf ihre Zehenspitzen und berührte mit den Lippen seinen Mund. Ihre Hand hinterließ ein schmerzendes Gefühl auf seinem Arm, während sie sich umdrehte und auf dem Kiesweg davonging.

Frank sah, wie sie sich entfernte. Nach wenigen Schritten hielt sie an und wandte sich erneut zu ihm.

»Frank, für mich ändert sich nichts. Nichts auf der Welt wird mir Nicolas zurückgeben können. Aber trotzdem könnte es dir weiterhelfen. Morelli hat mir ein paar Details vom Unfall erzählt. Hast du das Protokoll schon gelesen?«

»Ja, Céline, sehr aufmerksam.«

»Claude hat mir erzählt, dass Nicolas im Moment des Unfalls nicht angeschnallt war. Genau das war der Grund für Stéphanes Tod. Wenn unser Sohn damals angeschnallt gewesen wäre, hätte er überlebt. Seitdem hat Nicolas nicht mal den Schlüssel im Zündschloss umgedreht, ohne sich den Gurt umzulegen. Ich finde es ziemlich seltsam, dass er es dieses Mal nicht getan haben soll …«

»Das wusste ich gar nicht über den Unfall deines Sohnes. Stimmt, jetzt wo du es sagst, kommt es mir auch seltsam vor.«

»Ich sag's nochmal, für mich ändert das nichts. Aber falls Nicolas tatsächlich ermordet wurde, dann heißt das, dass er auf dem richtigen Weg war, dass *ihr* auf dem richtigen Weg wart.«

Frank nickte zustimmend. Schweigend. Die Frau wandte sich ab und ging, ohne sich nochmals umzudrehen. Während er Céline nachblickte, kamen Roncaille und Durand zu ihm, mit einem perfekt den Umständen angepassten Gesichtsausdruck. Auch ihr Blick folgte Célines Gestalt, der grazilen, schwarzen Silhouette auf einem Friedhofspfad im Regen.

»Was für ein schmerzlicher Verlust, nicht? Ich kann es noch immer nicht fassen …«

Frank drehte sich mit einem Ruck um. Sein Gesichtsausdruck ließ einen Schatten über das Gesicht des Polizeichefs huschen.

»Ach, ihr könnt es noch immer nicht fassen? Ausgerechnet ihr, die ihr Nicolas Hulot aus Gründen der Staatsraison geopfert habt und ihn zwangsläufig als gebrochenen Mann habt sterben lassen, ausgerechnet ihr könnt es noch immer nicht fassen?«

Frank machte eine Pause, die viel schwerer wog als all die Grabsteine in ihrer Umgebung.

»Solltet ihr es für nötig halten, euch zu schämen, sofern ihr dazu überhaupt fähig seid, dann habt ihr allen Grund dazu.«

Ruckartig hob Durand den Kopf.

»Mister Ottobre, ich verzeihe Ihnen den Groll einzig auf Grund Ihres Schmerzes, doch ich werde nicht zulassen, dass Sie …«

Frank unterbrach ihn schroff. Seine Stimme war trocken wie das Geräusch, wenn ein Ast unter einem Fuß zerbricht.

»Doktor Durand, ich weiß sehr genau, dass Sie meine Anwesenheit hier nur schwer verdauen können. Aber ich will um alles in der Welt diesen Mörder fassen, aus tausend verschiedenen Gründen, darunter auch der, dass ich es meinem Freund Nicolas Hulot schuldig bin. Und was *Sie* zulassen oder nicht zulassen, ist mir absolut egal. Wenn wir an einem anderen Ort und in einer anderen Situation wären, so garantiere ich Ihnen, dass ich Ihre ganze Autorität nehmen und sie Ihnen samt Zähnen in den Hals stopfen würde.«

Durands Gesicht glühte. Roncaille schaltete sich ein und versuchte, den Bruch zu kitten. Frank wunderte sich, dass er Stellung bezog, auch wenn die Beweggründe wohl mehr als fragwürdig waren.

»Frank, vielleicht sind wir nach allem, was passiert ist, mit den Nerven etwas am Ende. Ich denke, wir sollten darauf achten, dass unsere Emotionen nicht die Oberhand gewinnen. Wir haben einen Job zu erledigen, der auch ohne zusätzliche Hindernisse schwer genug ist. Unsere persönlichen Unstimmigkeiten, welche auch immer, *müssen* für den Moment an zweiter Stelle stehen.«

Roncaille nahm Durand am Arm, der sich nur der Form halber wehrte, und zog ihn fort. Die beiden entfernten sich im Schutz der Regenschirme und ließen ihn allein zurück.

Frank ging ein paar Schritte und fand sich vor dem Grab wieder, das die sterblichen Überreste von Nicolas Hulot barg. Er beobachtete den Regen, der damit begonnen hatte, die lockere Erde einzuebnen, und spürte die Wut wie glühende Lava in einem Vulkankrater in sich brodeln.

Ein Lüftchen kam auf und bewegte die Äste eines Baumes in der Nähe. Der Windhauch in den Zweigen schien eine Stimme an sein Ohr zu tragen, die er schon zu oft gehört hatte, seit alles begann.

Ich töte …

Hier, genau hier, unter diesem Haufen frisch aufgeworfener Erde lag sein bester Freund. Der Mann, der ihn hatte abdriften sehen, und der die Kraft hatte, ihm die Hand zu reichen, als er sie dringend brauchte. Er war der Mann, der den Mut hatte, all seine Schwächen einzugestehen, und in seinen Augen dadurch nur noch größer wurde. Wenn er, Frank Ottobre, hier stand, wenn er noch am Leben war, so war das einzig und allein Nicolas Hulot zu verdanken.

Fast unbewusst begann er, mit jemandem zu sprechen, der ihm nicht antworten konnte.

»Er war es, Nicolas, nicht? Du warst kein vorgesehenes Opfer, du warst nicht Teil seiner Pläne, du warst nur ein Hindernis, das zufällig seinen Weg gekreuzt hat. Deshalb sah er sich gezwungen, das zu tun, was er getan hat. Bevor du starbst, hast du herausgefunden, wer es ist, oder? Was kann ich tun, damit auch ich es herausfinde, Nicolas? Was?«

Frank Ottobre blieb lange vor dem stummen Grab stehen im prasselnden Regen, um wie besessen diese Frage zu wiederholen. Es kam keine Antwort, nicht mal ein geflüstertes Wort in der Sprache der Lüfte, nicht mal ein verschlüsselter Laut in den windbewegten Baumwipfeln.

Neunter Karneval

Auf dem Friedhof sind nur schwarze Regenschirme.

An diesem sonnenlosen Tag wirken sie wie hochgestellte Schatten, Projektionen der Erde, Trauergedanken, die über den Leuten tanzen. Nun, da die Zeremonie zu Ende ist, entfernen sie sich langsam und versuchen mit jedem Schritt, die Distanz zwischen ihnen und den Gedanken an den Tod ein kleines Stück zu vergrößern.

Der Mann sieht den Sarg in die Grube sinken, seine Gesichtszüge bleiben unverändert. Es ist das erste Mal, dass er der Beerdigung einer Person beiwohnt, die er umgebracht hat. Es tut ihm Leid um diesen Mann, es tut ihm Leid um die reservierte Gefasstheit der Ehefrau, die ihren Mann in der feuchten Erde verschwinden sieht. Das Grab, das ihn neben dem des Sohnes aufnimmt, hat, erinnert ihn an einen anderen Friedhof, an eine andere Grabreihe, andere Tränen, andere Schmerzen.

Vom Himmel fällt ein Regen, ohne Wut und ohne Wind.

Der Mann denkt, dass die Geschichten sich ewig wiederholen. Manchmal enden sie scheinbar, was gar nicht stimmt, weil sich nur die Protagonisten ablösen. Die Darsteller ändern sich, aber die Rollen bleiben immer dieselben. Der Mann, der tötet, der Mann, der stirbt, der Mann, der nichts weiß, der Mann, der endlich versteht und bereit ist, mit dem Leben zu bezahlen, mit dem Wunsch, dass es passiert.

Ringsum ein anonymer Haufen Komparsen, Leute ohne Bedeutung, dumme Träger bunter Regenschirme, die keinen Schutz bieten, sondern nur ein instabiles Gleichgewicht erhalten auf einem so hoch gespannten Seil, dass sie gar nicht sehen, wie dicht die Erde unter ihnen von Gräbern übersät ist.

Der Mann schließt den Regenschirm, der Regen fällt nun direkt auf seinen Kopf. Er entfernt sich in Richtung Friedhofsausgang und hinterlässt seine Spuren, Fußabdrücke eines Mannes, die sich zwischen denen anderer verlieren. Wie jede Erinnerung, so werden auch sie früher oder später gelöscht.

Er beneidet den Frieden und die Stille, welche an diesen Ort zurückkehren, wenn alle fort sein werden. Er denkt an all die Toten, die unbewegt unter der Erde in ihren Särgen liegen, die Augen geschlossen, die Arme über der Brust gekreuzt, die stummen Lippen, ohne Stimmen, um die Welt der Lebenden zu befragen.

Er denkt an den Trost der Stille, der Dunkelheit ohne Bilder, der Ewigkeit ohne Zukunft, des Schlafs ohne Träume und ohne plötzliches Aufschrecken.

Der Mann spürt, wie sich das Mitleid mit ihm selbst und der Welt wie ein Windhauch nähert, während endlich auch aus seinen Augen ein paar Tränen fließen und sich mit dem Regen vermischen. Es sind nicht Tränen um den Tod eines anderen Menschen. Es sind salzige Tränen der Trauer um die Sonne vergangener Zeiten, um das kurze Aufflackern eines im Nu vergangenen Sommers, um die wenigen glücklichen Momente, an die er sich erinnert, so tief im Gedächtnis vergraben, als hätten sie nie existiert.

Der Mann durchschreitet den Friedhofsausgang, als habe er Angst, von einem Moment auf den anderen eine Stimme zu hören, mehrere Stimmen, die ihn zurückrufen, als existiere jenseits dieses Mauerrings eine Welt der Lebenden, auf die er kein Recht hat.

Auf einen Schlag, wie von einem unerwarteten Gedanken erfasst, dreht er den Kopf und blickt nach hinten. Am Ende des Friedhofs, da steht einsam, wie auf einem Dia vom Eingangstor eingerahmt, ein dunkel gekleideter Mann vor einem frisch ausgehobenen Grab.

Er erkennt ihn wieder. Er ist einer von denen, die ihn verfolgen, einer der Hunde auf der panischen Jagd, mit dampfenden Mäulern unter herausforderndem Gebell. Er denkt sich, dass er jetzt noch viel entschlossener, noch viel grausamer sein wird. Er wünschte, er könne umkehren, zu ihm gehen und ihm alles erklären, ihm sagen, da sei keine Grausamkeit, da sei keine Rache, da sei nur Gerechtigkeit. Und das Gefühl absoluter Gewissheit, die einzig und allein der Tod zu repräsentieren berechtigt ist.

Während er ins Auto steigt, das ihn fortbringen wird, fährt er sich mit einer Hand durchs regennasse Haar.

Er würde gerne alles erklären, kann es aber nicht. Sein Auftrag ist noch nicht beendet.

Er ist einer und keiner, und sein Auftrag wird niemals enden.

Und trotzdem, während er durch das Fenster, an dem die Regentropfen sich jagen, all die Leute ansieht, die sich vom Ort des Schmerzes entfernen, während er die törichten, dem Anlass angepassten Gesichter betrachtet, stellt er sich eine Frage, die mehr von seiner Müdigkeit als von seiner Neugier ausgelöst wird. Er fragt sich, welcher dieser vielen Menschen als Erster kommen wird, um ihm mitzuteilen, dass endlich alles vorbei sei.

46

Als Frank den Friedhof verließ, war niemand mehr da.

Auch der Regen hatte aufgehört. Oben, in der Höhe der Himmel, kein barmherziger Gott. Nur die Bewegung der weißen und grauen Wolken, zwischen denen sich der Wind ein schüchternes Stück Blau ausgrub.

Er erreichte den Wagen, dem leichten Knirschen seiner Schritte auf dem Kies folgend. Er stieg ins Auto und ließ den Motor an. Die Scheibenwischer des Mégane setzten sich mit einem weichen Rauschen in Bewegung und nahmen die verbliebenen Regentropfen von der Windschutzscheibe. Im Gedenken an Nicolas Hulot schnallte er sich an. Auf dem Beifahrersitz lag die »Nice Matin«, mit der Schlagzeile auf der ersten Seite: *US-Regierung beantragt Auslieferung von Captain Ryan Mosse*.

Die Meldung über Nicolas' Tod stand auf der dritten Seite. Dem Tod eines einfachen Polizeikommissars kam nicht die Ehre der ersten zu.

Er nahm das Blatt und schleuderte es voller Verachtung auf den Rücksitz. Er legte einen Gang ein und sah automatisch in den Rückspiegel, bevor er losfuhr. Sein Blick fiel auf die Zeitung, die noch aufrecht im Fond des Autos lehnte.

Frank stockte der Atem. Er fühlte sich mit einem Schlag wie einer dieser verrückten Bungeespringer. Er befand sich im freien Fall und sah, wie er der Erde unter sich mit schwindelerregender Geschwindigkeit näher kam, ohne die mathematische Gewissheit zu haben, dass das Seil richtig bemessen war. Aus seinem Inneren erhob sich ein stummes Gebet, wer auch immer es zu erhören vermochte, dass seine spontane Eingebung nicht eine der vielen Illusionen war, die nur von Spiegeln ausgehen können.

Ein paar Sekunden überlegte er noch, und dann kam die Sintflut. Ein Schwall von Vermutungen, die nur auf eine Bestätigung warteten, prasselte auf ihn ein, wie Wasser, das durch seine Kraft eine winzige Lücke in einem Damm Stück für Stück aufweitet, bis es zu einem riesigen Wasserfall wird. Im Lichte dessen, was er soeben gedacht hatte, ließen sich viele kleine Ungereimtheiten plötzlich erklären, viele vernachlässigte Details nahmen eine Form an, die sich perfekt ins Umfeld seiner Vermutungen einfügte.

Er nahm das Handy und gab Morellis Nummer ein. Sobald Claude antwortete, überschüttete er ihn mit dem Schwall seiner Worte.

»Claude, ich bin's, Frank. Bist du allein im Auto?«

»Ja.«

»Gut. Ich fahre gerade zu Roby Strickers Wohnung. Komm auch dorthin, aber sag niemandem was. Ich muss ein paar Sachen überprüfen, und hätte dich gerne dabei.«

»Gibt es ein Problem?«

»Würde ich nicht sagen. Nur einen so winzigen Verdacht, dass er wahrscheinlich bedeutungslos ist. Aber wenn ich richtig liege, könnte es das Ende dieser ganzen Geschichte sein.«

»Heißt das ...?«

»Wir sehen uns bei Stricker«, schnitt Frank ihm das Wort ab.

Jetzt bedauerte er, am Steuer eines Zivilfahrzeugs und nicht eines Polizeiwagens zu sitzen, mit allem Drum und Dran. Er bereute, nicht nach einem magnetischen Blaulicht gefragt zu haben, das man im Bedarfsfall aufs Dach stellen konnte.

Mittlerweile bedauerte er sogar sich selbst. Wie hatte er nur so blind sein können? Wie hatte er nur zulassen können, dass sein persönlicher Groll über sein scharfes Urteilsvermögen siegte? Er hatte gesehen, was er sehen wollte, gehört, was er hören wollte, akzeptiert, was für ihn angenehm zu akzeptieren war.

Und alle hatten die Folgen zu tragen. Allen voran Nicolas.

Wenn er seinen Verstand benutzt hätte, wäre Nicolas vielleicht in diesem Moment noch am Leben und Keiner sicher verwahrt hinter Gefängnisgittern.

Als er Les Caravelles erreichte, wartete Morelli bereits vor dem Eingang.

Er ließ den Wagen auf der Straße zurück, ohne sich darum zu kümmern, ob er im Halteverbot stand. Schnell wie der Wind schoss er an Morelli vorbei. Ohne ein Wort zu sagen, folgte ihm der Inspektor ins Gebäude. Sie blieben vor der Portierloge stehen, wo der Pförtner sie bereits mit sorgenvollem Gesicht hatte kommen sehen. Frank stützte sich auf die Marmorplatte.

»Die Schlüssel zu Roby Strickers Wohnung. Polizei.«

Die Präzisierung war überflüssig. Der Pförtner konnte sich sehr genau an Frank erinnern. Die Spucke, die er schluckte, war eine allzu deutliche Bestätigung. Morelli zeigte seine Dienstmarke, und die öffnete endgültig die schon halb offene Tür. Während sie im Fahrstuhl nach oben fuhren, fand Morelli endlich Gelegenheit, sich gegen das Wüten des Amerikaners Luft zu verschaffen.

»Was ist los, Frank?«

»Los ist, dass ich ein Idiot bin, Claude. Ein riesen-, riesengroßer Idiot. Wäre ich nicht so sehr damit beschäftigt gewesen, ein Scheißkerl zu sein, wäre mir vielleicht auch eingefallen, dass ich Polizist bin, und wir hätten vieles von dem, was geschehen ist, verhindern können.«

Morelli verstand auch weiterhin nichts. Sie kamen vor die Wohnungstür, wo immer noch die Siegel der Polizei klebten. Fast wütend riss Frank die dünnen, gelben Plastikstreifen ab. Er öffnete die Tür, und sie betraten die Wohnung.

Das Gefühl des Unabwendbaren schwebte noch immer im Raum wie an jedem Ort eines Verbrechens. Das kaputte Gemälde auf dem Boden, die Flecken auf dem Teppich, die Hinweise auf die Arbeit der Spurensicherung, der metallische Geruch des geronnenen Blutes erinnerten an die vergebliche Flucht eines todgeweihten Mannes vor einer Messerklinge, vor der Entschlossenheit seines Scharfrichters.

Frank ging schnurstracks in Richtung Schlafzimmer. Morelli sah, wie er auf der Türschwelle stehen blieb, um das Zimmer zu betrachten. Das Blut auf dem Marmorboden war weggewischt worden. Was blieb, waren die Spuren an den Wänden, als einziges Zeugnis eines Verbrechens, das in diesem Zimmer begangen worden war.

Frank stand regungslos und tat dann etwas für Morelli völlig Unverständliches. Mit zwei Schritten war er am Bett vorbei und legte sich in exakt derselben Position auf den Fußboden, in der sie Stricker gefunden hatten und die von der Spurensicherung auf den Marmorfliesen nachgezeichnet worden war, bevor sie ihn wegschafften. Lange blieb er so liegen und bewegte nur leicht den Oberkörper. Er hob den Kopf, um etwas zu überprüfen, das er wohl nur von diesem Punkt aus sehen konnte.

»Da, verdammt! Da.«

»Da was, Frank?«

»Idioten, was waren wir nur für Idioten, allen voran ich. Alle bemühen sich, die Dinge von oben zu sehen, wo doch bisweilen die Antwort unten liegt!«

Morelli verstand rein gar nichts. Frank erhob sich mit einem Ruck.

»Komm mit. Es gibt noch etwas, das wir kontrollieren müssen.«

»Wohin gehen wir?«

»Zu Radio Monte Carlo. Wenn ich richtig geschaut habe, finden wir die endgültige Antwort dort.«

Sie verließen die Wohnung. Morelli betrachtete Frank auf eine Weise, als habe er ihn noch nie gesehen. Der Amerikaner schien von einer Aufregung gepackt, die durch nichts in der Welt zu beruhigen sein würde.

Beinahe rennend durchquerten sie die elegante Eingangshalle des Gebäudes, nachdem sie den Schlüssel einem Pförtner hingeworfen hatten, der sichtlich erleichtert war, sie verschwinden zu sehen. Sie gingen raus zu Franks Wagen, den bereits ein uniformierter Beamter im Visier hatte. Er stand mit aufgeklapptem Strafzettelblock davor.

»Lass fallen, Leduc, wir sind im Dienst.«

Der Beamte erkannte Morelli.

»Ach, Sie sind's, Inspektor. Alles klar.«

Er hob zum Gruß die Hand an die Kappe, während der Wagen mit quietschenden Reifen losfuhr und in den Straßenverkehr einscherte, ohne sich groß um die Vorfahrtsregeln zu kümmern. Sie bogen mit hoher Geschwindigkeit in die Straße ein, die rechts runter an der Kirche Sainte-Dévote vorbeiführte. Als sie am Hafen entlangfuhren, dachte Frank, dass hier alles begonnen hatte, auf einem Boot, mit Toten beladen, das am Kai gestrandet war wie ein Geisterschiff.

Wenn er richtig gesehen hatte, würde diese Geschichte genau da enden, wo sie begonnen hatte. Das Ende der Jagd auf gesichtslose Schatten. Nun war der Zeitpunkt für die Jagd auf Menschen gekommen, die wie die meisten durchaus Gesicht und Namen hatten.

Die gesamte Strecke zum Sitz von Radio Monte Carlo auf der anderen Seite des Hafens nahmen sie wie im Flug, mit quietschenden Reifen auf dem Asphalt, den eine blasse Sonne zwischen den Wolken bereits trocknete.

Den Wagen ließen sie einfach stehen, neben einem Gerüst, auf dem ein Boot darauf wartete, vom Stapel zu laufen. Morelli schien von Franks Fieber infiziert zu sein, der mit sich selbst sprach, schweigend die Lippen bewegte und Sätze zerstückelte, die nur er verstehen konnte. Dem Inspektor blieb nichts anderes übrig, als ihm zu folgen und darauf zu warten, dass sich dieses sinnentleerte Gemurmel in nachvollziehbare Sätze verwandeln würde.

Sie läuteten, und als die Sekretärin ihnen die Tür öffnete, standen sie blitzschnell vor dem großen Lastenaufzug, der sich zum Glück im Erdgeschoss befand.

Sie fuhren hoch zum Sender, wo Bikjalo sie auf der Schwelle der offenen Tür erwartete.

»Was ist los, Frank? Warum denn um diese Uhrz…«

Frank schob ihn schroff zur Seite und eilte weiter. Morelli zuckte mit den Schultern, fast als bitte er ihn um Entschuldigung für das Verhalten des Amerikaners. Frank ging am Platz der Sekretärin vorbei. Raquel saß am Schreibtisch, und Pierrot stand auf der anderen Seite und stapelte ein paar CDs für das Archiv. Frank blieb an der Wand vor dem Eingang stehen, wo sich hinter der Glastür die Kabel der Telefonanschlüsse und der ISDN- und Satellitenverbindungen befanden.

Er drehte sich zu Bikjalo um, der ihm zusammen mit Morelli gefolgt war, ohne zu verstehen.

»Öffnen Sie diese Tür.«

»Aber ...«

»Tun Sie, was ich sage!«

Franks Ton duldete keinen Widerspruch. Bikjalo öffnete einen Türflügel, und ein frischer Luftzug durchflutete das Zimmer. Frank blieb einen Moment verwirrt vor dem Kabelgeflecht stehen. Er griff mit seinen Händen hinein und ließ seine Fingerkuppen unter den Platten entlanggleiten, auf denen die Telefonverbindungen liefen.

»Was ist los, Frank? Was suchst du?«

»Ich kann dir sagen, was ich suche, Claude. Wir wären fast verrückt geworden, als wir versucht haben, die Anrufe von diesem Schwein zu lokalisieren. Ohne Ergebnis. Wir hätten ihn nie erwischt, auch wenn wir ein ganzes Leben lang weitergesucht hätten, und weißt du, warum?«

Anscheinend hatte Frank etwas gefunden, auf das er unter einer der Platten mit seinen Händen gestoßen war. Er zerrte mit aller Kraft, als müsse er das, was unten an der Metallplatte befestigt war, herausziehen. Schließlich gelang es ihm. Als er sich zu ihnen umdrehte, hielt er eine Art flache Metallbox in der Hand, ungefähr doppelt so groß wie eine Zigarettenschachtel, aus der ein Kabel zum Telefonanschluss führte. Der ganze Gegenstand war mit dunklem Isolierband umwickelt. Frank zeigte sie den beiden, die ihn verdutzt ansahen.

»Hier, deswegen ist es uns nie gelungen, einen Anruf von draußen zu lokalisieren. Es war nicht Ryan Mosse, der Stricker umgebracht hat. In meinem Starrsinn wollte ich so sehr, dass er der Täter ist, dass ich nicht mal im Entferntesten eine andere Möglichkeit in Betracht gezogen habe. Und wieder mal hat Keiner seine diabolische List unter Beweis gestellt. Er hat uns absichtlich ein Indiz geliefert, das man auf zweierlei Art entschlüsseln konnte. Es war ganz egal, man konnte es sowohl auf Roby Stricker als auch auf Gregor Yatzimin beziehen. Danach blieb er seelenruhig am Fenster stehen und wartete. Als wir mit allen verfügbaren Kräften Stricker unter Polizeischutz gestellt hatten, ist er völlig ungestört zu Yatzimin gegangen und hat ihn umgebracht. Als die Leiche des Tänzers entdeckt wurde und wir Strickers Polizeischutz aufgehoben haben, um in die Wohnung des Toten zu stürzen, ist Keiner nach Les Caravelles gefahren und hat auch ihn getötet.«

Frank machte eine Pause.

»*Das* war sein wahres Ziel. *Er wollte in derselben Nacht sowohl Stricker als auch Yatzimin töten.*«

Bikjalo und Morelli waren wie versteinert.

»Zwischen Stricker und ihm fand ein Zweikampf statt, wobei er, ohne es zu wollen, sein Gesicht verletzte. *Keiner hat Strickers Gesicht deswegen nicht genommen, weil es beschädigt und für seine Zwecke, welche auch immer es sein mögen, nicht mehr zu gebrauchen war*. Als er die Wohnung verließ, war er davon überzeugt, dass Stricker tot sei, aber der arme Kerl lebte noch und hatte gerade noch Zeit, mit Blut eine Nachricht zu schreiben ...«

Frank sprach, als fügten sich vor seinen Augen alle Mosaiksteine perfekt zusammen, während er den Verlauf der Ereignisse darlegte.

»Roby Stricker war einer, der das Nachtleben von Monte Carlo und der Küste in vollen Zügen genoss. Er kannte sie alle. Folglich kannte er auch seinen Mörder, aber verständlicherweise fiel ihm in diesem Moment der Name nicht ein. Er wusste allerdings, wer es war und was er trieb ...«

Frank machte wieder eine Pause, damit die beiden vor ihm das Gesagte verdauen konnten. Er sprach dann etwas ruhiger weiter, fast schon jedes einzelne Wort betonend.

»Versuchen wir, uns Folgendes vorzustellen: Stricker liegt auf dem Boden, fast zu Tode geprügelt, der linke Arm gebrochen. In dieser Position, das habe ich selbst überprüft, kann er sich durch die offene Tür in den Badezimmerspiegeln sehen. Er schreibt auf, was er weiß, doch er sieht sich selbst spiegelverkehrt und benützt die rechte Hand, mit der er sonst nie schreibt. Es ist also normal, dass er die Nachricht verkehrt herum notiert hat, und leider ist er gestorben, *bevor es ihm gelungen ist, sie fertig zu stellen …*«

Er nahm die beiden, die ihn wortlos ansahen, am Arm und zerrte sie zum Spiegel vor dem Regieraum. Mit dem Finger zeigte er auf die rote Schrift über ihren Köpfen, die sich auf der glänzenden Oberfläche widerspiegelte.

»Er wollte nicht ›RYAN‹, sondern ›ON AIR‹ schreiben, beim Radio das Signal dafür, dass man auf Sendung ist. Der angefangene Buchstabe am Wortende, den wir auch gesehen haben, war für uns nur ein wirres Zeichen, das wir für irgendein Gekritzel im Todeskampf hielten. Aber es ergab sehr wohl einen Sinn. Stricker starb, bevor er das ›O‹ vervollständigen konnte.«

»Willst du sagen, dass …«

Morellis Stimme kam von einem Ort, wo es schwierig ist, seinen Ohren und seinen Augen zu trauen. Bikjalo, totenbleich, versteckte das Gesicht in seinen Händen. Nur seine ungläubigen Augen schauten hervor. Der Druck der Finger hatte sie mehr als nötig aufgerissen und so den Ausdruck des Erstaunens noch verstärkt.

»Ich will sagen, dass wir mit dem Teufel zusammenwohnten, ohne den Schwefelgestank zu riechen!«

Frank wies auf die Schachtel in seiner Hand.

»Ihr werdet sehen, sobald dieses Gerät hier untersucht wurde, werden wir wissen, dass es ein stinknormales, veraltetes Transistorradio ist. Wir hätten es nie entdeckt, weil es auf einer Frequenz sendet, die wir nie in Betracht gezogen hätten. Keinem von uns wäre ein so archaisches System in den Sinn gekommen. Und ihr werdet sehen, dass darin ein Timer oder eine andere teuflische Erfindung steckt, die es im gewünschten Moment starten ließ. Und wir konnten das Telefonsignal auch deswegen nicht entdecken, weil dieses Gerät hier *vor* der Telefonzentrale angebracht wurde, in die wir uns eingeklinkt hatten. Die Details werden uns die Techniker liefern, auch wenn das gar nichts mehr bringt. Keiner hat die zuvor aufgezeichneten Telefonate an die Person gesendet, die wissen konnte, wie die Fragen zu stellen beziehungsweise die Antworten zu geben waren, *da diese Person sie bereits kannte …*«

Frank kramte in seiner Tasche und zog das Foto von der Platte von Robert Fulton heraus.

»Und jetzt der endgültige Beweis für meine Leichtfertigkeit. Im Wahn, immer Fragen stellen zu müssen, verfolgt man manchmal die abstrusesten Ideen und übersieht völlig das Offensichtliche. Und das heißt, dass das Gehirn eines Kindes immer noch ein kindliches Gehirn ist, selbst wenn es sich im Körper eines Jugendlichen befindet. Pierrot!«

Wie eine Marionette tauchte der Kopf von »Rain Boy« hinter der Holzwand auf, die den Schreibtisch der Sekretärin von der Computerecke trennte.

»Komm mal bitte kurz her.«

Mit verwirrtem Gesicht und in seinem stolpernden Gang näherte sich der Junge. Er hatte Franks aufgeregte Worte gehört, ohne besonders viel zu verstehen, aber sein Ton hatte ihm Angst eingejagt. Schüchtern näherte er sich den drei Männern, als fürchte er, selbst die Ursache für die ganze Aufregung zu sein und getadelt zu werden.

Frank hielt ihm das Foto vor die Augen.

»Erinnerst du dich an diese Platte?«

Pierrot nickte mit dem Kopf, wie er es meistens tat, wenn er befragt wurde.

»Weißt du noch, dass ich dich gefragt habe, ob diese Schallplatte in dem Zimmer ist, und du Nein gesagt hast? Ich hatte dich auch gebeten, mit niemandem darüber zu reden, weil es ein Geheimnis zwischen uns ist. Ich werde dich jetzt etwas fragen, und du musst mir die Wahrheit sagen …«

Frank gab Pierrot etwas Zeit, um die Worte zu verarbeiten.

»Hast du mit jemandem über diese Schallplatte gesprochen?«

Pierrot senkte plötzlich seinen Blick und blieb stumm. Frank wiederholte die Frage.

»Hast du mit jemandem darüber gesprochen, Pierrot?«

Pierrots Stimme schien von einem Ort unter der Erde zu kommen, genau unter seinen Füßen, die er jetzt anstarrte.

»Ja.«

Frank legte eine Hand auf seine Haare.

»Mit wem hast du darüber gesprochen?«

Der Junge hob das Gesicht. Seine Augen waren feucht.

»Ich habe mit keinem darüber gesprochen, ich schwöre es.«

Er hielt inne und blickte mit seinen verstörten Augen zu den drei Männern, die ihn schweigend ansahen.

»Nur mit Jean-Loup.«

Frank sah Bikjalo und Morelli an. Auf seinem Gesicht lag zu gleichen Teilen der Ausdruck von Bedauern und Triumph.

»Messieurs, ob es Ihnen gefällt oder nicht, Keiner ist Jean-Loup Verdier!«

Einen Moment lang herrschte in dem Raum das Schweigen der Ewigkeit.

Durch die Glasscheibe des Regieraumes sah man Luisella Berrino als DJ das laufende Programm moderieren und vor ihrem Mikrofon sitzen wie vor einem Fenster zur Welt. Durch die Scheiben der Kabine blickte man auf das Hafengelände. Gerade kam die Sonne wieder hervor, strahlte auf die Leute herab, auf die vom Regen noch tropfenden Bäume, auf die Boote am Ankerplatz und auf die ganze Stadt. Da waren Worte, da war Lachen, da war Musik, da waren Personen, die sie im Radio hörten, Männer am Steuer eines Wagens, Frauen, die bügelten, Angestellte an ihren Schreibtischen, Pärchen, die miteinander schliefen, Schüler, die lernten.

Aber hier, in diesem Raum, schien die Luft verschwunden zu sein, das Sonnenlicht eine Erinnerung ohne jede Hoffnung, das Lachen ein wertvolles, für immer verlorenes Gut.

Morelli war der Erste, der wieder zu sich kam. Er nahm das Handy und gab hektisch die Nummer der Zentrale ein.

»Salut, Morelli hier. Wir haben einen Code elf, ich wiederhole, Code elf, Ort Beausoleil, Haus von Jean-Loup Verdier. Verständige Roncaille, und sag ihm, dass Keiner das Zielobjekt ist. Hast du alles verstanden? Roncaille wird wissen, was zu tun ist. Und verbinde mich sofort mit dem Dienstwagen vor jenem Haus …«

Bikjalo sank auf einen Stuhl vor einer der Computeranlagen. Er schien um hundert Jahre gealtert. Wahrscheinlich dachte er an all die Male, die er mit Jean-Loup Verdier alleine war, ohne zu ahnen, dass er sich in der Gesellschaft eines Mörders von unmenschlicher Grausamkeit befand. Als Bikjalo im Zimmer auf und ab ging wie ein Tiger im Käfig, hoffte Frank für seine Seele, dass er in diesem Moment nicht dachte, dass es mit dem Erfolg von *Voices* wohl vorbei sei.

Endlich stand die Funkverbindung.

»Hier Morelli. Wer bist du, und wer ist bei dir?«

Er bekam die Antwort, und auf seinem Gesicht zeichnete sich ein Ausdruck der Erleichterung ab. Vermutlich handelte es sich um Polizisten, die für solche Notfälle geschult waren.

»Ist Verdier im Haus?«

Er wartete auf die Antwort. Seine Kieferknochen traten hervor.

»Sorel ist bei ihm in der Wohnung? Bist du sicher?«

Erneutes Warten. Wieder Worte am anderen Ende.

»Egal. Hör gut zu, was ich dir jetzt sage. Kein Kommentar. Jean-Loup Verdier ist Keiner. Ich wiederhole: *Jean-Loup Verdier ist Keiner*. Ich muss dir nicht sagen, wie gefährlich er sein kann. Lass Sorel unter irgendeinem Vorwand rauskommen. Lasst den Täter allein, aber verhindert unter allen Umständen, dass er das Haus verlässt. Verteilt euch so, dass ihr alle Ausgänge unter Kontrolle habt, aber unauffällig. Wir sind gleich mit Verstärkung da. Unternehmt nichts, solange wir nicht vor Ort sind. Sind wir uns einig? Absolut gar nichts.«

Morelli legte auf. Frank saß wie auf glühenden Kohlen.

»Gehen wir.«

Mit einem Satz waren sie am anderen Ende des Raumes und bogen nach rechts zum Ausgang. Als Raquel sie in Richtung Tür gehen sah, drückte sie den Summer. Beim Rausgehen hörten sie aus dem Raum mit der Glastür, gleich neben dem Ausgang, Pierrots aufgeregte Stimme. Frank schoss ein Gedanke in den Kopf, und er fühlte sich sterbenselend.

Nein, sagte er sich, *nicht jetzt, dummer Junge, nicht jetzt. Sag bloß nicht, dass deine dumme Gutmütigkeit uns jetzt zum Verhängnis wird ...*

Er stieß die Glastür auf und blieb wie versteinert stehen. Neben dem Tisch stand Pierrot mit tränenüberströmtem Gesicht und sprach mit schluchzender Stimme ins Telefon.

»Die sagen hier, dass du der böse Mann bist, Jean-Loup. Sag, dass es nicht wahr ist, bitte sag, dass es nicht wahr ist ...«

Mit einem Satz war Frank bei ihm und riss ihm den Hörer aus der Hand. Er hielt ihn an sein Ohr.

»Hallo, Jean-Loup, ich bin's, Frank, hörst du mich ...?«

Einen Moment lang herrschte am anderen Ende Schweigen, dann hörte Frank deutlich das *Klick*, als die Verbindung unterbrochen wurde. Pierrot setzte sich auf einen Stuhl und hörte nicht auf, heftig zu schluchzen. Frank wandte sich an Morelli.

»Claude, wie viele Männer sind vor Jean-Loups Haus?«

»Drei. Zwei draußen und einer drinnen.«

»Wie erfahren sind sie?«

»Bestens.«

»Okay. Ruf sie sofort an, und erklär die Situation. Sag ihnen, dass es mit der Überraschung nichts wird, weil der Täter alarmiert wurde. Der Polizist im Haus ist in Lebensgefahr. Sie sollen mit der größtmöglichen Vorsicht ins Haus eindringen und wenn nötig auch Waffen einsetzen. Und nicht nur schießen, um zu verletzen, habe ich mich deutlich ausgedrückt? Wir können jetzt nur noch dorthin rasen und hoffen, dass es nicht schon zu spät ist.«

Frank und Morelli gingen aus dem Raum und ließen Bikjalo und Raquel in betroffenem Schweigen zurück.

Der arme Pierrot blieb wie eine Marionette auf dem Stuhl sitzen und weinte, die Augen auf den Boden gerichtet, vor dem Scherbenhaufen seines zerbrochenen Idols.

Zehnter Karneval

Der Mann legt langsam auf und kümmert sich gar nicht um die wütende und gleichzeitig beschwörende Stimme aus dem Hörer. Er lächelt, und es ist ein sehr süßes Lächeln, das seine Lippen umspielt.

Dann wäre der lang ersehnte Moment gekommen. Er fühlt sich irgendwie erleichtert und befreit. Vorbei ist die Zeit, an Mauern entlangzuschleichen, im hilfreichen Schutz des Schattens. Jetzt wird da, für wie lange auch immer, das tröstende Licht der Sonne sein, ihre Wärme auf seinem demaskierten Gesicht. Der Mann ist keineswegs besorgt, er ist lediglich wachsam, so wachsam, wie er es die ganze Zeit über nie gewesen war. Ab sofort wird er Hunderte von Feinden haben, viel mehr als ihn bisher gejagt haben.

Sein Lächeln wird breiter.

Alles umsonst, sie werden ihn nie kriegen. Die langen Stunden des Drills in der Vergangenheit, aufgezwungen wie eine unerschütterliche Pflicht, sind seinem Gedächtnis wie die Brandzeichen auf dem Rücken eines Sklaven eingeprägt.

Gut, Monsieur! Natürlich, Monsieur! Ich kenne tausend Arten, einen Menschen umzubringen, Monsieur. Der beste Feind ist nicht der, der sich ergibt, Monsieur. Der beste Feind ist der, der tot ist, Monsieur …

Plötzlich kehrt die herrische Stimme des Mannes, der ihn zwang, »Monsieur« zu ihm zu sagen, in sein Gedächtnis zurück, seine Befehle, die Bestrafungen, die eiserne Faust, mit der er jede Sekunde ihres Lebens beherrschte.

Wie in einem Film stößt er wieder auf die Bilder ihrer Demütigungen, ihres Kampfes, der Regen auf ihren vor Kälte zitternden Körpern, eine verschlossene Tür, ein immer schmalerer Streifen Licht auf ihren Gesichtern in der Dunkelheit, das Geräusch eines Schlüssels im Schloss, der Durst, der Hunger.

Und die Angst, ihr einziger wahrer, ständiger Begleiter, ohne je den Trost der Tränen. Sie waren nie Kinder gewesen, sie waren nie Jungen gewesen, sie waren nie Männer gewesen: nur Soldaten.

Er erinnert sich an die Augen und das Gesicht dieses strengen und sturen Mannes, der für sie den Schrecken verkörperte. Und trotzdem war es in jener gesegneten Nacht, als alles geschah, überraschend leicht, ihn zu überwältigen. Sein eigener junger Körper war dank der Trainingsstunden eine perfekte Kampfmaschine. Der des anderen, von Alter und Misstrauen schwerfällig, konnte mit dieser jungen Kraft und Grausamkeit nicht mehr mithalten, welche er selbst geschaffen und tagtäglich gestärkt hatte.

Er hatte ihn überrascht, während er mit halb geschlossenen Augen seine Lieblingsplatte, »Stolen Music« von Robert Fulton, hörte, die Musik seiner Freuden, die Musik seiner eigenen Rebellion. Er hatte mit einem Griff seinen Hals umklammert, fest wie der Schraubstock eines Schmiedes. Er hatte unter seinem Griff die Knochen knacken gehört und verwundert eingesehen, dass er, nach allem, nur ein Mensch war.

Als wäre es erst gestern gewesen, erinnert er sich an seine Frage, die nicht ängstlich, sondern lediglich verblüfft klang, als er den kalten Lauf der Pistole an seiner Schläfe spürte.

Was machst du da, Soldat?

Er erinnert sich an seine eigene Antwort, trotz allem laut und deutlich und kalt im erhabenen Moment der Rebellion, dem Moment, in welchem alle Schulden beglichen wurden, all das Unrecht beseitigt wurde.

Das, was du mir beigebracht hast. Ich töte, Monsieur!

Als er den Abzug drückte, tat ihm einzig Leid, dass er ihn nur ein Mal töten konnte.

Das Lächeln auf dem Gesicht des Mannes erlischt. Er hat einen vor langer Zeit geliehenen Namen verloren, um wieder einzig und allein einer und keiner zu sein. Die Namen braucht er jetzt nicht mehr, es gibt nur die Menschen und die Rollen, die von ihnen gespielt werden müssen. Der Mensch, der flüchtet, und der Mensch, der verfolgt, der starke Mensch und der schwache Mensch, der Mensch, der weiß, und der Mensch, der nicht weiß.

Der Mensch, der tötet, und der Mensch, der stirbt …

Er dreht sich um und sieht sich das Zimmer an, in dem er sich jetzt befindet. Auf dem Sofa sitzt ein Mann in Uniform mit dem Rücken zu ihm. Hinter der Lehne schaut sein Nacken hervor, der Ansatz der kurz geschnittenen Haare auf seinem geneigten Kopf, während er einen Stapel CDs auf dem Couchtisch sichtet.

Aus der Stereoanlage ertönt John Hammonds Akustikgitarre. In der Luft schweben die gewundenen, sich verzehrenden kurvenreichen Klänge eines Blues, ein Sound, der an das Mississippi-Delta erinnert, die schläfrige Faulheit von Sommernachmittagen, eine Welt aus Feuchtigkeit und Stechmücken, so weit entfernt, dass man fürchten muss, sie sei eine Erfindung und existiere überhaupt nicht.

Der Mann in Uniform ist unter irgendeinem Vorwand ins Haus gekommen, übermannt von der Langeweile einer Aufgabe, die er vielleicht für überflüssig hält, zwei Kollegen vor dem Haus hinterlassend, die Opfer derselben Langeweile und derselben Meinung sind. Er war völlig fasziniert von den unzähligen Schallplatten und CDs in den Regalen und hatte angefangen, über Musik zu sprechen, mit einer eingebildeten Kompetenz, die in seinen Worten keine Entsprechung fand.

Wie hypnotisiert beobachtet nun der stehende Mann den wehrlosen Hals des Mannes auf dem Sofa.

Bleib ruhig sitzen, und hör Musik. Die Musik enttäuscht nie. Die Musik ist die Reise und das Ziel der Reise selbst. Die Musik ist der Anfang und das Ende von allem.

Der Mann öffnet langsam eine Schublade von dem Schränkchen, auf dem das Telefon steht. Darin liegt ein Messer, scharf wie eine Rasierklinge. Die Messerschneide reflektiert das durch ein Fenster einfallende Licht, während er das Messer fest in der Hand hält und sich auf den Mann zubewegt, der mit dem Rücken zu ihm sitzt.

Sein gebeugter Kopf bewegt sich leicht, er wippt im Takt der

Musik. Sein geschlossener Mund stößt ein Gewinsel aus, das eigentlich als Begleitung zur Stimme des *bluesman* gedacht war.

Als er ihm mit der Hand den Mund zuhält, verändert das Winseln seinen Ton und wird stärker, hört auf, Gesang sein zu wollen, um sich in einen stummen Chor aus Erstaunen und Angst zu verwandeln.

Die Musik ist das Ende von allem …

Als er ihm den Hals durchschneidet, schießt die rote Flüssigkeit so weit heraus, dass sie die Stereoanlage voll spritzt. Der leblose Körper des Mannes in Uniform erschlafft, sein Kopf hängt seitlich herunter.

Geräusche kommen von der Wohnungstür her. Es sind die Schritte von Männern, die sich vorsichtig heranpirschen, doch seine wachsamen und trainierten Sinne haben es *gespürt*, noch bevor sie wirklich etwas gehört haben.

Während er die Messerklinge an der Sofalehne säubert, lächelt der Mann von neuem. Der Blues strömt melancholisch und gleichgültig aus den Boxen, befleckt von Rost und Blut.

47

Frank und Morelli schossen mit voller Geschwindigkeit aus der Rascasse auf den Boulevard Albert Premier und befanden sich nun direkt hinter einer Reihe von Einsatzfahrzeugen, die mit Sirenengeheul aus der Rue Suffren Raymond gekommen waren. Neben den Autos in den Farben der Polizei war ein blauer Transporter mit getönten Scheiben darunter, in dem die Sondereinsatztruppe in Kampfanzügen saß.

Gegen seinen Willen musste Frank die Professionalität der Sûreté Publique von Monaco bewundern. Nachdem Morelli Alarm ausgelöst hatte, waren nur wenige Minuten vergangen, und die Maschinerie hatte sich mit beeindruckender Geschwindigkeit in Gang gesetzt.

Bei der Steigung von Sainte-Dévote bogen sie nach rechts und fuhren am Hafen entlang, um dann den Tunnel zu nehmen. Im

Grunde war das die Strecke des Grand Prix, nur in entgegengesetzter Richtung. Frank dachte, dass kein Rennfahrer sie je mit größerer Motivation fahren könnte.

Wie Kugeln, die aus der Mündung einer Kanone gefeuert wurden, schossen sie aus dem Tunnel, ließen den Strand von Larvotto hinter sich und nahmen die Straße, die am Country Club vorbei und dann hoch nach Beausoleil führte.

Frank sah im Vorbeifahren neugierige Gesichter sich nach ihnen umdrehen. Ein so großes Polizeiaufgebot war ein Spektakel, das man in den Straßen Monte Carlos nicht häufig zu sehen bekam. In der Geschichte der Stadt konnte man die Verbrechen, die ein ähnlich großes Polizeiaufgebot gerechtfertigt hatten, an einer Hand abzählen, schon auf Grund des Stadtbilds. Monte Carlo besteht praktisch nur aus einer einzigen Straße, die in die Stadt hineinführt, und einer, die aus der Stadt herausführt, ist also äußerst leicht an den Enden zu sperren. Keiner, der auch nur einen Funken Verstand hat, würde sich in so eine Falle treiben lassen.

Wegen des Sirenengeheuls hielten alle Fahrzeuge ordnungsgemäß an, um ihnen Platz zu machen. Trotz der Geschwindigkeit, mit der sie vorbeibrausten, schien es Frank, als bewegten sie sich im Schneckentempo.

Er wünschte, er könnte fliegen, er wünschte …

Das Funkgerät auf dem Armaturenbrett krächzte. Morelli beugte sich nach vorn, um das Mikrofon zu nehmen.

»Morelli.«

Durch den Lautsprecher drang Roncaille in den Wagen.

»Roncaille hier. Wo seid ihr?«

»Hinter Ihnen, Herr Polizeipräsident. Ich bin mit Frank Ottobre unterwegs, wir folgen Ihnen.«

Frank deutete ein Lächeln an, als er hörte, dass der Polizeipräsident höchstpersönlich in einem der Autos saß, die ihnen vorausfuhren. Um nichts auf der Welt würde dieser Mann die Gelegenheit verpassen, bei der Festnahme von Keiner anwesend zu sein. Er fragte sich auch, ob Durand wohl im selben Wagen war. Vermutlich nicht. Roncaille war ja nicht blöd. Sofern es ihm möglich wäre, würde er mit niemandem das Verdienst teilen, den Mörder festzunehmen, von dem halb Europa sprach.

»Können Sie mich auch hören, Frank?«

»Ja, er hört Sie. Er fährt, kann Sie aber hören. Er war es, der die Identität von Keiner herausgefunden hat.«

Morelli fühlte sich verpflichtet, Franks Verdienst hervorzuheben, schließlich war das der Grund, weswegen sie wie die Irren zu Jean-Loup Verdiers Haus rasten. Dann tat er etwas, was Frank ihm nie zugetraut hätte. Während seine linke Hand noch immer das Mikrofon vor seinen Mund hielt, zeigte er mit der Rechten dem Funkgerät den Finger. Genau in dem Moment ertönte Roncaille wieder aus den Boxen.

»Gut. Sehr gut. Die aus Menton sind auch gleich da. Ich musste sie verständigen, weil Jean-Loups Haus auf französischem Gebiet liegt und damit in ihren Zuständigkeitsbereich fällt. Sie müssen dabei sein, um die Festnahme abzusegnen. Ich möchte nicht, dass sich irgendein dahergelaufener Anwalt an so einen Einwand klammert, um uns im Prozess Knüppel zwischen die Beine zu werfen ... Frank, hören Sie?«

Es gab ein Knistern statischer Energie. Frank nahm Morelli das Mikrofon aus den Händen und fuhr mit einer Hand am Steuer weiter.

»Sprechen Sie, Roncaille.«

»Ich hoffe doch sehr für uns alle, dass Sie wissen, was Sie tun.«

»Sie können beruhigt sein, wir haben ausreichend Beweise, um sicher zu sein, dass es sich tatsächlich um ihn handelt.«

»Noch ein Fehltritt, nach allem, was passiert ist, wäre untragbar für uns.«

Natürlich, vor allem jetzt nicht, da dein Name ganz oben auf der Abschussliste steht ...

Die Sorge des Polizeipräsidenten war anscheinend noch nicht ausgeräumt. Das war auch an der Stimme zu hören, die leicht verzerrt aus dem Funkgerät kam.

»Da ist noch eine Sache, die ich mir nicht erklären kann, Frank.«

Nur eine?

»Wie hat es dieser Mann angestellt, die ganzen Verbrechen zu begehen, wo er doch praktisch im Haus eingesperrt war und rund um die Uhr von unseren Leuten bewacht wurde?«

Dieselbe Frage hatte sich Frank auch schon gestellt, und er gab Roncaille die Antwort, die er sich selbst auch schon gegeben hatte.

»Dieses Detail kann ich mir nicht erklären. Ich denke, das wird er selbst beantworten müssen, wenn wir ihn erst mal haben.«

Während sie dieses Gespräch führten, waren sie praktisch bei Jean-Loups Haus angekommen. Dass sie noch keinen Kontakt mit den Beamten vor Ort hatten, hielt Frank für ein äußerst schlechtes Zeichen. Wenn sie in Aktion getreten wären, hätten sie längst Bericht erstatten müssen.

Er verschwieg Morelli seine Sorge, der vermutlich, auch nicht blöd, schon längst dabei war, sie selbst zu nähren.

In perfektem Timing hielten sie gleichzeitig mit dem Auto des Kommissars von Menton vor dem Eingangstor zu Jean-Loups Haus. Frank bemerkte, dass keine Journalisten da waren, worüber er in einer anderen Situation sicher gelächelt hätte. Noch bis vor kurzem hatten sie dieses Haus erfolglos belauert, um dann die Belagerung genau in dem Moment einzustellen, in dem sich, saftig wie ein Steak zum Reinbeißen, eine Geschichte ohnegleichen abspielen würde.

Sicher würden sie gleich scharenweise ankommen, aber von den Polizeiwagen gestoppt werden, die sich verteilten, um die Straße in beide Richtungen zu blockieren. Ein paar Polizisten hatten sich bereits weiter unten aufgestellt, auf der Höhe von Helenas Haus, so dass jede Möglichkeit verhindert wurde, über die steile Straße zur Küste hinab zu fliehen.

Er hatte noch nicht mal geparkt, da öffneten sich schon die hinteren Türen des blauen Einsatzwagens. Ein Dutzend Männer der Eingreiftruppe, Beamte in blauen Uniformen mit Helmen und kugelsicheren Kevlarwesten, sprangen heraus und bereiteten sich auf die Erstürmung des Hauses vor.

Der Wagen der Dienst habenden Beamten war auf der Straße geparkt, leer, die Türen geschlossen, aber nicht verriegelt.

Roncaille hatte höchstpersönlich kontrolliert, ob sie sich öffnen ließen. Frank ahnte Böses. Sehr Böses.

»Versuch mal, die Polizisten zu erreichen«, sagte er zu Morelli.

Der Inspektor nickte, während Roncaille zu ihnen stieß. Frank sah, dass aus dem Wagen des Polizeipräsidenten auch Doktor Cluny stieg. Alles in allem war Roncaille anscheinend doch nicht so unfähig. Im Falle einer Verhandlung mit Geiseln könnte seine Anwesenheit äußerst nützlich sein. Morelli rief die Polizisten erfolglos über Funk, während Roncaille kam und sich zu ihm stellte.

»Was sollen wir machen?«

»Die Beamten antworten nicht, und das ist kein gutes Zeichen. Deshalb würde ich jetzt die Spezialeinheit einsetzen.«

Roncaille wandte sich an den Anführer des Sonderkommandos, der mitten auf der Straße stand und auf Befehle wartete. Der Mann erteilte ein Kommando, und dann ging alles blitzschnell. Im Nu verteilten sich die Männer und verschwanden aus dem Blickfeld.

Ein Mann in Zivil, ziemlich jung, mit beginnender Glatze und dem schlaksigen Gang eines Basketballspielers, stieg aus dem Polizeiauto aus Menton und kam näher. Frank war es, als habe er ihn schon mal gesehen, inmitten der Leute auf der Beerdigung von Nicolas. Er streckte die Hand zum Gruß aus.

»Guten Abend. Ich bin Kommissar Roberts von der Mordkommission Menton.«

Die beiden gaben sich die Hand, und Frank fragte sich, wo er diesen Namen schon mal gehört hatte. Dann fiel es ihm wieder ein. Er war der Polizeibeamte, mit dem Nicolas in der Nacht der Ermordung von Roby Stricker und Gregor Yatzimin gesprochen und der den Anruf lokalisiert hatte, welcher sich dann als Fehlalarm herausstellte.

»Wie läuft's? Alles in Ordnung?«, fragte Roberts, während er zum Hausdach sah, das zwischen den Zypressen zum Vorschein kam.

Frank dachte an Pierrots tränenüberströmtes Gesicht, an das Gehirn eines naiven Jungen, der ihnen erst so geholfen und dann in einem einzigen Augenblick alles zerstört hatte, was mühsam und auf Kosten von Menschenleben aufgebaut worden war. Am liebsten hätte Frank geheult und gelogen, aber er zwang sich zur Wahrheit und seine Stimme zur Ruhe.

»Ich fürchte nicht. Leider wurde die Zielperson alarmiert, und die Überraschung ist geplatzt. Da drinnen sind drei Polizisten, die über Funk nicht antworten, und wir wissen nicht, was los ist.«

»Hm, dumme Sache! Aber drei gegen einen, scheint mir doch ...«

Roberts' Worte wurden vom Gekrächze des Funkgeräts unterbrochen, das Morelli in der Hand hielt. Der Inspektor beeilte sich zu antworten, während er sich der Gruppe näherte.

»Ja?«

»Gavin hier. Wir sind drin. Wir haben die Wohnung von oben bis unten durchsucht. Das Objekt ist jetzt gesichert, aber hier gab es ein Blutbad. Drei ermordete Polizisten, und außer den Leichen ist keiner da.«

48

Der Raum, in dem die Pressekonferenz abgehalten wurde, war zum Bersten voll. In weiser Voraussicht des Medienrummels fand sie im Auditorium, einem Saal des Centre Congrès, statt und nicht im Polizeipräsidium in der Rue Notari, dessen Räumlichkeiten die ganzen Leute gar nicht hätten fassen können.

Vor der Wand, an einem langen Tisch mit grüner Decke, saßen Durand, Roncaille, Doktor Cluny und Frank vor ihren Mikrofonen. Alle an dem Fall beteiligten Parteien waren anwesend. Vor ihnen die Vertreter der Informationsdienste auf den ordentlich aufgereihten Plastikstühlen: Printmedien, Rundfunk und Fernsehen.

Frank fand diese Darbietung ziemlich lächerlich, aber das Prestige des Fürstentums von Monaco und der Vereinigten Staaten von Amerika, die er als FBI-Agent vertrat, verlangte es so.

Es störte niemanden, dass Keiner alias Jean-Loup Verdier noch immer frei war wie ein Vogel. Es störte niemanden, dass sie die Wohnung, nachdem die Männer von der *task force* ihren Einsatz beendet hatten, leer und den Polizeibeamten Sorel wie ein geschlachtetes Opferlamm vorgefunden hatten. Die beiden anderen, Gambetta und Megène, waren mit einem Pistolenschuss niedergestreckt worden, aus derselben Waffe, wie sich herausstellte, mit der auch Gregor Yatzimin getötet worden war.

Ubi major, minor cessat.

Einige peinliche Details brauchte man unter dem nützlichen Mäntelchen des Untersuchungsgeheimnisses nicht hervorzuheben. Der Erfolg dagegen wurde umso mehr gefeiert, die Enttarnung des Mörders, die brillante Zusammenarbeit von monegassischer Polizei und FBI, die Tüchtigkeit und unerschütterliche Entschlossenheit der Ermittler, welchen die teuflische List des Verbrechers, den sie letztendlich doch identifiziert hatten, nichts anzuhaben vermochte, et cetera, et cetera, et cetera ...

Hinter dieser Reihe von »et ceteras« verbarg sich die Flucht des Mörders, ermöglicht durch nicht vorhersehbare Ereignisse, und seine momentane Unauffindbarkeit. Dennoch war die Ergreifung des Verantwortlichen jener schrecklichen Morde nur noch eine Frage von wenigen Stunden. Alle europäischen Polizeistationen waren in Alarmbereitschaft, und man rechnete jeden Augenblick mit der Nachricht von der Festnahme.

Frank bewunderte das Geschick von Roncaille und Durand, wie sie diesen Wust von Fragen bewältigten, wie sie sich ins Rampenlicht stellten, wo sie nur konnten, und geschickt immer neues Rampenlicht suchten, sobald jemand sie in den Schatten drängte.

Keiner der beiden hatte auch nur mit einem Wort Kommissar Nicolas Hulot erwähnt. Frank sah wieder das Foto vom Unfall vor sich, das völlig demolierte Auto, den Körper seines Freundes über dem Lenkrad, das arme Gesicht des blutüberströmten *enfant terrible*. Er griff in seine Jackentasche und umklammerte einen Zettel. Als sie Jean-Loup Verdiers Wohnung Schritt für Schritt durchsucht hatten, auf der Suche nach einer Spur, nach einem Indiz von seiner Flucht, hatte er eine banale Quittung über einen Bußgeldbescheid der Verkehrspolizei wegen erhöhter Geschwindigkeit gefunden. Das Kennzeichen gehörte zu einem Avis-Mietwagen. Das Datum stimmte mit Nicolas' Todestag überein, und der Ort des Vergehens lag nicht weit vom Unfallort entfernt.

Frank konnte Jean-Loups Vorgehen dank dieses simplen Beweisstücks und dank der Worte eines zwar unfreiwilligen, aber tüchtigen Komplizen nachverfolgen: Pierrot.

Das Dienstgeheimnis, das er ihm in seiner Funktion als Polizist ehrenhalber anvertraut hatte, war allen gegenüber eingehalten worden, mit Ausnahme seines großen Freundes Jean-Loup. Ausgerechnet ihm, und nur ihm, hatte er, Ironie des Schicksals, anvertraut, dass Frank ihn wegen der Platte eines gewissen Robert Fulton befragt hatte. So wusste Jean-Loup, dass ihm ein Fehler unterlaufen war, und Keiner war Nicolas gefolgt, der auf seiner Reise zu entdecken gehofft hatte, was mit der Schallplatte andeutungsweise zum Vorschein gekommen war.

Frank hatte Schritt für Schritt den Weg des Kommissars zurückverfolgt und all das erfahren, was zu erfahren war, nämlich, dass es ihm viel eher als allen anderen gelungen war, den Namen des Mörders herauszufinden. Aus diesem Grund war er getötet worden.

Roncailles Stimme riss ihn aus seinen Gedanken.

»… deshalb erteile ich das Wort dem Mann, der es schaffte, dem Serienmörder, bekannt unter dem Namen Keiner, einen Namen und ein Gesicht zu geben: Spezialagent des FBI, Frank Ottobre.«

Es gab keinen Applaus, nur eine tobende Masse aus hochgerissenen Händen. Roncaille wies auf einen rothaarigen Journalisten in der ersten Reihe. Frank erkannte ihn und bereitete sich auf Erschießung durch Fragen vor. Coletti erhob sich und wies sich aus.

»René Coletti, ›France Soir‹. Agent Ottobre, können Sie sich einen Reim darauf machen, weshalb Jean-Loup Verdier die Gesichter seiner Opfer so verstümmelte?«

Frank musste sich ein Grinsen verkneifen, als er über den Narzissmus dieses dialektischen Manövers nachdachte.

Wenn das die Spielregeln sind, dann kann ich auch so spielen.

Frank lehnte sich auf seinem Stuhl zurück.

»Auf diese Frage wird Ihnen Doktor Cluny eine viel qualifiziertere Antwort geben. Ich kann Ihnen allerdings jetzt schon sagen, dass wir bis heute nicht in der Lage sind, eine zufrieden stellende Begründung für die Tötungsart zu liefern. Wie Polizeipräsident Roncaille bereits sagte, viele Einzelheiten der Ermittlungen werden noch geprüft und sind Teil des Untersuchungsgeheimnisses. Dennoch sind einige dieser Details mittlerweile Gewissheiten, in die wir Sie einweihen können.«

Frank machte eine effektvolle Pause. Er dachte, Doktor Cluny würde stolz auf ihn sein.

»Diese Gewissheiten sind der Vorarbeit des Kommissars Nicolas Hulot zu verdanken, auf die ich mich gestützt habe, um die Identität von Keiner herauszubekommen. Dem Täter ist bei der Ermordung von Allen Yoshida ein Fehler unterlaufen, und es ist dem Kommissar gelungen, eine im Dunkeln gebliebene Episode zurückzuverfolgen, die sich vor vielen Jahren in Cassis, in der Provence, ereignet hat. Eine Bluttat, bei der eine ganze Familie ausgelöscht wurde. Der Fall wurde ziemlich voreilig mit dem Vermerk ›Doppelmord und Selbstmord‹ zu den Akten gelegt, eine Annahme, die jetzt aufs Genaueste überprüft werden muss. Ich kann Ihnen nur so viel sagen, dass bei einem der Opfer das Gesicht genauso verstümmelt war wie bei den Opfern von Keiner.«

Ein Raunen ging durch den Saal. Weitere Finger streckten sich. Eine junge Journalistin, die nicht auf den Kopf gefallen zu sein schien, kam den anderen zuvor und erhob sich.

»Laura Schubert, ›Le Figaro‹.«

Mit einem Nicken erteilte Frank ihr das Wort.

»Aber wurde Kommissar Hulot nicht von den Ermittlungen ausgeschlossen?«

Aus den Augenwinkeln heraus sah Frank, wie Durand und Roncaille versteinerten. Er ließ der jungen Frau das Lächeln dessen zuteil werden, der nun gleich eine andere Version der Sachlage, die wahre nämlich, darlegen würde.

Fickt euch doch ins Knie, ihr Wichser!

»Das ist nicht ganz richtig, Mademoiselle. In gewisser Weise hat die Presse hier Aussagen frei interpretiert, die so nie gemeint waren. Kommissar Hulot hatte sich lediglich von den fortlaufenden Ermittlungen hier in Monte Carlo zurückgezogen, um in aller Diskretion eine eigene Spur zu verfolgen. Wie man sich leicht denken kann, wurde dieses Detail aus verschiedenen Gründen nicht öffentlich bekannt gegeben. Und leider muss ich Ihnen mit großer Trauer mitteilen, dass seine Bravour die Ursache für seinen Tod war und dass er nicht bei einem Verkehrsunfall umgekommen ist. Es war der soundsovielte Mord von Keiner, der sich entlarvt sah und gezwungenermaßen aus seiner Deckung trat, um sich zu verteidigen. Ich wiederhole, das Verdienst, den Verantwortlichen für alle diese Morde identifiziert zu haben, gebührt Kommissar Nicolas Hulot, der diese Tatsache mit dem Leben bezahlt hat.«

Im Saal gab es einen kleinen Aufruhr. Auch wenn die Sache an allen Ecken und Enden undurchsichtig war, so war es dennoch ein perfekter Knüller. Das war etwas, worüber man schreiben konnte, und die Journalisten würden darüber schreiben. Das reichte Frank vollkommen. Durand und Roncaille waren geschockt, versuchten jedoch, gute Miene zum bösen Spiel zu machen. Morelli lehnte mit verschränkten Armen an einer Seitenwand des Saales und zeigte unter einem Ellbogen seine Faust mit nach oben gestrecktem Daumen.

Ein Journalist, der mit stark italienischem Akzent Französisch sprach, stand auf.

»Marco Franti, ›Corriere della Sera‹, Mailand. Könnten Sie uns über Kommissar Hulot und seine Entdeckungen in Cassis etwas mehr erzählen?«

»Ich möchte nochmal betonen, dass diesbezüglich die Ermittlungen noch laufen und längst nicht beendet sind. Ich kann nur Vermutungen anstellen, die möglicherweise durch Tatsachen widerlegt werden. Eines kann ich Ihnen jetzt schon mit ziemlicher Sicherheit sagen. Wir versuchen gerade, Keiner seinen richtigen Namen zu geben, da wir auch Jean-Loup Verdier nicht für seinen eigentlichen halten. Ausgehend von den Spuren des Kommissars

Hulot haben Nachforschungen auf dem Friedhof von Cassis ergeben, dass Jean-Loup Verdier der Name eines verstorbenen Jungen ist, der vor vielen Jahren bei einem Tauchunfall ums Leben kam, ungefähr zur selben Zeit, als die grausame Bluttat passierte, die ich vorhin schon erwähnt hatte. Es handelt sich um eine Namensübereinstimmung, die zumindest verdächtig erscheint, wenn man bedenkt, dass das Grab des Jungen nur wenige Meter von den Gräbern der Legrands entfernt liegt.«

Ein anderer Journalist hob die Hand, brüllte seine Frage heraus, ohne dabei aufzustehen, und wurde erstaunlicherweise trotz des allgemeinen Lärms gehört.

»Und was können Sie uns zu der Sache mit Captain Ryan Mosse sagen?«

Das Schweigen und die Zeit, um die Frage zu verdauen, wurden auf einen Schlag allgegenwärtig. In dieser ganzen Sache war das der wunde Punkt. Frank sah den Journalisten, der ihn in diese missliche Lage gebracht hatte, eindringlich an und ließ dann seinen Blick über die Anwesenden schweifen.

»Was Captain Ryan Mosse angeht, der mittlerweile wieder entlassen wurde, ist mir ein grober Fehler unterlaufen. Ich versuche weder, mich zu entschuldigen, noch verlange ich mildernde Umstände, auch wenn die Indizien so eindeutig und so zahlreich waren, dass man ihn ohne den leisesten Zweifel des Mordes an Roby Stricker hätte anklagen können. Bei so komplizierten Untersuchungen wie der vorliegenden kommt es leider manchmal vor, dass Unschuldige darin verwickelt werden. Dennoch kann und darf das keine Entschuldigung sein. Ich sage noch einmal, dass es sich um einen Fehler handelte, für den ich allein verantwortlich bin, und ich bin bereit, die Konsequenzen zu tragen und jeden anderen von einer möglichen Schuld zu befreien. Wenn Sie mich nun entschuldigen würden ...«

Frank erhob sich.

»Leider bin ich, gemeinsam mit der Polizei, immer noch damit beschäftigt, einen sehr gefährlichen Mörder zu jagen. Doktor Durand, der Polizeipräsident Roncaille und Doktor Cluny werden Ihnen Ihre restlichen Fragen sicher gerne beantworten.«

Frank verließ den Tisch, ging in Richtung der Wand, wo Morelli lehnte, und verschwand durch eine Seitentür. Er befand sich in einem weiten, halbrunden Flur, direkt neben dem Saal, in dem die Konferenz abgehalten wurde. Nur wenige Augenblicke später kam der Inspektor nach.

»Du warst großartig, Frank. Ich würde alles geben für ein Foto von Roncailles und Durands Gesichtern, als du die Sache mit Kommissar Hulot angesprochen hast. Ich würde sie meinen Enkeln zeigen, als Beweis, dass Gott existiert. Jetzt …«

Das Geräusch von Schritten unterbrach Morellis Worte. Die Augen des Inspektors fixierten jemanden hinter Frank.

»So trifft man sich wieder, *Mister* Ottobre …«

Frank erkannte diesen Ton und diese Stimme. Er drehte sich um und stand den leblosen Augen des Captain Ryan Mosse und seiner verdammten Seele, General Nathan Parker, gegenüber. Morelli stellte sich sofort neben ihn. Frank bemerkte es dankbar.

»Gibt's ein Problem, Frank?«

»Nein, Claude, kein Problem. Ich glaube, du kannst gehen, oder, General?«

Parkers Stimme war kälter als das Eis der Arktis.

»Nein, kein Problem. Wenn Sie uns dann alleine lassen würden, Inspektor …«

Morelli entfernte sich, nicht ganz überzeugt. Frank hörte seine Schritte auf dem Marmorfußboden des Flurs. Nathan Parker und Mosse schwiegen so lange, bis er um die Ecke gebogen war und die Schritte gänzlich verhallten.

Es war Parker, der zuerst etwas sagte.

»Dann haben Sie es also geschafft, hmm, Frank? Jetzt haben Sie Ihren Mörder. Sie sind ein Mann der Tat.«

»Das Gleiche kann man von Ihnen sagen, General, auch wenn ich auf all diese Taten nicht unbedingt stolz wäre. Und falls es Sie interessiert, Helena hat mir alles erzählt.«

Der alte Soldat verzog keine Miene.

»Mir hat sie auch alles erzählt. Sie hat mir ausführlich von Ihrer durch und durch männlichen Gabe berichtet, eine Frau zu benützen, die nicht im Vollbesitz ihrer geistigen Fähigkeiten ist.

Ich glaube, Sie haben eine ganze Reihe grober Fehler begangen, als Sie den Ritter ohne Furcht und Tadel spielten. Wenn ich mich recht erinnere, hatte ich Sie darauf hingewiesen, sich nicht in meine Angelegenheiten zu mischen, aber Sie wollten ja nicht hören.«

»Sie sind ein verachtenswertes Wesen, General Parker, und ich werde Sie zerstören.«

Ryan Mosse trat einen Schritt nach vorn. Der General signalisierte ihm, stehen zu bleiben. Er grinste mit der Boshaftigkeit einer Schlange.

»Sie sind ein Versager, und wie alle Versager ein armer Träumer, Mister Ottobre. Sie sind kein Mann, sondern nur das, was davon übrig blieb. Ich kann Sie mit einem einzigen Schlag niederstrecken und muss mir danach noch nicht mal den Staub von der Hose klopfen. Und jetzt hören Sie mal gut zu ...«

Er kam so nah, dass Frank den warmen Atem spüren konnte, und den Speichel aus seinem Mund, als er ihm all seine Wut ins Gesicht zischte.

»Sie werden sich von meiner Tochter fern halten, Frank. Ich kann Sie abholen und so zurichten lassen, dass Sie darum flehen, umgebracht zu werden. Und auch wenn Ihnen Ihre eigene Sicherheit nicht am Herzen liegt, so sollten Sie wissen, dass ich auch die von Helena in der Hand habe. Ich kann sie jederzeit in eine Psychiatrie sperren und den Schlüssel wegwerfen lassen.«

Er begann, um ihn herumzuschleichen, und setzte seine Rede fort.

»Natürlich könnt ihr euch zusammentun und versuchen, euch gegen mich zu stellen. Ihr könnt versuchen, euer Gift auszuspucken. Aber überleg dir das gut. Auf der einen Seite stehe ich, ein General der US-Army, ein Kriegsheld, militärischer Berater des Präsidenten der Vereinigten Staaten. Auf der anderen Seite seid ihr beiden, eine Frau mit nachgewiesener psychischer Instabilität und ein Mann, der monatelang in einer psychiatrischen Klinik war, nachdem er seine Frau praktisch in den Selbstmord getrieben hat. Na, sagen Sie schon, Frank, wer würde euch wohl glauben? Außerdem würde all das, was ihr über mich *erfinden* könnt, wieder auf Stuart zurückfallen, und ich glaube, das wäre das Letzte, was Helena sich wünschte. Meine Tochter hat das bereits eingesehen und versprochen, Sie nie wiederzusehen. Dasselbe erwarte ich von Ihnen, Mister Ottobre, verstanden? *Nie wieder!*«

Mit triumphalem Leuchten in den Augen trat der alte Soldat einen Schritt zurück.

»Also, egal, wie diese Geschichte ausgeht, Sie sind am Ende, Mister Ottobre.«

Der General kehrte ihm den Rücken zu und ging, ohne sich nochmal umzudrehen. Mosse näherte sich Frank. In seinem Gesicht konnte man lesen, welch sadistisches Vergnügen es ihm bereitete, sich an einem schwächeren Menschen auszulassen.

»Er hat Recht, Monsieur FBI-Agent. Du bist am Ende.«

»Das hat wenigstens einen Sinn. Du bist noch nicht mal am Anfang.«

Frank trat einen Schritt zurück, eine Reaktion erwartend. Als Mosse eine Bewegung machte, sah er unversehens den Lauf der Glock auf sich gerichtet.

»Na los, Captain, liefer mir einen Grund. Einen einzigen. Der Alte hat Rückendeckung, aber du bist weder zu etwas zu gebrauchen, noch bist du so gefährlich, wie du zu sein glaubst.«

»Früher oder später werde ich dich schon noch in die Finger kriegen, Frank Ottobre.«

Frank hob seufzend den Arm.

»Wir alle sind in Gottes Hand, aber ich garantiere dir, du bist nicht Teil dieser Kategorie. Und jetzt hau ab, und folge deinem Gebieter.« Er blieb im Flur stehen, bis die beiden verschwunden waren. Er steckte die Pistole wieder ins Gürtelhalfter und lehnte sich mit dem Rücken an die Wand. Langsam ließ er sich nach unten gleiten und setzte sich auf den kalten Marmorfußboden. Er bemerkte, dass er zitterte.

Versteckt, wer weiß wo, war ein gefährlicher Mörder, der immer noch frei herumlief und jederzeit zuschlagen konnte. Dieser Mann hatte bereits mit unglaublicher Grausamkeit verschiedene Personen umgebracht, unter anderem Nicolas Hulot, seinen besten Freund. Vor ein paar Tagen noch hätte er das Leben, das ihm blieb, geopfert, nur um den Namen des Mörders auf ein Stück Papier schreiben zu können.

Jetzt waren all seine Gedanken von Helena Parker bestimmt, und er wusste nicht, was er tun sollte.

49

Als Laurent Bedon aus dem Café de Paris kam, strichen seine Finger zärtlich über das Bündel Fünfhundert-Euro-Scheine, das die Innentasche seiner Jacke ausbeulte. Er dachte nochmal an sein unverschämtes Glück diesen Abend. Er war der absolute Held der Träume eines jeden Roulettespielers gewesen. Mit Coup de Lion auf der roten Dreiundzwanzig, dreimal hintereinander abgeräumt bei maximalem Einsatz, die anderen Gäste im Delirium, das entsetzte Gesicht des Croupiers angesichts dieses eher einzigartigen als seltenen Ereignisses.

Er war zur Kasse gegangen und hatte angefangen, bunte Chips aus den Taschen zu ziehen, als trage er die Jacke von Eta Beta. Den Angestellten hatte das Ausmaß seines Sieges gleichgültig gelassen, aber er musste sich von einem Kollegen Bargeld geben lassen, weil er nicht genügend in der Kasse hatte, um die vollständige Summe auszuzahlen.

Während er den Wachstuchsack holte, der noch in der Garderobe hing, hatte Laurent gedacht, dass das Glück, wenn es einem in die Hände spielte, fast etwas Peinliches hatte in der Raserei, mit der es dem Elend ins Gesicht schlug. Er war ins Café de Paris eingetreten, um eine halbe Stunde dort zu überbrücken, und in dieser halben Stunde hatte er alles, was er in den letzten vier Jahren verloren hatte, wieder reingeholt.

Er sah auf die Uhr. Superpünktlich.

Er blieb einen Augenblick auf dem Gehweg stehen und betrachtete den Platz vor sich.

Links schillerte das Casino Municipal in all seinem Lichterglanz, der die affektierteste Barockarchitektur wiederauferstehen ließ. Links neben dem Eingang stand eine BMW 750 auf einer schiefen Fläche und wurde geschickt von einer Reihe von Spots angestrahlt. Sie war der Preis für ein Wettrennen der *chemin de fer*, das in Kürze abgehalten werden würde.

Das Hôtel de Paris auf der gegenüberliegenden Seite schien konsequent die Linie des Casinos fortzusetzen, als könne das eine nicht ohne das andere existieren. Laurent stellte sich die Leute im Inneren vor. Die Kellner, die Pagen, die *concierges*, die aufgeblasenen und vor Geld platzenden Gäste.

Bei ihm lief es nun endlich richtig gut. Angefangen beim Spiel. Seit die *Zusammenarbeit* mit diesem Amerikaner begonnen hatte, schien der Wind sich gedreht zu haben. Es war ihm durchaus klar, dass dieser Typ, Ryan Mosse, extrem gefährlich war. Er hatte es daran gesehen, mit welcher Leichtigkeit er sich Vadims entledigt hatte. Aber er war auch ausgesprochen großzügig, und solange das so blieb, rückte das eine das andere in den Hintergrund. Und um was hatte Mosse ihn schon gebeten? Eigentlich nur darum, ihn unter Wahrung strengster Diskretion über alle Neuigkeiten im Fall Keiner zu informieren, an die er durch Gespräche mit der Polizei gelangen konnte, während sie sich im Sender in Erwartung der Anrufe dieses Mörders einquartiert hatten. Eine *sine cura*, die ihm genügend Geld in seine Taschen füllte, um mehr als ein Leck in seinen Finanzen zu stopfen.

Er hatte eine herbe Enttäuschung gefühlt, als Mosse wegen angeblichen Mordes an Roby Stricker verhaftet wurde. Nicht dass ihm einer der beiden Leid getan hätte. Der Amerikaner war ganz klar ein Psychopath, und ehrlich gesagt fand er den Ort, wohin sie ihn stecken wollten, genau richtig für diesen Fanatiker, eine robuste Zelle in einem soliden Gefängnis wie Rocher. Was Stricker anging, diesen Playboy, war er ein Idiot, dessen einziges Verdienst im Leben es gewesen war, genau aus dieser Möse gekrochen zu sein und nicht aus einer anderen. Keiner, vielleicht nicht einmal sein Vater, würde seine Abwesenheit bemerken.

Requiescat, wie es diesem Arschloch gebührt. Amen.

So weit Laurent Bedons kurzes und bündiges Epitaph in memoriam Roby Stricker.

Der einzige Grund, die Nachricht von Mosses Inhaftierung zu

bedauern, war die Tatsache gewesen, dass das Huhn, das goldene Eier legte, aus dem Hühnerstall verschwand. Die ernsthafte Sorge, seinen Sponsor, wie er ihn insgeheim nannte, zu verlieren, hatte die Angst, womöglich wegen Komplizenschaft angeklagt zu werden, in den Hintergrund gedrängt. Dieser Typ verriet so schnell niemanden. Die *flics* wären ganz schön ins Schwitzen geraten, um etwas aus ihm rauszubekommen. Mosse war ein harter Brocken, zumal der andere ihm den Rücken deckte, dieser General Parker, dessen Tochter ermordet worden war. Ja, *der* war bestimmt ein hohes Tier. Mit Sicherheit war er der Eigentümer der Tasche, die Mosse in der Hand hielt, und er war es, der veranlasste, sie zu füllen, wenn der arme Laurent sie geleert hatte.

Jedenfalls hatte er seine Entlassung aus dem Gefängnis mit einem Seufzer der Erleichterung und voller neuer Hoffnung aufgenommen. Die Hoffnung war zu einem wahren Triumphgefühl geworden, als er die zweite Mail bekommen hatte, die wie die erste der reiche Onkel aus Amerika unterschrieben und in der er ihm ein Treffen vorgeschlagen hatte.

Er wusste nicht, was er noch von ihm wollte, jetzt, da die Identität des Mörders endlich geklärt war. Ihn interessierte eigentlich nur, dass ihm der Geldhahn nicht abgedreht wurde.

Noch jetzt sah er deutlich den skeptischen Gesichtsausdruck von Maurice vor sich, als er endlich seine Schulden beglichen hatte. Wie Falschgeld hatte er die Scheine beäugt, als er sie in Nizza im Hinterzimmer des Burlesque, eines düsteren Nachtclubs voller billiger Nutten, auf den Schreibtisch geknallt hatte.

Falls Maurice gefragt hätte, woher das Geld komme, hätte er kein Wort gesagt.

Laurent war mit einem spöttischen Blick weggegangen, vorbei an Vadim, der auf der Nase immer noch das Pflaster als Erinnerung an die Begegnung mit Ryan Mosse trug. Der Verdacht, dass er von jemandem protegiert wurde, der noch gefährlicher war als er selbst, hatte ihm seine übliche Verächtlichkeit ausgetrieben.

Der Monsieur Bedon hat bezahlt. Der Monsieur Bedon ist frei. Der Monsieur Bedon lässt euch alle am Arsch lecken. Der Monsieur Bedon verschwindet jetzt aus diesem Scheißladen.

Laurent rückte die Tasche zurecht, die um seine Schulter hing, und setzte sich in Bewegung. Er überquerte den Platz diagonal in Richtung des Parks vor dem Casino.

Eine Menge Leute war unterwegs. Von der Saison und von den Touristen abgesehen, hatte die Geschichte vom Serienkiller, der sich in Monte Carlo herumtrieb, nicht nur zusätzlich die Journalisten auf den Plan gerufen, sondern auch eine unglaubliche Zahl von einfach Neugierigen. Die besten Zeiten lebten wieder auf, auch wenn die Präsenz des Lebens aufgrund einer merkwürdig widersprüchlichen Windung durch die Präsenz des Todes hervorgerufen wurde.

Überall wurde von nichts anderem gesprochen. In den Zeitungen, im Radio, im Fernsehen und in den Wohnzimmern, aus deren offenen Fenstern das Licht auf die Straße schien.

Plötzlich hatte er Jean-Loups Gesicht vor Augen. Trotz seines ewig zynischen Charakters erschauderte er. Bei dem Gedanken, über so lange Zeit so viel mit jemandem zu tun gehabt zu haben, der zu so einer Tat fähig war, bekamen selbst die eine Gänsehaut, die noch viel skrupelloser waren als er.

Wie viele Personen hatte er getötet? Acht, wenn er sich nicht irrte. Nein, neun, wenn man auch diesen Unglücksmenschen Nicolas Hulot hinzuzählte. Scheiße. Ein wahres Gemetzel, ausgeführt von einem hübschen grünäugigen Jungen mit tiefer Stimme und reserviertem Verhalten, dem man eher zugetraut hätte, von einer Schar von Frauen verfolgt zu werden als von der gesamten europäischen Polizei.

Er erinnerte sich, dass er es gewesen war, der Jean-Loups Karriere eingeleitet hatte. Er hatte ihn zum Sender geschleppt, mit dem Ergebnis, dass er selbst in dem Maße weggedrängt wurde, wie ganz allmählich die Fähigkeiten des DJs zum Vorschein kamen.

Und jetzt änderten sich die Dinge auch in dieser Hinsicht.

Bikjalo, den die ganze Sache anscheinend ziemlich mitgenommen hatte, war vom Präsidium des Senders heftigst in seine Schranken verwiesen worden. Mittlerweile rauchte er eine russische Zigarette nach der anderen und sprach scheinbar nur noch die Sprache seiner Zigaretten. Der Präsident hatte Laurent gefragt, ob er sich zutraue, *Voices* allein zu moderieren. Trotz der Ereignisse schien das Interesse der Hörer an der Sendung ungebrochen, die, ganz im Gegenteil, sogar die Möglichkeit hatte, ihre Hörerzahl noch zu steigern, und zwar mit jener seltsamen, krankhaften Alchemie, die alle Bluttaten umgab.

Gut, ihr Scheißkerle, warum ruft ihr denn nicht jetzt euren Jean-Loup an?

Er seinerseits hatte für ein Heidengeld ein Exklusivinterview an eine Wochenzeitschrift verkauft und vom Verleger einen angemessenen Vorschuss für ein *instant book* mit dem Titel *Mein Leben mit Keiner* bekommen, an dem er bereits arbeitete. Dann war da auch noch der unerwartete Gewinn im Café de Paris. Und der Abend war noch nicht zu Ende ...

Die Tatsache, dass Jean-Loup noch frei herumlief, bereitete ihm keine Sorgen.

Dieser Typ stellte kein Problem mehr dar. Laut Polizei konnte es sich nur noch um Stunden handeln. Wo konnte sich ein Mann schon verstecken, dessen Foto in allen Zeitungen war und von dem jeder Polizist von hier bis Helsinki ein Fahndungsbild in Händen hatte?

Der Stern Jean-Loup war für immer erloschen.

Nun ging Laurent Bedons Sonne auf.

Zu seiner Überraschung hatte er festgestellt, dass ihn selbst Barbara nicht mehr die Bohne interessierte. Soll sie doch ihren Polizisten behalten, ihren Wachhund. Er hatte begriffen, dass seine Hartnäckigkeit der Frau gegenüber allein auf seine schlechte Verfassung zurückzuführen war. Wahrscheinlich hatte er sie als Symbol seines eigenen Scheiterns gesehen, als hervorstechendste Personifizierung des Mülls, den sein Leben ihm damals lieferte.

Nun war er derjenige, der auf einem kleinen Thron saß, und es lag in seiner Hand, über Ja oder Nein zu bestimmen. Das Einzige, was er sich noch wünschen würde, wenn er überhaupt noch etwas von ihr wollte, wäre, dass sie auf Knien angekrochen käme und zugäbe, einen großen Fehler begangen zu haben, als sie ihn verlassen hatte. Er hätte gerne gehört, wie ihre reuevolle

Stimme ihn bat, ihr zu verzeihen und sie wieder zu sich zu nehmen.

Das alles nur, um ihr triumphierend die Wahrheit ins Gesicht zu schreien. Er brauchte sie jetzt nicht mehr. Und er würde sie nie wieder brauchen.

Er setzte sich auf eine Bank, rechts im Park, wo es schattiger war. Er zündete eine Zigarette an und lehnte sich zurück, blickte auf diese Welt, die sich um ihn drehte, ohne dass er sich diesmal fehl am Platze fühlte.

Kurz darauf trat von hinten aus dem Schatten die Gestalt eines Mannes und setzte sich neben ihn. Er drehte sich und sah ihn an. Seine Augen, leblos wie die eines ausgestopften Tieres, flößten ihm keine Furcht ein. Für ihn bedeutete dieser Mann ganz einfach: Geld im Anmarsch.

»Guten Abend, Laurent«, sagte der Mann auf Englisch.

Laurent nickte leicht mit dem Kopf und antwortete in derselben Sprache.

»Guten Abend. Ich freue mich, Sie wieder unter uns begrüßen zu dürfen, Captain Mosse.«

Der andere ignorierte die tiefere Bedeutung dieser Begrüßung. Er ging sofort zum eigentlichen Grund ihres Treffens über.

»Haben Sie, um was ich Sie gebeten hatte?«

Laurent stellte den Wachstuchsack, der eben noch über seiner Schulter hing, auf die Bank zwischen sie.

»Klar, hier. Das ist natürlich nicht vollständig. Ich habe das Material eher zufällig ausgewählt. Wenn Sie mir gesagt hätten, wofür Sie das Zeug brauchen, hätte ich ...«

Ryan Mosse unterbrach ihn. Er überging die indirekte Frage und hielt ihm einen billigen Aktenkoffer hin.

»Da drin ist das, was wir vereinbart hatten.«

Laurent nahm den Koffer und legte ihn auf seinen Knien ab. Er ließ das Schloss aufschnappen und hob den Deckel. Im Halbschatten sah er so viele Geldbündel, dass er sich damit hätte komplett zudecken können. Für Laurent strahlten sie stärker als jede beliebige Beleuchtungsanlage.

»Okay.«

»Zählen Sie gar nicht nach?«, fragte Mosse in einem leicht ironischen Ton.

»Sie haben ja auch nicht die Möglichkeit, das Material, das ich Ihnen mitgebracht habe, an Ort und Stelle zu überprüfen. Es käme mir wie ein grober Stilbruch vor, Ihrem Vertrauen nicht mit demselben Vertrauen zu begegnen.«

Captain Mosse erhob sich. Die Übergabe war beendet.

Die Gesellschaft des jeweils anderen war mit Sicherheit weder für ihn noch für Laurent hinreichend vergnüglich, um das Treffen länger andauern zu lassen.

»Auf Wiedersehen, Monsieur Bedon.«

Laurent blieb auf der Bank sitzen und hob die Hand.

»Auf Wiedersehen, Captain Mosse. Es ist immer wieder ein Vergnügen, mit Ihnen Geschäfte zu machen.«

Er blieb sitzen und sah der athletischen Figur des Amerikaners nach, der sich festen Schrittes entfernte und auch in Zivil den militärischen Einschlag nicht verhehlen konnte. Er wartete auf der Bank, bis Mosse aus seinem Blickfeld verschwunden war. Seine Laune war ausgezeichnet. Der Abend war wirklich äußerst ergiebig gewesen. Zuerst der Gewinn im Casino, und jetzt auch noch der Betrag im Koffer... Wie sagen die Alten? Wo Geld ist, kommt Geld dazu.

Und so würde es weitergehen, da war er sich sicher.

Lasst uns abwarten und Tee trinken, sagte er sich, *abwarten und Tee trinken.*

Eine Volksweisheit besagt, dass eine stehende Uhr zweimal am Tag richtig geht. Die Tatsachen bewiesen, dass seine Uhr gar nicht stehen geblieben war und dass sie angefangen hatte, bessere Zeiten anzuzeigen.

Er erhob sich von der Bank und nahm den Koffer, der zwar um einiges leichter war als der Sack, den er Mosse übergeben hatte, der ihm aber *viel* schwerer vorkam. Er blieb einen Moment stehen, um nachzudenken. Für diesen Abend hatte er genug vom Café de Paris. Man durfte an einem Tag nicht zu viel vom Glück verlangen. Er war von Jacques, dem Tontechniker, zur Place du Casino mitgenommen worden. Er könnte sich jetzt ein Taxi holen oder zu Fuß zum Hafen hinuntergehen, ein paar Bier im Stars 'n' Bars trinken, sein nagelneues Auto aus dem Parkhaus am Sender holen und nach Nizza zurückfahren. Noch war es nicht der Porsche, den er gerne gehabt hätte, aber das war jetzt nur noch eine Frage des Abwartens. Für den Moment reichte es dicke, um nicht mit öffentlichen Verkehrsmitteln zur Arbeit fahren zu müssen von seiner neuen Wohnung an der Place Pellegrini in der Gegend von Acropolis, einem kleinen, aber eleganten Apartment, das er kürzlich gemietet hatte. Ironischerweise lag sie nicht weit von seiner alten Wohnung entfernt, die ihm Maurice, möge die Pest ihn holen, weggenommen hatte.

Er sah auf die Uhr. Es war noch früh, und die Nacht war lang.

Laurent Bedon ging ohne Eile in Richtung Hôtel de Paris, mit dem beschwingten Gang eines Mannes, der vor Optimismus strotzte und sich vornahm, den Rest der Abendplanung spontaner Eingebung zu überlassen.

50

Remy Bretecher setzte den Helm auf und löste mit dem Fuß den seitlichen Ständer des Motorrads. Obwohl die Straße bergab ging, konnte er die Pegasus Aprilia leicht halten. Er war so aufgeregt, dass er ihr Gewicht auch mit nur einem Bein abgefangen hätte. Geparkt hatte er rechts vor dem Casino, auf dem Parklatz für Motorräder vor dem Hôtel Metropole. Er hatte seinen Mann im Visier, der gerade die Gärten durchquerte und nun zum Springbrunnen kam. Remy war kein Anfänger, was eine bestimmte Art der Beschattung betraf. In der Regel war sein Wirkungsfeld ein anderes, das Casino von Menton oder Nizza beispielsweise, oder andere kleine Spielbanken, die eigentlich über die ganze Küste verstreut lagen. Manchmal kam er sogar bis Cannes. Monte Carlo war, was bestimmte Tätigkeiten anging, eher *off limits*. Zu gefährlich, zu elitär und zu viel tüchtige Polizei unterwegs. Remy wusste sehr wohl, dass sich in den Spielbanken übertrieben viele Zivilpolizisten unter den normalen Gästen befanden.

An diesem Abend war er nur als einfacher Tourist unterwegs. Er wollte ein bisschen herumschnüffeln, um zu sehen, was für ein Wind im Fürstentum wehte im Hinblick auf den Massenmörder. Er war fast zufällig ins Café de Paris geraten, und nur aus reiner Routine bemerkte er diesen dreisten Typen mit dem Syphilisgesicht, der beim Roulette drei Volltreffer hintereinander landete, ein Schweineglück wie ein Sechser in der Nationallotterie.

Unauffällig war er ihm zur Kasse gefolgt und hatte gesehen, wie er sich die Riesensumme des *magot* in seine Innentasche steckte. Das hatte einen Urlaubsabend augenblicklich in einen Arbeitsabend verwandelt. Eigentlich arbeitete Remy am Stadtrand von Nizza als Automechaniker in einer Werkstatt, die auf die maßgeschneiderte Aufrüstung von Motorrädern spezialisiert war. Er kannte sich so gut mit Motoren aus, dass sein Chef, Monsieur Catrambone, wegen seiner Fehltritte ein Auge zudrückte. In der Tat hatte ihm das, was er jetzt in diesem Augenblick machte und was man als eine Art Nebenbeschäftigung bezeichnen könnte, als Minderjährigem ein paar Aufenthalte in Erziehungsanstalten eingebracht. Jugenderlebnisse, die mangelnder Erfahrung zu verdanken waren, ungeachtet so mancher Großsprecherei. Im Moment drohte zum Glück kein Aufenthalt in heimatlichen Gefängnissen. Auch galt in modernen Zeiten Handtaschenraub als eine lässliche Sünde, und Remy war clever genug, bei seinen »Arbeitskontakten«, wie er sie nannte, nicht mit der Waffe herumzufuchteln. Alles in allem lohnte sich die Spielerei, und die Tatsachen sprachen für sich. Man musste die Dinge nur mit ein bisschen Grips anpacken, und ein Zweiteinkommen hatte noch nie jemandem geschadet.

Ab und zu, wenn er *spürte*, es sei der richtige Abend, zog er durch die Casinos und beobachtete die einsamen Spieler, wie sie riesige Summen gewannen. Er folgte ihnen zum Ausgang und fuhr dann mit dem Motorrad hinterher. Wenn sie mit dem Auto unterwegs waren, wurde die Sache schon schwieriger. Er musste ihnen bis zu ihrem Haus auf den Fersen bleiben, und wenn sie dann eine Garage innerhalb eines geschlossenen Grundstücks hatten, war alles umsonst gewesen. Er sah den Wagen hinter einem Tor verschwinden oder die Abfahrt zu einer Garage hinabfahren, bis ihm das Aufblinken der Bremsleuchten einen freien Abend signalisierte. Wenn sie dagegen auf der Straße parkten, war die Sache geritzt. Er erreichte sie in dem Moment, da sie vor der Haustür nach dem Schlüssel kramten. Es ging blitzschnell. Den Helm auf dem Kopf und eine Hand in der Tasche bedrängte er sie, das Geld an ihn herauszurücken. Die Hand in der Tasche konnte ein Bluff sein oder *tatsächlich* die Existenz einer Pistole bedeuten. Und die Summen, auf die er es abgesehen hatte, waren nicht so hoch, dass ihr Besitzer sein Leben aufs Spiel gesetzt hätte, um den Diebstahl zu verhindern. Alles sprach also dafür, das Geld dem neuen Besitzer auszuhändigen. Es folgte eine schnelle Flucht auf dem Motorrad, und die Sache war beendet. Was blieb, war die Spannung, welchen Gewinn die Transaktion nach Art einer gewöhnlichen Bankautomatenbenutzung erbracht hatte.

Entfernte sich der »Kunde« dagegen zu Fuß, so musste man nur den richtigen Moment abwarten, eine Gegend mit wenig Verkehr, keine *flics* in Sicht, möglichst schwache Straßenbeleuchtung, und dann war der Ablauf derselbe. Oft nur sehr viel schneller.

In Anbetracht der Tatsache, dass seine Kunden notorische Casinobesucher waren, hatte sich Remy mehr als einmal gefragt, ob sein Laster nicht auch eine Art Spielleidenschaft war, eine abgewandelte Form der Abhängigkeit vom Spieltisch mit allem Drum und Dran. Er war schließlich zu dem Schluss gekommen, dass er den Befallenen eine Art Heilmethode anbot, die sie am eigenen Leibe spüren ließ, dass unrecht Gut selten gut tut.

Eine Form von Selbstabsolution im Großen und Ganzen.

Sich für einen gewöhnlichen Kriminellen zu halten, war ihm nie in den Sinn gekommen.

Er drückte den Starterknopf, und der Motor schnurrte leise, aber mit einem runden Geräusch, selbst im Leerlauf. Er hoffte, dass sein Mann sich nicht in Richtung des Taxistands neben dem Hôtel de Paris begeben würde. Das würde die Sache etwas vereinfachen, denn ein Mensch in einem Taxi hieß, keine Garage im

Untergeschoss eines Hauses. Es konnte dann allerdings sein, dass der Abend noch nicht zu Ende und das Risiko stets präsent war. Für gewöhnlich endeten Spieler, die sich in Schwierigkeiten befanden, damit, dass sie ihren Gewinn übel verschleuderten, in einem der Nightclubs, an denen Nizza unvorstellbar reich war und die meistens eine Art legalisiertes Freudenhaus darstellten. Sie spendierten nach allen Seiten Getränke und boten schließlich einer *entraîneuse* für schnelle Zuwendungen im Separee eine Summe, von der eine dreiköpfige Familie eine ganze Woche hätte leben können. Es hätte ihm missfallen, wenn die Frucht eines solchen Glücks im Rachen einer Nutte gelandet wäre.

Er hob mit dem Fuß den Hebel für die Schaltung, legte den ersten Gang ein, fuhr los und kreuzte seinen Mann, als er auf der Höhe des Zentralbeets den Platz überquerte. Er hielt an und bockte das Motorrad wieder auf. Dann stieg er ab, als müsse er die Gepäcktasche am hinteren Kotflügel kontrollieren.

Mit Erleichterung sah er, dass der Mann das einzige Taxi am Wartestand hinter sich ließ. Wenn er runter Richtung Sainte-Dévote ginge, wäre das ein unglaubliches Glück. Diese Zone war für gewöhnlich kaum von Fußgängern bevölkert, ganz besonders um diese Uhrzeit, und das liefe auf schnelle und saubere Arbeit hinaus, zumal er sofort in die Straße nach Nizza einbiegen und über eine der drei Küstenstraßen entschwinden konnte.

Remy war wie elektrisiert gewesen über diesen unverhofften Job. Als er aus dem Café de Paris getreten war, hatte er sein Opfer zu Fuß durch den Park verfolgt. Der Mann war in eine Richtung gegangen, die ihn bis auf wenige Meter an die Stelle herangeführt hatte, wo sein Motorrad stand. Er hätte ihn gleich dort im Halbschatten dieser Zone attackieren können. Es wäre nicht schlecht gewesen, die Arbeit gleich an Ort und Stelle zu erledigen, wo er die Möglichkeit hatte, in wenigen Sekunden auf seine zwei Räder zu springen und sofort zu verschwinden.

Er hatte beobachtet, wie der Mann sich auf einer Bank niederließ, und war ohne sich sehen zu lassen weitergegangen, da sich eine andere Person neben ihn gesetzt hatte. Zwischen den beiden hatte etwas Seltsames stattgefunden. Der mit dem Gesicht eines

Toten, dem er zuvor gefolgt war, hatte dem anderen einen Sack gegeben und im Gegenzug einen Aktenkoffer bekommen.

Die Sache stank zum Himmel. Oder duftete, je nachdem, wie man es sah. Es bestand die gar nicht so unwahrscheinliche Möglichkeit, dass in diesem Koffer irgendetwas Wertvolles war. Diese vielversprechende Vermutung, zusammen mit der Summe, die er ihn im Café de Paris hatte einsacken sehen, könnte dem Abend einen Eintrag in sein persönliches Guinnessbuch unter »absolute Spitzeneinnahmen« verschaffen.

Der Augenblick, als sich die beiden nach beendeter Übergabe getrennt hatten, war ihm entgangen. Von rechts war eine Gruppe von Personen gekommen und Richtung Casino hinabgelaufen. Remy hatte sich gefragt, ob er trotzdem in Aktion treten sollte. Auch wenn sein Opfer um Hilfe rufen würde, was er bezweifelte, mischte sich für gewöhnlich niemand in solche Geschichten ein. Kam es zu Überfällen hatten die Menschen die Tendenz, sich teuflisch schnell auf ihre eigenen Angelegenheiten zu besinnen. Nicht umsonst wurde in Selbstverteidigungskursen gelehrt, im Falle eines Überfalls niemals »zu Hilfe« zu rufen, diese magischen Worte, die auf einen Schlag dazu führen, dass man nur noch den Rücken der Menschen sieht und diese sich in größtmöglicher Eile entfernen. In solch einem Fall schreit man besser »Feuer«, um die Gesichter von Menschen zu sehen, die eilig herbeistürzen.

Remy wusste sehr wohl, dass Helden nicht wie Unkraut aus der Erde schossen. Trotzdem konnte einem jederzeit die Ausnahme begegnen, die auch diese Regel bestätigt, und das hatte er bisher noch nicht riskieren wollen.

Er startete mit dem Motorrad, nahm die Abkürzung über die Avenue des Beaux Arts, fuhr nach links in die Avenue Princesse Alice, um die betreffende Person wieder ins Visier zu bekommen, die bereits in die Avenue de Monte Carlo eingebogen war, jene Straße mit Blick aufs Meer, welche in der Avenue d'Ostende mit der Straße zusammenlief, auf der er jetzt fuhr.

Wäre er nicht mit Lenken beschäftigt gewesen, hätte sich Remy die Hände gerieben. Dieses Straßenstück war praktisch ausgestorben. Ideale Bedingungen für Raubtiere wie ihn und für ihre Jagd nach dem täglichen Futter.

Remy fuhr langsam im zweiten Gang weiter, das Helmvisier hochgeklappt, den Reißverschluss der dünnen Lederjacke halb offen, eben wie ein normaler Tourist, der auf dem Motorrad die warme Luft dieser Sommernacht in aller Ruhe genießen möchte.

Da war er ja, sein Mann. Er lief gemächlich und rauchte eine Zigarette. Sehr gut. Am Anfang der Avenue d'Ostende überquerte er sogar die Fahrbahn, so dass er nun auf seiner Straßenseite lief. Und dann hielt er auch noch den Koffer in der linken Hand, und damit in der günstigsten Position für sein Vorhaben. Remy traute seinen Augen nicht. Wenn er selbst die Bedingungen hätte bestimmen können, wäre es ihm nicht besser gelungen. Er dachte, dass sein nächster Kunde für diesen Abend und mit dem Gewinn im Café de Paris ganz entschieden seine Dosis Glück aufgebraucht hatte.

Angesichts der Ausgangslage kam es ihm so vor, als könne er bei dieser Aktion etwas weniger vorsichtig vorgehen als gewöhnlich. Andererseits, wenn du nicht zum Bahnhof gehst, nimm nicht den Zug, wie sein Chef, der bärtige Monsieur Catrambone, immer sagte.

Er atmete tief durch und entschied, dass die Zeit reif war. Mit dem Vorderrad visierte er den Bordstein an, und indem er das Lenkrad hochriss, half er sich, das Hindernis zu überwinden.

Er befand sich nun hinter seinem Opfer, das genau in diesem Moment die Kippe wegwarf. Man musste sich ranhalten, bevor der Mann beschloss, den Koffer wieder in die andere Hand zu nehmen. Schnell beschleunigte Remy und fuhr dicht an den Mann heran, der instinktiv den Kopf drehte, als er das Motorengeräusch hörte. Remys Faust traf ihn links zwischen Nase und Mund.

Der arme Kerl fiel zu Boden, wohl eher wegen des Schrecks als wegen des Schlags, hielt aber den Koffer fest umklammert. Remy stoppte und riss das Hinterrad herum.

Er kippte das Motorrad auf den Seitenständer und stieg blitzschnell ab. Ganz auf seine Bedürfnisse abgestimmt, hatte er den

Mechanismus so geändert, dass der Motor nicht automatisch abstarb, wenn er den Ständer ausklappte.

Er näherte sich dem Mann auf dem Boden und hielt seine linke Hand in der Tasche, wo sich der Stoff der Jacke deutlich ausbeulte.

»Wenn du dich bewegst, bist du ein toter Mann.«

Remy kniete sich hin, griff in die Jacke des anderen und zog das Geldbündel, das er in der Innentasche fand, heraus. Er war nicht sonderlich zimperlich und hörte, wie das dünne Futter riss. Ohne das Geld anzusehen, stopfte er es in seine Jacke. Er stand wieder auf und streckte dem Mann auf dem Boden eine Hand entgegen.

»Lass den Koffer los.«

Dieser Typ war schon von Haus aus eine mickrige Gestalt mit kränklichem Gesicht. Mit der blutig geschlagenen Nase schien er erst recht kurz davor, Gott seine Seele zu empfehlen. Wer hätte gedacht, dass er überhaupt in der Lage war zu reagieren? Bisher war alles so schnell gegangen, dass er sich der Situation gar nicht bewusst werden konnte. Als er endlich realisierte, was passierte, dass nämlich dieser Typ mit Motorrad und Lederjacke ihn ausrauben wollte, sprang er mit einem Ruck auf und verpasste Remys Helm einen kräftigen Schlag mit dem Koffer.

Der junge Mann war sich sicher, dass der Typ so ein richtiges Weichei war. Seine Reaktion verdankte sich purem Instinkt, aber keiner Selbstverteidigungsstrategie. Reine Panik und sonst nichts. Hätte er, statt ihn auf den Helm zu schlagen, mit dem einzigen Ergebnis, dass der Kopf leicht zur Seite nachgab, ihm mit derselben Kraft den Koffer zwischen die Beine gerammt, dann hätte er ihm mit Sicherheit die Eier zerquetscht.

Remy war robust, sehr viel robuster als sein Opfer. Mit der Faust schlug er den Mann genau auf dieselbe Stelle wie vorhin. Er hörte einen Zahn brechen. Würden ihn seine Handschuhe nicht schützen, hätte er sich noch an der Hand verletzt.

In diesem Moment liefen zum Glück keine anderen Leute in der Nähe herum, nur ein Wagen fuhr auf der anderen Seite die Straße hinauf. Einer der Insassen hatte sich nach ihnen umgedreht. Wenn ihm klar geworden war, was hier passierte, und sie zur Place du Casino kamen, wo immer ein paar Polizisten waren, dann könnte sich die Geschichte noch unangenehm entwickeln. Er musste sich beeilen.

Trotz des zweiten Faustschlags ließ der Mann noch immer nicht seinen Koffer los. Aber die beiden Hiebe hatten ihn ganz schön benebelt. Die Nase pisste richtiggehend Blut und färbte Jacke und Hemd rot. Er hatte Tränen in den Augen, sowohl von den Schlägen als auch vor Wut.

Remy packte den Koffer am Griff, zog mit aller Kraft und konnte ihn dem anderen schließlich aus der Hand reißen. Er drehte sich um und ging zum Motorrad. Sein Opfer fand die Kraft, vielleicht aus reiner Verzweiflung, die Hände um seinen Hals zu werfen und sich in seinen Rücken zu krallen.

Remy versuchte, ihn abzuschütteln. Ohne Erfolg.

Mit dem Ellbogen versetzte er ihm einen Schlag in den Bauch. Er fühlte, wie der Arm gewaltsam sein weiches Fleisch umklammerte, während der Mann an seinen Schultern eine gewaltige Menge Luft ausstieß. Remy erinnerte das Geräusch an einen Luftballon, der sich plötzlich entleerte.

Er spürte, wie das Gewicht des Mannes von seinem Rücken glitt. Er wandte sich um und sah, wie er sich vor Schmerzen krümmte, wie er die Arme vor dem Bauch kreuzte. Um weiteren Überraschungen vorzubeugen, versetzte er ihm einen leichten Stoß in den Rücken. Keinen Tritt, sondern eine Berührung mit dem Fuß, um ihn von sich wegzuschieben.

Der Mann rutschte vom Bürgersteig und fiel genau in dem Moment auf die Straße, als eine große schwarze Limousine in verhaltenem Tempo von der Avenue d'Ostende herunterkam.

Laurent wurde voll mitgenommen und von dem Schlag auf die Straßenseite geschleudert. Das Becken und ein Bein brachen. Sein Kopf schlug hart gegen die Bordsteinkante.

Er war sofort tot.

Er hörte nicht mehr den Lärm eines Motorrads, das in vollem Tempo davonraste, nicht mehr den hysterischen Schrei einer Frau, nicht mehr die quietschenden Bremsen eines anderen Wagens, der wie festgenagelt stehen blieb, um den Körper nicht anzufahren, der reglos auf der Straße lag, ausgestreckt in einer Blutlache, die sich von seinem Kopf aus langsam über den Asphalt verbreitete.

Der Zufall, dieser Spötter der Lebenden und der Toten, ließ einen Wind aufkommen. Von dieser Brise wurde flatternd ein Zeitungsblatt herbeigetragen und legte sich über das Gesicht von Laurent, als wolle es den Schrecken dieses Todes mitleidig vor den Anwesenden verhüllen. Was, Ironie des Schicksals, an diesem Tag, da er sich zum ersten Mal wichtig gefühlt hatte, sein Gesicht bedeckte, war das lebensgroß gedruckte Porträt von Jean-Loup Verdier auf der ersten Seite vom »Nice Matin«.

Darunter ein schwarzer Titel über einer roten Linie.

Der Titel lautete: *Das wahre Gesicht von Keiner.*

51

Resigniert sah Frank den Stapel Agenturmeldungen auf dem Schreibtisch des Büros, das einmal Nicolas Hulot gehört hatte. Er konnte sich nicht in dem Zimmer aufhalten, ohne in irgendeiner Form die Präsenz seines Freundes zu spüren, ohne den Eindruck zu haben, dass er, wenn er den Kopf drehte, ihn hinter sich neben dem Fenster stehen sähe.

Wie einen Stapel Spielkarten ließ er die Blätter durch seine Finger gleiten. Er hatte sie in aller Eile einzeln durchgesehen, konnte aber nichts Wichtiges entdecken.

Tatsache war, dass sie noch immer in der Scheiße steckten.

Seit der ganzen Aufregung um die Entlarvung von Keiners Identität hatte sich nichts mehr getan. Achtundvierzig Stunden nachdem sie herausgefunden hatten, *wer er war*, hatten sie es trotz aufrichtiger Bemühungen nicht geschafft herauszufinden, *wo er war*.

Auf seine Fährte war ein Polizeiaufgebot angesetzt worden, wie er sich an kein vergleichbares erinnern konnte. Alle Polizeistationen der angrenzenden Länder waren in Alarmbereitschaft, auch die Abteilungen mit den unterschiedlichen Kürzeln, die der VICAP entsprachen, der FBI-Spezialabteilung für Gewaltverbrechen. In ganz Europa gab es keinen Polizisten, der infolgedessen nicht unzählige Fotos von Jean-Loup gehabt hätte, in Lebensgröße und am Computer überarbeitet, entsprechend den möglichen Änderungen, die er an seinem Äußeren vorgenommen haben könnte. Überall auf den Straßen, in den Häfen und auf öffentlichen wie privaten Flughäfen waren Absperrungen. Es gab kein Auto, das man nicht kontrolliert, es gab kein startendes Flugzeug, dessen Insassen man nicht überprüft, kein Ausflugsschiff, das man nicht inspiziert hätte.

Südeuropa war praktisch Meter für Meter durchkämmt worden. Alle bekannten Methoden der Menschenjagd waren bei dieser Suchaktion eingesetzt worden. Einem Kriminellen, der auf so erstaunliche Art und Weise die Öffentlichkeit beeindruckt hatte, war ein ebenso erstaunliches Polizeiaufgebot nur angemessen. Dabei hatte er begriffen, wie stark der Einfluss des Fürstentums Monaco tatsächlich war. So mancher mochte es ruhig als Operettenmonarchie abtun, aber das wäre so voreilig wie falsch.

Und dennoch standen sie immer noch vor dem absoluten Nichts.

Jean-Loup Verdier, oder wie auch immer der Teufel hieß, schien sich in Luft aufgelöst zu haben. Paradoxerweise konnte gerade diese Tatsache die Polizei von Monte Carlo entlasten. Wenn dieser Mann sie alle zum Besten hielt, wenn es niemandem gelang, ihn in Handschellen zu legen, dann wurde offensichtlich, wie überdurchschnittlich intelligent dieser Mann war. Die bisherigen Misserfolge waren in gewisser Weise entschuldigt. Die Philosophie des »Geteiltes Leid, halbes Leid« konnte man mit einiger Berechtigung in dieser kollektiven Fahndungspleite wiedererkennen. Frank dachte, binnen Kürze würde sie ihre Verzweiflung sogar dazu verleiten, Hilfe bei einem Medium zu suchen, um überhaupt zu Ergebnissen zu kommen.

Das Haus, das Jean-Loup oben in Beausoleil bewohnt hatte, war gewissenhaft unter die Lupe genommen und praktisch umgepflügt worden, ohne dass auch nur die kleinste Spur zu Tage getreten war.

Es war ihnen allerdings gelungen, etwas über seine Vergangenheit herauszubekommen, indem sie mit Morellis Information über die Telefonnummer, die der Kommissar damals von ihm erfragt hatte, Hulots Ermittlungen nachvollziehen konnten. Der Friedhofswärter von Cassis, Luc Norbert, hatte bestätigt, dass er mit Nicolas über die Geschichte von La Patience und über die grausamen Vorfälle in jenem Haus gesprochen hatte. Daraus hatten sie geschlossen, dass er mit allergrößter Wahrscheinlichkeit genau dort, auf dem Friedhof, von seinem Mörder abgefangen und überfallen worden war.

Mit Hilfe der französischen Polizei hatten sie Nachforschungen über Marcel Legrand angestellt, bis sie sich vor einer Mauer wiedergefunden hatten. Legrand war früher beim Geheimdienst, und seine Akte trug den Stempel »top secret«. Frank musste widerwillig feststellen, dass ein »top secret« der französischen Geheimdienste deutlich weniger elastisch war als das von Pierrot.

Alles, was sie herausbekommen konnten, war, dass Legrand irgendwann seine aktive Tätigkeit beim Geheimdienst aufgegeben und sich in die Provence zurückgezogen hatte, um in absoluter Einsamkeit zu leben. Damals ging es um komplizierte diplomatische Manöver und um Staatsgeheimnisse, um gewisse Hindernisse umgehen und gewisse Mauern durchbrechen zu können. Aber wenn Legrand eine Leiche in jemandes Keller war, könnte es äußerst schwer werden, diesen Jemand zu überreden, den Keller zu öffnen.

Andererseits durfte man nichts unterschätzen, weder Vergangenes noch Zukünftiges. Keiner war sehr gefährlich, und seine Freiheit war für jeden, der mit ihm in Kontakt kommen könnte, lebensbedrohlich.

Zunächst tötete er als Opfer seines Wahns, folgte aber strengen Mustern. Jetzt befand er sich im Überlebenskampf, und jeder stellte für ihn einen Feind dar. Die Leichtigkeit, mit der er sich der drei Polizisten in seinem Haus entledigt hatte, sprach Bände von seinen tatsächlichen Fähigkeiten. Das war nicht nur ein harmloser Radio-DJ, ein hübscher Typ, der für gewöhnlich Musik auflegte und Höreranrufe beantwortete. Bei Bedarf verstand er es, sich in einen Kämpfer ersten Ranges zu verwandeln. Die drei Leichen der perfekt geschulten Polizisten waren der beste Beweis dafür.

In diesem ganzen Chaos hatte Frank versucht, Helena in einen versteckten Winkel seines Gedächtnisses zu drängen, aber es war ihm nicht gelungen. Er empfand ihr Fehlen so lebhaft, dass er einen fast körperlichen Schmerz verspürte, und sie als Gefangene in den Händen dieses skrupellosen Wesens, das ihr Vater war, zu wissen, machte die Sache nicht besser. Das Gefühl der Ohnmacht brachte ihn ganz langsam dazu, all seine psychischen Hemmungen über Bord zu werfen. Was ihn davon abhielt, zu ihr nach Hause zu rennen und General Parker so lange zu würgen, bis er tot umfiel, war einzig die Gewissheit, dass ein solches Verhalten die Situation nur noch verschlimmern würde.

Seht, hier bin ich. Das bin ich jetzt. Ein Mann an einem Schreibtisch, der nicht weiß, wo er anfangen soll mit der Jagd auf seine Gespenster.

Er öffnete eine Schreibtischschublade und legte den Stapel Agenturmeldungen hinein, obwohl er große Lust gehabt hätte, sie in den Papierkorb zu werfen. Auf dem Schreibtisch sah er eine Diskette, die er dorthin gelegt hatte, als er das Büro erstmals als sein eigenes betreten hatte. »Cooper« stand auf dem Etikett, in seiner eigenen Handschrift. In dem ganzen Trubel der letzten Tage hatte er das Telefonat mit Cooper und die Überwachung dieses Typen, dieses Anwalts namens Hudson McCormack, um die er ihn gebeten hatte, völlig vergessen.

Es war nicht gerade der Zeitpunkt, um eine solche Bitte vorzutragen, aber man konnte es immerhin versuchen. Das schuldete er Cooper und allem, was sie gemeinsam durchgemacht hatten, um Jeff und Osmond Larkin hinter Gitter zu bringen.

Er drückte den Knopf des Haustelefons und rief Morelli an.

»Claude, würde es dir etwas ausmachen, kurz rüberzukommen?«

»Ich wollte sowieso gerade zu dir. Bin gleich da.«

Kurze Zeit später betrat der Inspektor das Büro.

»Bevor du was sagst, muss ich dir etwas mitteilen. Laurent Bedon ist tot.«

Frank zuckte auf seinem Stuhl zusammen.

»Wann?«

»Heute Nacht.«

Morelli streckte schützend die Hände aus, um eine Reihe von vorhersehbaren Fragen abzuwehren.

»Nein, es hat nichts mit unserer Sache zu tun. Der arme Kerl ist bei einem Überfall gestorben. Er hatte gestern Abend im Café de Paris ein schönes Sümmchen gewonnen, und das wurde ihm von irgendeinem Hühnerdieb abgenommen, hinter der Place du Casino. Er hat versucht, sich zu wehren, ist auf die Straße gefallen und von einem Auto überfahren worden. Der Dieb ist auf einem Motorrad geflohen. Wenn das Kennzeichen stimmt, das ein Zeuge gemeldet hat, wird er in ein paar Stunden geschnappt sein.«

»Schon, und trotzdem ist es ein weiterer Toter unter denen, die in diese Geschichte verwickelt sind. Jesus! Es scheint ein Fluch in der Luft zu liegen.«

Morelli entspannte die Situation mit einem Kurswechsel.

»Abgesehen von dieser wenig erfreulichen Sache, was wolltest du mir sagen?«

Frank erinnerte sich, warum er ihn gerufen hatte.

»Claude, ich wollte dich um einen Gefallen bitten.«

»Sag schon.«

»Es ist was ganz anderes und hat nichts mit unserer Geschichte zu tun. Ist jemand frei, der einen verdächtigen Typ beschatten könnte?«

»Du weißt ja, was bei uns los ist. Im Moment sind selbst die Hundefänger eingespannt …«

Frank warf die Diskette auf den Schreibtisch.

»Hier drauf ist das Foto und der Name von jemandem, der in einen Fall verwickelt sein könnte, an dem ich in Amerika mit meinem Partner dran war. Es handelt sich um einen Rechtsanwalt, der offiziell wegen einer Regatta hier in Monte Carlo ist.«

»Das wird wohl der Grand Mistral sein. Große Sache. Der Hafen von Fontvieille ist voll mit Booten.«

»Keine Ahnung, da kenn ich mich nicht aus. Der Typ ist der Anwalt eines fetten Dealers, den wir vor einiger Zeit geschnappt haben. Es könnte sein, dass er nicht nur sein Anwalt ist und nicht nur wegen der Regatta ins Fürstentum kam, wenn du weißt, was ich meine.«

Morelli ging zum Schreibtisch und nahm die Diskette an sich.

»Okay, mal sehen, was sich machen lässt, aber es ist ein schlechter Moment, Frank, daran muss ich dich ja nicht erinnern.«

»Stimmt. Ein schlechter Moment ... Absolutes Stillschweigen?«

»Absolutes Stillschweigen. Alles schweigt. Nach einem kurzen Lichtblick jagen wir schon wieder Schatten. Die Polizei halb Europas rennt ihrem eigenen Schwanz hinterher, aber, wie Kommissar Hulot immer sagte ...«

Frank beendete für ihn den Satz.

»... unter einem Schwanz findest du nur ein Arschloch.«

»Genau.«

Frank verstellte die Rückenlehne nach hinten.

»Wenn ich trotzdem meinen Eindruck äußern darf ... und merke wohl, es ist nur ein Eindruck ...«

Er machte eine Pause. Er kippte die Lehne wieder hoch und stützte seine Ellbogen auf den Schreibtisch. Morelli setzte sich in den kleinen Sessel vor dem Schreibtisch und wartete auf das Folgende. Er hatte gelernt, dass man die Eindrücke des Amerikaners ernst nehmen musste.

»Ich denke, er ist noch hier. Diese ganzen Suchaktionen in allen Winkeln der Erde bringen einen Scheiß. Keiner hat nie das Fürstentum Monaco verlassen!«

Morelli wollte etwas entgegnen, aber genau in dem Moment klingelte das Telefon. Frank sah auf den Apparat, als schwebe ein großes Fragezeichen darüber. Nach dem dritten Läuten nahm er den Hörer ab. Sofort überfiel ihn die aufgelöste Stimme des Mannes von der Telefonzentrale.

»Mister Ottobre, ›er‹ ist am Telefon! Und er hat ausdrücklich Sie verlangt.«

Frank fühlte sich urplötzlich, als habe man ihm einen Kolben in den Magen gerammt. Es gab nur eine Person, auf welche in diesem Moment das Pronomen *er* zutreffen konnte.

»Gib ihn mir. Und zeichne das Gespräch auf.«

Frank drückte auf die Lautsprechtaste, so dass Morelli mithören konnte. Er zeigte gebieterisch mit dem rechten Zeigefinger auf den Apparat.

»Hallo?«

Es gab einen kurzen Moment der Stille, dann füllte eine wohlbekannte Stimme das Büro aus.

»*Hallo, Jean-Loup Verdier hier …*«

Morelli sprang vom Sessel auf, als sei dieser schlagartig glühend heiß geworden. Frank ließ den Zeigefinger, mit dem er zuvor aufs Telefon gedeutet hatte, in der Luft kreisen. Morelli antwortete, indem er die geschlossene Faust mit hochgestrecktem Daumen zeigte, und eilte aus dem Zimmer.

»Ja. Hier spricht Frank Ottobre. Wo bist du?«

Kurze Pause, dann wieder die tiefe Stimme des DJs.

»*Kein unnützes Gequatsche. Ich brauch keinen, der versucht, mit mir zu sprechen. Ich brauche jemanden, der mir zuhört. Wenn du mich unterbrichst, leg ich auf …*«

Frank schwieg. Es war ihm alles recht. Hauptsache, er blieb am Apparat, damit seine Leute unten genug Zeit hatten, das Gespräch zu lokalisieren.

»*Nichts hat sich geändert. Ich bin einer und keiner, und nichts wird mich aufhalten. Deswegen ist es sinnlos, mit mir zu sprechen. Alles ist wie vorher. Der Mond und die Hunde. Die Hunde und der Mond. Nur die Musik wird nicht mehr sein. Ich bin noch hier, und du weißt sehr genau, was ich tue. Ich töte …*«

Das Gespräch wurde beendet. Im selben Augenblick kam Morelli wie eine Furie hereingeschossen.

»Wir haben ihn, Frank. Er ruft von einem Handy aus an. Unten wartet schon ein Wagen mit einem Satellitennavigationssystem auf uns.«

Frank erhob sich und folgte Morelli rennend durch den Flur. Sie rasten zu Fuß die Treppe runter, nahmen jeweils vier Stufen auf einmal. Wie zwei Pistolenkugeln kamen sie aus dem Vorhof geschossen und hätten beinahe zwei Beamte umgerannt, die gerade die Treppe hochgingen.

Sie hatten die Türen noch nicht richtig geschlossen, da war das Auto schon mit quietschenden Reifen losgesaust. Frank sah, dass es derselbe Fahrer war wie an dem Morgen, als die Leiche von Allen Yoshida entdeckt wurde. Ein ausgezeichneter Fahrer, und Frank war froh, dass er ihn auch jetzt wieder am Steuer hatte.

Ein Polizist in Zivil saß auf dem Beifahrersitz und beobachtete den Monitor vor sich, auf dem ein Stadtplan zu sehen war. In der markierten Mitte einer breiten Küstenstraße erschien ein roter Punkt.

Morelli und Frank, die möglichst viel erkennen wollten, versuchten, ihre Köpfe zwischen die beiden Vordersitze zu quetschen, ohne sich gegenseitig zu behindern. Der Polizist zeigte auf den roten Punkt, der sich gerade in Bewegung gesetzt hatte.

»Das ist das Handy, mit dem der Anruf getätigt wurde. Dank der Satellitenkoordinaten konnten wir es lokalisieren. Er ist in Nizza, ungefähr bei der Place Ile de Beauté. Wir haben Glück. Der Bezirk liegt in dem Stadtteil, den wir zuerst erreichen. Zunächst war Verdier stehen geblieben. Jetzt bewegt er sich, aber seiner Geschwindigkeit nach zu urteilen, scheint er zu Fuß unterwegs zu sein.«

Frank drehte sich zu Morelli.

»Ruf Froben an, erklär ihm die Lage. Sag ihm, dass wir gleich kommen und dass sie sich auch in Bewegung setzen sollen. Halt Kontakt, damit wir ihm mitteilen können, wohin sich das Zielobjekt bewegt.«

Der Fahrer ließ das Auto buchstäblich fliegen.

»Wie heißt du?«, fragte ihn Frank.

Der Polizist am Steuer antwortete mit ruhiger Stimme, als fahre er gemütlich spazieren und nicht wie aus der Kanone geschossen.

»Xavier Lacroix.«

»Okay, Xavier, ich verspreche dir, wenn diese Sache gut ausgeht, dann werde ich alles tun, um dir eine Zukunft im Rennsport zu sichern.«

Der Polizist sagte nichts, trat aber, vielleicht wegen der Anerkennung seiner Fahrkünste, noch stärker aufs Gaspedal. Während Morelli aufgeregt mit Froben sprach, widmete sich Frank wieder dem roten Punkt auf dem Display. Im gleichen Moment begann er zu blinken.

»Was bedeutet das?«

Der Beamte antwortete, ohne sich umzudrehen.

»Er telefoniert.«

»Können wir mithören, ist das möglich?«

»Mit dem Gerät hier nicht. Es ist ein einfacher Signalempfänger.«

»Ist nicht so wichtig. Wichtig ist nur, dass wir wissen, wo dieser Scheißkerl gerade steckt.«

Sie rasten mit solcher Geschwindigkeit über die untere Küstenstraße, dass ein gewisser finnischer Rennfahrer vor Neid erblasst wäre. Der Pilot, Frank hielt ihn dieser Bezeichnung absolut für würdig, lenkte den Boliden mit einer Kaltblütigkeit durch den Stadtverkehr, die nur echtem Talent zu verdanken sein konnte.

»Froben fragt, wo er gerade ist ...«

»Er geht die Rue Cassini wieder hoch. Jetzt ist er stehen geblieben. Er telefoniert wieder.«

Am Beginn des Platzes waren sie in einen leichten Stau geraten. Lacroix hatte ihn umgangen, indem er ohne mit der Wimper zu zucken ein Stück in die Gegenrichtung gefahren war, und nun raste er über die Rue Cassini wie im Qualifikationsrennen des Grand Prix. Der Polizist vor dem Monitor gab Anweisungen, wie sie zu fahren hatten, und Morelli leitete sie an die Polizei von Nizza weiter.

»Bieg hier ab, nach links. Hoch zur Emmanuel Philibert.«

»Emmanuel Philibert«, wiederholte Morellis Stimme.

»Jetzt rechts. Rue Gauthier.«

»Rue Gauthier«, echote Morelli.

Die Rechtskurve nahmen sie praktisch auf zwei Rädern. Als

sie am Ende der kurzen Straße ankamen, die seitlich mit Autos zugeparkt war, versperrten ein paar Streifenwagen sternförmig die Kreuzung an der Rue Segurane. Wenige Meter von den Wagen entfernt hatte sich eine Gruppe uniformierter Polizisten gebildet. Einer steckte seine Pistole wieder weg, während er zu den Fahrzeugen ging. Ihr Auto hielt in der Nähe der anderen. Sie stiegen aus und in weniger als einer Sekunde waren sie bei ihren Kollegen. Froben sah sie kommen. Er hob entnervt die Arme und sah Frank an, als sei er soeben in einen riesigen Haufen Hundescheiße getreten.

Inmitten all dieser Polizisten stand ein ungefähr zwölfjähriger Junge mit einem roten T-Shirt, einer Hose bis knapp unter die Knie, die Spike Lee perfekt gekleidet hätte, und Nikes an den Füßen. In der Hand hielt er ein Handy.

Er schaute jeden der Polizisten einzeln an, keineswegs eingeschüchtert. Mit einem Grinsen, das seinen abgebrochenen Schneidezahn freilegte, entfuhr ihm ein begeistertes »Stark, Mann!«.

52

Es war fast zwei Uhr nachts, als Hudson McCormack am Kai von Fontvieille entlangfuhr und vor einem großen, mit blauen stoffbespannten Fendern geschützten Kajütboot stehen blieb, an dessen Seiten wie Wachtposten zwei Segelboote vertäut waren. Er stieg von seinem Scooter und hievte ihn auf den Ständer, bevor er den Helm abnahm. Den Roller hatte er statt eines Wagens gemietet, da er ihm bestens für die Verkehrsverhältnisse in Monte Carlo geeignet schien. Trotz der vielen Parkplätze versank die Stadt allsommerlich im Chaos, und mit dem Auto war es eine echte Tortur.

Obendrein war im Hafen von Fontvieille wegen der Regatta ein unglaubliches Durcheinander ausgebrochen, von Leuten und Begleitfahrzeugen, die zwischen den Crews, Journalisten, Sponsoren und deren Vertretern hin- und herfuhren, nicht zu vergessen die unvermeidlichen Fans und Schaulustigen.

Jede Strecke wurde zu einer Art Hindernisrennen auf unbestimmte Zeit, und so war der Scooter die beste Lösung, um sich leichter durch den allgemeinen Wirrwarr zu schlängeln. Außerdem waren Helm und Sonnenbrille ein ausreichender Schutz dagegen, erkannt und auf Schritt und Tritt von irgendjemandem angehalten zu werden, der Neuigkeiten über das Segelboot hören wollte.

Als er das große Kajütboot sah, fiel Hudson McCormack die Abgrenzung zwischen Segel- und Motorbooten ein, die schon immer in erhitzten Kneipengesprächen die Anhänger der einen und der anderen Disziplin in zwei Lager gespalten hatte. Er fand diese Trennung überflüssig und grundsätzlich unpräzise. *Alle* waren Motorboote. Nur dass ein Segelboot keinen herkömmlichen Antrieb besaß, kein Zusammenspiel von Kurbeln, Zylindern, Kolben und Treibstoffen. Sein Motor war der Wind. Wie alle Motoren musste er verstanden werden, musste analysiert werden, wie er getaktet war und wie seine natürliche Ausstattung am besten genutzt werden konnte.

Wie oft hatte er als leidenschaftlicher Fan von Autorennen gesehen, wie der Motor eines Piloten plötzlich in Rauch aufgegangen war, hatte den Boliden traurig am Rand der Strecke stehen sehen, während alle anderen ihn überholten, hatte den Piloten beobachtet, der aus dem Wagen stieg und sich vor die Hinterachse kniete, um herauszufinden, welches Teil ihn im Stich gelassen hatte.

Für sie galt dasselbe. Auch ein Regattaschiff war den Launen eines Motors ausgeliefert, dem Wind, der sich drehte, die Richtung wechselte und nach Belieben stärker oder schwächer wurde. Schlagartig erschlafften die Segel, während wenige Dutzend Meter entfernt das gegnerische Boot volle Fahrt voraus fuhr, den bunten Spinnaker so aufgebläht, dass er kurz vor dem Zerreißen schien.

Und manchmal passierte genau das, wenn nämlich ein Segel in Fetzen ging mit dem Geräusch, als öffne man einen riesigen Reißverschluss. Dann war das Chaos programmiert, die Aufregung beim Wechsel des defekten Segels, die Befehle des Skippers, die taktischen Anweisungen, die Mannschaftsmitglieder, die sich wie Tänzer über eine rollende und schaukelnde Bühne bewegten.

Hudson McCormack hatte für all das keine persönliche Erklärung, er wusste nur, dass er es liebte. Er hatte keine Ahnung, *warum* es ihm so gut ging, wenn er auf dem Meer war, aber das war ihm absolut egal.

Das Glück analysiert man nicht, man lebt es. Er wusste, dass er auf dem Boot glücklich war, und das reichte ihm.

Als er das große Kajütboot sah, erfasste ihn plötzlich die ganze Aufregung wegen der bevorstehenden Regatta. Der Grand Mistral war eine Art Testlauf für den Louis Vuitton Cup, der am Jahresende stattfinden würde. Er bot die Gelegenheit, sich gegenseitig in die Karten zu schauen und sie neu zu mischen. Die Mannschaften und die Boote, in ihrer komplizierten Wechselbeziehung, konnten die Eignung der Rumpfformen testen und die immer auf Wettbewerbsfähigkeit bedachten technischen Neuerungen der Konstrukteure. Sie verglichen, und sie zogen Bilanz. Es war jede Menge Zeit, die notwendigen Änderungen durchzuführen für das, was als die absolute Königin der Regatten, die wichtigste, die prestigeträchtigste galt.

Alle würden sie dabei sein, beim Grand Mistral. Die renommierten Equipes und die Anfänger, *absolute beginners* wie die *Mascalzone Latino*, ein neues italienisches Boot. Als einziger großer Name fehlte die von Prada gesponserte *Luna Rossa*, deren Mannschaft sich für ein weiteres Training in Punta Ala entschieden hatte.

Sie hatten ihr Boot *Try for the Sun* mit der ganzen Ausstattung in einer gemieteten Halle direkt am Meer, mit Treidel- und Stapellaufvorrichtung untergebracht, und zwar bei Cap Fleuri, ein paar Kilometer von Fontvieille entfernt. Dort schliefen, etwas spartanisch zwar, aber funktional, auch die Bediensteten und die Schwerarbeiter, die rund um die Uhr das Boot unter Kontrolle hatten und so zu verhindern wussten, dass neugierige Augen gewisse Details ausspähten, die geheim bleiben sollten. Beim Segeln, wie beim Autorennen, konnte eine revolutionäre Idee über Sieg und Niederlage entscheiden. Ideen hatten aber den Nachteil, dass sie leicht zu kopieren waren, und so versuchte jeder, die Ausstattung der Boote, dieser Formel 1 des Segelsports, möglichst geheim zu halten.

Boote hatten natürlich den Vorzug, dass der größte Teil der Aerodynamik, wenn man es so nennen will, unter Wasser lag. Aber in der Welt der Menschen passieren menschliche Dinge.

Es gab Sauerstoffgeräte, es gab Unterwasserkameras, und es gab skrupellose Typen auf der Welt. Wem der Kiel nicht auf Grundeis ging – Hudson McCormack gratulierte sich selbst zu dieser gelungenen Formulierung –, würde gewisse Ängste als übertriebene Vorsicht ansehen.

Diese Dinge konnten aber durchaus passieren in einem Ambiente, in dem es, weit über die Ehre des Sieges hinaus, um ziemlich handfeste wirtschaftliche Interessen ging. Nicht umsonst hatte jedes Begleitboot ein ARO-Atemgerät an Bord, welches nicht mit Luft, sondern mit reinem Sauerstoff arbeitete und im Zweiten Weltkrieg entwickelt und bei U-Boot-Angriffen benutzt worden war. Es machte sich die Möglichkeiten zur Rückverwandlung von Kohlendioxyd nach einem System zunutze, das es erlaubte, an feindliche Schiffe heranzukommen, ohne sich durch aufsteigende Luftblasen zu verraten …

Die Holzbeine, Hakenarme und schwarzen Augenklappen waren nicht mehr unterwegs. Schon lange wehte die Flagge mit dem Totenschädel und den gekreuzten Knochen nicht mehr vom höchsten Mast, aber die Freibeuterei ging weiter. Ihre Söhne lebten noch und kreuzten immer noch über die sieben Weltmeere.

Es gab keine Könige und Königinnen mehr, die Karavellen spendierten, nur Sponsoren, die Millionen von Dollars verteilten. Andere Männer, andere Schiffe, aber die Motive waren noch dieselben. Nur ein raffiniertes System von Wettervorhersagen hatte den spuckefeuchten Daumen zur Bestimmung der Windrichtung ersetzt.

Die Equipe der *Try for the Sun*, welcher er angehörte, war auf der großen Yacht mit den Farben ihres Sponsors untergebracht, die am Kai von Fontvieille lag. Sie hatten sich aus Gründen der Repräsentation für diese Lösung entschieden. Der Geldgeber dieses Abenteuers, ein multinationaler Tabakkonzern, wollte für sein Label einen maximalen Werbeeffekt erzielen. Hudson fand, ehrlich gesagt, dass es sein gutes Recht sei, angesichts der Summe, die er lockergemacht hatte.

Die Fotos der einzelnen Teammitglieder waren bereits in den wichtigsten Wochenzeitschriften der Branche erschienen. Es gab kein Segel- oder Yachtmagazin, das nicht über ihr Boot berichtet hätte und über die hocherfahrenen Mannschaftsmitglieder, die jeder für sich interviewt worden waren.

Bei ihrer Ankunft in Monte Carlo waren sie, vermutlich gegen die Zahlung horrender Summen, für Werbeseiten in den wichtigsten Tageszeitungen engagiert worden. Mit einer gewissen Genugtuung hatte Hudson registriert, dass ihnen die Bilder auf dem bescheidenen Zeitungspapier durchaus gerecht wurden und nicht wie die üblichen Fahndungsfotos aussahen. Gerade sein eigenes Konterfei fand er ausgesprochen gelungen. Sein Gesicht blickte mit einem offenen, natürlichen Lächeln von der Seite herab, ganz anders als diese ausdrucksleeren Gesichter auf Hochzeitsfotos.

Andererseits *hatte* er einfach so ein Gesicht und so ein Lächeln, das in der Regel das weibliche Geschlecht nicht ganz gleichgültig ließ.

Der Galaabend, von dem er gerade kam, war mal wieder der beste Beweis gewesen.

Im Sporting Club d'Eté hatte die offizielle Präsentation des Segelbootes und der Mannschaft stattgefunden. Alle Beteiligten trugen ihre bunte Einheitskluft, die Hudsons Meinung nach viel eleganter war als die Smokings der Männer und die Abendkleider der Frauen. Irgendwann hatte der Moderator des Abends um die Aufmerksamkeit der Gäste gebeten: professionelle Lichtregie, ein Trommelwirbel des Schlagzeugers, und dann waren sie von zwei Seiten in den Saal gelaufen und hatten sich vor dem Publikum aufgereiht, während auf einer Videoleinwand hinter ihnen die Bilder vom Training der *Try for the Sun* abliefen. Im Hintergrund spielte *We are the Champions* von Queen, das für diesen Anlass bearbeitet und mit maximalen Streichereffekten ausstaffiert worden war, um den Wind in den Segeln heraufzubeschwören.

Sie wurden alle einzeln vorgestellt und konnten ihren persönlichen Beifall ernten, wenn ihre Namen aufgerufen wurden und sie einen Schritt nach vorn traten. Erfahrene Männer, stark, geschickt und clever: das Beste, was dieser Sport zu bieten hatte. Zumindest hatte man es so dargestellt, und für eine Weile war es schön, daran zu glauben.

Nach dem Abendessen gingen sie alle in die Disko, ins Jimmy'z. Sie waren Sportler und als solche verhielten sie sich in der Regel. Ihre allgemeine und ihre Geisteshaltung sagten ihnen für gewöhnlich »Früh ins Bett und früh hinaus«.

Aber am nächsten Tag würden sie nicht auslaufen, und die Verantwortlichen hatten gedacht, ein bisschen geregelte Ausgelassenheit könne der Stimmung der Truppe nicht schaden.

Hudson legte die Kette an seinen Scooter. Eine große Kette, die, abgestimmt auf die Farbe des Rollers, mit durchsichtigem rotem Plastik umhüllt war. Alle hatten sie ihm versichert, dass man in Monte Carlo keine Diebstähle befürchten müsse, aber die Gewohnheit war stärker. Er hatte immer in New York gelebt, und dort gab es Leute, die zogen einem die Unterhose aus, ohne auch nur die Hose zu berühren. Bestimmte Vorsichtsmaßnahmen waren nicht Teil seiner Angewohnheiten, sondern seiner DNA.

Er stand auf dem Kai, der von den schwachen Betriebslichtern des großen Kajütbootes beleuchtet wurde, auf dem sich nichts regte. Er zündete sich eine Zigarette an und lächelte. Was würden die Bosse des multinationalen Konzerns, der die Kohle für das Boot lockermachte, wohl dazu sagen, dass er eine Marke der Konkurrenz rauchte? Er ließ die Yacht hinter sich und entfernte sich ein paar Schritte, um in aller Seelenruhe seine Zigarette aufzurauchen. So wie er die Frauen kannte, würde die Person, auf die er wartete, nicht vor einer halben Stunde, bestenfalls in zwanzig Minuten, hier sein.

Den ganzen Abend über hatte er sich mit Sereena unterhalten, einer jungen Frau aus Neuseeland, die er zufällig auf dem Fest kennen gelernt hatte. Den Grund für ihren Aufenthalt in Monte Carlo hatte er nicht so recht verstanden, abgesehen von der Regatta natürlich. Sie gehörte nicht zur Mannschaft irgendeines

Bootes, die für gewöhnlich über die eigentliche Besatzung und ihre Reserve hinaus noch eine Reihe anderer nützlicher und notwendiger Personen einschloss. Techniker, Konstrukteure, Presseleute, Fitnesstrainer und Masseure.

Irgendwo gehörte sogar ein Psychologe zum Gefolge. Das entsprechende Boot war nicht gerade wettbewerbsfähig, und die allgemeine Gehässigkeit war darin übereingekommen, dass seine Funktion weniger darin lag, die Jungs vor der Regatta auf Touren zu bringen, als sie hinterher zu trösten ...

Wahrscheinlich war Sereena eine dieser reichen jungen Frauen, die mit dem Geld ihrer Eltern die ganze Welt bereisten und vorgaben, sich für dieses oder jenes zu interessieren. In diesem Fall fürs Segeln.

Weißt du, der Wind in den Haaren und der Bug, der die Wellen teilt, und dieses Gefühl von Freiheit, die ...

Irgendwas in der Art.

Hudson war für gewöhnlich nicht sonderlich empfänglich für die Faszination des Weiblichen. Nicht dass ihm Frauen nicht gefielen, Gott bewahre. Es gehörte mehr oder weniger dazu, und ein hübsches Mädchen war immer auch ein hübscher Zeitvertreib, besonders wenn dieser spezielle Funke übersprang, der den Menschen vom Tier unterscheidet.

In New York hatte er seine Geschichten, befriedigende Beziehungen, aber, auf der Basis stillschweigender Abkommen, frei von jeglichen Verpflichtungen. Nichts, was ihn davon abhalten könnte, von heute auf morgen zu irgendeiner Regatta aufzubrechen, ohne den Zwang zu umständlichen Erklärungen, ohne Tränen und winkende Taschentücher am Kai, mit denen dich eine Frau verabschiedet, um einzig und allein die Frage zum Ausdruck zu bringen, warum man ihr solches antue. Klar, die Frauen gefielen ihm, aber er hielt sich nicht für einen Besessenen, immer auf der Jagd nach Trophäen.

Aber dies war ein besonderer Abend, alles in allem, die Lichter, die Leute, der Applaus, ein bisschen durchaus nachvollziehbarer Narzissmus ...

Da stand er nun, beschäftigt mit einer der Sachen, die er am meisten liebte auf der Welt, an einem der schönsten Orte der Welt. Man musste sich davon anstecken lassen. Und er gestand sich durchaus ein, dass Monte Carlo auf ihn als eingefleischten Amerikaner einen Reiz ausübte, dem er sich nicht entziehen konnte. Da waren die Schönheit und die Einzigartigkeit des Ortes, und dann diese ganzen Geschichten von Prinzen und Prinzessinnen …

Sereenas Augen besaßen sehr wohl das gewisse *shining* dieser Welt, und gleichzeitig winkten unter dem leichten Abendkleid ein Paar Titten der Meisterklasse ihr »Ciao, ciao« mit dem Händchen. Mit den Nippeln, um genau zu sein.

Es gab Dinge, für die es sich zu leben lohnte.

Sie hatten eine Zeit lang über dieses und jenes geredet. Vor allem übers Segeln, *of course*.

Gespräche von Deck zu Deck eben, wer ist wer, und wer macht was. Dann verlagerte sich das Gespräch auf etwas anderes, über das Hudson vage informiert war, die Geschichte dieses Mörders, der sich im Fürstentum herumtrieb und Leute entstellte. Die junge Frau war elektrisiert. Die Sache hatte *sogar* die Regatta in den Hintergrund gerückt. An die neun, zehn Personen hatte dieser Kriminelle getötet, genau wusste man das nicht. In diesem Moment war er noch auf freiem Fuß, und das war auch der Grund, weshalb so extrem viele Polizisten in der Stadt unterwegs waren.

Instinktiv dachte Hudson an seinen Scooter mit der Kette. Einem Ort zum Trotz, wo keine Diebstähle zu befürchten waren …

Während sie allmählich ihre Bekanntschaft vertieften, bekam Sereenas Blick einen tröstenden, fast biblischen Ausdruck, der besagte »Klopfet an, und es wird euch aufgetan«. Nach dem einen oder anderen Glas Champagner hatte Hudson angeklopft und sich in der anderen Hand die Bibel dazu gedacht. Schon wenige Minuten später hatten sie sich gefragt, was sie hier eigentlich sollten, inmitten dieser Menschen, die ihnen absolut nichts bedeuteten.

Genau deshalb lief er jetzt um diese Stunde auf dem Kai im Hafen von Fontvieille auf und ab. Die Diskothek hatten sie praktisch sofort wieder verlassen, als klar war, dass ihr Schicksal nichts mehr mit diesem Ort zu tun haben würde. Sie hatten beschlossen, dass er seinen Scooter am Hafen abstellen solle und sie ihn dann mit dem Auto abhole. Sereena hatte verkündet, ein Cabrio zu besitzen, und eine nächtliche Tour an der Küste vorgeschlagen.

Eine Art Regatta an Land eben, frei, glücklich und mit dem Wind in den Haaren. So wie er die Männer und die Frauen kannte, würde ihr Ausflug, noch bevor er überhaupt angefangen hatte, in ihrem Hotelzimmer enden. Nicht, dass er das bedauerte, im Gegenteil …

Er warf die Zigarette ins Meer und kehrte zum Kajütboot zurück. In der absoluten Stille ging er an Bord und hörte unter seinen Schritten das Teakholz und das Aluminium knarzen. Niemand war an Deck. Zu dieser Zeit schliefen die Matrosen wie Murmeltiere. Er ging in seine Kabine, die genau neben der von Jack Sundstorm, dem Skipper, lag. Die beiden Nachbarkabinen von Jack waren ausgelost worden, und er und John Sikorsky, der Taktiker, hatten verloren. Jack war ein bewundernswerter Typ, aber er hatte eine furchtbare Angewohnheit. Er schnarchte so laut, dass man sich beim Gokart-Rennen wähnte. Jeder, der irgendwie in seiner Nähe schlief, musste zu Ohrenstöpseln greifen.

Aus der Kabine drang kein Laut, ein Zeichen, dass Jack entweder auf dem Fest oder wach war. Hudson entledigte sich der Teamkluft. Er wollte etwas weniger Auffälliges anziehen. Es war eine Sache, einem offiziellen Anlass beizuwohnen, und eine andere, in den Farben eines exotischen Fisches herumzulaufen, als sei man im Aquarium.

Er zog eine blaue Hose und ein weißes Hemd an, das seine sonnengebräunte Haut zur Geltung brachte. Die Schuhe, beschloss er, könne er ruhig anbehalten. Eine Art Segelschuhe, leicht und bequem. Sein amerikanisches Auftreten durch Cowboystiefel zu unterstreichen, hielt er nicht für nötig.

Er trug einen Spritzer Parfum auf. Sich im Spiegel betrachtend, dachte er, mit dem Narzissmus sei es nun vorbei, aber ein Hauch gesunder, rechtschaffener, männlicher Eitelkeit konnte dem Abend etwas Schwung verleihen.

Beim Verlassen des Bootes versuchte er, so leise wie möglich zu sein. Die echten Matrosen, die hart arbeiteten und in der Besatzung des Regattabootes nur verwöhnte und faule Tunten sahen, waren für gewöhnlich extrem empfindlich, wenn jemand ihren wohlverdienten Schlaf störte.

Er befand sich wieder auf dem Kai, allein.

Sereena hatte verständlicherweise beschlossen, ins Hotel zu fahren, um sich ebenfalls umzuziehen, bevor sie ihn abholen kam. Das Abendkleid und die hochhackigen Schuhe schienen für den weiteren Verlauf des Abends nicht unbedingt angemessen, wie auch immer er enden würde. Wahrscheinlich hatte ihre gesunde, rechtschaffene, weibliche Eitelkeit andere Maßstäbe, die mehr Zeit erforderten, um erfüllt zu werden.

Er sah auf die Uhr, zuckte mit den Schultern und beschloss, dass Zeit keine Rolle spielte. Er würde den ganzen nächsten Tag freihaben und das gestattete ihm, auch mal faul zu sein.

Bis zu einem gewissen Punkt …

Hudson McCormack zündete sich noch eine Zigarette an. Seine Anwesenheit in Monte Carlo sah auch andere Aufträge vor, die nicht unmittelbar mit der Regatta zu tun hatten. Die klassischen zwei Fliegen mit einer Klappe. Er musste mit gewissen Bankdirektoren sprechen und ein paar andere Leute treffen, die ihre guten Gründe hatten, in Europa zu sein. Leute, die für seine Zukunft sehr, sehr wichtig waren. Mit einer Hand strich er sich über das noch glatte Kinn, das er anlässlich dieses Weltereignisses sorgfältig rasiert hatte. Hudson McCormack wusste genau, was er tat, und war sich der Risiken absolut bewusst. Jeder, der in ihm nur den hübschen, amerikanischen Typen sah, beging einen groben Fehler. Hinter seinem einnehmenden Äußeren verbarg sich ein brillantes und extrem praktisch veranlagtes Gehirn.

Vor allem das: *extrem praktisch veranlagt*.

Er wusste sehr genau, dass er nicht das Zeug dazu hatte, Staranwalt zu werden. Nicht, weil er die Fähigkeit nicht besaß. Er hatte einfach keine Lust zu warten. Er hatte keine Lust, sich ein Bein auszureißen bei dem Versuch, Verbrecher aus den heimischen Gefängnissen zu holen, in die man sie mit guten Gründen eingesperrt hatte. Schon seit geraumer Zeit bezweifelte er, ob er das ihm angemessene Studium absolviert hatte, denn er hatte überhaupt nicht vor, sich sein Leben lang für den Abschaum der Gesellschaft, aus welcher Schicht er auch kommen mochte, abzurackern.

Er wollte nicht warten, bis er fünfundsechzig war, um dann mit vertrottelten, stinkreichen Alten Golf zu spielen und immer darauf achten zu müssen, dass ihm beim Schlag nicht sein Gebiss ins *green* fiel. Die Dinge, die ihn interessierten, wollte er *jetzt*, mit dreiunddreißig, da Körper und Geist ihn noch bei der Erfüllung seiner Wünsche unterstützen konnten.

Hudson McCormack hatte einen anderen Pfeil auf den Bogen seiner Lebensphilosophie gespannt. Er war nicht gierig. Die Villen, die Hubschrauber, die Unsummen an Geld, die Macht interessierten ihn nicht. Diese Dinge bedeuteten für ihn eher eine Art Gefängnis als den Ausdruck von Erfolg. Diese Manager von kosmischen Dimensionen, die zwei Stunden pro Nacht schliefen und ihre Tage an diversen Telefonen verbrachten, um Aktien und anderes zu kaufen und zu verkaufen, lösten bei ihm tiefes Mitleid aus. Fast alle landeten sie in der Reanimation für Infarktpatienten, ohne zu wissen, wie sie dorthin geraten waren. Und sie fragten sich, warum es ihnen mit ihrer ganzen Macht und mit ihrem ganzen Geld nicht gelungen war, sich noch ein bisschen Zeit zu kaufen.

Der junge Rechtsanwalt Hudson McCormack fand keinerlei Befriedigung darin, über das Schicksal anderer zu bestimmen. Es genügte ihm, sein eigener Herr zu sein.

Und ein Segelboot entsprach voll und ganz seinem Lebensideal. In seinem Fall ging es tatsächlich um den Wind in den Haaren und das Geräusch des Buges, der die Wellen teilt, und die Freiheit, den Kurs selbst zu bestimmen, einen beliebigen, je nach Laune des Moments …

Er warf wieder die Zigarette ins Meer. In der Stille konnte er das leichte Zischen hören, mit dem sie erlosch.

Um sein Vorhaben zu verwirklichen, brauchte er Geld. Viel Geld. Keine enorme Summe, das schien ihm nicht notwendig, aber einen ansehnlichen Betrag durchaus. Und da gab es nur eine Möglichkeit, sich diesen schnell zu beschaffen. Das Gesetz umgehen. Das war seine Formulierung. Eine kleine Spitzfindigkeit. Nicht das Gesetz *verletzen*, sondern es *umgehen*. Auf dem Seil laufen, dicht am Rande des Abgrunds, um sich bei Bedarf umdrehen zu können mit dem Unschuldsgesicht dessen, der fragt: »Wer, ich?« Es bestand ein Risiko, da konnte er sich nichts vormachen, aber er hatte es nach allen Seiten hin abgewogen. Er hatte die Angelegenheit geprüft, lang und breit, von oben nach unten und diagonal: Alles in allem war es ein akzeptables Risiko. Natürlich spielte auch diese Drogengeschichte mit rein, und das war ein Thema, über das man nicht scherzen sollte. Dennoch war es in diesem Fall anders, *sehr* viel anders, wie immer, wenn es um Geld ging, um sehr viel Geld.

Alle wussten genau, wo die Drogen produziert, wo sie aufbereitet wurden und wozu sie dienten. Das wirtschaftliche Wohlergehen ganzer Länder basierte auf diesen verschiedenen Pülverchen, die im Herkunftsland kaum mehr als Puder kosteten und in den Bestimmungsländern mit einem Aufschlag von fünf- oder sechstausend Prozent verkauft wurden.

Die einzelnen Etappen dazwischen waren Anlass fürchterlicher Kriege, im Untergrund zwar, doch deswegen nicht weniger grausam und weniger durchorganisiert als die wirklichen Kriege. Auch dort gab es Soldaten, Offiziere, Generäle und Strategen, die im Dunkeln agierten, aber genauso fähig und entschlossen waren. Und als Verbindungsglied zwischen den verschiedenen Armeen gab es Personen, die sich beruflich auf die notwendige Geldwäsche spezialisiert hatten. Die Geschäftswelt war nicht so wählerisch, dass sie jemandem den Rücken zukehrte, der mit drei oder vier, wenn nicht sogar noch mehr Milliarden Dollar in den Händen vorstellig wurde.

Flugzeuge flogen mit den Hoheitszeichen offizieller Armeen und wurden mit Drogen finanziert. Nach demselben System bezahlten einige Marinemilitärs den Treibstoff für ihre Torpedoboote. Jeder Patrone, die in bestimmten Teilen der Welt aus den Kalaschnikows von halbwegs regulären Soldaten abgefeuert wurde, entsprach in anderen Teilen der Welt ein Loch im Arm irgendeines Junkies.

Dieselbe Welt.

Hudson McCormack war nicht so heuchlerisch, dass er einen Vorwand suchen würde. Er wusste, dass er sich mit dem, was er tat, unter die Arschgesichter reihte, die diesen Planeten zerstörten. Das war eine simple, aber angemessene Feststellung, und er hatte nicht die geringste Absicht, sich seinem eigenen unerbittlichen Urteil zu entziehen. Anreize waren im Spiel, verschiedene Gewichte auf der Waage. Das, was er momentan wollte, lag auf der einen Schale und war so schwer, dass kein Argument auf der anderen Seite dieses Gewicht hätte ausgleichen können.

Er hatte die Situation an langen Abenden in seiner Wohnung genauestens überdacht, hatte die Tatsachen mit derselben Kälte analysiert, mit der man eine gewöhnliche Unternehmensbilanz bewertet. Er nahm für sich in Anspruch, alles vorhergesehen, alles beachtet zu haben. Und er war der Meinung, richtig kalkuliert zu haben, ohne zu vergessen, eine gewisse Menge an unvorhersehbaren Faktoren mit einzuplanen. Welche das sein könnten, war unklar. Nicht umsonst nannte man sie unvorhersehbar.

Im günstigsten Fall würde er genügend Geld haben, um zwei Dinge vom Stapel laufen zu lassen: sein Gewissen und ein Boot nach seinem Geschmack. Dann würde er, wie es ihm beliebte, in der Welt herumfahren, frei wie der Wind. Der Vergleich kam ihm alles andere als banal vor und passte wie angegossen. Im ungünstigsten Fall, und schon bei dem Gedanken allein klopfte er auf Holz, wären die Konsequenzen insgesamt akzeptabel. Jedenfalls nicht hinreichend katastrophal, um sein Leben zu zerstören.

Er hatte sich mehr als einen Fluchtweg offen gehalten, um das Risiko einzugrenzen, so weit ein Risiko von diesem Ausmaß das zuließ. Wie alle Menschen, das war ihm bewusst, hatte auch er einen Preis. Aber er war nicht so korrupt und gierig, dass er die Summe tollkühn auf eine Höhe treiben würde, der er dann nicht gewachsen war.

Hudson McCormack hielt die Fäden eines Spiels in der Hand, das ihm laut Absprache schon in Kürze den ersten Teil des Lohns auf sein neu eröffnetes Konto auf den Cayman-Inseln spülen würde. Er dachte an das, was ihm sein Mandant Osmond Larkin überwiesen hatte, der im Moment in Amerika im Gefängnis saß.

Er verabscheute diesen Menschen zutiefst. Mit jedem Mandantengespräch hatte er gespürt, wie seine Abneigung stärker wurde. Das brutale Gesicht mit den Schweinsaugen, diese Haltung eines Menschen, der meint, bei der Welt unbegrenzten Kredit zu haben, der arrogante Ton dessen, der sich immer für raffinierter hält als alle anderen, hatten ihm den Magen umgedreht. Wie alle Personen, die sich für schlau halten, war Osmond Larkin gleichzeitig ein Idiot. Wie alle Superklugen konnte er es sich nicht verkneifen, mit der eigenen Klugheit zu prahlen, und das war auch der Grund, warum er im Gefängnis saß. Hudson hätte es ihm gerne ins Gesicht gesagt, hätte sich dann erhoben und den Vernehmungssaal verlassen. Wäre er seinem Instinkt gefolgt, hätte er sogar die Schweigepflicht verletzt und dem Untersuchungsausschuss selbst gesagt, was dieser wissen wollte.

Aber das ging nicht.

Abgesehen von den persönlichen Risiken für ihn und all die Personen, die ihm den Einstieg in diese Kreise ermöglicht hatten, würde es bedeuten, die Fernbedienung zu ergreifen und einen Fernseher auszuschalten, auf dem ein fantastisches Segelboot mit einem schönen jungen Mann am Steuer die Wellen teilt …

Nein, nichts zu machen, trotz der Aversion gegen Larkin. Das galt es durchzustehen, wenn er seine Wünsche verwirklichen wollte.

Nicht alle, wie gesagt, *aber viele, und auf der Stelle*.

Er ging zum Kajütboot des Sponsors zurück. Die zahlreichen, nebeneinander verankerten Boote waren ins Halbdunkel getaucht, bei den größeren brannten die Betriebsleuchten, andere waren ins Dunkel und den Schein fremder Lichter gehüllt.

Er blickte um sich. Der Kai war menschenleer. Die Bars geschlossen, die Plastikstühle draußen gestapelt, die Markisen eingerollt. Er fand das seltsam. Trotz der späten Stunde war schließlich Sommer, und Sommernächte haben immer ihre Protagonisten, die sich spontan in Szene setzen. Erst recht in den Nächten an der *Côte d'Azur*. Ihm fiel die Geschichte mit dem Serienmörder ein, die ihm Sereena erzählt hatte. War er deswegen der Einzige auf dem Kai? Vielleicht wollte niemand alleine herumlaufen, um nicht das Risiko einer wenig erfreulichen Begegnung einzugehen. Er sagte sich, dass Menschen, die Angst hatten, wenn möglich die Gesellschaft der anderen suchten, in der Illusion, sich gegenseitig beschützen zu können.

Was das betraf, so gab Hudson einen perfekten Einwohner New Yorks ab. Würde man sich in der Stadt, in der er lebte, solchen Gedanken überlassen, könnte man nie aus dem Haus ...

Er hörte den Motor eines Wagens näher kommen und lächelte. Nun hatte Sereena es doch noch geschafft. Er stellte sich vor, wie seine Finger die Brustwarzen der Frau erregten. In der Magengegend war eine gewisse Wärme zu spüren, die eine befriedigende Bestätigung am Reißverschluss der Hose fand. Er beabsichtigte, sie unter irgendeinem Vorwand dazu zu bringen, ihn fahren zu lassen. Während des Wartens war in seinem Kopf ein stilistisch äußerst delikates Bild entstanden. Er, der mit dem Wind in den Haaren die in Dunkelheit getauchte obere Küstenstraße entlangfuhr und gemächlich das Cabrio durch den Duft der Pinien lenkte, während eine sympathische junge Frau aus Neuseeland ihren Kopf über seinen Schoß beugte und seinen Schwanz in den Mund nahm.

Er wandte sich den Lichtern der Stadt im Hintergrund zu, auf der anderen Seite der Mole, um ihr entgegenzugehen. Die eiligen Schritte des Mannes hinter ihm hörte er aus dem einfachen Grund nicht, dass jener die Stille in Person zu sein schien.

Der Arm, der seinen Hals zudrückte, war jedoch aus Eisen, und die Hand, die ihm den Mund zuhielt, schien aus demselben Material zu sein. Der Stoß des Messers, kraftvoll von oben nach unten, war präzise und mörderisch, wie schon andere Male zuvor.

Er teilte ihm das Herz mittendurch.

Sein athletischer Körper verdoppelte sein Gewicht und sackte mit einem Schlag in die Arme seines Mörders, der ihn mühelos hielt.

Hudson McCormack starb mit Blick auf den Burgfelsen von Monaco, ohne eine letzte kleine Eitelkeit befriedigt zu sehen. Er erfuhr nie, dass sein weißes Hemd neben der braunen Haut auch das Rot seines Blutes zur Geltung brachte.

53

Vom Balkon ihrer Villa aus beantwortete Helena mit einem Lächeln und einer kurzen Handbewegung das Winken ihres Sohnes, der an der Seite von Nathan Parker und Ryan Mosse durch das Hoftor ging. Das Gitter schnappte mit einem trockenen Geräusch ein, und das Haus blieb einsam zurück. Zum ersten Mal seit Tagen ließ man sie allein, und das erstaunte sie nicht wenig. Ihr Vater hatte irgendeinen Plan, das wusste sie, auch wenn ihr schleierhaft war, worin er bestand. Sie hatte Nathan und seinen Schergen kürzlich bei einem Gespräch überrascht, das sofort unterbrochen wurde, als sie hinzutrat. Seit sie von ihrer Beziehung zu Frank wussten, hielten sie ihre Anwesenheit offenbar für verdächtig oder gar gefährlich. Nie und nimmer hätte der General sie mit Stuart allein gelassen. Und so blieb sie nun mit ihrer Angst allein zurück.

Bevor sie aus dem Haus gingen, hatte ihr Vater Ryan Mosse eine kurze Anweisung gegeben, alle im Haus vorhandenen Telefonapparate in ein Zimmer im Erdgeschoss zu bringen und dort einzuschließen. Ein Handy besaß Helena nicht. Dann hatte sich Nathan Parker kurz an sie gewandt in dem Ton, den er ihr und dem Rest der Welt gegenüber anschlug, wenn er keinen Einspruch duldete.

»Wir gehen jetzt. Du bleibst hier. Muss ich dazu noch etwas sagen?«

Ihr Schweigen hatte er als Zustimmung gewertet.

»Gut. Dann möchte ich dich daran erinnern, falls das nötig sein sollte, dass das Leben dieses Mannes, dieses Frank, von dir abhängt. Ist dir dein Sohn schon nicht wichtig genug, um Vernunft anzunehmen, so kann dieser Gedanke dich vielleicht von irgendwelchen überstürzten Initiativen abhalten.«

Während ihr Vater durch die offene Tür zum Vorhof hinaus mit ihr sprach, hatte Helena Stuart und Mosse am Tor auf ihn warten sehen.

»Bald reisen wir ab. Ich habe nur noch ein paar Formalitäten zu erledigen, um den Leichnam deiner Schwester, die dir offenbar nicht sehr am Herzen liegt, nach Amerika überführen zu können. Du wirst sehen, sobald wir zu Hause sind, werden sich auch deine Perspektiven wieder ändern, einschließlich der lächerlichen Schwärmerei für diesen Nichtsnutz ...«

Als Nathan Parker aus Paris zurückgekommen war und sie den Mut aufgebracht hatte, ihm ihr Verhältnis mit Frank Ottobre ins Gesicht zu sagen, war er fast übergeschnappt. Es war sicher keine Eifersucht gewesen, jedenfalls nicht die übliche und in gewisser Weise auch verständliche Eifersucht eines Vaters, wenn es um seine Tochter ging. Und auch nicht die niederen Gelüste eines Mannes gegenüber seiner Geliebten, denn wie sie Frank erzählt hatte, zwang er sie schon seit Jahren nicht mehr, mit ihr zu schlafen.

Jene Zeiten waren Gott sei Dank für immer vorbei. Sie brauchte nur an die Hände dieses Mannes auf ihrem Körper zu denken, um ein heftiges Ekelgefühl zu verspüren, das noch jetzt, nach Jahren, den dringenden Wunsch in ihr weckte, sich zu waschen. Seine *Aufmerksamkeiten* hatten gleich nach der Geburt ihres Sohnes aufgehört. Eigentlich sogar schon eher, als sie ihm unter Tränen gebeichtet hatte, dass sie schwanger war.

Sie erinnerte sich noch an die Augen ihres Vaters, als sie ihm gesagt hatte, dass sie abtreiben wolle.

»Was willst du tun?«, hatte Nathan Parker sie ungläubig gefragt, als sei ihre Absicht und nicht ihre Schwangerschaft das Abscheuliche.

»Ich will dieses Kind nicht. Du kannst mich nicht zwingen, es zu behalten.«

»Du hast mir wohl kaum zu sagen, was ich zu tun und zu lassen habe. Wer hier bestimmt, bin ich. Und ich will, dass du gar nichts tust. Verstanden? Ü-b-e-r-h-a-u-p-t nichts.«

Und dann hatte er sein Urteil verkündet.

»Du *wirst* dieses Kind bekommen.«

Helena hätte sich den Bauch aufreißen und mit ihren eigenen blutigen Händen herausziehen mögen, was sich darin verbarg. Vielleicht hatte ihr Vater, der verfluchte Vater ihres Kindes, diese Gedanken in ihrem Kopf erahnt. Vielleicht hatte er sie in ihrem Gesicht gelesen. In jedem Fall hatte man sie von diesem Moment an keine Sekunde mehr aus den Augen gelassen.

Um ihre Schwangerschaft und Stuarts Geburt vor der Welt zu rechtfertigen, hatte sich ihr Vater diese absurde Geschichte mit der Heirat ausgedacht. Nathan Parker war ein mächtiger Mann, ein sehr mächtiger Mann. Ihm war praktisch alles erlaubt, solange es nicht die nationale Sicherheit berührte.

Oft hatte sie sich gefragt, wie es sein konnte, dass keiner der Menschen in seiner Umgebung die wahren Ausmaße seiner Abartigkeit begriffen hatte. Es waren doch gebildete Männer, Abgeordnete, Senatoren, hohe Militärs, sogar Präsidenten der Vereinigten Staaten. War es möglich, dass keinem von ihnen, während er den Worten des Kriegshelden und Generals Nathan Parker lauschte, je der Verdacht kam, dass diese Worte dem Mund und dem Hirn eines Besessenen entsprangen? Vielleicht war die Erklärung ganz einfach und lag in einem simplen *do ut des*.

Wenn die wenig erbauliche Kehrseite der Persönlichkeit des Generals auch im Pentagon und im Weißen Haus bekannt waren, dann hatte man das offensichtlich, solange es sich in den eigenen vier Wänden abspielte, als Gegenleistung für Verdienste ums Vaterland tolerieren können.

Nach Stuarts Geburt, eines *Sohnes* endlich, hatte ihr Vater einen Besitzanspruch entwickelt, der weit über seine krankhaft gesteigerten Gewohnheiten und seine widernatürliche Art zu lieben hinausging. Er betrachtete Mutter und Sohn nicht mehr als eigenständige menschliche Wesen, sondern als eine Art Privatbesitz. Er hielt sie für eine *Sache*, die ihm voll und ganz gehörte. Und er war bereit, jeden wie einen Käfer zu zertreten, der irgendwie diese Situation, die er in seinem Wahn für absolut legitim hielt, zu gefährden wagte.

Deshalb hasste er Frank. Er hatte sich ihm in den Weg gestellt.

Er hatte ihm eine Persönlichkeit entgegengesetzt, die genauso stark war wie seine eigene. Obwohl Frank ein schweres Schicksal zu tragen hatte, begriff Parker, dass die Kraft dieses Mannes nicht krank war, sondern *gesund*. Dass sie nicht aus der Hölle kam, sondern aus der Welt der Menschen. Und mit dieser Kraft gesegnet hatte Frank es gewagt, ihm entgegenzutreten, hatte sich geweigert, ihm zu helfen, als er ihn darum gebeten hatte, und war schließlich in seine Privatsphäre eingedrungen, statt den nötigen Abstand zu wahren.

Doch was am schlimmsten war, *er hatte keine Angst vor ihm*.

Dass sich Ryan Mosse als unschuldig erwiesen hatte, dass er aus der Haft entlassen worden war und dass der FBI-Agent Frank Ottobre seinen Irrtum öffentlich hatte zugeben müssen, hielt Nathan Parker für einen persönlichen Erfolg. Jetzt fehlte nur noch, dass Arijanes Mörder gefasst wurde, und er hätte seinen absoluten Triumph. Helena zweifelte nicht einen Augenblick daran, dass ihm das gelingen oder dass er zumindest alles dafür tun würde.

Helena dachte an die arme Arijane. Das Leben ihrer Halbschwester war nicht viel besser gewesen als ihr eigenes. Sie und Arijane hatten verschiedene Mütter. Helena hatte die ihre praktisch nicht gekannt. Sie war an Leukämie gestorben, als Helena drei Jahre alt gewesen war. Damals hatte es noch kaum Therapien für diese Krankheit gegeben, und obwohl es ihnen an finanziellen Mitteln nicht mangelte, war sie binnen kürzester Zeit gestorben. Nur ein Stapel Fotos und ein paar Super-Acht-Filme waren von ihr geblieben, wenige Aufnahmen von den etwas abgehackten Bewegungen einer schmalen blonden Frau, die mit sanftem Gesicht, die kleine Tochter auf dem Arm und den herrschsüchtigen Ehemann in Uniform an ihrer Seite, in die Kamera lächelte.

Noch heute sprach Nathan Parker über ihren Tod wie über einen Affront des Schicksals. Helena hatte den Eindruck, als ließen sich die Gefühle ihres Vaters über das Ableben seiner Frau in einem einzigen Wort zusammenfassen: inakzeptabel.

Helena war allein aufgewachsen, umgeben von einem Schwarm von Gouvernanten, die immer häufiger wechselten, je älter sie wurde. Als Kind hatte sie nicht geahnt, dass diese Frauen, sobald sie merkten, was für eine Atmosphäre im Hause Parker herrschte, was für ein Mensch der General *wirklich* war und was sie von ihm zu erwarten hatten, trotz der großzügigen Bezahlung freiwillig den Dienst quittierten und die Haustür mit einem Seufzer der Erleichterung hinter sich zuzogen.

Dann war Nathan Parker nach einem längeren Europaaufenthalt als Kommandant in irgendeiner NATO-Angelegenheit nach Amerika zurückgekehrt und hatte ohne jede Vorankündigung als Souvenir eine neue Ehefrau mitgebracht, Hanneke, eine dunkelhaarige Deutsche mit majestätischem Körper und grünen Augen, die so kalt waren wie Eis. Ihr Vater hatte die Sache so knapp wie immer erledigt. Er hatte ihr die völlig fremde Frau mit der glatten, blassen Haut als neue Mutter vorgestellt. Und das war sie immer geblieben. Nicht ihre Mutter, sondern eine völlig fremde Frau.

Kurz darauf war Arijane geboren.

Ganz von seiner steilen Karriere in Anspruch genommen, hatte der General die Führung des Haushalts Hanneke überlassen, und sie hatte die Pflichten mit derselben Kälte wahrgenommen, die in ihren Adern zu fließen schien. Ihre Umgangsformen waren von einer manchmal geradezu erschreckenden Förmlichkeit gewesen. Helena wurde nicht erlaubt, ihre Schwester wie ein normales kleines Mädchen zu behandeln. Für sie war Arijane eine andere, kleine Fremde gewesen, die im selben Haus wohnte, nicht eine Spielgefährtin, mit der sie gemeinsam hätte aufwachsen können. Ihre Zeit hatte sie mit Gouvernanten, Kindermädchen, Erzieherinnen und Privatlehrern verbracht.

Als Helena zu einem hübschen jungen Mädchen herangewachsen war, ereignete sich die Geschichte mit diesem Jungen, Andrés. Andrés war der Sohn von Bryan Jeffereau, dem Gärtner, der mit der Pflege des Parks betraut war, in dem das große Haus der Parkers lag. Im Sommer, während der Schulferien, arbeitete er als Hilfskraft im Garten mit, um »Erfahrungen zu sammeln«, wie sein Vater stolz erklärte, wenn er mit Nathan Parker sprach. Der General stimmte vollkommen mit ihm überein und hatte Andrés mehrmals einen »guten Jungen« genannt.

Andrés war ein schüchterner Typ und beobachtete Helena unauffällig unter dem Schirm seiner Baseballkappe, die er zum Schutz gegen die Sonne trug, wenn er die Äste der beschnittenen Bäume und Sträucher zum Abtransport auf die Ladefläche des Pick-up lud.

Helena bemerkte seine linkischen Annäherungsversuche, die sich vor allem in verschämten Blicken und unsicherem Lächeln äußerten. Sie ließ es zu, ohne es zu erwidern, und doch erglühte sie innerlich. Andrés war nicht gerade, was man einen hübschen Jungen nennt. Er war einer, wie es viele gibt, weder schön noch hässlich, und wurde immer gleich unbeholfen und fahrig, wenn sie in seine Nähe kam. Für Helena bestand sein Reiz in einer einfachen Tatsache: Er war der einzige Junge in ihrer Umgebung. Und so verliebte sie sich zum ersten Mal. Andrés lächelte ihr errötend zu, und sie lächelte errötend zurück. Das war alles. Eines Tages fand Andrés den Mut, im Laub einer Magnolie ein Briefchen für sie zu verstecken, indem er es mit grünem Isolierdraht an einem Ast befestigte. Sie holte es sich und steckte es in die Tasche ihrer Reithose. Später, als sie im Bett lag, zog sie es hervor und las, während ihr Herz zum Zerspringen klopfte.

Jetzt, nach so vielen Jahren, erinnerte sie sich nicht mehr genau an die Worte, mit denen Andrés ihr seine Liebe erklärt hatte, aber sie erinnerte sich noch an die Welle von Zärtlichkeit, die seine unsichere Schrift in ihr ausgelöst hatte. Es waren die unschuldigen Worte eines Siebzehnjährigen gewesen, der sich in die vermeintliche *Prinzessin der Villa* verliebt hatte und sich dementsprechend verhielt.

Hanneke, ihre Stiefmutter, für die ihre eigenen Anweisungen nicht galten, war plötzlich ins Zimmer getreten, ohne anzuklopfen. Sie hatte das Briefchen unter der Bettdecke versteckt, ein wenig zu rasch, um nicht Verdacht zu erregen.

Die Stiefmutter war ans Bett getreten und hatte ihre Hand ausgestreckt.

»Gib her, was du da drunter hast.«

»Aber ich …«

Die Frau hatte sie nur eindringlich angeschaut. Helenas Wangen waren feuerrot geworden.

»Helena Parker, ich glaube, ich habe dir soeben etwas befohlen.«

Sie hatte den Brief hervorgezogen und ihn abgegeben. Hanneke hatte ihn gelesen, ohne irgendeine Gefühlsregung zu zeigen, dann hatte sie ihn zusammengefaltet und in die Jackentasche ihres Twinsets geschoben.

»Gut, ich denke, das sollte ein kleines Geheimnis zwischen uns bleiben, damit wir deinem Vater keinen Kummer bereiten …«

Bei diesem Kommentar war es geblieben. Helena war zu erleichtert gewesen, um zu ahnen, dass die Frau sie belog, einfach weil es ihr in diesem Moment so gefiel.

Am Tag darauf hatte sie Andrés getroffen.

Sie begegneten sich im Pferdestall, in den Helena täglich ging, um sich um Mister Marlin, ihr Pferd, zu kümmern. Als sie den Stall betrat, war der Junge zufällig gerade dort, oder vielleicht hatte er es auch absichtlich so eingerichtet, denn er wusste ja, dass sie früher oder später kommen würde. Rot wie eine Tomate ging er auf sie zu. Helena hatte nie zuvor bemerkt, dass sein Gesicht mit Sommersprossen übersät war. Andrés' Stimme klang so bewegt, dass ihr aus unerklärlichen Gründen der Gedanke durch den Kopf schoss, sie höre sich an wie lauter tönende Sommersprossen.

»Hast du das Briefchen gelesen?«

Es war das erste Mal, dass sie miteinander sprachen.

»Ja.«

»Und? Was hältst du davon?«

Sie wusste nicht, was sie sagen sollte.

»Es ist … schön.«

Da nahm Andrés all seinen Mut zusammen, neigte sich zu ihr und küsste sie auf die Wange.

Helena wandte den Kopf zur Seite und wäre am liebsten im Erdboden versunken. Dort, im Gegenlicht, stand ihr Vater in der Stalltür und hatte alles mit angesehen. Alles und *nur* das, was vorgefallen war.

Ein gleichaltriger Junge hatte sie auf die Wange geküsst.

Wie ein Wilder stürzte sich Parker auf den Ärmsten und verpasste ihm eine so gewaltige Backpfeife, dass er aus Mund und Nase zu bluten begann. Dann packte er ihn und schmetterte ihn gegen die Box von Mister Marlin, der mit einem kurzen, erschrockenen Wiehern zurückwich. Das Blut tropfte auf Andrés' Hemd. Ihr Vater nahm ihn beim Schlafittchen und zog ihn wieder hoch.

»Und jetzt kommst du mit mir mit, du kleiner Bastard.«

Er schleifte Andrés vors Haus und warf ihn Bryan Jeffereau, der mit offenem Mund und klaffender Gartenschere dastand, wie einen leeren Sack vor die Füße.

»Hier, Bryan, nimm deinen lüsternen Sohn und verschwinde auf der Stelle aus meinem Haus. Sei froh, dass ich ihn laufen lasse und nicht wegen versuchter Vergewaltigung anzeige!«

Nathan Parkers unbändige Wut ließ keine Widerrede zu, und Jeffereau kannte ihn gut genug, um den Mund zu halten. Schweigend hatte er seinen Sohn, seine Leute und seine Gerätschaften zusammengesammelt und war gegangen.

Helena war Andrés Jeffereau nie wieder begegnet.

Kurz darauf hatten Nathan Parkers *Aufmerksamkeiten* begonnen.

Helena durchquerte ihr Schlafzimmer mit dem kleinen Balkon. Ein Bündel Sonnenstrahlen fiel aufs Bett und schnitt es in zwei Teile. Sie nahm es als gutes Zeichen, dass die sonnige Seite diejenige war, auf der Frank geschlafen hatte, der einzige Mensch, dem sie ihre Schande jemals anvertraut hatte.

Sie verließ das Zimmer und ging hinunter ins Erdgeschoss.

Der Gedanke an die wenigen glücklichen Momente mit Frank reichte nicht aus, ihre Erinnerungen verblassen zu lassen, die so weit zurückreichten und doch stark genug waren, um sie zu verletzen, als sei alles erst gestern geschehen.

Nicht viele Frauen können von sich sagen, dass sie ihre Unschuld durch den eigenen Vater verloren haben, sagte sie sich. *Ich hoffe für sie, dass es nicht viele sind, ich hoffe aus Erbarmen für das Universum, dass ich die einzige bin, auch wenn ich sicher weiß, dass es nicht so ist …*

Die Welt war voller Nathan Parkers, davon war sie überzeugt.

Und sie war auch überzeugt davon, dass die Welt voll war von Frauen wie ihr. Arme Mädchen, die in Tränen der Demütigung und des Ekels aufgelöst in ihrem Bett gelegen hatten, auf einem Laken, das befleckt war von Blut und von demselben Samen, der sie gezeugt hatte.

Ihr Hass hatte keine Grenzen. Gegen ihren Vater und gegen sich selbst, weil sie sich im fraglichen Moment nicht hatte wehren können. Jetzt war sie durch Stuart gerechtfertigt, den Sohn, den sie im selben Maße liebte, wie sie den Vater hasste. Den Sohn, den nicht zu haben sie seinerzeit alles Geld der Welt gezahlt hätte und den sie nun um keinen Preis wieder hergeben würde. Jetzt war er da, aber was war er? Sosehr sie sich bemühte, konnte sie keine Ausrede finden für ihre Schwäche gegenüber dem Vater.

Manchmal war ihr die Frage gekommen, ob sich dieselbe kranke Liebe, die Nathan Parker antrieb, auch in ihrem Hirn festgesetzt hatte wie ein Krebs. Vielleicht hatte sie diese Tortur immer wieder auf sich genommen, weil sie seine Tochter war und in ihren Adern dasselbe Blut und dieselbe Perversion ihres Vaters flossen? Diese Frage war ihr oft gekommen.

Paradoxerweise hatte nur ein einziger Gedanke sie davor bewahrt, verrückt zu werden. Das Bewusstsein nämlich, dass sie das, was sie notgedrungen ertrug, nie, auch nicht ein einziges Mal, *genossen* hatte.

Hanneke musste etwas geahnt haben, auch wenn Helena das nie mit Sicherheit wissen würde. Wahrscheinlich wurde das, was in der Folge passierte, einfach durch ein Feuer ausgelöst, das unter ihrer kalten und förmlichen Fassade geschwelt hatte, ohne dass irgendjemand, sie selbst eingeschlossen, davon geahnt hatte.

Auf banale und prosaische Weise war sie mit einem Reitlehrer durchgebrannt, der damals in ihrem Hause verkehrte, und hatte ohne einen Anflug von Gewissensbissen ihren Mann und seine beiden Töchter ihrem Schicksal überlassen. Nichts war von ihr geblieben als ein Brief, von dem Helena erst Jahre später erfuhr. Mitgenommen dagegen hatte sie, als Sahnehäubchen, einen größeren Geldbetrag.

General Parker war in der ganzen Angelegenheit vor allem eines wichtig: die Diskretion, mit der es geschehen war. Hanneke mochte eine Hure sein, wie edel auch immer, aber sie war nicht dumm. Wenn sie ihren Ehemann öffentlich gedemütigt hätte, wären die Folgen katastrophal gewesen. Er hätte sie bis ans Ende der Welt und aller Zeiten verfolgt, bis er seine Rache bekommen hätte.

Helena hatte diesen Brief nie gelesen. Doch wenn die Frau etwas von dem Verhältnis zwischen ihrem Mann und Helena gewusst oder geahnt hatte, musste sie ihm einen Tauschhandel vorgeschlagen haben. Ihre Freiheit und ihr Schweigen gegen seine Freiheit und sein Schweigen. Der Pakt war wortlos angenommen worden. Im Laufe der Zeit handelten die Rechtsanwälte der beiden Parteien eine einvernehmliche Scheidung aus, und so wurden die Dinge endgültig zu den Akten gelegt.

Keiner, wie man sagt, war schlecht dabei weggekommen.

Sicher nicht Nathan Parker, dem seine Frau in der letzten Zeit vollkommen gleichgültig geworden war, ebenso wie sein Anspruch auf Helena. Sicher nicht Hanneke, die es sich, immer unterwegs, mit ihrem Geld und ihren Verehrern gut gehen ließ.

Zurück blieben zwei Mädchen, die wie Geiseln des Schicksals für Fehler büßen mussten, die sie nicht begangen hatten. Arijane verließ das Haus, sobald sie volljährig war, und landete nach einigem Hin und Her in Boston. Der Konflikt mit dem Vater hatte sich verschärft, je älter sie wurde. Helena hatte zeitweise entsetzliche Angst, dass ihrer Schwester dasselbe geschehen könnte, was sie selbst erdulden musste. Manchmal studierte sie heimlich das Gesicht ihres Vaters, wenn er mit Arijane sprach, um zu prüfen, ob in seinen Augen dasselbe Licht flackerte, das sie mit der Zeit kennen und fürchten gelernt hatte. Auf der anderen Seite, und dafür hatte sie sich *verflucht,* hoffte sie manchmal inständig, es möge doch geschehen, damit sie nicht mehr tief in der Nacht die Schritte des Vaters hören müsse, die sich ihrem Zimmer näherten, nicht mehr seine Hand spüren müsse, die das Laken hob, nicht mehr sein Gewicht in ihrem Bett spüren müsse, nicht mehr spüren müsse, wie …

Sie schloss die Augen und schauderte. Jetzt, wo sie Frank kennen gelernt und begriffen hatte, was zwei Menschen *wirklich* verband, wenn sie miteinander schliefen, wurden ihr der Horror und der Ekel vor dem, was sie in all den Jahren erlebt hatte, in vollem Umfang bewusst.

Frank war der zweite Mann in ihrem Leben, mit dem sie geschlafen, und der erste, den sie geliebt hatte.

Das Erdgeschoss war von Licht durchflutet. In keiner anderen Ecke der Welt gab es ein solches Licht. Irgendwo in dieser Stadt lebte Frank in demselben Licht, und vielleicht verspürte er gerade jetzt dieselbe Leere. Sie fühlte sich, als sauge ihr eine Maschine die Luft aus dem Leib und zöge ihre Haut mit Gewalt an die Knochen, um eine Implosion herbeizuführen. Obwohl im selben Moment eine genau gegensätzliche Kraft in ihr wirkte, nämlich die grenzenlose Sehnsucht, alles, was sie in sich trug, explodieren zu lassen.

Helena ging den Flur entlang und auf die Fensterwand im Wohnzimmer zu, die zum Garten hinausführte. Sie kam an der Tür des Zimmers vorbei, in dem die Telefone eingeschlossen waren. Kurz darauf blieb sie stehen. Hier, bei der Tür, in der sie jetzt stand, hatten Frank und sie sich an jenem Abend, als Ryan verhaftet worden war, lange in die Augen gesehen. Und in dem Moment war es geschehen. Ob es ihm wohl genauso gegangen war? Seine Augen hatten nichts preisgegeben, doch eine Intuition, wie nur Frauen sie haben, verriet Helena, dass in diesem Augenblick alles zwischen ihnen angefangen hatte.

Nichts wünschte sie sich sehnlicher, als ihn jetzt hier zu haben und ihn danach zu fragen.

Sie zog ein Handy aus der Tasche. Frank hatte es ihr an jenem zweiten gemeinsamen Abend gegeben, als er überstürzt hatte aufbrechen müssen, um Céline die Nachricht vom Tod seines Freundes zu überbringen. Sie dachte an das Krankhafte ihrer Situation, die sie dazu zwang, einen Gegenstand, der für den Rest der Welt absolut alltäglich war, wie ein kostbares Geheimnis zu hüten.

Sie wählte Franks Handynummer, die er für sie eingespeichert hatte. Eine automatische Ansage informierte sie, dass der gewünschte Gesprächspartner zurzeit nicht erreichbar sei, und forderte sie auf, es später noch einmal zu versuchen.

Bitte, Frank, jetzt darfst du mir nicht entwischen! Wer weiß, wie viel Zeit mir noch bleibt. Es macht mich verrückt, dass ich dich nicht sehen kann, und ich möchte wenigstens mit dir reden …

Sie drückte eine andere Taste, die Nummer der Polizeizentrale. Fast sofort drang die Stimme der Telefonistin an ihr Ohr.

»Sûreté Publique, *bonjour.*«

»Sprechen Sie Englisch?«, fragte Helena etwas besorgt.

»Natürlich, *Madame.* Was kann ich für Sie tun?«

Die Antwort kam auf Englisch, aber das Wort »Madame« hatte sie französisch ausgesprochen. *Noblesse oblige.* Helena atmete erleichtert auf. Wenn es nicht sein musste, vermied sie akrobatische Verrenkungen in einer Sprache, die sie nicht beherrschte. Hanneke hatte ihr und Arijane Deutsch beigebracht. Die zweite Frau ihres Vaters hatte einen Horror vor dem Französischen, das für sie eine Sprache von Homosexuellen war.

»Ich möchte mit FBI-Agent Frank Ottobre sprechen.«

»Einen Moment, *Madame.* Wen darf ich melden?«

»Helena Parker, bitte.«

»Einen Augenblick.«

Sie kam in die Warteschleife, und kurz darauf hörte sie Franks Stimme im Hörer.

»Helena, wo bist du?«

Helena spürte, wie sie rot wurde, und deshalb und nur deshalb war sie froh, dass er in diesem Augenblick nicht vor ihr stand. Sie fühlte sich plötzlich in die Vergangenheit zurückversetzt, als küssten in diesem Moment die schüchternen, unerfahrenen Lippen von Andrés Jeffereau ihre Wange. Sie begriff, dass Frank Ottobre die Macht hatte, ihr die Unschuld zurückzugeben. Diese Erfahrung war für Helena die endgültige Bestätigung dafür, wie sehr sie ihn liebte.

»Ich bin zu Hause, allein. Mein Vater ist mit Ryan und Stuart weggegangen. Mosse hat alle Telefone in ein Zimmer geschlossen. Ich rufe von dem Handy aus an, das du mir gegeben hast.«

»Dieser Mistkerl! Ein Glück, dass mir der Gedanke kam, dir eins mitzubringen …«

Helena hatte keine Ahnung, ob die Telefonvermittlung der Polizei Franks Telefonate mithörte. Er hatte ihr von seinem Verdacht erzählt, dass sein Handy und das Telefon zu Hause im Parc Saint-Roman überwacht wurden. Ob das der Grund für seinen kühlen Ton war?

Helena wollte nichts sagen, was ihn in Schwierigkeiten oder in Verlegenheit bringen könnte, doch sie hatte das Gefühl zu explodieren.

»Ich muss dir etwas sagen.«

Jetzt, sagte sie sich, *sag es jetzt, oder du wirst es ihm nie mehr sagen!*

»Ich liebe dich, Frank!«

Helena merkte, dass ihr diese Worte zum ersten Mal in ihrem Leben über die Lippen gekommen waren. Und dass sie zum ersten Mal eine Angst verspürte, vor der sie keine Angst hatte.

Am anderen Ende der Leitung gab es eine Pause. Sie dauerte nur einen Augenblick, und doch kam es Helena vor, als hätte man in der Zeit bis zur Antwort einen Dattelbaum pflanzen und seine Früchte ernten können. Endlich drang Franks Stimme an ihr Ohr.

»Ich liebe dich auch, Helena.«

Ein knapper Satz. Ganz einfach. So, wie es sein sollte. Mit jenem Gefühl von Frieden, das jedes Meisterwerk ausströmt. Jetzt hatte Helena Parker keine Zweifel mehr.

»Gott segne dich, Frank Ottobre.«

Sie hatte keine Zeit, noch etwas hinzuzufügen. Durch das Telefon gedämpft, bekam Helena mit, wie in Franks Raum eine Tür ging.

»Sekunde«, hörte sie ihn sagen, schlagartig in kalter Sachlichkeit.

Sie vernahm eine Stimme, die sie nicht kannte, und Worte, die sie nicht verstand. Dann ein harter Schlag auf eine Holzfläche und ein lauter Fluch. Es war Franks Stimme, die schrie: »Herrgott nochmal, schon wieder, dieser verdammte Hurensohn …«

Dann sprach er wieder ins Telefon.

»Entschuldige, Helena. Gott weiß, *wie* ungern ich auflege, aber ich muss dringend weg …«

»Was ist denn los? Kannst du es mir sagen?«

»Natürlich, morgen steht es sowieso in jeder Zeitung. Keiner hat schon wieder gemordet!«

Frank legte auf. Etwas verwirrt blickte Helena aufs Display und versuchte zu begreifen, wie sie ihr Telefon ausschalten musste. Sie war zu glücklich, um zu registrieren, dass ihre erste Liebeserklärung soeben durch die Nachricht eines Mordes unterbrochen worden war.

54

Frank und Morelli rasten die Treppe hinunter, als hinge das Schicksal der ganzen Welt von ihrer Geschwindigkeit ab. Während sie buchstäblich über die Stufen flogen, schoss Frank die Frage durch den Kopf, wie oft sich eine derartige Szene wohl noch wiederholen würde, bevor der Albtraum vorbei war. Gerade war er noch am Telefon gewesen, hatte einige Sekunden lang Platz auf einer kleinen, ruhigen Insel mitten im sturmgepeitschten Meer gefunden, als Claude hereingekommen war, um seinen Tagtraum jäh zu beenden.

Keiner hatte von neuem zugeschlagen. Und zwar auf die allerschlimmste Weise, indem er dem Schaden auch noch den Spott folgen ließ.

Himmelherrgott, wann ist dieses Gemetzel endlich vorbei? Was ist das bloß für ein Mensch? Was muss das für einer sein, der so etwas fertig bringt?

Sie verließen die Polizeiwache durch die Glastür. Gleich rechts erblickte Frank ein Grüppchen Polizisten, die um ein Auto herumstanden. Die Straße war bereits auf beiden Seiten abgesperrt, sowohl zur Rue Suffren Raymond als auch zur Verlängerung der Rue Notari hin, um Fahrzeugen und Fußgängern den Durchgang zu verwehren.

Frank und Morelli liefen die Außentreppe hinab und auf die Polizisten zu. Diese traten zur Seite, um sie durchzulassen. Direkt vor der Zentrale, rechts, auf dem letzten der für die Streifenwagen reservierten Parkplätze, stand der Mercedes SLK von Jean-Loup Verdier mit geöffnetem Kofferraum.

Im Inneren befand sich der tote Körper eines Menschen.

Das Ganze wirkte wie eine schlechte Kopie des Mordes an Allen Yoshida, wie eine misslungene Generalprobe. Im Kofferraum lag zusammengekrümmt die Leiche eines Mannes auf ihrer rechten Seite. Sie trug eine blaue Hose und ein weißes, blutbeflecktes Hemd. Auf der Brust, genau über dem Herzen, klaffte im Hemd ein ausgefranster Schnitt, von dem aus sich das Blut auf dem Stoff ausgebreitet hatte. Wie immer aber war es der Kopf, der am schlimmsten zugerichtet war. Der Leichnam schien die Auslegeware an der Seitenwand des Kofferraumes wenige Zentimeter vor seinen aufgerissenen Augen anzustarren, mit seinem schrecklichen Grinsen im gehäuteten Gesicht und dem geronnenen Blut auf dem kahlen Schädel, wo ein höhnisches Haarbüschel davon zeugte, dass die Arbeit diesmal in ziemlicher Eile vorgenommen worden war.

Frank sah sich um. Keiner der Polizeibeamten schien von Brechreiz geschüttelt.

Man gewöhnt sich an alles, an Schönes wie an Schreckliches.

Aber das hier war keine Gewöhnung, das war ein Fluch, und von irgendeiner Seite her musste eine Möglichkeit kommen, ihn zu lösen. Und er musste sie finden, koste es, was es wolle, wenn er nicht von neuem auf der Bank aus Schmiedeeisen und Holz im Park der Psychiatrie landen wollte, um einen Gärtner Bäume pflanzen zu sehen, ohne ihn wahrzunehmen.

Er erinnerte sich an das Gespräch mit Pater Kenneth. Wenn er jetzt hier wäre, könnte er ihm sagen, dass er seine Meinung zumindest teilweise geändert habe. Er konnte immer noch nicht an Gott glauben, aber er hatte begonnen, an den Teufel zu glauben.

»Was ist passiert?«, fragte er in die Runde.

Ein Polizeibeamter trat vor. Frank wusste nicht, wie er hieß. Er erinnerte sich aber, dass er zu der Gruppe gehört hatte, die mit der Überwachung von Jean-Loups Villa betraut gewesen war. Zu seinem Glück nicht an dem Tag, an dem sie entdeckt hatten, dass er Keiner war.

»Ich hatte den Wagen heute Morgen hier im Parkverbot stehen sehen. Eigentlich sind wir in solchen Fällen ziemlich streng und lassen die Autos sofort abschleppen, aber im Moment, bei all diesem Durcheinander ...«

Der Polizist verwies mit einer Handbewegung auf eine Situation, die Frank nur allzu gut kannte. Er wusste um den unerträglichen Schichtdienst, den die Polizisten zu leisten gezwungen waren, um das ständige Kommen und Fahren der Streifenwagen, das hektische Hin und Her, mit dem die zahlreichen Hinweise aus der Bevölkerung bewältigt werden mussten. Vor allem Letzteres war die unvermeidliche Konsequenz eines Falles, wie sie ihn jetzt erlebten. Alle Mythomanen der Welt schienen entfesselt. Keiner war bereits an tausend verschiedenen Stellen gesichtet worden, und alle hatten sie kontrollieren müssen, ohne Ergebnis.

Ja, Frank kannte die Situation nur zu gut. Er bedeutete dem Polizeibeamten fortzufahren.

»Als ich nach einer Weile wieder rauskam, sah ich, dass das Auto noch immer an derselben Stelle stand. Ich dachte, es gehört vielleicht jemandem aus der Gegend, der auf dem Revier irgendetwas zu erledigen hatte. Manchmal lassen sie es einfach drauf ankommen und stellen sich da hin ... Also bin ich hingegangen, um mich um die Sache zu kümmern. Ich wollte gerade den Abschleppdienst rufen, als mir auffiel, dass ich das Nummernschild kenne. Ich war mal oben in Beausoleil, bei der Villa von ...«

»Ja, ich weiß«, unterbrach ihn Frank. »Und dann?«

»Na ja, als ich am Auto stand, sah ich auf dem Kofferraum in der Nähe vom Schloss einen roten Fleck und ich dachte, es könnte Blut sein. Also habe ich Morelli angerufen, und wir haben das Schloss geknackt. Und das da drinnen entdeckt ...«

Der Beamte zeigte auf die Leiche.

So weit war es schon, »das da drinnen«. Und »das da«, wie nennst du es, wenn du Schwierigkeiten hast, es ein menschliches Wesen zu nennen, so war es doch?

Damit man besser in den Kofferraum hineinsehen konnte, öffnete er den Deckel vollständig, indem er ihn vorsichtig mit einem Kugelschreiber nach oben schob, um keine Fingerabdrücke zu hinterlassen.

»Und das da war auch drin …«

Frank wusste schon, was jetzt kommen würde. Auf dem Blech war eine in Blut geschriebene Schrift zu sehen, die übliche schändliche Schrift als Kommentar zu einer neuen Heldentat.

Ich töte …

Frank biss sich auf die Wange, bis der Schmerz unerträglich wurde. Er nahm den süßlichen Geschmack seines Blutes wahr. Das war es also, was Jean-Loup ihm in dem kurzen Telefonat vom Vortag angekündigt hatte. Dass es keine Hinweise mehr geben würde, Leichen aber schon. Jetzt war dieses arme Wesen im Kofferraum die Bestätigung dafür, dass der Krieg weiterging, und auch diese neue Schlacht hatten sie verloren. Mit dem Auto, das samt seiner makabren Ladung direkt hier vor der Zentrale abgestellt worden war, spottete man zum soundsovielten Mal all ihrer Bemühungen. Frank dachte an Jean-Loups Stimme, endlich klar und ohne Verzerrungen, mit Verkehrsgeräuschen im Hintergrund. Er hatte ihn über ein billiges Handy mit Prepaidkarte angerufen, das er vermutlich extra zu diesem Zweck in einem Elektronikdiscount gekauft hatte. Nach dem Telefonat hatte er es auf einer Bank liegen lassen. Der Junge, den sie geschnappt hatten, war daran vorbeigekommen, hatte es entdeckt und an sich genommen. Dann hatte er begonnen zu telefonieren, und während des Gesprächs mit seinem großen Bruder, dem er von seinem Fund erzählte, hatten sie ihn geschnappt. Wer das Handy auf der Bank liegen gelassen hatte, wusste der Junge nicht, und auf dem Apparat waren nur seine eigenen Fingerabdrücke festzustellen.

Frank blickte wieder auf die Leiche im Kofferraum. Auch wenn er sich größte Mühe gab, gelang es ihm nicht, sich vorzustellen, wie die Medien diesmal reagieren würden. Es würde ein äußerst kompliziertes Unterfangen sein, die richtigen Worte zu finden, um diese neue Tat kurz und knapp zu beschreiben.

Die Reaktionen von Durand und Roncaille waren ihm, ehrlich gesagt, egal. Und ebenso ihr berufliches Schicksal. Er hoffte nur, dass ihm der Fall nicht aus der Hand genommen wurde, bevor es ihm gelungen war, Keiner zu schnappen.

»Weiß man, wer dieser arme Teufel ist?«

Morelli, der auf der anderen Seite des Wagens stand, ging um das Auto herum und stellte sich neben ihn.

»Nein, Frank. Er hatte keine Papiere dabei. Nichts.«

»Ich fürchte, wir werden es bald wissen. Seiner Haut nach zu urteilen muss er relativ jung gewesen sein. Wenn der Mörder bei seinem gewohnten Schema geblieben ist, dürfte er relativ bekannt, gut aussehend und dreißig, fünfunddreißig Jahre alt gewesen sein. Ein armer Teufel, dessen einziger Fehler es war, sich zum falschen Zeitpunkt am falschen Ort aufgehalten zu haben. Und mit dem falschen Mann, möge ihn der Blitz treffen. Sicher meldet sich bald irgendein VIP, um sein Verschwinden anzuzeigen, und dann wissen wir, um wen es sich handelt. Versuchen wir besser, es schon vorher herauszubekommen.«

Ein Polizeibeamter trat vor.

»Inspektor …«

»Was ist, Bertrand?«

»Ist nur eine Idee … vielleicht ganz dumm, aber …«

»Sag nur.«

»Die Schuhe, Inspektor.«

»Was ist denn mit den Schuhen?«

Der Beamte zuckte mit den Schultern.

»Na ja, das sind Segelschuhe. Ich habe ganz ähnliche.«

»Solche Schuhe gibt es in rauen Mengen, und ich glaube kaum …«

Frank, der ahnte, worauf der Beamte hinauswollte, unterbrach Morelli.

»Lass ihn ausreden, Claude. Sprich weiter, Bertrand.«

»Auf diesen Schuhen, wollte ich sagen, steht nicht nur die Marke des Herstellers, sondern auch das Logo einer Zigarettenmarke. Das könnte der Name eines Sponsors sein. Und da in diesen Tagen …«

Schlagartig fiel Frank die Regatta ein. Er legte dem Beamten die Hand auf die Schulter.

»... und da in diesen Tagen der Grand Mistral stattfindet, oder wie er heißt, könnte es jemand aus diesem Umfeld sein. Bravo, Junge, gute Arbeit!«

Frank sprach sein Lob laut genug aus, dass auch die Kollegen es hören konnten. Bertrand ging zu ihnen zurück, als sei er der Matrose des Christoph Kolumbus, der als Erster »Land! Land!« geschrien hatte.

Frank nahm Morelli beiseite.

»Claude, was Bertrand gesagt hat, scheint mir plausibel. Auf jeden Fall ist es die einzige Spur, die wir haben. Also sollten wir uns in dieser Richtung umtun. Wir haben bereits unseren ganzen Einsatz verspielt. So, wie es im Moment aussieht, haben wir nichts mehr zu verlieren.«

An der Ecke der Rue Raymond tauchte der blaue Einsatzwagen der Spurensicherung auf.

Frank deutete mit dem Kopf in die Richtung.

»Dir muss ich es nicht sagen, doch erinnere die Leute von der Spurensicherung daran, dass wir die Fingerabdrücke des Toten so bald wie möglich brauchen. So, wie er zugerichtet ist, bleibt nur diese Möglichkeit, ihn zu identifizieren. Es könnte sein, dass sein Zahnarzt gerade nicht abkömmlich ist ...«

Morellis Gesicht war von Zweifeln und Anstrengung gezeichnet. Nach einer solchen Serie von Mordfällen steckte man bestimmte Schläge nicht weg, ohne zu wanken. Frank ließ ihn zurück, damit er den Leuten von der Spurensicherung, die gerade aus dem Auto stiegen, seine Anweisungen geben konnte. Er ging durch die Glastür und kehrte in sein Büro zurück. Helenas Gesicht kam ihm in den Sinn. Er hörte ihre Stimme am Telefon, als sie ihm ängstlich und doch so sicher gesagt hatte, dass sie ihn liebe.

Noch eine Niederlage.

Nur wenige Kilometer entfernt gab es eine Frau, die seine Rettung sein konnte und für die er dieselbe Hoffnung verkörperte. Die Welt lag für ihn in greifbarer Nähe, und zwei Männer verstellten ihm den Weg.

Der eine war Keiner, dessen Blutrausch ihn dazu trieb, so lange unschuldige Menschen umzubringen, bis ihn jemand stoppte. Der andere war General Parker, dessen Abartigkeit ihn dazu trieb, alles Gute, was ihm auf seinem Weg begegnete, abzutöten, bis auch ihn jemand stoppen würde.

Und Frank wollte dieser Jemand sein.

Das und ausschließlich das war seine Aufgabe. Polizist zu sein, hieß im Grunde nichts anderes. Die eigentlichen Motive waren in Tresoren verschlossen, die man nur öffnete, wenn man selbst es wollte.

Durand, Roncaille, der Staatsminister, der Fürst und auch der Präsident der Vereinigten Staaten konnten denken, was sie wollten. Frank verstand sich als einfacher Arbeiter, weit entfernt von den Räumen, in denen die Projekte entworfen wurden. Er war derjenige, der vor den Mauern stand, die es abzureißen oder aufzubauen galt, umgeben von Zementstaub und Kalkgeruch. Er war derjenige, der vor verstümmelten, enthäuteten Körpern stand, umgeben vom stechenden Geruch nach Schießpulver und Blut. Er wollte keine Seiten für die Ewigkeit schreiben. Er wollte nur einen Bericht verfassen, in dem er beschrieb, wie und warum er den Urheber so vieler Morde hinter Gitter gebracht hatte.

Anschließend würde er sich um Parker kümmern. Keiner hatte ihm in seinem mörderischen Rausch etwas beigebracht. Man musste grausam sein in der Verfolgung seiner Ziele. Und genau so würde er dem General gegenübertreten. Mit einer Grausamkeit, die selbst Parker, der darin ein Meister war, erstaunen würde.

Als Frank in sein Büro kam, setzte er sich an den Schreibtisch und wählte die Nummer des Handys, das er Helena gegeben hatte. Es war abgestellt. Wahrscheinlich war sie nicht mehr allein und wollte nicht riskieren, dass es plötzlich zu klingeln begann und damit seine Existenz verriet. Er stellte sie sich zu Hause vor, mit Stuart als einzigem Trost zwischen ihren beiden Kerkermeistern Nathan Parker und Ryan Mosse.

Eine Viertelstunde saß er so und dachte nach, die Hände im Nacken verschränkt, den Blick an die Decke gerichtet. Wo auch immer er seine Gedanken hinlenkte, traf er auf verschlossene Türen.

Und doch spürte er, dass die Lösung nahe war, zum Greifen nahe. An ihrer Einsatzbereitschaft gab es keinen Zweifel, an ihrer Befähigung auch nicht. Jeder der Männer, die an diesem Fall mitarbeiteten, hatte eine Biographie, die für ihn Zeugnis ablegte. Fehlte bloß ein bisschen Hilfe vom Glück, das immer einen großen Teil jeden Erfolges ausmachte. Und es war komisch, dass ihnen die Gunst des Schicksals ausgerechnet hier so hartnäckig vorenthalten wurde, im Fürstentum Monaco, in dieser Stadt der großen und kleinen Casinos, wo auf jedem Spielautomaten die Parole »Winning is easy« ausgegeben wurde. Jeder kann gewinnen. Frank hätte sich am liebsten vor eines dieser Geräte gesetzt und so lange Geld eingeworfen, bis sich die Räder alle drei zu einer kompletten Reihe einschwingen und statt eines *triple bar* den Aufenthaltsort von Jean-Loup Verdier anzeigen würden.

Plötzlich flog die Bürotür auf. Morelli stürzte herein und war so aufgeregt, dass er vergessen hatte anzuklopfen.

»Frank, wir haben endlich einmal Glück gehabt!«

Lupus in fabula! Hoffentlich ist es wirklich der Wolf und nicht nur ein Stoffhund …

»Was ist passiert?«

»Gerade sind zwei Personen auf die Wache gekommen, um Anzeige zu erstatten. Das heißt, wirklich Anzeige erstattet haben sie nicht, aber sie haben uns mitgeteilt, dass sie sehr beunruhigt sind …«

»Und weshalb?«

»Ein Besatzungsmitglied der *Try for the Sun,* die am Grand Mistral teilnimmt, ist verschwunden.«

Frank nahm ruckartig die Hände aus dem Nacken und wartete, was kam. Morelli, der gewusst hatte, dass er auf Interesse stoßen würde, fuhr fort.

»Gestern Abend war er mit einem Mädchen auf der Mole von Fontvieille verabredet. Als sie kam, um ihn abzuholen, war er nicht da. Sie hat eine Weile gewartet und ist schließlich gegangen. Das Mädchen muss eine ziemliche Kratzbürste sein und ist heute Morgen wutschnaubend zum Boot des Sponsors gegangen, wo die Besatzung übernachtet, um ihm ins Gesicht zu sagen, was sie von ihm halte, dass man eine Frau wie sie nicht so behandele, und so weiter und so fort. Bedrängt von dieser entfesselten Furie ist ein Matrose in die Kabine hinuntergegangen, um ihn zu holen, aber die war leer. Und das Bett war gemacht, was heißt, dass er nicht auf dem Boot geschlafen hat.«

»Könnte er es nicht selbst gemacht haben und dann ganz früh fortgegangen sein?«

»Möglich ist das schon, aber äußerst unwahrscheinlich. Die Matrosen der Yacht stehen in aller Herrgottsfrühe auf, und irgendjemand hätte ihn bestimmt gesehen. Außerdem lagen auf dem Bett die Sachen, die er am Abend getragen hatte, die offizielle Kleidung der *Try for the Sun*, er muss also früher oder später auf dem Schiff gewesen sein, um sich umzuziehen.«

»Das beweist zwar nichts, aber wir sollten allen Hinweisen nachgehen. Vergleicht die Fingerabdrücke der Leiche mit denen in der Kabine dieses Mannes. Das ist der sicherste Weg.«

»Habe ich bereits angeordnet. Einen Polizisten, der gerade in der Gegend war, habe ich angewiesen, die Kabine abzusperren. Und ein Mann der Spurensicherung ist schon auf dem Weg nach Fontvieille.«

»Was hältst du davon?«

»Der Verschwundene passt in die Kategorie von Keiners Opfern. Dreiunddreißig, hübscher Kerl, in Segelkreisen durchaus bekannt ... Er ist Amerikaner, heißt Hudson McCormack.«

Als er den Namen hörte, zuckte Frank so gewaltig zusammen, dass Morelli fürchtete, er falle vom Stuhl.

»Wie heißt er?«

»Hudson McCormack. Er ist Rechtsanwalt, aus New York.«

»Ich weiß, Claude, ich kenne ihn bestens. Das heißt, ich kenne ihn überhaupt nicht, aber das ist der, über den wir gestern gesprochen haben, den ich beschatten lassen wollte.«

Morelli steckte die Hand in die hintere Hosentasche und zog die Floppydisk heraus, die Frank ihm am Vortag gegeben hatte.

»Hier ist die Diskette. Tut mir Leid, ich bin gestern einfach nicht dazu gekommen, mich darum zu kümmern. Das wollte ich heute tun ...«

Frank und Morelli fanden sich mit ihren Gedanken am selben Ort wieder. Beide wussten, was es bedeutete, dass diese Maßnahme aufgeschoben worden war. Hätte McCormack bereits am Vortag unter Bewachung gestanden, wäre er jetzt *vielleicht* noch lebendig, säße Jean-Loup Verdier *vielleicht* schon hinter Schloss und Riegel.

Frank fand, dass es in dieser Geschichte immer noch viel zu viele »Wenns« und »Vielleichts« gab. Und jedes einzelne dieser Wörtchen lastete zentnerschwer auf seinem Gewissen.

»Okay, Claude. Überprüfe es, und lass es mich wissen.«

Morelli warf die nunmehr nutzlose Diskette auf den Schreibtisch und verließ den Raum. Frank blieb allein zurück. Er griff zum Telefon und rief Cooper zu Hause an, in Amerika, ohne sich um die Zeitverschiebung zu kümmern. Die Stimme seines Freundes klang in Anbetracht der Uhrzeit erstaunlich frisch.

»Ja?«

»Coop, ich bin's, Frank. Hab ich dich geweckt?«

»Geweckt? Ich bin noch gar nicht im Bett. Bin eben erst nach Hause gekommen und habe gerade meine Jacke an die Garderobe gehängt. Was gibt es?«

»Die Hölle gibt es. Eine vollkommen wahnsinnige Geschichte. Der Mann, dem wir hinterher sind, unser Serienmörder, hat heute Nacht Hudson McCormack umgebracht und ihn gehäutet wie eine Antilope.«

Einen Augenblick blieb es still. Wahrscheinlich traute Cooper seinen Ohren nicht.

»Jesus Maria, Frank, die Welt scheint wirklich aus den Angeln geraten zu sein. Auch hier herrscht absolutes Chaos. Immerzu kommen Warnungen vor möglichen terroristischen Anschlägen, wir sind ununterbrochen in höchster Alarmbereitschaft. Du kannst dir das gar nicht vorstellen. Und gestern Nachmittag haben wir noch einen schweren Schlag erlitten. Osmond Larkin wurde im Gefängnis umgebracht, während des Hofgangs. Es kam zu einer Schlägerei zwischen Gefangenen, und er hat dran glauben müssen.«

»Toll!«

»Ja eben, toll. Nach all den Mühen, die du ja kennst, am Ende leer auszugehen.«

»Tja, jedem das Seine, Coop. Hier sieht es auch nicht besser aus. Seit heute Morgen haben wir wieder eine Leiche mehr.«

»Wie viele sind es inzwischen?«

»Halt dich fest. Zehn.«

Cooper war über die letzten Entwicklungen nicht informiert. Er stieß einen Pfiff aus, als Frank ihn auf den neuesten Stand brachte.

»Verdammt! Will der ins Guinnessbuch der Rekorde?«

»Sieht so aus. Inzwischen hat er zehn Morde auf dem Gewissen, und das Problem ist, dass ich mich mitschuldig fühle.«

»Lass bloß nicht locker, Frank! Das sage ich mir auch jeden Tag, falls dich das interessiert.«

»Mehr kann ich im Moment sowieso nicht tun.«

Er legte auf. Armer Cooper! Jedem das Seine. Frank war kurzzeitig verstört. In Erwartung der offiziellen Berichte über Hudson McCormack befürchtete er, dass von einem Moment zum anderen die Tür aufgehen und Roncaille hereinkommen könnte, fuchsteufelswild und am Ende mit seinem Latein. Wahrscheinlich wurde Roncaille just in diesem Moment selbst der Kopf gewaschen, und er würde es nach und nach an seine Untergebenen weiterreichen.

Er nahm die Diskette vom Schreibtisch, schaltete den Computer ein und schob sie hinein. Dann öffnete er eine der beiden *jpg*-Dateien.

Auf dem Bildschirm erschien ein Foto. Es war in einem öffentlichen Lokal aufgenommen worden, vermutlich ohne dass McCormack es gemerkt hatte. In einer dieser überfüllten New Yorker Bars, schmal und tief und voller Spiegel, damit sie größer wirken, wo tagsüber die Büroangestellten verkehren, die in ihrer Mittagspause auf einen schnellen Snack vorbeikommen, und die sich abends in einen Treffpunkt für Singles auf der Suche nach Begleitung verwandeln. Rechtsanwalt Hudson McCormack saß an einem Tisch und sprach mit einem Mann, der nur von hinten zu sehen war und einen Trenchcoat mit hochgestelltem Kragen trug.

Frank öffnete auch die andere Datei. Es war ein vergrößerter Ausschnitt desselben Fotos, etwas grobkörniger als das Original.

Eine ganze Weile betrachtete er das Bild eines hübschen jungen Amerikaners mit kurz geschnittenen Haaren, wie es in New York gerade Mode war, im blauen Anzug, der wie geschaffen schien für den Auftritt in Gerichtssälen.

Das also war höchstwahrscheinlich das Gesicht des Leichnams ohne Gesicht, den sie als Letztes gefunden hatten. Wer weiß, ob der Ärmste, als er in Erwartung einer Regatta auf offener See nach Monte Carlo aufbrach, sich je hätte vorstellen können, dass sein Leben in einem engen Kofferraum enden würde. Und dass seine letzte Öljacke der Plastiksack sein würde, in dem sie die Leichen verschwinden ließen ...

Immer noch starrte Frank auf das Foto. Und auf einmal bahnte sich eine verrückte Idee den Weg in sein Gehirn, wie die Spitze eines Bohrers, die unversehens auf der anderen Seite einer allzu dünnen Wand herausschießt. War es überhaupt möglich ...

Er öffnete das elektronische Adressbuch, das er in Nicolas' Computer vorgefunden hatte. Sein Freund war kein Computerfreak gewesen, doch dafür hatte es gerade gereicht. Frank hoffte inständig, die Telefonnummer zu finden, die er brauchte. Er gab den Nachnamen ein, und im selben Moment erschien die gewünschte Nummer zusammen mit Vornamen und Adresse auf dem Bildschirm.

Bevor er dort anrief, wählte er Morellis interne Nummer.

»Claude, habt ihr gestern den Anruf von Jean-Loup aufgenommen?«

»Natürlich.«

»Ich bräuchte dringend eine Kopie davon.«

»Ist bereits vorhanden. Ich schicke sie dir gleich nach oben.«

»Danke.«

Erstklassiger Polizist, dieser Morelli. Wortkarg, aber effizient. Während er die Nummer aus Nicolas' Adressbuch wählte, dachte er darüber nach, wie sich die Geschichte mit Barbara wohl entwickelte, jetzt wo die Anwesenheit der Polizei im Sender nicht mehr erforderlich war. In ihrer Gegenwart wirkte er alles andere als wortkarg, wenngleich nicht weniger effizient. Seine Gedanken wurden durch die Stimme unterbrochen, die aus dem Hörer kam.

»Ja?«

Er hatte Glück. Die Person am anderen Ende der Leitung war genau diejenige, die er sprechen wollte.

»Salut, Guillaume, hier ist Frank Ottobre.«

Der junge Mann schien nicht im Mindesten überrascht zu sein. Er antwortete, als hätten sie sich vor zehn Minuten noch gesehen.

»Hi, FBI-Mann. Was verschafft mir die Ehre?«

»Als du mir letztes Mal geholfen hast, war ich so zufrieden mit dir, dass ich deine Dienste, glaube ich, gern noch einmal in Anspruch nehmen würde.«

»Vorschlag angenommen. Komm, wann du willst.«

»Ich werde gleich da sein.«

Frank legte auf und betrachtete noch einmal das Foto auf dem Bildschirm, bevor er die Datei schloss und die Diskette herausnahm. Wäre außer ihm noch jemand im Raum gewesen, so hätte er bemerkt, dass Franks Gesicht beim Betrachten des Fotos den Ausdruck eines leidenschaftlichen Spielers annahm, der gespannt die Kugel im Roulette rollen sieht.

55

Frank stoppte seinen Mégane vor dem grün gestrichenen Gittertor am Ende der Zufahrt zu Helenas Haus. Er stieg aus und wunderte sich, dass das Tor halb offen stand. Der Gedanke, in wenigen Augenblicken das Gesicht der Frau, die er liebte, zu erblicken, ließ sein Herz höher schlagen. Doch auch Nathan Parker würde er sehen, und während er das dachte, ballte er die Fäuste vor Wut. Er zwang sich zur Ruhe, bevor er eintrat. Wut ist unter bestimmten Umständen ein schlechter Ratgeber. Und das Letzte, was er in diesem Moment brauchte, waren schlechte Ratschläge.

Er selbst dagegen verfügte über die allerbesten. Die Begegnung heute Morgen mit Guillaume war äußerst aufschlussreich gewesen. Als er am Vorabend dort gewesen war, hatte er ihn gebeten, ein paar Dinge zu überprüfen. Er hatte ihn in seiner kleinen *dépendance* in einem absoluten Chaos angetroffen. Seine Apparate wurden von einer Arbeit blockiert, die er nicht so ohne weiteres unterbrechen konnte. So hatte er den Abend und die Nacht genutzt, um zu tun, worum Frank ihn gebeten hatte. Er hatte eine Reihe von Salto mortale machen müssen, aber es war ihm schließlich gelungen, wieder auf den Füßen zu landen. Und auch Frank Ottobre, den schwankenden Spezialagenten des FBI, hatte er wieder auf die Füße gestellt.

Als Guillaume ihm das Ergebnis seiner Arbeit unterbreitet hatte, war Frank die Sprache weggeblieben, so umfassend hatten sich seine abstrusen Hypothesen bewahrheitet. Sie schienen ziemlich aus der Luft gegriffen, Mutmaßungen ohne Sinn und Zusammenhang. Er selbst hatte sich für verrückt gehalten. Und doch ...

Er hätte den Jungen am liebsten umarmt. Stattdessen hatte er sich ermahnt, nicht mehr in dieser verniedlichenden Art von ihm zu denken, die nur das amtliche Alter berücksichtigte. Guillaume war ein Mann. Ein echter Mann. Das hatte Frank endgültig begriffen, als er wieder aufgebrochen war. Guillaume hatte ihn schweigend bis zum Tor begleitet. Wortlos waren sie nebeneinander durch den Garten gegangen, jeder in seine eigenen Gedanken versunken. Frank hatte den Schlag schon geöffnet und wollte gerade ins Auto steigen, als Guillaumes Gesichtsausdruck ihn innehalten ließ.

»Was ist los, Guillaume?«

»Ich weiß nicht, Frank. Ich habe so ein komisches Gefühl. Als sei es mir wie Schuppen von den Augen gefallen.«

Frank wusste genau, was Guillaume meinte. Trotzdem fragte er nach.

»Was willst du damit sagen?«

»Ach, diese ganze Geschichte. Es ist, als sei mir plötzlich bewusst geworden, dass es noch eine andere Welt gibt, eine Welt, wo die Dinge nicht nur den anderen passieren, sondern *uns selbst*. Die Menschen werden nicht nur in den Nachrichten umgebracht, sondern selbst auf dem Gehweg, während wir an ihrer Seite laufen.«

Frank hatte ihm schweigend zugehört. Er ahnte, worauf Guillaume hinauswollte.

»Ich habe eine Frage an dich, Frank. Du musst mir ehrlich antworten. Die Einzelheiten will ich nicht wissen, aber in dieser einen Frage möchte ich Klarheit haben. Was ich für dich getan habe, das letzte Mal und heute, wird es dir helfen, Nicolas' Mörder zu schnappen?«

Guillaumes Augen glänzten feucht. Er gab sich so locker, aber in Wirklichkeit war er eine echte Persönlichkeit. Er hatte Nicolas Hulot wirklich gemocht, so wie er sicher auch seinen Sohn Stéphane gemocht hatte.

Frank hatte ihn lächelnd angeblickt.

»Irgendwann, wenn das alles hier vorbei ist, unterhalten wir uns mal, du und ich. Wann das sein wird, weiß ich nicht, mein Freund, aber dann werde ich dir in allen Einzelheiten erklären, wie *enorm* wichtig die Rolle war, die du in dieser Geschichte und besonders für mich gespielt hast.«

Guillaume hatte genickt und war beiseite getreten. Er hatte auf den Türöffner gedrückt, und während der Mégane hinausgefahren war, hatte er ihm mit einer undefinierbaren Geste hinterhergegrüßt.

Du bist großartig, Guillaume.

Mit diesen Gedanken im Kopf trat Frank durch das Tor in den Hof von Helenas Villa. Was er dort sah, überraschte ihn. Alle Fenster im oberen Stockwerk und die Fenstertüren zum Vorgarten hinaus waren sperrangelweit offen. Im Erdgeschoss schob eine Frau mit einer blauen Schürze einen Stecker in die Steckdose. Sie verschwand aus seinen Augen, und kurz darauf hörte er das Summen eines Staubsaugers. Dann sah er sie durch eine Fenstertür das Gerät hin- und herschieben. Im oberen Stock, im Zimmer, in dem Helena schlief, kam eine Frau mit der gleichen blauen Schürze auf den Balkon heraus, einen Kelim in den Händen. Sie legte ihn über das Metallgeländer und begann, ihn mit einem Teppichklopfer zu bearbeiten.

Frank ging auf das Haus zu. Er war absolut nicht erfreut über das, was er sah. Durch die Haustür aus dunklem Nussholz trat jetzt ein Mann. Es war ein älterer Herr in einem hellen Anzug, der eine gewisse Eleganz zur Schau trug. Sein Panamahut fügte sich perfekt in den Stil der Villa ein. Als er Frank bemerkte, kam er auf ihn zu. Trotz seines jugendlichen Auftretens dachte Frank, als er seine Hände aus der Nähe sah, dass er wohl eher um die siebzig als um die sechzig war.

»Guten Tag. Sie wünschen?«

»Guten Tag. Ich heiße Frank Ottobre und bin ein Freund der Parkers, die hier wohnen ...«

Der Mann strahlte und zeigte eine Reihe weißer Zähne, die ihn ein Vermögen gekostet haben mussten.

»Ah, auch ein Amerikaner. Freut mich, Sie kennen zu lernen.«

Er streckte ihm eine feste, aber mit Flecken übersäte Hand entgegen. Frank dachte, dass außer dem Alter auch noch Leberprobleme im Spiel sein mussten.

»Mein Name ist Tavernier, André Tavernier. Ich bin der Besitzer dieses Juwels hier ...«

Er zeigte auf die Villa und lächelte ihm kollegial zu.

»Tut mir Leid, junger Mann, aber Ihre Freunde sind abgereist.«

»Abgereist?«

Tavernier wirkte ehrlich betrübt, ihm diese schlechte Nachricht bestätigen zu müssen.

»Ja, abgereist. Ich hatte ihren Mietvertrag über eine Agentur laufen lassen, obwohl ich mich um die Vermietung des Hauses normalerweise selbst kümmere. Heute Morgen bin ich mit den Putzfrauen heraufgekommen, um meine Mieter persönlich kennen zu lernen, und habe sie mit gepackten Koffern auf dem Vorplatz angetroffen, wo sie auf ein Taxi warteten. Der General, Sie wissen schon, wen ich meine, hat von einem unvorhergesehenen Zwischenfall gesprochen und gesagt, sie müssten sofort abfahren. Wirklich ein Jammer, denn sie hatten schon den ganzen nächsten Monat im Voraus bezahlt. Der Korrektheit halber habe ich dem General angeboten, ihm das überzählige Geld zu erstatten, doch davon wollte er partout nichts wissen. Ein toller Mann!«

Da kann ich dir einiges erzählen, was dieser tolle Mann für einer ist, du eingemotteter Lackaffe.

Frank hätte die Diagnose des Herrn Tavernier gerne widerlegt. Mit seinem Urteilsvermögen über Leute sollte er sie lieber immer im Voraus und in bar bezahlen lassen. Es gab aber Dinge, die ihn jetzt mehr interessierten, als den Alten über die wahre Natur des Mannes aufzuklären, an den er sein Haus vermietet hatte.

»Sie wissen nicht zufällig, wohin die Parkers gefahren sind?«

Tavernier bekam einen Hustenanfall und kämpfte mit dem Schleim, der, vom Alter einmal abgesehen, auf ein paar Zigaretten zu viel schließen ließ. Frank musste warten, bis der Mann ein blütenweißes Taschentuch hervorgezogen und sich die Lippen abgewischt hatte, bevor er antwortete.

»Nach Nizza. Zum Flughafen, glaube ich. Sie haben einen Direktflug nach Amerika.«

»Scheiße«, rutschte es Frank heraus.

Das Wort war aus seinen Lippen geschlüpft, bevor er es hätte aufhalten können.

»Verzeihung, Monsieur Tavernier.«

»Das macht doch nichts. Manchmal ist es befreiend, sich ein wenig gehen zu lassen.«

»Sie wissen nicht zufällig, um wie viel Uhr der Flug abgeht?«

»Nein, tut mir Leid. Da kann ich Ihnen nicht behilflich sein.«

Frank war die gute Laune nicht gerade ins Gesicht geschrieben. Tavernier, von Berufs wegen Weltmann, fiel das auf.

»*Cherchez la femme,* was, junger Mann?«

»Wie bitte?«

»Ich kann Sie gut verstehen. Ich meine, was die Frau angeht, die hier gewohnt hat. Um die geht es doch, oder? Wenn ich bis hier herauf gekommen wäre, um so eine Frau zu treffen, und das Haus leer vorgefunden hätte, wäre mir die Enttäuschung auch anzumerken. Zu meiner Zeit, als ich jung war und hier gewohnt habe, hat das Haus genug davon gesehen, dass man ganze Bücher damit füllen könnte.«

Frank saß auf glühenden Kohlen. Am liebsten hätte er Tavernier einfach mit seinen Mantel-und-Degen-Geschichten stehen gelassen und wäre schnurstracks zum Flughafen von Nizza gefahren. Doch der Mann hielt ihn am Arm fest. Frank hätte ihm gerne etwas gebrochen. Menschen, die ihm körperlich zu nahe kamen, vertrug er so schon nicht, geschweige denn in einem Moment wie diesem, wo er jede einzelne Sekunde, die verstrich, so laut dröhnen hörte, als stecke sein Kopf in einer riesigen Glocke.

Tavernier rettete sich nur durch das, was er sagte.

»Ach ja, ich habe mein Leben genossen, das können Sie mir aufs Wort glauben. Ganz im Gegensatz zu meinem Bruder, der in der Villa nebenan gewohnt hat, dort drüben, wo das Dach durch die Zypressen lugt.«

Er gab sich mit einem Mal so vertraulich wie jemand, der ein Geheimnis verrät, das nur er selbst kennt. Etwas, das kaum zu glauben ist.

»Das Haus dort hat meine verrückte Schwägerin einem wildfremden jungen Mann vererbt, nur weil er ihren Hund gerettet hatte. Einen Hund, der weniger wert war als jeder Baum, an den er pisste, verstehen Sie? Ich weiß nicht, ob Sie je von dieser verrückten Geschichte gehört haben. Und wissen Sie, wer dieser junge Mann war?«

Frank wusste es, er wusste es ganz genau. Und er hatte weder Zeit noch Lust, sich die ganze Geschichte noch einmal anzuhören. Ohne zu wissen, was er riskierte, packte Tavernier ihn erneut am Arm.

»Ein Mörder, ein Serienmörder! Der, der hier in Monte Carlo Massen von Leuten umgebracht und gehäutet hat wie Tiere. Denken Sie nur, einem wie dem hat meine Schwägerin ein Haus von diesem Wert vermacht ...«

Sie hingegen haben das Ihre an einen Wohltäter der Menschheit vermietet! Wenn es einen Nobelpreis für Dummheit gäbe, würde dieser alte Affe ihn Jahr für Jahr aufs Neue erhalten.

In Unkenntnis dieses Urteils stieß Tavernier einen Seufzer aus. Anscheinend hatte ihn eine Welle von Erinnerungen gepackt.

»Ja, diese Frau hatte meinen Bruder wirklich um den Verstand gebracht. Nicht, dass sie nicht schön gewesen wäre ... sie war schön wie ein *plein* beim Roulette, wenn ich diesen Vergleich benutzen darf. Aber genauso gefährlich. Sie brachte einen dazu, immer weiter zu spielen, ich weiß nicht, ob Sie verstehen, was ich meine. Die beiden Häuser hier haben wir uns damals gemeinsam bauen lassen, Mitte der sechziger Jahre. Zwei gleiche Häuser, eins neben dem anderen. Doch damit waren die Gemeinsamkeiten auch schon vorbei. Ich habe hier gewohnt, mein Bruder und seine Frau da drüben. Jeder hatte sein eigenes Leben. Ich habe allerdings immer gefunden, dass mein Bruder wie in einem Gefängnis lebte: Kugel am Bein und die ganze Zeit damit beschäftigt, die Launen seiner Frau zu befriedigen. Und Launen hatte sie zur Genüge, mein Gott, und ob sie die hatte! Stellen Sie sich vor, sie hat sogar ...«

Frank fragte sich, warum er dastand und sich das Geschwätz dieses Ex-Libertins mit den Ruinen in der Unterhose anhörte, statt ins Auto zu springen und nach Nizza zum Flughafen zu rasen. Aus irgendeinem unerklärlichen Grund hatte er das Gefühl, dass dieser Mann dabei war, etwas Wichtiges mitzuteilen. Und genau das tat er. Mitten in sein leeres Gefasel hinein sagte Tavernier etwas so Wichtiges, dass Frank in unglaubliche Exaltationen geriet und in die abgrundtiefste Trauer, als vor seinem geistigen Auge ein großes Flugzeug in den Himmel stieg, mit Helena Parkers traurigem Gesicht, das Frankreich unter sich verschwinden sah.

Er schloss die Augen. Er war so bleich geworden, dass der alte Möchtegern-Charmeur einen Schreck bekam.

»Was ist los mit Ihnen? Fühlen Sie sich nicht wohl?«

Frank blickte ihn an.

»Doch, im Gegenteil, ich fühle mich bestens.«

Tavernier stand der Zweifel ins Gesicht geschrieben. Frank schenkte ihm ein Lächeln, das der Alte missverstand. Dieser Dummkopf hätte sich niemals träumen lassen, dass er ihm soeben offenbart hatte, wo Jean-Loup Verdier sich versteckt hielt.

»Vielen Dank und auf Wiedersehen, Monsieur Tavernier.«

»Ich drück Ihnen die Daumen, junger Mann. Ich hoffe, Sie erwischen sie noch. Aber wenn Sie es nicht mehr schaffen, denken Sie daran, es gibt viele Frauen auf der Welt.«

Mit einem zerstreuten Nicken gab Frank ihm Recht und ging. Er war gerade beim Tor angekommen, als er die Stimme des Alten noch einmal hörte.

»Ah, hören Sie, junger Mann!«

Frank drehte sich um in dem Wunsch, ihn zur Hölle zu schicken. Was ihn davon abhielt, war ein Gefühl von Dankbarkeit für das, was er ihm soeben ungewollt verraten hatte.

»Ja, Monsieur Tavernier?«

Der Alte lächelte breit.

»Sollten Sie zufällig ein hübsches Haus an der Küste suchen ...«

Mit triumphierender Geste zeigte er auf die Villa in seinem Rücken.

»Hier ist eines!«

Frank ging durch das Tor, ohne zu antworten. Dann stand er einen Moment mit gesenktem Kopf neben dem Auto und betrachtete seine Schuhe, die nebeneinander auf dem Kies standen. Er musste eine Entscheidung treffen, und er musste sie schnell treffen. Schließlich entschloss er sich, das zu tun, was er tun musste, zumindest als Erstes. Doch wer sagte eigentlich, dass er nicht versuchen konnte, zumindest versuchen, beides zu retten, das eine *und* das andere? Er zog sein Handy aus der Tasche und wählte die Nummer der Polizei in Nizza. Sobald jemand abhob, nannte er seinen Namen und verlangte nach Kommissar Froben. Kurz darauf hatte er ihn in der Leitung.

»Salut, Frank. Wie geht's?«

»Geht so. Und dir?«

»Auch. Heraus mit der Sprache.«

»Claude, ich möchte dich um einen Riesengefallen bitten.«

»Wenn ich kann, helfe ich dir gern.«

»Am Flughafen von Nizza müssten demnächst ein paar Leute abfliegen. General Nathan Parker, seine Tochter Helena und sein Enkel Stuart. Und dann müsste noch ein Vierter dabei sein, ein gewisser Captain Ryan Mosse.«

»*Der* Ryan Mosse?«

»Genau. Du musst sie aufhalten. Ich habe keine Ahnung, wie, unter welchem Vorwand, aber du musst sie einfach daran hindern, ins Flugzeug zu steigen, bevor ich da bin. Sie wollen den Leichnam von Arijane Parker, eines von Keiners ersten Opfern, in die Vereinigten Staaten überführen. Vielleicht kannst du dort ansetzen, irgendeine bürokratische Hürde erfinden oder was weiß ich was. Es ist eine Frage von Leben und Tod, Claude. Jedenfalls für mich. Glaubst du, das könntest du tun?«

»Für dich würde ich noch ganz anderes fertig bringen.«

»Danke. Ich melde mich, sobald ich kann.«

Gleich darauf gab Frank eine andere Nummer ein, die der Zentrale der Sûreté. Er verlangte nach Roncaille. Fast augenblicklich wurde er verbunden.

»Herr Polizeipräsident, hier ist Frank Ottobre.«

Roncaille, der seit zwei Tagen Windstärke zehn erlebte, überfuhr ihn wie ein Tornado.

»Frank, Himmeldonnerwetter nochmal, wo um alles in der Welt stecken Sie?«

Der unfeine Ausdruck im Munde des Polizeipräsidenten kündigte keinen gewöhnlichen Sturm, sondern den Orkan des Jahrhunderts an.

»Hier ist die Hölle los, und Sie verschwinden einfach? Wir haben Ihnen einen äußerst delikaten Fall übertragen, doch statt dass es vorangeht, gibt es hier mehr Tote auf der Straße als Vögel auf den Dächern. Wissen Sie, dass in der Sûreté bald niemand mehr an seinem Platz sein wird? Ich persönlich kann von Glück sagen, wenn ich noch einen Job als Nachtwächter bekomme ...«

»Beruhigen Sie sich, Herr Polizeipräsident. Wenn Sie Ihren Job bis jetzt nicht verloren haben, dann werden Sie ihn wohl behalten. Es ist vorbei.«

»Was soll das heißen: ›Es ist vorbei‹?«

»Dass es vorbei ist. Ich weiß, wo sich Jean-Loup Verdier versteckt hält.«

Stille auf der anderen Seite. Denkpause. Frank spürte den Sog des existentiellen Zweifels bei Roncaille. Sein oder nicht sein, glauben oder nicht glauben ...

»Sind Sie sich sicher?«

»Zu neunundneunzig Prozent.«

»Das reicht mir nicht. Ich will hundert Prozent.«

»Hundert Prozent sind nicht von dieser Welt. Neunundneunzig scheint mir ein mehr als ansehnlicher Prozentsatz zu sein.«

»Na gut. Wo steckt er?«

»Erst habe ich eine Bedingung.«

»Frank, überspannen Sie den Bogen nicht!«

»Herr Polizeipräsident, vielleicht sollte ich eines kurz klarstellen. Mir ist meine Karriere egal. Ihnen die Ihre nicht. Wenn Sie mir meine Bitte abschlagen, lege ich auf, fahre nach Nizza und setze mich ins nächste Flugzeug mit Destination ›Leck mich am Arsch‹. Und Sie, um mich deutlich auszudrücken, und Ihren Freund Durand soll der Henker holen. War das klar genug?«

Stille. Pause, um nicht zu platzen. Dann von neuem Roncailles Stimme, in verhaltener Wut.

»Sagen Sie, was Sie von mir wollen.«

»Ich will Ihr Ehrenwort für die offizielle Anerkennung, dass Kommissar Nicolas Hulot im Dienst ums Leben gekommen ist und dass die Witwe eine Rente bekommt, wie sie der Frau eines Helden zusteht.«

Dritte Pause. Die wichtigste. Die Berechnung der Arschlöcher. Als Roncaille antwortete, war Frank zufrieden, dass er bis zwei gekommen war.

»Okay, einverstanden. Sie haben mein Ehrenwort. Jetzt sind Sie dran!«

»Trommeln Sie Ihre Männer zusammen und sagen Sie Kommissar Morelli, er soll mich auf meinem Handy anrufen. Und lassen Sie Ihre gute Uniform für die Pressekonferenz bügeln.«

»Richtung?«

Endlich sagte Frank, was sich Roncaille so teuer erkauft hatte.

»Beausoleil.«

»Beausoleil?«, wiederholte Roncaille ungläubig.

»Genau. Dieser Hurensohn von Jean-Loup Verdier hat seine Villa in dieser ganzen Zeit nie verlassen.«

56

Pierrot nahm den Plastikbecher mit Coca-Cola, den Barbara ihm hinhielt, und begann so zu trinken, als schäme er sich, dass man ihm dabei zusah.

»Möchtest du noch mehr?«

Pierrot schüttelte den Kopf. Er gab ihr den leeren Becher zurück und wandte sich mit knallrotem Gesicht wieder zum Tisch, wo er dabei war, einen Haufen CDs zu ordnen.

Barbara gefiel ihm, aber gleichzeitig schüchterte sie ihn ein. Der Junge hatte sich in sie verliebt, was sich vor allem in heimlichen Blicken äußerte, in seinem Verstummen und Verschwinden, wenn sie auftauchte. Sie brauchte ihn nur anzureden, schon wurde er rot wie eine Tomate. Der jungen Frau war Pierrots Gefühlslage schon vor einiger Zeit aufgefallen. Es war die Liebe, wenn man es so nennen wollte, eines Kindes, und sie stand mit Pierrots ganzem Wesen in Einklang, doch wie alle Gefühle musste sie respektiert werden. Barbara wusste, wie viel Liebe in diesem merkwürdigen Jungen steckte, den die Welt immer ein wenig erschreckte. Er war von einer Offenheit und Treuherzigkeit, wie sie normalerweise nur Kindern und Hunden eigen ist. Der Vergleich mochte ein wenig beleidigend sein, aber er traf die echte und tiefe Zuneigung, die einfach existiert, ohne eine Gegenleistung zu erwarten.

Einmal hatte Barbara eine kleine Margerite auf dem Mixer gefunden. Als sie begriffen hatte, wer der heimliche Schenker dieser einfachen Feldblume war, hatte sie eine tiefe Zärtlichkeit gespürt.

»Möchtest du noch ein Brötchen?«, fragte sie Pierrot, der ihr den Rücken zuwandte.

Der Junge schüttelte erneut den Kopf, ohne sich umzudrehen. Es war Mittagszeit, und sie hatten von »Stars 'n' Bars« ein Tablett mit belegten Brötchen und Sandwiches kommen lassen. Nach der Geschichte mit Jean-Loup schienen die Räume von Radio Monte Carlo, sah man von den Stimmen und der Musik ab, die durch die Mikrofone tönten, zum Reich des Schweigens geworden zu sein. Alle bewegten sich so lautlos, als seien sie aus Luft. Der Sender war von einem Heer von Journalisten bestürmt worden und wurde auch weiterhin belagert wie Fort Alamo von den Mexikanern. Die Mitarbeiter wurden verfolgt, gehetzt und beschattet. Bei jedem von ihnen war irgendwann ein Mikrofon vor der Nase aufgetaucht, eine Kamera im Gesicht, ein Journalist vor der Haustür. Tatsächlich konnte man die Hartnäckigkeit der Medien nach dem, was geschehen war, ja auch verstehen.

Jean-Loup Verdier, einer der Protagonisten von Radio Monte Carlo, hatte sich als Psychopath und Mörder entpuppt und war noch immer auf freiem Fuß. Seine Anwesenheit lag wie ein gespenstischer Schatten über dem Fürstentum Monaco. Am Tag, nachdem die Identität des Serienmörders herausgekommen war, hatten sich die Einschaltquoten dank der krankhaften Neugier der Leute und dank des Medienrummels praktisch verdoppelt.

Noch vor kurzem hätte Robert Bikjalo, der alte Robert Bikjalo, beim Anblick der steil angestiegenen Zuhörerzahlen einen Salto mortale mit Schraube gemacht. Jetzt verrichtete er seine Arbeit wie ein Roboter, rauchte wie ein Schlot und war ansonsten so einsilbig wie alle. Raquel beantwortete Anrufe mit der mechanischen Stimme einer Telefonvermittlerin. Barbara gelang es nicht, innezuhalten und nachzudenken, ohne dass ein heftiger Drang zu weinen in ihr aufstieg.

Der Präsident selbst rief nur an, wenn es unbedingt notwendig war.

In diese gedrückte Atmosphäre war dann noch die Nachricht von Laurents tragischem Tod beim Raubüberfall vor zwei Tagen geplatzt. Die Stimmung hatte den Nullpunkt erreicht und die Anwesenden endgültig zu Schatten ihrer selbst werden lassen.

Am meisten betroffen von der Geschichte war jedoch Pierrot.

Er hatte sich in ein beunruhigendes Schweigen zurückgezogen und beantwortete Fragen nur noch mit Nicken oder Kopfschütteln. Hielt er sich im Sender auf, so war es eine stumme Anwesenheit, in der seine Aufgaben erledigte wurden, als gäbe es ihn gar nicht. Stundenlang verschanzte er sich im Archiv, so dass

Barbara schon mehrmals hinuntergegangen war, um sich zu vergewissern, dass ihm nichts fehlte. Seine Mutter war tief beunruhigt. Zu Hause saß er die ganze Zeit mit Kopfhörern über den Ohren an der Stereoanlage und hörte Musik, als könne er sich vollständig vom Rest der Welt abschotten.

Er hatte nicht mehr gelächelt. Und er hatte das Radio nie wieder angestellt.

Seine Mutter brachte diese Rückentwicklung von Pierrots Verhalten zum Verzweifeln. Regelmäßig in den Sender zu gehen, sich als Teil einer größeren Sache zu fühlen, eigenes Geld zu verdienen – die Mutter, um ihn stolz zu machen, hatte mehrmals unterstrichen, wie wichtig diese Summe für ihren gemeinsamen Haushalt war –, hatte ihm eine Tür zur Welt geöffnet.

Die Freundschaft mit Jean-Loup, den er regelrecht verehrte, hatte diese Tür dann restlos aufgestoßen. Jetzt schloss Pierrot sie wieder, und seine Mutter fürchtete, dass er es, war sie erst einmal zu, keinem mehr gestatten würde einzutreten. Nie mehr.

Es war unmöglich zu begreifen, was in Pierrots Kopf vorging.

Und doch hätten sie alle, vom Ersten bis zum Letzten, mit offenem Mund dagestanden, wenn sie seine Gedanken hätten lesen können. Alle nahmen an, seine Traurigkeit und seine Stummheit resultierten aus der Entdeckung, dass sein Freund in Wirklichkeit der, wie er ihn immer nannte, *böse Mann* war, der ab und zu mit der Stimme des Teufels im Radio angerufen hatte. Alle dachten, es sei die Reaktion eines reinen Gemütes, das *nicht umhin konnte* anzuerkennen, dass es sein Vertrauen jemandem geschenkt hatte, der es nicht verdiente.

Doch Pierrots Vertrauen in Jean-Loup und seine Freundschaft waren nicht im Mindesten von den jüngsten Ereignissen und von den Enthüllungen der Leute über sein Idol berührt.

Er kannte Jean-Loup. Er war bei ihm zu Hause gewesen, sie hatten gemeinsam Crêpes mit Nutella gegessen, und Jean-Loup hatte ihn sogar einen italienischen Wein kosten lassen, der *ein Muskateller* hieß und ihm sehr gut geschmeckt hatte. Er war süß und kühl gewesen, und ihm war ein wenig schwindlig davon geworden. Sie hatten Musik gehört, und Jean-Loup hatte ihm sogar ein paar von seinen kostbaren Platten geliehen, den großen, schwarzen Langspielplatten, damit er sie zu Hause hören konnte. Außerdem hatte er ihm seine Lieblings-CDs kopiert, wie die von Jefferson Airplane, die von Jeff Beck mit der Gitarre auf der Hebebühne und die letzten beiden von Nirvana.

Wenn sie zusammen gewesen waren, hatte er Jean-Loup nie, nicht ein einziges Mal, mit der Stimme des Teufels sprechen hören. Im Gegenteil. Mit seiner schönen Stimme, die genauso klang wie im Radio, hatte er ihm lustige Geschichten erzählt, und manchmal waren sie nach Nizza gefahren, hatten riesige Eisbecher gegessen und waren lange vor den Schaufenstern der Tierhandlungen stehen geblieben, um den süßen Welpen in ihren Käfigen zuzusehen.

Jean-Loup hatte *immer* gesagt, dass sie die besten Freunde seien, und er hatte *immer* gezeigt, dass es die Wahrheit war. Wenn Jean-Loup also immer die Wahrheit gesagt hatte, hieß das ganz einfach, dass es die anderen waren, die logen.

Ständig fragten sie ihn, was mit ihm los sei, und versuchten, ihn zum Sprechen zu bringen. Er wollte niemandem verraten, nicht einmal seiner Mutter, dass seine tiefe Traurigkeit vor allem daran lag, dass er Jean-Loup, seit all diese Dinge passiert waren, nicht mehr gesehen hatte. Und dass er nicht wusste, was er tun konnte, um ihm zu helfen. Vielleicht war er gerade jetzt irgendwo versteckt und hatte Hunger, doch niemand kam und brachte ihm etwas zu essen, nicht einmal ein Nutella-Brot.

Pierrot wusste, dass die Polizisten seinen Freund suchten und dass sie ihn ins Gefängnis werfen würden, wenn sie ihn fanden. Er hatte keine genaue Vorstellung davon, was ein Gefängnis war. Er wusste nur, dass man dort Menschen hinbrachte, die Böses getan hatten, und dass man sie nicht mehr hinausließ. Und wenn man die, die drinnen waren, nicht hinausließ, hieß das, dass man die, die draußen waren, auch nicht hineinließ. Und dass er Jean-Loup nie mehr wiedersehen würde.

Ob die Polizisten wohl ins Gefängnis hineingehen und die Gefangenen besuchen durften? Auch er war einmal ein Polizist gewesen, ein *ehrenwerter Polizist*. Das hatte ihm der Kommissar gesagt, der mit dem netten Gesicht, den er nun schon länger nicht mehr gesehen hatte, von dem es hieß, er sei gestorben. Doch nach der ganzen Bescherung, die er angerichtet hatte, war er vielleicht kein *ehrenwerter Polizist* mehr und durfte deshalb vielleicht nicht ins Gefängnis und konnte Jean-Loup nicht besuchen.

Pierrot wandte den Kopf und sah Barbara hinterher, die zum Regieraum ging. Er betrachtete ihre dunkelroten Haare, die beim Gehen auf ihrem schwarzen Kleid hin und her tanzten. Er mochte Barbara. Nicht wie Jean-Loup, sondern irgendwie anders. Wenn sein Freund mit ihm sprach oder ihm eine Hand auf die Schulter legte, hatte er nicht dieses warme Gefühl, das vom Magen aufstieg, als habe er in einem Zug eine Tasse heißen Tee geleert.

Nein, mit Barbara war es anders. Er wusste nicht genau, was das war, aber er wusste, dass er sie mochte. Einmal hatte er ihr eine Blume hingelegt, um es ihr mitzuteilen. Er war an einem Blumentopf auf der Straße stehen geblieben, hatte eine Margerite gepflückt und sie, als gerade niemand hinsah, auf den Mixer gelegt. Eine Weile hatte er sogar gehofft, dass Jean-Loup und sie heiraten würden, dann hätte er sie immer beide sehen können, wenn er seinen Freund besuchte.

Pierrot nahm den Stapel CDs und ging zur Tür. Raquel drückte auf den Summer wie immer, wenn sie sah, dass er die Hände voll hatte. Pierrot trat auf den Treppenabsatz hinaus und drückte den Fahrstuhlknopf mit der Nase. Er passte immer gut auf, dass ihn niemand dabei erwischte, denn sie hätten ihn bestimmt ausgelacht. Aber da seine Nase mitten im Gesicht steckte und nichts zu tun hatte, während er die Hände beide für die CDs brauchte, war das doch praktisch …

Mit dem Ellbogen schob er die Fahrstuhltür auf und schloss sie auf dieselbe Weise wieder. Drinnen konnte er die Nase nicht benutzen, denn die Knöpfe waren anders gemacht. Daher war er zu einer akrobatischen Aktion gezwungen. Er musste den CD-Stapel mit dem Kinn festhalten, um mit einem Finger den Knopf für das Erdgeschoss drücken zu können.

Der Fahrstuhl setzte sich in Bewegung und fuhr langsam abwärts. Schon vor einiger Zeit war es Pierrot durch den Kopf gegangen, in seiner zufälligen Art, in einer Logik, die auf ihre, nämlich *seine* Weise etwas durchaus Schlüssiges hatte.

Er hatte eine Entscheidung getroffen auf der Basis einer absolut unanfechtbaren Überlegung.

Jean-Loup konnte nicht zu ihm kommen? Dann ging er eben zu Jean-Loup.

Er war oft bei ihm zu Hause gewesen, und einmal hatte sein Freund ihm gesagt, dass er an einer geheimen Stelle, von der nur sie beide wissen durften, einen Ersatzschlüssel für die Villa versteckt hatte. Er war mit Silikon unter den Briefkasten geklebt, in der Nähe des schmiedeeisernen Tors. Pierrot wusste nicht, was Silikon war, aber was ein Briefkasten war, das wusste er genau. Auch er und seine Mutter hatten einen zu Hause in Menton, nur dass ihr Haus lange nicht so schön war wie die Villa von Jean-Loup.

Wenn er den Briefkasten sehen würde, würde er ihn schon erkennen.

Unten in *dem Zimmer* stand sein Invicta-Rucksack, den er von Jean-Loup geschenkt bekommen hatte. Dort hatte er am Morgen etwas Brot hineingesteckt und ein Glas Nutella, das er vom Küchenbord genommen hatte. Es gab leider keinen *ein Muskateller*, deshalb hatte er eine Dose Coca-Cola und eine mit Schweppes eingepackt, das war bestimmt auch in Ordnung. Wenn sein Freund irgendwo bei sich im Haus versteckt war, würde er gewiss hervorkommen, wenn er merkte, dass er es war, der ihn da rief. Wer könnte es auch sonst sein? Nur sie beide wussten ja, wo der geheime Schlüssel versteckt war.

Sie würden zusammen sein und Nutella-Brote essen und Cola trinken, und wenn es ihm gelang, würde diesmal *er* Jean-Loup Dinge erzählen, die ihn zum Lachen brachten. Nur nach Nizza konnte er ihn nicht mitnehmen, um den Welpen zuzusehen, die in ihrem Gehege im Schaufenster spielten.

Sollte Jean-Loup nicht zu Hause sein, würde er sich um seine Schallplatten kümmern müssen, die großen, schwarzen aus Vinyl. Er musste sie säubern, überprüfen, dass die Hüllen nicht feucht wurden, und sie ordentlich in der Reihe aufstellen, damit sie sich nicht bogen, denn sonst würden sie alle unbrauchbar sein, wenn Jean-Loup zurückkam. Ja, er musste sich um seine Sachen kümmern, das gehörte sich doch so unter Freunden, oder?

Als der Fahrstuhl im Erdgeschoss ankam, lächelte Pierrot.

Besson, ein Mechaniker der Firma für Schiffsmotoren, die sich im Stockwerk unter den Räumen des Senders befand, wartete vor dem Fahrstuhl und öffnete die Tür. Im nächsten Moment stand er vor dem Kopf mit den wuschligen Haaren, der hinter einem Stapel CDs hervorschaute, den der Junge im Arm hielt.

Besson erwiderte das Lächeln.

»Na, Pierrot, du siehst ja aus wie der meistbeschäftigte Mensch in ganz Monte Carlo. An deiner Stelle würde ich um eine Gehaltserhöhung bitten.«

Der Junge hatte nicht die leiseste Ahnung, wie man das machte, um eine Gehaltserhöhung bitten. Und im Moment lag das auch kilometerweit vom Mittelpunkt seiner Interessen entfernt.

»Ja, mach ich morgen ...«, antwortete er ausweichend.

Bevor Besson in den Aufzug trat, öffnete er Pierrot die Tür, die links zum Archiv hinunterführte.

»Vorsicht auf der Treppe«, mahnte er, während er das Licht einschaltete.

Pierrot nickte, wie so oft, und begann, die Stufen hinabzusteigen. Als er an die Tür zum Archiv kam, schob er sie mit dem Fuß auf, denn vorhin hatte er sie angelehnt gelassen. Vorsichtig stellte er seinen Stapel auf dem Tisch ab, der vor den Regalen voller Schallplatten und CDs an der Wand stand. Zum ersten Mal, seit er bei Radio Monte Carlo arbeitete, räumte er die CDs, die er hinuntergebracht hatte, nicht sofort an Ort und Stelle.

Er nahm seinen Rucksack und hob ihn sich mit dieser leichten, schwungvollen Bewegung, die Jean-Loup ihm beigebracht hatte, auf den Rücken. Dann schaltete er das Licht aus und schloss die Tür ab, wie jeden Abend, bevor er nach Hause ging.

Nur dass er jetzt nicht nach Hause gehen würde. Er stieg die Treppe hinauf und befand sich wieder in der Eingangshalle des Gebäudes, einem breiten Raum, der an einer Glastür endete. Jenseits der durchsichtigen Türflügel lag der Hafen, die Stadt, die Welt. Und irgendwo dort versteckte sich sein Freund, der seine Hilfe benötigte.

Und dann tat Pierrot etwas, was er noch nie zuvor in seinem Leben getan hatte.

Er drückte die Tür auf, trat hindurch und wagte sich allein in die Welt hinaus.

57

Frank saß in seinem Mégane auf dem unbefestigten Platz oberhalb der Villa von Jean-Loup Verdier. Es war ziemlich heiß, und er ließ den Motor laufen, damit die Klimaanlage funktionierte. Während er darauf wartete, dass Morelli und die anderen von Roncaille geschickten Männer kamen, konnte er nicht anders, als ständig auf die Armbanduhr zu sehen.

In seinem Geist formierte sich das Bild von Nathan Parker und seiner kleinen Gesellschaft am Flughafen von Nizza, wie er ungeduldig im Sessel saß, Helena und Stuart zu seiner Seite, und Ryan Mosse die Formalitäten für die Abreise überlassend. Er sah die wuchtige Gestalt von Froben oder einem seiner Männer nahen und dem alten General mitteilen, dass es unerwartete Komplikationen gegeben habe und sie vorerst ihren Abflug verschieben müssten. Er konnte sich nicht im Entferntesten vorstellen, was Froben sich als Vorwand hatte einfallen lassen, aber die Reaktion des Alten konnte er sich umso lebhafter ausmalen. Ihm schoss durch den Kopf, dass er nicht in der Haut seines Kommissarfreundes stecken wollte.

Die Absurdität dieses impulsiven Gedankens, der schlicht einer Redensart entsprungen war, ließ Frank lächeln.

In Wirklichkeit war es genau das, was er sich wünschte.

Er wäre gerne *selbst* am Flughafen von Nizza gewesen, um zu tun, worum er Froben gebeten hatte. Um General Nathan Parker beiseite zu nehmen und ihm endlich zu sagen, was er ihm sagen wollte. Nein, was ihm zu sagen sein *unbändiger Wunsch* war. Es gab keinen Grund, etwas zu erfinden, es mussten nur ein paar Dinge klargestellt werden …

Stattdessen saß er hier, schmeckte wie Salz auf der Zunge die Zeit, blickte alle halbe Minute auf die Uhr mit dem Eindruck, es müsse eine halbe Stunde vergangen sein.

Er zwang sich, diese Gedanken zu vertreiben. Roncaille fiel ihm ein. Das war eine andere Geschichte. Und eine andere Scherereі. Trotz berechtigter Zweifel hatte der Polizeipräsident wagemutig seine Männer mobilisiert. Frank hatte sich bei ihrem Telefonat kategorisch gegeben, aber von der Gewissheit, mit der er geredet hatte, war er meilenweit entfernt. Tatsächlich wagte er nicht einmal, sich selbst einzugestehen, dass es weniger ein Bluff als vielmehr eine Wette gewesen war, und eine ziemlich riskante dazu. Jeder Buchmacher hätte sie, ohne lange nachzudenken, mit dreißig zu eins gehandelt. In Wirklichkeit entsprang seine Behauptung, er kenne Keiners Versteck, nicht absoluter Sicherheit, sondern einer begründeten Annahme. Die Wahrscheinlichkeit von neunundneunzig Prozent, die er dem Polizeichef gegenüber angegeben hatte, war gehörig zu reduzieren. Sollte sich seine Hypothese als falsch erweisen, hätte es allerdings keine schwerwiegenden Konsequenzen, außer dass es ihre soundsovielte Niederlage wäre. An ihrer konkreten Situation würde sich nichts Wesentliches ändern. Keiner war verschwunden und würde es auch bleiben. Nur was von Frank Ottobres Prestige noch übrig war, würde empfindliche Einbußen erleiden, mit unangenehmen Folgen. Roncaille und Durand hätten dann plötzlich eine Waffe in der Hand, die er eigenhändig geladen hatte, und konnten dem Vertreter der amerikanischen Regierung zu bedenken geben, dass sich ihr FBI-Mann in der Verfolgung dieses Falles als ziemlich nachlässig erwiesen hatte, mal abgesehen vom unzweifelhaften Verdienst, die Identität des Serienmörders aufgedeckt zu haben. Selbst seine öffentliche Lobrede auf die wahren Leistungen von Kommissar Nicolas Hulot konnte wie ein Bumerang auf ihn zurückschnellen. Er hörte schon die Stimme und den beiläufigen Ton, mit dem Durand dem Amerikaner Dwight Durham gegenüber fallen ließ, dass es im Grunde genommen, wenn Frank Ottobre Jean-Loup Verdier identifiziert habe, doch gar nicht sein Verdienst gewesen sei ...

Lag er mit seiner Annahme hingegen richtig, so würde die ganze Geschichte ein ruhmreiches Ende nehmen. Er würde zum Flughafen von Nizza rasen und seine persönlichen Angelegenheiten in einer Aura von Erfolg erledigen. Nicht dass ihm der Ruhm besonders am Herzen lag, doch war ihm alles, was dazu beitragen konnte, seine persönlichen Händel mit Nathan Parker zu beenden, durchaus willkommen.

Endlich sah er an der Kurve unter sich das erste Polizeiauto auftauchen. Diesmal kamen sie, ohne sich durch heulende Sirenen anzukündigen, wie es Frank von Morelli in ihrem Telefonat erbeten hatte. Er stellte fest, dass das Aufgebot im Vergleich zum ersten Mal, als sie hier heraufgekommen waren, um Jean-Loup zu fassen, deutlich verstärkt worden war. Es kamen sechs voll besetzte Streifenwagen, außerdem der übliche blaue, an den Scheiben abgedunkelte Mannschaftswagen der Antiterroreinheit. Als sich die Hintertüren des Wagens öffneten, sprangen sechzehn Männer heraus statt zwölf. Sicher hatten sich schon einige Polizeibeamte weiter unten aufgestellt, um eine mögliche Flucht durch den Vorgarten der Villa zu vereiteln.

Ein Polizeiauto stoppte, ließ zwei Beamte aussteigen und fuhr weiter, um oben an dem Straßenstück, das zur Autobahn führte, eine Sperre zu errichten. Weiter unten hatte man vermutlich dieselbe Maßnahme ergriffen.

Frank musste gegen seinen Willen lächeln. Roncaille wollte nicht das geringste Risiko eingehen. Die Leichtigkeit, mit der sich Jean-Loup der drei Polizisten entledigt hatte, schien allen, falls überhaupt nötig, die Augen über seine tatsächliche Gefährlichkeit geöffnet zu haben.

Fast gleichzeitig mit den anderen trafen auch zwei Streifenwagen aus Menton ein. Darin saßen nochmal sieben schwer bewaffnete Polizisten, die Kommissar Roberts unterstellt waren. Der Grund für ihre Anwesenheit war offensichtlich: die allgegenwärtige Zusammenarbeit der Sûreté Publique von Monaco mit der französischen Polizei.

Frank stieg aus dem Auto. Während sich die Männer aufstellten, um ihre Befehle entgegenzunehmen, kam Morelli mit Roberts auf ihn zu.

»Was ist los, Frank? Ich hoffe, dass wir das früher oder später erfahren werden. Roncaille hat gesagt, wir sollten im Galopp und in voller Ausrüstung zu dir stoßen, wollte aber keinerlei Erklärung abgeben. Vielleicht hat er ein bisschen zu viel Pfeffer im Hintern ...«

Frank unterbrach ihn mit einer Handbewegung. Er zeigte auf das Tor und das Dach der Villa, das von Büschen und Zypressen, die wie Finger aus der Vegetation hervorragten, halb verborgen war. Er verzichtete auf jede Art von Vorrede.

»Er ist hier, Claude. Mit neunundneunzigprozentiger Wahrscheinlichkeit hat sich Jean-Loup Verdier von Anfang an in seinem Haus versteckt.«

Frank fiel auf, dass er dem Inspektor und all den anderen dieselbe Wahrscheinlichkeit nannte, mit der er Roncaille gegenüber großgetan hatte. Er hielt es nicht für nötig, das jetzt zu revidieren.

Morelli kratzte sich mit dem linken Zeigefinger am Kinn, wie er das öfter tat, wenn er Zweifel hatte. Und diesmal hatte er einige.

»Und wo, bitte schön? Wir haben das Haus doch total auf den Kopf gestellt, schlimmer als beim Frühjahrsputz. Da ist kein Loch, in das wir nicht geguckt hätten!«

»Ruf deine Leute. Sag ihnen, sie sollen sich hier sammeln.«

Wenn Morelli sich über Franks etwas umständliche Art wunderte, sagte er nichts. Roberts in seiner schlaksigen Haltung, wartete stoisch auf das Kommende. Als alle Männer im Halbkreis um ihn herumstanden, begann Frank, die Situation zu erklären. Obwohl er praktisch perfekt und akzentfrei Französisch sprach, artikulierte er seine Worte mit extremer Sorgfalt, als traue er sich nicht zu, die Dinge in einer Sprache darzustellen, die nicht die seine war. Er wirkte wie der Trainer einer Basketballmannschaft, der seinen Spielern während der Minutenpause taktische Anweisungen gab.

»Okay, Jungs, jetzt hört mir mal gut zu. Ich habe mit dem Besitzer des Hauses hier unten gesprochen, das praktisch ein Zwilling von Jean-Loups Villa ist. Beide Häuser wurden gleichzeitig gebaut, nicht einmal hundert Meter voneinander entfernt, und zwar irgendwann in den Sechzigern, von zwei Brüdern. Der, der hier wohnte …«

Frank deutete auf das Dach hinter seinem Rücken.

»… der, der hier wohnte, in dem Haus, das später Jean-Loup Verdier gehören sollte, hatte eine Frau, die, sagen wir mal, ein wenig überempfindlich war. Ein richtiger Quälgeist, um es auf den Punkt zu bringen. Im Jahre '62, während der Kubakrise, als plötzlich die ernsthafte Gefahr eines Atomkriegs bestand, hat sie sich in die Hose gemacht vor Angst. Und deshalb hat sie ihren Mann genötigt, unter ihrem Haus einen Atombunker zu bauen. Vielleicht genau hier, wo wir gerade stehen …«

Frank zeigte mit dem Finger auf den Asphalt unter ihren Füßen. Morelli folgte instinktiv Franks Geste und neigte den Kopf, um auf die Erde zu sehen. Als er es merkte, blickte er schnell wieder auf.

»Aber wir haben sogar die Lagepläne der beiden Villen studiert. Da ist nicht der Hauch von einem Atombunker zu sehen.«

»Tja, warum, das kann ich dir auch nicht erklären. Wahrscheinlich wurde der Bunker ohne Genehmigung gebaut und ist in den Grundbuchplänen nicht aufgeführt. Wo nicht nur ein, sondern gleich zwei Häuser gebaut werden und überall Bagger und LKWs herumfahren, kann man schon mal einen unterirdischen Bunker übersehen.«

Roberts meldete sich zu Wort, um Franks Worte zu bestätigen.

»Wenn dieser Bunker tatsächlich existiert, dann muss es so gelaufen sein, wie Frank sagt. In den Sechzigern gab es einen Bauboom, und die Kontrollen waren damals nicht besonders streng.«

Frank fuhr fort in seinen Erläuterungen.

»Tavernier, der Besitzer der unteren Villa, hat mir erzählt, der Eingang zum Bunker habe sich in einem Durchgangszimmer befunden, hinter einer Wand mit einem großen Regal.«

Ein Mann der Spezialeinheit hob die Hand. Er war in der Gruppe gewesen, die beim letzten Mal in die Villa eingedrungen war, die drei ermordeten Beamten entdeckt und das Haus dann von oben bis unten durchsucht hatte.

»Im Kellergeschoss gibt es eine Art Waschküche, rechts neben der Garage, einen Innenraum ohne Fenster, der sein Licht nur durch ein paar Luftschächte zum Vorplatz hinaus bekommt. Ich meine mich zu erinnern, dass eine Wand komplett von einem Regal eingenommen war.«

»Sehr gut«, erwiderte Frank. »Ich fürchte allerdings, dass das Hauptproblem nicht darin besteht, den Bunker zu finden, sondern darin, ihn zu öffnen, oder den, der da drinsteckt, zum Herauskommen zu bewegen. Und jetzt eine müßige Frage: Gibt es hier irgendjemanden, der weiß, wie ein Atombunker funktioniert? Ich meine, jemanden, der mehr darüber weiß als das, was man aus Film oder Fernsehen kennt?«

Einen Moment war es still, dann hob Leutnant Gavin, der Kommandeur der Antiterroreinheit, die Hand.

»Ein bisschen Ahnung habe ich schon, wenn auch eher oberflächlich.«

»Das ist schon was. Auf jeden Fall viel mehr als das, was ich weiß. Was für Möglichkeiten gibt es, den Mann herauszuholen, falls er überhaupt da drin ist?«

Während er das sagte, sah Frank zwei Finger vor sich, die sich beschwörend überkreuzten.

Roberts zündete sich eine Zigarette an. Vielleicht inspiriert von dem Rauch, den er aus dem Mund blies, machte er einen Vorschlag.

»Falls jemand da unten ist, muss er ja irgendwie atmen, oder? Wenn wir die Belüftungsschächte fänden, könnten wir versuchen, ihn mit Tränengas herauszubekommen.«

Gavin schüttelte den Kopf.

»Ich glaube kaum, dass das funktioniert. Wir können es probieren, aber wenn die Dinge stehen, wie Frank sagt, und unser Freund die Anlage immer ordentlich gewartet hat, ist da nichts zu machen. Um gar nicht erst von dem Fall zu reden, dass er sie auf dem neuesten Stand der Technik gehalten hat. Die modernen Atombunker sind mit einem Luftreinigungssystem mit Aktivkohlefiltern ausgestattet, die als Adsorbenzien fungieren. Aktivkohle ist ein Filterstoff, der nicht nur für Gasmasken, sondern auch für die Belüftungssysteme von Räumen mit hohem Risikofaktor wie zum Beispiel Atomkraftwerken benutzt wird. Auch in Panzern und Militärflugzeugen gibt es solche Filter. Die können sogar Blausäure, Nitrochloroform, Arsine und Phosphine abfiltern. Und normales Tränengas sowieso.«

Frank merkte, dass er Leutnant Gavin mit wachsendem Respekt zuhörte. Wenn das oberflächliche Kenntnisse waren, was musste er dann erst wissen, wenn er sich *wirklich* auskannte?

Frank breitete versöhnlich die Arme aus.

»Okay, wir sind hier, um ein Problem zu lösen. Manchmal findet man die Lösung dadurch, dass jeder den Unfug loslässt, der ihm gerade durch den Kopf geht. Hier kommt eine Idee, die auf meinem Mist gewachsen ist: Leutnant Gavin, wie hoch ist die Wahrscheinlichkeit, dass wir das Ding mit Sprengstoff aufbekommen?«

Gavin zuckte mit den Schultern, mit dem betrübten Gesicht desjenigen, der sich in der Situation wiederfindet, nichts als schlechte Nachrichten verkünden zu können.

»Na ja … Möglich wäre das vielleicht schon. Ich bin kein Sprengstoffexperte, aber eigentlich ist so ein Bunker ja dafür gebaut, den Folgen einer nuklearen Explosion standzuhalten. Deshalb wäre, glaube ich, ein ganz schöner Knall vonnöten, um das Ding aufzusprengen. Andererseits muss man sich klar machen, und das ist ausnahmsweise mal ein Vorteil für uns, dass dieser Bunker schon über dreißig Jahre alt ist und sicher nicht so perfekt funktioniert wie neuere Modelle. Ich würde sagen, falls wir keine bessere Alternative haben, ist diese Methode am ehesten realisierbar.«

»Wenn wir uns für Sprengstoff entscheiden, wie lange bräuchten wir dann, um handlungsbereit zu sein?«

Die skeptische Miene des Leutnants hellte sich ein wenig auf.

»Nicht lange. Wir haben einen erstklassigen Feuerwerker, den

Brigadier Gachot. Wenn ich ihm und seinen Leuten sage, sie sollen sich sofort auf den Weg machen, würde gerade mal die Zeit vergehen, die er effektiv braucht, um mit einer Ladung C4 oder so etwas hier heraufzukommen.«

»Gut. Dann machen wir das, würde ich sagen«, schlug Frank vor.

Gavin wandte sich an einen der Männer zu seiner Linken.

»Ruf in der Zentrale an, und bring Gachot auf Trab. Sag ihm, was los ist, und gib ihm unsere Koordinaten durch. Ich will, dass er spätestens in fünfzehn Minuten vor mir steht.«

Der Mann lief los, ohne das knappe »Zu Befehl«, das Frank nach dieser militärischen Ansprache erwartet hätte.

Frank musterte nacheinander die Männer, die vor ihm standen.

»Sonst noch Ideen?«

Er wartete auf eine Reaktion, doch es kam nichts. Also entschloss er sich, restliche Zweifel zu zerstreuen.

»Gut, die Lage sieht so aus. Falls unser Mann dort drinnen ist, kann er uns nicht entkommen. Vermutungen gibt es zuhauf. Jetzt sollten wir zunächst einmal versuchen, diesen verdammten Bunker zu finden, dann entscheiden wir, wie es weitergeht. Ab jetzt wird aus dem Stegreif gehandelt. Los.«

Der Übergang von der Theorie zur Praxis entließ die Männer des Einsatzkommandos in ein Terrain, das ihnen wesentlich mehr zusagte. Sie lösten die Siegel vom Gartentor, und kaum war es geöffnet, rannten sie die Rampe zum Vorplatz und zur Garage hinunter. Nach einem perfekt eingespielten Schema besetzten sie das Haus in wenigen Augenblicken.

Sie waren leise, schnell, gefährlich.

Noch kurze Zeit zuvor hätte Frank den Einsatz so vieler Männer als ein absurdes Übermaß an Vorsicht belächelt. Doch nach zehn Toten sah er ein, dass diese Maßnahmen keineswegs übertrieben waren, wenn man bedachte, was sie vorhatten.

Der Soldat, der zuvor den Raum beschrieben hatte, in dem sich vermutlich der Eingang des Bunkers befand, ging ihnen voran über den Vorplatz. Er öffnete das Rolltor, und sie traten in die leere Garage. Das Licht fiel in den weiß getünchten Raum. Rechts hing ein Mountainbike in einer Haltevorrichtung an der Wand. In einer Ecke lehnte ein Skiträger für Jean-Loups Auto, daneben ein Paar Carvingski mit Stöcken, die von einer Gummilasche zusammengehalten wurden.

Niemand erlaubte sich eine leichtfertige Bemerkung über die Sportbegeisterung des Hausbesitzers. Sie wussten, dass es im oberen Stockwerk auch einen kleinen Fitnessraum gab. Dieser Mann hatte nur allzu deutlich gemacht, dass er nicht umsonst so viel Zeit in sein Körpertraining investierte.

Durch die Tür in der Rückwand der Garage gelangten sie in einen Flur, der in einem Neunzig-Grad-Winkel nach rechts abknickte. Vor ihnen befand sich die offene Tür eines kleinen Gästebads. Im Gänsemarsch liefen sie den Flur entlang, voran der Soldat mit seiner M-16 im Anschlag.

Frank, Gavin und Inspektor Morelli folgten ihm, die Pistolen in den Händen nach oben gerichtet. Den Schluss bildete Roberts, der mit seinem merkwürdigen Gang an einen Kater erinnerte, welcher sich beim Gehen die Pfoten zu putzen versucht. Er hatte es nicht für nötig gehalten, die Pistole in die Hand zu nehmen. Er hatte sich einfach die Jacke aufgeknöpft, um sie im Notfall schnell ziehen zu können.

Sie gelangten in eine Art Mehrzweckraum. Wahrscheinlich war er das Reich der Putzfrau. An der rechten Wand standen eine Waschmaschine, ein Trockner und verschiedene Bügelutensilien. Gegenüber auf der linken Seite befand sich ein weiß lackierter Schrank und in der Ecke neben der Tür eine Treppe. Soeben kam sie ein Mann der Antiterroreinheit aus dem oberen Stockwerk herunter.

Die Wand vor ihnen wurde von einem großen Holzregal eingenommen.

»Das muss es sein«, bemerkte der Mann leise und deutete mit dem Schaft seines Gewehrs dorthin.

Frank nickte schweigend und steckte seine Pistole weg. Er ging zu dem Regal. Aufmerksam begann er, es auf der rechten Seite zu untersuchen, während Morelli dasselbe auf der anderen Seite tat.

Gavin und seine beiden Männer verfolgten all ihre Bewegungen aufmerksam, die Waffen im Anschlag, als könne hinter dem Regal jeden Moment eine Gefahr auftauchen. Auch Roberts hatte jetzt eine Beretta gezogen, die in seinen mageren Händen besonders groß und bedrohlich aussah.

Frank packte ein Regalbrett und versuchte zunächst, es zu sich heranzuziehen, und dann, es zur Seite zu schieben. Nichts geschah. Er fuhr mit den Händen über die hölzerne Seitenwand und fand nichts. Dann hob er den Kopf und blickte zum obersten Bord hinauf, das ihn um etwa dreißig Zentimeter überragte. Er schaute sich um, griff nach einem Metallstuhl mit Plastiksitz und zog ihn an das Regal heran. Er stieg hinauf und konnte jetzt die Oberseite des Möbelstücks begutachten. Sofort bemerkte er, dass auf seiner Seite nicht ein einziges Staubkörnchen auf dem Holz zu sehen war. In einer Rille im Holz direkt an der Regalkante in der Nähe der Wand entdeckte er einen kleinen Metallhebel, der zu einem Scharnier zu gehören schien. Der Mechanismus war gut geölt und zeigte nicht eine Spur von Rost. Er wirkte voll funktionsfähig.

»Gefunden«, sagte Frank.

Morelli wandte sich um und blickte zu ihm hinüber. Er sah, wie Frank auf dem oberen Bord irgendetwas aufmerksam untersuchte, was er selbst nicht sehen konnte.

»Claude, sind auf deiner Seite irgendwelche Angeln zu sehen?«

»Nein. Wenn hier welche sind, sind sie in das Regal eingelassen.«

Frank blickte zu Boden. Die Steingutfliesen wiesen keine Kratzspuren auf. Höchstwahrscheinlich öffnete sich die Tür nach innen. Bewegte sich das Regal hingegen seitlich, womöglich mit einem Ruck, würde er vom Stuhl fallen. Spontan musste er an Nicolas Hulot und all die anderen Opfer von Keiner denken. Angesichts dessen, was ihnen passiert war, schien ihm das Risiko gering zu sein. Er wandte sich an die Männer, die mit ihren Pistolen im Anschlag abwarteten, was geschehen würde.

»Achtung … jetzt.«

Die drei standen mit leicht gespreizten Beinen da, die Pistolen in beiden Händen fest auf das Regal gerichtet. Frank drückte den Hebel ganz herunter. Sie hörten ein trockenes Schnappen, und das Regal öffnete sich nach innen wie eine Tür, lautlos, in gut geölten Angeln.

Dahinter tauchte eine schwere Metalltür auf, eingelassen in eine rohe Betonmauer. Von Angeln keine Spur. Der Schließmechanismus war so perfekt, dass der Übergang zwischen Tür und Rahmen fast nicht auszumachen war. Auf der rechten Seite ein Öffnungsrad, das an jene von U-Boot-Luken erinnerte.

Schweigend standen sie da und starrten fasziniert auf die dunkle Metallwand. Jeder schien auf seine Weise an das oder *den* zu denken, der sich auf der anderen Seite befand.

Frank stieg von seinem Stuhl und ging auf die Tür zu. Er packte das Rad, das gleichzeitig als Türgriff fungierte, und zog. Wie erwartet gab die Tür nicht nach. Er versuchte, das Rad in die eine und in die andere Richtung zu drehen, aber nach der Leichtigkeit zu schließen, mit der es sich bewegte, drehte es leer.

»Das funktioniert nicht. Das Schloss muss von innen blockiert sein.«

Während die anderen endlich ihre Waffen sinken ließen und auch an die Tür herantraten, dachte Frank über die Absurdität ihrer Situation nach. Vor seinem inneren Auge stiegen diesmal nicht eine, sondern zwei Hände mit überkreuzten Fingern auf. Er starrte das Metall an, als könne er es mit seinem Blick zum Schmelzen bringen.

Du bist auf der anderen Seite dieser Tür, nicht wahr? Ich weiß, *dass du da bist. Du stehst hinter der Panzertür, das Ohr an das kalte Metall gedrückt, und vernimmst unsere Stimmen und Geräusche. Und wahrscheinlich fragst du dich, was wir wohl unternehmen werden, um dich da herauszuholen. Das Absurde ist, dass wir uns genau das Gleiche fragen. Das Groteske ist, dass wir uns auf den Kopf stellen müssen, vielleicht wird sogar jemand von uns dran glauben müssen, um dich aus einem Gefängnis herauszuholen, nur um dich in ein ähnliches Gefängnis zu sperren, bis dass der Tod euch scheide …*

Plötzlich hatte Frank das Gesicht von Jean-Loup vor Augen und den guten Eindruck, den der junge Mann vom ersten Moment an auf ihn gemacht hatte. Er sah seine völlig verstörte Miene im Sender vor sich, wie er den Kopf auf den Tisch gelegt hatte und vom Weinen geschüttelt wurde. Er hörte das Echo seiner Schluchzer, und in seiner Erinnerung verwandelten sie sich in das Hohngelächter eines bösen Geistes. Er dachte daran, wie er brüderlich zu ihm gesprochen hatte, um ihn davon zu überzeugen, seine Sendung nicht aufzugeben, nicht ahnend, dass er ihn dadurch unbewusst angestachelt hatte, sein verfluchtes Morden fortzusetzen.

Er hatte den Eindruck, durch die geschlossene Tür sein Eau de Cologne wahrzunehmen, das er in seiner Nähe so oft gerochen hatte, ein frischer, leichter Duft nach Zitrone und Bergamotte. Wenn er selbst auch das Ohr an das kalte Metall legte, würde Jean-Loups natürliche, warme, tiefe Stimme vielleicht durch die dicke Tür dringen und noch einmal jene Worte flüstern, die sich wie ein Feuermal in ihre Hirne eingebrannt hatten.

Ich töte …

Er spürte eine maßlose Wut in sich aufsteigen, geschürt von einer abgrundtiefen Frustration wegen all der Opfer dieses Mannes, Jean-Loup, Keiner oder wer auch immer. Es war eine solch unbändige Wut, dass er, dessen war er sich sicher, jetzt imstande gewesen wäre, die Metalltür vor sich mit bloßen Händen zu packen, sie aufzureißen, als sei sie aus Stanniolpapier, dem Mann dahinter an die Gurgel zu gehen und ihn …

Eine Reihe dumpfer, verhaltener Geräusche brachte ihn in die Wirklichkeit zurück, aus der sein flammender Hass ihn fortgetragen hatte. Leutnant Gavin schlug an verschiedenen Stellen mit der Faust gegen die Tür und horchte auf den Widerhall, den seine Schläge produzierten. Dann drehte er sich zu ihnen um. Er hatte schon wieder das Gesicht der wenig erfreulichen Neuigkeiten aufgesetzt.

»Meine Herren, ich hoffe, dass mein Mitarbeiter eine Mammutladung Plastiksprengstoff dabeihat, nur um mich eines Besseren zu belehren. Ich möchte nicht gerne in die Rolle desjenigen schlüpfen, der nichts als schlechte Nachrichten zu verkünden hat, aber ich persönlich würde zuerst einmal versuchen, mit dem Kerl da drinnen Kontakt aufzunehmen, wenn er denn da ist. Man müsste ihm klar machen, dass er entdeckt und seine Lage aussichtslos ist. Verlässt unser Mann den Bunker nicht freiwillig, so wird es, fürchte ich, ziemlich kompliziert, ihn mit Sprengstoff herauszuholen. Um diese Tür zu öffnen, bräuchte man eine Ladung, als wolle man ein halbes Gebirge in die Luft jagen.«

Elfter Karneval

Der Mann ist sicher an seinem geheimen Ort verborgen, in diesem unterirdischen Gehäuse aus Metall und Beton, das vor langer Zeit angelegt wurde, weil jemand Angst vor einem Ereignis hatte, welches nie eingetreten ist.

Seit er dieses Versteck durch Zufall entdeckt hatte, seit er es das erste Mal betreten und begriffen hatte, was es war und wozu es diente, hat er seinen Schlupfwinkel immer perfekt instand gehalten. Die Speisekammer ist bis unter die Decke gefüllt mit Mineralwasser und Dosennahrung. Es gibt ein einfaches, aber effizientes System zum Recyceln von Flüssigkeiten, das es ihm erlaubt, im Notfall seinen eigenen Urin zu filtern und zu trinken. Dasselbe gilt für die Luft, die in einem geschlossenen Kreislauf von Filtern und chemischen Substanzen gereinigt wird und keinen Zustrom von außen benötigt. Seine Lebensmittel- und Wasserreserven sind so reichlich bemessen, dass er hier unten problemlos ein Jahr und länger ausharren könnte.

Nur manchmal, wenn es dunkel ist, geht er hinaus, in der alleinigen Absicht, die reine Luft einzuatmen und den Duft des Sommers, der mit den Gerüchen der Nacht versetzt ist, seit jeher sein natürliches Habitat. Im Garten steht ein riesiger Rosmarinstrauch und erinnert ihn mit seinem durchdringenden Aroma an den ganz eigenen Duft des Lavendels, ohne dass er wüsste, warum. Sie sind so verschieden, diese beiden Gerüche, und doch genügt der eine, um die Erinnerung an den anderen in seinem Gedächtnis auszulösen, so wie in einer Jukebox die Platte vom mechanischen Arm der Wählvorrichtung unter allen anderen ausgesucht wird und leise auf den Teller rutscht. Es ist die Vermählung der Nacht und der Aromen, die zu einem Bild nicht nur aus Farben und Geräuschen, sondern auch aus Gerüchen verschmelzen.

In absoluter Dunkelheit bewegt er sich geräuschlos, wie nur er geräuschlos zu sein versteht, durch dieses Haus, das er wie im Schlaf kennt. Manchmal tritt er auf die Terrasse hinaus, hebt den Kopf und sieht, an die Mauer gelehnt und gut im Schatten des Hauses verborgen, zu den Sternen hinauf. Er versucht nicht, die Zukunft in ihnen zu lesen. Er begnügt sich damit, ihr helles Blinzeln in diesem Fragment der Gegenwart zu bewundern. Er fragt sich nicht, was aus ihm werden wird, aus ihnen. Es ist keine Gewissenlosigkeit oder Gleichgültigkeit, nur Bewusstheit.

Er verurteilt sich nicht dafür, dass er einen Fehler begangen hat. Von Anfang an hatte er gewusst, dass er früher oder später einen begehen würde. Das ist das Gesetz des Zufalls, angewendet auf das vergängliche Leben der Menschen, und irgendjemand hat ihm vor sehr langer Zeit beigebracht, dass Fehler sich rächen. Oder besser, hat ihn *gezwungen*, am eigenen Leib zu erfahren, dass Fehler sich rächen.

Und er, oder eher sie, haben für ihre Fehler bezahlt. Jedes Mal ein bisschen härter, mit immer schärferen Strafen, je älter sie wurden und je stärker sich der Spielraum für zulässige Fehler verengte, bis die Intoleranz absolut wurde. Unbeugsam war er gewesen, jener Mann. Doch in seiner Anmaßung hatte er vergessen, dass auch er nur ein Mensch war. Und dieser Fehler hatte ihn das Leben gekostet.

Er selbst hatte überlebt, jener Mann nicht.

Nach seinen kurzen nächtlichen Ausgängen kehrt er in seinen unterirdischen Schlupfwinkel zurück und wartet. Das dunkle Metall, mit dem sein Versteck ausgekleidet ist, lässt auch dieses zu einem Ort der Nacht werden, als dringe die Dunkelheit jedes Mal, wenn er von draußen kommt, durch die Tür mit hinein und verbreite sich wie schwarze Farbe an den Wänden. Dies ist nur eins der vielen Verstecke der Nacht, um nach dem Einfall des Lichts zu überleben, aber für ihn hat es eine andere Bedeutung, für ihn ist es die natürliche Solidarität unter Flüchtlingen.

In seiner Isolation spürt er weder das Gewicht des Wartens noch das der Einsamkeit.

Er hat die Musik und Pasos Gesellschaft. Das reicht ihm.

Ja, Vibo und Paso.

Er erinnert sich nicht einmal mehr an den Moment, in dem sie ihre eigentlichen Namen verloren hatten und aus ihrer Fantasie die jetzigen entsprungen waren. Mag sein, dass es einen bestimmten Anlass dafür gegeben hatte, mag sein, dass der einzige bestimmte Anlass die Absolutheit des Zufalls gewesen war, ein plötzliches Aufblitzen ihrer kindlichen Fantasie, die bekanntlich nicht auf logische oder plausible Anstöße angewiesen ist. Wie ein Glaube. Er ist oder er ist nicht. So einfach.

Mit geschlossenen Augen hört er zum millionsten Mal *Stairway to Heaven* von Led Zeppelin, in einer seltenen Liveaufnahme. Er sitzt in seinem mit Rollen versehenen Sessel und lässt die Lehne langsam vor- und zurückschaukeln, im Takt der Melodie, die Stufe um Stufe den langsamen, mühseligen Aufstieg zum Himmel heraufbeschwört.

Die Leiter existiert, das Paradies vielleicht nicht.

Nebenan liegt wie immer der Körper in seinem kristallenen Sarg, als sei ein Film angehalten worden, als warte er auf das Erwachen am Ende einer Reise, die nie ein Ende haben wird. Mag sein, dass er mit ihm die Musik verfolgt, mag sein, dass ihm hin und wieder etwas entgeht, ganz gefangen in der Bewunderung seines neuen Gesichts, das er trägt, das letzte, das er ihm gebracht hat, um seine verständliche Eitelkeit zu befriedigen. Bald wird auch dieses künstliche Gesicht verderben wie all die anderen. Dann wird er weitersehen müssen. Doch noch ist keine Eile, ist Zeit, sich schläfrig und ausschließlich der Stimme von Robert Plant, die aus den Boxen kommt, hinzugeben.

Das Stück ist zu Ende.

Er lehnt sich über die Holzplatte und streckt sich, um die Stopptaste zu drücken. Er möchte die Platte nicht weiter anhören. Für diesen Moment reicht dieses eine Lied. Er möchte das Radio anmachen, sich für eine Weile mit den Stimmen der Außenwelt umgeben.

In der betroffenen Stille, die auf jede Musik folgt, ist ihm, als höre er rhythmische Stöße, als schlage jemand von außen an die Tür und erzeuge ein fernes Donnern.

Er steht auf aus seinem Sessel und geht zur Tür. Er legt sein

Ohr daran, und die Kälte des Metalls überträgt sich auf seine Haut. Die Schläge wiederholen sich.

Gleich darauf hört er durch die Dicke der Tür eine Stimme. Es sind unverständliche Worte, die aus einer unüberbrückbaren Entfernung zu kommen scheinen, aber er weiß sehr wohl, dass diese praktisch unverstehbaren Worte an ihn gerichtet sind. Er versteht sie nicht, doch er errät ihre Bedeutung. Die Stimme fordert ihn sicherlich auf, die Tür seines Schlupfwinkels zu öffnen und herauszukommen, bevor ...

Er nimmt das Ohr vom Metall und lächelt. Er ist viel zu erfahren, um nicht zu wissen, dass das keine leeren Drohungen sind. Er weiß, dass sie nicht viel tun können, um ihn hier herauszuholen, aber er weiß auch, dass sie das wenige, was sie tun können, mit Sicherheit tun werden. Was sie nicht wissen, ist, dass sie ihn niemals bekommen werden. Nicht lebendig jedenfalls.

Nichts auf der Welt kann ihn dazu bringen, ihnen diese Freude zu machen.

Er verlässt die Tür und geht hinüber in den Raum, wo der Körper in seinem durchsichtigen Schrein und seiner üblichen Reglosigkeit eine lebendige Spannung zu verraten scheint. Ein Anflug von Angst zeigt sich auf der ausdruckslosen Haut der Maske, die sein Gesicht bedeckt. Er denkt, dass sich dieses Gefühl einst auf dem Gesicht des Mannes gespiegelt hat, dem sie gehörte. Jetzt ist es nichts als eine Illusion. Jede Emotion hat sich in Luft aufgelöst, für immer, mit dem letzten Atemzug.

Es herrscht ein langes, gedankenverlorenes Schweigen. Der Mann bleibt bei seinem stillen Gesicht, wartet. Mehrere Minuten vergehen. Den Toten gehört die Ewigkeit, für sie zählt eine solche Zeitspanne weniger als nichts. Für die Lebenden kann sie länger scheinen als ein ganzes Leben.

Die Stimme in seinem Kopf kehrt wieder und stellt die Frage, die er gefürchtet hat.

Was wird aus mir, Vibo?

Der Mann sieht den Friedhof von Cassis vor sich, die riesige Zypresse in der Mitte, die Gräber der Menschen, die nie eine Familie für sie gewesen sind, sondern nur ihr Albtraum. Fotos sind nicht auf diesen Gräbern, doch die Gesichter der Menschen, die dort begraben liegen, sieht er wie Bilder, die gerade erst auf die Mauern seines Gedächtnisses gemalt wurden.

»Ich denke, du wirst nach Hause zurückkehren. Und ich auch ...«

Oh ...

Ein erstickter Ausruf, eine einzige Silbe, in der alle Erwartungen der Welt mitschwingen. Die Verlockung der Freiheit, der Sonne, der Meereswellen, in die man als Erwachsener hineinspringt, um als Kind wieder aufzutauchen. Aus den Augen des Mannes rinnen Tränen. Sie laufen ihm ungehemmt die Wangen hinab und fallen auf die Kristallfläche, auf die er den Kopf gelegt hat. Es sind arme, klare Tränen ohne Adel, doch von der gleichen Farbe jener Meereswellen.

Die Liebe, die in seinen Augen glänzt, ist grenzenlos und vollkommen. Zum letzten Mal betrachtet er den Körper seines Bruders, der das Gesicht eines anderen Mannes trägt, und sieht ihn vor sich, wie er war, wie er hätte sein sollen: identisch mit ihm, ein Spiegel, in dem er seinem eigenen Gesicht begegnete.

Langsam tritt er ein paar Schritte zurück, bevor es ihm gelingt, sich umzudrehen und dem Schrein den Rücken zuzukehren. Er geht in das andere Zimmer und bleibt einen Moment stehen vor der langen Reihe von Apparaten und Tonbändern und Geräten, in denen die Musik geboren wird.

Nur eines gibt es, was er jetzt noch tun kann. Es ist sein einziger Ausweg, seine einzige Möglichkeit, den Hunden, die ihn hetzen, eine neue Niederlage zu bereiten. Wenn er die Ohren spitzt, scheint es ihm, als könne er ihre Pfoten hektisch an der anderen Seite der Metalltür kratzen hören.

Ja, es gibt nur noch eins zu tun, und er muss es schnell tun.

Er nimmt die Platte von Led Zeppelin aus dem CD-Player, um eine Hardrock-CD aufzulegen.

Er greift wahllos eine aus dem Regal, ohne nachzusehen, um welche Gruppe es sich handelt. Dann legt er sie ein und drückt die Starttaste. Die CD-Lade verschwindet geräuschlos in ihrem Fach.

Mit einer geradezu zornigen Geste dreht er den Lautstärkeregler auf Maximum.

Vor seinen Augen sieht er mit der Klarheit eines Animationsfilms, wie im CD-Gerät der musikalische Impuls generiert wird, wie er Schalter und Anschlüsse passiert, durch die Netzkabel rast und mit einer, gemessen an der Größe der Umgebung, übernatürlichen Gewalt die Tannoy-Boxen erreicht, aufsteigt in die Hochtöner und die Tieftöner und ...

Der kleine Raum explodiert. Es scheint, als wollten sich der rasende Rhythmus und der metallische Klang der Gitarren über die Boxen auf das Metall der Wände übertragen, um sie zu erschüttern und in einem geradezu perversen Verstärkungseffekt in Schwingung zu versetzen.

Im dröhnenden Donner, den zu imitieren diese Musik berufen ist, kann er keine Stimmen mehr hören.

Der Mann stützt seine Hände auf die Arbeitsfläche aus Holz und horcht einen Moment auf das Schlagen seines Herzens. Es schlägt so rasend, dass es auch ihm bestimmt scheint zu zerspringen unter dem Ansturm der Watt, zu denen die Tannoy fähig sind.

Es gibt nur noch eins zu tun. Jetzt.

Der Mann öffnet eine Schublade gleich unter der Arbeitsfläche zu seiner Rechten und streckt, ohne hinzusehen, eine Hand hinein. Als er sie wieder herauszieht, umklammern seine Finger den Schaft einer Pistole.

58

Fertig!«

Gachot, der Feuerwerker, ein großer, massiger Kerl mit Schnurrbart und Haaren von solch tiefer Schwärze, dass sie fast gefärbt wirkten, erhob sich mit einer Behändigkeit, die für einen Mann seiner Statur erstaunlich war. Frank ging davon aus, dass das, was seine Uniform so straff spannte, feste Muskelmasse war und nicht das Resultat einer Neigung, die Beine unter den Esstisch zu strecken und die körperliche Betätigung auf das Training der Kaumuskeln zu beschränken.

Gachot trat von der Metalltür zurück. Am Schloss hatte er mit silbernem Klebeband eine metallene Kapsel von der Größe eines schnurlosen Telefons angebracht, mit einer kleinen Antenne und zwei Kabeln, eines schwarz, eines gelb, die von dem Gehäuse abgingen und in einem kleinen Loch direkt unter dem runden Öffnungsmechanismus der Tür verschwanden.

Frank betrachtete die Sprengkapsel, die in ihrer Einfachheit ziemlich nichts sagend wirkte. Er musste an den Quatsch denken, den man aus dem Kino kannte, wo das Gerät, das zur Explosion der Atombombe führen und Millionen von Menschen das Leben kosten würde, immer mit einem roten Display ausgestattet war, auf dem unerbittlich die Sekunden verstrichen und im Countdown anzeigten, wie viel Zeit noch blieb bis zum großen Knall. Selbstverständlich gelang es dem Helden, das Ding zu entschärfen, wenn auf dem Display nur noch eine einzige, fatale Sekunde fehlte, nach schier endlosen Spannungsmomenten, in denen er gemeinsam mit den Zuschauern den dramatischen Zweifel durchlebte, ob er das rote oder das grüne Kabel durchtrennen solle. Bei solchen Szenen hatte Frank immer lächeln müssen. Das rote oder das grüne Kabel. Das Leben von Millionen von Menschen hing davon ab, ob der Held der Geschichte farbenblind war …

Die Wirklichkeit sah anders aus. Da gab es nicht den geringsten Grund für einen Countdown, schlicht und einfach deshalb, weil kurz vor der Explosion normalerweise niemand neben der Bombe stand und auf den Timer starrte. Und sollte sich doch jemand in einer solch unglücklichen Situation befinden, dann war es für ihn sicher absolut zweitrangig, ob der Timer präzise funktionierte.

Gachot ging zu Gavin hinüber.

»Ich bin so weit. Die Männer sollten sich jetzt entfernen.«

»Sicherheitsabstand?«

»Eigentlich dürfte es keine Probleme geben. Ich habe nur ein bisschen C4 benutzt, und das ist ein eher handlicher Sprengstoff.

Wenn ich mich nicht irre, müsste das für unsere Zwecke ausreichen. Die Folgen der Explosion dürften relativ beschränkt sein. Das einzige Risiko ist die Tür selbst. Sie ist mit Blei verkleidet, und wenn ich mich bei der Berechnung der Menge geirrt und ein bisschen zu viel benutzt habe, könnte sie splittern. Deshalb wäre es besser, wenn alle in die Garage gingen.«

Frank bewunderte die außerordentliche Besonnenheit des Feuerwerkers, der gleichermaßen ausgebildet war, Bomben zu entschärfen, wie, sie zu bauen. Er hatte die natürliche Bescheidenheit dessen, der sich gut auf seine Arbeit verstand, umso mehr, als Gavin gesagt hatte, dass er dem Teufel das Wasser reichen könne.

Dem Teufel, der auf der anderen Seite dieser Tür in der Falle sitzt, hatte Frank gedacht.

»Und was ist mit dem Raum über uns, im oberen Stock?«

Gachot schüttelte den Kopf.

»Kein Problem, wenn die Männer sich von der Treppe entfernen. Der Luftdruck, der bei der Explosion entsteht, wird zwar, wie gesagt, nicht stark sein, aber er wird über die Treppe und durch die Belüftungsschächte nach vorne hinaus entweichen.«

Gavin wandte sich an seine Männer.

»Habt ihr gehört, Jungs? Hier geht jetzt gleich ein Feuerwerk los. Wir warten draußen im Flur und im oberen Stockwerk, kommen aber sofort nach dem Knall wieder rein, um die Tür des Bunkers zu überwachen. Wir wissen nicht, was geschehen wird. Mit Sicherheit ist unser Mann nach der Explosion ein wenig vor den Kopf geschlagen. In jedem Fall aber hat er verschiedene Optionen.«

Der Leutnant begann, die Möglichkeiten an den Fingern seiner rechten Hand aufzuzählen.

»Erstens, er kommt bewaffnet heraus, um seine Haut so teuer wie möglich zu verkaufen. Ich will auf keinen Fall, dass irgendjemandem von uns etwas passiert. In Fall Nummer eins, also wenn wir sehen, dass er eine Waffe in der Hand hat, und sei es ein Bleistiftanspitzer, machen wir ihn deshalb sofort erbarmungslos kalt ...«

Er blickte seine Männer alle einzeln an, um sich zu vergewissern, dass sie verstanden hatten, worum es ihm ging.

»Zweitens, er kommt nicht von selbst heraus. Dann helfen wir mit Tränengas nach. Sollte er sich dann entscheiden, in kriegerischen Absichten aufzutreten, gehen wir vor wie bei Punkt eins. Alles klar?«

Die Männer nickten.

»Gut, dann teilen wir uns jetzt in zwei Gruppen. Die eine Hälfte geht mit Toureu nach oben, die andere kommt mit mir in die Garage.«

Die Einsatzkräfte entfernten sich in dem leisen Gang, der Teil ihres Wesens geworden war. Frank bewunderte die Effizienz von Gavin und seinen Leuten. Vor allem jetzt, wo er in seinem Element war, ging der Leutnant mit absoluter Ruhe und Souveränität vor. Frank stellte sich diese Männer vor, wie sie auf den Bänken ihres Mannschaftswagens saßen, hin und her gefahren wurden, den Schaft ihrer M-16 neben sich auf den Boden gestützt, mal mehr, mal weniger plaudernd, wartend.

Jetzt war die Warterei vorbei. In dem Moment, da es zu handeln galt, konnte jeder erkennen, dass die Zeit, die sie auf ihr Training verwandt hatten, sinnvoll gewesen war.

Als seine Leute den Raum verlassen hatten, wandte sich Gavin an Inspektor Morelli und Kommissar Roberts.

»Ihre Männer stellen sich am besten im Freien auf, das ist weniger gefährlich. Sollte es hier unten zu einem Schusswechsel kommen, möchte ich auf keinen Fall, dass wir zu viele sind und uns am Ende gegenseitig stören. Fehlt nur noch, dass einer der meinen einem der Ihren eine Kugel in den Kopf jagt oder umgekehrt. Ich glaube nicht, dass wir uns etwas darauf einbilden könnten. Und mir dann die da anzuhören, die *Schreibtischer …*«

»Geht in Ordnung.«

Die beiden Polizisten schickten sich an, ihren Leuten die Situation zu erklären und die entsprechenden Anweisungen zu erteilen. Frank musste lächeln. Mit den *Schreibtischern*, einer offensichtlich privaten Wortschöpfung, meinte er wohl diejenigen, die hinter ihren Schreibtischen saßen und Befehle erteilten, ohne je vor Ort ein Risiko einzugehen.

Nun waren sie nur noch zu dritt in der Waschküche, Gachot, Gavin und Frank.

Der Feuerwerker hielt eine Fernbedienung in der Hand, einen Apparat, der nicht größer war als eine Streichholzschachtel und eine ähnliche Antenne hatte wie die Sprengkapsel, die an der gepanzerten Tür befestigt war.

»Ich warte jetzt nur noch auf Ihr Kommando. Wann Sie wollen«, sagte Gavin.

Frank verweilte einen Augenblick und dachte nach. Er starrte auf das Funkgerät, das in Gachots Hand verschwand. In seiner Pranke wirkte es noch kleiner, als es in Wirklichkeit war. Frank fragte sich, wie Gachot es fertig brachte, mit seinen riesigen Fingern Apparate aus zum Teil winzigsten Teilchen zu bedienen.

Der Feuerwerker Gachot war binnen der von Gavin festgesetzten Viertelstunde erschienen. Mit seinem Team, das nur aus zwei Männern und dem Fahrer bestand, war er im üblichen blauen Einsatzwagen vorgefahren. Man hatte ihm die Situation erklärt, und bei dem Wort »Atombunker« hatte sich sein Blick verdüstert und ihn noch finsterer wirken lassen. Die Männer hatten ihr Material ausgeladen und waren in die Waschküche hinuntergegangen. Frank wusste nur zu genau, dass sich in einem dieser harten, schwarzen Koffer mit den Aluminiumkanten Plastiksprengstoff befand. Auch wenn ihm klar war, dass dieser Sprengstoff nur unter bestimmten Bedingungen gezündet werden konnte, sonst aber absolut harmlos war, hatte er sich bei dem Gedanken nicht ganz wohl gefühlt. Vermutlich befand sich in dem Koffer genug von dem Zeug, um die ganze Villa in die Luft zu sprengen und sie alle in briefmarkengroße Stückchen zu reißen.

Vor dem Bunker angelangt, hatte der Feuerwerker die gepanzerte Tür lange schweigend betrachtet und sorgfältig untersucht. Mit seinen Händen hatte er über ihre Oberfläche gestrichen, als könne ihm der direkte Kontakt etwas mitteilen, was das Metall nicht freiwillig preisgeben wollte.

Dann hatte er etwas getan, was Frank nicht nur anachronistisch, sondern regelrecht lächerlich vorgekommen war. Aus seinem Werkzeugkasten hatte er ein Phonendoskop hervorgezogen und das Getriebe des Öffnungsmechanismus abgehorcht. Dabei hatte er das Rad mal nach links, mal nach rechts bewegt, um die Drehrichtung auszumachen.

Zusammen mit all den anderen hatte Frank ihm zugesehen und dabei auf glühenden Kohlen gesessen. Es war ihm so vorgekommen, als seien sie die Verwandten eines Kranken, die ängstlich auf die Mitteilung des Arztes warteten, wie schwer die Krankheit des Patienten denn nun sei.

Gachot hatte sich endlich zu ihnen umgedreht und hatte zum Glück die pessimistische Vorhersage von Leutnant Gavin zumindest teilweise eingeschränkt.

»Vielleicht bekommen wir das hin.«

Die allgemeine Erleichterung war so groß gewesen, dass sich der Fußboden des Raumes nach Franks Empfinden um mindestens fünf Zentimeter hob.

»Die Panzerung dieser Tür ist auf funktionierenden Strahlenschutz und auf die strukturelle Sicherheit hin angelegt, ein Safe ist sie jedenfalls nicht. Ich meine, dass er nicht dafür gebaut wurde, Wertsachen vor dem Zugriff Unbefugter zu schützen, sondern um die körperliche Unversehrtheit seiner Insassen unter bestimmten Umweltbedingungen zu garantieren. Der Verschlussmechanismus ist daher im Prinzip recht einfach, zumal es sich um ein relativ altes Modell handelt. Unser einziges Risiko ist, dass das Schloss, statt sich zu öffnen, komplett blockieren könnte.«

»Und was dann?«, hatte Gavin gefragt.

»Dann wird's übel. Dann müsste man das Ding mit einer Atombombe öffnen. Und ich hab leider keine dabei im Moment.«

Mit dieser Bemerkung, die Gachot so ernst wie ein Todesurteil ausgesprochen hatte, war die allgemeine Spannung etwas gelöst worden. Er hatte sich entfernt, um die Ausrüstung in den Koffern zu inspizieren, die von seinen Männern zur Tür geschleppt worden waren. Er griff zu einem Bohrer, welcher der Gerätekiste der

Enterprise, dem Raumschiff aus *Star Trek*, zu entstammen schien. Einer der Männer reichte ihm die Bohrerspitze aus einem Metall mit unaussprechlichem Namen, das aber nach Aussage Gachots die Panzerung von Fort Knox bezwingen könnte.

In der Tat drang die Spitze vergleichsweise leicht in die Tür ein, zumindest bis zu einer gewissen Tiefe, und hinterließ Metallspäne auf dem Boden vor den Füßen des Mannes, der den Bohrer bediente, bis er sich die Schutzmaske auf die Stirn schob und Gachot seinen Posten übergab. Der Feuerwerker kniete vor dem Loch nieder und schob ein Kabel aus Leuchtfasern hinein, das auf einer Seite an eine Mikrokamera angeschlossen war und auf der anderen an einen Bildschirm vom Aussehen einer Taucher-maske, den er aufgesetzt hatte, um von innen den Schließmechanismus der Tür zu studieren.

Schließlich öffnete er den verdächtigen Koffer.

Vor ihren Augen erschienen die in Silberfolie gehüllten Plastikbarren. Gachot packte einen aus und schabte mit einem Messerchen ein Stück vom Sprengstoff ab, der aussah wie graues Plastilin. Er machte keinen besonders angespannten Eindruck, aber den Gesichtern der Anwesenden entnahm Frank, dass die allgemeine Stimmung sich nicht von dem unterschied, was er selbst beim Anblick der Koffer gedacht hatte.

Mit Hilfe eines Stäbchens füllte Gachot kleine Mengen von C4 in das Loch und führte dann ein Kabel ein, das in einer Kapsel, die er neben dem Öffnungsrad befestigt hatte, endete.

Nun waren sie fertig. Trotzdem konnte Frank sich nicht entschließen, den Auftrag zur Sprengung zu erteilen.

Er fürchtete, dass irgendetwas schief gehen und sie auf der anderen Seite, aus einem Grund, den er sich auch nicht recht zu erklären wusste, einen Leichnam vorfinden könnten. Das wäre auch eine Lösung, aber Frank wollte Keiner lebendig, und sei es nur, um für den Rest seines Lebens vor Augen zu haben, wie dieser verrückte Psychopath in Handschellen fortgeführt wurde. Das war nicht das, was er tun *wollte*, sondern das, was getan werden musste.

»Einen Moment noch.«

Er trat so nah an die Tür heran, dass er ihre bleierne Oberfläche fast mit der Wange berührte. Er wollte noch einmal versuchen, mit dem Mann dort drinnen zu reden, falls dieser ihn überhaupt hören konnte, wollte ihn noch einmal auffordern, unbewaffnet und mit erhobenen Händen herauszukommen, ohne dass sie von dem Sprengstoff Gebrauch machen müssten. Das hatte er vor Ankunft der Feuerwerker schon einmal versucht, ohne Ergebnis.

Mit der Faust schlug er kräftig gegen das schwere Metall und hoffte, dass das dumpfe Dröhnen auch innen im Bunker zu hören war.

»Jean-Loup, hörst du mich? Wir werden diese Tür jetzt gleich öffnen. Zwing uns nicht dazu. Es könnte sehr gefährlich für dich sein. Komm lieber von allein heraus. Ich verspreche dir, dass dir nichts geschieht. Ich lasse dir genau eine Minute Zeit, dann sprengen wir die Tür auf.«

Frank entfernte sich wieder, winkelte den rechten Arm an und blickte auf seine Armbanduhr. Dann drückte er den Knopf der Stoppfunktion.

Der Sekundenzeiger begann sich zu drehen, zeigte jede einzelne Sekunde an, eine nach der anderen, wie böse Erinnerungen.

… 8, 9, 10

Arijane Parker und Jochen Welder, ihre entstellten Körper in der Yacht, eingeklemmt zwischen zwei anderen, am Hafen …

… 20

Allen Yoshida, sein blutiges Gesicht mit dem Grinsen eines Totenschädels, die aufgerissenen Augen am Fenster des Bentley, auf seiner letzten Ausfahrt …

… 30

Gregor Yatzimin, anmutig auf dem Bett aufgebahrt, die rote Blume auf seinem weißen Hemd, in Kontrast zu der entsetzlichen Verstümmelung seines Gesichts …

… 40

Roby Stricker, auf dem Fußboden ausgestreckt, der Finger hochgereckt im verzweifelten Versuch, vor dem Sterben eine Bot-

schaft zu hinterlassen, mit der Panik dessen, der alles weiß, und begreift, dass er nichts mehr sagen kann ...

... 50

Nicolas Hulot, verdreht in seinem Auto, mit dem blutigen und zerquetschten Gesicht über dem Lenkrad, gestorben, weil er die Schuld auf sich geladen hatte, als Erster einen Namen zu kennen ...

... 60

Die Körper der drei Polizisten, die tot in dem Haus gefunden wurden ...

»Sechzig. Das war's.«

Frank hielt die Stoppuhr an. Diese sechzig Sekunden, eingefroren auf dem Zifferblatt, die letzte Chance für einen Mörder, schienen ihm die Minute der Einkehr zu sein, die ihrer aller Barmherzigkeit den Opfern schuldete. Seine Stimme war scharf wie der Bohrer, mit dem sie das Loch ins Metall getrieben hatten.

»Öffnen wir diese verdammte Tür!«

Die drei durchquerten die Waschküche, traten in den Flur und bogen gleich darauf nach links ab, um zu den anderen zu stoßen, die in der Garage warteten. Die Männer des Sonderkommandos knieten auf dem Fußboden längs der rechten Wand, die vom Punkt der Explosion am weitesten entfernt lag. Morelli und Roberts standen im Hof. Frank machte ihnen ein Zeichen, und die beiden verschwanden aus dem Blickfeld der Garagentür, um sich in Sicherheit zu bringen.

Gavin rückte sich den Bügel mit dem Mikrofon, das ihn über Funk mit seinen Männern verband, vor dem Mund zurecht.

»Jungs, es ist so weit.«

Sie gingen zu den anderen an der Wand hinüber, die zusammenrückten, um ihnen Platz zu machen. Inspektor Gavin nickte Gachot zu. Ohne die geringste Gefühlsregung hob der Feuerwerker die Hand mit der Fernbedienung und drückte auf den Knopf.

Die Explosion war perfekt dosiert und relativ verhalten. Sie spürten eher eine Vibration als einen wirklichen Knall. Die Luftverdrängung, wenn es denn eine gegeben hatte, war auf die

Waschküche beschränkt geblieben. Das Echo war noch nicht verhallt, da sprinteten die Soldaten schon zur Tür und Frank und Gavin dicht hinterher.

Als sie die Waschküche erreichten, standen die Männer, die mit in der Garage gewesen, und die anderen, die aus dem oberen Stockwerk heruntergerannt waren, bereits in perfekter Formation vor der Metalltür, die Gewehre im Anschlag.

Der Raum hatte keine sichtbaren Schäden erlitten. Nur das Wandregal, das normalerweise den Eingang in den Bunker verbarg, hatte sich aus einer der oberen Angeln gelöst und hing nun auf dieser Seite herunter. Der wenige Rauch, der bei der Explosion entstanden war, entwich über die Luftschächte, die sich durch die Druckwelle weit nach oben geöffnet hatten.

Die Tür des Bunkers war angelehnt. Die Explosion hatte sie nur um wenige Zentimeter geöffnet, so dass es aussah, als sei jemand hindurchgegangen und habe sie nicht wieder geschlossen.

Durch den schmalen Spalt drang wilde Musik in höllischer Lautstärke.

Sie warteten einige Sekunden, doch nichts geschah. In der Luft lag der stechende Geruch vom Sprengstoff. Gavin sprach eine Anweisung ins Mikrofon.

»Tränengas.«

Umgehend zogen seine Männer Gasmasken aus den kleinen Rucksäcken, die sie auf dem Rücken trugen. Sie nahmen ihre Kevlarhelme ab, streiften sich die Gasmasken über und setzten die Helme sofort wieder auf. Frank spürte eine Berührung an der Schulter und sah, dass Gavin ihm eine Gasmaske hinhielt.

»Wenn Sie hier bleiben wollen, setzen Sie sich besser auch eine auf. Wissen Sie, wie das geht?«, fügte er mit einem leicht ironischen Unterton hinzu.

Statt zu antworten, streifte sich Frank fachmännisch die Maske über.

»Sehr gut«, stellte Gavin befriedigt fest. »Wie ich sehe, bringen sie euch beim FBI was bei …«

Nachdem auch er sich seine Maske aufgesetzt hatte, gab er einem seiner Männer ein Zeichen. Der Soldat lehnte sein Gewehr an die Wand und robbte zur Tür, bis er sich neben dem Öffnungsrad befand, das trotz der Explosion noch immer an der Tür befestigt war.

Als er es packte und daran zog, öffnete sich die Tür sanft und ohne das Knarren, das sie alle instinktiv erwartet hatten. Der Mühelosigkeit nach zu urteilen, war der Mechanismus leicht zu bedienen und die Angeln perfekt gewartet. Er zog die Tür gerade weit genug auf, dass ein anderer Soldat die Tränengasgranate, die er schon bereithielt, in den Bunker werfen konnte.

Nach wenigen Sekunden drang eine dicke Wolke gelblichen Rauchs heraus.

Frank kannte dieses Gas. Es griff Hals und Augen unerträglich an. Wenn sich im Inneren des Bunkers jemand befand, so konnte er der Wirkung unmöglich widerstehen.

Sie warteten ein paar Augenblicke, die ihnen wie eine halbe Ewigkeit vorkamen, doch keiner kam durch die Tür. Nur diese wilde, hämmernde, ohrenbetäubend laute Musik und die gelben Rauchschwaden, die sie jetzt regelrecht zu verhöhnen schienen.

Frank gefiel das gar nicht. Nein, dachte er, das gefiel ihm überhaupt nicht. Er wandte sich zu Gavin um, und ihre Blicke begegneten sich durch die Brillengläser ihrer Gasmasken. An seinen Augen sah er, dass Gavin dasselbe dachte wie er. Beiden war klar, was das zu bedeuten hatte.

Erstens, im Bunker war niemand.

Zweitens, ihr Mann hatte begriffen, dass er verloren war, und hatte Selbstmord begangen, um ihnen nicht lebendig in die Hände zu fallen.

Drittens, dieser ausgekochte Kerl besaß selbst eine Gasmaske. Das war alles andere als unwahrscheinlich, schließlich hatte er sie im Laufe der Zeit daran gewöhnt, auf alles gefasst zu sein. Versuchten sie, in den Bunker einzudringen, so brauchte er sich nur in Deckung zu bringen und auf die Tür zu zielen, durch die nicht mehr als einer gleichzeitig hindurchpasste, und so würden ihm vermutlich mehrere Menschen zum Opfer fallen, bevor es ihnen gelänge, ihn zu überwältigen. Er war bewaffnet, und alle wussten, dass er keine Skrupel kannte.

Gavin fasste einen Entschluss.

»Werft eine Blendgranate hinein. Anschließend nehmen wir das Risiko auf uns und gehen da rein.«

Frank konnte die Gedanken des Leutnants gut nachvollziehen. Einerseits musste es ihm reichlich lächerlich vorkommen, eine Truppe in voller Kriegsausrüstung beim Ansturm auf eine Tür zu befehligen, hinter der sich womöglich ein leeres Zimmer befand. Andererseits wollte er seine Männer, falls es sich doch anders verhielt, unter gar keinen Umständen einer Gefahr aussetzen, nur um sich selbst eine unangenehme Situation zu ersparen. Er kannte jeden Einzelnen von ihnen und wollte ihr Leben um keinen Preis aufs Spiel setzen.

Frank entschloss sich, ihm die Entscheidung abzunehmen. Er ging mit seiner Gasmaske dicht an die des Leutnants heran, damit er seine Stimme besser hören konnte.

»Nach der Granate gehe ich hinein.«

»Kommt nicht in Frage«, erwiderte Gavin kurz.

»Es gibt keinen Grund, Ihre Männer einem unnötigen Risiko auszusetzen.«

Gavins Schweigen und sein Blick verrieten seine Gedanken.

»Ich kann Ihren Vorschlag nicht annehmen.«

Doch Frank duldete keine Widerrede.

»Es geht mir nicht darum, den Helden zu spielen, Leutnant Gavin. Aber das hier ist inzwischen eine persönliche Angelegenheit zwischen mir und dem Mann da drinnen. Außerdem möchte ich Sie daran erinnern, dass ich diesen Einsatz befehlige und Sie zur Verstärkung da sind. Was ich gesagt habe, war kein Vorschlag, sondern ein Befehl.«

Dann änderte er seinen Ton. Er hoffte, dass Gavin seine Absicht trotz der objektiven Verständigungsschwierigkeiten begriff.

»Wenn Ihr bester Freund unter den Opfern dieses Mannes wäre, würden Sie sich genauso verhalten.«

Gavin nickte. Er hatte verstanden. Frank ging auf die Wand zu und zog seine Glock. Er stellte sich neben die Tür und deutete an, dass er bereit war.

»Granate«, befahl Gavin trocken.

Derselbe Soldat, der zuvor das Tränengas in den Raum geschleudert hatte, zog den Splint einer Handgranate ab und warf sie durch den Türspalt. Solche Blendgranaten waren genau für diese Art von Einsätzen entwickelt worden. Sie besaßen zwar keine Sprengkraft, konnten die Insassen eines Raumes jedoch benommen machen, ohne tödlich zu sein.

Es gab einen blendenden Blitz und einen donnernden Knall, der die vorhergegangene Explosion der Plastikbombe bei weitem übertraf. Die ohrenbetäubende Musik, die aus dem Bunker drang, schien endlich ein angemessenes Umfeld gefunden zu haben, das Höllenspektakel eines Konzertes zwischen buntem Rauch und blendendem Licht. Gleich darauf stieß der Mann, der rechts von Frank stand, die Tür gerade so weit auf, dass er hindurchschlüpfen konnte. Ein dicker Schwall Tränengas, vermischt mit dem Rauch der zweiten Granate, quoll heraus. Die Tür stand jedoch nicht weit genug offen, um zu sehen, was dahinter vor sich ging. Frank bewegte sich in Blitzgeschwindigkeit und verschwand, die Pistole im Anschlag, in dem Türspalt.

Die anderen blieben in der Waschküche zurück und warteten.

Zwei lange Minuten vergingen, und jede von ihnen barg den Keim der Ewigkeit. Dann brach die Musik plötzlich ab. Die Stille, die folgte, schien fast noch betäubender zu sein. Endlich sahen sie, wie sich die Tür vollständig öffnete und Franks Gestalt auf der Schwelle erschien, gefolgt von einem letzten Rauchschwall, der bedrohlich um seine Schultern schwebte und ihn wie ein Gespenst auf der Rückkehr aus dem Jenseits begleitete.

Er trug noch immer die Gasmaske, so dass es nicht möglich war, sein Gesicht zu sehen. Die Arme hingen kraftlos an seinem Körper hinab. Die Pistole hatte er noch in der Hand. Ohne ein Wort zu sagen, durchquerte er die Waschküche mit dem Schritt eines Mannes, der in allen Kriegen der Welt gekämpft und sie alle verloren hatte. Schweigend traten die Männer zur Seite, um ihn durchzulassen.

Frank ging auf die gegenüberliegende Tür zu und betrat den Flur. Gavin folgte ihm, und gemeinsam gelangten sie in die Garage, in der sie vorhin die Explosion der Plastikbombe abgewartet hatten. Dort stießen sie auf Morelli und Roberts, deren Gesichter vom Adrenalin genauso gerötet waren wie die der anderen unter ihren Gasmasken.

Dort stießen sie auch auf das Sonnenlicht, das durch die hochgezogene Garagentür fiel und ein helles Quadrat auf den Fußboden zeichnete.

Gavin nahm als Erster Helm und Gasmaske ab. Er hatte klatschnasse Haare, und sein Gesicht war schweißbedeckt. Mit dem Ärmel seiner blauen Uniform wischte er sich über die Stirn.

Frank blieb einen Moment in der Mitte des Raumes stehen, an der Grenze zwischen Licht und Schatten. Dann zog auch er die Gasmaske ab. Vom Gesicht eines zu Tode erschöpften Mannes.

Morelli trat auf ihn zu.

»Frank, was ist da drinnen passiert? Du siehst aus, als hättest du alle Teufel der Hölle erblickt.«

Frank drehte sich um und antwortete mit der Stimme eines Greises und den Augen eines Menschen, dem im Leben nichts mehr zu sehen bleibt.

»Schlimmer, Claude, viel schlimmer. Alle Teufel der Hölle würden sich bekreuzigen, bevor sie da hineingingen.«

59

Frank und Morelli sahen, wie die Bahre durch die Garagentür herausgetragen wurde, und blickten den Männern hinterher, die sie in den Krankenwagen schoben. Mit einem dunklen Tuch bedeckt lag darauf der Körper, den sie im Bunker gefunden hatten, die verschrumpelte Leiche eines Mannes ohne Gesicht, der wie eine Maske das Gesicht eines anderen Mannes trug, ermordet, um ihm das seine abzugeben.

Nachdem Frank tief verstört aus dem Bunker aufgetaucht war, hatten alle anderen ihn betreten, einer nach dem anderen, und alle waren sie mit demselben Grauen in den Augen wieder zum Vorschein gekommen. Der Anblick des mumifizierten Körpers im kristallenen Sarg, die steife Maske von Keiners letztem Opfer über den Kopf gestülpt, war ein Schauspiel, das auch das unerschütterlichste Gemüt ins Wanken bringen konnte. Ein Schauspiel, das jeder von ihnen Tag und Nacht vor Augen haben würde, wer weiß wie lange noch …

Immer noch fiel es Frank schwer zu glauben, dass er gesehen hatte, was er gesehen hatte. Es gelang ihm nicht, ein ungesundes Gefühl loszuwerden, das Bedürfnis, sich ununterbrochen zu waschen, als müsse er seinen Körper und seinen Geist von dem Bösen an sich reinigen, das diesen Ort zu regieren schien. Er fühlte eine Art Unbehagen in sich, einfach nur, weil er diese Luft *eingeatmet* hatte, als habe er sich mit dem Wahnsinn wie mit einem Virus infiziert, das jedes Opfer, im Griff derselben Krankheit, zu denselben Handlungen fähig sein ließ.

Eine Sache konnte Frank nicht aufhören, sich zu fragen.

Warum?

Dieses Wort sprang in seinem Kopf herum, als kenne es das Geheimnis des Perpetuum mobile, auch wenn ihm klar war, dass die Antwort auf diese Frage keine Bedeutung hatte, noch nicht.

Als er in den Bunker eingedrungen war, hatte er ihn von oben bis unten durchsucht. Die Pistole im Anschlag, hatte er sich einen Weg durch den dicken Rauch gebahnt, und sein Herz hatte so stark geklopft, dass es sogar die hämmernde Musik übertönte. Nachdem er die Stereoanlage ausgeschaltet hatte, war nur noch sein keuchender Atem zu hören gewesen, der gespenstisch in seiner Gasmaske widerhallte. Doch außer der reglosen Gegenwart jenes Körpers, der in seiner monströsen Eitelkeit in einem durchsichtigen Sarg aufgebahrt lag, hatte er nur leere Räume vorgefunden.

Wie hypnotisiert hatte er den Leichnam angestarrt, eine endlose Minute lang, hatte die Augen über seine erbarmungswürdige Nacktheit wandern lassen und den Blick nicht von diesem Schauspiel des Todes lösen können, das eine krankhafte Fantasie auf grausige und geniale Weise geadelt hatte. Lange hatte er das Gesicht fixiert, diese eigentümliche Totenmaske, welche die Zeit und die Natur langsam und allmählich dem Rest des Körpers anverwandeln würden. Auf dem Hals der Leiche waren ein paar geronnene Blutstropfen aus den überstehenden Rändern getreten und zeugten von der Vorläufigkeit dieser widernatürlichen Verpflanzung.

Das also war der Zweck all dieser Morde gewesen? All diese Menschen waren nur umgebracht worden, um einen Toten in der Illusion zu wiegen, dass er noch lebendig sei? Was für ein blutrünstiger, heidnischer Götzendienst mochte diese Ungeheuerlichkeit inspiriert haben? Was war die Erklärung, falls es hier je eine Logik geben mochte, für diesen Totenritus, der so viele unschuldige Opfer gefordert hatte?

Dies ist der reine Wahnsinn, hatte er gedacht, *die Fähigkeit, sich von sich selbst zu nähren, um immer wieder von neuem nichts als Wahnsinn zu zeugen.*

Als es ihm endlich gelungen war, sich zu rühren und seinen Blick von der schrecklichen Szene zu lösen, hatte er diesen Albtraum verlassen und jedem der Männer draußen die Gelegenheit gegeben, seinerseits einzutreten.

Das Geräusch der Krankenwagentüren, die zugeklappt wurden, holte Frank in die Gegenwart zurück. Neben dem Fahrzeug tauchte Roberts' dürre Gestalt auf und kam auf sie zu. Hinter ihm war ein Polizeiauto zu sehen, das mit laufendem Motor und geöffneter Beifahrertür auf ihn wartete. Sein Gesicht war das eines Mannes, der an einem Ort gewesen war, an dem er niemals hätte gewesen sein sollen. Wie sie alle.

»Also, wir fahren«, sagte er mit tonloser Stimme.

Frank und Morelli drückten ihm die Hand und verabschiedeten sich, ohne zu merken, dass ihre Stimmen genauso klangen. Kommissar Roberts hatte Mühe, ihnen dabei in die Augen zu sehen. Auch wenn er die Geschichte eher aus einer Außenperspektive verfolgt hatte und nicht von Beginn an in diesen tobsüchtigen Kampf einbezogen gewesen war, so spiegelten seine Augen dieselbe müde Enttäuschung wider. Er entfernte sich in seinem schlaksigen Gang, in dem sich jetzt auch die Erschöpfung niederschlug, die das plötzliche Schwinden einer starken Anspannung häufig nach sich zieht. Vielleicht sehnte auch er sich danach, in das normale Leben zurückzukehren, zu den Episoden gewöhnlichen Elends und gewöhnlicher Gier, zu den Männern und Frauen, die aus Eifersucht töteten, aus Geldgier oder durch Zufall. Momente des Wahnsinns, die wieder vergingen. Momente des Wahnsinns, die man nicht, unlösbar an die Erinnerung gekettet, für den Rest seines Lebens wie makabre Trophäen mit sich herumtragen musste. Vielleicht hatte auch er, wie sie alle, einen einzigen Wunsch. Sich so schnell wie möglich von diesem Haus zu entfernen und zu versuchen, seine Existenz zu vergessen.

Die Türen schlugen zu, der Wagen startete und war schließlich von hinten zu sehen, wie er auf der Steigung vom Vorhof zur Straße verschwand.

Gavin und seine Truppe waren schon vor einer ganzen Weile weggefahren. Und Gachot hatte mit seinem Team das Gleiche getan. Langsam hatten sich ihre blauen Mannschaftswagen entfernt, mit all den Männern und Waffen an Bord, den ausgeklügelten Geräten und jenem banalen, gewöhnlichen Gefühl der Schmach, das sich nach erlittener Niederlage seit jeher über die großen und die kleinen Heere legt.

Auch Morelli hatte seine Leute schon in die Zentrale zurückgeschickt. Nur zwei Beamte waren noch da, um die letzten Aktionen zu überwachen und den Krankenwagen zum Leichenschauhaus zu eskortieren.

Die Straßensperren waren bereits aufgehoben, und die langen Autoschlangen, die sich in beiden Fahrtrichtungen gebildet hatten, lösten sich allmählich auf, auch dank der Hilfe einiger Polizisten, die den Verkehr regelten und die Schaulustigen davon abhielten, stehen zu bleiben und zu glotzen. Der Stau hatte die professionellen Schnüffler daran gehindert, rechtzeitig zur Stelle zu sein. Als sie es geschafft hatten durchzukommen, war bereits alles vorbei gewesen, und es gab nicht einmal die geringste Neuigkeit zu vermelden. Diesmal konnten die Medienleute mit der Polizei nichts als eine große Enttäuschung teilen. Frank hatte Morelli beauftragt, mit den Leuten von der Presse zu sprechen, und der Inspektor hatte sie rasch und freundlich abgefertigt. Ohne allzu große Mühe sogar.

»Ich fahre jetzt in die Zentrale, Frank. Und du?«

Frank blickte auf die Uhr. Er dachte an Nathan Parker, der am Flughafen von Nizza sicher vor Wut kochte. Er hatte sich eingebildet, dass er in Erleichterung gehüllt wie in einen neuen Anzug zu ihm stoßen würde, die schreckliche Geschichte endlich hinter sich lassend. Er wollte, dass alles vorbei sei. Doch leider war es das ganz und gar nicht.

»Fahr ruhig, Claude. Ich mach mich auch gleich auf den Weg.«

Sie blickten sich an, und der Inspektor hob die Hand zum Gruß. Sie sprachen so wenige Worte wie möglich, denn beiden kam es so vor, als seien sie ihnen abhanden gekommen. Morelli ging die Rampe vor der Garage hinauf zum Auto, das ihn oben auf der Straße erwartete. Frank sah ihn hinter einer Gruppe von Mastixsträuchern verschwinden.

Der Krankenwagen legte den Rückwärtsgang ein, um auf dem Vorplatz zu wenden. Der Mann auf dem Beifahrersitz warf Frank durchs Fenster einen ausdruckslosen Blick zu. Was sie gerade erlebt hatten, schien ihn nicht im Mindesten zu beeindrucken. Ob nun seit einer Stunde, einem Jahr oder einem Jahrhundert tot, es waren alles Leichen, die sie transportierten. Für ihn war es offenbar eine Fahrt wie jede andere. Auf dem Armaturenbrett lag eine zusammengefaltete Sportzeitung. Das Letzte, was Frank sah, als der weiße Wagen anfuhr, war das flüchtige Bild einer Hand, die sich nach dieser Zeitung ausstreckte.

Nun stand er allein auf dem Vorplatz in der Nachmittagssonne, deren Wärme er nicht verspürte. Es lag eine melancholische Schwere in der Luft, als würde ein Zirkus abgebaut, als sei das Dunkel und das Glitzern in den Augen verschwunden und könne nicht mehr über die triste Realität hinwegtäuschen. Geblieben war das Sägemehl voller Flitter und dem Kot der Tiere. Da gab es keine Akrobaten mehr und Frauen in bunten Kostümen, da war keine Musik mehr und kein Applaus des Publikums, nur ein Clown, der in der Sonne stand.

Und es gibt nichts Traurigeres als einen Clown, der niemanden zum Lachen bringt.

Obwohl er an Helena dachte, konnte er sich nicht entschließen, diesen Ort zu verlassen. Er *fühlte,* dass da irgendetwas war, was sie als normal hingenommen hatten, was aber nicht normal war. Es ging um ein Detail, wie schon die ganze Zeit. Winzige Details. Das Detail auf der Plattenhülle vom Video, die Spiegelung von Strickers Botschaft, die in umgekehrter Lesrichtung eine ganz neue Bedeutung erhalten hatte …

Frank zwang sich, ruhig nachzudenken.

Während der gesamten Zeit, in der Jean-Loup unter Polizeischutz gestanden hatte, war seine Villa rund um die Uhr beobachtet worden. Wie war es ihm bloß gelungen, ihre Überwachung zu umgehen und das Haus zu verlassen? Die Morde waren immer nachts begangen worden, also zu einer Zeit, in der die Polizisten die Villa nicht ohne triftigen Grund betreten hatten, in der Annahme, er schliefe. Vor allem nach dem Stress der Telefonate mit dem Mörder.

Von dieser Seite war Jean-Loup sicher gewesen. Doch damit hörte die Sicherheit schon auf.

An der linken Seite des Grundstücks, zum Gartentor hin, befand sich eine Böschung, die fast senkrecht in die Tiefe abfiel. Sie war so steil, dass sie als möglicher Weg nicht in Frage kam. Zu gefährlich angesichts der Tatsache, dass er nachts und ohne Taschenlampe dort hätte herumklettern müssen.

Als Alternative wäre Jean-Loup der Weg über den Garten geblieben. Um zur Straße zu gelangen, hätte er in diesem Fall aus dem Wohnzimmer, also auf der Schwimmbadseite vors Haus treten, über den Rasen nach unten laufen, den Zaun überwinden und dann den Garten der Nachbarvilla durchqueren müssen, in der Parker gewohnt hatte.

Wenn es so gewesen wäre, hätte ihn bestimmt früher oder später jemand bemerkt. Zum einen gab es die Polizisten, die zwar von ihrem Dienst gelangweilt, aber doch gut geschult waren, zum anderen waren Ryan Mosse und Nathan Parker zwei Menschen, die sicher nur mit einem Auge schliefen. Einmal hätte er sich vermutlich durchschlagen können, aber irgendwann wäre das nächtliche Hin und Her sicher bemerkt worden.

Auch diese Hypothese funktionierte hinten und vorne nicht.

Eigentlich waren sie alle davon ausgegangen, dass der Bunker einen zweiten Ausgang hatte. Auch nach der Konstruktionslogik musste es notwendigerweise einen solchen geben, denn im Falle einer Explosion könnte das Haus einstürzen, und dann könnten die Trümmer den einzigen Fluchtweg für die Menschen in einem Bunker verschütten, von dessen Existenz praktisch niemand wusste. Doch trotz einer gründlichen Untersuchung des unterirdischen Verstecks hatten sie nicht die Spur eines zweiten Ausgangs gefunden.

Und doch …

Frank blickte noch einmal auf die Uhr. Ohne einen Anflug von Ironie dachte er, dass er das Uhrenglas noch durch die Kraft seines Blickes verschleißen würde. Er steckte die Hände in seine Jackentaschen. Auf der einen Seite spürte er den Autoschlüssel, auf der anderen das harte Gehäuse seines Mobiltelefons. Er dachte an Helena in ihrem Flughafensessel, das eine Bein über das andere geschlagen, die sich in der Hoffnung umschaute, ihn in der Menge zu erblicken.

Ihn überkam das Bedürfnis, sich einen Teufel um Nathan Parker zu scheren und sie einfach auf ihrem Handy anzurufen, falls es überhaupt eingeschaltet war. Einen Moment lang überließ er sich dem Zauber dieser Versuchung, dann entschied er sich dagegen. Er wollte Helena nicht verraten und den General nicht in Alarmbereitschaft versetzen. Er wollte, dass er blieb, wo er war, wütend auf die Welt um ihn herum, aber nicht misstrauisch, damit er noch hinreichend lange ausharren würde, um sich dann anzuhören, was er ihm zu sagen hatte …

Er zog die Hände aus den Taschen und öffnete und schloss sie mehrmals, bis er spürte, dass seine Anspannung wich. Dann setzte sich Frank Ottobre in Bewegung, überquerte den Vorplatz und kehrte in den Bunker zurück.

In der Tür blieb er stehen und betrachtete den kleinen, unter der Erde versteckten Raum, Keiners Reich. Im Halbdunkel leuchteten die Punkte der roten und gelben LEDs und der Displays der elektronischen Geräte, die noch immer eingeschaltet waren. Auf einmal kamen ihm die Geschichten in den Sinn, die sein Vater ihm erzählt hatte, als er ein Kind war. Geschichten von Feen und Gnomen, in denen manchmal schreckliche Ungeheuer vorkamen, die in unheimlichen, unterirdischen Welten lebten und nur hin und wieder hervorkamen, um die Babys aus ihren Wiegen zu rauben und sie für immer in ihre Höhlen zu verschleppen.

Nur dass er kein Kind mehr war und dies kein Märchen. Und wenn doch, dann fehlte bisher das gute Ende.

Er ging ein paar Schritte vor und schaltete das Licht ein. Trotz der Notwendigkeit, möglichst an Raum zu sparen, war der Atombunker ziemlich groß. Die Paranoia jener Frau, ihre Angst vor der Zukunft der Welt mussten ihren Mann vor dreißig Jahren eine hübsche Stange Geld gekostet haben.

Der Bunker hatte einen quadratischen Grundriss und war in drei Räume unterteilt. Zu Franks Rechter lag ein kleiner Raum, der gleichzeitig als Bad und als Vorratskammer diente. Dort hatten sie Dosen mit allen möglichen Arten von Nahrung gefunden, sorgfältig in die Holzregale vor den sanitären Anlagen eingeordnet, zusammen mit einer Menge an Wasservorräten, die jede Belagerung aussichtslos gemacht hätten.

Dann kam der Raum, in dem sich der Körper im kristallenen Schrein befunden hatte, neben einem spartanisch einfachen französischen Bett. Der Gedanke, dass Jean-Loup an der Seite dieses Leichnams geschlafen hatte, ließ Frank erschaudern, als habe ihm plötzlich ein eisiger Atem in den Nacken gehaucht. Mit Mühe unterdrückte er das Bedürfnis, sich umzudrehen und hinter sich zu sehen.

Er ließ seinen Blick von links nach rechts durch den rechteckigen Raum schweifen, in dem er stand und von dem die Türen zum Schlafzimmer und zum Bad beziehungsweise zur Vorratskammer abgingen. Dann begann er, in regelmäßigen Abständen seine Augen zu schließen und wieder zu öffnen und die Bilder des Raumes in seinen Geist zu projizieren, als seien es Dias.

Klick.

Ein Detail.

Klick.

Such nach einem Detail.

Klick.

Was stimmt hier nicht? Irgendetwas in diesem Raum ist merkwürdig.

Klick.

Eine kleine Sache, eine leichte Unstimmigkeit ...

Klick.

Ich weiß, was es ist, ich habe es gesehen, ich habe es registriert ...

Klick, klick, klick ...

Das Zimmer erschien und verschwand wie unter dem Licht eines Stroboskops. Er fuhr fort, die Augen zu schließen und zu öffnen, als könne sich jederzeit das, was er suchte durch Zauberei im Zimmer zeigen. Er begann, nach einer Methode nachzudenken, die ihm viele Male zu optimalen Resultaten verholfen hatte.

Die linke Wand.

Klick.

Die Regale oben voller Rekorder und elektronischer Geräte, die Jean-Loup benutzt hat, um seine Stimme zu filtern und in Keiners Stimme zu verwandeln.

Die beiden Tannoy-Lautsprecher so aufgestellt, dass sie einen perfekten Stereoeffekt erzeugen.

Ein hochmoderner CD- und Minidisc-Player.

Ein CD-Brenner.

Ein Kassettendeck und ein DAT-Rekorder.

Ein Plattenspieler für die alten 33er-Langspielplatten.

Die Platten, ordentlich in den unteren Teil des Regals einsortiert, der ein wenig vorsteht und auch als Ablage dient.

Links die LPs, rechts die CDs.

In der Mitte die Arbeitsfläche, die als Schreibtisch fungiert.

Auf der Arbeitsfläche ein kleiner Mixer, ein Macintosh G4, der die Aufnahmegeräte steuert.

Dahinter ein schwarzer Apparat, der wie ein zweiter, kleinerer CD-Player aussieht.

Die hintere Wand.

Ein Metallregal, das in die Bunkerwand eingelassen ist, leer.

Die rechte Wand.

Die Türen zu den beiden anderen Räumen und dazwischen ein Holztisch mit einer kleinen Halogenlampe.

Plötzlich hielt Frank inne.

Ein zweiter, kleinerer CD-Player …

Er durchquerte den Raum und untersuchte aufmerksam das Gerät, das auf der hölzernen Arbeitsplatte stand. Er war kein Hi-Fi-Experte, aber soweit er sehen konnte, war es ein ziemlich einfaches Modell, schwarzes Metall, kleines Display auf der Vorderseite, offensichtlich nicht besonders modern. Frank sah, dass aus der Rückseite mehrere Kabel kamen, die in einer Bohrung unten im Metallregal verschwanden. Auf der metallenen Oberseite des Geräts standen in weißem, wasserfestem Filzstift eine Reihe von Ziffern. Jemand hatte ungeschickt versucht, sie abzuwischen, doch sie waren noch lesbar.

1 – 10
2 – 7
3 – 4
4 – 8

Frank stutzte. Die Oberseite eines CD-Players war ein ungewöhnlicher Ort, um sich Notizen zu machen …

Er drückte auf die Eject-Taste, und links vom Display kam lautlos die CD-Lade zum Vorschein. Darin lag eine CD. Es war keine Original-CD, sondern eine selbst gebrannte Kopie. Auf der goldenen Oberfläche stand in Druckschrift, diesmal mit rotem Filzstift: *Robert Fulton – »Stolen Music«*.

Schon wieder diese verdammte Platte. Frank hatte den Eindruck, als verfolge ihn diese Musik wie ein böser Fluch. Er überlegte. Es war verständlich, dass Jean-Loup sich eine digitale Kopie seiner LP angefertigt hatte, um das Original nicht abzunutzen. Doch warum hatte er es dann für nötig befunden, zur Ermordung von Allen Yoshida die alte Langspielplatte aus Vinyl mitzunehmen? Gut, das konnte symbolische Bedeutung haben, doch vielleicht gab es auch einen anderen Grund dafür, irgendeinen …

Frank wandte sich um, betrachtete den hochmodernen CD-Player zwischen all den anderen Geräten und ließ seinen Blick dann wieder auf dem bescheidenen Apparat ruhen, der vor ihm auf der Holzplatte stand.

Er stellte sich eine Frage.

Warum sollte jemand, der einen solchen CD-Player zur Verfügung hat, so ein Billiggerät benutzen, um Musik zu hören?

Es gab zig Antworten auf diese Frage, und alle waren sie plausibel. Und doch wusste Frank, dass keine davon die richtige war. Er legte die Hand auf das schwarze Metall des Gerätes vor sich und ließ die Finger über die weißen Ziffern gleiten, als könne er sie als dreidimensionale Erhebung spüren.

Eine Hypothese ist eine Reise, die Monate dauern kann, Jahre oder ein ganzes Leben. Der Impuls, der sie bestätigt, fährt mit der Geschwindigkeit eines Blitzes ins Gehirn, und die Wirkung ist unmittelbar.

Er begriff plötzlich, wozu dieser zweite CD-Player diente und welche Funktion die Nummern hatten, die der Bewohner des Bunkers noch schnell von der Oberfläche wegzuwischen versucht hatte.

Die weißen Nummern waren die Ziffern einer Zahlenkombination.

Frank ließ die CD-Lade wieder in ihr Fach fahren und drückte die Starttaste, die durch einen Pfeil gekennzeichnet war. Auf dem Display erschien eine Reihe von Ziffern, die beim Abspielen einer CD den jeweiligen Titel und die jeweils abgelaufene Zeit anzeigten.

Er beobachtete, wie in dem kleinen, erleuchteten Rechteck langsam die Sekunden vergingen. Nach zehn Sekunden wechselte er zum nächsten Titel über. Er wartete, bis die Sieben aufleuchtete, und ging dann zum dritten Titel über. Sobald die Leuchtschrift eine Vier anzeigte, wählte er den vierten Titel. Als eine Acht auf dem Display erschien, drückte er die Stopptaste.

Klack!

Das Schnappen war so leise, dass Frank, hätte er nicht den Atem angehalten, es kaum gehört hätte. Er wandte sich nach rechts, woher das Geräusch gekommen war, und bemerkte, dass das Metallregal jetzt ein paar Zentimeter ins Zimmer hereinstand. Es war so perfekt in die Bunkerwand eingepasst, dass es im geschlossenen Zustand wie ein Teil der Wand gewirkt hatte.

Vorsichtig steckte er die Finger in den Spalt, der sich an der Rückwand des Regals aufgetan hatte, und versuchte, es zu bewegen. Auf seitlichen Schienen laufend, ließ sich das Gestell etwa einen Meter ins Zimmer ziehen und gab den Blick auf eine runde Metalltür frei. In einer Vertiefung der Tür erblickte Frank ein Öffnungsrad, das dem Mechanismus der Tür glich, durch die er hereingekommen war.

Als sie den Bunker durchsucht hatten, war ihnen die Frage gar nicht gekommen, wieso die Regalbretter leer standen. Jetzt da er die Antwort hatte, gelang es ihm auch, die subtile Frage zu stellen, die sich ihrem Scharfsinn entzogen hatte.

Dieses Regal war also dazu da, den zweiten Ausgang zu verbergen.

Frank drehte das Rad mühelos im Gegenuhrzeigersinn, bis er spürte, dass das Schloss aufging. Dann drückte er gegen die Tür, die sich auf gut geölten Angeln lautlos öffnete. Ihm ging durch den Kopf, dass Jean-Loup Verdier eine Menge Zeit und eine Menge technischer Kenntnisse aufgebracht haben musste, um diesen Ort zu warten.

Hinter der Tür öffnete sich eine Betonröhre von circa eineinhalb Metern Durchmesser, ein schwarzes Loch, das beim Bunker anfing, um wer weiß wo zu enden.

Frank steckte sich das Handy in die Brusttasche seines Hemdes, legte seine Jacke ab und zog die Glock aus der Pistolentasche an seinem Gürtel. Er hockte sich auf den Boden und war zu regelrecht akrobatischen Verrenkungen gezwungen, um zwischen den Schienen, welche die Regalwand hielten, hindurchzuschlüpfen. Dann passierte er die Tür mit dem hermetischen Verschluss. Einen Moment hielt er inne und betrachtete die Tunnelöffnung und die Dunkelheit, die auf ihn wartete. Der leichte Schimmer aus dem Bunker, halb verdeckt durch das Regal und seinen Körper, ließ gerade mal einen Meter Sicht. Er wusste, dass es gefährlich sein konnte, *sehr* gefährlich, sich blindlings in diesen Gang hineinzuwagen.

Doch dann fiel ihm wieder ein, *wer* auf diesem Weg geflohen war und was dieser Mann alles getan hatte, und er schob sich entschlossen in den Tunnel. Nichts hätte Frank jetzt mehr abhalten können, nicht einmal das Risiko, am anderen Ende auf ein Exekutionskommando zu stoßen.

60

Pierrot streckte den Kopf ein wenig aus dem Busch, in dem er sich versteckt hatte, und sah zur Straße hinüber. Erleichtert stellte er fest, dass all die Autos und die Menschen, die dort gewartet hatten, inzwischen weggefahren waren. Und auch die Polizeibeamten, die den Verkehr geregelt hatten, waren nun fort.

Gut. Das heißt, *jetzt* war es gut. Vorhin hatte er furchtbare Angst gehabt …

Nachdem er den Sender verlassen hatte, war er zu Fuß, den Rucksack auf dem Rücken, zu Jean-Loups Villa hinaufgegangen. Er war ziemlich nervös gewesen, denn er hatte nicht gewusst, ob er sich an den Weg erinnern würde, auch wenn er schon öfter dort gewesen war, aber er war jedes Mal bis nach Beausoleil mit Jean-Loups Auto gefahren, das *ein Mercedes* hieß. Er hatte nie besonders auf den Weg geachtet, denn er war immer viel zu sehr damit beschäftigt gewesen, zu lachen und seinen Freund anzusehen. Wenn er mit Jean-Loup zusammen war, lachte er immer. Nein, nicht immer, denn manche Leute behaupteten, nur Idioten lachten immer, und er wollte nicht, dass sie sagten, er sei ein Idiot.

Außerdem war er es nicht gewöhnt, allein in der Gegend herumzulaufen, denn seine Mutter hatte Angst, dass ihm etwas zustoßen könnte oder dass die anderen Jugendlichen ihn ärgerten, wie die Tochter von Madame Narbonne, die schiefe Zähne und lauter Pickel hatte und ihn trotzdem einen »schwachsinnigen Trottel« genannt hatte.

Es war ihm nicht klar gewesen, was ein schwachsinniger Trottel war, und er hatte seine Mutter danach gefragt. Sie hatte sich umgedreht, aber nicht schnell genug, um verbergen zu können, dass ihre Augen feucht wurden. Pierrot fand das nicht besonders beunruhigend. Seine Mutter hatte oft feuchte Augen, wie dann, wenn sie im Fernsehen diese Filme sahen, wo sich am Ende ein Mann und eine Frau küssen und die Geigenmusik dazu spielt und sie sich hinterher heiraten.

Das Einzige, was ihn an den feuchten Augen seiner Mutter wirklich beunruhigt hatte, war die Befürchtung, er würde früher oder später die Tochter von Madame Narbonne heiraten müssen.

Auf halber Strecke hatte er Durst bekommen und im Gehen die Coca-Cola getrunken, die er von zu Hause mitgenommen hatte. Etwas widerwillig hatte er das getan, denn er hatte sie ja in der Absicht eingesteckt, sie mit Jean-Loup zu teilen, doch es war sehr warm, und er hatte einen schrecklich trockenen Mund gehabt und gedacht, dass sein Freund ihm wegen so einer Kleinigkeit bestimmt nicht böse sein würde.

Auf jeden Fall hatte er ja noch die Dose Schweppes.

Als er bei Jean-Loups Haus angekommen war, war er ziemlich verschwitzt gewesen, und er hatte gedacht, dass es vielleicht besser gewesen wäre, ein T-Shirt zum Wechseln mitzunehmen. Doch auch das war in Wirklichkeit kein Problem. Er wusste, dass Jean-Loup in der Kommode in der Waschküche mehrere T-Shirts hatte, die er für seine Arbeiten im Haus anzog. Wenn sein eigenes zu verschwitzt war, würde er sich ein T-Shirt von Jean-Loup nehmen können und es ihm beim nächsten Mal wieder zurückbringen, nachdem seine Mutter es gewaschen und gebügelt hatte. Das hatte er schon einmal gemacht, als sie in seinem Schwimmbad waren und sein T-Shirt ins Wasser gefallen war. Jean-Loup hatte ihm eins von seinen gegeben, ein blaues mit der Aufschrift »Martini-Racing«, nur dass er damals gedacht hatte, Jean-Loup habe es ihm geliehen, und dabei war es ein Geschenk gewesen.

Jetzt musste er als Erstes den Schlüssel finden. Den Aluminiumbriefkasten, der auf der Innenseite des schmiedeeisernen Tors angebracht war, hatte er schon entdeckt. In dunkelgrüner Schrift, in derselben Farbe wie die Gitterstäbe, stand »Jean-Loup Verdier« darauf. Er hatte die Hand durch das Gitter gesteckt und die Unterseite der Metallbox abgetastet. Plötzlich hatte er die Form eines Schlüssels gefühlt, der mit einer dünnen Schicht aus einem Zeug dort festgeklebt war, das sich wie getrockneter Kaugummi anfühlte.

Gerade hatte er den Schlüssel abziehen wollen, als auf dem Platz vor dem Tor ein Auto angehalten hatte. Glücklicherweise war Pierrot von einem Busch und dem Stamm einer Zypresse verdeckt gewesen, so dass der Autofahrer ihn nicht hatte sehen können. Pierrot hatte aus seinem Versteck hervorgelugt und gesehen, dass in dem blauen Wagen dieser Amerikaner saß, der, der zuerst immer mit dem Kommissar zusammen gewesen war, aber später nicht mehr, denn irgendjemand hatte gesagt, der Kommissar sei tot. Also hatte er sich schnell wieder versteckt, ohne sich blicken zu lassen, denn wenn der Amerikaner ihn bemerkt hätte, hätte er ihn vielleicht gefragt, was er da mache, und hätte ihn nach Hause bringen wollen.

Dem Asphalt folgend, war er die Straße hinaufgegangen und hatte sich immer vorsichtig in Deckung gehalten. Nach dem Stück mit dem Abhang, der so steil abfiel, dass einem beim bloßen Hinschauen schwindlig wurde, war er an einer Stelle, wo das möglich war, über die Leitplanke geklettert und hatte auf dem abschüssigen Gelände einen großen Busch gefunden, in dem er sich verstecken konnte.

Von seinem Aussichtspunkt aus hatte er den Vorplatz von Jean-Loups Villa sehen können, und neugierig hatte er verfolgt, wie dort ein Haufen Leute hin und her lief, vor allem blau gekleidete Polizisten und wie Polizisten gekleidete Polizisten und auch ein paar, die normal angezogen waren. Er hatte auch den entdeckt, der immer zu ihnen in den Sender gekommen war, den, der nie lächelte, wenn er mit einem sprach, aber immer lächelte, wenn er mit Barbara sprach.

Lange war Pierrot in seinem Versteck geblieben und hatte ewig warten müssen, bis alle wieder weggegangen waren und den Vorplatz leer zurückgelassen hatten. Der Letzte, der gegangen war, der Amerikaner, hatte wohl aus Versehen vergessen, die Garagentür zuzumachen.

Pierrot ging durch den Kopf, wie gut es war, dass er gekommen war, um sich um das Haus seines Freundes zu kümmern. Nun konnte er hinuntergehen und kontrollieren, ob die Platten alle ordentlich weggeräumt waren, und bevor er wieder ging, würde er die Garagentür zuschließen, sonst konnte ja jedermann hineingehen und stehlen, was er wollte.

Langsam erhob er sich, steckte den Kopf aus dem Busch und blickte sich um. Nach dem langen Hocken taten ihm die Knie ein bisschen weh, und seine Füße waren eingeschlafen. Er trampelte ein wenig auf der Erde herum, um sie wieder aufzuwecken, wie seine Mutter es ihm beigebracht hatte.

Pierrot entwarf einen Aktionsplan, auf seine eigene bescheidene Weise.

Von dort, wo er sich gerade befand, konnte er nicht zur Villa hinabsteigen, denn entlang der Böschung, die zum Meer abfiel, kam an einer Stelle dieses sehr steile Stück. Es blieb ihm nichts anderes übrig, als wieder zur asphaltierten Straße hinaufzukraxeln, bis zum Eingangstor hinunterzugehen und zuzusehen, ob es ihm gelang, darüber zu klettern.

Er zog seinen Rucksack zurecht und machte sich für den Aufstieg bereit.

Aus dem Augenwinkel bemerkte er nur knapp unterhalb seines Verstecks eine Bewegung in den Büschen. Doch er musste sich geirrt haben. Da konnte unmöglich jemand sein. Um dorthin zu gelangen, hätte er an ihm vorbeikommen müssen, denn von unten konnte man diesen Ort nicht erreichen. Zur Sicherheit duckte er sich wieder in seinen Busch. Mit den Händen schob er die Zweige beiseite, um einen besseren Ausblick zu haben. Eine Weile geschah gar nichts, und er dachte schon, er habe sich geirrt. Doch dann bemerkte er von neuem eine Bewegung in den Büschen. Er legte eine Hand über die Augen, um sich vor der blendenden Sonne zu schützen.

Und was er da sah, ließ ihn vor Überraschung den Mund aufreißen.

Unterhalb von ihm, in grünbrauner Kleidung, als sei er ein Teil der Erde und der Büsche, mit einer Segeltuchtasche um den Hals, erblickte er seinen Freund Jean-Loup, der vorsichtig aus dem Dickicht hervorkroch.

Pierrot stockte der Atem. Am liebsten wäre er aufgesprungen und hätte seinem Freund laut zugerufen: »Hallo, hier bin ich!«, aber vielleicht war das keine gute Idee, denn wenn die Polizisten nicht wirklich alle fortgefahren waren, konnte sie jemand entdecken. Er beschloss deshalb, ein wenig nach rechts den Hang hinaufzuklettern, bevor er Jean-Loup seine Anwesenheit verriet, denn dort würde er von der Böschung verdeckt sein.

Er bewegte sich leise und versuchte, die Bewegungen seines Freundes unterhalb von ihm nachzuahmen, der durch die Büsche robbte, ohne auch nur ein einziges Blatt zu bewegen.

Als er an der Kante des Steilhangs anlangte, wo es nicht mehr weiter ging, fiel ihm etwas weiter unten ein kleiner Vorsprung auf, der vom Haus aus nicht einzusehen war. Wenn er sich darauf stellte, konnte er Jean-Loup problemlos rufen, ohne von den Polizisten bemerkt zu werden.

Vorsichtig stieg er hinab, um sich dem Vorsprung, den er entdeckt hatte, so weit wie möglich zu nähern, und ging ein wenig in die Knie, um sich auf den Sprung vorzubereiten. Dann warf er die Arme nach oben und hüpfte los. Sobald seine Füße den Boden berührten, brach der bröckelige Vorsprung unter ihm weg, und der arme Pierrot stürzte schreiend ins Leere.

61

Langsam schob sich Frank durch die pechschwarze Finsternis.

Bei einer gewissenhaften Untersuchung des Tunnels hatte er festgestellt, dass der Gang hoch genug war, um in der Hocke zu gehen, und so hatte er beschlossen, sich auf diese Weise fortzubewegen. Die bequemste Art war das nicht, aber in Anbetracht seines Vorhabens die mit dem geringsten Risiko. Bitter lächelnd hatte er gedacht, dass er noch nie in einer Situation gewesen war, in der man so treffend von einem »Sprung ins Dunkle« hätte reden können.

Nach wenigen Schritten, die er mit dem Gefühl zurückgelegt hatte, er laufe wie ein dressierter Hund, war ihm der Beistand des leichten Lichtschimmers hinter seinem Rücken abhanden gekommen, und er war in die völlige Schwärze vorgedrungen. Obwohl er sich Zeit genommen hatte, seine Augen an die Dunkelheit zu gewöhnen, sah er absolut gar nichts.

Die Pistole in der Rechten, schob er sich an der linken Wand entlang, den Körper leicht nach hinten gelehnt und mit der freien Hand vorantastend, um sich zu vergewissern, dass er nicht auf Hindernisse stoße oder, schlimmer noch, in irgendwelche Öffnungen falle. Wenn ihm hier unten etwas passierte, in diesem Loch, von dessen Existenz niemand etwas ahnte, würde er bis zum Jüngsten Tag nicht wieder zum Vorschein kommen.

Vorsichtig bewegte er sich vorwärts, Meter um Meter. Seine Beine begannen zu schmerzen, vor allem das rechte Knie. Es war das Kniegelenk, an dem ihm bei einem Footballspiel der Meniskus und die Kreuzbänder draufgegangen waren, was ihm nicht nur die Möglichkeit genommen hatte, weiter in der Collegemannschaft zu spielen, sondern auch jede Perspektive, wenn er denn je eine gehabt hatte, auf eine Zukunft als Profisportler. Für gewöhnlich trainierte er seine Beinmuskeln in ausreichendem Maße, um keine Probleme zu kriegen. Leider ließen seit einiger Zeit seine Bemühungen ziemlich zu wünschen übrig, und die Haltung, in der er sich fortzubewegen gezwungen war, um im Tunnel voranzukommen, hätten auch den Knien eines Gewichthebers harte Prüfungen auferlegt.

Er schauderte. Hier unten war es nicht gerade warm. Trotzdem spürte er, wie sich auf Grund der nervlichen Anspannung unter seinen Achseln Schweiß bildete und allmählich auf dem leichten Stoff seines Hemdes ausbreitete.

In der stickigen Luft roch es nach fauligen Blättern und Feuchtigkeit und nach dem Beton, mit dem der Gang ausgekleidet war.

Hin und wieder stieß seine Hand auf eine Wurzel, der es gelungen war, sich durch die Kontaktstellen zwischen den Röhren zu bohren. Das erste Mal war er vor Schreck zusammengefahren und hatte die Hand blitzschnell zurückgezogen, als habe er sich verbrannt. Dieser Tunnel musste irgendwo im Freien enden, und so war es nicht unwahrscheinlich, dass immer mal wieder Tiere hereinkamen, um sich ein gemütliches Plätzchen für eine Höhle zu suchen. Frank war nicht besonders empfindlich, aber die Vorstellung einer körperlichen Berührung mit einer Schlange oder einer Ratte begeisterte ihn nicht gerade, weder jetzt und hier noch überhaupt.

Er dachte, dass diese lange Menschenjagd endlich alle seine Fantastereien lebendig werden ließ. Seine Lage war genau jene, die ihm instinktiv jedes Mal, wenn er an Keiner gedacht hatte, vor Augen getreten war. Ein schleppendes Fortkommen, kriechend, heimlich, in der Kälte und der Feuchtigkeit, die schon immer das Reich der Mäuse waren. Und es war gleichzeitig ihre eigene Situation in den Ermittlungen. Ein langsames Voranschreiten, in winzigen Schritten, mit äußerster Mühe, im vollkommenen Dunkel, hoffend, dass ein blasser Sonnenstrahl sie aus der totalen Finsternis befreite.

Lass mich sterben, aber im Licht …

In dieser totalen Blindheit kam ihm ein berühmter Abschnitt aus der *Ilias* in den Sinn, das Gebet des Ajax. Er hatte es in der Schule gelernt, vor vielen Millionen Jahren. Die Trojaner und die Achäer kämpften in der Nähe ihrer Schiffe, und Jupiter schickte einen Dunstschleier hernieder, um den Griechen die Sicht zu trüben. Da richtete Ajax ein Gebet an den Vater aller Götter, nicht mit der Bitte um die Rettung, sondern darum, die Finsternis des Todes aus dem Licht der Sonne heraus betreten zu dürfen. Frank erinnerte sich, dass sein Lieblingsheld sein Gebet mit genau diesen Worten beschlossen hatte.

Eine Veränderung im Gefälle des Tunnels half ihm, seine Konzentration wiederzufinden. Er bemerkte, dass der Boden oder besser der Teil, den er unter seinen Füßen spürte, jetzt deutlich abfiel. Es war nicht zu erwarten, dass der Gang unpassierbar werden würde. Letzten Endes war er dazu gebaut worden, um von menschlichen Wesen durchquert zu werden, und die Neigung war vermutlich eher dem Zufall als einem Plan zu verdanken. Wahrscheinlich war man beim Bau auf eine harte Felsschicht gestoßen und so gezwungen worden, nach unten auszuweichen.

Er beschloss, sich hinzusetzen und sich auf diese Weise fortzubewegen, die Vorsicht dabei verdoppelnd. Er beunruhigte sich nicht sonderlich über das steigende Gefälle. Alles, was er zuvor gedacht hatte, war richtig. Keiner selbst hatte den Gang viele Male in beide Richtungen zurückgelegt, wenn auch unter wesentlich günstigeren Bedingungen, weil er ihn kannte wie seine Westentasche und weil er eine Taschenlampe zu Hilfe nehmen konnte.

Er dagegen war von absoluter Finsternis umgeben und wusste nicht, was vor ihm so lauerte. Oder besser gesagt, um ihn herum. Aber was ihn vor allem zu verdoppelter Vorsicht bewegte, war das Wesen von Jean-Loup. Wenn er an seine Gerissenheit und Heimtücke dachte, so war es nicht auszuschließen, dass er für mögliche Eindringlinge Fallen aufgestellt hatte.

Frank fragte sich von neuem, *wer* Jean-Loup eigentlich war und vor allem, wer ihn zu dem *gemacht* hatte, was er war. Es schien mittlerweile klar, dass sie keinen gewöhnlichen Psychopathen vor sich hatten, keinen schwachen, frustrierten Menschen, der, von seinem Wahnsinn getrieben, eine Reihe von Verbrechen beging, um die Aufmerksamkeit der Presse und des Fernsehens auf sich zu lenken. Diese oberflächliche Analyse traf auf die meisten bekannten Fälle zu, war aber vom Charakterbild Keiners so weit entfernt wie die Erde von der Sonne.

Solche Menschen waren gewöhnlich wehleidig, von unterdurchschnittlicher Intelligenz, waren von einer Kraft getrieben, die stärker war als sie selbst, und sie akzeptierten die Handschellen am Ende als Erleichterung.

Er nicht, er war anders. Natürlich, da war der Leichnam im Kristallsarg, der von seinem Wahnsinn zeugte. Seinen Kopf bevölkerten sicher Gedanken, die auch den hartgesottensten Psychiater vor Entsetzen schaudern lassen würden.

Doch das war auch schon alles.

Ansonsten war Jean-Loup stark, schlau, durchtrainiert, zum Kampf ausgebildet. Er war ein mit allen Wassern gewaschener Krieger. Jochen Welder und Roby Stricker, zwei Männer von athletischer Statur und in bester körperlicher Verfassung, hatte er mit höhnischer Leichtigkeit umgebracht. Die Mühelosigkeit, mit der er sich der drei Polizisten in seiner Villa entledigt hatte, war der endgültige Beweis in dieser Hinsicht gewesen, falls es dessen überhaupt noch bedurft hatte. Es war, als wohnten zwei verschiedene Personen in seinem Körper, zwei gegensätzliche Naturen, die einander nachjagten und versuchten, sich einzuholen und wechselseitig aufzuheben. Vielleicht hatte die passendste Definition seiner Persönlichkeit er selbst gefunden, mit dem Satz der künstlich verzerrten Stimme: *»Ich bin einer und keiner …«*

Jean-Loup war ein sehr, sehr, *sehr* gefährlicher Mann, und als solchen musste man ihn behandeln.

Frank hatte nicht das Gefühl, seine exzessive Vorsicht sei Ausdruck von Paranoia. Bestimmte Exzesse machen den Unterschied zwischen tot und lebendig. Er wusste das nur zu gut, denn das einzige Mal, als er impulsiv gehandelt und ohne nachzudenken einen Ort betreten hatte, war er nach einer Explosion und fünfzehn Tagen Koma im Krankenhaus aufgewacht. Sollte er das je vergessen, so war sein Körper mit genügend Narben übersät, um ihn immer wieder daran zu erinnern.

Und er wollte keine unnötigen Risiken mehr eingehen. Das war er sich schuldig, ob er sich nun entschied, Polizist zu bleiben oder nicht. Das war er einer Frau schuldig, die gerade jetzt in einer Halle auf dem Flughafen von Nizza saß und auf ihn wartete. Das war er Harriet schuldig, zusammen mit dem Versprechen, dass er nie vergessen würde.

Er schob sich weiter voran und versuchte, so wenige Geräusche wie möglich zu machen. Höchstwahrscheinlich war Jean-Loup bereits über alle Berge, doch war es nicht auszuschließen, dass er noch am Ende des Tunnels hockte, um zu warten, bis er freie Bahn hatte. Schließlich konnte dieser unterirdische Gang nicht bis in die Peripherie von Menton führen. Er musste irgendwo an den Hängen östlich von seiner Villa herauskommen.

Auf der Straße hatte es durch die Sperren bestimmt ein ordentliches Durcheinander gegeben: Autoschlangen, Leute, die aus ihren Wagen stiegen, sich auf die Zehenspitzen stellten, sich neugierig umschauten und einander fragten, was denn bloß passiert sei. Es dürfte nicht schwer sein, sich unauffällig unter die Menge zu mischen. Natürlich war das Bild von Jean-Loup in allen Zeitungen Europas abgedruckt und in allen Fernsehnachrichten Europas gezeigt worden, aber Frank hatte schon vor einiger Zeit das Vertrauen in solche Maßnahmen verloren. Die Leute betrachteten für gewöhnlich die Gesichter ihrer Mitmenschen extrem oberflächlich. Jeder sah nur, was er sehen wollte. Es würde reichen, wenn sich Jean-Loup die Haare kurz schneiden oder eine dunkle Sonnenbrille aufsetzen würde, um sich mit allergrößter Wahrscheinlichkeit risikolos unters Volk mischen zu können.

Andererseits wimmelte die Straße auch von wachsamen Polizisten, die ihre Augen offen hielten. Das war schon ein anderes Paar Schuhe. Jeden von ihnen hätte ein Mann, der ein paar Dutzend Meter weiter unten plötzlich aus einem Busch kam und den Hang zur Straße hinaufkletterte, äußerst misstrauisch gemacht. Das hätte sogar einen Blinden alarmiert, und nach allem, was in den letzten Tagen geschehen war, standen die Polizeibeamten dermaßen unter Hochspannung, dass sie vermutlich erst schießen und dann die Fragen stellen würden. Es konnte also durchaus sein, dass sein Mann abwartete, bis die Luft rein war, bevor er aus seinem Versteck kam.

Frank rutschte weiter. Das Geräusch seines Hosenbodens, der über den Beton kratzte, schien ihm so laut wie das Donnern der Niagarafälle. Die Reibung begann zu schmerzen. Er hielt einen Moment inne, um sich eine bequemere Position zu suchen. Dann beschloss er, in der Hocke weiterzulaufen.

Während er sich erhob, ertönte das *Piep* seines Handys, das wieder auf Empfang ging, wie der Schlag einer Turmuhr in der absoluten Stille einer Nacht auf dem Lande. Das Piepen konnte seine Anwesenheit verraten, gab ihm jedoch gleichzeitig die Sicherheit, dass der Ausgang nahe war.

Er kniff die Augen zusammen und starrte in die Dunkelheit. Ihm war, als sehe er helle Punkte vor sich, wie Kreidezeichen auf einer schwarzen Tafel. Er versuchte, schneller voranzukommen, ohne unvorsichtig zu werden. Vor allem jetzt, da sein Herz plötzlich schneller schlug.

Seine linke Hand glitt weiter die Betonwand entlang, der rechte Zeigefinger war über dem Abzug seiner Pistole gespannt, sein Knie schmerzte höllisch, doch dort, vor ihm, gab es den Verdacht auf Licht und vielleicht ein lauerndes Wesen, das um nichts in der Welt zu unterschätzen war.

Die weißen Kreidezeichen, die vor ihm in der Luft schwebten, tanzten auf der Tafel hin und her, während er sich näherte. Nach und nach wurden sie größer. Frank begriff, dass der Tunnel in einem dichten Busch endete und die hellen Punkte das Licht waren, das durch die Blätter fiel. Wahrscheinlich hatte sich ein Wind erhoben und die Zweige bewegt. Deshalb also hatten sich in der Dunkelheit seine Augen getäuscht und die Lichtpunkte für Glühwürmchen gehalten.

Plötzlich drang von draußen das Echo eines verzweifelten Schreis herein.

Franks gute Vorsätze, vorsichtig zu sein, fielen in sich zusammen wie ein Kartenhaus vor einem Ventilator. Mit wenigen Schritten und so rasch, wie es ihm seine gebückte Haltung erlaubte, erreichte er den Busch, der den Eingang des Tunnels verbarg.

Er schob die Zweige mit den Händen auseinander und spähte vorsichtig hinaus. Vor dem Eingangsloch des Tunnels befand sich ein Gebüsch, das hoch und dicht genug war, den ganzen Umfang der Betonröhre zu verdecken.

Der Schrei wiederholte sich.

Langsam richtete Frank sich auf. Sein Knie kreischte etwas in einer Sprache, die zu kennen er gerne verzichtet hätte. Er blickte sich um. Der Busch befand sich an einer relativ flachen Stelle, einer natürlichen Terrasse am Berghang, auf der spärlich verteilt ein paar Bäume wuchsen, mit schmalen, von Kletterpflanzen überwucherten Stämmen, die zum Teil aus dichtem Macchiabewuchs herausragten, zum Teil aus Brombeergestrüpp, das alles andere verdrängte. Hinter ihm, als steingewordene Herausforderung, die beiden Zwillingsvillen mit ihren gepflegten Gärten. Links, etwa fünfzig Meter über ihm, die Straße. Etwa auf der Hälfte des Abhangs, der ihn vom Asphalt trennte, etwas schräg oberhalb von seinem Gebüsch, bemerkte Frank eine Bewegung. Eine Gestalt mit einem grünen Hemd, brauner Hose und einer dunklen Segeltuchtasche um den Hals war dabei, behände zwischen den Büschen den Hang hinauf und auf die Leitplanke zuzuklettern.

Frank hätte diesen Mann unter Millionen anderen und nach Millionen von Jahren wiedererkannt.

Er hob die Pistole auf Augenhöhe und packte den Schaft fest mit beiden Händen. Er zielte sorgfältig auf die Gestalt vor sich und brüllte endlich den Satz, von dem er schon so lange geträumt hatte.

»Bleib stehen, wo du bist, Jean-Loup! Ich habe dich im Visier! Zwing mich nicht zu schießen! Los, Hände hoch, hinknien und keine Bewegung! Sofort!«

Jean-Loup drehte den Kopf zu ihm. Nichts ließ darauf schließen, dass er Frank erkannt und seine Worte verstanden hatte, geschweige denn, dass er vorhatte, sich danach zu richten. Obwohl er nah genug war, um die Pistole in Franks Händen sehen zu können, kletterte er weiter, schräg nach links hinüber.

Frank spürte, wie sich sein Finger über dem Abzug der Pistole krümmte.

Der Schrei ertönte wieder, laut und schrill.

Jean-Loup antwortete und neigte den Kopf ein wenig nach unten.

»Halt dich fest, Pierrot, ich bin fast da. Keine Angst, gleich komme ich zu dir hinunter und zieh dich hoch.«

Frank ließ seinen Blick in die Richtung schweifen, in die Jean-Loup gesprochen hatte. Mit den Händen am kleinen Stamm einer Robinie festgeklammert, die an der Kante eines steilen Absturzes wuchs, hing Pierrot.

Seine Füße zappelten verzweifelt, um einen Halt zu finden, doch immer, wenn er versuchte, sich an der Erdwand abzustützen, gab der bröckelige Untergrund nach, und er hing wieder im Leeren.

Die Böschung fiel steil unter ihm ab. Es ging zwar nicht wirklich senkrecht in die Tiefe, doch hätte Pierrot losgelassen, wäre er hinabgestürzt und immer wieder aufgeschlagen wie eine Stoffpuppe, bestimmt zweihundert Meter tief, bis an den Fuß des Abhangs. Wenn er losließ, hatte er keine Chance.

»Mach schnell, Jean-Loup! Ich kann nicht mehr. Mir tun die Hände weh.«

Frank sah die Anstrengung im Gesicht des Jungen und hörte die Angst in seiner Stimme. Doch er hörte auch etwas anderes: ein unerschütterliches Vertrauen, dass Jean-Loup, der DJ, der Mörder, die Stimme des Teufels, sein bester Freund, ihn retten würde.

Frank lockerte den Finger über dem Abzug und senkte seine Pistole ein wenig, während er begriff, was Jean-Loup tat.

Er floh nicht, er eilte Pierrot zu Hilfe.

Vielleicht war Flucht seine eigentliche Absicht gewesen. Mit Sicherheit hatte es sich so abgespielt, wie er es sich ausgemalt hatte. Er hatte im Tunnel gewartet, bis der Aufruhr vorbei war, und als er freie Bahn gehabt hatte, war er mit dem Vorsatz aus seinem Loch gekrochen, seinen Jägern von der Polizei ein weiteres Mal zu entkommen. Dann hatte er Pierrot in Gefahr gesehen. Vielleicht hatte er sich gefragt, warum Pierrot hier war, an einem Baum hing und mit seiner panischen Kinderstimme um Hilfe schrie, vielleicht auch nicht. Aber in einem einzigen Moment hatte er die Situation begriffen und eine Wahl getroffen. Nun zog er die Konsequenzen.

Frank spürte eine ohnmächtige, von tiefer Frustration genährte Wut in sich aufsteigen. So lange hatte er auf diesen Moment gewartet, und jetzt war der Mann, den er verzweifelt gesucht hatte, endlich in Schussweite, und er konnte nicht abdrücken. Er hob die Pistole wieder und hielt sie so ruhig, wie er noch nie in seinem Leben eine Waffe gehalten hatte. Langsam verfolgte er

Jean-Loups Körper, der sich auf die Stelle zubewegte, wo sein Freund sich an den Baum klammerte.

Nun war Jean-Loup bei Pierrot angekommen und stand leicht oberhalb von ihm. Zwischen ihnen befand sich die Bresche, die der Junge bei seinem Absturz in die Böschung gerissen hatte. Es war unmöglich, einfach eine Hand auszustrecken und ihn in Sicherheit zu ziehen.

Mit seiner tiefen, warmen Stimme sprach Jean-Loup zu dem Jungen.

»Ich bin hier, Pierrot. Ich komme. Keine Angst, es wird alles gut gehen. Halt dich gut fest, und bleib ganz ruhig, ja?«

Trotz seiner prekären Lage antwortete Pierrot mit dem typischen Nicken. Seine Augen waren vor Angst weit aufgerissen, doch er war sicher, dass sein Freund alles in Ordnung bringen würde.

Frank sah, dass Jean-Loup seine Umhängetasche abnahm, sie auf den Boden legte und sich den Gürtel aus der Hose zog. Er hatte nicht die leiseste Ahnung, was er vorhatte, um Pierrot aus seiner verzweifelten Lage zu retten. Das Einzige, was er selbst tun konnte, war abzuwarten und ihn weiterhin mit der Pistole unter Kontrolle zu halten.

Gerade hatte Jean-Loup seinen Ledergürtel durch die letzte Lasche gezogen, als ein Geräusch zu hören war, das wie das laute Zischen eines Blasrohrs klang. Neben Jean-Loup stob Erde auf. Im selben Moment hatte er sich schon geduckt, und diese instinktive Bewegung war es, die ihm das Leben rettete.

Genau an der Stelle, an der eben noch sein Kopf gewesen war, zischte es von neuem, und wieder stob Erde auf. Mit einem Ruck fuhr Frank herum und blickte nach oben. Am Rand der Böschung, direkt unterhalb der Leitplanke, stand, bis zur Hüfte in den Büschen, Captain Ryan Mosse. In der Hand hielt er eine große Selbstladepistole mit Schalldämpfer.

Blitzschnell drehte sich Jean-Loup um und tat etwas Unglaubliches. Er hechtete in die Büsche und war weg.

Einfach so. Einen Augenblick vorher war er noch da gewesen, jetzt war er weg. Frank blieb vor Staunen die Luft weg. Ryan

Mosse musste genauso überrascht sein, aber das hinderte ihn nicht daran, in die Büsche, in denen Jean-Loup verschwunden war, eine schnelle Folge von Schüssen abzufeuern, bis sein Magazin leer war. Rasch zog er es heraus, griff in die Jackentasche und steckte ein volles hinein. Schon war die Pistole wieder schussbereit. Vorsichtig begann er, den Hang hinabzusteigen, und achtete auf jede noch so geringe Bewegung im Gebüsch um ihn herum. Frank richtete seine Glock auf ihn.

»Hau ab, Mosse. Die Geschichte hier geht dich nichts an. Steck die Pistole weg und verschwinde. Oder hilf uns. Erst mal müssen wir uns um den Jungen kümmern, der da unten hängt. Der Rest kommt später.«

Der Captain stieg weiter den Hang hinab, die Pistole in der Hand. Er antwortete, ohne aufzuhören, mit scharfem Blick die Büsche um sich herum zu beobachten, durch die er sich vorarbeitete.

»Du meinst, das geht mich nichts an? Das sehe ich anders, Mister Ottobre. Und wer hier die Prioritäten bestimmt, das bin ich. Erst lege ich den Verrückten um, und dann helfe ich dir, wenn du willst, den schwachsinnigen Jungen hochzuziehen ...«

Frank hatte Ryan Mosses massige Gestalt im Visier und verspürte einen unbändigen Wunsch, auf ihn zu schießen. Fast so unbändig wie denjenigen, auf Jean-Loup zu schießen, ohne ihm die mildernden Umstände anzurechnen, dass er sein Leben riskiert hatte, um einen Hund oder einen kleinen schwachsinnigen Jungen, wie er soeben genannt worden war, zu retten.

»Noch einmal, Ryan, steck sofort die Pistole weg.«

Der Captain lachte auf, kurz und trocken. Seine Stimme klang höhnisch.

»Und wenn nicht? Schießt du dann auf mich? Und was erzählst du den Leuten? Dass du einen Soldaten aus deiner Heimat umgebracht hast, um einem Mörder das Leben zu retten? Steck deine Schreckschusspistole weg, und sieh, wie man so was hier macht ...«

Während er weiter auf Mosse zielte, begann Frank, sich so schnell wie möglich auf Pierrot zuzubewegen. Noch nie hatte er sich in einer ähnlichen Situation befunden, einer Situation, in der er seine Entscheidung zwischen so vielen Alternativen treffen musste.

»Hilfe, ich kann nicht mehr!«

Irgendwo hinter seinem Rücken vernahm er Pierrots verzweifelte Stimme. Frank ließ die Pistole sinken und versuchte, so schnell es ging die Stelle zu erreichen, an der Jean-Loup vorher gestanden hatte. Er spürte, wie die Brombeerranken und die Zweige der Büsche versuchten, ihn an den Hosenbeinen festzuhalten, wie böse Hände, die durch Zauberkraft aus dem Erdboden gewachsen waren. Hin und wieder warf er einen Blick über die Schulter, um Ryan Mosse im Auge zu behalten, der weiter mit der Pistole in der Hand vorsichtig den Abhang hinabstieg und misstrauisch in den Büschen nach Jean-Loup Ausschau hielt.

Urplötzlich wurden die Sträucher neben Mosse lebendig. Zwischen den Zweigen hatte es nicht die geringste Bewegung, hatte es nicht die leiseste Vorankündigung gegeben. Der aus dem Dickicht sprang war nicht mehr derselbe Mann, der auf der Suche nach Schutz hineingehechtet war. Das war nicht Jean-Loup, sondern ein Dämon, den man aus der Hölle vertrieben hatte, weil die anderen Dämonen Angst vor ihm hatten. Sein Körper stand unter einer unnatürlichen Spannung, als habe ein wildes Tier Besitz von ihm ergriffen und ihm die Kraft seiner Muskeln und die Schärfe seiner Sinne verliehen.

Mit einer solchen Konzentration von Beweglichkeit, Energie und Anmut war Jean-Loup wieder aufgetaucht.

Ein Tritt ließ die Pistole seines Gegners davonsegeln. Die Waffe flog weit und verschwand in den Büschen. Mosse war Soldat, zweifellos ein *erstklassiger* Soldat, mit einer Ausbildung, die exakt zu dem üblen Ruf passte, der ihm vorauseilte. Er war in einem Kampf auf alles gefasst.

Aber nicht auf einen Kampf gegen Dämonen.

Er ging leicht in die Knie und nahm eine Verteidigungsstellung ein. Der Captain war größer und schneller als Jean-Loup, aber das Gefühl der Bedrohung, das allein schon die Haltung des Jüngeren ausstrahlte, stellte sie auf dieselbe Ebene. Einen Vorteil aber hatte er Jean-Loup gegenüber. Er hatte alle Zeit der Welt. Der Junge, der an einem schmalen Baum über dem Abgrund hing, war ihm vollkommen egal, während er wusste, dass der andere es eilig hatte, ihm zu Hilfe zu eilen. Auf diese Eile würde er setzen, um seinen Gegner zu einem Fehler zu verleiten.

Er griff nicht an, sondern wartete, wich jedes Mal, wenn Jean-Loup sich näherte, einen Schritt zurück. Während Jean-Loup sich auf Mosse zubewegte, begann er, mit Pierrot zu sprechen.

»Pierrot, hörst du mich? Ich bin hier, hab keine Angst. Noch einen Moment, dann komme ich.«

Während er den Jungen beruhigte, schienen seine Konzentration und seine Wachsamkeit kurzzeitig nachzulassen. Genau in diesem Augenblick griff Mosse an.

Frank begriff umgehend, dass Jean-Loup genau das bezweckt hatte. Alles geschah in wenigen Sekunden. Mosse täuschte ihn mit einer Finte der Linken und ließ eine Reihe von schnellen Schlägen folgen, die Jean-Loup mit geradezu beschämender Leichtigkeit parierte. Mosse wich einen Schritt zurück. Frank war zu weit entfernt, um die Einzelheiten genau sehen zu können, aber ihm schien, als drücke sich auf dem Gesicht des Captains plötzlich große Überraschung aus. Es folgten probeweise zwei weitere Fausthiebe, dann trat er blitzschnell zu. Frank erinnerte sich, dass Mosse genau diese Attacke gegen ihn eingesetzt hatte an jenem Tag, da sie auf der Zufahrt zu Parkers Villa aneinander geraten waren. Nur dass Jean-Loup Mosse nicht auf den Leim ging, wie es ihm passiert war. Statt den Tritt zu parieren und abzulenken und sich damit der Reaktion des Gegners auszusetzen, wich er, sobald er ihn kommen sah, zur Seite aus und ließ ihn nach oben ins Leere gehen. Dann beugte er das rechte Knie, stützte es auf den Boden, schlüpfte blitzschnell unter Mosses erhobenes Bein und hielt es mit der linken Hand fest, so dass der Körper des Captains nach hinten ein wenig aus der Balance kippte. Dann ließ er seine eiserne Faust in die Hoden des Gegners sausen und versetzte ihm gleichzeitig einen heftigen Stoß.

Frank hörte deutlich das gedämpfte Stöhnen, mit dem Mosse

fiel. Noch lag sein Körper nicht ganz in den Büschen, als Jean-Loup schon wieder auf den Beinen war. In seiner rechten Hand funkelte ein Messer. Die Bewegung, mit der er es gezogen hatte, war so schnell gewesen, dass es Frank schien, er habe es von Anfang an in der Hand gehabt und es erst jetzt gezeigt.

Jean-Loup bückte sich und verschwand in dem Gestrüpp, in das Mosses Körper gefallen war.

Als er sich wieder aufrichtete, war das wilde Tier, das bis zu diesem Moment in ihm gewohnt hatte, verschwunden, und von der Schneide des Messers troff Blut.

Frank konnte nicht sehen, was aus Ryan geworden war, denn in der Zwischenzeit hatte er Jean-Loup und Mosse den Rücken zugewandt und war an der Stelle angelangt, wo Pierrot an seinem Baum hing. Auf dem Gesicht des Jungen erblickte er die Zeichen der Angst, vor allem aber den beunruhigenden Ausdruck von Erschöpfung. Seine Hände, die sich an ihren rettenden Halt klammerten, waren angeschwollen. Er begriff, dass Pierrot nicht mehr lange durchhalten würde. Frank versicherte ihm, dass er nun da sei, und versuchte, ihn mit unbeschwerter Stimme zu beruhigen, um ihm die Sicherheit zu geben, die er selbst nicht empfand.

»Hier bin ich, Pierrot. Jetzt komme ich dir helfen.«

Der Junge war so erschöpft, dass er nicht die Kraft aufbrachte zu antworten. Frank blickte sich um. Er stand an derselben Stelle wie Jean-Loup, als Mosse das erste Mal auf ihn geschossen hatte und als er sich gerade den Gürtel abnahm.

Warum?

Zum zweiten Mal fragte er sich nach dem Grund dieser Maßnahme, mit der er offenbar Pierrot zu Hilfe kommen wollte. Er hob den Kopf und erblickte gut zwei Meter über der Robinie, an der Pierrot hing, einen toten Baum von ungefähr der gleichen Größe. Die Blätter waren schon vor geraumer Zeit abgefallen, und die Äste stakten in den Himmel wie Wurzeln, die aus einer Laune der Natur heraus in die falsche Richtung gewachsen waren. Schlagartig begriff er, was Jean-Loup vorgehabt hatte. Er handelte schnell. Er zog sein Handy aus der Hemdentasche und öffnete den Clip, mit dem das Pistolenhalfter an seinem Gürtel befestigt war. Beides legte er auf den Boden neben die Segeltuchtasche, die Jean-Loup um den Hals getragen hatte.

Die Pistole, die er noch immer in der Hand hielt, schob er sich in den Hosenbund und schauderte leicht, als das harte, kalte Metall seine Haut berührte. Er zog den Gürtel aus der Hose und prüfte die Stärke des Lederriemens und der Schnalle. Beide schienen ihm robust genug zu sein für das, was er vorhatte. Er steckte den Gürtel wieder durch die Schnalle und schloss sie auf dem ersten Loch, so dass der bewegliche Lederring, den er nun zur Verfügung hatte, so groß wie möglich war.

Nun warf er einen Blick auf den Abhang neben und unter sich. Mit einigen Schwierigkeiten musste es möglich sein, den toten Baumstamm zu erreichen, der praktisch in einer Linie mit dem, an welchem Pierrot hing, gewachsen und gestorben war. Vorsichtig setzte er sich in Bewegung. Mit den Füßen nach stabilem Halt suchend und sich mit den Händen an Büschen festhaltend, deren Wurzeln ihm sicher im Erdboden verankert zu sein schienen, erreichte er den toten Baum. Die Berührung mit der runzligen Rinde ließ in seinem Geiste blitzartig das Bild der Leiche entstehen, die sie im Bunker gefunden hatten. Ein bedrohliches Knarren des Stammes ersetzte dieses Bild ebenso blitzartig durch das seines Körpers, der, immer wieder aufprallend, den Abhang hinunterfiel. Was für Pierrot galt, galt auch für ihn. Wenn der Baumstamm nachgab oder er selbst den Halt verlor, würde er den Sturz nicht überleben. Er versuchte, diesen Gedanken aus seinem Kopf zu verbannen, und hoffte, dass der Baum stabil genug war, ihrer beider Gewicht auszuhalten. Dann kauerte er sich am Baumstamm nieder und beugte sich nach unten, um dem Jungen den Gürtel so weit wie möglich entgegenzustrecken.

»Versuch, die Schlaufe hier zu fassen.«

Einen kurzen Moment löste der Junge eine Hand von seinem Halt, griff jedoch sofort wieder zu.

»Ich komm nicht dran.«

Noch bevor Pierrot das sagte, hatte Frank begriffen, dass seine Arme und die Lederschlaufe zusammen nicht lang genug waren, um den Jungen zu erreichen. Es gab nur eine Lösung. Er setzte sich hin, hängte sich mit den Kniekehlen an den Baumstamm wie ein Akrobat ans Trapez und ließ sich kopfüber herab, wobei er seinen Oberkörper so drehte, dass er den festen Erdboden unter seiner Brust spürte und einen besseren Überblick hatte, um Pierrot von oben anzuleiten. Die Lederschlaufe in beiden Händen haltend, gelang es ihm diesmal, sie bis zu dem Jungen hinunterzulassen.

»So, ich bin so weit. Jetzt lass den Baum los und halt dich an dem Gürtel fest, eine Hand nach der anderen.«

Er verfolgte die zögernden Bewegungen, mit denen Pierrot fast in Zeitlupe seine Anweisungen ausführte. Trotz der Entfernung vernahm er deutlich seinen vor Angst und Anstrengung keuchenden Atem. Der Stamm, an dem er hing, knarrte bedrohlich, als die zusätzliche Belastung hinzukam, weit beängstigender als vorher. Frank spürte Pierrots Gewicht schwer auf seinen Armen und Beinen lasten. Er war überzeugt, dass Jean-Loup den Jungen an seiner Stelle ohne große Mühe hochgezogen hätte, zumindest, bis er den Gürtel loslassen und sich irgendwie am Baumstamm hätte festklammern können, an dem er wie eine Fledermaus hing. Frank hoffte inständig, dass er es auch schaffen würde.

Er begann, die Arme nach oben zu ziehen, und spürte, wie die gewaltige Anstrengung den schmerzhaften Druck des Blutes noch erhöhte, das ihm auf Grund seiner Position in den Kopf geschossen war.

Er sah, dass Pierrot Zentimeter um Zentimeter nach oben kam und versuchte, sich mit den Füßen abzustützen. Die unmenschliche Anstrengung ließ Franks Armmuskeln brennen, als habe der leichte Stoff seines Hemdes plötzlich Feuer gefangen.

Die Pistole, die er sich in die Hose gesteckt hatte, rutschte ihm, dem Gesetz der Schwerkraft gehorchend, aus dem Bund und fiel in die Tiefe. Nur knapp verfehlte sie Pierrots Kopf, schlug ein paarmal auf und verschwand.

Im selben Moment ging durch den toten Baumstumpf ein Krachen, das wie ein Schuss klang oder wie das laute Knacken eines Holzscheits im Kaminfeuer.

Frank zog weiter mit aller Kraft. Der Schmerz in seinen Armen wuchs unter dem Gewicht des Jungen, das mit jeder Sekunde zuzunehmen schien, fast unerträglich. Frank kam es vor, als sei das Blut in seinen Adern zu reiner Schwefelsäure geworden und löse sein Fleisch auf. Bald wäre nur noch sein Skelett übrig, und dann würden die Armknochen, nicht mehr von den Muskeln zusammengehalten, aus den Schultergelenken reißen und gemeinsam mit dem schreienden Pierrot in die Tiefe stürzen.

Doch langsam, ganz langsam, kam Pierrot näher.

Verzweifelt zog Frank weiter, spannte seine Beine an, biss die Zähne zusammen und wunderte sich selbst über seine Ausdauer. Jeden zweiten Moment überkam ihn der Wunsch loszulassen, die Hände zu öffnen und diese entsetzliche Qual, dieses Feuer, zu beenden, das in seinen Armen brannte. Doch im nächsten Moment spürte er dann, wie ihm von irgendwoher neue Kraft zufloss, als gäbe es in einem verborgenen Teil seines Hirns eine geheime Reserve, einen versteckten Ort, zu dem nur die äußerste Verbissenheit und Hartnäckigkeit Zugang hatten.

Jetzt war Pierrot so weit heraufgekommen, dass er mit dem Körper nachhelfen konnte. Frank bog seinen Brustkorb, der auf der Erde lag, ein wenig nach oben und schaffte es, sich die Lederschlaufe um den Hals zu legen, so dass ein Teil des Gewichtes auf die Schulter- und Rückenmuskeln überging. Im selben Moment noch spürte er die Erleichterung in den Armen. Nachdem er ein oder zwei Sekunden lang die Widerstandsfähigkeit seiner Halspartie ausprobiert hatte, ließ Frank den Gürtel los und streckte Pierrot seine Hände entgegen. Mit letzter Kraft gab er ihm Anweisungen, wie es weitergehen sollte.

»Jetzt machst du genau das Gleiche wie eben. Du lässt den Gürtel ganz ruhig los, eine Hand nach der anderen. Dann packst du meine Arme und ziehst dich hoch. Ich halte dich fest.«

Frank war sich nicht ganz sicher, ob er sein Versprechen würde halten können. Als Pierrot die Lederschlaufe losließ und sein Hals wieder frei war, empfand er das Fehlen des Gewichts wie eine wohltuende Erfrischung auf seinem Rücken, als habe jemand kühles Wasser über seine verschwitzte Haut gegossen.

Nun fühlte er Pierrots Hände, die sich ängstlich an seine Arme klammerten. Nach und nach, Zentimeter um Zentimeter, kam Pierrot immer höher, wobei er sich wild an seinem Körper und seinen Kleidern festkrallte. Es war erstaunlich, wie viel Kraft er noch hatte. Der Selbsterhaltungstrieb war ein außergewöhnlicher Verbündeter in manchen Lagen, eine Art natürliches Doping. Er hoffte, diese Kraft möge ihm nicht plötzlich fehlen, jetzt, da die Rettung zum Greifen nahe war.

Sobald er dicht genug war, packte Frank Pierrots Gürtel, schob ihn nach oben und half ihm, den Stamm zu erreichen. In seinen Augen brannte der Schweiß. Er schloss und öffnete sie wieder und merkte, wie sie sich nach der ungeheuren Kraftanstrengung mit Tränen füllten, die ihm, der kopfunter hing, durch die Augenbrauen und über die Stirn flossen. Nun konnte er gar nichts mehr sehen. Er spürte nur noch die hektischen Bewegungen des Jungen, dessen Körper sich an dem seinen hocharbeitete, welcher nur noch ein einziger, verzweifelter Aufschrei des Schmerzes war.

»Geschafft?«

Pierrot antwortete nicht, doch Frank fühlte plötzlich, dass er frei war. Er ließ den Kopf hängen, bis er auf der feuchtwarmen Erde lag. Dann merkte er, ohne es zu sehen, wie der Gürtel von seinem Hals rutschte und der Pistole hinterher den Abhang hinunter verschwand. Er drehte den Kopf zur Seite, um nicht durch den aufgerissenen Mund, zusammen mit der Luft, nach der seine Lunge lechzte, auch Erde einzuatmen. Der Druck des Blutes in seinen Schläfen war unerträglich geworden. Da hörte er von oben eine Stimme, hinter seinem Rücken. Eine Stimme, die aus unendlichen Weiten zu kommen schien, wie ein fernes Echo von einem Berggipfel. In der Trägheit, die seinen Körper und seinen Geist umfangen hatte, kam Frank in den Sinn, dass er diese Stimme kannte.

»Bravo, Pierrot. Halt dich an den Büschen fest, und komm zu mir herüber. Jetzt bist du sicher.«

Frank spürte einen leichten Ruck durch seinen herabhängenden Körper gehen und vernahm ein erneutes Knarren des Holzes, als Pierrots Gewicht vom Stamm abließ. Er dachte, dass der vertrocknete Baum seine Erleichterung teilen müsse, als sei er keine tote Materie, sondern ein lebendiges Wesen.

Er sagte sich, dass es noch nicht vorbei war. Irgendwie musste er diese entsetzliche Müdigkeit überwinden, diese geistige und körperliche Trägheit, die ihn erfasst hatte, als er Pierrot endlich gerettet wusste. Auch wenn es ihm nicht gelang, auch nur eine Spur von Körper- oder Willenskraft in sich zu finden, wusste er, dass er jetzt nicht aufgeben durfte. Wenn er sich nur noch eine einzige Sekunde diesem illusorischen Entspannungsgefühl hingeben würde, bekäme er es nicht mehr fertig, sich aufzurichten und am Stamm hochzuziehen.

Er dachte an Helena und ihr stummes Warten auf dem Flughafen. Er sah die Trauer in ihren grauen Augen, diese Trauer, die er vertreiben wollte und vielleicht konnte. Und er sah die Hand ihres Vaters Nathan Parker wie eine Klaue über ihr schweben.

Seine Wut und sein Hass kamen ihm zu Hilfe. Er biss die Zähne zusammen und sammelte die allerletzte Kraft, die ihm noch verblieben war, bevor sie sich endgültig in Luft auflöste wie der weiße Rauch eines Schornsteins. Mit einem Ruck aus dem Becken begann er, sich zu zwingen, seinen Körper unter größtmöglicher Mithilfe der Arme hochzuziehen. Die Bauchmuskeln, der einzige Teil des Körpers, der noch nicht im Einsatz gewesen war, riefen ihm sofort in Erinnerung, welchen Schmerz Muskeln unter Anspannung hervorrufen konnten.

Er sah das trockene Holz des Baumes langsam auf sich zukommen wie eine Fata Morgana. Als es erneut krachte, musste er daran denken, dass sich wie jede auch diese Fata Morgana unversehens in nichts auflösen konnte. Er zwang sich, ganz langsam und ohne ruckartige Bewegungen nach oben zu kommen, um seinen wackligen Halt nicht übermäßig zu strapazieren.

Endlich krallte sich seine linke Hand um den Stamm, und gleich darauf auch die rechte. Irgendwie gelang es ihm, sich hochzuziehen, bis er saß. Das Blut wich so plötzlich aus seinem Kopf, um in seine gewohnten Bahnen zurückzukehren, dass ihm schwindlig wurde. Er schloss die Augen und wartete auf ein

Nachlassen des heftigen Anfalls. Gleichzeitig hoffte er inständig, dass der trockene Schwamm, in den sich seine Lunge verwandelt hatte, mit all der Luft fertig würde, die er einatmete.

Eine Weile blieb er so sitzen, im tröstlichen Dunkel seiner geschlossenen Lider, die Arme um den Stamm geschlungen, die Wange an die raue Rinde gelehnt, bis er merkte, dass seine Kräfte zumindest teilweise in ihn zurückgekehrt waren.

Als er die Augen wieder öffnete, sah er Pierrot ein paar Meter vor sich auf der ebenen Erde. Er stand neben Jean-Loup und hatte ihm die Arme um die Hüfte geschlungen, als habe das Erlebnis, im Leeren zu baumeln, in ihm das Bedürfnis geweckt, sich an irgendetwas oder irgendjemandem ganz fest zu halten, um sich seiner Rettung sicher zu sein.

Jean-Loup hatte ihm den linken Arm um die Schultern gelegt. In der rechten Hand hielt er das blutige Messer. Einen Augenblick lang fürchtete Frank, dass er den Körper des Jungen als Schutzschild benutzen, dass er ihm das Messer womöglich an den Hals setzen und ihn als Geisel benutzen könnte. Gleich darauf verwarf er diesen Gedanken. Nein, nicht nach dem, was er kurz zuvor erlebt hatte. Nicht nachdem Jean-Loup jede Möglichkeit zu fliehen in den Wind geschlagen hatte, um Pierrot zu Hilfe zu eilen. Er fragte sich, was wohl aus Ryan Mosse geworden war. Im selben Moment wurde ihm klar, dass ihm sein Schicksal im Grunde vollkommen egal war.

Er bemerkte eine Bewegung etwas weiter oben am Hang und schaute instinktiv hinauf. Am Straßenrand, direkt hinter der Leitplanke, sah er mehrere Personen vor ein paar geparkten Autos stehen. Vielleicht hatten Pierrots Schreie ihre Aufmerksamkeit geweckt, oder, was noch wahrscheinlicher war, eine Gruppe Touristen hatte zufällig an dieser Stelle angehalten, um die Aussicht zu bewundern, und hatte von dort aus die dramatische Rettungsaktion verfolgt. Auch Jean-Loup wandte den Kopf und folgte Franks Blick. Auch er sah vierzig Meter über ihnen die Leute und die parkenden Autos. Seine Schultern schienen sich ein wenig zu beugen, als laste plötzlich ein unsichtbares Gewicht auf ihnen.

Frank stützte sich am Baumstamm ab, stand auf und kletterte denselben Weg zurück, auf dem er vorhin gekommen war. Er verabschiedete sich von dem leblosen Holz mit einer Dankbarkeit, die man für einen treuen Freund empfindet, der einem in schwieriger Lage aus der Patsche geholfen hat. Unter den Fingern spürte er lebendig die Berührung mit den Ästen des Gebüschs, die er als Halt benutzte, um seine Füße wieder auf die Erde zu setzen, die Rettung, die Welt der Horizontalen.

Als er dort war, standen Jean-Loup und Pierrot vor ihm und blickten ihn an. Frank begegnete dem grünen Blitz von Jean-Loups Augen, die ihn fixierten. Er fühlte sich erschöpft. Er wusste, dass er nicht die geringste Chance hatte, den Kampf mit diesem Mann aufzunehmen. Nicht in diesem Zustand der Schwäche, nicht nachdem er ihm zuvor beim Kampf gegen Mosse zugesehen hatte.

Vielleicht erriet Jean-Loup die Gedanken, die ihm durch den Kopf gingen. Er lächelte, und dieses Lächeln erhellte ein Gesicht, das plötzlich sehr müde aussah. Hinter der einfachen Bewegung seiner Gesichtszüge gab es Dinge, die Frank nur ganz entfernt ahnen konnte: ein Leben, gespalten von dem ständigen Übergang vom Licht zum Dunkel, von der Wärme zur Kälte, von der Klarheit zum Delirium, im ewigen Dilemma, ob er nun *einer* oder *keiner* war.

Jean-Loups Lächeln erlosch. Seine Stimme war dieselbe, die seine Zuhörer bezaubert hatte. Sie verströmte Ruhe und Wohlbefinden.

»Ganz ruhig, Ottobre. Hab keine Angst. Ich erkenne das Wort ›Ende‹, wenn ich es vor mir sehe.«

Frank bückte sich, um sein Handy vom Boden aufzuheben. Während er Morellis Nummer eingab, dachte er daran, wie absurd diese Situation war. Da stand er, unbewaffnet und vollkommen hilflos einem Mann ausgeliefert, der ihn mühelos hätte vernichten können, und blieb nur deshalb am Leben, weil *er* beschlossen hatte, ihn nicht umzubringen.

Morellis Stimme tönte schroff durch den Hörer.

»Ja?«

Frank bot ihm als Gegenleistung seine erschöpfte Stimme und eine gute Nachricht.

»Claude, ich bin's, Frank.«

»Was ist passiert? Was ist los mit dir?«

Die wenigen Worte, die er sagte, kosteten ihn unendliche Mühe.

»Komm sofort mit dem Wagen zurück zu Jean-Loups Villa. Ich habe ihn.«

Er achtete nicht auf die erstaunte Antwort des Inspektors. Er achtete nicht auf Pierrot, der den Kopf hängen ließ und sich nach diesen letzten drei Worten noch enger an seinen Freund schmiegte. Während er das Handy vom Ohr nahm, hatte Frank nur Augen für die Hand von Jean-Loup, die sich langsam öffnete und das blutige Messer zu Boden fallen ließ.

62

Das Auto der Sûreté Publique von Monaco scherte nach rechts aus und schoss in atemberaubender Geschwindigkeit die Autobahnausfahrt zum Flughafen von Nizza hinunter. Frank hatte Xavier gesagt, es ginge um Tod oder Leben, und der Mann hatte das wörtlich genommen. Trotz heulender Sirene konnte Frank deutlich das Quietschen der Reifen auf dem Asphalt hören, während die Fliehkraft das Auto an den Außenrand einer Kurve beförderte. Sie kamen an einen Kreisverkehr, an dem offensichtlich gebaut wurde. Frank hielt die Tatsache, dass sie in einem Polizeiauto saßen, nicht für hinreichend, um die allgemeinen Regeln der Physik außer Kraft zu setzen, und das galt in diesem Moment besonders für das Prinzip der Undurchdringlichkeit der Körper. Er fürchtete ernsthaft, dass Xavier trotz seines unbestreitbaren Talents das Auto diesmal nicht auf der Fahrbahn würde halten können, dass sie die rotweißen Absperrplanken aus Plastik durchbrechen, den Abhang hinuntersausen und schließlich im Kiesbett des Var zwischen den Büschen liegen bleiben würden. Doch wieder einmal verblüffte ihn sein Lieblingsfahrer. Ruckartig riss er das Steuerrad herum, ließ den Wagen kontrolliert schleudern und verließ dann mit einer handbuchreifen Gegensteuerung die Kurve.

Frank sah, wie sich Morellis Körper entspannte, als er begriff, dass sie überleben würden. Nach einer kurzen, geraden Strecke begann Xavier, die Fahrt zu verlangsamen. Er schaltete die Sirene aus und bog in die Spur zum Terminal zwei ein, wo ein Schild die Kurzparkzone zum Ausladen von Gepäck und Passagieren auswies, für die Operation mit dem schönen Namen *Kiss and Fly*.

Frank lächelte insgeheim über die Ironie der Aufforderung.

Er glaubte nicht, dass Parker ihn küssen würde, bevor er abflog.

Statt auf der üblichen Straße am Terminal vorzufahren, bogen sie auf der Hälfte der Kurve in eine Privatzufahrt ein, wo zwei Wachleute des Flughafens Côte d'Azur an einer Schranke standen. Als sie den Streifenwagen erblickten, öffneten sie den Schlagbaum und ließen sie passieren. Kurz darauf stoppte das Auto sanft vor der Abfertigungshalle für internationale Flüge.

Morelli wandte sich an den Fahrer.

»Wenn du auf der Rückfahrt nochmal so fährst, sitzt du demnächst hinter dem Steuerrad eines Rasenmähers, das garantiere ich dir. Gartenbaubetriebe nehmen gerne Expolizisten …«

Frank lächelte und beugte sich vom Rücksitz aus nach vorn, um dem Fahrer solidarisch eine Hand auf die Schulter zu legen.

»Keine Sorge, Champion. Morelli bellt, aber er beißt nicht.«

Franks Handy begann zu klingeln. Er konnte sich schon denken, wer das war. Er steckte die Hand in die Jackentasche und zog sein Mobiltelefon hervor. Das Signal war so gebieterisch, dass er erwartet hätte, das Handy glühend vorzufinden, als habe der Klingelmechanismus außer der akustischen auch noch eine thermische Funktion.

»Ja?«

»Salut, Frank. Hier ist Froben. Wo steckst du?«

»Am Flughafen. Ich bin gerade dabei, aus dem Auto zu steigen.«

In der Stimme des Kommissars schwang nicht nur Erleichterung, sondern tiefer Trost mit.

»Ein Glück. Unser Freund hier schäumt vor Wut. Es fehlt nicht viel, und er erklärt ganz Frankreich eigenmächtig den Krieg. Wenn du wüsstest, was ich mir alles einfallen lassen musste, um ihn bei der Stange zu halten …«

»Das kann ich mir denken. Aber ich schwöre dir, dass es nicht einfach eine Grille war. Du hast mir den größten Gefallen meines Lebens getan.«

»Okay, Ami. Gleich weine ich vor Rührung und ertränke mein Handy in den Tränen. Lass diese durchsichtigen Schmeichelversuche und komm, um mir endlich diese heiße Kartoffel abzunehmen. Ich gehe dir entgegen.«

Frank öffnete den Schlag. Er hatte bereits einen Fuß auf den Asphalt gesetzt, als Morellis Stimme ihn noch einmal zurückhielt.

»Sollen wir auf dich warten?«

»Nein, fahrt ruhig. Ich kümmere mich schon um die Rückfahrt.«

Er schickte sich an auszusteigen, hielt aber erneut inne. Eile ist kein Grund, undankbar zu sein.

»Ach, übrigens, Claude …«

»Ja?«

»Tausend Dank. Euch beiden.«

Morelli wandte sich um und blickte ihn über die Rücklehne des Vordersitzes an.

»Wofür denn? Nun los, mach schon …«

Bevor Frank ausstieg, zwinkerte er Xavier noch einmal zu.

»Ich wette tausend Euro gegen eine Visitenkarte von Roncaille, dass du es nicht schaffst, auf der Rückfahrt noch schneller zu sein als auf der Hinfahrt …«

Mit einem breiten Grinsen und unter Morellis lautstarkem Protest schlug er die Wagentür zu. Doch als er das Motorengeräusch sich entfernen hörte, war das Lächeln auf seinem Gesicht schon wieder erstorben.

Die Festnahme von Jean-Loup, das Ende des Albtraums, hatte unter den Männern der Sûreté Publique von Monaco eine festliche Stimmung verbreitet, wenn auch ohne Girlanden, Festbeleuchtung oder feierliche Trinksprüche, denn die Toten, die den Weg dieses Mannes pflasterten, geboten es, jede Art von Spektakel zu vermeiden. Ihn in Handschellen in die Zentrale kommen zu sehen, war für sie alle, mitten im Sommer, wie ein Geschenk gewesen, das man unterm Weihnachtsbaum auspackte. Sollte irgendjemand an Nicolas Hulot gedacht haben, der diesen Augenblick nicht mit ihnen teilte, so hatte er es für sich behalten. Dass die Verhaftung auf eine geniale Eingebung von Frank zurückging und im Alleingang von ihm gemeistert wurde, hatte sein Ansehen ins Unermessliche gesteigert, beziehungsweise es geweckt, wo vorher keines war. Er hatte gelächelt, wo es zu lächeln galt, hatte Hände gedrückt, die ihm zur Gratulation entgegengestreckt wurden, hatte an einer Fröhlichkeit teilgenommen, die er nicht wirklich teilen konnte. Es galt, sich dem allgemeinen Überschwang anzupassen. Und er wollte nicht der Einzige sein, der auf dem Gruppenfoto nicht lachte.

Doch bald schon hatte er die Bewegung gemacht, die in diesen Tagen zu einem Ritual geworden war. Er hatte auf die Uhr geblickt. Und um ein Auto gebeten, das ihn so schnell wie möglich zum Flughafen von Nizza brachte.

Mit schnellen Schritten überquerte er den Gehsteig. Die Glastür des Terminals spürte seine Eile und öffnete sich diensteifrig vor ihm. Auf der anderen Seite erwartete ihn Frobens vertraute Gestalt. Der Kommissar stieß demonstrativ Luft aus und tat, als wische er sich den Schweiß von der Stirn.

»Du hast ja keine Ahnung, wie ich mich freue, dich zu sehen.«

»Du hast ja keine Ahnung, wie gut ich mir das vorstellen kann.«

Frank hatte im gleichen Ton geantwortet, und beide meinten es ernst.

»Ich hab mich regelrecht überschlagen, um unserem Mann klar zu machen, dass die Intervention hoher offizieller Stellen nicht nötig sei. Tatsächlich konnte ich ihn gerade noch stoppen, als er den Finger schon auf dem Telefon hatte, um den Präsidenten der Vereinigten Staaten anzurufen. Aber du weißt ja, wie das ist. Ein Flugzeug haben sie verpasst, doch das nächste geht in einer guten Stunde. Ich garantiere dir, dass es keine Freude ist, einen solchen Fall mit General Parker zu diskutieren.«

»Was auch immer du mir über Parker erzählst, kann mich nicht überraschen. Ich hingegen könnte dir einiges erzählen, was dich überraschen würde.«

Während sie sprachen, gingen sie rasch nebeneinander her in Richtung des Warteraums, in dem Froben die Familie Parker geparkt hatte. Sie kamen zur Sicherheitsschleuse. Der Kommissar zeigte den Männern am Metalldetektor seinen Dienstausweis. Ein uniformierter Polizist verriet ihnen einen Seitendurchgang, und so konnten sie die Menschenschlange umgehen, die sich bei der Handgepäckkontrolle gebildet hatte. Sie wandten sich nach links zu den Gates.

»Apropos erstaunliche Geschichten, wie steht euer Fall eigentlich? Irre ich mich, oder gibt es Neuigkeiten?«

»Du meinst Keiner?«

»Genau.«

»Wir haben ihn geschnappt«, sagte Frank gleichmütig.

Der Kommissar blickte ihn verblüfft an.

»Wann?«

»Vor einer Stunde ungefähr. Er müsste bereits im Gefängnis sitzen.«

»Und das sagst du mir so?«

Frank wandte sich Froben zu und blickte ihn an. Dann machte er eine wegwerfende Geste mit der Hand.

»Es ist vorbei, Claude. Das Kapitel ist abgeschlossen.«

Er hatte keine Zeit, noch etwas hinzuzufügen, denn inzwischen waren sie vor einem privaten Warteraum angelangt, vor dem ein Polizeibeamter Wache stand.

Frank blieb vor der Tür stehen, hinter der General Nathan Parker, Helena und Stuart warteten. Einer war ein unbequemer Teil seiner Gegenwart, die beiden anderen Teil seiner Zukunft. Er starrte auf die Tür, als sei sie aus Glas und als könne er erkennen, was die Personen dahinter gerade taten. Froben trat zu ihm und legte ihm eine Hand auf die Schulter.

»Brauchst du Hilfe, Frank?«

In seiner Stimme schwang ein besorgter Unterton mit. Der Mann war von einer Sensibilität, die in offenem Kontrast zu seiner Holzfällerfassade stand.

»Nein, vielen Dank. Wo du mir helfen konntest, hast du es bereits getan. Den Rest muss ich allein schaffen.«

Frank Ottobre atmete tief durch und öffnete die Tür.

Der Raum war eine der ebenso bequemen wie anonymen VIP-Lounges, wie sie den Besitzern von Tickets der Business-Class gewöhnlich zur Verfügung stehen, mit Ledersesseln und Ledersofas, pastellfarbenen Tapeten, Auslegeware, einem spartanischen Selfservice in einer Ecke, an der Wand Drucken von van Gogh und Matisse neben den stahlgerahmten Plakaten von einigen Airlines. In der Luft lag die Stimmung von Flüchtigkeit, die solchen Räumen eigen ist, als würde das ewige Ankommen und Abfahren trotz allen Komforts ein Gefühl von Öde und Trostlosigkeit hinterlassen.

Helena saß auf einem Sofa und blätterte in einer Zeitschrift. Stuart saß neben ihr und spielte mit seinem Gameboy. Vor ihnen auf der Glasplatte eines niedrigen Holztischchens zwei Plastikbecher und eine Dose Fanta.

General Parker stand mit dem Rücken zu ihnen auf der gegenüberliegenden Seite des Raumes. Die Hände auf dem Rücken gekreuzt, starrte er den Druck einer Kreuzigung von Dalí an.

Als er die Tür gehen hörte, drehte er sich um. Er blickte Frank an, wie man jemanden anblickt, den man schon ewig nicht mehr gesehen hat, und nun in seinem Gedächtnis kramt, um sein Gesicht mit einem Namen und einem Ort zu verknüpfen.

Helena schaute von ihrer Zeitung auf, und ihre Augen leuchteten, als sie ihn sah. Frank dankte dem Schicksal, dass das Leuchten dieses Blicks ihm vorbehalten blieb. Doch er hatte keine Zeit, ihr Lächeln wirklich auszukosten, denn Parkers Wut explodierte und schob sich wie eine schwarze Wolke vor die Sonne. Mit zwei kurzen Schritten stand er zwischen ihnen. In seinem Gesicht loderte heller Hass.

»Das hätte ich mir ja denken können, dass Sie hinter dieser

Geschichte stecken. Ich fürchte, dies ist definitiv der letzte Fehler, den Sie begangen haben. Einmal habe ich es Ihnen bereits gesagt. Jetzt wiederhole ich es. *Sie sind erledigt.* Dumm, wie Sie sind, denken Sie vielleicht, das seien nur leere Worte. Sobald ich wieder in Amerika bin, kümmere ich mich darum, dass nichts von Ihnen übrig bleibt, aber auch gar nichts. Ich kümmere mich darum, dass ...«

Frank sah so unbeteiligt wie möglich in das blutunterlaufene Gesicht des Mannes vor ihm. In ihm tobten gewaltige Sturmwellen und brachen über den knarzenden Holzplanken des Piers zusammen. Dennoch unterbrach er Parker mit einer Ruhe, die seinen Gegner nur noch mehr reizte.

»An Ihrer Stelle würde ich mich beruhigen, General. In Ihrem Alter ist selbst bei eiserner Gesundheit das Herz ein Organ, das mit einer gewissen Rücksicht behandelt werden sollte. Ich glaube kaum, dass Sie das Risiko eingehen wollen, einen Infarkt zu bekommen und mich auf so bequeme Weise von Ihnen zu befreien.«

Was sich auf dem Gesicht des Generals abspielte, glich dem böigen Aufflattern tausender von Flaggen, die alle vom selben Kriegssturm ergriffen wurden. Befriedigt stellte Frank fest, dass einen Moment lang neben dem Hass, der Wut und der Sprachlosigkeit auf dem Grund dieser unerbittlichen blauen Augen ein Funken Argwohn aufgeblitzt war. Vielleicht begann Parker, sich zu fragen, woher Frank die Kraft nahm, auf diese Weise mit ihm zu sprechen. Ein kurzes Aufflackern nur, gleich darauf war der übliche Ausdruck hochmütiger Omnipotenz in seinen Blick zurückgekehrt. Er übernahm Franks Ton, und seine Stimme wurde ruhig. Sein Mund verzog sich zu einem zufriedenen Lächeln.

»Nein, tut mir Leid, Sie enttäuschen zu müssen, junger Mann. Zu Ihrem Unglück ist mein Herz stark wie ein Felsen. Ihres hingegen scheint ein wenig in eine Richtung zu flattern, die es nichts angeht. Auch das einer Ihrer Fehler. Meine Tochter ...«

Frank unterbrach ihn von neuem. Und das war nicht gerade etwas, an das General Nathan Parker gewöhnt war.

»Was Ihre Tochter und Ihren Enkel angeht ...«

Frank machte vor dem Wort »Enkel« eine kleine Pause und

senkte die Stimme so, dass der Junge ihn nicht hören konnte. Mit angehaltenem Atem hatte Stuart ihren Wortwechsel von seinem Sessel aus mit verfolgt, die Hände im Schoß. Das elektronische Spielzeug wurde nicht mehr beachtet und wiederholte trostlos sein *piep piep piep …*

»… wie gesagt, was Ihre Tochter und Ihren Enkel angeht, so würde ich empfehlen, eine kleine Runde im Duty-free-Bereich zu drehen. Was wir uns zu sagen haben, bleibt womöglich besser unter uns.«

»Wir haben uns gar nichts zu sagen, Mister Ottobre. Und meine Tochter und mein Enkel müssen auch keine Runde in einem verdammten Duty-free-Bereich drehen. Sie sind es, der jetzt durch diese Tür dort geht und unser Leben für immer verlässt, während wir ins nächste Flugzeug nach Amerika steigen. Wie ich Ihnen bereits sagte …«

»Herr General, Sie scheinen nicht begriffen zu haben, dass kein Bluff ewig funktioniert. Früher oder später trifft jeder auf einen Gegenspieler, der so gute Karten auf der Hand hat, dass er bereit ist, das Spiel zu wagen. Und zu gewinnen. Sie persönlich sind mir vollkommen egal. Sähe ich Sie bei lebendigem Leibe verbrennen, täte ich Ihnen nicht einmal den Gefallen, Sie anzupinkeln. Wenn Sie also vorziehen, dass ich hier vor aller Ohren verkünde, was ich Ihnen zu sagen habe, werde ich es tun. Doch sollten Sie wissen, dass es um Dinge geht, nach denen es kein Zurück mehr gibt. Wenn Sie dieses Risiko auf sich nehmen wollen …«

Franks Stimme war inzwischen so leise geworden, dass Helena kaum glauben konnte, dass er immer noch redete. Sie fragte sich, was er ihrem Vater wohl gesagt haben mochte, dass er plötzlich so stumm war. Frank schaute zu ihr hinüber und nickte ihr leicht zu. Helena erhob sich vom Sofa und nahm ihren Sohn an die Hand.

»Komm, Stuart, wir machen einen kleinen Spaziergang. Ich glaube, hier draußen gibt es eine Menge interessanter Dinge zu sehen.«

Der Junge folgte ihr ohne jede Widerrede. Wie seine Mutter lebte er im Haus von General Parker. Er war es nicht gewohnt,

Ratschläge zu erhalten, sondern Befehle. Und Befehle diskutiert man nicht.

Die beiden gingen zur Tür. Ihre Schritte wurden vom Teppich verschluckt. Das einzige Geräusch, das sie zurückließen, war das der Tür, die ins Schloss fiel.

Frank setzte sich aufs Sofa, an die Stelle, an der gerade noch Helena gesessen hatte. Die Wärme ihres Körpers auf dem Leder war noch zu spüren und wurde nun seine Wärme.

Er deutete auf den Sessel vor sich.

»Setzen Sie sich, Herr General.«

»Sie haben mir nicht zu sagen, was ich zu tun habe!«

Frank bemerkte eine Spur von Hysterie in Parkers Stimme.

»Beeilen Sie sich lieber, Ihre Fantastereien loszuwerden. Unser Flugzeug geht in ...«

Der General sah auf die Uhr. Frank lächelte insgeheim. Auch für ihn war es bis zu diesem Moment eine Angewohnheit gewesen. Ihm fiel auf, dass er das Zifferblatt näher an die Augen heranhalten musste, um die Zeit erkennen zu können.

Parker hob den Blick.

»Unser Flugzeug geht in einer knappen Stunde.«

Frank schüttelte den Kopf.

Falsch gedacht, mein Herr.

»Es tut mir Leid, Ihnen widersprechen zu müssen, General. Nicht ›unser Flugzeug‹. Sie werden allein fliegen.«

Parker starrte ihn an, als habe er Mühe zu glauben, was er soeben gehört hatte. Auf seinem Gesicht zeichnete sich allmählich jener Ausdruck von Überraschung ab, der einer schlagfertigen Bemerkung folgt, die etwas braucht, um anzukommen. Dann brach er auf einmal in schallendes Gelächter aus. Frank sah befriedigt, dass es von Herzen kam, und dachte an das Vergnügen, mit dem er ihn um seine Heiterkeit bringen würde.

»Lachen Sie ruhig. Nur wird das nichts daran ändern, dass Sie allein abfliegen und Ihre Tochter und Ihr *Enkel* hier bei mir in Frankreich bleiben.«

Parker schüttelte den Kopf mit der Nachsicht, die man dem Gefasel eines Idioten entgegenbringt.

»Sie sind vollkommen verrückt.«

Frank lächelte und lehnte sich entspannt auf dem Sofa zurück. Er schlug die Beine übereinander und stützte einen Arm auf die Lehne.

»Ich bedaure, Ihnen noch einmal widersprechen zu müssen. Mag sein, dass ich wirklich einmal verrückt war. Aber jetzt geht es mir wieder gut. Und zwar so gut wie noch nie, so Leid es mir für Sie tut. Sehen Sie, General, Sie waren so damit beschäftigt, auf meine Fehler zu achten, dass Sie Ihre eigenen nicht bemerkt haben, und die waren *wesentlich* gravierender.«

Der General blickte zur Tür und ging zwei Schritte auf sie zu. Frank erstickte seine Initiative im Keim.

»Von dort können Sie keinerlei Hilfe erwarten. Ich würde Ihnen jedenfalls nicht raten, die Polizei in diese Geschichte hereinzuziehen, falls es das ist, was Sie vorhatten. Und wenn Sie auf die Ankunft von Captain Mosse hoffen, so sollten Sie wissen, dass er momentan mit durchgeschnittener Kehle auf dem Tisch eines Leichenschauhauses liegt.«

Der General drehte sich jäh um.

»Was sagen Sie da?«

»Ich erklärte Ihnen doch bereits: Wie gut man auch sein mag, irgendwann stößt man auf jemanden, der besser ist. Ihr Scherge war ein hervorragender Soldat, doch leider war Keiner, der Mann, den er umbringen sollte, noch ein weit besserer Kämpfer. Er hat sich des Captains mit ebenjener Leichtigkeit entledigt, mit der Mosse ihn umzubringen gedachte.«

Jetzt verspürte Parker das Bedürfnis, sich hinzusetzen. Sein braun gebranntes Gesicht war mit einem Mal fahl geworden.

»Doch was den Mörder Ihrer Tochter angeht, sollten Sie wissen, dass wir ihn geschnappt haben und Ihre Befürchtung sich nicht bewahrheiten wird. Man wird ihn in eine geschlossene Anstalt stecken, und aus der wird er nie wieder herauskommen.«

Frank erlaubte sich eine kleine Pause. Er rutschte nach vorn auf die Sofakante und fixierte aufmerksam den Mann, der schweigend vor ihm saß. Es gelang ihm nicht, sich vorzustellen, was für Gedanken ihm wohl durch den Kopf gingen. Aber im

Grunde war das auch egal. Er wünschte sich nur brennend, diese Geschichte so schnell wie möglich über die Bühne zu bringen und Parkers Rücken bei seinem Gang über die Fluggastbrücke hinterherzuschauen.

Allein.

»Ich glaube, es ist besser, am Anfang zu beginnen, General Parker. Und der Anfang hat mit mir zu tun, nicht mit Ihnen. Ich muss mich über meine Geschichte wohl nicht sehr ausbreiten, Sie kennen sie ja zur Genüge, nicht wahr? Sie wissen alles über mich, Sie wissen von meiner Frau und ihrem Selbstmord, nachdem ich wie durch ein Wunder eine Bombenexplosion überlebt habe, und zwar im Rahmen meiner Ermittlungen gegen Jeff und Osmond Larkin, zwei Drogenbarone, die einen Markt von zwei- bis dreihundert Millionen Dollar pro Jahr kontrollierten. Diese Erfahrung hat mich kaputtgemacht. Während ich versuchte, aus dem Abgrund, in den ich gestürzt war, wieder aufzutauchen, bin ich zufällig hier gelandet und gegen meinen Willen in diesen Fall mit dem Serienmörder verwickelt worden. Ein Mörder, grausam wie ein Hai, dem als Erste ausgerechnet Ihre Tochter Arijane zum Opfer gefallen ist. Und hier kommen Sie ins Spiel. Wie verrückt vor Schmerz und getrieben von einem wilden Wunsch nach Rache …«

Parker schien zu glauben, Frank habe seine väterlichen Qualen in Frage gestellt.

»Was hätten Sie denn getan, wenn Ihre Frau auf so entsetzliche Weise umgebracht worden wäre?«

»Dasselbe, was Sie behaupteten, tun zu wollen. Ich hätte keine Ruhe gefunden, bis es mir gelungen wäre, ihren Mörder eigenhändig umzubringen. Nur dass Sie das gar nicht wirklich vorhatten.«

»Was wollen Sie damit sagen, Sie Narr? Was wissen Sie denn schon über die Gefühle, die Väter für ihre Töchter empfinden?«

Parker hatte im Affekt gesprochen, ohne nachzudenken. Schlagartig wurde ihm klar, was für einen Fehler er mit seinen Worten begangen hatte. Frank überfiel Lust, seine Glock zu ziehen und diesem Arschloch jetzt sofort eine Kugel durch den Kopf zu jagen, seine Hirnmasse an die Wand zu spritzen und den Postern in diesem anonymen Raum einen naiven Touch zu verleihen. Er hatte das Gefühl, als koste ihn die Anstrengung, sich zu bändigen, mindestens zehn Jahre Lebenszeit.

Er antwortete. Mit eiskalter Stimme.

»Das stimmt, General Parker, ich weiß nichts über die Gefühle, die Väter für ihre Töchter empfinden. Aber ich weiß ganz genau, was *Sie* für Ihre Tochter empfinden. Sie ekeln mich an, Parker, wirklich. Ich habe Ihnen schon einmal gesagt, dass Sie ein Widerling sind und ich Sie eines Tages zerquetschen würde wie einen Käfer. Doch in Ihrem Hochmut, in Ihrem Omnipotenzdelirium sind *Sie* derjenige, der das nicht hat glauben wollen …«

Über Parkers Gesicht huschte ein Lächeln. Vielleicht nahm er Franks heftige Reaktion als einen kleinen persönlichen Sieg.

»Verzeihen Sie mir, wenn ich allzu neugierig bin, aber würden Sie mir vielleicht erklären, wie Sie das zustande bringen wollen?«

Frank zog einen großen gelben Umschlag aus der Innentasche seiner Jacke und warf ihn auf die gläserne Oberfläche des Tischchens, das zwischen ihnen stand.

»Hier. Alles, was ich Ihnen sagen werde, ist in diesem Umschlag belegt. Wenn Sie erlauben, möchte ich jetzt fortfahren …«

Parker bedeutete ihm mit der Hand weiterzusprechen.

Immer noch sehr aufgewühlt, musste Frank sich aufs Äußerste anstrengen, um sich zusammenzunehmen und die Fakten der Reihe nach darzulegen.

»Wie ich bereits sagte, waren Sie, als Sie hier in Monte Carlo ankamen, tief verzweifelt über den Tod Ihrer Tochter und die barbarische Art, in der sie ermordet worden war, und Sie haben, muss man sagen, Ihr Verlangen, persönlich Hand an den Mörder zu legen, alles andere als zurückhaltend kundgetan. So wenig zurückhaltend, dass es einem schon fast verdächtig erscheinen musste.«

Er machte eine Pause und betonte dann jedes einzelne Wort, fast schon jede einzelne Silbe.

»In Wirklichkeit waren Sie kilometerweit von dieser Absicht entfernt. *Das Gegenteil war es, was Ihnen in den Kram passte, dass nämlich der Serienmörder weiter tötete.*«

Wie von der Tarantel gestochen, sprang Parker auf.

»Jetzt bin ich mir vollkommen sicher! Sie sind ein durchgeknallter Irrer und gehören mit diesem anderen da in ein und dieselbe Zelle!«

Frank bedeutete ihm, sich wieder zu setzen.

»Ihre kunstvolle Dialektik hat genauso wenig Sinn wie die Versuche der Maus, sich aus einer leeren Weinflasche zu befreien. Komplett überflüssig. Haben Sie immer noch nicht verstanden? Sie haben immer noch nicht verstanden, dass ich alles über Sie und den keineswegs beweinenswerten Captain Mosse weiß.«

»Sie wissen alles? Alles *worüber?*«

»Wenn Sie so freundlich wären, mich nicht dauernd zu unterbrechen, werden Sie es erfahren, bevor Sie *allein* in Ihr Flugzeug steigen. Doch damit Sie mir folgen können, müssen wir noch mal einen Schritt zurückgehen zu meiner Geschichte. Einer der beiden Drogenhändler, von denen ich vorhin sprach, nämlich Jeff Larkin, ist während der Verhaftung bei einem Schusswechsel ums Leben gekommen. Friede seiner Seele! Der andere, Osmond, ist im Gefängnis gelandet. Im Rahmen der Ermittlungen ist beim FBI der Verdacht aufgekommen, dass diese beiden Gentlemen in ihren Geschäften auf die Hilfe von jemandem ziemlich weit oben zählen konnten. Trotz aller Mühe ist es bisher nicht gelungen, den Betreffenden zu identifizieren ...«

Nathan Parkers Gesicht war jetzt eine steinerne Maske. Er setzte sich in den Ledersessel, schlug die Beine übereinander und wartete mit halb geschlossenen Augen. Dies war nicht mehr der Kampf zwischen zwei Hähnen im Hühnerstall. Dies war der Moment, in dem Frank eine nach der anderen seine Karten auf den Tisch legte. Bisher schien der General einfach nur neugierig zu sein, welche es waren.

Frank konnte es kaum erwarten, seine Neugier in die sprachlose Anerkennung seiner Niederlage umschlagen zu sehen.

»Als er im Kittchen saß, war Osmonds einziger Kontakt zur Außenwelt sein Anwalt, ein fast unbekannter Rechtsanwalt aus New York, der aus dem Nichts aufgetaucht zu sein schien. Den Leuten vom FBI kam der Verdacht, dieser Anwalt, ein gewisser

Hudson McCormack, sei vielleicht weit mehr als bloß ein Verteidiger und garantiere Larkin jene Verbindung nach draußen, die das Gefängnis seinen Insassen verweigert. Von meinem FBI-Kollegen, mit dem ich gegen die Larkins ermittelt hatte, wurde mir per E-Mail ein Foto von McCormack geschickt, der, was für ein Zufall, beschlossen hatte, ausgerechnet jetzt auch nach Monte Carlo zu reisen. Merkwürdig, wie das Leben so spielt, nicht wahr? Die offizielle Version war, dass er hier an einer Regatta teilnehmen wollte, aber Sie wissen so gut wie ich, dass die offiziellen Gründe manchmal inoffizielle überdecken, die möglicherweise viel schwerer wiegen …«

Der General zog die Augenbrauen hoch.

»Würden Sie so freundlich sein, mir zu erklären, was ich mit dieser ganzen Räuber-und-Gendarm-Geschichte zu tun habe?«

Frank beugte sich über das Tischchen, packte den gelben Umschlag und zog das Foto heraus, das Cooper ihm geschickt hatte, das Foto aus dem Lokal. Er schob es über den Tisch, bis es vor Parker lag. Die Geste erinnerte ihn an die Nacht von Mosses Verhaftung, als er ihm das Foto von Roby Strickers Leiche gezeigt hatte.

»Dies ist Hudson McCormack, der Rechtsanwalt von Osmond Larkin und das letzte unglückselige Opfer des Serienmörders Jean-Loup Verdier, besser bekannt unter dem Namen Keiner.«

Der Alte warf einen kurzen Blick auf das Foto und sah sofort wieder auf.

»Ich kenne ihn nur, weil ich seine Fotos in der Zeitung gesehen habe. Vorher hatte ich noch nie von ihm gehört.«

»Tatsächlich? Merkwürdig, General. Sehen Sie den Rücken dieser Person, die mit Hudson McCormack am Tisch sitzt? Das Gesicht kann man von hinten natürlich nicht erkennen, doch das Lokal ist voller Spiegel …«

Der Ton von Franks Stimme änderte sich, als hänge er auf einmal ganz anderen Gedanken nach.

»Sie ahnen ja nicht, was für eine Rolle Spiegel in dieser ganzen Geschichte gespielt haben … Spiegel haben die dumme Angewohnheit, alles zurückzuwerfen, was vor ihnen erscheint.«

»Ich weiß, wie ein Spiegel funktioniert. Jedes Mal, wenn ich in einen hineinschaue, sehe ich das Gesicht des Mannes, der aus Ihnen ein Häufchen Asche machen wird.«

Frank lächelte versöhnlich.

»Glückwunsch zu Ihrem Humor, General. Weniger zu Ihrer vermeintlichen strategischen Kompetenz und zur Wahl Ihrer Leute. Wie ich Ihnen sagte, war das Lokal, wo dieses Foto geschossen wurde, voller Spiegel. Mit Hilfe eines fähigen, ja *sehr fähigen* jungen Mannes, der das Spiel der Reflexe in den Spiegeln des Lokals vergrößert hat, ist es mir gelungen, die Identität der Person auszumachen, die hier mit Hudson McCormack am Tisch sitzt. Sehen Sie mal, um wen es sich handelt ...«

Frank zog ein zweites Foto aus dem Umschlag. Er warf es auf den Tisch, ohne es überhaupt anzusehen.

Diesmal war Parker derjenige, der nach dem Foto griff und lange darauf schaute.

»Man kann nicht gerade sagen, dass Captain Ryan Mosse besonders fotogen ist. Aber was Sie benötigten, war ja kein Fotomodell, nicht wahr, Parker? Was Sie benötigten, war genau jemand wie der Captain, eine Art Psychopath, treu bis zum Fanatismus, der bereit war, auf einen einfachen Befehl hin zu töten, wen auch immer Sie aus der Welt schaffen wollten.«

Er beugte sich leicht zu Nathan Parker hinüber. In seiner Stimme lag ein ironischer Unterton, der alles andere als zufällig war.

»General Parker, soll Ihr ungläubiger Gesichtsausdruck womöglich bedeuten, dass Sie abzustreiten gedenken, dass der Mann auf diesem Foto Ryan Mosse ist?«

»Nein, das streite ich keinesfalls ab. Das ist tatsächlich Captain Mosse. Doch dieses Foto beweist nur, dass *er* den Anwalt kannte, von dem Sie gerade gesprochen haben. Was hat das mit mir zu tun?«

»Da kommen wir schon noch hin, General Parker ...«

Diesmal war es Frank, der auf die Uhr blickte.

»Vielleicht sollte ich mich ein wenig beeilen. Gewisse Abflugzeiten im Blick, werde ich mich so kurz wie möglich fassen. Also, die Dinge sind folgendermaßen gelaufen. Sie und Mosse haben mit Laurent Bedon, dem Regisseur von Radio Monte Carlo, ein Geschäft abgemacht. Der arme Kerl brauchte Geld so dringend wie die Luft zum Atmen, so dass es vermutlich nicht besonders schwer war, ihn rumzukriegen. Geld, von dem Sie mehr als genug haben, gegen sämtliche Informationen, die er Ihnen über die Ermittlungen verschaffen konnte. Ein Spitzel, wie er zu jedem anständigen Krieg gehört. Der Grund dafür, dass Mosse schon bald nach dem Telefonat des Mörders und unserer Hypothese über das mögliche Opfer bei Roby Stricker sein konnte. Kurz darauf wurde Stricker umgebracht, und mein Wunsch, Ryan Mosse möge der Mörder sein, war so groß, dass ich einen Fehler beging. Ich vergaß die erste Regel jedes Polizisten: Betrachte *alle* Elemente aus *allen* Blickwinkeln. Denken Sie nur, welch Ironie des Schicksals. Ein Reflex in einem Spiegel hat Nicolas Hulot verstehen lassen, wer der Mörder war, und dasselbe Detail hat es auch mich verstehen lassen. Wie einfach die Dinge doch scheinen, *hinterher*, nicht wahr?«

Frank fuhr sich mit der Hand durch die Haare. Die Müdigkeit machte sich bemerkbar, doch der Moment, sich zu entspannen, war noch nicht gekommen. Noch nicht. Später würde er alle Zeit der Welt haben, sich zu entspannen, und auch die richtige Gesellschaft, um es auf die beste aller Arten zu tun.

»Sie müssen sich ziemlich verloren gefühlt haben, als Ihr Handlanger im Knast saß, oder? Ein unangenehmer Zwischenfall, wirklich. Doch als Keiner endlich identifiziert und Mosses Unschuld erwiesen war, wurde der Captain wieder entlassen. Ich nehme an, dass Sie das ziemlich erleichtert hat. Nichts war verloren, es gab noch genug Zeit, um Ihre persönlichen Probleme zu lösen, umso mehr, als sich inzwischen ein regelrechter Glücksfall für Sie ereignet hatte …«

Frank konnte nicht umhin, General Parkers Haltung zu bewundern. Mit absolut undurchdringlichem Gesichtsausdruck saß er vor ihm, ohne auch nur mit der Wimper zu zucken. Sicher hatte in der Vergangenheit so mancher, der ihm begegnet war, gedacht, dass er diesen Mann nicht gern zum Feind haben würde. Doch Frank war es passiert. Er hatte ihm plötzlich gegenübergestanden, und nun konnte er es kaum erwarten, sich seiner zu entledigen.

Er empfand keinen Überschwang, sondern nur ein tiefes Gefühl von Leere. Sein größter, durchaus menschlicher Wunsch war es nicht mehr, wie er erstaunt feststellte, ihn zu schlagen. Sein größter Wunsch war, ihn nie wieder vor Augen zu haben.

Er fuhr mit der Darstellung der Fakten fort.

»Ich will Ihnen gerne erklären, worin der Glücksfall bestand, den ich gerade erwähnt habe. Keiner war identifiziert worden, doch es war ihm gelungen zu entkommen. Im allgemeinen Chaos konnten Sie vermutlich kaum fassen, dass sich die Situation so günstig für Sie entwickelt hatte. Captain Mosse wieder zu Ihrer Verfügung und der Serienmörder irgendwo im Versteck, den Bemühungen der Polizei trotzend und *frei, von neuem zu töten.«*

Frank betrachtete seinen Handrücken. Er erinnerte sich noch gut daran, wie man sich fühlt, wenn man die Hände ausstreckt und ihr Zittern dadurch nur noch deutlicher wird. Jetzt war seine Hand ruhig und fest. Er konnte sie zur Faust ballen und sicher sein, dass General Parker ihm nicht mehr daraus entwischte.

»Tatsächlich hat sich Keiner kurz darauf bei dem FBI-Agenten Frank Ottobre gemeldet. Doch nicht auf die übliche Weise. Diesmal rief er von einem Handy an und ohne seine Stimme zu verfremden. Warum auch? Schließlich wussten inzwischen alle, wer er war: Jean-Loup Verdier, der DJ von Radio Monte Carlo. Das Handy, von dem der Anruf kam, ein anonymes Kartentelefon, wurde kurz danach auf einer Parkbank in Nizza liegen gelassen. Über Satellit haben wir es geortet und aufgespürt. Am Handy befanden sich jedoch ausschließlich die Fingerabdrücke des Jungen, der es gefunden hatte. Und das war merkwürdig ...«

Er blickte Parker an, als habe er keine Antwort auf die Frage, die er ihm jetzt stellte.

»Warum bloß hätte Keiner sich die Mühe machen sollen, seine Fingerabdrücke abzuwischen, wo er doch genau wusste, dass wir seine Identität kannten? Leider ist mir dieses Detail zunächst nicht aufgefallen, auch weil alle Beteiligten einzig und allein auf die Bedeutung des Telefonats selbst konzentriert waren. Der

Mörder bestätigte seine Absicht, weitere Menschen umzubringen, obwohl ihm die gesamte Polizei der Gegend auf den Fersen war. Und so kam es. Schon bald wurde Hudson McCormacks Leiche mit gehäutetem Kopf in Jean-Loup Verdiers Wagen gefunden, direkt vor der Zentrale der Sûreté Publique von Monaco. Alle waren entsetzt über diese neue Tat. Und alle haben sich dasselbe gefragt. Wie ist es bloß möglich, dass es nicht gelingt, dieses teuflische Wesen zu fangen, das ungerührt immer weiter tötet und sich dann in Luft auflöst, als sei es ein Gespenst?«

Frank erhob sich von seinem Sofa. Er fühlte sich so kaputt, dass es ihn erstaunte, seine Gelenke nicht quietschen zu hören. Im Gegenteil schien sein rechtes Knie seltsamerweise einen Waffenstillstand akzeptiert zu haben. Er ging ein paar Schritte durch den Raum und stellte sich hinter den General, der unbeweglich in seinem Sessel sitzen blieb, ohne sich nach ihm umzudrehen und seinen Blick zu suchen.

»Ich glaube, der Tod von Laurent Bedon hat mir einen Floh ins Ohr gesetzt. Ein völlig zufälliger Tod, ein Mann, der bei einem ganz banalen Raubversuch ums Leben gekommen ist. Doch er hat meinen Argwohn geweckt. Und mit dem Argwohn ist es wie mit Krümeln im Bett, General. Solange du sie nicht los bist, kannst du nicht schlafen. Damit hat alles angefangen. Der Tod dieses armen Teufels Bedon war das auslösende Moment, der Grund, weswegen ich meinen Freund gebeten habe, das Foto von Hudson McCormack zu untersuchen, und dann herausgefunden habe, dass Ryan Mosse der Mann war, der mit dem Rechtsanwalt in dieser New Yorker Bar gesessen hat. Und Bedons Tod war auch der Grund dafür, denselben jungen Mann zu bitten, das Band mit Keiners letztem Telefonat zu analysieren. Und wissen Sie, was wir da entdeckt haben? Ich sage es Ihnen, obwohl Sie es ja selber wissen. Wir haben festgestellt, dass es sich um eine Montage handelte. Was die Technik heutzutage nicht alles zustande bringt, was? Sie kann einem unschätzbare Dienste leisten, auch wenn sie *cum grano salis* zu benutzen ist, wenn ich mir eine Redewendung erlauben darf. Der Anruf ist Wort für Wort untersucht worden, und dabei ist herausgekommen, dass einige Wörter oder Ausdrücke mehrmals benutzt wurden, etwa ›Mond‹, ›Hunde‹ und ›mit mir zu sprechen‹. Die Analyse der Aussprache dieser Wörter hat gezeigt, dass die Wörter jeweils *zweimal ganz genau gleich ausgesprochen wurden.* Das Vokaldiagramm des einen deckt sich haargenau mit dem des anderen. Man hat mir versichert, dass eine solch vollkommene Übereinstimmung in der Natur nicht existiert, so wie es nicht zwei gleiche Schneeflocken oder zwei gleiche Fingerabdrücke gibt. Das bedeutet, dass die Wörter eins nach dem anderen auf einem Band zusammengeschnitten wurden, bis die gewünschte Nachricht entstanden war. Und dass dieses Band dann für das Telefonat an mich benutzt wurde. Das war Laurent, nicht wahr? Er hat Ihnen Bänder von Aufnahmen mit der Stimme von Jean-Loup gegeben, und so hatten Sie genügend Material, um Ihr Vorhaben auszuführen. Tja, was bleibt jetzt noch zu sagen?«

Er fuhr fort, als sei das, was er nun sagen würde, im Grunde völlig überflüssig, als erkläre er etwas ganz Offensichtliches, obwohl sein Zuhörer sich weigert, ihn zu verstehen.

»Nach dem Telefonat hat sich Mosse zu Jean-Loups Villa begeben, hat sich seinen Wagen geschnappt, hat Hudson McCormack umgebracht, ihm dieselbe Behandlung zuteil werden lassen, die Keiner seinen Opfern hatte zuteil werden lassen, und das Auto mit der Leiche dann vor der Polizeizentrale abgestellt.«

Frank blieb vor Parker stehen. Er tat es absichtlich, um den Alten zu zwingen, seinen Kopf zu heben und ihn anzublicken, während er seine Schlussfolgerungen zog. In diesem Moment, in diesem anonymen Flughafenwarteraum war er die Jury, und sein Urteil war unanfechtbar.

»*Das war Ihr eigentliches Ziel gewesen, Parker.* Sie hatten es darauf abgesehen, jeglichen Zusammenhang zu zerstören zwischen dem heroischen, dem mächtigen General Nathan Parker und Jeff und Osmond Larkin, denen Sie lange Zeit Deckung und Schutz geboten hatten gegen einen erklecklichen Anteil an ihren Einnahmen. Ich wette, dass der große General Parker, wenn er irgendwo in der Welt an einem Krieg beteiligt war, nicht nur die Interessen seines Vaterlandes verfolgt, sondern stets die Gelegenheit genutzt hat, auch seine eigenen wahrzunehmen ... Warum Sie das getan haben, weiß ich nicht, und es interessiert mich auch nicht. Das müssen Sie mit Ihrem Gewissen abmachen. Auch wenn ich in Anbetracht der Tatsachen daran zweifle, dass Sie eines haben. Der arme McCormack, Ihr Verbindungsmann zu Osmond Larkin, war ein unbedarfter Kerl. Er hat sich auf ein Spiel eingelassen, das zu groß für ihn war. Dummerweise wusste er genug, um Sie in Schwierigkeiten zu bringen, falls er sich irgendwann entschlossen hätte auszupacken. Und falls irgendetwas schief gelaufen wäre, hätte er das sicher getan, um seine eigene Haut zu retten. Deshalb wurde er so umgebracht, dass sich die Schuld auf einen Serienmörder lenken ließ, der schon mehrere Menschen auf die gleiche Weise getötet hatte. Selbst wenn Keiner gefasst worden wäre und seine Unschuld an der Ermordung des Anwalts beteuert hätte, wer hätte ihm schon geglaubt? Ich muss, wenn ich es sage, fast lächeln: *Keiner*. Vielleicht hat Hudson McCormack Ihnen ja eine Nachricht von seinem Klienten gebracht? So, wie die Dinge stehen, könnten Sie meine Neugier an diesem Punkt eigentlich befriedigen. Ich könnte mir denken, doch das ist nichts als eine Annahme, dass Osmond Larkin Ihnen gedroht hat, seine Archive zu öffnen, wenn Sie ihn nicht sofort aus dem Gefängnis herausholen. Die Tatsache, dass er im Knast einer banalen Schlägerei zwischen Gefangenen zum Opfer gefallen ist, könnte ich natürlich als Zufall ansehen, nur kommt es mir so vor, als habe es in dieser Geschichte bereits zu viele davon gegeben ...«

Frank setzte sich wieder aufs Sofa und beglückte sein Gegenüber mit dem Gesichtsausdruck dessen, der sich selbst über die Dinge wundert, die er zu erzählen hat.

»So viele Zufälle, nicht wahr? Wie zum Beispiel das Zusammentreffen mit Tavernier, dem Besitzer der Villa, die Sie gemietet hatten. Während Sie dabei waren abzureisen, muss dieser Schwätzer auch Ihnen von dem Atombunker erzählt haben, den sein Bruder für seine Frau hatte bauen lassen. Natürlich haben Sie sofort begriffen, wo sich Jean-Loup versteckt hält, und haben Mosse dagelassen, damit er sich um ihn kümmert. Nach Beseitigung des letzten Zeugen hätte sich der Kreis geschlossen. Alle Münder, die in den Chor der Beschuldigungen hätten einstimmen können, wären verstummt, einer nach dem anderen ... Wollen Sie etwas Komisches wissen?«

»Nein. Aber ich nehme an, Sie werden es trotzdem sagen.«

»Genau. Kurz bevor ich hier am Flughafen ankam, wurde ich über die Verhaftung des Täters informiert, der Laurent Bedons Tod verschuldet hat. Es handelt sich um einen einfachen Handtaschendieb, der darauf spezialisiert ist, den Leuten, die aus dem Casino kommen, ihr Geld zu entreißen.«

»Und was soll daran komisch sein?«

»Dass mein Verdacht sich an dem einzigen Tod aufgehängt hat, der eher als Unfall denn als Mord zu gelten hat. Eine Tat, die ich zunächst Ihnen beiden angelastet habe, an der Sie aber vollkommen unschuldig sind.«

Parkers Gedanken schienen einen Moment lang abzuschweifen, als denke er über das, was Frank gerade gesagt hatte, nach. Frank machte sich keine Illusionen. Parker war noch lange nicht bereit, sich zu ergeben. Er hatte nur eine Pause eingelegt. Wie ein Schachspieler, der sich Zeit für einen Gegenzug nimmt, nachdem sein Gegner ihm Schach geboten hat.

Vage fuhr Parker mit der Hand durch die Luft.

»Was Sie da von sich geben, sind reine Hypothesen. Nichts davon können Sie *mit Sicherheit* beweisen.«

Da war er, der Gegenzug, den Frank erwartet hatte. Er wusste, dass der General mit seinem Einwand nicht ganz Unrecht hatte. Er hatte eine Reihe bedeutender Indizien in der Hand, doch reichten sie allesamt nicht aus, um dem Angeklagten einen Strick daraus zu drehen. Sämtliche Mitwisser waren tot, und der einzige, der noch lebte, Jean-Loup Verdier, war nicht gerade das, was man einen glaubwürdigen Zeugen nannte. Doch dies war sein Bluff. Und der General konnte entscheiden, ob er zahlen wollte, um zu sehen, was für ein Spiel er auf der Hand hatte.

Frank breitete die Arme aus, als wolle er sagen, dass alles möglich sei.

»Mag sein, dass die Dinge so sind. Vielleicht auch nicht. Sie haben genug Geld, um ein paar erstklassige Anwälte zu bezahlen, die Sie aus dem Schlamassel ziehen und verhindern können, dass Sie im Gefängnis landen. Doch was den Skandal angeht, so ist das etwas ganz anderes. Ein Freispruch aus Mangel an Beweisen kann Ihnen zwar den Aufenthalt in einer Zelle ersparen, die Zweifel an Ihrer Unschuld aber kann er nicht zerstreuen. Überlegen Sie mal ... Glauben Sie ernsthaft, dass der Präsident der Vereinigten Staaten noch etwas auf die Ansicht eines militärischen Beraters gäbe, der unter dem Verdacht steht, mit seinen Ansichten im selben Maße auch Drogenhändlern zur Seite gestanden zu haben?«

General Parker musterte ihn lange, ohne etwas zu erwidern. Er fuhr sich mit der Hand durch die kurz geschnittenen, weißen Haare. Seine blauen Augen hatten ihr kämpferisches Gleißen verloren und waren endlich nur noch die Augen eines alten Mannes. Seine Stimme war jedoch weiterhin merkwürdig lebhaft.

»Ich glaube, ich verstehe, worauf Sie hinauswollen ...«

»Tatsächlich?«

»Wenn Sie nicht irgendetwas von mir wollten, hätten Sie mich längst beim FBI angezeigt. Dann wären Sie nicht allein hierher gekommen, sondern mit einem ganzen Heer von Polizisten im Schlepptau. Also bringen Sie jetzt den Mut auf, Klartext zu reden.«

Frank dachte, dass Parker seinen Ruf nicht ganz unrechtmäßig innehatte. Er wusste genau, dass er verloren hatte, doch wie alle Soldaten, die diese Bezeichnung verdienten, hatte er einen möglichen Ausweg entdeckt, und nun hatte er vor, ihn zu nutzen.

»Ich werde mich nicht nur klar ausdrücken, General Parker, sondern auch so knapp wie möglich. Wenn es nur nach mir ginge, hätte ich keinerlei Erbarmen mit Ihnen. Für mich sind Sie ein Wurm, und ich würde Sie liebend gern auf einen großen Angelhaken spießen und ins Meer hängen, wo es vor Haien nur so wimmelt. Das ist, was ich persönlich am liebsten täte. Seinerzeit habe ich Ihnen gesagt, dass jeder Mensch seinen Preis habe, und dass Sie nicht begriffen hätten, welcher der meine sei. Wollen Sie ihn erfahren? Hier ist er, mein Preis, jetzt verrate ich es Ihnen. Helena und Stuart im Gegenzug für mein Schweigen.«

Frank machte eine Pause.

»Sie sehen, General, dass ich in manchen Dingen Recht hatte. Irgendwie sind wir beide aus dem gleichen Stoff gemacht.«

Der Alte legte den Kopf schief.

»Und wenn ich ...«

Frank schüttelte den Kopf.

»Mein Vorschlag ist nicht verhandelbar. Entweder – oder. Doch das ist noch nicht alles ...«

»Was soll das heißen?«

»Das soll heißen, dass Ihnen, sobald Sie in die Vereinigten Staaten zurückkehren, klar werden wird, dass Sie inzwischen zu alt und zu erschöpft sind für das militärische Leben. Sie werden den Dienst quittieren. Sicher wird der eine oder andere versuchen, Sie von dieser Idee abzubringen, doch Sie werden unbeugsam sein. Mir scheint es nur recht und billig, dass ein Mann wie Sie, ein Soldat, der so viel für sein Land getan hat, ein Vater, der vom Schicksal so schwer geprüft wurde, die letzten Jahre seines Lebens in Ruhe und Frieden verbringt.«

Parker blickte ihn starr an. Alles hätte Frank erwartet, nur nicht diese Neugier, die jetzt auf einmal seine Züge belebte.

»Sie lassen mich einfach so laufen? Ohne etwas gegen mich zu unternehmen? Wo ist denn Ihr Gewissen abgeblieben, Spezialagent Frank Ottobre?«

»Genau da, wo Ihres geblieben ist. Bloß dass auf meinem Gewissen ein wesentlich geringeres Gewicht lastet als auf dem Ihren.«

Die Stille, die sich zwischen ihnen ausbreitete, war vielsagend. Es gab nichts mehr zu besprechen. In diesem Moment, mit einem so perfekten Timing, wie es nur der Zufall zustande bringt, öffnete sich die Tür, und Stuart steckte seinen Kopf ins Zimmer.

»Hallo, Stuart, komm ruhig herein, wir haben unsere Männergespräche inzwischen beendet ...«

Stuart kam hereingestürmt, gefolgt von der schmalen Gestalt seiner Mutter. Der Junge konnte nicht begreifen, was geschehen war, sie *versuchte* es, doch ohne Erfolg. Es war Nathan Parker, der sie über den Stand der Dinge informierte, wenn auch indirekt, indem er mit einem Jungen sprach, der glaubte, sein Enkel zu sein, in Wirklichkeit aber sein Sohn war. Der Alte kniete sich völlig mühelos vor ihm hin und umfasste seine Oberarme mit den Händen.

»Hör zu, Stuart, ich habe eine Neuigkeit für dich. Ich hatte dir doch gesagt, dass wir nach Amerika zurückkehren würden, nicht?«

Der Junge antwortete mit einem Nicken, das Frank an Pierrots naive Art zu kommunizieren erinnerte. Der General zeigte auf Frank.

»Nachdem ich eine Weile mit diesem Freund von mir geredet habe, halte ich es nicht mehr für notwendig, dass du und deine Mama gleich mitkommt in die Staaten. Ich werde in der ersten Zeit sehr viel zu tun haben, und so würden wir uns eine Weile nur sehr wenig sehen. Würdest du gern noch ein bisschen hier bleiben und Ferien machen?«

Der Junge riss ungläubig die Augen auf.

»Wirklich, Großvater? Dann könnten wir ja nach Paris fahren, ins Disneyland!«

Parker sah Frank an, der zustimmend und fast unmerklich die Augenlider senkte.

»Natürlich, nach Disneyland und an viele andere Orte …«

Stuart riss die Hände hoch und machte einen Luftsprung.

»Hurra!«

Er rannte zu seiner Mutter, um sie zu umarmen, während ihr Gesicht in Ungläubigkeit erstarrte. Ihr erstaunter Blick wanderte langsam von Frank zu ihrem Vater, als brauche sie etwas Zeit, um diese wunderbare Nachricht aufzunehmen.

Stuart hingegen schrie ihr seine Freude schrill ins Gesicht.

»Mama, wir bleiben hier! Das hat Großvater selbst gesagt! Wir fahren nach Disneyland, wir fahren nach Disneyland, wir fahren nach Disneyland …«

Helena versuchte, ihn zu beruhigen. Sie legte ihm beschwichtigend die Hand auf den Kopf, doch Stuart war nicht zu bremsen. Er begann, durch den Raum zu tanzen, und wiederholte seinen Satz wie einen Kinderreim ohne Ende.

Es klopfte an der Tür.

»Herein«, sagte Parker, während er sich erhob. Bis zu diesem Moment hatte er auf dem Boden gekniet und Stuarts Freude beobachtet, und Frank dachte, dass diese Haltung genau seiner jetzigen Situation entsprach. Er war ein gebeugter, in die Knie gezwungener Mann.

Frobens Gesicht erschien in der Tür.

»Entschuldigen Sie ...«

»Komm ruhig rein, Froben.«

Das Gesicht des Kommissars spiegelte eine verständliche Verlegenheit wider. Mit Erleichterung sah er, dass die Atmosphäre zwar gespannt war, aber kein Krieg in der Luft lag. Oder jedenfalls nicht mehr. Er wandte sich an Parker.

»Herr General, ich entschuldige mich für den bedauerlichen Zwischenfall und die unangenehme Warterei. Ich wollte Ihnen nur mitteilen, dass Ihr Flug soeben angekündigt worden ist. Wir haben uns bereits darum gekümmert, dass der Sarg aufgegeben wird, und was das Gepäck angeht ...«

»Danke, Herr Kommissar. Doch wir haben unser Programm ein wenig geändert. Meine Tochter und mein Enkel bleiben hier. Wenn Sie so nett sein wollten, nur mein Gepäck aufzugeben, wäre ich Ihnen sehr dankbar. Meine Stücke sind leicht zu erkennen. Es sind zwei blaue Samsonite-Hartschalenkoffer.«

Froben neigte den Kopf zum Zeichen seiner Zustimmung. Frank fand, dass er aussah wie der Butler in einer englischen Komödie.

»Das ist wohl das Mindeste, was ich für Sie tun kann, Herr General.«

»Vielen Dank. Ich komme gleich.«

»Gut. Sie fliegen von Flugsteig neunzehn.«

Froben verließ den Raum mit der ungläubigen Erleichterung dessen, der in einem Verkehrsunfall nicht eine einzige Schramme abbekommen hat.

Parker wandte sich erneut an Stuart.

»Okay, ich muss jetzt gehen. Und du benimmst dich, wie es sich gehört. *Roger?*«

Der Junge stand stramm und legte die Hand grüßend an die Stirn, als sei das ein altes Spiel von ihnen. Parker öffnete die Tür, ohne sich mit einem einzigen Wort von seiner Tochter zu verabschieden oder sie auch nur eines Blickes zu würdigen.

Frank ging zu Helena hinüber und strich ihr leicht mit der Hand über die Wange. Für das, was er in ihren Augen fand, wäre er einem ganzen Heer von Parkers entgegengetreten.

»Wie hast du das gemacht?«

Frank lächelte sie an.

»Alles zu seiner Zeit. Jetzt muss ich noch schnell etwas erledigen. In ein paar Minuten bin ich wieder da. Ich will mich nur noch einer allerletzten Sache vergewissern ...«

Er verließ den Warteraum und suchte mit den Augen nach Nathan Parkers Gestalt. Er entdeckte ihn, wie er sich neben Froben durch den Flur entfernte. Gerade als der General bei seinem Flugsteig ankam, holte er die beiden ein. Der General war der letzte Passagier. Von der Polizei informiert, hatte man ihm das Privileg eines besonderen Aufschubs gewährt.

Als Froben Frank kommen sah, trat er diskret zur Seite.

Ohne sich umzudrehen, sprach Parker ihn an.

»Sagen Sie nicht, Sie hätten den heißen Wunsch verspürt, mir auf Wiedersehen zu sagen.«

»Nein, Herr General. Ich wollte nur sicher sein, dass Sie tatsächlich abfliegen. Und ich wollte mit Ihnen zusammen eine letzte Überlegung anstellen.«

»Was für eine Überlegung?«

»Sie haben mir mehrmals gesagt, für Sie sei ich erledigt. Es war mir wichtig zu unterstreichen, dass *Sie* es sind, der erledigt ist. Das muss gar nicht die ganze Welt erfahren ...«

Die beiden blickten sich an. Ein schwarzes Augenpaar gegen ein blaues Augenpaar. Die Augen zweier Männer, aus denen der Hass nie verschwinden würde.

»Mir reicht vollauf, dass wir beide das wissen – Sie und ich!«

Ohne zu antworten, drehte Nathan Parker sich um, ging durch

die Sperre und begann, die Fluggastbrücke hinunterzugehen. Er war kein Soldat mehr. Er war nur noch ein alter Mann. Was er hinter sich ließ, würde von nun an kein Problem mehr für ihn sein. Ein Problem würde sein, was auf ihn zukam. Während er auf das Flugzeug zuging, wurde seine Gestalt von einem Spiegel an der Wand aufgefangen und zurückgeworfen.

Ein Zufall, vielleicht, einer von vielen.

Noch ein Spiegel …

Diesen Gedanken im Kopf, blieb Frank stehen und folgte Parker mit dem Blick, bis er um die Ecke bog und der Spiegel als leere Fläche zurückblieb.

63

Frank ging den Flur entlang, bis er vor Roncailles Büro stand. Er zögerte einen Moment, bevor er anklopfte. Er dachte an all die Momente, in denen er sich bisher vor einer verschlossenen Tür wiedergefunden hatte. Sei es nun im echten oder im übertragenen Sinn. Diese war nur eine von vielen, aber jetzt war alles anders. Der Mann, den man als Keiner kannte, saß sicher hinter Schloss und Riegel, und der Fall konnte mit voller Berechtigung die statistische Zahl der Ermittlungen mit erfolgreichem Abschluss vergrößern.

Seit Jean-Loups Verhaftung und der Begegnung mit Parker am Flughafen von Nizza waren vier Tage vergangen. Er hatte diese ganze Zeit mit Helena und ihrem Sohn verbracht, ohne Zeitungen zu lesen, ohne Nachrichten zu sehen, einzig in dem Versuch, diese ganze Geschichte ein Stückchen hinter sich zu lassen.

Doch auf die Dauer war das undenkbar.

Er hatte seine Wohnung im Parc Saint-Roman verlassen und war mit Helena und Stuart in einem kleinen, diskreten Hotel im Hinterland untergeschlüpft, einem Ort, an dem sie sicher waren vor der Aufdringlichkeit der Journalisten, die geradezu unermüdlich Jagd auf ihn machten. Er und Helena hatten es nicht für angemessen gehalten, im selben Zimmer zu schlafen. Noch nicht. Das würde schon noch kommen. Er hatte die Tage damit zugebracht, sich auszuruhen und mit Stuart vertraut zu werden, um eine Beziehung zu ihm aufbauen zu können. Die offizielle Bestätigung, dass er sein Versprechen, nach Disneyland zu fahren, halten würde, hatte eine ideale Voraussetzung geschaffen. Und die Aussicht, ihren Urlaub um zehn Tage zu erweitern und auf einem Hausboot den Canal du Midi entlangzuschippern, hatte den Boden noch gefestigt. Stuart war fasziniert gewesen, als Frank ihm erzählt hatte, dass sie durch Schleusen fahren und im Boot schlafen würden und dass er das Boot selber steuern dürfe. Jetzt blieb nur noch zu warten, dass der Zement abband.

Frank gab sich einen Ruck und klopfte an die Tür.

Roncailles Stimme forderte ihn auf einzutreten. Als Frank in den Raum trat, wunderte er sich nicht, Durand dort vorzufinden. Was ihn hingegen erstaunte, war die Anwesenheit von Doktor Cluny.

Roncaille empfing ihn mit seinem üblichen Public-Relations-Lächeln, das inzwischen wesentlich spontaner und natürlicher wirkte als noch einige Tage zuvor. Der Polizeichef wusste genau, wie sich ein vollkommener Gastgeber in solch einem Moment der *grandeur* zu verhalten hat. Durand saß mit seinem üblichen Gesichtsausdruck da und grüßte ihn mit einer knappen Handbewegung.

»Schön, dass Sie da sind, Frank, nur Sie haben noch gefehlt. Kommen Sie, setzen Sie sich. Doktor Durand ist auch gerade eingetroffen.«

Roncaille hatte einen so mondänen Ton an sich, dass Frank sich fast wunderte, auf seinem Schreibtisch kein Tablett mit Gläsern und einer Flasche Champagner zu sehen. Wahrscheinlich gab es die irgendwann anders, in einem anderen Moment und an einem anderen Ort.

Der Polizeipräsident kehrte zu seinem Schreibtisch zurück und setzte sich. Frank nahm in dem Sessel Platz, der ihm angewiesen worden war. Er wartete schweigend. Für ihn gab es nichts mehr zu sagen. Doch gab es einiges, was er gern gewusst hätte.

»Da wir nun alle da sind, ist es wohl das Beste, gleich zur Sache zu kommen. Es gibt einige Aspekte dieses Falls, über die Sie noch nicht informiert sind, vor allem hinsichtlich der Geschichte von Daniel Legrand alias Jean-Loup Verdier. Was wir herausbekommen haben, ist in groben Zügen Folgendes.«

Roncaille lehnte sich zurück und schlug die Beine übereinander. Frank wunderte sich, dass Durand ihm erlaubte, den Ton anzugeben, doch eigentlich war ihm der Grund vollkommen egal.

Roncaille ließ Durand an seinem Wissen teilhaben mit der Natürlichkeit und dem Wohlwollen, mit denen seinerzeit ein Heiliger seinen Mantel mit einem Armen geteilt hatte.

»Jean-Loups Vater, Marcel Legrand, war ein hohes Tier im französischen Geheimdienst. Er hat die Ausbildung geleitet, als Experte, der sich auf alles verstand, was ein Angehöriger der Spezialeinheiten oder des Geheimdienstes wissen und können muss. Irgendwann scheint es Anzeichen für eine geistige Unausgeglichenheit gegeben zu haben. Über genauere Details verfügen wir nicht. Wir haben uns so weit wie möglich darum bemüht, aber die französische Regierung hat sich in dieser Hinsicht recht zugeknöpft gegeben. Die ganze Geschichte hat wohl allen Beteiligten ziemliches Kopfzerbrechen bereitet. Was wir erfahren konnten, reicht aber aus, um in groben Zügen zu begreifen, was geschehen ist. Nach einer Reihe von, wie sie es ausdrückten, bedauerlichen Episoden wurde Legrand nahe gelegt, den aktiven Dienst ›freiwillig‹ zu quittieren und in Frührente zu gehen. Diese Tatsache scheint ihn schwer getroffen und seinem bereits labilen Geist den Rest gegeben zu haben. Er zog damals nach Cassis, mit seiner Frau und der Gouvernante, die er seit seiner Kindheit immer bei sich gehabt hatte. Er kaufte sich das Gut La Patience, zog sich wie ein Eremit zurück und lebte dort praktisch ohne Kontakt zur Außenwelt. Diese Bedingungen erlegte er auch seinen Angehörigen auf. Kein Kontakt, aus keinem Grund.«

Roncaille wandte sich an Doktor Cluny, um das Wort an ihn zu übergeben, und erkannte damit stillschweigend an, dass er am besten geeignet war, die Fortsetzung der Geschichte mit der so wichtigen psychologischen Komponente darzulegen.

Der Psychopathologe nahm seine Brille ab und massierte sich

die Nasenwurzel mit Daumen und Zeigefinger, wie er es zu tun pflegte. Frank hatte sich noch nicht darüber klar werden können, ob diese Geste ein bewusster Versuch war, die Aufmerksamkeit der Anwesenden auf sich zu ziehen, oder ob sie spontan entstand. Aber im Grunde war das auch nicht so wichtig. Cluny setzte sich die Brille wieder auf. Alle blickten ihn gespannt an. Vieles von dem, was er nun sagen würde, war auch für Durand und Roncaille neu.

»Ich habe eine Reihe von Gesprächen mit Jean-Loup beziehungsweise Daniel Legrand geführt, denn das ist sein wirklicher Name. Es war nicht leicht, sich ein allgemeines Bild zu machen, denn nur zeitweise zeigt sich der Patient willens, aus den Krisen totaler Entfremdung aufzutauchen, in die er immer wieder abgleitet. Also, wie der Herr Polizeipräsident bereits andeutete, kam die Familie Legrand in dieses kleine Nest in der Provence. Frau Legrand war übrigens Italienerin, was wohl auch der Grund dafür ist, dass Daniel oder Jean-Loup, wie Sie wollen, diese Sprache so gut spricht. Ich würde sagen, wir nennen ihn weiterhin Jean-Loup, das mag das Verständnis ein wenig erleichtern.«

Er blickte sich in Erwartung ihrer Zustimmung um. Das allgemeine Schweigen bedeutete ihm, dass es keine Einwände gab. Also fuhr Cluny mit der Darstellung der Fakten, oder zumindest dessen, was er hatte rekonstruieren können, fort.

»Kurz nach ihrem Einzug kommt seine Frau nieder. Aufgrund der Menschenscheu ihres Ehemannes, die sich inzwischen zu einem regelrechten Wahn ausgewachsen hat, wird nicht einmal ein Arzt gerufen, um bei der Geburt zu helfen. Die Mutter bringt jedoch, das bitte ich zu beachten, nicht ein Kind zur Welt, sondern *Zwillinge*, Lucien und Daniel. Es gibt nur eine furchtbare Komplikation. Der kleine Lucien wird mit einer Missbildung geboren. Das Gesicht des Kindes ist ganz entstellt durch fleischerne Auswüchse, die ihn zu einem kleinen Monster machen. Ich kann Ihnen nicht genau erklären, um was es sich vom medizinischen Standpunkt aus handelt, weil ich mich nur auf das stützen kann, was Jean-Loup sagt, und der gibt sich in dieser Sache sehr verschlossen. In jedem Fall haben die DNA-Analysen der Leiche aus dem Bunker ohne Zweifel erwiesen, dass die beiden Brüder sind. Den Vater erschüttert dieses Drama bis ins Mark, und sein geistiger Zustand verschlechtert sich weiter, wenn überhaupt möglich. Er leugnet, als existiere er gar nicht, die Geburt seines missgebildeten Sohnes, bis zu dem Punkt, dass er nur die Geburt eines einzigen Kindes meldet, eben die von Daniel. Sein Bruder wird versteckt gehalten wie ein streng zu hütendes Geheimnis, wie eine Schande in den Augen der Welt. Die Mutter stirbt wenige Monate nach der Niederkunft. Auf dem Totenschein des zuständigen Arztes ist ganz allgemein von natürlichen Todesursachen die Rede. Es gibt keinen Grund, daran zu zweifeln.«

Durand unterbrach Cluny mit einer Handbewegung und schaltete sich in die Erläuterungen ein.

»Wir haben der französischen Regierung die Exhumierung der Leiche von Madame Legrand vorgeschlagen, aber es scheint nicht so, als habe man nach all den Jahren und nach dem Verschwinden aller involvierten Personen ein großes Interesse an dieser Sache.«

Durand lehnte sich im Sessel zurück mit dem Ausdruck des Tadels über eine solche Nachlässigkeit im Detail. Mit einer Geste überließ er Cluny wieder das Wort.

Cluny griff es auf wie eine Pflicht, nicht wie ein Vergnügen.

»Die beiden Kinder wachsen unter der harten und besessenen Hand des Vaters auf, der sich *in toto* um ihre Erziehung kümmert, ohne jegliche äußere Hilfe. Weder Kindergarten noch Schule noch Kontakt zu gleichaltrigen Kindern. Inzwischen hat sich Legrand zu einem regelrechten Paranoiker entwickelt. Vielleicht leidet er an Verfolgungswahn, ist besessen von der Idee des ›Feindes‹, den er überall und in allen Menschen außerhalb ihres eigenen Hauses sieht, in dem sie sich wie in einer Festung verbarrikadiert haben. Der Einzige, dem sporadische Kontakte mit der Außenwelt erlaubt sind, wenn auch nur unter strenger väterlicher Aufsicht, ist Jean-Loup. Sein Zwilling Lucien muss wie ein Gefangener zu Hause bleiben, die Welt darf sein Gesicht um keinen Preis sehen. Ein Fall von Eiserner Maske, um ein literarisches

Beispiel zu nennen. Die beiden Jungen werden einer streng militärischen Ausbildung unterzogen, derselben, die Legrand seinerzeit den jungen Männern vom Geheimdienst zukommen ließ. Das ist die Erklärung für Jean-Loups exzellente Fertigkeiten auf den verschiedensten Gebieten, einschließlich seiner außergewöhnlichen Kampfkraft. Ich will mich nicht lange über diesen Aspekt ausbreiten, doch Jean-Loup selbst hat mir eine Reihe von haarsträubenden Einzelheiten erzählt, die sich nahtlos in die Persönlichkeit einfügen, die er später entwickelt hat ...«

Cluny machte eine Pause, als sei es besser, zum Wohle aller, wenn er die Details für sich behielt. Allmählich begann Frank zu begreifen. Oder zumindest, sich ein vorsichtiges Bild zu machen, was ja mehr oder weniger auch das war, was Cluny hatte tun müssen. Hier kam nach und nach eine Geschichte ans Licht, die in der Zeit schwamm wie ein Eisberg im Meer und wie dieser bisher nur einen ganz kleinen Teil von sich preisgegeben hatte. Einen Teil, der mit Blut befleckt war. Und diesen Teil hatten die Leute »Keiner« getauft.

»Man kann getrost sagen, dass Jean-Loup und sein armer Bruder praktisch nie Kinder gewesen sind. Legrand hat es geschafft, eins der ältesten Kinderspiele der Welt, das Kriegspielen, für seine Söhne in einen absoluten Albtraum zu verwandeln. Diese Erfahrung hat die beiden Jungen fest zusammengeschweißt und unzertrennlich gemacht. Schon unter normalen Bedingungen ist die Beziehung zwischen Zwillingen enger und tiefer als die zwischen normalen Geschwistern. Die Welt ist voller Beispiele, die das belegen. Doch stelle man sich den Fall vor, wo einer der beiden behindert ist. Jean-Loup hat die Rolle des Verteidigers und Beschützers seines unglückseligen Bruders angenommen, den sein Vater behandelte wie ein minderwertiges Wesen. Jean-Loup hat mir anvertraut, die freundlichste Bezeichnung, die der Vater für seinen Bruder übrig hatte, war ›widerliches Monster‹ ...«

Einen Augenblick lang herrschte Schweigen. Cluny gab allen Zeit zu verdauen, was er gerade gesagt hatte. Die Dinge, die sie zu hören bekamen, bestätigten die Annahme, dass Jean-Loup ein schweres Trauma erlitten haben musste. Jetzt, wo sie Einzelheiten erfuhren, wurde jedem von ihnen klar, dass sie selbst die gewagtesten Vorstellungen bei weitem übertrafen. Und es war noch nicht zu Ende.

»Was die beiden verband, war eine geradezu krankhafte Zuneigung. Jean-Loup erlebte das Drama seines Bruders, als sei es sein eigenes, vielleicht sogar noch stärker, noch intensiver, weil er ihn schutzlos dem Toben und den Quälereien ihres gemeinsamen Vaters ausgeliefert sah.«

Cluny legte erneut eine Pause ein. Noch einmal zwang er sie, an dem Brillenritual teilzunehmen. Frank, Roncaille und Durand trugen es mit Geduld. Die hatte er sich verdient, durch seine Gespräche mit Jean-Loup, die Begegnung mit dem Dunkel seines Geistes, die Konfrontation mit der Vergangenheit auf der Suche nach den Motiven einer Gegenwart ohne Zukunft.

»Was der Auslöser für die Geschehnisse jener Nacht in Cassis vor vielen Jahren war, kann ich nicht sagen. Vielleicht kann man gar nicht von einer einzelnen Ursache sprechen, sondern nur von einer Ursachenkette, die im Laufe der Zeit die idealen Bedingungen geschaffen hat, um die Tragödie auszulösen. Wie Sie ja wissen, wurde in dem brennenden Haus ein Körper mit einem schrecklich verstümmelten Kopf gefunden ...«

Noch eine Pause. Die Augen des Psychopathologen wanderten durch den Raum, nicht auf der Suche nach ihren Blicken, sondern, um sie zu meiden. Als sei er mitverantwortlich für das, was er jetzt sagen würde.

»*Es war derselbe Jean-Loup, der seinen Bruder umgebracht hat.* Seine Liebe ging so weit, dass sein kranker Geist schließlich glaubte, der Tod sei die einzige Art, ihn von seinem ›Leiden‹ zu befreien, wie er es genannt hatte. Als sei die äußere Erscheinung eine regelrechte Krankheit gewesen. Dann folgte die symbolische Geste der Befreiung, die rituelle Häutung des Gesichts, die den Zwillingsbruder von seiner Missbildung befreien sollte. Jean-Loup tötete seinen Vater und die Gouvernante, die er offenbar für seine Komplizin hielt, so dass es aussah wie ein Doppelmord mit anschließendem Selbstmord. Zum Schluss setzte er das Haus in Brand. Ich könnte das jetzt mit der symbolischen Bedeutung der Katharsis verknüpfen, doch das halte ich eher für eine überflüssige Floskel als für Wissenschaft. Schließlich ist er untergetaucht. Über die Einzelheiten der Zeit danach ist mir nichts bekannt …«

Roncaille unterbrach ihn, um seine Erzählung, die in die Vorhölle einer Hexensaga geschwebt zu sein schien, wieder auf den Boden der Tatsachen zurückzuholen.

»Unter den Papieren, die wir in Jean-Loups Villa gefunden haben, sind wir auf das Nummernkonto einer Züricher Bank gestoßen. Vermutlich handelt es sich um Geld, das Marcel Legrand dort geparkt hatte, ein hübscher Haufen übrigens. Jean-Loup brauchte nur die Nummernkombination zu wissen, um Zugriff auf das Geld zu haben. Wir wissen nicht, *wo* er gelebt hat, bevor er hier in Monte Carlo auftauchte, unter dem Namen eines jungen Mannes aus Cassis, der bei einem Unfall ums Leben gekommen war. *Wovon* er gelebt hat, darüber bestehen keine Zweifel. Mit der Summe, die ihm zur Verfügung stand, hätte er sein ganzes Leben lang nicht zu arbeiten brauchen.«

Staatsanwalt Durand meldete sich zu Wort.

»Wir müssen eine Sache im Auge behalten. Gesetzt den Fall, dass nach Meinung aller in dem Haus nur *ein* Junge lebte, konnte die Entdeckung des Körpers eines Jungen in seinem Alter niemandem im Entferntesten den Verdacht nahe legen, dass es noch einen anderen gab. Im Übrigen hatte das Feuer das ganze Haus zerstört und eventuelle Spuren restlos beseitigt. So wurde der Fall relativ zügig *ad acta* gelegt. Und das hat es diesem Irren möglich gemacht, den Leichnam seines Bruders vom Friedhof in Cassis zu entwenden, nachdem er erfahren hatte, dass er nicht in den Flammen verbrannt war.«

Durand verstummte. Nach kurzem Zögern nutzte Frank die Pause.

»Und die Musik?«, fragte er Cluny.

Der Psychopathologe nahm sich Zeit, bevor er antwortete.

»Die Beziehung dieses Mannes zur Musik ist ein Punkt, den ich noch zu vertiefen hoffe. Es sieht so aus, als sei Jean-Loups Vater ein leidenschaftlicher Kenner und geradezu besessener Sammler von seltenen Aufnahmen gewesen. Wahrscheinlich war Musik der einzige Genuss, den er seinen Söhnen zugestand. Doch es ist nicht leicht, in unseren Gesprächen viel darüber herauszubekommen. Sobald ich von Musik rede, schließt der Patient die Augen und gleitet in einen Zustand ab, in dem er völlig unerreichbar ist.«

Alle hingen an seinen Lippen. Falls Cluny das bemerkt hatte, so zeigte er es nicht. Wahrscheinlich beschäftigte ihn, was er in den letzten Tagen in Erfahrung gebracht hatte, sogar während dieses kurzen Berichts.

»Was ich an dieser Stelle besonders unterstreichen möchte, ist ein subtiler Aspekt der ganzen Geschichte. Die Ermordung seines Bruders hat in Jean-Loup ein unbewusstes Schuldgefühl hervorgerufen, das er wohl nie wieder loswerden wird. Er war überzeugt, und ist es heute noch, dass die Welt für den Tod seines Bruders und alles, was er wegen seines schrecklichen Aussehens hatte erleiden müssen, verantwortlich ist. Und hier liegt der Ursprung für Jean-Loups Entwicklung zum Serienmörder eines bestimmten Typs, einem Mittelding aus Missionar und absolutem Machtmenschen. Er leidet an einem fremdinduzierten Komplex, der auf familiäre Entbehrungen zurückgeht und von dem er sich nur befreien kann, wenn er dem Bruder eine vorübergehende Normalität verschafft. Das wahre Motiv, aus dem Jean-Loup all diese Menschen umgebracht und ihre Gesichter als Masken für den Leichnam benutzt hat, war die Überzeugung, die Behandlung sei nur gerecht und entschädige den Ärmsten für all das, was er durchgemacht hat ...«

Der Psychopathologe saß mit leicht auseinander gebreiteten Beinen da. Er senkte den Blick und starrte eine Weile auf den Boden. Als er die Augen wieder hob, waren sie voller Mitleid.

»Ob es uns gefällt oder nicht, dieser Mann hat alles aus Liebe getan, aus einer unendlichen, bedingungslosen Liebe zu seinem Bruder. Das ist alles.«

Rasch stand Cluny auf, als habe das Ende seiner Darstellung ihn endlich von einem Gewicht befreit, das er nur ungern allein getragen hatte. Jetzt, wo es ihm gelungen war, andere daran teilhaben zu lassen, fand er seine Anwesenheit in diesem Raum überflüssig.

»Für den Moment ist das alles, was ich sagen kann, meine Herren. Geben Sie mir ein paar Tage für den schriftlichen Bericht. In der Zwischenzeit werde ich meine Sitzungen mit diesem Mann fortsetzen, auch wenn das, was wir wissen müssen, schon fast alles herausgekommen ist.«

Roncaille erhob sich und kam hinter dem Schreibtisch hervor, um dem Psychopathologen persönlich zu danken. Er schüttelte ihm die Hand und geleitete ihn zur Tür. Als Cluny bei Frank vorbeikam, legte er ihm eine Hand auf die Schulter.

»Gratuliere«, sagte er einfach.

»Ich gratuliere Ihnen«, erwiderte Frank. »Und vielen Dank für alles.«

Cluny verzog sein Gesicht zu einer Grimasse, die ein Lächeln sein konnte, aber auch der Ausdruck von Bescheidenheit. Er hob die Hand in Richtung Durand, der regungslos dasaß und nachdachte. Durand antwortete mit einer verhaltenen Kopfbewegung.

Cluny ging, und Roncaille schloss sanft die Tür hinter seinem Rücken. Nun waren sie zu dritt im Zimmer. Der Polizeichef ging wieder hinter seinen Schreibtisch zurück, Frank setzte sich in seinen Sessel, und Durand blieb in seine Gedanken versunken.

Schließlich stand der Generalstaatsanwalt auf, ging zum Fenster und schaute hinaus. Von diesem Standort aus entschloss er sich, das Schweigen zu brechen. Er drehte ihnen den Rücken zu, während er sprach, als schäme er sich, sein Gesicht zu zeigen.

»Es sieht so aus, als habe die Geschichte ein Ende gefunden, und es scheint, als sei das Ende Ihr Verdienst, Frank. Polizeipräsident Roncaille wird Ihnen bestätigen, dass der Fürst selbst uns gebeten hat, Ihnen seine persönliche Genugtuung auszusprechen und Sie zu Ihrem Erfolg zu beglückwünschen.«

Er legte eine Pause ein, die weit entfernt war vom magnetisierenden Effekt, der Clunys Unterbrechungen auszeichnete. Dann drehte er sich entschlossen um.

»Ich will ehrlich zu Ihnen sein, so wie Sie ehrlich zu mir gewesen sind. Ich weiß, dass Sie mich nicht mögen, das haben Sie mir seinerzeit deutlich zu verstehen gegeben. Ich mag Sie auch nicht. Ich habe Sie nie gemocht, und ich schätze, dass ich Sie nie mögen werde. Uns trennt ein Abgrund, und weder ich noch Sie werden uns jemals bemühen, eine Brücke darüber zu bauen. Trotzdem ist es nur recht und billig, Ihnen zu sagen ...«

Er trat zwei Schritte auf Frank zu und streckte ihm die Hand entgegen.

»... dass ich froh wäre, noch mehr Polizisten wie Sie zu haben!«

Frank erhob sich und drückte Durand die Hand. In diesem Moment und wahrscheinlich für immer war es das Äußerste, was sie zustande brachten.

Doch schon war Durand wieder der Alte, ein eleganter, kalter Generalstaatsanwalt mit übertriebenem Anspruch an Effizienz.

»Und jetzt möchte ich Sie verlassen, wenn Sie nichts dagegen haben. Auf Wiedersehen, Herr Polizeipräsident, auch Ihnen noch einmal vielen Dank.«

Roncaille wartete, bis die Tür hinter ihm zuschlug. Sein Gesicht entspannte sich merklich. Vor allem wirkte er wesentlich weniger förmlich.

»Und was haben Sie jetzt vor, Frank? Gehen Sie nach Amerika zurück?«

Frank machte eine vage Geste, die ebenso gut das absolute Nichts meinen konnte wie einen x-beliebigen Ort auf dieser Welt.

»Ich weiß noch nicht. Zunächst werde ich hier ein bisschen herumfahren, mal sehen. Das hat Zeit ...«

Sie verabschiedeten sich, und endlich fühlte sich Frank berechtigt zu gehen. Seine Hand lag bereits auf der Klinke, als Roncailles Stimme ihn noch einmal zurückhielt.

»Noch eine allerletzte Sache, Frank ...«

Frank blieb stehen.

»Ja?«

»Ich wollte Ihnen bestätigen, dass ich mich um die Angelegenheit gekümmert habe, um die Sie mich gebeten hatten, wegen Nicolas Hulot.«

Frank drehte sich um und deutete die leichte Verbeugung an,

mit der man anerkennt, dass sich ein ritterlicher Gegner als Ehrenmann erwiesen hat.

»Ich habe nie auch nur eine Sekunde daran gezweifelt.«

Er verließ das Büro und zog die Tür hinter sich zu. Während er den Flur hinunterging, fragte er sich, ob Roncaille je auf die Idee käme, dass seine letzten Worte eine haarsträubende Lüge waren.

64

Frank verließ die Sûreté Publique des Fürstentums Monaco durch den Haupteingang und fand sich draußen in der Sonne wieder. Er kniff, nach der Dämmerung in den Fluren der Polizeizentrale von der plötzlichen Helligkeit geblendet, die Augen zusammen. Der Frank Ottobre von vor nicht allzu langer Zeit hätte dieses volle Licht, dieses unverkennbare Zeichen von Leben als lästig empfunden.

Doch das war jetzt anders.

Jetzt reichte ihm eine Sonnenbrille. Er fischte seine Ray-Ban aus der Jackentasche und setzte sie auf. Es waren so viele Dinge passiert, alle scheußlich, einige regelrecht grauenerregend. So viele Personen waren gestorben. Jetzt und in der Vergangenheit. Unter ihnen war sein Freund Nicolas Hulot, einer der wenigen Männer in seinem Leben, auf welche dieses Wort uneingeschränkt zutraf.

Mitten auf der Rue Notari stand Inspektor Morelli, die Hände in den Hosentaschen vergraben, und wartete auf ihn. Frank ging die wenigen Stufen vor dem Gebäude hinunter und schlenderte langsam auf ihn zu. Dabei nahm er die Sonnenbrille ab, die er sich soeben aufgesetzt hatte. Claude verdiente es, dass man ihm ohne Schutz und Schirm in die Augen sah. Er lächelte ihn an und probierte aus, ob er noch einen unbeschwerten Ton auf Lager hatte, ein wenig verstaubt vielleicht, aber echt.

»Salut, Claude, was machst du denn hier? Wartest du auf jemanden, der nicht kommt?«

»Nein, mein Lieber. Ich warte grundsätzlich nur auf Leute, von denen ich weiß, dass sie kommen. In diesem Fall bist du der Glückliche. Du wirst ja wohl nicht geglaubt haben, du könntest dich klamm und heimlich aus dem Staube machen? Du schuldest mir noch etwas. Schließlich bist du verantwortlich dafür, dass ich meine Rückreise aus Nizza im Auto eines entfesselten Irren antreten musste.«

»Xavier, was?«

»Der Exbeamte Xavier, würde ich sagen, der gerade verzweifelt die Seite mit den Stellenanzeigen studiert, unter besonderer Berücksichtigung der Sparte Gartenbaubetriebe. Du weißt schon, wegen der Rasenmäher ...«

Genau in diesem Moment bog der Polizist Xavier Lacroix am Steuer einer Polizeistreife aus der Rue Suffren Raymond. Er fuhr an ihnen vorbei, lächelte ihnen durch das Fahrerfenster breit zu und hob die Hand zum Gruß. Wenige Meter weiter stoppte er den Wagen, ließ einen Kollegen einsteigen, der ihn am Straßenrand erwartet hatte, und war bereits wieder fort.

Morelli versuchte, ihm die ertappte Unschuld vorzugaukeln. Frank musste lachen. Er war froh, dass die Stimmung zwischen ihnen auf eine selbstverständliche Weise so vollkommen anders war als das, was er gerade im Büro von Roncaille hinter sich gelassen hatte.

»Wenn du das nicht schon vorher erledigt hast, ist dies vielleicht der richtige Moment, Lacroix zu feuern. Ich befürchte, durch seine Schuld hast du dich gerade fürchterlich blamiert.«

»Wer, ich? Wieso? Ach, da braucht's nur einen gesunden Schuss Unverfrorenheit ... Aber du dagegen, was hast du in der näheren Zukunft vor?«

Frank blieb vage.

»Mal sehen, vielleicht fahre ich ein bisschen herum ...«

»Allein?«

»Natürlich! Meinst du, irgendjemand erbarmt sich eines Ex-FBI-Agenten, der durchlöchert ist wie ein Sieb?«

Morelli bekam seine Revanche. Aus derselben Straße, aus der kurz zuvor Xaviers Auto aufgetaucht war, kam ein Laguna Kombi und hielt neben ihnen an. Am Steuer saß Helena Parker, lächelnd und kaum wiederzuerkennen. Hätte jemand nur eine Woche zuvor ihre Augen fotografiert und das Foto mit ihren Augen jetzt verglichen, hätte er Mühe gehabt zu erkennen, dass es sich um ein und dieselbe Frau handelte. Stuart saß auf dem Rücksitz und beobachtete neugierig den Eingang zur Zentrale der Sûreté Publique.

Morelli sah Frank ironisch an.

»Allein, was? Irgendwo auf dieser Welt muss es eine rudimentäre Verwaltungsstelle der Gerechtigkeit geben. Und die erlaubt es dir jetzt, in dieses Auto zu steigen, und Lacroix, seine Stelle zu behalten …«

Er streckte ihm die Hand entgegen und Frank schüttelte sie herzlich. Der Ton hatte sich jetzt verändert. Es war der Ton dessen, der gesehen hat und mit einem Freund spricht, der dasselbe gesehen hat.

»Nun geh schon, bevor die Frau dort merkt, dass du durchlöchert bist wie ein Sieb, und sich entschließt, allein abzufahren. Hier ist alles vorbei.«

»Ja, es ist vorbei. Das hier. Sehen wir zu, dass nicht morgen von irgendwoher etwas anderes beginnt.«

»So läuft es, Frank, in Monte Carlo wie an jedem anderen Ort. Hier glänzt es nur ein wenig stärker.«

Morelli war unentschieden, ob er noch etwas hinzufügen sollte. Nicht, weil er unsicher war, sondern aus einer Reserviertheit heraus, die Frank ihm zuzugestehen hatte lernen müssen.

»Hast du schon entschieden, was du machst, danach?«

»Arbeitsmäßig meinst du?«

»Ja.«

Frank zuckte mit den Achseln, als sei es ihm egal. Morelli wusste, dass dem nicht so war, aber vorläufig konnte man wohl kaum mehr verlangen.

»Das FBI ist im Moment wie das Paradies, es kann warten! Was ich jetzt brauche, ist einfach ein schöner Urlaub, ein echter, in dem man lacht und sich vergnügt, und zwar mit den richtigen Leuten.«

Frank verwies bedeutungsvoll auf das Auto.

Plötzlich weiteten sich Morellis Augen, und er steckte eine Hand in die Tasche.

»Oje, fast hätte ich etwas vergessen. Dann hätte ich dir die Polizei von halb Frankreich hinterherhetzen müssen, um dir das hier zu übergeben.«

Er zog einen dünnen, hellblauen Briefumschlag aus der Tasche.

»Ganz abgesehen davon, dass der Absender dieses Briefes mir nie verziehen hätte.«

Frank betrachtete den Umschlag einen Moment, ohne ihn zu öffnen. Auf der Vorderseite stand sein Name in einer zarten, aber nicht gezierten weiblichen Handschrift. Er konnte sich schon denken, von wem der Brief war. Vorläufig ließ er ihn in seine Tasche gleiten. Dann streckte er die Hand aus, um den Schlag zu öffnen.

»Salut, Claude. In Amerika würde man jetzt sagen: *Take it easy.*«

»*Du* lässt es dir gut gehen, machst Urlaub und gondelst durch die Weltgeschichte.«

Wie zur Bestätigung drang aus dem Auto Stuarts helle Stimme.

»Wir fahren nach Disneyland«, rief er auf Englisch.

Morelli trat einen Schritt zurück und hob die Augen zum Himmel auf. Furchtbare Enttäuschung trat auf sein Gesicht, eigens für den Jungen, der sich in die Lücke zwischen die beiden Vordersitze geklemmt hatte. In gutem Englisch, in dem sich das französische *errrr* kaum abgeschliffen hatte, antwortete er: »Ganz schön gemein. Die fahren nach Disneyland, und ich muss hier bleiben und mich abrackern.«

Er ließ sich zu einem Zugeständnis an die Welt und an die Anwesenden herab.

»Gut, Monte Carlo ist Monte Carlo, aber trotzdem, so einsam und allein ...«

Frank stieg ins Auto, schlug die Tür zu und öffnete das Fenster. Er wandte sich an Helena, aber so laut, dass Morelli alles hören konnte.

»Fahr lieber, bevor dieser Jammerlappen uns noch den ganzen Tag verdirbt. Ich weiß wirklich nicht, wo die hier ihre Polizisten aufgabeln. Und dabei heißt es immer, Monte Carlo habe die beste Polizei der Welt …«

Das Auto fuhr an, und Frank winkte Morelli noch einmal durch das Fenster zu. Sie erreichten das Ende der Rue Notari und fuhren nach rechts. Am Ende der Rue Princesse Antoinette mussten sie an der Kreuzung bremsen. Frank sah, wie Barbara um die Ecke kam und schnell die Straße hinaufging, die roten Haare im wiegenden Rhythmus ihrer Schritte aufflammend. Als das Auto wieder anfuhr, wandte Frank sich um und blickte ihr nach. Er nahm an, dass die Anwesenheit dieser jungen Frau in dieser Straße kein Zufall war. Morelli hatte ihm doch gesagt, er warte immer nur auf Personen, von denen er wusste, dass sie kämen …

Helena gab ihm einen sanften Puff auf den Arm. Er drehte sich zu ihr um und merkte, dass sie lächelte.

»Hey, wir sind gerade erst losgefahren, und schon drehst du dich nach anderen Frauen um?«

Frank lehnte sich zurück und setzte sich mit einer theatralischen Geste die Sonnenbrille auf.

»Falls es dich interessiert, die Frau, die eben an uns vorbeikam, ist der wahre Grund dafür, dass Morelli dort hinten auf der Straße steht und wartet. Von wegen bewegter Abschied von einem alten Freund. Hast du das gehört, von demjenigen, der einsam und allein in Monte Carlo zurückbleibt?«

»Das erhärtet ja die These, dass die Welt voll ist von feigen und verlogenen Männern!«

Frank betrachtete die Frau an seiner Seite. In diesen wenigen Tagen hatte sie sich vollkommen verändert. Und der Gedanke, dass das zum Teil sein Verdienst war, begann auch ihn zu verändern. Er lächelte und schüttelte energisch den Kopf über das, was sie soeben gesagt hatte.

»Nein, das erhärtet die These, dass die Welt voll ist von feigen und verlogenen Menschen. Nur durch eine unvermeidliche statistische Tatsache sind einige von ihnen Männer.«

Frank schien jede Reaktion von Helena blockieren zu wollen, indem er Anweisungen zur Strecke gab. Er deutete auf die Straße.

»Hier musst du nach rechts abbiegen. Wir fahren am Hafen entlang und folgen dann den Schildern Richtung Nizza.«

»Du brauchst gar nicht versuchen abzulenken, das Thema ist noch lange nicht gegessen«, protestierte Helena.

Ihr Gesicht widerlegte in vollem Umfang den kämpferischen Ton ihrer Worte. Der Wagen bog in die kurze, steile Straße zum Hafen hinunter und fuhr den belebten Kai entlang. Stuart klebte am Fenster. Er war hingerissen von diesem sommerlich bunten Durcheinander von Menschen und Booten. Er zeigte auf eine riesige Privatyacht, die am rechten Kai lag und auf deren Oberdeck ein kleiner Hubschrauber stand.

»Sieh mal, Mama, wie groß dieses Schiff ist! Und es hat einen eigenen Hubschrauber!«

Helena antwortete ihm, ohne sich umzudrehen.

»Ich habe es dir doch erklärt, Stuart. Das Fürstentum Monaco ist ein merkwürdiger Ort. Es ist ein winziger Staat, in dem aber eine Menge wichtiger Leute wohnen.«

»Ich weiß auch, warum. Hier muss man nämlich keine Steuern zahlen.«

Frank hielt es nicht für ratsam, ihm einen Vortrag darüber zu halten, dass man seine Steuern früher oder später immer zahlen muss, wo auch immer man lebt. Stuart würde es nicht verstehen, und er hatte keine Lust, überhaupt damit anzufangen. Er wollte jetzt gar nicht denken. Sie kamen an der Stelle vorbei, an der Arijanes Leiche gefunden worden war. Helena sagte nichts und Frank auch nicht. Er war froh, seine Ray-Ban aufzuhaben, so dass sie seine Augen nicht sehen konnte. Sie kamen zur Rascasse. Links lag das Gebäude, in dem Radio Monte Carlo untergebracht war. Frank sah einen Moment lang die Glaswand des Regieraums vor sich, sah, wie die roten Leuchtbuchstaben »ON AIR« signalisierten, und stellte sich vor, dass der DJ jetzt auf Sendung war …

Basta. Es ist vorbei. Und wenn morgen eine andere Geschichte anfängt, dann geht dich das nichts mehr an.

Der Kombi fuhr jetzt aus der Stadt heraus, und kaum hatten sie die Abzweigung nach Fontvieille hinter sich gelassen, war auch die leichte Spannung, die sich im Wagen aufgebaut hatte, verschwunden. Frank lehnte sich zurück und vernahm ein Knistern in seiner Jackentasche. Er steckte seine Hand hinein und zog den bläulichen Umschlag hervor, den Morelli ihm gegeben hatte.

Der Brief war nicht zugeklebt. Frank zog ein Blatt heraus, genauso bläulich wie der Umschlag und auf der Hälfte gefaltet. Er schlug es auseinander und sah eine kurze Botschaft, die mit derselben Schrift wie auf dem Brief geschrieben war.

Salut, schöner Mann!

Zunächst möchte ich mich der Allgemeinheit anschließen und dem Helden dieser Tage meine besten Glückwünsche aussprechen. Doch außerdem möchte ich dir ganz besonders herzlich für alles danken, was du für mich getan hast. Soeben habe ich eine offizielle Mitteilung des Fürstentums Monaco erhalten, dass es in einigen Tagen eine offizielle Gedenkfeier für den Kommissar Nicolas Hulot geben wird, und aus sicherer Quelle habe ich erfahren, auf wessen Initiative das zurückgeht. Du weißt, wie viel das für mich bedeutet, und damit meine ich nicht in erster Linie den finanziellen Aspekt, der mir allerdings ein sorgloses Alter erlauben wird, sofern meine Tage überhaupt sorglos sein können …

Manche Dinge würde die Welt am liebsten so schnell wie möglich vergessen. Manch einem kommt jedoch die Aufgabe zu, die Erinnerung wach zu halten, damit etwas Ähnliches nie wieder vorkommt.

Ich bin sehr stolz auf dich. Du und Nicolas, ihr seid die besten Männer, denen ich in meinem Leben begegnet bin. Nicolas habe ich geliebt, und ich liebe ihn noch immer. Und auch dich werde ich immer gern haben.

Ich wünsche dir viel Glück und bin sicher, dass du finden wirst, was du verdienst.

Einen Kuss,
Céline

Frank las den kurzen Brief von Céline Hulot zwei oder drei Mal, bevor er ihn wieder zusammenfaltete und in die Jackentasche steckte. Während sie sich durch den Verkehr schlängelte und die Straße Richtung Autobahn einschlug, warf Helena ihm einen kurzen Blick zu.

»Schlechte Nachrichten?«

»Ganz im Gegenteil. Es sind die Grüße und Glückwünsche einer alten Freundin.«

Stuart klemmte sich in die Lücke zwischen den beiden Vordersitzen. Sein Kopf ragte genau zwischen denen von Helena und von Frank hindurch.

»Lebt sie in Monte Carlo?«

»Ja, Stuart, sie lebt hier.«

»Ist sie eine wichtige Frau?«

Frank sah Helena an. Seine Antwort galt in erster Linie ihr.

»Natürlich ist sie eine wichtige Frau. Sie ist die Frau eines Polizisten.«

Helena lächelte. Stuart zog sich verblüfft zurück. Er lehnte sich in seinen Sitz und schaute dem Meer hinterher, das sich nach und nach entfernte, während sie Richtung Inland fuhren. Frank streckte die Hand nach seinem Sicherheitsgurt aus. Während er ihn einschnappen ließ, wandte er sich an Stuart.

»So, junger Mann, ab jetzt Sicherheitsgurt, bis auf weiteres. *Roger?*«

Nach all dem, was er durchgemacht hatte, fand Frank, dass er das gute Recht hatte, ein bisschen albern zu sein. Er streckte die Arme vor sich aus, als sei er der Anführer einer Karawane, die einem Konvoi von Pionieren den Weg in den Wilden Westen zeigt.

»Frankreich, wir kommen!«

Er und Helena lächelten über den Jungen, der in lautes Lachen ausbrach. Während Frank aus dem Augenwinkel zusah, wie Stuart sich den Sicherheitsgurt anlegte, nahm er sich Zeit, in aller Ruhe das Profil der Frau hinter dem Steuer zu betrachten, konzentriert auf den dichten Verkehr, der an der Côte d'Azur zum Sommer gehört wie die Sonne und das Meer. Mit den Augen zeichnete er die feinen Umrisse nach, und sein Blick trug wie ein Bleistift diesen Moment unauslöschlich in sein Gedächtnis ein.

Er dachte, dass es nicht einfach sein würde, für keinen von ihnen. Beide würden sie ihre Energie gleichmäßig verteilen müssen – auf die Mühsal zu leben und auf die Mühsal zu vergessen. Doch sie waren zusammen, und das war an sich schon eine exzellente Voraussetzung. Er versuchte, es sich auf seinem Sitz gemütlich zu machen, und lehnte den Nacken an die Kopfstütze. Von seiner dunklen Sonnenbrille abgeschirmt, schloss er die Augen. Er wollte sich für immer einprägen, dass alles, was auf dieser Welt für ihn zählte, hier in diesem Auto war. Und er kam zu dem Schluss, dass es unmöglich war, sich mehr zu wünschen.

Letzter Karneval

Endlich ist alles weiß.

Der Mann lehnt mit dem Rücken an der Wand, an der Längsseite eines rechteckigen Raumes. Er sitzt auf dem Boden, hat die Arme um die angewinkelten Knie geschlungen und beobachtet die Bewegung seiner Zehen in den weißen Baumwollsocken. Er trägt eine Jacke und eine Hose aus grobem Stoff, ebenfalls weiß, so weiß wie die Wände, die ihn einschließen. An der Wand gegenüber, fest im Fußboden verankert, steht ein metallenes Bettgestell.

Auch das Bett ist weiß.

Laken gibt es nicht, aber die Matratze und das Kissen sind weiß. Und weiß ist auch das Licht, das von der Decke fällt, geschützt von einem robusten, flüchtig weiß getünchten Metallgitter, und es scheint die Quelle der blendenden Weiße in diesem Raum zu sein.

Das Licht geht nie aus.

Langsam hebt er den Kopf. Seine grünen Augen blicken ohne Beklemmung zu dem winzigen Fensterchen, das sich in unerreichbarer Höhe befindet. Es ist die einzige Uhr, die er hat, um das Vergehen der Zeit zu registrieren.

Hell und dunkel. Weiß und schwarz. Tag und Nacht.

Er weiß nicht, warum, aber das Blau des Himmels ist nie zu sehen.

Das Alleinsein empfindet er nicht als Last.

Im Gegenteil, er fühlt sich eher gestört, wenn irgendein Signal aus der Außenwelt zu ihm hereindringt. Hin und wieder öffnet sich eine schmale Klappe unten in der Tür. Dann rutscht ein Tablett über den Boden, auf dem Plastikschüsseln mit Essen stehen. Das Plastik ist weiß, und das Essen hat immer denselben Geschmack. Besteck gibt es keines. Er isst mit den Fingern und schiebt das Tablett mit den Schüsseln zurück durch die Klappe, wenn sie sich von neuem öffnet. Dann bekommt er einen feuchten, weißen Lappen, mit dem er sich die Hände abwischen kann und den er sofort wieder abgeben muss.

Manchmal wird er von einer Stimme aufgefordert, sich in die Mitte des Raumes zu stellen und die Hände vor sich auszustrecken. Durch einen Spion in der Tür verfolgen sie seine Bewegungen. Wenn sie sehen, dass er die geforderte Stellung eingenommen hat, öffnet sich die Tür, ein paar Männer kommen herein und stecken seine Arme in eine Zwangsjacke, die sie ihm fest auf dem Rücken zubinden. Jedes Mal, wenn er gezwungen wird, die Jacke anzuziehen, lächelt er.

Er spürt, dass diese kräftigen, grün gekleideten Männer Angst vor ihm haben, und es ist ihm aufgefallen, dass sie seinem Blick ausweichen, wann immer sie können. Fast *riecht* er ihre Angst. Dabei müssten sie doch wissen, dass die Zeit des Kampfes vorüber ist. Das hat er dem Mann mit der Brille mehrmals gesagt, wenn er ihn in dem Raum, in den sie ihn führen, erwartet hat, wenn er immerzu reden wollte und wissen und *verstehen.*

Er hat ihm auch schon mehrmals gesagt, dass es nichts zu verstehen gibt.

Dass es einfach darum geht zu akzeptieren, was geschieht und weiter geschehen wird, so wie er ohne jede Regung akzeptiert, in all dieses Weiß eingeschlossen zu sein, bis er selbst eines Tages ein Teil davon sein wird.

Nein, das Alleinsein empfindet er nicht als Last.

Das Einzige, was ihm fehlt, ist die Musik.

Er weiß, dass sie ihm niemals erlauben werden, Musik zu hören, und so schließt er manchmal die Augen und schafft es, sich welche vorzustellen. Er hat so viel Musik abgespielt, so viel Musik gehört, so viel Musik *geatmet,* dass er sie jetzt, wenn er sie sucht, vollkommen intakt vorfindet, so intakt wie in dem Moment, da er sie in sich eingesogen hat. Die Erinnerungen, die aus Bildern und Worten gemacht sind, aus schlechten, ausgebleichten Farben und heiseren Tönen, die entartet sind durch die Suche nach einer Bedeutung, interessieren ihn nicht mehr. In seinem

Gefängnis braucht er die Erinnerung nur noch, um all seine Musik wie einen verborgenen Schatz zu heben. Es ist das einzige Erbe, das ihm dieser Mann hinterlassen hat, der einst das Recht beanspruchte, »Vater« genannt zu werden, bevor er selbst entschied, dass er nicht mehr sein Sohn sein wollte und ihm jenes Recht nahm, zusammen mit dem Leben.

Wenn er sich stark konzentriert, kann er hören, wie eine flinke Hand virtuos über den Hals einer E-Gitarre gleitet und direkt neben ihm ein wildes Solo spielt, als renne jemand atemlos eine Wendeltreppe hinauf, die sich immer weiter in die Höhe schraubt und kein Ende zu nehmen scheint.

Er hört das Schleifen der Besen auf der kleinen Trommel des Schlagzeugs oder den feuchtwarmen Atem eines Saxofonisten, der sich mühsam den Weg durch den geschwungenen Trichter seines Instruments bahnt und zur Stimme der Melancholie wird, zum stechenden Schmerz der Erinnerung an etwas Schönes, das man einmal besessen hat, das einem aber, der Erosion der Zeit ausgesetzt, unter den Händen zerbröckelt ist.

Er kann sich unter eine Gruppe von Streichern mischen und über die Schulter die schnellen, leichten Bewegungen des Bogens der ersten Violine verfolgen. Oder er kann sich ganz zutraulich der süßen, auf- und abschwellenden Melodie der Oboe überlassen oder in Betrachtung der geschmeidigen Finger versinken, die hinter den Saiten einer Harfe nervös hin- und hergleiten wie wilde Tiere hinter den Gitterstäben eines Käfigs.

Er kann diese Musik, die vollkommen ist wie alles, was in der Vorstellung lebt, nach Belieben an- und abschalten. In ihr findet er alles, was er braucht, all seine Vergangenheit, all seine Gegenwart, all seine Zukunft.

Um über die Einsamkeit zu siegen, braucht er nichts als diese Musik. Die Musik ist das einzige gehaltene Versprechen, die einzige gewonnene Wette. Irgendjemandem hat er einmal gesagt, dass die Musik alles ist, der Anfang der Reise und ihr Ende, ja die Reise selbst. Sie haben ihm zugehört, doch sie haben ihm nicht geglaubt. Aber was kann man auch von jemandem erwarten, der Musik macht oder hört, aber nicht *atmet*?

Nein, er hat keine Angst vor dem Alleinsein.

Und außerdem ist er nicht allein.

Nie, auch jetzt nicht.

Keiner hat das bisher begriffen, und vielleicht wird es keiner je begreifen. Das ist der Grund, wieso sie in der Ferne gesucht haben, was sie direkt vor Augen hatten. Wie alle, wie immer. Das ist der Grund, wieso es ihm so lange gelungen ist, sich zwischen all den hastig huschenden Augen zu verstecken, so wie das Schwarz sich zwischen den Farben versteckt. Keiner von ihnen könnte das blendende Weiß in einem Raum wie diesem aushalten, ohne zu schreien.

Er hat dieses Bedürfnis nicht. Er hat nicht einmal das Bedürfnis zu reden.

Er lehnt den Kopf an die Wand und schließt die Augen. Nur einen Moment lang entzieht er sich der Weiße dieses Raumes, nicht weil er sie fürchtet, sondern weil er sie respektiert.

Er lächelt, während eine Stimme stark und klar in seinem Kopf widerhallt.

Bist du da, Vibo?

Danksagung

Am Ende einer solchen Arbeit angekommen, ist es weniger eine selbstverständliche Pflicht als ein persönliches Bedürfnis, seinen Dank auszusprechen. Daher möchte ich der Botschaft der Vereinigten Staaten von Amerika in Rom, dem Federal Bureau of Investigation und der Sûreté Publique des Fürstentums Monaco für die Unterstützung einer Person danken, die sich als Schriftsteller vorgestellt hat, ohne es, außer in ihrem Kopf, auch schon zu sein.

Dank an Gianni Rabacchin, Mitarbeiter der Staatspolizei von Asti, und Maresciallo Pinna von den Carabinieri in Capolivero, die außer einem Namen und einem Rangabzeichen auf der Uniform auch meine Freunde sind.

Dasselbe gilt für Dr. Gianni Miroglio und Dr. Agostino Gaglio, die in einer Welt der Spitzenmedizin echte Gentlemen sind. Zu diesen gehört auch Professor Vincenzo Mastronardi, gerichtsmedizinischer Psychiater, der an der Abteilung für Forensische Psychopathologie der Medizinischen Fakultät Rom La Sapienza lehrt und der es trotz seiner zahlreichen Verpflichtungen geschafft hat, mir mit wertvollem Rat und mit seiner Freundschaft zur Seite zu stehen.

Gruß und Dank an Alberto Hazan und die Mannschaft von Radio Monte Carlo, von der ich besonders Alain Gaspar erwähnen möchte, der meine Überfälle mit bewundernswertem *savoir faire* unterstützt und ertragen hat. Und dem Himmel sei Dank, dass sein Italienisch weit besser ist als mein Französisch …

Gruß und Dank auch an meinen Freund Jeffery Deaver, der bei einer Polenta demonstriert, wie ein großer Schriftsteller im selben Körper wohnen kann wie ein einfacher und sympathischer Mensch.

Wo wir bei Büchern sind, möchte ich Claudia und Alberto

Zappa für die Bände danken, die ich mir vielleicht für immer von ihnen »geliehen« habe ...

Herzlichen Dank an meine Unterstützer, einen Kreis von Lesern mit Doretta Freilino, Mauro Vaccaneo, Laura Niero, Enrico Biasci und Roby Facini, die mich bei häufigen und lästigen Boxenstopps mit Treibstoff und neuen Reifen ausgestattet haben.

Dank an Roberta, die immer da war und gekommen ist: wie und wo, bitte ich zu entschuldigen, sind unsere erlesenen Geheimnisse.

Dank an Piergiorgio Nicolazzini, meinen Literaturagenten, der sich mit großem Vertrauensvorschuss eines angehenden Schriftstellers angenommen hat. Aus demselben Grund danke ich Alessandro Balai, Eugenio Rognoni und allen anderen von Baldini & Castoldi, darunter besonders meinem Lektor Piero Gelli – wäre er nicht gewesen, würde ich heute noch schreiben –, und Paola Finzi, heroische Redakteurin und zufällige Zeugin einer meiner seltenen, aber sporadisch wiederkehrenden Nervenzusammenbrüche.

Falls ich jemanden vergessen habe, möge er wissen, dass er in dieser Liste fehlt, nicht aber in meinem Herzen.

Was mich betrifft, so befürchte ich, mir hier und da ein paar erzählerische oder geographische Freiheiten erlaubt zu haben. Das ist vorerst das Einzige, was mich mit den großen Autoren verbindet, denen sich die Existenz dieses Werkes in den Buchläden verdankt. Die Einschränkung »vorerst« ist nicht als Anmaßung gemeint, sondern als das Quäntchen von Optimismus, das ich mir zugestehe. Es schadet vielleicht nicht, darauf hinzuweisen, dass die Geschichten in diesem Roman reiner Fantasie entspringen und die Personen nicht im wahren Leben existieren.

Vielleicht nicht einmal der Autor ...